近代变革与文学转型

——

关爱和 著

中国大百科全书出版社

图书在版编目（CIP）数据

近代变革与文学转型 / 关爱和著 . -- 北京：中国
大百科全书出版社，2024.3

（中国近现代文学论著五种）

ISBN 978-7-5202-1418-6

Ⅰ.①近… Ⅱ.①关… Ⅲ.①中国文学—近代文学—
文学研究 Ⅳ.①I206.5

中国国家版本馆 CIP 数据核字（2023）第 165454 号

出 版 人	刘祚臣	
丛书策划	胡春玲	
丛书责编	冯　然	
本书责编	冯　然	
特约编辑	陈　光	
责任印制	邹景峰	
封面设计	黄　琛	
版式设计	博越创想	
出版发行	中国大百科全书出版社	
地　　址	北京市西城区阜成门北大街 17 号	
邮　　编	100037	
网　　址	http://www.ecph.com.cn	
电　　话	010-88390639	
印　　刷	中煤（北京）印务有限公司	
开　　本	710 毫米 ×1000 毫米　1/16	
字　　数	467 千字	
印　　张	34	
版　　次	2024 年 3 月第 1 版	
印　　次	2024 年 3 月第 1 次印刷	
定　　价	98.00 元	

目 录

晚明至"五四"文学变动说略

在晚明至"五四"之间三个多世纪波澜壮阔的历史演进中，蕴含着许多耐人寻味的理论课题。其中，士阶层个体发展理想与群体生存意识的盈虚消长，浪漫主义激情与实践理性思潮的此起彼伏，造就了不同的士林风尚，而不同的士林风尚对与之相适应的时代文学精神的化育陶铸，在三百年间，构成了数个极富有对比性的文化过程。本文试图从士林风尚的转换入手，简略描述晚明至"五四"时期中国文学所经历的变动，以及这种变动所给予我们的启示。

一、晚明浪漫激情与尊己向俗的文学旨趣

晚明是我国旧有的政治、文化结构发生重要变动的历史时期。随着十六世纪前后社会生产力的逐步提高，社会分工的不断发展，沿海新兴工业城镇和地域性商业资本集团的形成，一个新的社会共同体商人—市民阶层在悄悄崛起。迅速扩大的商人—市民阶层，有着自己的社会、政治利益，显示出独特的价值取向和道德观念。他们不满足于现存的社会等级秩序，充满着提高自身社会地位的愿望。他们鄙薄腐儒"口不言利"的虚伪，肯定"私利"的合理性，而不掩饰对各种人生欲望的渴望，并把它看作

是成功的动力。他们热情地呼唤并创造着符合商人—市民阶层利益和审美趣味的文化与文学。

商人—市民阶层的存在及其意志，构成了社会、文化结构变动的基础，而阳明后学中的泰州学派，则充任了晚明文化运动的中坚和推动者。泰州学派的创始人王艮，其后学颜钧、何心隐、罗汝芳、李贽，将阳明心学中的某些理论命题极致化、世俗化、平民化，以"愚夫愚妇皆知所以为学"作为传道宗旨，以处于社会中下层的一般民众作为立教对象，其学术思想中，充满着对自然人性的肯定，对平等观念的推演，对自我精神的扩张，充满着与商人—市民阶层思想倾向、价值观念暗合，与旧有社会规范、道德伦常抵牾的精神因子。

人的自然属性如情感、欲望是与生俱来的。食色声味等自然属性的满足甚至是人类生存、发展的必要条件。自然的人生活在群体社会之中，又被赋予一定的社会属性。不可缺少的生活秩序、伦理道德等社会规范的建立，构成了人类社会生存和发展的必要条件。如何调整与缓和二者的对立紧张，使之维持在一种和谐状态，是历代思想家不可回避的课题。从孔子原始儒学的"克己复礼"，到宋明理学"天理"世界的建立，无不要求人们在克制个人情感、欲望的前提下，达到思想的和谐与社会的稳定。阳明心学体系建立在程朱理学之后，它试图把理学外在的"天理"内化为"良知"，把社会规范的落实寄托在"心"的纯化之上，以避免"天理""人欲"的外在对立，使人们对社会规范的恪守成为心理上的自觉要求。"良知"是一个理性与情感的混合体，左派王学正是从这里出发，走向了有违心学初衷的变异。他们不断扩大情感因素在"良知"中的比重，为久久压抑的自然人性打开了挣扎而出的通道。阳明后学由王畿到王艮，其"任心之自然"即可致良知之说，其"百姓日用是道"之说，已露出变化的端倪。至泰州学派，则将自然人性论发挥到一种极致。他们首先承认食色声味、穿衣吃饭、讲求私利是人的自然本性，"人之好财贪色，皆自性生"①；"穿衣吃饭即是人伦物理"②；"夫私者，人之心也。人必有私，而后其心乃见"③；进而强调顺应自然人性即是得道，即是天理："只是率性所行，纯任自然，便谓之道"④；"天初生我，只是个赤子。赤子之心，浑然天理"⑤。

肯定自然人性，讲求率性而行，凭借"良知"，争得与圣人、权贵同样的政治参与、知书论学的权利，泰州学派的立说同时蕴含着强烈的社会平等的要求。他们认为：人不论老幼、贵贱、贤愚，都有受教育的权利，业不论士农工商，致一之道与侯王同等，天生一人，自有一人之用，圣人不曾高，众人不曾低，不必时时取足仰仗于圣人。

承认自然人性存在的合理性，承认人类天生平等，承认每个人在政治、思想、学术、教育各个方面都具有相等的社会权利，抹去涂在封建等级制度与思想权威之上的神圣光圈，追求人性的自在发展，人格的独立平等，遂使泰州学派的学说具有了人文主义和思想革命的光彩，由恢恢天理的网络走向人性意识的苏醒，以社会平等的口号向封建等级制度、思想权威发出挑战，这是晚明人文主义思潮产生震聋发聩作用的重要原因。

不唯如此，泰州学派还从陆王心学中汲取了"自作主宰""自立自重"及"知行合一"的思想精髓，在其以"百姓日用之道"作为立学宗旨，以沿街串乡方式讲学传教的同时，锻铸了以贵我尊己，无待乎外的主观战斗精神

---

① 王世贞：《嘉隆江湖大侠》，《何心隐集》，容肇祖整理，北京：中华书局1960年版，第143页。

② 李贽：《焚书·答邓石阳》，《李贽文集》第一卷，北京：社会科学文献出版社2000年版，第4页。

③ 李贽：《藏书·德业儒臣后论》，《李贽文集》第二卷，北京：社会科学文献出版社2000年版，第626页。

④ 黄宗羲：《明儒学案》，沈芝盈点校，北京：中华书局2008年版，第703页。

⑤ 罗汝芳：《近溪语录》，《明儒学案》，沈芝盈点校，北京：中华书局2008年版，第764页。

与狂热奋斗、矢志不悔的生命意志为两大特征的学派集体意识。这种学派集体意识支配下的泰州学派，在治学与参与现实生活的实践活动中，表现出漠视神灵、漠视权威、漠视传统、漠视现有行为规范，注重心灵，注重自我，注重创造进取，注重率性任情的思想风范。李贽自言其治学之道云："我以自私自利之心，为自私自利之学，直取自己快当，不顾他人非刺。"①其"直取自己快当"一语，即是泰州学派贵我尊己学术精神的写照。至于王艮背离纯然儒者以书院为讲坛的传道形式，自制蒲车，沿途聚讲，何心隐谓"人伦有五，公舍其四，而独置身于师友贤圣之间"②，罗汝芳为营救颜钧、何心隐而不惜丢官破产，李贽出入佛老，于芝佛堂中供孔子像，晚年剃发留髭须，吃酒肉依旧，讲学公然招收女弟子，不讳异端恶名，谓"此间无见识人多以异端目我，故我遂为异端，以成彼竖子之名"③，都显示出独立不倚，恃才傲物，于狂放中见其真性的立世精神。黄宗羲以批评的口吻论泰州学派道："泰州之后，其人多能以赤手搏龙蛇。传至颜山农、何心隐一派，遂复非名教之所能羁络矣。……诸公掀翻天地，前不见有古人，后不见有来者。"④泰州学派所展示的士人性格与人生境界，使世人耳目一新。

以泰州学派为中坚的晚明文化运动，打出了具有反封建启蒙意味的人文主义旗帜。自然人性的复苏，平等观念的推演，自我意识的确立，独立精神的扩张，构成了一幅奇妙动人而富有浪漫气息的人文景观。在封建社会制度没有根本改变的历史条件下，奇妙动人而富有浪漫气息的人文景观，如同海市蜃楼，不可能永久呈现。但人文主义理想却在文学的领域，找到了附着

① 李贽：《焚书·寄答留都》，《李贽文集》第一卷，北京：社会科学文献出版社2000年版，第257页。

② 李贽：《焚书·何心隐论》，《李贽文集》第一卷，北京：社会科学文献出版社2000年版，第84页。

③ 李贽：《焚书·与曾继泉》，《李贽文集》第一卷，北京：社会科学文献出版社2000年版，第48页。

④ 黄宗羲：《明儒学案》，沈芝盈点校，北京：中华书局2008年版，第703页。

之物。社会现实与人文理想的矛盾，在文学作品、文学人物形象中得到充分的体现。晚明文学以富有青春力度和生命朝气的篇什，为晚明人文精神留下了历史性的写照。

在人文精神激荡之下的晚明文学，明显地向着两个方向延伸。一是在士大夫拥有的雅文学形式的诗文之中，鼓吹自身内在灵知与创造力的张扬，这便是李贽、公安三袁所倡导的文学性灵论；一是在市民大众所喜闻乐见的俗文学形式戏曲、小说中，编排反映世俗人情、有血有肉的人间故事，这便是《牡丹亭》《金瓶梅》与三言二拍等作品的问世。由审美趣味、文学表现形式所引起的贵己与向俗的二水分流，却从不同侧面，共同折射出时代文化精神。

文学性灵论的哲学基础是阳明心学。它要求作家以性灵为本体，尊重自发的、原动的生命情感及其方式，并将其纯任自然，无所依傍地再现出来。在性灵论的价值天平上，心灵的澄清与性情的纯真是无比宝贵的，与之相比，一切外在的思想规范与艺术法度，都不禁黯然失色。

澄净的心灵，李贽称之为"童心"。"夫童心者，绝假纯真，最初一念之本心也。"童心之于文章，如同一根魔棒，失却童心，则"言语不由衷"，"文辞不能达"，童心不泯，则"无时不文，无人不文，无一样创制体格文字而非文者"①。至于性情的纯真，则意味着无所矫饰，纯任自然，发为文章，无所拘束，无所遮掩："盖声色之来，发于情性，由乎自然，是可以牵合矫强而致乎？"②

公安三袁是李贽的倾慕者。三袁于性灵说多有发挥，并在创作上身体力行。袁宏道以自然之趣来概括性灵论的审美特征，以为"世人所难得者唯

---

① 李贽：《焚书·童心说》，《李贽文集》第一卷，北京：社会科学文献出版社 2000 年版，第 92 页。

② 李贽：《焚书·读律肤说》，《李贽文集》第一卷，北京：社会科学文献出版社 2000 年版，第 123 页。

趣"①。而"趣"不可强求，闻见愈多，入理愈深，官品愈高，离趣愈远。而赤子婴儿，无所依赖，则正得趣之上乘。其又称中道之诗"大都独抒性灵，不拘格套，非从自己胸臆流出，不肯下笔"②，充满着对天籁之音的推重。本心澄净，性情纯真，信腕信口，直抒胸臆，得自然之趣，成天籁之美，构成了文学性灵论的基本内涵。

文学性灵论的形成，得力于晚明思潮的滋养，体现着个性解放的人文精神。但它作为文学旗帜，还包含有反对文坛拟古模古倾向的特殊意蕴。崇尚童心灵知，摒弃剿袭模拟，崇尚孤行独创，摒弃剿袭雷同，李贽与公安三袁的文学见解中，渗透着泰州学派独立特行的意志品格和人生自信。

如果说性灵论是士阶层通过对内在灵知与创造力的张扬，表现出晚明思想狂飙中贵我尊己的人文精神的话，《牡丹亭》《金瓶梅》及三言二拍则以对世间人情世态的尽情描摹，反映出商人—市民阶层道德观念和价值取向。在明代以前的封建文化结构中，小说、戏曲一直处于"君子弗为，然亦弗灭"的非中心与游离性地位，无法与诗文之崇高比肩。晚明时期，随着社会与文化结构新的调整，小说、戏曲开始不失时机地由文学的边缘地区向中心地带运动。促使小说、戏曲由稗史小道跻身于文学殿堂的直接外力是市民文化需求。商人—市民阶层对世俗人生与人间故事的审美旨趣与阅读期待，为小说、戏曲提供了施展才华的机会。而小说、戏曲又以其特殊的功能架构和艺术魅力，改变着自身的社会形象，并在不断的成功中，蚕食鲸吞着雅文学形式——诗文所固守不住的地盘。在晚明的小说、戏曲作品中，情爱、婚姻家庭生活，成为重要的创作题材，普通人的人生命运，际遇沉浮得到了前所未有的关心。这里充满着对青春爱情的赞美，对功名事业的渴望，也充满

---

① 袁宏道：《叙陈正甫会心集》，《袁宏道集笺校》，钱伯城笺校，上海：上海古籍出版社 2018 年版，第 495 页。

② 袁宏道：《叙小修诗》，《袁宏道集笺校》，钱伯城笺校，上海：上海古籍出版社 2018 年版，第 202 页。

着世态炎凉的叹喟与人生失意的惆怅。这是有血有肉的人间生活，展示了世俗人情的斑斓多彩，欲望的火焰，生命的喧嚣，一切的高贵优雅都染上了世俗的色彩。自然人性与道德规范，平等要求与等级观念，充满着矛盾抵牾，狂热的浪漫情绪，冷静的现实笔触，又奇特地混合交融。汤显祖向往"有情之天下"，而现实世界却是"灭才情而尊吏法"的无情之天下，于是便只有超越无情的人间而去寻求有情的梦境。《牡丹亭》中杜丽娘"一生爱好是天然"的感喟，虽生可死，死可复生的爱情追求，表现出自然人性的神奇力量。作者在人间传奇故事的讲述之中，赞美了勇于追求个人自由与幸福的执着精神，也赞美了并不属于现实的有情世界。冯梦龙在"三言"中，通过光怪陆离的市井生活和曲折生动的故事情节，赞扬了高度的道德行为，如卖油郎秦重对名妓莘瑶琴的真诚爱情，杜十娘宁为玉碎、不为瓦全的风尘气节，吴保安为朋友弃家荡产所表现出的"义"，赵匡胤千里送京娘所蕴含的"仁"。在这些故事中，百姓与帝王共享"高尚"的赞誉，市井间风尘中人物同样被赋予美好的情操，这一现象的本身，再自然不过地体现出晚明人文主义精神向文学的渗透。

晚明人文精神的激荡，为文学开辟了一个令人神往的时代。晚明士人崇尚灵知、贵我尊己的人格风度和狂热奋斗，矢志不悔的生命意志，公安派疏狂脱略、挥洒自如的创作心境和明快流丽、新鲜活泼的诗文，戏曲、小说在不间断地文化僭越中所表现出的对普通人命运、情感的关心和求真、求新、求奇的艺术追求，使晚明文学呈现出尊己向俗的显性特征，而这一切，又是以晚明喧嚣骄盛、不可一世的士风和士林中个体发展理想与浪漫主义激情作为底蕴的。个体发展理想与浪漫主义激情的融合，使晚明士风和晚明文学，在中国历史发展过程中具备了某种文化类型学的意义。

二、清初的理性之光与规矩风雅的文学趋向

明朝灭亡，崛起于关外的满清政权入主中原，这对于生活在明清之际的汉民族知识分子来说，不啻是一种天崩地坼般的巨变。呼天抢地，扼腕叹息之余，面对亡国的现实，他们进行了深沉的历史反思和富有理性的文化检讨。这种反思与检讨是在"亡国"的悲凉心境支配下，以汉民族五千年历史文明为对象的，因而带有收束性、总结性的特点。同时，它又是在新的思想统治尚未稳定建立之时，从政治制度、文化传统、审美机制各个方面，以探索性的争鸣方式进行的，因而又呈现出前瞻性和多样化的姿态。

这是一个人才荟萃、宏论纷呈的时代。南有顾炎武、王夫之、方以智、唐甄、黄宗羲与浙东学派，北有傅山、孙奇峰、颜元及颜李学派，他们以前所未有的思想热情和气魄构筑着各自的学术体系。或详考于制度典章的沿革，或缕析于学术思想的流变，或高扬历史意识，或扩张实践精神，纷纷扬扬，此呼彼应，在哲学、历史、文学诸领域，形成了中国学术史上少有的繁荣局面。

清初知识群体表现出与晚明士人不同的精神风貌和思想性格。清初士人看待明之灭亡，多归咎于明之学风士风。在他们看来，正是由于明末士林中"以明心见性之空言，代修己治人之实学"①的空疏学风，"指办干政事为粗豪，为俗吏，指经济生民为功利，为杂霸"②的士风，导致了"神州荡覆，宗社丘墟"。亡国之痛应引以为前车之鉴，而当务之急是亡羊补牢，建立求本求实、经世致用的学林士林风尚，达到政治与教化、事功与道德、外王与内圣之间新的综合与平衡。顾炎武把对学风、士风转换的期望，概括为"博

---

① 顾炎武：《日知录集释》卷七，黄汝成集释，栾保群、吕宗力校点，上海：上海古籍出版社 2006 年版，第 402 页。

② 颜元：《诸子语类评》，《颜元集》，王星贤等点校，北京：中华书局 1987 年版，第 266 页。

学于文""行己有耻"。"博学于文"是就学术而言，学术研究应做到"好古多闻"，"自一身以至于天下国家，皆学之事也"；"行己有耻"，是就立身而言，立身须讲求"子臣弟友以至出处、往来、辞受、取与"之辨，"不耻恶衣恶食，而耻匹夫匹妇之不被其泽"[1]。学问由一身而兼及天下国家，立身由一己而泽被匹夫匹妇，个人与国家、一身与天下、自我道德完善与济世救国救民被完整地结合在一起。

以博学多闻为基础，以历史总结和理性批判的目光重新审视古代文化，拨乱反正，引古筹今，学为天下，与晚明士人贵我尊己、率性任情、旷放超迈、狂狷豪侠的行为风范相比，清初士人显示出博大宽厚、稳健扎实的思想风采和更为强烈的社会承当精神。顾炎武论学，以为学为科举，是为利，学为著书传世，是为名，"君子之为学也，非利己而已也。有明道淑人之心，有拨乱反正之事，知天下之势之何以流极至于此，则思起而有以救之"[2]。顾氏此语，正道出一代士人拨乱反正、学济天下的宏大宗旨。王夫之避兵祸于苗瑶山洞之中，从事著述，常怀"为往圣继绝学，为万世开太平"之志。顾炎武作《日知录》，旨在"明学术，正人心，拨乱世以兴太平之事"[3]。万斯同治理史学，同样抱着古为今用的宏愿，"将尽取古今经国之大猷，而一一详究其始末，斟酌其确当，定为一代之规模，使今日坐而言者，他日可以作而行耳"[4]。清初士人在引古筹今、学济天下学术精神的感召下，高扬还原儒学、实事求是、经世致用的学术旗帜，于经史子集、音韵训诂、刑政典章、

---

[1] 顾亭林：《与友人论学书》，《顾亭林诗文集》，华忱之点校，北京：中华书局2008年版，第41页。

[2] 顾炎武：《与潘次耕札》，《顾亭林诗文集》，华忱之点校，北京：中华书局2008年版，第166页。

[3] 顾炎武：《初刻日知录自序》，《顾亭林诗文集》，华忱之点校，北京：中华书局2008年版，第27页。

[4] 万斯同：《与从子贞一书》，《万斯同全集》第册卷，方祖猷主编，宁波：宁波出版社2013年版，第260页。

天文地理，无所不窥其奥妙，在以研习古籍寄托种族之思的同时，提出了许多具有启蒙与反封建意义的理论命题。他们高扬历史意识，试图通过正本清源的努力，廓清释、道杂雾，建立向原始儒学回归的思想新秩序。与这种学术指向相适应，清初士人重经验见闻，贵亲知亲录，开创了综名核实、无征不信、严谨求实、充满理性的一代学风。清初士人的作为，与晚明人文主义者敏锐机警、锋芒逼人的思想风采，反叛正统，反叛既定规范，锐意求新，锐意创造的学术指向，重内在灵知，贵自然情感，独立特行，"只取自己快当，不顾他人非刺"，充满浪漫激情的学风形成了鲜明的对照。两代士人都保持着强烈的社会和政治参与热情，其理论命题都蕴含着丰富的启蒙和反封建精神，但由于学风、学术指向与文化性格的不同，构成了两者之间的反差。而后者对于前者，又具有明显的反拨意味。这种反拨同样也表现在文学观念和审美机制等各个方面。

清初文学观念和审美机制的反拨，大致可以描述为由性灵本体论向政教中心论，由非圣无法向规矩风雅的转换。

黄宗羲在学术渊源上与阳明后学中的蕺山学派有着一定的联系，而他的文学思想，正显示出清初文学思潮转换的蛛丝马迹。黄氏沿用晚明人文主义者"尊情"之说，用意深远地把文学中所表现的人之情感划分为"一情"与"众情"，"一时之性情"与"万古之性情"。提醒诗文家不仅抒写个人的哀思愁绪，更要注重表现悲天悯人的博大怀抱：

> 幽人离妇，羁臣孤客，私为一人之怨愤，深一情以拒众情，其词亦能造于微。至于学道之君子，其凄楚蕴结，往往出于穷饿愁思一身之外，则其不平愈甚，诗直寄焉而已。……嗟呼！人远悲天悯人之怀，岂为一己之不遇乎？①

---

① 黄宗羲:《朱人远墓志铭》,《黄宗羲全集》第 10 册,吴光执行主编,平惠善校点,杭州: 浙江古籍出版社 2012 年版,第 483—485 页。

诗以道性情，夫人而能言之。然自古以来，诗之美者多矣，而知性者何其少也。盖有一时之性情，有万古之性情。夫吴歈越唱，怨女逐臣，触景感物，言乎其所不得不言，此一时之性情也。孔子删之以合乎兴观群怨、思无邪之旨，此万古之性情也。吾人诵法孔子，苟其言诗，亦必当以孔子之性情为性情。①

超越个人的私情恩怨，表现悲天悯人的深广胸怀，这正是明清之际文化精神的折光。至于以"兴观群怨"与"思无邪"为"万古之性情"，则表现出对传统儒家诗学的认同。而其"必当以孔子之性情为性情"，已与李贽"不以孔子之是非为是非"的叛逆精神，相去甚远。

至顾炎武、王夫之，其以文学维持政教、提倡风雅之道的倾向则更为明显。顾炎武以为："文之不可绝于天地间者，曰明道也，纪政事也，察民隐也，乐道人之善也。若此者，有益于天下，有益于将来，多一篇多一篇之益矣。"② 又以为："凡文之不关于六经之指，当世之务者，一切不为。"③ 王夫之的诗学理论中，对"兴观群怨"有着系统的解说。他把"怨"看作是社会与人性中的危险因素，并把"怨"分为"贞"与"淫"两类。如"忠臣之忧乱，孝子之忧离，信友之忧谗，愿民之忧死，均理之贞者"④。"若夫货财之不给，居食之不腆，妻妾之奉不谐，游乞之求未厌，长言之，嗟叹之，缘饰之为文章"⑤，则便近于"淫"了。换句话说，凡不超越于政治教化、伦理

---

① 黄宗羲:《马雪航诗序》,《黄宗羲全集》第 10 册, 吴光执行主编, 平惠善校点, 杭州: 浙江古籍出版社 2012 年版, 第 95—96 页。

② 顾炎武:《日知录集释》卷十九, 黄汝成集释, 栾保群、吕宗力校点, 上海: 上海古籍出版社 2006 年版, 第 1079 页。

③ 顾炎武:《与人书三》,《顾亭林诗文集》, 华忱之点校, 北京: 中华书局 2008 年版, 第 166 页。

④ 王夫之:《诗广传》, 王孝鱼点校, 北京: 中华书局 1964 年版, 第 76 页。

⑤ 王夫之:《诗广传》, 王孝鱼点校, 北京: 中华书局 1964 年版, 第 22 页。

纲常允许范围内的怨恨为"贞"，凡因个人欲望与情感不能满足而产生的怨恨则为"淫"，这与晚明人文主义思潮所表现出的尊我贵己，看重自然人性，崇尚内在灵知的价值观具有明显的差异。因而，顾、王对李贽、公安三袁及文学性灵论多有贬损。顾炎武在《日知录》中称李贽"惑乱人心"，又以为"自古以来小人之无忌惮而敢于叛圣人者，莫甚于李贽"。王夫之在《夕堂永日绪论·外编》中以激愤的语言抨击了"性灵说"：

> 自李贽以佞舌惑天下，袁中郎、焦弱侯不揣而推戴之，于是以信笔扫抹为文字，而诮含吐精微、锻炼高卓者为"咬姜呷醋"。故万历壬辰以后，文之俗陋，亘古未有。如必不经思维者而后为自然之文，则夫子所云草创、讨论、修饰、润色，费尔许斟酌，亦"咬姜呷醋"邪？[1]

一以个体发展为本位，讲求率性任情，一以六经孔子为准的，讲求规矩风雅，两者之间必然形成文学价值观念和审美意识的冲突。而后者比前者对清代文学的发展，产生了更为巨大，更为直接的影响。这种影响使清代文学的发展显示出以下特征：

——注重古典规范，注重承继束结。清代文学的发展，流派林立，著作繁富。在正本清源文化氛围中建立起来的各种理论与创作体系，显示出注重古典规范、注重承继束结的共同趋向。试以诗歌为例。清代诗坛，神韵说、格调说、性灵说、肌理说纷纭迭兴，各领一时风骚。王士祯的神韵说，追求富有清远之韵的诗美境界，使钟嵘、皎然、司空图、严羽有关"滋味""味外之旨""不着一字，尽得风流"的论述更加系统化、周全化。沈德

---

[1] 王夫之：《夕堂永日绪论外编》，《姜斋诗话笺注》，戴鸿森笺注，上海：上海古籍出版社2012年版，第236页。

潜的格调说，追求体正声雅、合于温柔敦厚之旨的诗格，表现了诗歌规范化的价值取向。袁枚的性灵说，提倡诗中着我，重独立特行，重天籁之音，似乎与晚明文学思潮有着较多的联系。但袁枚同时又称李贽、何心隐为"人所共识之妖魅""人所共逐之盗贼"，称袁中郎为"根柢浅薄，庞杂异端"①。翁方纲的肌理说，顺应清代学术走向求实的趋向，试图探求一条以经术学问入诗的路径，在宋人诗涉理路与严羽诗有别才、别趣说之间，造就一种义理、文理兼备，诗人之诗与学人之诗合一的肌理之诗。各派诗说皆有渊源援据，他们将前人对诗之某一方面的零星见解加以集中、充实和系统化，构筑起完整而又单一的诗学理论体系。在这种诗学体系中，诗论者的组织营造工夫显示得较为充分，而独创特立精神则相对微弱。回归古典规范的价值论，如同一条无形的绳索，束缚着他们的心灵。相信古人超过相信自我，成法古训压抑着创造热情，使他们勇于承继，而怯于发展，满足总结，而少有独创。各诗派之分畛主要表现在诗的风格和审美趣味上，而他们对儒家诗教的认同，则表现出惊人的相似。不论神韵、格调说，还是性灵、肌理说，对诗关教化，明道补政与怨而不怒、温柔敦厚的诗教，都再三致意，不敢冷落。宗经、征圣、规矩风雅，成为清代诗派的共同旗帜。

文坛、词坛与诗坛相比，亦大同小异。明代小说戏曲所取得的成就，令世人瞩目。但清代士大夫阶层对小说的看法，仍未摆脱班固把小说家统称为"小道"，是"街谈巷语、道听途说者之所造"的旧有观念。纪昀作《四库全书总目提要·小说家类序》，依旧视小说为"诬谩失真，妖妄荧听"，猥鄙而失却雅驯之物。士大夫卑视小说，而清代许多小说本身，充斥着道德与伦理的说教。创造了中国第一流文学巨著《红楼梦》的曹雪芹，也不得不在《红楼梦》第一回中表白："(此书)虽有些指奸责佞，贬恶诛邪之语，亦

---

① 袁枚：《答朱石君尚书》，《袁枚全集新编》第 8 册，王英志编纂校点，杭州：浙江古籍出版社 2018 年版，第 203 页。

非伤时骂世之旨，及至君仁臣良，父慈子孝，凡伦常所关之处，皆是称功颂德，眷眷无穷，实非别书可比。"此话虽为门面之语，但也由此可以窥知当时小说界之风气。汤显祖《牡丹亭》一曲主情绝唱，赢得了众多赞誉，但因情而放乎礼义的行为，在清人曲作中已不复可见。清人孔尚任作《桃花扇》，自谓"借离合之情，写兴亡之感"，立意已与《牡丹亭》不同。孔氏看待戏曲之旨，以为"传奇虽小道，……其旨趣实本于三百篇，而义则《春秋》，用笔行文，又《左》《国》、太史公也"①。其所秉承的宗经征圣的创作旨趣，又与汤显祖对有情世界的浪漫追求大相径庭。《牡丹亭》与《桃花扇》，典型地代表了两个时代不同的文学精神。

——文学与经学联袂，学问与才情合一。经学在中国古典文化中具有十分特殊的地位。它是封建意识形态的中枢，其以统摄一切的权威向意识形态领域中的其他部类施加影响。清初兴起的以正本清源、拨乱反正为宗旨的文化检讨与历史反思，无形中强化了全社会宗经征圣的文化心理。一切学说以六经为依据，为本源，极大地刺激了学人治经求本的热情。这种热情在清政府文化政策的引导下，逐渐演化为一种对古代文献整理诠释的热潮，这便是乾嘉汉学的兴起。汉学的兴起，是清初思想家博学有耻学术选择的变异性发展。汉学家以实事求是的态度，从声音、训诂、校勘、考据入手，运用勾沉补阙、疏正辨伪的功夫，探求古代经籍的本来面目，表现出博闻强记、淹贯群籍，一物不知则深以为耻的求知欲望，但他们失去了清初士人原有的政治与历史批判精神，以形而下的文字考证代替了形而上的学理思考，将一场带有思想启蒙锋芒的历史反思与文化检讨运动，萎缩为历史文献的梳理、注疏、考证。

汉学在经籍注释、整理方面所取得的成绩，使清代士人引为骄傲，兴奋不已，将汉学精神与手段输入文学，仰望经籍之光给文学创作带来新的生

---

① 孔尚任：《桃花扇小引》，《清代文论选》，王镇远、邬国平编选，北京：人民文学出版社 2006 年版，第 760 页。

机，开辟新的畛域，成为一代士人的梦想。这种梦想导致清代文学家价值心态的失重。他们在肯定古代典籍永恒存在意义的同时，尽力夸大着经史学问对文学创作的决定性作用。对作家与作品的评品，以学问学力为首要标准。将学问学力视为文学创作之本，从而蔑视或替代文学表现艺术的探索。文学与经学联袂，学问与才情合一，成为康、雍之后文学的一种发展趋势，而其收获，则充满着酸涩。

肌理派与宋诗派是清代诗坛中试图以经术之学理旁通于治诗的实践者。翁方纲以为，"士生今日，经籍之光，盈溢于世宙，为学必以考证为准，为诗必以肌理为准"①。而蕴含经术学理诗境的创造，一靠博览经史考证，二靠精研杜、韩、苏、黄。稍后继起的宋诗派，提出读书养气，以奇奥求不俗，创造诗人之诗与学人之诗合一的诗境。而清诗发展的事实证明，以经术学问入诗，在诗中炫耀才学和征实求证，并非一条诗的生路。

除诗坛之外，古文、词、曲、小说各个方面，都存在着经术考证之风的渗透。桐城派奠基人姚鼐以义理、考证、辞章为学问三端，以为"以考证助文之境，正有佳处"②。常州词派创始人张惠言治经出身，其词学理论在某种意义上讲，即是他经学思想的延伸和运用。戏曲写作中，本来就存在着虚构与写实的争论，在考证之风熏染下，曲坛中崇尚"实事实人，有凭有据"的传奇讲述和实录精神。孔尚任自称《桃花扇》的写作，于"朝政得失，文人聚散，皆确考时地，全无假借。至于儿女钟情，宾客解嘲，虽稍有点染，亦非乌有子虚之比"③。至于小说，鲁迅在《中国小说史略》中论及清代小说

① 翁方纲：《志言集序》，《清代文论选》，王镇远、邬国平编选，北京：人民文学出版社 2006 年版，第 589 页。

② 姚鼐：《与陈硕士》，《惜抱轩尺牍》，卢坡点校，合肥：安徽大学出版社 2014 年版，第 100 页。

③ 孔尚任：《桃花扇凡例》，《清代文论选》，王镇远、邬国平编选，北京：人民文学出版社 2006 年版，第 762 页。

时，专设"清之以小说见才学者"一章，其中列举了《野叟曝言》《蟫史》等多部作品，以为才学小说的特点在于"以小说为庋学问文章之具"。

面对清代文学发展中林林总总的流派，目不暇接的主张，洋洋大观的作品，我们只有繁富、成熟的印象，而很难有清新、刚健的感觉。由正本清源为旨志的历史反思与文化批判，到失去灵魂的整理国故运动，由规矩风雅、描摹众情的审美选择，到注重继承束结、学问与才情合一的文学古典主义浪潮的泛起，历史的发展并未一一应合清初思想家之初衷，但清初思想家的贡献仍是不可掩没的。他们对民族命运、天下兴亡的热切关心，他们的学说所提供的历史经验与所体现的批判精神，以及他们对传统文化中民本意识、历史意识和经世致用思想的弘扬与升华，成为一片丰厚的思想土壤。他们对个人穷饿愁思之外悲天悯人精神的呼唤，对文学社会参与意识和历史使命感的张扬，同晚明文学一样，具备了一种类型学的意义。或以个体发展理想为基础，荡漾着浪漫激情；或以群体生存需求为基础，闪烁着理性之光。在鸦片战争前夜到五四运动近百年的历史时期内，两类士人心境与文学精神，交相获得了巨大嗣响。

三、近代时期理性之光与浪漫激情的回荡

嘉、道之际，清王朝王霸之气已荡然无存，衰败之象却处处可见。叶落知秋，即使没有后来外敌入侵所引发的鸦片战争，清王朝所面临的诸种危机，也必然会诱发巨大的社会动荡。生活在这一时期的士阶层，面对将临危局，急切呼唤学风、士风由高蹈世外、埋头经籍向立足现实、通经致用的转换，并努力寻求与陶铸一种有切于国计民生、伦常日用的学术路径与学术精神。这种学术路径与学术精神，龚自珍概括为"道也，学也，治也，则一而

已矣"①。魏源称之为"贯经术、故事、文章于一"②。要求学术研究要立足于天下之治，立足于现实问题的研究和解决。士人本身，不是高头讲章与琐碎饾饤的生产者，不是"毕生治经，无一言益己，无一言可验诸治"的书蠹，而应是天下之治的实践者。

在嘉道士人对新的学术路径和学术精神的设计中，存在着振刷士风、张扬个性以自救，未雨绸缪、振聋发聩以救世的双重目的，因而，嘉道士人对清初实践理性与晚明狂放士风有着双重倚重与承接。当嘉道士人逐渐摆脱"避席畏闻文字狱，著书都为稻粱谋"的畏祸心态，以耸听之危言向全社会预告危机，并上下求索，寻求补天自救，挽狂澜于既倒之良方的同时，他们对自身存在的价值与所应承当的社会责任充满自信。他们不无自负地宣称："稼问农，蔬问圃，天下艰难，宜问天下之士。"③ 表现出匡济天下，舍我其谁的英雄气概。他们在鄙薄模山范水、叙述情事，言应尔雅的世禄之文、文士之文、才人学人之诗，而推尚"开张王霸、指陈要最"④、"思乾坤之变，知古今之宜"⑤ 的圣贤之文、豪杰之文、志士之诗，热切呼唤"议论军国、臧否政治"，"留心古今而好议论"⑥ 文学精神的同时，又强调贵创耻因，尊尚"心审""心察"，呼吁恢复士人能忧能愤，能思虑，能作为，能有

① 龚自珍：《乙丙之际箸议第六》，《龚自珍全集》，王佩诤校，上海：上海古籍出版社1999 年版，第 4 页。
② 魏源：《两汉经师今古文家法考叙》，《魏源集》，中华书局编辑部编，北京：中华书局 2018 年版，第 151 页。
③ 姚莹：《复管异之书》，《姚莹集》，严云绶、施立业、江小角主编，合肥：安徽教育出版社 2014 年版，第 233 页。
④ 梅曾亮：《送陈作甫叙》，《柏枧山房诗文集》，彭国忠、胡晓明校点，上海：上海古籍出版社 2005 年版，第 52 页。
⑤ 张际亮：《答潘彦辅书》，《思伯子堂诗文集》，王飚校点，上海：上海古籍出版社2007 年版，第 1348 页。
⑥ 龚自珍：《京师乐籍说》，《龚自珍全集》，王佩诤校，上海：上海古籍出版社 1999年版，第 118 页。

廉耻，能无渣滓之"心力"，建立尊心、尊情的创造自信心。在嘉道士人用诗文所编织的情感世界里，既有被忧患意识浸泡过的社会使命感、责任感的流露，也有对个人建功立业和自我人生设计的思考。文学像一只被政治参与热情和个体发展理想同时鼓荡着的方舟，责无旁贷地负载起嘉道士人自救和救世的双重追求。

这还仅仅是一种预备。随着鸦片战争之后近代历史帷幕的揭起和民族危亡的加剧、思想革命的深入，晚明人文主义与清初启蒙思潮则以一种交替混合的形式，在思想与文学领域，显示出其巨大的影响力量，成为近代反帝、反封建精神的民族之根。

鸦片战争在无形中摧毁了中国人"天朝上国"的信念，同时也严重地伤害了中华民族的民族尊严与国家主权；战争使中国人觉察到民族自我中心意识的虚妄，但他们又无法接受接踵而来的割地赔款诸种耻辱。在鸦片战争之后的整个近代历史时期，中国人在反帝反封建与走向现代化的中心议题面前，一直处在理智与情感的矛盾与冲突之中。他们渴望探求自强求富的道路，改变落后挨打的局面，因而产生过向西方学习的多次冲动，但同时却正是那些作为学习楷模的西方国家，不断以侵略性的行为，给近代中国人的心灵留下深重的创伤；他们渴望摆脱帝国主义的奴役，独立于世界民族之林，但独立的必要条件是尽快改革已经严重阻碍民族奋飞的封建社会制度、封建生产关系与陈腐的意识形态。从鸦片战争，中经洋务运动、维新变法、辛亥革命，直到五四运动的八十年间，历史的发展，变幻莫测，中国人在睁眼看世界，有选择地吸收西方进步文化的同时，也不断地从民族本源文化中汲取营养，构筑起以促进民族自强新生为宗旨的思想文化体系。而清初与晚明的士人风范与文学精神，在维新变法和五四时期，分别得到了继承与复写。

十九世纪末兴起的维新变法与新民救国热潮，是一场气势恢宏的思想启蒙运动。它在甲午战后，瓜分浪潮甚嚣尘上，中华民族的生存受到严重威胁的历史背景下形成。"物竞天择，适者生存"进化观念的引入，使人们从弱肉强食的自然现象中领悟到民族危机的严峻，进化论与公羊三世说的结合，成为维新思想家鼓吹政治变法的重要理论根据。西方民权论的传播，煽动起人们对民主政体的向往，民权论与清初思想家黄宗羲、顾炎武对君主制的批判相交汇，铸就了维新思想家以君主立宪为核心的政治理想。梁启超在《中国近三百年学术史》中回顾清初思想家对变法运动的影响时说：

> 清初几位大师——实即残明遗老——黄梨洲、顾亭林、朱舜水、王船山之流，他们许多话，在过去二百多年间，大家熟视无睹。到这时忽然像电气一般，把许多青年的心弦震得直跳……读了先辈的书，蓦地把二百年麻木过去的民族意识觉醒转来。他们有些人曾对于君主专制暴威作大胆的批评，到这时拿外国政体来比较一番，觉得句句都餍心切理，因此从事于推翻几千年旧政体的猛烈运动。总而言之，最近三十年思想界之变迁，虽波澜一日比一日壮阔，内容一日比一日复杂，而最初的原动力，我敢用一句话来包举他，是残明遗献思想之复活。①

梁启超之所以如此强调清初思想家对变法运动形成的巨大影响，一是清初思想家以群体生存和文明进化为出发点的理论命题与实践精神，与十九世纪末的民族救亡与政治革命运动，确有着内在的契合；二是当时维新派的知识结构，大多是"固有之旧思想根深蒂固，而外来之新思想，又来源浅觳，汲而易竭"（梁启超语）。从汉民族本源文化中寻求变法根据与精神联系，更为便当，也更能迅速畅达地为国人所接受。

在维新变法与辛亥革命时期，民族危亡的现实背景，使清初思想家关

---

① 梁启超：《中国近三百学术史》，《梁启超全集》第 12 集，汤志钧、汤仁泽编，北京：中国人民大学出版社 2018 年版，第 337—338 页。

于民族、民主、文明进化的理论课题，民胞物与的社会承当精神与经世致用的文学价值取向，得到了广泛的社会认同。维新派、革命派以粗犷的营造，编织着文学救国的神话，把文学看作是新民救国的利器和政治革命的鼙鼓，其气势如同大潮，汹涌澎湃。与之相比，以漠视权威神灵、漠视现有思想规范，注重心灵自由，注重个体发展为特征的晚明人文主义思潮，则如一条潜流，在大潮之下暗暗流动。这种思想与文学界的明潮与暗流，至五四时期，则发生了整体性的易位。

五四新青年目睹了数十年政治革命的风风雨雨，辛亥革命的炮火，并没有彻底驱散帝制的阴魂，共和国的旗帜也不可能在旧思想的废墟上牢牢树立。五四青年群体试图以新的思想文化革命荡涤旧道德的污泥浊水，补救暴力与流血留下的缺憾。他们秉承民主与科学的精神，高举起道德革命与文学革命的旗帜。他们不再满足于普遍号召性的国民启蒙，而试图以人权平等、人格独立、个性解放、思想自由、婚姻自主等新的思想观念与行为模式，冲击与撕破缠绕在国民个体身心之上有形或无形的网络，以个体的发展和新生，促进民族与社会的发展与新生。他们不再满足于"为君而存在，为道而存在，为父母而存在"，而希望每个人作为实在的个体生命而受到合理的尊重。他们肯定个人权利与人生欲望的合理，漠视神灵与思想权威，漠视束缚身心自由与个性发展的道德规范。他们不再满足于文以载道与规矩风雅的贵族与古典文学，而呼唤争天抗俗的摩罗文学，呼唤以"个人主义"为本位的"人的文学"。他们推元明以来戏曲家、小说家为"盖世文豪"，以积极的努力，推动古典文言文向现代白话文的转换。

在道德革命和文学革命的旗帜下，五四青年群体以敏感的心灵感应着新生活的召唤。五四文学关注于社会问题的研究，更倾心于心灵激情与人生体验的抒写，不乏社会责任感、使命意识，又洋溢着浓郁的个性精神。五四青年以狂飙般的热情讴歌生命，讴歌青春，讴歌爱情，讴歌人生，开创了属于他们自己的思想与文学时代。

五四新文化运动并非是晚明人文思潮的简单复写。五四青年群体经历过欧风美雨的洗礼，他们向封建主义宣战，具有特定的现实内容与时代意义。但五四以个体发展推动社会进步的文化思路，高扬自我精神，漠视权威、规范的文化性格以及尊己向俗的文学取向，则与晚明人文主义思潮表现出惊人的相似。五四文化革命中提出建立以"个人主义"为本位的"人的文学"口号的周作人，在论述晚明思潮对五四文学的影响时说：

> 他们（指公安派）的主张很简单，可以说和胡适之先生的主张差不多。所不同的，那时是十六世纪，利玛窦还没有来中国，所以缺乏西洋思想。假如从现代胡适之先生的主张里面减去他所受到的西洋的影响，科学、哲学、文学以及思想各方面的，那便是公安派的思想和主张了。[1]

> 那一次的文学运动（指晚明文学运动）和民国以来的这次文学革命运动，很有些相像的地方。两次的主张和趋势，几乎都很相同。更奇怪的是，有很多作品也都很相似。胡适之、冰心和徐志摩的作品，很像公安派的，清新透明而味道不甚深厚……和竟陵派相似的是俞平伯和废名两人，他们的作品有时很难懂，而这难懂却正是他们的好处……然而更奇怪的是俞平伯和废名并不读竟陵派的书籍，他们的相似完全是无意中的巧合。[2]

这种"无意中的巧合"，只能借助集体无意识的理论加以解释了，而五四之后，对公安竟陵的研究，出现过一个小小的高潮，这恐怕则是一种向民

---

[1]　周作人：《中国新文学的源流》，上海：华东师范大学出版社 1995 年版，第 22—23 页。

[2]　周作人：《中国新文学的源流》，上海：华东师范大学出版社 1995 年版，第 28 页。

族本源文化为五四文学寻根意识的明确流露。

　　个体发展理想与群体生存需求，浪漫主义激情与实践理性思潮的盛衰交替，形成了晚明到五四这一历史时期内思想与文学演进中的波动回旋。在晚明与清初、维新与五四几个富有对比性的文化过程中，我们似乎可以看出：当西方近代革命于十六世纪初刚刚拉开帷幕的同时，中国也掀起了具有近代意蕴的思想文化运动。晚明人文曙光与清初理性思潮对个体发展与群体生存的不同思考，形成了中国前近代期的两种思想原型。它给予鸦片战争之后中国近代文化与文学的发展以深刻的影响。中国近代知识分子在沐浴欧风美雨的同时，也在不断地在民族本源文化中寻求精神支撑。其次，个体发展与群体生存的偏至递进，为我们考察近代文化史的发展提供了一个独特的视角。思想与文学的演进，取决于社会需求与创造者的主体意志，而文学的创造，既包含着创造者个体的情感与生命体验，又融合着丰富的社会与时代内涵。后者是文学的生命之源而前者是文学的精灵所在。文学发展中的偏至虽然可以在一定的历史时期取得震撼世俗、左右人心的效果，但这种偏至不可能游离社会需要与摆脱意识形态的机制调节而走得太远。偏至只能是文学发展的调节形式与手段，而并非文学发展的正途。晚明至五四的文学变动，已经为我们做出了明确的昭示。

（原载《中州学刊》1993 年第 1 期）

《南山集》案与清代士人的心路历程

——以戴名世、方苞为例

戴名世与方苞是清代桐城古文初创时期的双子星座。戴名世（1653—1713），字田有，一字褐夫，号南山。方苞（1668—1749），字凤九，一字灵皋，晚年自号望溪。戴名世与方苞同为桐城人士，同好古文辞。戴氏与方舟、方苞兄弟客居南京时，以文章之学相切磨，对时俗文风，亦存维挽救正之志。戴名世《方灵皋稿序》叙及与方氏兄弟的文墨交谊时云：

> 始余居乡年少，冥心独往，好为妙远不测之文，一时无知者，而乡人颇用是为姗笑。居久之，方君灵皋与其兄百川起金陵，与余遥相应和，盖灵皋兄弟亦余乡人而家于金陵者也。始灵皋少时，才思横逸，其奇杰卓荦之气，发扬蹈厉，纵横驰骋，莫可涯涘。已而自谓弗善也，于是收敛其才气，浚发其心思，一以阐明义理为主，而旁及于人情物态，雕刻炉锤，穷极幽渺，一时作者未之或及也。盖灵皋自与余往复讨论，面相质正者且十年。每一篇成，辄举以示余，余为之点定评论，其稍有不惬于余心，灵皋即自毁其稿。而灵皋尤爱慕余文，时时循环讽诵，尝举余之所谓妙远不测者，仿佛想像其意境，而灵皋之孤行侧出者，固自成其为灵皋

一家之文也。灵皋于《易》《春秋》训诂不依傍前人，辄时有独得；而余平居好言史法。以故余移家金陵，与灵皋互相师资，荒江墟市，寂寞相对。而余多幽忧之疾，颓然自放，论古人成败得失，往往悲涕不能自已。盖用是无意于科举，而唾弃制义更甚。乃灵皋叹时俗之波靡，伤文章之菱蔺，颇思有所维挽救正于其间。①

此文作于康熙三十八年（1699）。是年方苞中江南乡试第一，刊其制义，戴名世为之作序，叙其文字交往，也各见性情心志。

戴名世作《方灵皋稿序》三年后的康熙四十一年，方苞转为戴氏《南山集》作序。此年戴名世由江宁迁桐城南山新购私宅，自称归隐。其门人尤云鹗将生平所抄戴氏文百余篇付梓，因戴氏卜居南山冈，即以《南山集》命名。方苞《南山集序》云：

余自有知识，所见闻当世之士，学成而并于古人者，无有也。其才之可扳以进于古者，仅得数人，而莫先于褐夫。始相见京师，语余曰："吾非役役于是而求以有得于时也。吾胸中有书数百卷，其出也自忖将有异于人人，非屏居深山，足衣食，使身无所累而一其志于斯，未能诱而出之也。"其后各奔走四方，历岁逾时，相见必以是为忧，余亦代为忧……是集所载是也，而亦非褐夫之文也。褐夫之文，盖至今藏其胸中而未得一出焉。②

方苞序文对《南山集》评价甚高。此序是否为方苞所作，历来有所争

① 戴名世：《方灵皋稿序》，《戴名世集》，王树民编校，北京：中华书局1986年版，第53—54页。
② 方苞：《南山集序》，《戴名世集》，王树民编校，北京：中华书局1986年版，第451页。

论。李塨《甲午如京记事》记方苞曾语李塨云:"田有文不谨,予责之,后遂背予梓《南山集》,予序,亦渠作,不知也。"[1]后苏惇元作《方望溪先生年谱》,谓"其序文实非先生作也"[2]。李、苏所言,代表否定一派。但方氏文集中,多次说过自己因《南山集序》牵连入狱,从未辩白《序》非己作;又据《记桐城方戴两家书案》一文中所录戴名世在刑部的口供,戴名世只承认《南山集》中署名尤云鹗的序是自己代作的,而认定"汪灏、方苞、方正玉、朱书、王源序是他们自己作的";再对照方苞在戴氏去世后所写的《书先君子家传后》对戴文的有关评论,与《南山集序》的口气十分吻合,应该可以肯定此序出自方苞之手。

康熙四十八年(1709),戴名世五十七岁,会试及第,授编修。越二年,《南山集》案发。是年十月,左都御史赵申乔参奏:"翰林院编修戴名世,妄窃文名,恃才放荡。前为诸生时,私刻文集,肆口游谈,倒置是非,语多狂悖,逞一时之私见,为不经之乱道。"[3]此时,清王朝正着意清除清初曾十分流行的反清意识和情绪,康熙处理此案雷厉风行,牵连甚众,除戴名世、方孝标两族外,为《南山集》作序者、刊刻者及与戴交往的很多人均得罪被捕,方苞即在其中。审讯两年后,以"查戴名世书内,欲将本朝年号削除,写入永历,大逆"[4]的罪名定罪,戴名世与尤云鹗俱论死,其他人得以宽释。方苞出狱隶籍汉军,时年四十六岁。

《南山集》案是康熙后期震惊海内的文字狱。据以定案的证据是《南山

---

① 李塨:《甲午如京记事》,《李塨文集》,邓子平、陈山榜点校,石家庄:河北人民出版社 2011 年版,第 342 页。

② 苏惇元:《方望溪先生年谱》,《方苞集》,刘季高校点,上海:上海古籍出版社1983 年版,第 874 页。

③ 无名氏:《记桐城方戴两家书案》,《戴名世集》,王树民编校,北京:中华书局1986 年版,第 483 页。

④ 无名氏:《记桐城方戴两家书案》,《戴名世集》,王树民编校,北京:中华书局1986 年版,第 480 页。

集》曾根据方孝标所作《滇黔纪闻》中的材料议论南明史事，并使用南明诸帝的年号。清王朝不惜罗织罪名，铸成大狱，在于借助此案以表明对有遗民心态、以网罗明末文献而酝酿反清情绪者严惩不贷的决心和态度，《南山集》案拉开了清代愈演愈烈的政治迫害的序幕。

戴名世与方苞，以文字相知，以文字得罪，堪称莫逆患难之交。《南山集》刊刻时，方苞即称："褐夫之文，盖至今藏其胸中而未得一出焉。"戴氏死后，人隐其姓名称宋潜虚，方苞又谓"然世所见潜虚文，多率尔应酬之作。其称意者，每楗而藏之"，"潜虚死无子，其家人言：楗藏之文近尺许，淮阴某人持去。或曰尚存，或曰已失之矣"。[①] 戴名世遭祸后，其文以隐秘的方式保存、流传，遗失与讹误现象自然严重。今人王树民编辑整理《戴名世集》，录文二百八十二篇，收辑最为完备，考核也最为可信。

读《戴名世集》，最让人怦然心动的是作者自我塑造和勾画出的贫寒磊落之士失意落魄的形象及倔傲不驯的性格。戴氏自言：

> 当今文章一事贱如粪壤，而仆无他嗜好，独好此不厌。生平尤留意先朝文献，二十年来，搜求遗编，讨论掌故，胸中觉有百卷书，怪怪奇奇，滔滔汩汩，欲触喉而出。而仆以为此古今大事，不敢聊且为之，将欲入名山中，洗涤心神，餐吸沆瀣，息虑屏气，久之乃敢发凡起例，次第命笔。而不幸死丧相继，家累日增，奔走四方以求衣食，其为困踬颠倒，良可悼叹。同县方苞以为："文章者穷人之具，而文章之奇者其穷亦奇，如戴子是也。"仆文章不敢当方君之所谓奇，而欲著书而不得，此其所以为穷之奇也。[②]

---

① 方苞：《书先君子家传后》，《方苞集》，刘季高校点，上海：上海古籍出版社 1983 年版，第 633 页。

② 戴名世：《与刘大山书》，《戴名世集》，王树民编校，北京：中华书局 1986 年版，第 11 页。

此段夫子自道概言了戴名世的志趣、追求与生存困境。戴氏把《明史》的写作视为平生第一要务，"留意先朝文献"，"胸中觉有百卷书"者，则指《明史》的撰著。此即方苞所称"藏其胸中而未得一出焉"，也即戴名世以为必"入名山中，洗涤心神，餐吸沆瀣，息虑屏气，久之乃敢发凡起例，次第命笔"者。戴氏撰写《明史》，为左史、太史之文，留千秋万古之名的凤愿，因衣食之累、穷困之扰而不能实现，则忧患不平之气时时流露于字里行间。他在《初集原序》中云：

> 余生二十余年，迂疏落寞，无他艺能，而窃尝有志，欲上下古今，贯穿驰骋，以成一家之言，顾不知天之所以与我者何如，妄欲追踪古人。然家无藏书，不足以恣其观览，又其精神心力困于教授生徒，而又无相知有气力者振之于泥涂之中。……假令天而不遗斯文，使余得脱于忧患，无饥寒抑郁之乱其心，而获大肆其力于文章，则于古之人或者可以无让。而荏苒岁月，困穷转甚，此其所以念及于斯文而不能不慨然而泣下也。[①]

欲著书而不可得的困顿，欲攀援而无人相知的烦恼，恃才自傲而不用于世的牢骚，极易酿成对社会世道不满与感慨忿恚的情绪。戴名世年轻时有《穷鬼传》一文，取意于韩愈的《送穷文》，写曾附身于韩愈之身的"穷鬼"转而附身于"被褐先生"，遂使其"议论文章，开口触忌，则穷于言；上下坑坎，前颠后踬，俯仰踽蹐，左支右吾，则穷于行；蒙尘垢，被刺讥，忧众口，则穷于辨；所为而拂乱，所往而刺谬，则穷于才；声势货利不足以动众，磊落孤愤不足以谐俗，则穷于交游。抱其无用之书，负其不羁之气，挟

---

① 戴名世：《初集原序》，《戴名世集》，王树民编校，北京：中华书局 1986 年版，第 59 页。

其空匮之身，入所厌薄之世，则在家而穷，在邦而穷"①。戴氏以"褐夫"为字，"被褐先生"实为自指。韩愈《送穷文》谓穷鬼有五，戴氏此文谓穷鬼有五穷。作者借"穷鬼"之口曰："吾能使先生歌，使先生泣，使先生激，使先生愤，使先生独往独来而游于无穷。"穷不但不能使人意志消沉、自暴自弃，反能使人感发奋起、傲然兀立。与《穷鬼传》寓言式体裁相似，戴氏又有《盲者说》《鸟说》等文。《穷鬼传》近于自嘲，《盲者说》《鸟说》则意在嘲世。《盲者说》借盲童之口，说明盲者目虽不见，四肢百体自若，不疲其神于不急之务，不用其力于无益之为，盲而不盲；而世上明目不盲之人，邪正在前不能释，利害之来不能审，治乱之故不能识，不盲而盲。《鸟说》叙述羽毛洁而音鸣好之鸟，不栖深山茂林，托身非所，见辱于人奴以死的故事，说明世路凶险，洁身自好者当好自为之。此类文章，都隐含着强烈的愤世嫉俗的情绪，这些情绪，或寄寓于艺术形象，令人神会；或触喉而出，锋芒毕露。戴氏《送蒋玉度还毗陵序》言士林柔媚之风尚云：

> 今之所谓才士者，吾知之矣，习剽窃之文，工侧媚之貌，奔走形势之途，周旋仆隶之际，以低首柔声乞哀于公卿之门，而世之论才士者必归焉。今之所谓好士者，吾知之矣，雷同也而喜其合时，便佞也而喜其适己，狼戾阴贼也而以为有用。士有不出于是者，为傲、为迂、为诞妄、为倨侮，而不可复近。②

此种直言与《盲者说》《穷鬼传》之曲语，愤世嫉俗的情绪是一脉相承的。桐城是东林党人左光斗，复社之英方以智、方文，几社巨擘钱澄之的

---

① 戴名世：《穷鬼传》，《戴名世集》，王树民编校，北京：中华书局1986年版，第430页。

② 戴名世：《送蒋玉度还毗陵序》，《戴名世集》，王树民编校，北京：中华书局1986年版，第135—136页。

家乡。康熙年间，政治秩序虽趋于稳定，但江南地区反清情绪仍未真正遏止。其表现形式之一便是在士林谈荟中，传述前明遗老轶事，盛推前辈气度志节。戴名世有志于《明史》，史虽未成，但于明代文献掌故及史书之法是十分留意的。《戴名世集》中有传记文五十余篇，其中相当一部分是记述明末志士奇民的事迹的。《杨维岳传》记史可法部下、安徽巢县人氏杨维岳在清兵破扬州后绝食以死之事道：

> 北兵渡江，京师溃，而史可法以大学士督师扬州，城破死之。维岳泣曰："国家养士三百年，以身殉国，奈何独一史公！"于是设史公主，为文祭之而哭于庭。家人进粥食，麾之去，平日好饮酒，亦却之……居三日，北兵至，下令薙发。维岳不肯。人谓："先生曷避诸？"维岳曰："避将何之？吾死耳，吾死耳！"其子对之泣，维岳曰："小子！吾生平读书何事？一旦苟全幸生，吾义不为。吾今得死所矣，小子何泣焉？"人有来劝慰，僵卧唯唯而已。搜先人遗文，付其子曰："当谨守之。"乃作不髡永诀之辞以见志。凡不食七日，整衣冠，诣先世神主前，再拜入室，气息仅相属。人来观者益众，忽张目视其子曰："前日见志之语，慎毋以示世也。"顷之遂卒。[①]

与杨维岳不肯薙发事清之事相仿佛，《画网巾先生传》记述了顺治二年（1645）发生在福建境内的故事。一位着明代衣冠、匿迹于山寺之中者，当其被逮而被迫去掉明代网巾装束时，复令仆人画网巾于额上，人称画网巾先生。画网巾先生终因不肯去掉所画网巾而引颈就戮。作者在表彰易代之际守节死义行为的同时，也控诉了清朝入主中原所带来的屠杀与血腥。

---

① 戴名世：《杨维岳传》，《戴名世集》，王树民编校，北京：中华书局1986年版，第161页。

如果说，上述传记尚可勉强以网罗旧闻、搜集轶事为掩饰，那么《八月庚申及齐师战于乾时我师败绩》《与余生书》两文则近于攘臂以出了。前文为戴氏读《春秋》之笔记。作者认为：

> 今夫《春秋》之义，莫大于复仇。仇莫大于国之夺于人，而君父之死于人也。故吾力能报焉，而有以洗死者之耻，上也；其次，力不能报，而报之不克而死；最下则忘之；又最下则事之矣。①

戴氏以复仇诠释《春秋》之大义的弦外之音，是任何一个亲历明清社会变革的士人都能会意于心的。《与余生书》是与学生余湛讨论关于搜集南明史料之事的书札。《南山集》案以"悖逆"定案，即据此文。戴氏在文中以史学家的眼光评价南明史料搜集的重要性。戴氏认为：宋亡后，陆秀夫拥立帝昺在广东崖山坚持抗元，存在不足一年，所据又仅海岛一隅，而史书犹得备书其事。与之相比，明亡之后，弘光之帝南京，隆武之帝闽越，永历之帝两粤、滇、黔，地方数千里，首尾十七八年，必当于史有所书写，但可惜其事渐以灭没，致使"一时成败得失与孤忠效死、乱贼误国、流离播迁之情状，无以示于后世"，念此而令人叹息扼腕。而在支离破碎的文献中，桐城人方孝标所作《滇黔纪闻》记永历年间亲历之事，则更显得弥足珍贵。戴氏在《与余生书》中，因使用南明年号而得罪，而文中所表现出的对南明史料的珍惜是与对南明政权的眷依纠缠在一起的，史学家的良知与遗民情绪是混合并存的。这就很难为根基未稳的清王朝所接受，所容忍，《南山集》案也因此而作兴。

方苞晚生于戴名世十五年，戴氏与方苞之兄方舟对方苞早年行为影响极大。方苞与戴有志于古人立言之道者同，而方苞性情中忧患自怨的成分更

---

① 戴名世：《八月庚申及齐师战于乾时我师败绩》，《戴名世集》，王树民编校，北京：中华书局1986年版，第409页。

多于戴氏。方苞二十六岁时所作《与王昆绳书》言己心志、性情道：

> （苞——引者）饥驱宣、歙间，入泾河路，见左右高峰刺天，水清泠见底，崖岩参差万叠，风云往还，古木、奇藤、修篁郁盘有生气，聚落居人，貌甚闲暇。因念古者庄周、陶潜之徒，逍遥纵脱，岩居而川观，无一事系其心，天地日月山川之精，浸灌胸臆，以郁其奇，故其文章皆肖以出。使苞于此间，得一亩之宫，数顷之田，耕且养，穷经而著书，胸中谿然，不为外物侵乱，其所成就未必遽后于古人。乃终岁仆仆，向人索衣食；或山行水宿，颠顿怵迫；或胥易技系，束缚于尘事，不能一日宽闲其身心。君子固穷，不畏其身辛苦憔悴，诚恐神智滑昏，学殖荒落，抱无穷之志而卒事不成也。
>
> 苞之生二十六年矣，使蹉跎昏忽，常如既往，则由此而四十五十，岂有难哉！无所得于身，无所得于后，是将与众人同其蔑蔑也。每念兹事，如沉疴之附其身，中夜起立，绕屋彷徨，仆夫童奴怪诧不知所谓。苞之心事，谁可告语哉！[①]

将此文与戴名世《与刘大山书》《初集原序》对照而读，两人潜心为文、直追古人文境的心志相同，勤苦于衣食、束缚于尘事的境况相同，而戴氏恃才傲物的成分居多，因此多牢骚之语；方苞自怨自责的成分居多，因此多沉痛之辞。

《南山集》案后，戴名世被处死，方苞虽被免死，并得重用，但始终未能从心有余悸的阴影中走出。他出狱后所作之文，屡屡提及《南山集》之

---

① 方苞：《与王昆绳书》，《方苞集》，刘季高校点，上海：上海古籍出版社1983年版，第667页。

祸。对于亡友戴名世，方苞有怨词，更有同情。他在《送左未生南归序》中以为："余每戒潜虚，当戒声利，与未生归老浮山，而潜虚不能用，余甚恨之。"戴氏因不戒声利，终至祸身，令人怨恨，也令人惋惜。方苞在其他论及戴氏之文、论及与戴氏之交时，多是一往情深。他出狱后所作的《游潭柘记》，抒写面对自然油然而生的灵魂拷问：

> 余生山水之乡，昔之日，谁为羁绁者？乃自牵于俗，以桎梏其身心，而负此时物，悔岂可追邪？夫古之达人，岩居川观，陆沉而不悔者，彼诚有见于功在天壤，名施罔极，终不以易吾性命之情也。况敝精神于寒浅，而蘧蘧以终世乎？余老矣，自顾数奇，岂敢复妄意于此？ ①

此时方苞五十一岁。将此文与二十六岁时所作之《与王昆绳书》相比较，在岩居川观、面对自然中思考人生追求的方式相同，但前文充满着时不我待的紧迫，而后文则多为大劫之后的追悔。

方苞记狱中之事的文章，有《狱中杂记》《余石民哀辞》《结感录》等篇。《狱中杂记》追忆狱中所见所闻，揭露了京师狱中的黑暗。狱中通明透气设置不畅，春疫传播，法所不及而死于疫病者甚多。人犯一旦入狱，不问罪之有无，必械手足，俾困苦不可忍，然后导以取保，所得保费，官与吏剖分。对死刑犯人，行刑者多方索要财物。对非死刑犯人，主刑者也视贿金多少决定施刑之轻重。在狱中，无罪者可能无辜罹难，而决死者也可逍遥法外。刑部大狱成为贪官污吏横行不法的地方，个别良吏也多以脱人于死为功。中央监狱尚且如此，地方狱治则可想而知。《余石民哀辞》是为《南山集》案牵

---

① 方苞：《游潭柘记》，《方苞集》，刘季高校点，上海：上海古籍出版社 1983 年版，第 423 页。

连而死于狱中的余湛所写的悼念文章。余湛为戴氏学生，戴名世在《与余生书》中使用南明年号而酿成牢狱之祸，余湛则因此信而被捕。方苞《余石民哀辞》记述余湛狱死前后的经过道：

> 康熙壬辰，余与余君石民并以戴名世《南山集》牵连被逮。君童稚受学于戴，戴集中有与君论史事书，君未之答也。不相见者二十余年矣。一旦祸发，君破家遘疾死狱中，而事戴礼甚恭。先卒之数日，犹日购宋儒之书，危坐寻览。观君之颠危而不怼其师，是能重人纪而不以功利为离合也；观君之垂死而务学不怠，是能绝偷苟而不以嗜欲为安宅也……
>
> 君提解，倾邑父老子弟出送郭门外，皆曰："余君乃至此！"今君破家亡身而不得终事其母。吾恐无识者闻之，愈以守道为祸而安于邪恶也。于其丧之归也，书以鸣吾哀。①

余湛童稚受学，二十余年未曾与老师见面，却因老师早年的一封书札而破家亡身；身为士人，礼师守道，垂死而读宋儒之书，却瘐死狱中而无法终事其母。此不是冤狱又能是什么？方苞为余湛喊冤，也是为自己喊冤；为余湛鸣哀，又何尝不是为自己鸣哀？《结感录》记述了方苞被逮入狱期间所获得的意想不到的关照与帮助。其中记张丙厚急难相助之事曰：

> 及余被逮，公适为刑部郎中。时上震怒，特命冢宰富公宁安与司寇杂治。富廉直，威稜慑众，每决大议，同官嗫不得发声。余始至，闭门会鞫，命毋纳诸司。公手牒称急事，叩门而入。问

---

① 方苞:《余石民哀辞》,《方苞集》, 刘季高校点, 上海: 上海古籍出版社 1983 年版,第 778—779 页。

何急，曰："急方某事耳。"遂抗言曰："某良士，以名自累，非其罪也。公能为标白，海内瞻仰；即不能，慎毋以刑讯。"因于案旁取饮，手执之，俯而饮余。长官暨同列莫不变色易容，众目皆集于公，公言笑洒如。供状毕，狱隶前加锁，迫扼喉间，公厉声叱之。[①]

在《南山集》案朝士多牵连，虽亲故旧友畏避不敢通问的情况下，张丙厚身为刑官之属，相护于大庭广众之前，其侠肝义胆由此可见。

对于康熙不杀、雍正赦许归籍之恩，方苞有《两朝圣恩恭纪》《圣训恭纪》记载之。

对两朝恩典，方苞表示"欲效涓埃之报"[②]，但蒙难受辱所带来的情感裂痕却是难以真正弥缝的。论及士风，方苞以为：士气之盛昌，则自东汉以来，未有如明末者。他在《修复双峰书院记》中论晚明及五代之士风曰：

> 夫晚明之事，犹不足异也。当靖难兵起，国乃新造耳，而一时朝士及闾阎之布衣，舍生取义，与日月争光者，不可胜数也。尝叹五季缙绅之士，视亡国易君，若邻之丧其鸡犬，漠然无动于中。及观其上之所以遇下，而后知无怪其然也。彼于将相大臣，所以毁其廉耻者，或甚于臧获；则贤者不出于其间，而苟妄之徒，回面污行而不知愧，固其理矣。
>
> 明之兴也，高皇帝之驭吏也严，而待士也忠。其养之也厚，其礼之也重，其任之也专。有不用命而自背所学者，虽以峻法加焉，而不害于士气之伸也。故能以数年之间，肇修人纪，而使之

---

① 方苞：《结感录》，《方苞集》，刘季高校点，上海：上海古籍出版社1983年版，第714—715页。

② 方苞：《两朝圣恩恭纪》，《方苞集》，刘季高校点，上海：上海古籍出版社1983年版，第516页。

勃兴于礼义如此。①

五代时期，士人视亡国易君，漠然无动于衷，而明末清初，朝士、布衣舍生取义者不可胜数，原因在于两代风教张弛不同。五代君主之于士，毁其廉耻，戕其心志，故国家一旦有事，缙绅之士皆坐而观火。明代君主之于士，待忠养厚，礼重任专，故能士气盛昌，礼义勃兴。方苞复又比较前明与有清士风之不同道：

> 士大夫敦尚气节，东汉以后，惟前明为盛。居官而致富厚，则朝士避之若浼，乡里皆以为羞。至论大事，击权奸，则大臣多以去就争；台谏之官，朝受廷杖，谏疏夕具，连名继进。至魏忠贤播恶，自公卿以及庶官，甘流窜，捐腰领，受锥凿炮烙之毒而不悔者，踵相接也。虽曰激于意气，然亦不可谓非忠孝之实心矣。惟其如是，故正、嘉以后，国政偾于上，而臣节砥于下，赖以维持而不至乱亡者，尚百有余年。臣窃见本朝敬礼大臣，优恤庶官，远过于前明；而公卿大臣抗节效忠者，寥寥可数；士大夫之气习风声，则远不逮也。②

士林中缺乏抗节效忠、舍生取义之气节，缺乏勇担道义、赴难不辞之正气，此种庸懦不立、畏怯不争的士林风气的形成，与清王朝文网严密、禁忌重重的士林政策有关，与清王朝矫明代士人聚徒结社、清议论政之弊而过正的政治现实有关。文网笼罩、言路堵塞、钳制士口、压抑士气的政策与现

---

① 方苞：《修复双峰书院记》，《方苞集》，刘季高校点，上海：上海古籍出版社1983年版，第414—415页。
② 方苞：《请矫除积习兴起人才札子》，《方苞集》，刘季高校点，上海：上海古籍出版社1983年版，第557页。

实，必然造就苟且偷安、推诿因循、好谀嗜利、寡廉鲜耻的士林风气。

方苞少年时，其父"每好言诸前辈志节之盛以示苞兄弟"①。及长，所交友人如戴名世、朱字绿等人，皆好谈有明遗事。方苞与抗清志士钱澄之，不仕于清的名士杜浚、杜芥有过接触，《方苞集》中的《杜苍略先生墓志铭》《田间先生墓表》即是分别记述黄冈二杜及桐城钱氏事迹的。《孙徵君传》则是记述清廷征聘而不出的儒学之士孙奇逢的。在方苞为这些志节之士所写的传志中，虽不像戴名世那样锋芒毕露，但对诸位志士刚直正义、坚贞不移的行为品格所表现出的敬仰之意，却是溢于字里行间的。当然，在敬仰之余，也不无几分好景不再的遗憾和失落。

戴名世与方苞的人生命运和情感经历，是 17 世纪末 18 世纪初中国士人心路历程的简写和缩影。明末士人清议讲学、砥砺气节所激扬起来的社会参与意识和亢奋昂扬的战斗精神，在明清易代之际，很大程度上转化为沸沸扬扬的反清情绪。清王朝以严厉之策整饬士风，在不许聚徒结社、禁止清议讲学的同时，又罗织罪名，大兴文字狱。戴名世、方苞早年所生活的南京、桐城等地，曾是几社、复社活动的主要地区，受喧嚣骄盛士风的濡染和遗民情绪的浸润，戴、方的行为、言辞自然有不少可被指斥为狂悖不驯之处。戴氏文集中，愤世嫉俗之语多有。其自谓"余生抱难成之志，负不羁之才，处穷极之遭，当败坏之世"②。又称："余居乡，以文章得罪朋友，有妒余者，号于市曰：'逐戴生者视余！'群儿从之纷如也。久之，衡文者贡余于京师，乡人之在京师者，多相戒毋道戴生名。"③他在北京，又尝"与昆绳行歌燕

---

① 方苞：《田间先生墓表》，《方苞集》，刘季高校点，上海：上海古籍出版社 1983 年版，第 337 页。

② 戴名世：《与弟书》，《戴名世集》，王树民编校，北京：中华书局 1986 年版，第 14 页。

③ 戴名世：《送萧端木序》，《戴名世集》，王树民编校，北京：中华书局 1986 年版，第 135 页。

市，一市人皆笑之"①。戴名世中进士获编修之职不久，便遭参议，不能说与其言行无忌无关。方苞早年"所交，多楚、越遗民，重文藻，喜事功"。三十九岁中进士，不及殿试，闻母疾而遽归，后被人戏称之为"人之伦五，方君独二而又半焉。既与于进士，而不廷对，是无君臣也。自始婚，日夕嗃嗃，终世羁旅，而家居多就外寝，是无夫妇也。一子形甚赢，而扑击之甚痛，盖父子之伦，亦缺其半焉"②。《南山集》案后，方苞幸免于死，以白衣入值南书房，开始了后半生三十年的仕宦生涯，经历康、雍、乾三朝，践履"学行继程朱之后，文章在韩欧之间"的行身祈向，著书为文，虽有孤怀幽怨，但迂回盘折于词意之中。从戴名世到经历了《南山集》案之后的方苞，体现了清初士人由狂悖不驯到敛性皈依的思想过程。

（原载《史学月刊》2003 年第 12 期）

---

① 戴名世：《送刘继庄还洞庭序》，《戴名世集》，王树民编校，北京：中华书局 1986 年版，第 137 页。

② 方苞：《自讼》，《方苞集》，刘季高校点，上海：上海古籍出版社 1983 年版，第 774 页。

经学同文学的分野与冲突

——以唐宋与清代古文运动为例

一、唐宋道统文统体系的建立与破裂

中国散文的发展，至唐代贞元、元和以后，遂生出古文一派。韩愈、柳宗元等人以复兴儒学为旗帜，以取法先秦、两汉奇句单行文章传统相号召，以改革文风、文体、文学语言为主要内容，形成了影响深远的古文运动。作为唐代儒学复兴的倡导者，韩愈以"补苴罅漏，张皇幽眇，寻坠绪之茫茫，独旁搜而远绍，障百川而东之，回狂澜于既倒"①的积极态度，张扬儒道，"觝排异端，攘斥佛老"。韩愈化用孟子"五百年必有王者兴"之说，别出心裁地建立了"尧以是传之舜，舜以是传之禹，禹以是传之汤，汤以是传之文、武、周公，文、武、周公传之孔子，孔子传之孟轲，轲之死，不得

① 韩愈：《进学解》，《韩昌黎文集校注》，马其昶校注、马茂元整理，上海：上海古籍出版社 2018 年版，第 54 页。

其传焉"①的古道传承系统，而直以孟轲之后先圣先王道统坠绪的承继者自任，以为"使其道由愈而粗传，虽灭死万万无恨"②。作为古文运动的领袖，韩愈主张恢复先秦两汉源远流长的散文传统，上规六经，下逮《庄》《骚》，沉浸醲郁，含英咀华，创造出陈言务去、言必己出、文从字顺、清新刚健的新体散文。韩愈用文以明道、文道合一的观点解释文与道之间的关系。其认为古道久而不传，但可于古文中见之，"学古道，则欲兼通其辞"③；古文衰敝已甚，将薪至于古之立言者，则须"行之乎仁义之途，游之乎诗书之源"，然后"垂诸文而为后世法"④，与古道统说相辅相成。韩愈在《送孟东野序》中依据"不平则鸣"的标准，勾勒出自皋陶、老子、周公、孔子、庄周、孟轲、屈原、司马迁、司马相如、扬雄以至于唐代陈子昂以下作者一以贯之的精神脉络，以为上述作家之所以卓然不朽，在于其善于"择其善鸣者而假之鸣"。这种勾勒实为古文一派的文统说埋下伏笔。

对于韩愈在复兴儒学和提倡古文两方面的成就，苏轼曾以"文起八代之衰，道济天下之溺"的赞语给予高度的评价。而究其实际，韩氏留在文学史上的影响要大大超过其留在学术史上的影响。韩氏曾言："愈少驽怯，于他艺能自度无可努力，又不通时事，而与世多龃龉。念终无以树立，遂发愤笃专于文学。"⑤韩愈的古文理论及其散文创作的成就，推动了贞元之后古文运动的发展。加上师承、交游者的响应、鼓噪与鼎助，唐代古文运动在文

---

① 韩愈：《原道》，《韩昌黎文集校注》，马其昶校注、马茂元整理，上海：上海古籍出版社 2018 年版，第 23 页。

② 韩愈：《与孟尚书书》，《韩昌黎文集校注》，马其昶校注、马茂元整理，上海：上海古籍出版社 2018 年版，第 252 页。

③ 韩愈：《题哀辞后》，《韩昌黎文集校注》，马其昶校注、马茂元整理，上海：上海古籍出版社 2018 年版，第 357 页。

④ 韩愈：《答李翊书》，《韩昌黎文集校注》，马其昶校注、马茂元整理，上海：上海古籍出版社 2018 年版，第 201 页。

⑤ 韩愈：《答窦秀才书》，《韩昌黎文集校注》，马其昶校注、马茂元整理，上海：上海古籍出版社 2018 年版，第 162 页。

风、文体、文学语言的改革上取得显著的成绩，开创了言之有物、自由抒写、简练干净、文从字顺的散文传统，使散文写作走向了写景、抒情、言志、议论的更广阔天地。

宋初为古文运动与韩、柳传统张目的是柳开、石介、王禹偁诸人。柳开、石介、王禹偁等人对中唐古文运动及韩柳传统的高度评价和积极认同，拉开了北宋散文革新的序幕，而真正充任北宋散文革新领袖的则是欧阳修。由柳开、石介等人的尊韩，到欧阳修时期"学者非韩不学"①风气的形成，正是北宋古文运动步步深入的过程。欧阳修借助他在政治上、学术上的地位和"天下翕然师尊之"的威望，借助交游与师徒关系，组成了志同道合、彼此呼应的文人集团。这一文人集团中包括苏舜钦、梅尧臣、曾巩、王安石、三苏等。他们鼓荡风气，相互倚重，并以各自的努力和成就，丰富发展了韩、柳古文传统，共同开创了中国散文发展的又一个辉煌时期。

与韩、柳横空出世的立论相较，宋代古文家的理论更趋于精微平实。宋代古文家整体上接受了韩柳文道合一、文以明道的文道观，但其道的内容更趋于扩大，而文的意识更趋于自觉。宋古文家对道的理解的世俗化，使文章更贴近现实生活中的百事，因而更显得情真理切、平易近人。他们以立言不朽的精神致力于文章写作，因而更注意文章诸如"事信""言文""规模""繁简"等艺术法度的探求与运用。他们反对五代以来怪僻、艰涩的文风，为文力求疏畅条达，自然生动。宋诸家之文或以神逸胜，或以清谨胜，或偏于峻峭，或毗于疏朗，却都显得优游不迫，清雅动人。

北宋古文运动的发展与成功，欧阳修功莫大焉。欧阳氏生前，曾巩即把其比之于孟子、韩愈，至苏轼序欧阳修《居士集》时，则推誉欧阳修为孟、韩之后道统文统的续接者。苏轼述及道统之续时指出：

---

① 欧阳修：《书旧本韩文后》，《欧阳修选集》，陈新、杜维沫选注，上海：上海古籍出版社2016年版，第384页。

自汉以来，道术不出于孔氏，而乱天下者多矣。晋以老庄亡，梁以佛亡，莫或正之。五百余年而后得韩愈。学者以愈配孟子，盖庶几焉。愈之后二百有余年，而后得欧阳子。其学推韩愈、孟子，以达于孔氏，著礼乐仁义之实，以合于大道。其言简而明，信而通，引物连类，折之于至理，以服人心，故天下翕然师尊之。①

进而论及欧阳氏转移世风、士风、文风之功劳及文统之续云：

宋兴七十余年，民不知兵，富而教之，至天圣、景祐极矣，而斯文终有愧于古。士亦因陋守旧，论卑而气弱。自欧阳子出，天下争自濯磨，以通经学古为高，以救时行道为贤，以犯颜纳说为忠。长育成就，至嘉祐末，号称多士，欧阳子之功为多。

欧阳子论大道似韩愈，论事似陆贽，记事似司马迁，诗赋似李白。此非余言也，天下之言也。②

古文一派至北宋，可谓发展极盛。从欧阳修所说的"学者非韩不学"和苏轼所说的"天下翕然师尊之"（欧阳修）的说法中，可见古文一派在士林与学界中的地位。但这种地位不久便受到道学家的挑战。道学是以儒家伦理思想为核心，吸收佛、道二教思想融合而成的儒学学派，与王安石"新学"同时兴起，学派中的周敦颐、程颢、程颐、邵雍、张载被称为北宋五子。作为一个儒学流派，其形成之初，便以道统的继承者自居。程颐称其兄程颢当为孟子之后圣学传人：

---

① 苏轼：《六一居士集叙》，《苏轼文集》卷十，孔凡礼点校，北京：中华书局 1986 年版，第 316 页。

② 苏轼：《六一居士集叙》，《苏轼文集》卷十，孔凡礼点校，北京：中华书局 1986 年版，第 316 页。

经学同文学的分野与冲突

孟轲死，圣人之学不传。道不行，百世无善治；学不传，千

载无真儒。……先生生千四百年之后，得不传之学于遗经……①

二程既自命为孟子之后千四百年间儒学圣道嫡传，韩愈、欧阳修等人自然便与道统无缘。二程又以为"作文害道"。其依据"有德者必有言"之说讥笑韩愈"因文求道"是"倒学"，而二程弟子杨时对司马迁、司马相如、韩愈、柳宗元等人更表现出不屑一顾。其《送吴子正序》云："自汉迄唐千余岁，而士之名能文者，无过是数人。及考其所至，卒未有能倡明道学，窥圣人阃奥如古人者。"②这种评价代表着道学家对古文家所特有的轻蔑与武断。道学家视词章之学为玩物、为闲语，作文之人为俳优、为不学，文统复又有何存在的必要和价值。

韩愈所创制的道统说，是将帝王与圣哲系统混同排列的，具有合政事礼乐于一体的特点。而其所编排的文统，则合道德文章于一体，又与道统中人物基本重合。韩愈的文道合一，既表现为以文见道和以文明道的统一，也追求道统文统重合的圆满。韩愈复兴儒学，重在以复古的形式，重建一种思想信仰体系，用以"觝排异端，攘斥佛老"，其所谓的"道"，以"仁义道德""先王之教"为主体，更多地体现为一种思想旗帜。韩愈文集中真正"扶经之心，执圣之权"的阐道论学文章并不多，更未能建立新的学派。韩愈的成功在于他对重振儒学的倡导和建立了以道为本、以经为源、取法三代两汉而推陈出新的古文传统。至北宋，随着古文家对道的理解的世俗化、平易化，他们更关心现实世界的百事，更注重对社会实际事务的参与。他们的经史整理和词章之作，具有针砭时政、考证得失、论史记事、垂法后世的明确

---

① 程颐：《明道先生墓表》，《二程集》，王孝鱼点校，北京：中华书局 2006 年版，第641 页。

② 杨时：《送吴子正序》，《杨时集》，林海权校理，北京：中华书局 2018 年版，第664 页。

目的。

理学家讲求心性义理之学，试图借助释道宇宙论、认识论的理论成果，将仁义礼智信等儒家伦理原则提高为宇宙本体和普遍规律，从而使古典儒学获得强有力的本体论基础，成为全面指导中国人社会生活的思想权威和理性法则。这种"提高"所需进行的工程十分浩大，而其基本实践则是通过"心性修养"驱动的。理学治学途径既不同于注重名物训诂、考据注疏的汉唐诸儒，又不同于以文明道的韩、欧等人。理学的出现，某种程度上打破了旧有的学术分野，因此，理学的创始人之一程颐曾明确地把学问分为三类："古之学者一，今之学者三。异端不与焉，一曰文章之学，二曰训诂之学，三曰儒者之学。欲趋道，舍儒者之学不可。"① 当理学家以儒者之学自居时，韩、欧便被划入文章之学的队列；而当理学家以古典儒学的传人自认时，他们也便同时获得了傲视考据、辞章之学的资本。程颐对学问三事的区分，一方面说明中国传统学术的分支学科，其成熟发展，已有了自立门户的态势，另一方面，也预示着韩愈以来所编织的道统文统体系的破裂，已是为期不远。

理学至南宋时蔚为大观。南宋理学的集大成者朱熹从"心统性情"的基本命题出发，解释文道本一的道理，其以为："道者，文之根本；文者，道之枝叶。惟其根本乎道，所以发之于文，皆道也。三代圣贤文章，皆从此心写出，文便是道。"② 依照心统性情的理论，朱熹以为古文家以文贯道，以文明道之说，其弊端在于析文道为二，且本末倒置。其论韩、欧之得失云：

> 东京以降，迄于隋唐数百年间，愈下愈衰，则其去道益远，而无实之文亦无足论。韩愈氏出，始觉其陋，慨然号于一世，欲

---

① 程颐：《伊川先生语四》，《二程集》，王孝鱼点校，北京：中华书局 2006 年版，第187 页。

② 朱熹：《朱子语类》，黎靖德编，武汉：崇文书局 2018 年版，第 2521 页。

去陈言以追《诗》《书》六艺之作；而其弊精神糜岁月，又有甚于前世诸人之所为者。然犹幸其略知不根无实之不足恃，因是颇溯其源而适有会焉，于是《原道》诸篇始作。而其言曰"根之茂者其实遂，膏之沃者其光晔"，"仁义之人，其言蔼如也"。其徒和之亦曰："未有不深于道而能文者。"则亦庶几其贤矣。然今读其书，则其出于诙谐戏豫放浪而无实者，自不为少。若夫所原之道，则亦徒能言其大体，而未见其有探讨服行之效。使其言之为文者，皆必由是以出也。故其论古人，则又直以屈原、孟轲、马迁、相如、扬雄为一等，而犹不及于董、贾。其论当世之弊，则但以词不已出而遂有神徂圣伏之叹。至于其徒之论，亦但以剽掠潜窃为文之病。大振颓风、教人自为为韩之功，则其师生之间传受之际，盖未免裂道与文以为两物，而于其轻重缓急、本末宾主之分，又未免于倒悬而逆置之也。自是以来，又复衰歇数十百年，而后欧阳子出，其文之妙，盖已不愧于韩氏。而其曰"治出于一"云者，则自荀、扬以下皆不能及，而韩亦未有闻焉，是则疑若几于道矣。然考其终身之言，与其行事之实，则恐其亦未免于韩氏之病也。①

朱氏窥破了古文家既讲求以道为本，以经为源，又讲求不平则鸣、言必己出、文道并重而难免顾此失彼的尴尬，以及韩、欧立言与行身践履之间的矛盾，但其以心性之学的标准评价韩、欧，以"文皆是从道中流出"，"有是实于中，则必有是文于外"②的观点看待文道关系，则不免过多地沾溉了理学学派恃心性之学以自重、有德者必有言的偏颇与狭隘。而正是这种偏颇

---

① 朱熹：《读唐志》，《朱熹集》，郭齐、尹波点校，成都：四川教育出版社 1996 年版，第 3654—3655 页。

② 朱熹：《读唐志》，《朱熹集》，郭齐、尹波点校，成都：四川教育出版社 1996 年版，第 3653 页。

044 | 近代变革与文学转型

与狭隘，最终导致了中唐以来思想与文学联盟的破裂。

在中国文化发展史上，中唐以及北宋之间所展开的文化运动格外引人注目，给予中国封建后期的文化形态以重要的影响。唐宋文化运动以儒学复兴和古文运动作为相辅相成的两个轮子，儒学复兴借助古文运动而获得生机，古文运动凭借儒学复兴而丰采动人。理学的出现与成熟，应该说是儒学复兴与文化整合的必然结果。理学的建立，不仅要对先儒经典予以重新的阐释，更重要的是必须创造出新的经典及其形式。对先儒经典的阐释，可以借助经注；而对新经典载体的选择，理学家更青睐于佛教传道所使用的神秘莫测、机锋暗藏且自由度较大的语录体。理学家选择语录体作为主要思想载体之后，古文则被置于无足轻重的地位，韩、欧以文明道的传统遭到轻诋，中唐以来道统与文统重合圆满的局面，文学与思想的紧密联盟，也随之不复存在。

二、清代经学考据之风的兴盛与桐城派对古文之学的坚守

自程颐明确地区分文章之学、训诂之学、儒者之学后，中国传统学术的分野日趋明晰，而与此同时，三者之间的学术纷争也与日俱增。这种由学术分野、学术宗尚所引发的冲突，一直延续到清代。

清主中原，这对于生活在明清之际，习惯于谈论夷夏之大防的汉民族知识分子来说，是一种天崩地裂般的巨变。在由政治王朝更替所带来的"亡天下"的悲凉心境支配下，顾炎武、黄宗羲、王夫之等一代学人积极参与了以正本清源、完善传统、回归儒家原典文化为基本指向的文化反思与学术检讨运动。他们所提出的"经学即理学""博学多闻""实事求是"等理论命题及其回归儒学原典的实践，促进了清代学术由空谈心性向经学考证方向的转换。这种转换经数代学人的共同努力，至清代中叶，经学考据训诂之道遂成

为蔚为大观、成绩斐然的显学。考据之学继辞章之学、义理之学后，在回归儒学原典的学术背景下，陡然有主霸坛坫之势，这样，义理、考据、辞章的相互关系问题，再次被重新提出。

汉宋之争，是清代学术史上的一大公案。汉儒之学注重名物训诂，治经重在考证注疏，而以章句经注为看家本领；宋儒之学喜谈心理之辨，治经重视揣摩体悟，而以人伦道德为义理本营。在宋儒之学主理坛坫几百年之后，在清代回归原典文化思潮波澜壮阔的背景下，汉儒之学重新兴起，其对宋儒之学的权威与生存，构成了一定的冲击。围绕重义理辨析还是重训诂考据问题，形成了清代学术史上的汉学宋学之争。汉宋两学在学术路向、治学方法、义理、考证孰主孰从问题上多有争论，但同属经学阵营的汉宋两学，对辞章之学的从属地位，则均无异词。汉学家与宋学家，各自以得道者自居，其在论述道与文的关系时，共同表现出极端相像的经学优胜心态。

乾隆年间，较早触及义理、考据、辞章关系问题的是戴震。戴震《与方希原书》中论学问之途云："古今学问之途，其大致有三，或事于义理，或事于制数，或事于文章。"[①]戴震曾受业于江永，又曾执经问于惠栋，是乾嘉考据学派中皖派经学的创始人。皖派经学以考据与文字见长，戴震则以学问渊博、识断精审、实事求是、不主一家为学术界所称道。戴震言及文章之学，以为"事于文章者，等而末者也"。文章之学所为道，非为大道；其所得本外，更有所谓大本。马、固、韩、柳所为道也，充其量做到"譬犹仰观泰山，知群山之卑；临视北海，知众流之小"而已，而经学家之于六经，则犹如"履泰山之巅，跨北海之涯"[②]，经学家的眼界与古文家不可同日而语。

古文家似乎很少具有经学家那样的优越感。自韩愈以来的古文家所讲

<hr>

① 戴震：《与方希原书》，《戴震文集》，赵玉新点校，北京：中华书局 1980 年版，第143 页。

② 戴震：《与方希原书》，《戴震文集》，赵玉新点校，北京：中华书局 1980 年版，第144 页。

求的"志乎古道而兼通其辞","兼其辞以明其道",都是把"道"摆在首要位置而置文辞以兼通的地位。这是因为古文家理论中所谓"道",主要指儒家之道。儒家之道的发明增损,在儒者之学。古文家所标榜的道,不过是充实于中,曲尽其情,发为文章,增其辉光而已。古文家很少有离儒者之学言道、离儒家之道而立言的,故而道愈重而文愈贱,道愈放之四海而皆准,文愈可有可无。这使古文家在论述文道关系时,往往先带有几分内怯与紧张。他们不愿明昭大号以文士自居而须时时挟道自重,不愿勤一世精力以尽心于文字间而期望于道万一有所得。这种矛盾的心态,又使他们在论述文道关系时,显得曲折往复,遮遮掩掩。

清代古文一派领时代风骚、执坛坫牛耳的当是桐城派。桐城派在方苞选择"学行程朱,文章韩欧"为行身祈向时,即已确立了以韩欧之文、明程朱之道的基本路向。至姚鼐真正揭起桐城派旗帜时,正是乾嘉学派如日中天、汹汹然主霸坛坫时期。姚鼐愤然离开四库馆后,至江南讲学授徒,成为桐城古文一派的实际组织者、创始者。其在汉学哓哓鼎沸之际,据理陈言,维护古文一派的地位和利益。

姚鼐论义理、考证、文章之学,首先持"异趋而同为不可废"之说。他在《复秦小岘书》中云:

> 尝谓天下学问之事,有义理、文章、考证三者之分,异趋而同为不可废。一途之中,歧分而为众家,遂至于百十家。同一家矣,而人之才性偏胜,所取之径域,又有能有不能焉。凡执其所能为,而呲其所不为者,皆陋也。必兼收之乃足为善。[1]

---

① 姚鼐:《复秦小岘书》,《惜抱轩诗文集》,刘季高标校,上海:上海古籍出版社1992年版,第104—105页。

学问三事，必以"异趋而同为不可废"为基本前提。才能偏胜，学有专攻，既不可废，必兼收之，"执其所能为，而贬抑所不为者"，为偏执、为陋见。姚鼐复论义理、考据、辞章三者善用相济之道及义理、考证家不文之过云：

> 鼐尝论学问之事，有三端焉：曰义理也，考证也，文章也。是三者苟善用之，则皆足以相济；苟不善用之，则或至于相害。今夫博学强识而善言德行者，固文之贵也；寡闻而浅识者，固文之陋也。然而世有言义理之过者，其辞芜杂俚近，如语录而不文；为考证之过者，至繁碎缴绕，而语不可了当，以为文之至美，而反以为病者何哉？其故由于自喜之太过而智昧于所当择也。夫天之生才虽美，不能无偏，故以能兼长者为贵，而兼之中又有害焉。岂非能尽其天之所与之量而不以才自蔽者之难得与？[①]

姚鼐与戴震等人同言学问三事善用相济之道，姚鼐所言，明显是为文章之学张目。宋学家与汉学家，或执于义理之端，或执于考证之端，皆以为文章之学不足道，不必言，其结果是言义理者，其辞失之于芜杂俚近，如语录而不文；为考证者，其辞至之于繁碎缴绕，而语不可了当。两者之失，皆在于不讲文章之道。文章之道不讲，其言不文；言之不文，而行之不远。姚鼐论立言之可贵处云：

> 言而成节合乎天地自然之节，则言贵也。其贵也，有全乎天者焉，有因人而造乎天者焉……夫文者，艺也。道与艺合，天与

---

① 姚鼐：《述庵文钞序》，《惜抱轩诗文集》，刘季高标校，上海：上海古籍出版社1992年版，第61页。

人一，则为文之至。世之文士，固不敢于文王、周公比，然所求以几乎文之至者，则有道矣，苟且率意，以觊天之或与之，无是理也。①

言之可贵在于其合于天地自然之节；文之可贵在于其至境可得道艺双臻、天人合一之妙。言达于合天地自然之节，文至于近道艺双臻之境，此不在天授，而关乎人力。如以为文章可率意为之，觊觎于天授之成，无是理也。姚鼐从这个角度讲，文之至者，最为难得。姚鼐《答鲁宾之书》云：

> 邃以通者，义理也。杂以辨者，典章、名物凡天地之所有也。闵闵乎！聚之于锱铢，夷怿以善虚，志若婴儿之柔。若鸡伏卵，其专以一，内候其节，而时发焉。夫天地之间，莫非文也。故文之至者，通于造化之自然。②

正因为文之至者，通于造化之自然，在文章写作过程中，义理、典章、名物，凡天地之所有，都将成为供文学驱使的材料，都将因文而有所附着，有所彰明，有所光辉。文章之学，岂可掉以轻心而漠视之，讪笑讥讽而轻贱之？

乾嘉之际学术界关于义理、考证、文章学问三事相互关系的辩论，其所涵盖内容及其潜在的思想意蕴是十分丰厚的。说它是了解清代各学术派别思想分野的一把钥匙，丝毫也不过分。姚鼐在辩论中，是以古文家的眼光去阐述道与文、信仰与艺术之间的关系的。"明道义、维风俗以诏世者，君子

---

① 姚鼐：《敦拙堂诗集序》，《惜抱轩诗文集》，刘季高标校，上海：上海古籍出版社1992 年版，第 49 页。

② 姚鼐：《答鲁宾之书》，《惜抱轩诗文集》，刘季高标校，上海：上海古籍出版社1992 年版，第 104 页。

之志；而辞足以尽其志者，君子之文也。达其辞则道以明，昧于文则志以晦”①，明道言志，必赖辞章而焕发光辉。至文之境，合于天地自然造化。在自然造化主宰之下，义理、制度、名物，天地间一切所有，都将物化为文的材料。从至文之境的角度看义理、考证，义理是辞章所明之道，所言之言，是辞章中当乎人心，令读者意会神得者；而考证则可佐以论辩，或以杂博助文之境。姚鼐《尚书辨伪序》云："学问之事有三：义理、考证、文章是也。夫以考证断者，利以应敌，使护之者不能出一辞。然使学者意会神得，觉犁然当乎人心者，反更在义理、文章之事也。"②又《与陈硕士书》云："愚意谓以考证累其文则是弊耳。以考证助文之境，正有佳处。"③佐以论辩、助文之境之考证与当乎人心、令人意会神得之义理，在古文家心目中，是难以相提并论的。

在义理、考证、文章学问三事这一学术界的共同话题中，突出文章之学至高至贵、不可动摇的地位：在汉宋两学互争正统、自诩得道之时，指出他们的著述文章或芜杂俚近，或繁碎缴绕，皆有不文之失；在守经征圣、回归原典的经学整理热潮中，独立不移，力延古文一线于纷纭之中——姚鼐显示出特有的胆略和识见。正是出于对古文辞"明道""言志"之功用的推重，姚鼐才有"瞻于日、诵于口，而书之手"的勤奋和"捐嗜舍欲，虽蒙流俗讪笑而不耻"的执着。这种勤奋和执着，使得姚鼐在理论与创作两个方面，都坚定地为古文一派守望着壁垒。这种守望，关乎到古文一派的存在与发展，而守望的责任感，在其弟子中，又被不断地承继下来。

---

① 姚鼐：《复汪进士辉祖书》，《惜抱轩诗文集》，刘季高标校，上海：上海古籍出版社 1992 年版，第 89 页。

② 姚鼐：《尚书辨伪序》，《惜抱轩诗文集》，刘季高标校，上海：上海古籍出版社 1992 年版，第 251 页。

③ 姚鼐：《与陈硕士》，《惜抱轩尺牍》，卢坡点校，合肥：安徽大学出版社 2014 年版，第 100 页。

姚鼐之后的桐城派，在汉宋之争的夹缝中，不失时机、旗帜鲜明地强调文章之学至高至贵、不可动摇、不可替代的地位，同时也对"学行程朱、文章韩欧"，道与文歧而为二给古人创作所带来的紧张与冲突有所体味，有所反思。姚鼐弟子方东树评论方苞之文云：

> 树读先生文，叹其说理之精，持论之笃，沉然黯然纸上，如有不可夺之状，而特怪其文重滞不起，观之无飞动嫖姚跃宕之势，诵之无铿锵鼓舞抗坠之声，即而求之无玄黄采色，创造奇句奥句，又好承用旧语，其于退之论文之说，未全当焉……盖退之因文见道，其所谓道，由于自得，道不必粹精，而文之雄奇疏古，浑直恣肆，反得自见其精神。先生则袭于程朱道学已明之后，力求充其知而务周防焉，不敢肆；故议论愈密，而措语矜慎，文气转拘束，不能宏放也……向使先生于程朱之前，而已能闻道若此，则其施于文也，讵止是已哉！ ①

过分拘泥于特定的思想规范而不得不走入古文艺术的误区，在经学高居庙堂、君临一切的时代，面临学行文章两下兼顾，以至无可怡悦尴尬的古文家又何止方苞一人？与其追求说理之精、持论之笃而措语矜慎、文气拘束如方苞，不如模范"道不必粹精，而文之雄奇疏古，浑直恣肆"的韩愈，方东树对先师前辈直言无忌的批评，体现出古文家的艺术良知，也体现出古文家古文至上的价值取向。

---

① 方东树：《书望溪先生集后》，《中国近代文论选》，舒芜等编选，北京：人民文学出版社1981年版，第36页。

三、鸦片战争后经学辐射力的弱化与曾国藩扫荡旧习赤地新立的渴望

鸦片战争之后，处在亘古未有之变局中的中国士人，没有了以古证今、引古筹今的从容，也失去了无征不信、引经据典的雅致。他们不再安心于"为往圣继绝学"的书斋生活，而时时觊觎着"为万世开太平"的机遇。学术界喧嚣一时的汉宋之争虽波澜未平，沟壑仍在，但其间的火药味已大大淡化，并逐渐出现调和兼容且向经世致用方向转化的趋势。受道、咸年间学术风气的影响，1858 年前后在曾国藩着手中兴改造桐城派时，其论文与道的关系，则又常常将义理、考据、文章学问三事，与经济、立德、立功、立言的话题纠合在一起。

曾国藩为官京师之初，曾向湖南学者唐鉴问学，唐鉴告之以学问三事，而以为"考核之学，多求粗而遗精，管窥而蠡测"，"文章之学，非精于义理者不能至"，"经济之学即在义理内"[①]。又以为："读文词曲，皆可不必用功，诚能用力于义理之学，彼小技亦非所难。"[②] 对于唐鉴所言，曾氏有所遵循，有所变更。其遵循者，如以经济附着归属于义理，注重以经世致用礼乐典章规范，充实于以讲求君臣父子夫妇人伦道德为主的义理之学，使义理之学代表的"道"更切于日用人伦。其变更者，则在用力于义理之学的同时，并不鄙薄文章之学。且于文章之学，孜孜以求，乐此不疲。

曾氏 1859 年所作的《圣哲画像记》中言："先王之道，所谓修己治人，经纬万汇者，何归乎？亦曰礼而已矣。"[③] 治礼学者，曾氏举郑玄、杜佑、顾炎武、秦蕙田、江永、戴震等人，皆属考据学者。曾国藩 1860 年所作《孙

---

① 曾国藩：《曾国藩全集·日记》，石家庄：河北人民出版社 2016 年版，第 100 页。
② 曾国藩：《曾国藩全集·日记》，石家庄：河北人民出版社 2016 年版，第 100 页。
③ 曾国藩：《圣哲画像记》，《曾国藩全集·诗文》，长沙：岳麓书社 1994 年版，第 250 页。

芝房侍讲刍论序》中以为：虽然经世之术归之于《礼》，今人之于《礼》及经民之学，又贵在心得，而不必字字考究，事事亲及，以"考诸室而市可行，验诸独而众可从"，可付诸实施，推及于社会为终极目的。学礼及经世之术如此，考据之学如此，学程朱义理之学也是如此，重在领会其精神实质，做到"粗识几字，不敢为非以蹈大庆"即可，不必自囿于性理之辨，拘泥于静生自省之道。曾国藩于义理之学、经济之学、考据之学均强调实行致用，有裨于现世与政事，显示出与纯粹学者的不同眼光及治学态度。曾氏又有感于孙鼎臣《刍论》中将洪、杨之乱归咎于近世汉学家用私意分别门户所致，复言著述立说之道云：

> 君子之言也，平则致和，激则召争。辞气之轻重，积久则移易世风，党仇讼争而不知所止。曩者良知之说，诚非无蔽，必谓其酿晚明之祸则少过矣。近者汉学之说诚非无蔽，必谓其致粤贼之乱，则少过矣。[1]

著述立说逞一时之快，发偏激之辞，必将引起无谓争端。曾氏平和立言之说，再次表明了一种调停争端、兼收并蓄的学术意向。

曾氏兼收并蓄的学术意向，主要还是表现在《圣哲画像记》与《劝学篇示直隶士子》两篇文章之中。两文将义理、考据、辞章、经济，比附于孔门德行、文学、言语、政事四科，又以为义理重在事明德，而经济重在新新民，事明德与新新民均为程朱诸子遗书所本有之意，"义理与经济，初无两术之可分，特其施功之序详于体而略于用耳"，"苟通义理之学，而经济该乎

---

① 曾国藩：《孙芝房侍讲刍论序》，《曾国藩全集·诗文》，长沙：岳麓书社 1994 年版，第 256—257 页。

其中矣"[1]。

曾国藩关于义理、考证、辞章、经济的学术分野，体现了鸦片战争之后学术界对经世之学日益重视的普遍趋势。国内形势的急剧变化及社会不稳定因素的逐渐增多，使得汉宋之学逐渐失去了同室操戈的条件和心思。携手联袂，兼蓄并存，着力发明经学意蕴，全面继承儒学传统，倡导事明德而经人伦、新新民而成教化，体用兼备、学行一致的学术精神，培养文能坐而论道，武能决胜千里，从政能驭将率民，闲逸能登高而赋，知古而又通今，据乱而可升平的济国拯道之士，是咸同之际政治秩序恢复与稳定的当务之急。曾国藩对"经济"一词的界定为"在孔门为政事之科，前代典礼政书及当世掌故皆是也"[2]。经济加盟于学问三事之中，且与义理之学一为体，一为用，套用韩愈把儒家之道区分为资生、人伦、制度三类的说法，加入经济之后的义理之学，已基本涵盖了资生、人伦、制度等儒学的全部内容。就曾氏自身而言，其更注重人伦与典章制度；而曾氏所开创的洋务派，则越来越多地注意到"资生"的内容，即以求富而求强等诸多问题。

作为政治家，曾国藩对义理经济关系的阐述是详尽而独特的。但作为古文家，曾氏又感到：以辞章作为载义理经济之道而行远的坚车，并不是一件不学而能的事情。曾氏一生，政事兵事之外，最引为自得的是文章之学。其自言"浅陋之资，兼嗜华藻，笃好司马迁、班固、杜甫、韩愈、王安石之文章，日夜以诵之不厌也"。又多次以不能尽心尽力于古文之学而深引为憾事。其论文道关系，有"坚车行远"之说，表示"于诸儒崇道贬文之说，尤不敢雷同而苟随"。又以为道与文结合的极致是"见道既深且博，而为文复

① 曾国藩：《劝学篇示直隶士子》，《曾国藩全集·诗文》，长沙：岳麓书社 1994 年版，第 443 页。
② 曾国藩：《劝学篇示直隶士子》，《曾国藩全集·诗文》，长沙：岳麓书社 1994 年版，第 442 页。

臻于无累"①。曾国藩对于事功与文章的成败得失有独特的认识和体会：

> 国藩之愚，以为事功之成否，人力居其三，天命居其七。苟为无命，虽大圣毕生皇皇，而无济于世。文章之成否，学问居其三，天质居其七，秉质之清浊厚薄，亦命也。前世好文之士，不可亿计，成者百一、传者千一，彼各有命焉。孔子以斯文之将丧归之天命，又因公伯寮而谓道之行废由命，孟子亦以圣人之于天道，归之于命。然则文之兴衰，道之能行能明，皆有命焉存乎其间。命也者，彼苍尸之，吾之所无如何者也。学也者，人心主之，吾之所能自勉者也。自周公而下，惟孔孟道与文俱至，吾辈欲法孔孟，固将取其道与文而并学之。其或体道而文不昌，或能文而道不凝，则各视乎性之所近。苟秉质诚不足与言文则已，阁下即自度可跻古人，又何为舍此而他求哉？若谓专务道德，文将不期而自工，兹或上哲有，然恐亦未必果为笃论也。②

事功之成否，天命居多，人力居少；文章之成否，人力居多，天命居少。天命多人力少者，不可强力而致；人力多天命少者，可学而后能。此中三昧，曾氏有个人的参悟。对欧阳修、朱熹等人"有德者必有言"及"专务道德，文将不期而工"之说，曾国藩更不赞同，以为"文不期而工"之论有其自身偏颇。体道而文不昌，能文而道不凝者比比皆是。真正做到文、道并至谈何容易！对其中的艰难，曾氏深有体会。其致刘蓉的信感叹道：

---

① 曾国藩：《致刘蓉》，《曾国藩全集·书信》，殷绍基等整理，长沙：岳麓书社 1994年版，第 8 页。

② 曾国藩：《复刘蓉》，《曾国藩全集·书信》，殷绍基等整理，长沙：岳麓书社 1994年版，第 7036 页。

自孔孟以后，惟濂溪《通书》、横渠《正蒙》，道与文可谓兼至交尽。其次如昌黎《原道》、子固《学记》、朱子《大学序》寥寥数篇而已。此外则道与文竟不能不离而为二。鄙意欲发明义理，则当法《经说理窟》及各语录札记；欲学为文，则当扫荡一副旧习，赤地新立。将前此所业，荡然若丧其所有，乃始别有一番文境。望溪所以不得入古人之阃奥者，正为两下兼顾，以致无可怡悦。[①]

谈论性道、发明义理与抒写性情、学为古文，两者各有来源，各有特性。演述义理讲求周严精当，持论笃重；学为古文讲求文境情致、声音色彩。义理之演述多为正襟危坐、精微细密之言；古文之写作则推重雕龙文心、珠圆玉润之笔。这正是宋代以后文人无不踌躇满志，以文道并至为鹄的，而真正能身体力行，兼至交尽者却寥寥无几的原因。与其"学行程朱，文章韩欧"，两下兼顾，以致无可怡悦如方苞，反不如痛下决心，扫荡旧习，赤地新立，做一回堂堂正正、无所羁绊的古文家，也许别有一番酣畅，别有一番文境。曾国藩被称为清王朝最后一位通儒，而桐城派恰恰正是从这位中兴者开始，下定了与徘徊于义理、辞章之间顾此失彼的尴尬与痛苦告别的决心。

四、结语

据前引论，我们可以对唐宋以来经学同文学的分野与冲突作出以下概括性的描述。

---

① 曾国藩：《致刘蓉》，《曾国藩全集·书信》，殷绍基等整理，长沙：岳麓书社 1994 年版，第 611—612 页。

自唐代韩、柳之后，取法先秦两汉，奇句单行，不事骈偶的散文文体被特指为古文；而立志于以文见道、以文明道，"垂诸文而为后世法"的散文作家则被称为古文家。韩、柳、欧阳时期，古文家所言"道"，"以仁义道德""先王之教"为主体，以先秦儒学经典《六经》为本源，其所言"文"，即强调上规六经、下逮《庄》《骚》，沉浸酴郁，含英咀华，又提倡陈言务去，言必己出，"择其善鸣者而假之鸣"。道与文、经学与文学、道统与文统，混沌如一，叠合杂糅，自然而和谐。士林中人以蓄道德而能文章相推尚。

　　程朱理学在两宋时期走向成熟，标志着中国儒学的发展进入新的时期。理学在借助释、道宇宙论及认识论的理论成果，完成了对古典儒学的成功改造与超越之后，其思想成果最终成为全面指导中国人社会生活的思想权威和理性法则。理学的突兀拔起，打破了旧有的学术构成的混沌和谐与宁静状态，促使中国传统学术中儒者之学与训诂之学、文章之学的分离，使得学科的分类更加精细化、专业化。当理学家以儒家之道发明增损者自居，理学逐渐成为中国晚近时期意识形态的核心时，古文家的生存状态明显地有了两个方面的变化：其一是韩、柳、欧阳时期古文家被"天下翕然师尊之"的至荣一去不复返；其二是古文家津津乐道的道与文一、道德与文统的圆满重合，不得不分离为道以程、朱之学为本源，文以韩、欧之学为标的。古文家必须面对思想与艺术两个尺度不同的标准。这便是清代桐城派创始人方苞何以以"学行继程朱之后，文章在韩欧之间"作为行身祈向的根本原因。

　　继唐宋之古文、宋明之理学各领一代风骚之后，训诂之学在清代正本清源的文化氛围中显现出一时之盛。清代训诂之学推重汉人经注，轻诋宋儒学说，汉宋之争纷纭繁杂，但同属经学阵营的训诂学家与性理学家，对于文章之学都毫无例外地表现出不屑一顾的轻蔑态度。

　　清代桐城派在汉宋之争的夹缝中，坚持古文家的立场，强调古文之不可动摇、不可替代的地位，同时也对"学行程朱、文章韩欧"思想艺术的两重标准给古文创作所带来的紧张与冲突有所反思。鸦片战争后，随着经学君临一切辐射力的弱化，古文具备了更多的不必攀附经学而独立发展的条件。曾国藩"扫荡一副旧习，赤地新立"的告白，进一步传达出古文家与方苞式尴尬告别的决心和觉悟。但此时的古文，也已是日薄西山、无甚作为了。数十年后，五四新文化运动爆发，古文与经学，最终又携手一同步入曲终人散的境地。

（原载《河南大学学报》2001 年第 4 期）

义法说：桐城派古文艺术论的起点和基石

一

北宋以降，以韩欧古文传统相号召、相标榜，鼓荡风气，明道著文者多有，而以清代桐城派的声势、影响最为巨大。桐城派初创于方苞，广大于姚鼐，极盛于嘉道之际，绵延至同光年间，笼罩文坛二百余年，到五四时期归于消亡。作为中唐以来绵延不绝的古文运动的殿军和收束者，桐城派坚守"学行继程朱之后，文章在韩欧之间"的行身祈向，认同并维护由唐宋八家上窥两汉、由两汉上接孔孟的道统文统系统，同时，注意不断地揣摩、体悟、总结《左》《史》、韩、欧以来单行散体之文的写作经验和创作规律，坚守古文写作的艺术性原则、艺术性品格，形成了从诵读、鉴赏到写作的古文艺术体系。而桐城派创始人方苞的义法说，构成了桐城派古文艺术论的起点和基石。

方苞字凤九，一字灵皋，晚年自号望溪。生于康熙七年（1668），少有文名，康熙三十年（1691）入京师，以文获知于理学大师李光地、史学家万斯同。康熙四十五年（1706）成进士，后五年，因《南山集》案遭牵连而下狱，出狱后入值南书房。方苞重要的论文之作，多写于入值南书房之后。雍正十一年（1733），方苞编选两汉书、疏及唐宋八家之文，名曰《古文约选》，供入选于成均的八旗子弟作为学文之范本。此书于乾隆初诏颁各学官。乾隆元年（1736），方苞又奉命选编有明及清诸大家四书制义数百篇，名《四书文选》，以为天下举业准的。方苞在《古文约选序例》《进四书文选表》两文中辨析古文源流，指示为学途径，倡导清正古雅的风范，标榜删繁就简的宗旨，淋漓尽致地阐发自己有关古文写作的理论。此两文与写于前后的《又书货殖传后》《书韩退之平淮西碑后》《与孙以宁书》《答申谦居书》等文，共同构成了方苞古文理论的主体。

二

方苞的古文艺术论以义法说为核心。其《又书货殖传后》论"义法"云：

> 《春秋》之制义法，自太史公发之，而后之深于文者亦具焉。义即《易》之所谓"言有物"也，法即《易》之所谓"言有序"也。义以为经而法纬之，然后为成体之文。[①]

此段话集中概述了义法说的源流、内涵及意义，是方苞义法说的纲领性阐释。

关于义法之源流，方苞以为义法发源于孔子之《春秋》，发明于司马迁之《史记》，又为后世深于文者所熟谙，是一种源于经，见于史，经纬于文，

---

① 方苞：《又书货殖传后》，《方苞集》，刘季高校点，上海：上海古籍出版社1983年版，第58页。

源远而流长的述作传统。《春秋》相传是由孔子据鲁国史书而删定。孔子借删书之举，评判鲁国二百余年历史，于去留笔法中，寄寓褒贬劝惩之意，为后王立法度，为人伦立准则，且使"乱臣贼子惧"。因为重在评判，《春秋》略于记事，而重在笔法，史称《春秋》笔法。

《春秋》笔法及其体例历来为后世治经治史治文者所重视。成于战国时期的《春秋左氏传》《公羊传》《谷梁传》，或重在事实，以史料补充、说明、订正之，或重在义例，发掘阐明其微言大义，见仁见智，各成体系。汉儒于《春秋》，重视对"属辞比事"之例的寻绎及对其褒贬笔法、叙事体例的研究。司马迁作《史记》，于《春秋》述作传统称引再三。在《十二诸侯年表序》中论《春秋》述作宗旨及体例云：

> 孔子明王道，干七十余君，莫能用，故西观周室，论史记旧闻，兴于鲁，而次《春秋》，上记隐，下至哀公之获麟，约其辞文，去其烦重，以制义法，王道备，人事浃。[1]

又在《孔子世家》中论及《春秋》定名分、寓褒贬之笔法云：

> 约其文辞而旨博，故吴楚之君自称王，而《春秋》贬之曰"子"；践土之会实召周天子，而《春秋》讳之曰："天王狩于河阳。"推此类以绳当世。[2]

司马迁之后，西晋人杜预总结前人关于《春秋》体例笔法的有关论述

---

① 司马迁：《十二诸侯年表第二》，《史记全本新注》，张大可注释，武汉：华中科技大学出版社 2020 年版，第 367 页。
② 司马迁：《孔子世家》，《史记全本新注》，张大可注释，武汉：华中科技大学出版社 2020 年版，第 1220 页。

而有三体五例之说。三体以周公所垂法为正体，孔子修正之以成一经为变体，《春秋左氏传》随义而发为非体；五例则分别是微而显、志而晦、婉而成章、尽而不汙、惩恶劝善等。杜预在论及《春秋》的述作原则的同时，较为详尽地涉及史书的述作方法问题。至唐人韩愈，则直将《春秋》《左传》视为文章之源。《春秋》所代表的述作传统也同样为文学家所借鉴、所乐道。

方苞少年时好文辞之学。入京师后，与《明史》专家万斯同相识，引为忘年知己。万氏告诫方苞，勿专溺于古文，方苞于是"辍古文之学而求经义"①。方苞于经义之学，主攻《春秋》《三礼》，而又曾初闻义法于万斯同。方苞《万季野墓表》记康熙三十五年（1696）万氏以《明史》整理之事相委托之情景道：

> 昔人于《宋史》已病其繁芜，而吾所述将倍焉，非不知简之为贵也，吾恐后之人务博而不知所裁，故先为之极，使知吾所取者有可损，而所不取者，必非其事与言之真而不可益也。子诚欲以古文为事，则愿一意于斯，就吾所述，约以义法，而经纬其文，他日书成，记其后日"此四明万氏所草创也"，则吾死不恨矣。②

时年方苞二十八岁，万斯同五十八岁。六年后，万氏去世，《明史》稿不知所归。方苞追思前言，作《万季野墓表》追记其事时，年亦五十有余。方苞虽未能参与《明史》的修纂，但于义法之说，早已耳熟能详，会神于心。

作为桐城文派的创始者，方苞最大的成功，是将得之于《春秋》《史记》

---

① 方苞：《万季野墓表》，《方苞集》，刘季高校点，上海：上海古籍出版社 1983 年版，第 332 页。
② 方苞：《万季野墓表》，《方苞集》，刘季高校点，上海：上海古籍出版社 1983 年版，第 333 页。

之研读，得之于万斯同之言传的事信言文原则和褒贬裁别的笔法，移植应用于古文写作，并融会唐宋以来古文运动的有关理论成果，赋予义法说以广阔的内涵，使之成为桐城派古文理论的起点和基石。"义即《易》之所谓'言有物'也，法即《易》之所谓'言有序'也。"①当方苞别出心裁地使用分别来自于《易经》《易传》中的言有物、言有序来界定义法的基本内涵时，义法说不仅又增加了若干神圣的光彩，更重要的是原来主要用于记叙之作的事信言文、褒贬裁别的述作原则和笔法，因此而被赋予更普遍、更广泛的意义。言有物、言有序的阐释界定，使义法说旁通于一般文章的写作，因为有物有序是一切成体之文构成的基础和要素。

以义法论文，丰富、发展了来自于纪事之文的创作启示，使之成为成体之文的艺术性原则，显示了方苞作为古文家的思维创造和良苦用心。考察中国古典散文的历史发展，方苞认为，就文体成熟的先后而言，经历了纪事之文、道古之文、论事之文、文人之文的各个发展阶段。经、史、学术、治政、文人之文，更替有序，功能有自，但以文事而论，其精神气脉又多有相通，皆可视为古文之源与流。方苞在《古文约选序例》中界定古文之概念并梳理其源与流云：

> 太史公《自序》"年十岁，诵古文"，周以前书皆是也。自魏晋以后，藻绘之文兴。至唐韩氏起八代之衰，然后学者以先秦盛汉辨理论事、质而不芜者为古文，盖六经及孔子、孟子之书之支流余肄也。
>
> ……
>
> 盖古文所从来远矣，六经、《语》《孟》，其根源也。得其枝流

---

① 方苞：《又书货殖传后》，《方苞集》，刘季高校点，上海：上海古籍出版社1983年版，第58页。

而义法最精者，莫如《左传》《史记》，然各自成书，具有首尾，不可以分剟。其次《公羊》《谷梁传》《国语》《国策》，虽有篇法可求，而皆通纪数百年之言与事，学者必览其全，而后可取精焉。唯两汉书、疏及唐宋八家之文，篇各一事，可择其尤，而所取必至约，然后义法之精可见。①

唐宋八家古文的长处即在于把六经、《语》《孟》的义法传统纳诸薄物小篇之中，因事设辞，篇各为义，义法变化，层出不穷，其精神脉络，可揣摩而得，可触类旁通；其风神气象，亦宜浓妆淡抹，常变常新。因此，方苞在论及古文写作的有物之义、有序之法时，总是以经史之文为本源，为极则，而以唐宋八家之文为规模、为矢的。

先就有物之义而言，方苞继承了韩愈以来"行之乎仁义之途，游之乎诗书之源"的古文传统，强调作家的思想操行和道德修养，把立身、笃学、节操视为从事古文写作、言之有物的前提和基础。方苞在《答申谦居书》中论及成就古文名家的条件：

> 艺术莫难于古文，自周以来，各自名家者，仅十数人，则其艰可知矣。苟无其材，虽务学不可强而能也；苟无其学，虽有材不能骤而达也；有其材，有其学，而非其人，犹不能以有立焉。②

材、学、人这三个必要条件中，又以人之立身为根本。方苞复论立身之于古文家远比之于诗赋更为重要的原因道：

---

① 方苞：《古文约选序例》，《方苞集》，刘季高校点，上海：上海古籍出版社1983年版，第612—613页。

② 方苞：《答申谦居书》，《方苞集》，刘季高校点，上海：上海古籍出版社1983年版，第164页。

盖古文之传，与诗赋异道。魏晋以后，奸盦污邪之人而诗赋为众所称者有矣，以彼瞑瞒于声色之中，而曲得其情状，亦所谓诚而形者也，故言之工而为流俗所不弃。若古文则本经术而依于事物之理，非中有所得不可以为伪。[①]

以是观之，苟志乎古文，必先定其祈向，然后所学有以为基，匪是，则勤而无所。若夫左、史以来相承之义法，各出之径途，则期月之间可讲而明也。[②]

欲为古文，必先定其祈向，成其学养。祈向、学养既成，则《左传》《史记》以来相承古文之义法、途径，指日可通。祈向、学养是道，义法、途径是艺；祈向、学养为本，义法、途径为末；注重祈向、学养，方可言之有物；不鄙薄义法、途径，方能言之有序。

"本经术而依事物之理"，是言之有物的基础，也是方苞义法说中"义"的根本涵义。"本经术"即是以经为本，以儒家典籍为基本思想准则。"依事物之理"则是以万事万物中所蕴含的事理物理为依据依托。以经术为本，寻求的是圣人所发见的放之四海而皆准的思想规范与行为准则；依事物之理，则是把这类思想规范与行为准则具体实施应用到万事万物事理物理的阐释与判断之中。以经术为本，体现出古文家的精神祈向和信仰选择；依事物之理，则体现出古文家的学识睿智和见解才能。为圣人之徒而又能穷理尽事，明达善断，方可言之有物，方可言及于"义"。

以"本经术"和"言之有物"的标准评价周汉唐宋之文，方苞以为：

---

① 方苞：《答申谦居书》，《方苞集》，刘季高校点，上海：上海古籍出版社 1983 年版，第 164 页。

② 方苞：《答申谦居书》，《方苞集》，刘季高校点，上海：上海古籍出版社 1983 年版，第 165 页。

抑吾观周末诸子，虽学有醇驳，而言皆有物。汉唐以降，无若其义蕴之充实者。宋儒之书，义理则备矣，抑不若四子之旨远而辞文，岂气数使然邪？抑浸润于先王之教泽者，源远而流长，有不可强也。①

就浸润先王教泽和言之有物而言，宋不及唐，唐不及汉，汉又难以望周秦诸子之项背。但就唐宋古文八家而言，其学养根基又有浅深醇驳之别。方苞评述道：

姑以世所称唐、宋八家言之，韩及曾、王并笃于经学，而浅深广狭醇驳等差各异矣。柳子厚自谓取原于经，而掇拾于文字间者，尚或不详。欧阳永叔粗见诸经之大意，而未通其奥赜。苏氏父子则概乎其未有闻焉。此核其文而平生所学不能自掩者也。韩、欧、苏、曾之文，气象各肖其为人。子厚则大节有亏，而余行可述。介甫则学术虽误，而内行无颇。其他杂家小能以文自襮者，必其行能少异于众人者也。②

以经学根底为衡量标准评述诗文作家，这在清代诗文评论中屡见不鲜，它在一定程度上反映出清代的学术风尚和批评家的价值观念。

在唐宋八家中，方苞对韩愈推崇最甚，而对柳宗元则多有微辞。方苞称韩愈学与文俱臻于至境，故"韩公之文，一语出，则真气动人。其辞镕冶

---

① 方苞：《书删定荀子后》，《方苞集》，刘季高校点，上海：上海古籍出版社1983年版，第37页。
② 方苞：《答申谦居书》，《方苞集》，刘季高校点，上海：上海古籍出版社1983年版，第164—165页。

于周人之书，而秦汉间取者，仅十一焉"[1]。与韩愈学术与文学的纯粹相较，柳宗元则失于驳杂。方苞论柳文道：

> 子厚自述为文，皆取原于六经，甚哉，其自知之不能审也。彼言涉于道，多肤末支离而无所归宿，且承用诸经字义，尚有未当者。盖其根源杂出周、秦、汉、魏、六朝诸文家，而于诸经，特用为采色声音之助尔。故凡所作效古而自泪其体者，引喻凡猥者，辞繁而芜句佻且稚者，记、序、书、说、杂文皆有之，不独碑、志仍六朝、初唐余习也。[2]

再以"本经术"及"言之有物"的标准衡量明末古文大家归有光之文，方苞评议道：

> 震川之文，乡曲应酬者十六七，而又徇请者之意，袭常缀琐，虽欲大远于俗言，其道无由。其发于亲旧及人微而语无忌者，盖多近古之文。至事关天属，其尤善者，不俟修饰，而情辞并得，使览者恻然有隐，其气韵盖得之子长，故能取法于欧、曾，而少更其形貌耳。
>
> 孔子于《艮》五爻辞，释之曰"言有序"，《家人》之《象》，系之曰"言有物"。凡文之愈久而传，未有越此者也。震川之文于所谓有序者，盖庶几矣；而有物者，则寡焉。[3]

---

[1] 方苞：《书祭裴太常文后》，《方苞集》，刘季高校点，上海：上海古籍出版社 1983 年版，第 112 页。

[2] 方苞：《书柳文后》，《方苞集》，刘季高校点，上海：上海古籍出版社 1983 年版，第 112 页。

[3] 方苞：《书归震川文集后》，《方苞集》，刘季高校点，上海：上海古籍出版社 1983 年版，第 117 页。

归有光之文不避琐细，写身边亲旧友人之情之事，亲切平易，尤其是叙事碑传之作，深得《史记》气韵，为习古文者所称道。归氏之文，情辞并得，虽能做到言之有序，但因"袭常缀琐，虽欲大远于俗言，其道无由"，结果少能做到言之有物。

在方苞对历代古文大家的得失评判中，人们可以具体地体味到方苞所强调的"本经术"与"言有物"之间的逻辑联系。先王之教泽，学行之修养，见道之浅深，取原之广狭，都能被"本经术"一言以蔽之，能否做到以经术为本原，能否做到操行高洁、大节不亏，能否对源远流长的儒家思想文化传统做到融会贯通，蕴藉深厚，而不仅仅流于掇拾文字，用为彩色声音之助，这些都是能否言之有物，成就古文的根本基础和首要条件。

就"言有物"而言，古文家仅能做到"本经术"是远远不够的。作为思想文化传统与文学传统的双重继承者，古文家还须有把经学典籍中放诸四海而皆准的本原精神，物化为凿然有当于百姓日用之道的能力，须有因物析理、因事设词的能力。以圣人述作为思想本原，以事物之理为致知对象，两者融会贯通，相辅相成，方有望臻于"言有物"的境地。方苞《周官辨序》中言："凡人心之所同者，即天理也。然此理之在身心者，反之而皆同。至其伏藏于事物，则有圣人之所知，而贤者弗能见者矣。"①这种伏藏于事物之中，"圣人之所知，而贤者弗能见者"，正是后儒所应努力发现、努力体悟的。方苞《李穆堂文集序》谓李氏"考辨之文，贯穿经史，而能决前人之所疑；章奏之文，则凿然有当于实用；记、序、书、传、状、志、表、诔，因事设辞，必有概于义理，使览者有所感兴而考镜焉"②。既能贯穿经史，沾溉义理，又能因事设辞，有当实用，方苞对李氏各类文体的称誉，无不体现出

---

① 方苞：《周官辨序》，《方苞集》，刘季高校点，上海：上海古籍出版社1983年版，第599页。

② 方苞：《李穆堂文集序》，《方苞集》，刘季高校点，上海：上海古籍出版社1983年版，第107页。

遵循与恪守"以经术为本""依事物之理"这双重评价标准。"本经术而依事物之理",集中代表了方苞对古文思想内容方面的基本要求和评价尺度。

三

强调祈向、学养对古文创作的决定性意义,强调"本经术而依事物之理"为言之有物的基础,方苞对"义"的诠释因过于明了执着而显得有些滞重单调。与之相较,方苞对言有序和"法"的有关议论,则显得变化多端而灵动飞扬。

讲求古文写作的条理、结构、体制、法度、虚实、详略,坚持把古文写作作为一种艺术创造过程而加以研究探讨,此正是古文家擅场之处,也正是古文家安身立命、独立存在之凭借。古文写作既是一种艺术创造过程,这种创造便有真伪、美丑、高下、雅俗的区别;既把先秦以来奇句单行之作统称为古文,纪事、议论、书序、碑志各类文体便各有体制、章法、规则、技巧。如何使登堂入室者取法乎上,初学乍练者有阶级可寻,注重行身祈向、学术素养,强调以经术为本,依事物之理以外,还不可忽视对言之有序等古文创作规律的研究。方苞的义法说正是兼顾有物、有序两个方面,使之构成了一经一纬、相辅相成的一对古文理论范畴。

方苞有关言有序的论述,主要表现为两个方面的特征。

一个特征是坚持本义言法、因义立法。古文之作,题材繁富,体制各异,作者之文心意绪,层出不穷,法度规制,千变万化。对法的理解寻绎,如过于坐实,则易造成步趋绳尺、生搬硬套之弊;如过于蹈虚,则又易走向无所遵从、矜智师心之路。方苞言法,坚持本义言法、因义立法的原则,依据义之需要、义之变化而言法,从不离开义的规定性而孤立抽象地侈谈古文之法,从而使古文之法变得有章可依,有迹可寻。

所谓本义言法，因义立法，主要是根据古文内容与文意表述的需要，相应调整运用虚实详略、互见照应等指意辞事的手段，因义定法，以义驭法，最终使一篇之中，脉相灌输，事与人称，详略有致，虚实互见，叙事议论，恰当熨帖。方苞在《与孙以宁书》《又书货殖传后》《书五代史安重海传后》等文中，结合实际例证，具体阐发、印证了本义言法，因义立法的有关见解。

　　《与孙以宁书》主要讨论有关人物传志的写作方法。方苞在文中以为："古之晰于文律者，所载之事，必与其人之规模相称。"[①]事与人称，是传志文写作的基本准则，此中义法，《史记》中早有明示：

　　　　太史公传陆贾，其分奴婢装资，琐琐者皆载焉；若萧、曹世家而条举其治绩，则文字虽增十倍，不可得而备矣。故尝见义于《留侯世家》曰："留侯所从容与上言天下事甚众，非天下所以存亡，故不著。"此明示后世缀文之士以虚实详略之权度也。宋元诸史若市肆簿籍，使览者不能终篇，坐此义不讲耳。[②]

　　陆贾与萧、曹，身份高低悬殊，传记的规模大小也悬殊。太史公作《陆贾传》，可以道其身边日常琐细小事，而于萧、曹及留侯，则非关涉天下存亡之事而不著，对传主材料的去留取舍，遵循着事与人称的体制规则。此也正是太史公《史记》写作的义法所在。宋元诸史作者，不明虚实详略之法，致使所作史书，如市肆簿籍，令读者茫然不着边际而难以终篇。义法之讲与不讲，其文高下雅俗自有不同。

　　在《书五代史安重海传后》一文中，方苞就欧阳修所撰写的《五代史》

---

①　方苞：《与孙以宁书》，《方苞集》，刘季高校点，上海：上海古籍出版社1983年版，第136页。
②　方苞：《与孙以宁书》，《方苞集》，刘季高校点，上海：上海古籍出版社1983年版，第136页。

中的《安重诲传》发表议论：

> 记事之文，惟《左传》《史记》各有义法，一篇之中，脉相灌输，而不可增损。然其前后相应，或隐或显，或偏或全，变化随宜，不主一道。

> 《五代史·安重诲传》总揭数义于前，而次第分疏于后；中间又凡举四事，后乃详书之；此书疏论策体，记事之文古无是也。①

《左传》《史记》《五代史》，同为史传文，当以记事为主。记事文之义法，当于一篇之中，脉相灌输，前后相应，或隐或显，或偏或全，随意变化，但不应杂以议论评判，如《五代史》中的《安重诲传》。议论叙事相间的写法，属书疏论策体，与《左传》《史记》之义法不相符合。《史记》中如《伯夷》《孟荀》《屈原》等传，采用了议论与叙事相间之文体，这是因为"四君子之传，以道德节义，而事迹则无可列者。若据事直书，则不能排纂成篇"。"故于《伯夷传》，叹天道之难知；于《孟荀传》，见仁义之充塞；于《屈原传》，感忠贤之蔽壅，而阴以寓己之悲愤，其他本纪、世家、列传有事迹可编者，未尝有是也"②。

与《左传》《史记》的通例相较，《史记》中夹叙夹议之《伯夷》《孟荀》《屈原》诸传可谓变体。这种变异是由这些特殊的传写对象与内容需要而引发的。正所谓"夫法之变，盖其义有不得不然者"。但变体终不能代替通例。欧阳修作《安重诲传》，其病即在"未详其义而漫效焉"，实际上违背了《左传》《史记》史传文的义法。号称"最为得《史记》法"的古文大家尚且如

---

① 方苞：《书五代史安重诲传后》，《方苞集》，刘季高校点，上海：上海古籍出版社1983年版，第64页。
② 方苞：《书五代史安重诲传后》，《方苞集》，刘季高校点，上海：上海古籍出版社1983年版，第64页。

此，其他学古文者于义法之变更当细察。

《又书货殖传后》一文首先是关于义法的来源、意涵及其相互关系的总论，即义法制于《春秋》，发自太史公，为后之深于文者所熟谙。义即言有物，法即言有序，义经法纬，为成体之文。然后以《史记·货殖列传》为例，说明"是篇两举天下地域之凡，而详略异焉"，"两举庶民经业之凡，而中别之"，看似繁杂重复，实则井然有序，从而点明法因义起，法随义变的道理。又将《货殖列传》与《平准书》相比较，以为"是篇大义，与《平准》相表里，而前后措注，又各有所当如此"①。一篇之中之详略繁简，两文对照之表里措注，只有从文心文义着眼，才能充分体会作者匠心独具的妙处，此正是有物有序，义经法纬的典范之作。

本义言法，因义立法，体现出方苞对义与法、有物与有序关系的理解和思考。义或为思想义蕴，或有关伦理政教，或涉及身份规模。法讲求体要规制，讲求取舍去留，讲求虚实详略，前后措注。义与法、有物与有序之间，前为纲而后为目，前为本而后为末，两者既不可纲目混淆，本末倒置，也决不可一有一绝无。"义以为经而法纬之"②，"法以义起"③，"夫法之变，盖其义有不得不然者"④，这都是对两者关系的明确说明与定位。

方苞论古文义法的又一特征是以纪事之文为本原，以两汉书疏及唐宋八家之文为津梁，旁通于其他文体。选择纪事之文，尤其是《春秋》《左传》《史记》为古文义法之本原，一是因为纪事之文在我国出现与成熟最早。由

---

① 方苞：《又书货殖传后》，《方苞集》，刘季高校点，上海：上海古籍出版社 1983 年版，第 59 页。
② 方苞：《又书货殖传后》，《方苞集》，刘季高校点，上海：上海古籍出版社 1983 年版，第 58 页。
③ 方苞：《史记评语》，《方苞集》，刘季高校点，上海：上海古籍出版社 1983 年版，第 850 页。
④ 方苞：《书五代史安重诲传后》，《方苞集》，刘季高校点，上海：上海古籍出版社 1983 年版，第 64 页。

《春秋》《左传》《史记》说起，有据经援史、究根穷源之意义，与古文家道统、文统说相契符合。二是因为《左传》《史记》纪事之文中，义蕴法度，丰富完备，可圈可点，可资借鉴处甚多。唐宋古文的成功之处，即在于将《春秋》《左传》《史记》之义法，纳诸薄物小篇之中，其气象风仪，焕然超卓不群。

方苞言及义法，再三盛推《春秋》《左传》《史记》，以为"《春秋》之制义法，自太史公发之，而后之深于文者亦具焉"；"盖古文所从来远矣。六经、《语》《孟》，其根源也。得其枝流而义法最精者，莫如《左传》《史记》。"[①]"夫纪事之文成体者，莫如左氏；又其后，则昌黎韩子；然其义法，皆显然可寻。"[②]义法创制于《春秋》，《左传》《史记》得其精义，自成一体。但《左传》《史记》俱为史传之书，难以绳以篇法。学者必熟复全书，而后方能辨其门径，入其深奥。唯两汉书疏及唐宋古文，其道古、辨理、纪事，篇各一义，义立法备。然其气韵渊源，无不承自于六经、《左传》《史记》。学古文义法者，规模唐宋八家，但仅得其津梁而已。只有溯流穷源，探经求史，方可取法乎上，得古文之精蕴真传。

以《春秋》《左传》《史记》为义法本原，以唐宋为古文津梁，方苞持论如此，并非仅仅是建立在以古为好见解之上的泛泛而谈。作为古文家，方苞深感明清两代以学古文相称者，多以唐宋八家之文为学习对象，真知唐宋以前古文义法者甚少。而就古文义法而言，唐宋诸家多不讲，有明诸公习而不察，以讹传讹处甚多，即以碑记墓志而言，汉及唐宋人不尽相合于古文义法者委实不少。方苞《书韩退之平淮西碑后》论碑记墓志义法及唐宋人碑志之作云：

---

① 方苞：《古文约选序例》，《方苞集》，刘季高校点，上海：上海古籍出版社 1983 年版，第 613 页。
② 方苞：《又书货殖传后》，《方苞集》，刘季高校点，上海：上海古籍出版社 1983 年版，第 59 页。

碑记墓志之有铭，犹史有赞论，义法创自太史公，其指意辞事必取之本文之外。班史以下，有括终始事迹以为赞论者，则于本文为复矣。此意惟韩子识之，故其铭辞未有义具于碑志者。或体制所宜，事有复举，则必以补本文之间缺。[1]

欧阳修号为入韩子之奥义，而以此类裁之，颇有不尽合者。王安石近之矣，而气象则过隘。有鉴于此，方苞评论说：

夫秦、周以前，学者未尝言文，而文之义法无一之不备焉。唐宋以后，步趋绳尺，犹不能无过差。东乡艾氏乃谓文之法，至宋而始备，所谓强不知以为知者邪？[2]

"东乡艾氏"指明代古文家艾南英。艾氏论文，好言文法。方苞举艾氏之例，意在批评与嘲讽明代古文家不能正本清源，故而步趋绳尺犹不能无过差的窘迫之象。

碑记墓志与记、序、书、传等文体，从纪事史传文体中脱化而出，讲求义法，自然顺理成章，无大疑义。而与纪事文体差别较大的道古、辨理、论事之作，义法说能否覆盖，能否通行，方苞持"触类而通"之说。如就"义法"的狭义即特殊性意义而言，"诸体之文，各有义法"[3]，不同的文体，有不同的用途结构，不同的体要规则，不同的创作要求。但就"义法"的广

---

① 方苞：《书韩退之平淮西碑后》，《方苞集》，刘季高校点，上海：上海古籍出版社1983年版，第111页。
② 方苞：《书韩退之平淮西碑后》，《方苞集》，刘季高校点，上海：上海古籍出版社1983年版，第111页。
③ 方苞：《答乔介夫书》，《方苞集》，刘季高校点，上海：上海古籍出版社1983年版，第137页。

义即一般性意义而言,不论何种文体,有物与有序的基本规则是必须遵守的,义经法纬而为成体之文的总体目标是明确无误的,根据内容文意表述的需要,适时调整表述手段的为文途径是毋庸置疑的。义法说作为一种古文述作传统和述作理论的总结,是应该能够超越具体的文体形态,而具有普遍的指导意义的。

以《春秋》《左传》《史记》为本原,以唐宋有篇法可求之文为津梁,将义法说作为一种述作传统与述作理论,触类而通于各类文体,创作出有物、有序、义经法纬、清真古雅的优秀散文,正是方苞以义法论文的目的与用心所在。

四

严格地说,雅洁论是方苞义法说的一个重要组成部分,它与"本经术而依事物之理"、义经法纬鼎足三立,构成了义法说的整体。"本经术而依事物之理",是讲言有物;义经法纬是讲言有序;而雅洁论则是讨论古文语言、文体的表述风格。雅洁论对桐城派文体语言风格的形成,影响深远。

雅洁论在方苞古文理论的整体中,属于义法说的一个分支,但就自身的自足性、完整性而言,又构成了一对独立的理论范畴。雅主要讨论雅驯规范、辞气远鄙的问题,侧重于语言;洁主要讨论澄清疏朗、辞约义丰的问题,侧重于文体。雅与洁结合,构成清真古雅的语言文体风格。

言雅洁当从尚简说起。方苞以为义法创制于《春秋》,而发明于《左传》《史记》。《左传》《史记》之中,义法最为完备,而明确示人以法度者,则首推《史记》。《史记》之中,又以十表之序最值得为文者揣摩寻绎。方苞《书史记十表后》云:"十篇之序,义并严密,而辞微约,览者或不能遽得其条贯，而义法之精变，必于是乎求之，始的然其有准焉。"①十篇之中，方苞又最看重《十二诸侯年表序》中司马迁"孔子次《春秋》，上记隐，下至哀公之获麟，约其辞文，去其烦重，以制义法，王道备，人事浃"之语，并将序中的"约其辞文，去其烦重"一语，引而为尚简的根据。

所谓尚简，即是在语言文体的构成中，坚持删繁就简、体清气洁的宗旨，以言约义丰、言简意赅为文之极则，以清澄无滓、至严不杂为体之要义。尚简是一条包括义、体、辞各个方面在内的总体性的写作原则，而不仅仅只是对语言的要求。

方苞在《古文约选序例》中界定古文的概念："自魏晋以后，藻绘之文兴，至唐韩氏起八代之衰，然后学者以先秦盛汉辨理论事质而不芜者为古文。"他将"质而不芜"视为古文文体的重要特征。依照质而不芜的标准评价古文之作，方苞以为："《易》《诗》《书》《春秋》及四书，一字不可增减，文之极则也。降而《左传》《史记》、韩文，虽长篇，句字可薙芟者甚少。其余诸家，虽举世传诵之文，义枝辞冗者，或不免矣。"②即以《荀子》为例，方苞以为其中可删削者几半。他在《书删定荀子后》中云：

> 昔昌黎韩子欲削荀氏之不合者，附于圣人之籍，惜其书不传。余师其意，去其悖者、蔓者、复者、俚且佻者，得篇完者六，节取者六十有二。其篇完者，所芟薙几半；然间取而诵之，辞意相承，未见其有阒也。夫四子之书，减一字，则义不著，辞不完；盖无意于文，而乃臻其极也。荀氏之辞有枝叶如此，岂非其中有

---

① 方苞：《书史记十表后》，《方苞集》，刘季高校点，上海：上海古籍出版社 1983 年版，第 49 页。
② 方苞：《古文约选序例》，《方苞集》，刘季高校点，上海：上海古籍出版社 1983 年版，第 615—616 页。

不足者邪！①

凡为文辞繁而句芜，枝蔓而冗长者，多因知道不深，见义不明，缺少辨析之识与折衷之力。方苞论明《统志》为世所诟病的原因道：

> 是书所难，莫若建置沿革，山川古迹。振奇矜能者，大率博引以为富，又不能辨其出入离合，而有所折衷，是以重复讹舛抵牾之病纷然而难理。不知辞尚体要，地志非类书之比也，所尚者简明，而杂冗则愈晦。然简明非可强而能，必识之明，心之专，遍于奥赜之中，曲得其次序，而后辞可约焉。其博引而无所折衷，乃无识而畏难，苟且以自便之术耳。故体例不一，犹农之无畔也；博引以为富，而无所折衷，犹耕而弗耨也。②

尚简并非仅仅约言即可奏效。只有取原经史，磨砺见识，明于体要，洞悉巨细，对所载之事、所明之理，有卓越的辨析折衷的能力和采择剪裁的匠心，才能做到所载之事不杂，所论之理显豁，义严辞约，法度有自。

方苞论及尚简原则，又常常以古文义法为依托，视尚简为归依古文述作传统，接近古文义严辞约、质而不芜的境地的第一通道。他在《书汉书霍光传后》中比较《春秋》《史记》《汉书》之规制云：

> 《春秋》之义，常事不书，而后之良史取法焉。昌黎韩氏目《春秋》为谨严，故撰《顺宗实录》削去常事，独著其有关于治乱

---

① 方苞：《书删定荀子后》，《方苞集》，刘季高校点，上海：上海古籍出版社 1983 年版，第 37 页。

② 方苞：《与一统志馆诸翰林书》，《方苞集》，刘季高校点，上海：上海古籍出版社 1983 年版，第 180 页。

者。班史义法，视子长少漫矣，然尚能识其体要。①

《汉书·霍光传》尚能识其体要处，主要表现为班固对霍光事迹的记叙，坚持常事不书，所书的一二事必交代首尾，传其精神，且详略虚实措注，处理得当，从而起到表里互见的作用。但班固《汉书》同《春秋》之谨严、《史记》之雅饬相比，仍不免显得"少漫"，疏于义法处多有。因此，后之"韩、柳、欧、苏、曾、王诸文家，叙列古作者，皆不及于固"。其中原因，又"非肤学所能识也"②。学古文者不可不从《汉书》之"少漫"处引为鉴戒，充分体味古文谨严雅饬、明于体要的奥妙，在临文构思、材料取舍的过程中，取形于大，取法乎上。

有鉴于此，方苞在碑志传记的写作中，坚持尚简原则和常事不书，所书事必具首尾，旁见侧出的古文义法。方苞在为明清之际学者孙奇逢作传时，简略记其明天启年间，舍家鬻产，使东林党魁左光斗等尸骨归还，及明亡，拒不仕清，屡征不起，学宗陆王，兼通程朱等寥寥数事，而毅然舍弃了论其讲学宗旨及师友渊源，条举平生义侠之迹，盛称门墙广大，海内向仰者多等诸项内容。方苞以为："此三者皆徵君之末迹也；三者详而徵君之志事隐矣。"③方苞对此传颇引为得意，在《与孙以宁书》中不无夸耀地说：

> 仆此传出，必有病其太略者。不知往者群贤所述，惟务征实，故事愈详，而义愈狭；今详者略，实者虚，而徵君所蕴蓄，转似

---

① 方苞:《书汉书霍光传后》,《方苞集》,刘季高校点,上海:上海古籍出版社1983年版,第62页。
② 方苞:《书汉书礼乐志后》,《方苞集》,刘季高校点,上海:上海古籍出版社1983年版,第62页。
③ 方苞:《与孙以宁书》,《方苞集》,刘季高校点,上海:上海古籍出版社1983年版,第136页。

可得之意言之外；他日载之家乘，达于史官，慎毋以彼而易此。①

力避惟务征实，事愈详而义愈狭的窘态，追求详者略、实者虚，变幻莫测，蕴蓄得之意言之外的生动。——由这些表述中可以看出，方苞所再三致意的是寥寥数笔而人物形神兼具、栩栩如生的古文境界，而不是详讲条举，琐琐道来，使览者不能终篇的市肆簿籍。方苞在对尚简原则的解释及对古文义法的寻绎中，更多地是依据古文家的艺术感知，依据文学的标准尺度，构建为文的规范。这种倾向在《与程若韩书》中表现得更为清楚。书云：

> 来示欲于志有所增，此未达于文之义法也。昔王介甫志钱公辅母，以公辅登甲科为不足道，况琐琐者乎？此文乃用欧公法，若参以退之、介甫法，尚可损三之一，假而周、秦人为之，则存者十二三耳。此中出入离合，足下当能辨之。足下喜诵欧公文，试思所熟者，王武恭、杜祁公诸志乎？抑黄梦升、张子野诸志乎？然则在文言文，虽功德之崇，不若情辞之动人心目也，而况职事族姻之纤悉乎？夫文未有繁而能工者，如煎金锡，粗矿去，然后黑浊之气竭而光润生。②

功德之崇，不若情辞之动人心目，这就是为什么欧阳修铺写王德用、杜衍官爵事迹之文少为人所熟悉，而叙写黄注、张先友情趣事之文则为人所喜闻乐见。墓志之作，职事、族姻皆为琐琐不足道者，所以王安石为钱公辅之母作墓志铭而不及钱之官职。文未有繁而能工者，去粗取精，方能熠熠生

① 方苞：《与孙以宁书》，《方苞集》，刘季高校点，上海：上海古籍出版社1983年版，第137页。

② 方苞：《与程若韩书》，《方苞集》，刘季高校点，上海：上海古籍出版社1983年版，第181页。

辉，这就是为什么简必胜于繁者。

尚简的有关论述在方苞著作中屡屡出现。方苞有关尚简的种种阐释与论述，不仅是针对古文写作中义枝辞冗的弊端而发，更重要的是传达出对一种古文审美规范和审美风格的追求。尚简之说在坚持古文语言以一字不可增减为极则，文体以明于体要、少涉繁杂为上乘的基础上，所呼之欲出的是一种简实纯净、至严不杂的古文风范，这种风范方苞称之为"洁"。"洁"涉及思想纯正、语言精练的内容，更主要的是指成体之文明于体要，不蔓不枝，合乎义法之度。方苞在《书萧相国世家后》一文中就《史记》《汉书》有关萧何的记载进行比较，以为《史记》所书萧何收秦律令图书、举韩信，镇抚关中、举曹参以自代四事，已见其至忠体国之大。至于略去定汉家律令及受遗命辅惠帝事，是因为此二事对萧何来说是顺且易之事，与上述万世之功不可相提并论，因而也无写入的必要。而《汉书》承用是篇，独增汉王谋攻项羽，萧何谏止，劝入汉中一事，则属画蛇添足，甚为不妥。一是此事有无未可知；二是信有之，亦谋臣策士角色，语又鄙浅，与《萧何传》的气象规模不类。两相比较，太史公所书，本于义法，明于体要，而班固所书，则不免义枝辞鄙，失于繁杂。方苞就两书的取舍而议论道：

> 柳子厚称太史公书曰洁，非谓辞无芜累也，盖明于体要，而所载之事不杂，其气体为最洁耳。[1]

气体在此是指脉相灌输之古文的气脉与体制。气体称之为洁，一是气脉专注，二是体制不杂。此两者都是义法与尚简说所刻意追求的风格规范。方苞在《古文约选序例》中论古文气体道：

---

[1] 方苞：《书萧相国世家后》，《方苞集》，刘季高校点，上海：上海古籍出版社1983年版，第56页。

古文气体，所贵清澄无滓。澄清之极，自然而发其光精，则《左传》《史记》之瑰丽浓郁是也。①

《左传》《史记》的瑰丽浓郁，不在于色彩声音之上，而在于气体澄清之极，自然焕发光精，刊落浮华枝蔓，而自然炳炳麟麟。澄清无滓，正是对"洁"所代表的古文审美规范与审美风格的阐释与描述。

如果说，"洁"主要是就古文文体明于体要、不繁不杂而言，那么，"雅"则主要是就古文语辞的不俚不俗、雅驯熨帖而言。凡行文遣辞，肤末支离，引喻凡猥，有碍雅驯，辞繁而芜，句俶且稚者，都属不雅的范围，自应予以避免。方苞删定《荀子》，意在"去其悖者、蔓者、复者、俚且俶者"②，不满于柳宗元文，缘以其文肤末支离、引喻凡猥、句俶且稚者多有。又评归有光之作，以为长处在于"不俟修饰，而情辞并得"，不足则在于"辞号雅洁，仍有近俚而伤于繁者"③。方苞在文学批评实践中，坚持离俚远俗的雅驯标准。他对门人沈廷芳云：

南宋、元、明以来，古文义法不讲久矣。吴、越间遗老尤放恣，或杂小说，或沿翰林旧体，无一雅洁者。古文中不可入语录中语、魏、晋、六朝人藻丽俳语，汉赋中板重字法，诗歌中隽语，南北史俶巧语。④

---

① 方苞:《古文约选序例》,《方苞集》,刘季高校点,上海:上海古籍出版社 1983 年版,第 614 页。
② 方苞:《书删定荀子后》,《方苞集》,刘季高校点,上海:上海古籍出版社 1983 年版,第 37 页。
③ 方苞:《书归震川文集后》,《方苞集》,刘季高校点,上海:上海古籍出版社 1983 年版,第 117—118 页。
④ 苏惇元:《方苞年谱》,《方苞集》,刘季高校点,上海:上海古籍出版社 1983 年版,第 890 页。

他在《答程夔州书》中论及散体文雅驯之道云：

> 凡为学佛者传记，用佛氏语则不雅。子厚、子瞻皆以兹自瑕，至明钱谦益则如涕唾之令人骇矣。岂惟佛说，即宋五子讲学口语，亦不宜入散体文，司马氏所谓言不雅驯也。[①]

方苞所讲的散体文，即是与骈偶之文相对、以奇句单行为主要文体特征的古文。方苞所讲的雅洁，也是以《春秋》《左传》《史记》所代表的述作传统及文体语言规范为基本标尺的。上述两段引文强调雅驯而提出散体文不可入语录中语等种种禁忌，着眼于净化古文语言。

南宋之后，词、曲、小说诸文体有了较大的发展，讲佛传道的佛氏语、语录体也广泛流行。这些文体与诗、古文的交叉、渗透，相互影响是普遍存在的，归有光等人的传志性散文中即有相当浓厚的小说气息。方苞提出雅驯的标准，列举古文中不可入语录中语、佛氏语、藻俪俳语、隽语、佻巧语，具有矫枉与纠偏的意图。语录体、佛氏语为讲学讲道的体式，尤其是唐以后僧人讲佛、道学传道之作，弟子往往直录师语，流于鄙俗。魏晋六朝人藻丽俳语，汉赋中板重字法，诗歌中隽语，皆与奇句单行、质而不芜的古文文体特征有悖。《南史》《北史》之佻巧语，谐而不庄，也与古文不类。将此类语言摒弃于古文之外，恢复古文温文不俗、雅饬远鄙的语言本色，正是方苞以雅论文的宗旨所在。

方苞的雅洁之论是从属于义法说的。雅洁论使义法说更具体化，更具有可操作性。洁侧重于文体，雅侧重于语辞。但作为一对理论范畴，两者又具有紧密的联系。不明体要、繁而芜杂必定伤雅；肤末支离、鄙俗不文也必

---

① 方苞:《答程夔州书》,《方苞集》, 刘季高校点, 上海: 上海古籍出版社 1983 年版, 第 166 页。

然伤洁。雅洁论与义法说，共同构成了方苞古文理论的主体。

五

　　桐城派在其初创时期，已大致确定了其古文理论研究的规制与方向。它偏重于推本溯源，运用体悟、鉴赏、融汇贯通的方法，去总结、发现并揭示单行散体之古文（旁及诗赋）的创作经验与写作规律，作为后学者升堂入室的阶梯。桐城派用于构筑古文理论的主要材料，是古人经验、前辈师说及个人感悟体验，因而其论述不免显得琐细，无法摆脱感性经验的层次，缺少博大精深的气度气象。对于方苞"义法说"的得失，姚鼐评论道："望溪所得，在本朝诸贤为最深，而较之古人则浅。其阅太史公书，似精神不能包括其大处、远处、疏淡处及华丽非常处。止以义法论文，则得其一端而已。"义法说所能捕捉的多为谋篇布局详略繁简等行文之法，而无法企及汪洋恣肆、变幻莫测的艺术神明和文学至境。文学至境非人力所能施及，当然也非义法说所能涵括。

（原载《文艺研究》2004 年第 6 期）

姚鼐的古文艺术理论及其对桐城派形成的贡献

乾隆中叶，是清代学术发生巨大转向的时期，其标志是考据之学也即汉学的兴起。考据之学的兴起，是清初顾炎武、黄宗羲、王夫之等一代学人积极参与的以正本清源，回归儒学原典文化为基本指向的文化反思与学术检讨运动所收获的一颗硕果。顾、黄所提出的"经学即理学"与"实事求是"等理论命题及其回归儒学原典的实践，促进了清代学术由空谈心性向经学考证方向的转换。康雍年间，宋学高踞堂庙，由阎若璩、胡渭所代表的考据学派尚不能与宋学分庭抗礼。随着乾隆年间《四库全书》纂修工作的展开，一大批以古籍校勘、整理见长的学者被委以重任，并享受优厚的恩荣。清政府对考据、义理（即汉与宋）两学采取"崇宋学之性道，而以汉儒经义实之"的兼收并蓄的政策，于是讲求性道之宋学与名物考订之汉学遂形成双峰对峙的局面，且汉学大有主盟坛坫之势。清代学者洪亮吉论及乾隆中叶学术风气的转折时说道：

> 自元明以来，儒者务为空疏无益之学，六书训诂屏斥不谈，于是儒术日晦，而游谈坌兴……迨我国家之兴，而朴学始辈出，顾处士炎武、阎徵君若璩首为之倡，然奥窔未尽辟也。乾隆之初，海宇乂平已百余年，鸿伟瑰特之儒，接踵而见，惠徵君栋、戴编修震，其学识始足方驾古人。及四库馆之开，君（邵晋涵）与戴

君又首膺其选，由徒步入翰林，于是海内之士知向学者，于惠君则读其书，于君与戴君则亲闻其绪论，向之空谈性命及从事帖括者，始骎骎然趋实学矣。①

在义理、考据之学互相攻讦、争长斗短之际，服膺义理之学而志在古文艺术的姚鼐从四库馆中悄然退出，讲学江南，培植后学，以辛勤的努力，促进了桐城派的建立和古文之学的繁兴。

一、姚鼐古文艺术论的构成

在义理考据之争的夹缝中，以特有的坚定执著为辞章之学、古文之学守望阵地的姚鼐，在论及古文艺术时，议论风生，神采飞扬。姚鼐在方苞义法说、刘大櫆神气说的基础上，融会旧知新说，运用通乎神明、法乎自然的文学本原论、阳刚阴柔为对举范畴的文学风格论、神理气味格律声色为基本要素的文学创作论，构筑起他的审美理想和古文艺术论的体系。

文学本原论是姚鼐古文艺术论的第一块基石。文学本原论强调诗文创作是一种通乎神明、法乎自然、独立自在的精神创造活动，而文学艺术所能达的至境是天与人一、道与艺合。它不必依附于义理之学、考据之学而存在，也不应被卑视为玩物丧志、末技附庸。姚鼐的文学本原论，以艺术家的感知和立场，为辞章之学正名，同时也完成了对方苞义法说的超越和对传统文以载道说的修正。

桐城派创始人方苞的古文学说以义法说为核心。义法说所涉及的主要

---

① 洪亮吉：《邵学士家传》，《洪亮吉集》，刘德权点校，北京：中华书局 2001 年版，第 192 页。

是义经法纬、有物有序、气清体洁等成体之文的基本法则。方苞从义法说的视角阅读《史记》，所总结梳理出的多为详略繁简、措注互见等谋篇布局的行文之法。姚鼐评论方苞的义法说道：

> 望溪所得，在本朝诸贤为最深，而较之古人则浅。其阅太史公书，似精神不能包括其大处、远处、疏淡处及华丽非常处。止以义法论文，则得其一端而已。[①]

单纯从谋篇、布局处揣摩《史记》，相对于《史记》的博大精深来说，自然是"精神不能包括其大处、远处、疏淡处及华丽非常处"。义法所能捕捉的，只能是有形迹的规则法度，而无法企及汪洋恣肆、变幻莫测的艺术神明。姚鼐在《复鲁絜非书》中说道：

> 抑人之学文，其功力所能至者，陈理义必明当，布置取舍，繁简廉肉不失法、吐辞雅驯不芜而已。古今至此者，盖不数数得。然尚非文之至，文之至者通乎神明，人力不及施也。[②]

通乎神明，天与人一，是为文的最佳境界。古文之于天地造化，技艺之于道，本是相通的。文至者合乎天地自然之节，技精者必近于道。姚鼐论曰：

> 言而成节合乎天地自然之节，则言贵也。其贵也，有全乎天

---

① 姚鼐：《与陈硕士》，《惜抱轩尺牍》，卢坡点校，合肥：安徽大学出版社2014年版，第75页。

② 姚鼐：《复鲁絜非书》，《惜抱轩诗文集》，刘季高标校，上海：上海古籍出版社1992年版，第94页。

者焉，有因人而造乎天者焉……夫文者，艺也。道与艺合，天与人一，则为文之至。世之文士，固不敢与文王、周公比，然所求以几乎文之至者，则有道矣。①

言语连翩而成自然之节，意气相御而为华彩之辞，古文创作是一项神游八荒、意接天壤的精神活动。姚鼐充满激情地描述古文的创作过程道：

《易》曰："吉人之词寡。"夫内充而后发者，其言理得而情当；理得而情当，千万言不可厌，犹之其寡矣。气充而静者，其声闳而不荡；志章以检者，其色耀而不浮。邃以通者，义理也；杂以辨者，典章、名物，凡天地之所有也，闳闳乎，聚之于锱铢，夷怿以善虚，志若婴儿之柔，若鸡伏卵，其专以一，内候其节，而时发焉。夫天地之间，莫非文也。故文之至者，通于造化之自然。②

在古文创作过程中，义理、典章、名物，凡天地之所有，都将化为供以驱使的材料，都将因文而有所附丽，有所彰明，有所光辉。此时，文便是君临一切的最高主宰。古文写作是一种复杂的、艰苦的精神创造活动。当作者将蕴酿孕育，初始婴儿之柔的思想情感，通过如鸡伏卵，其专以一的小心呵护，而最终成为理充于中、声振于外，或如电如霆如长风之出谷，或如云如霞如幽林之曲涧的生花妙笔锦绣文章时，古文创作的艺术价值才得以充分的展示，辞章之学的独特魅力和不可替代性才得以真正的体现。正是出于对

---

① 姚鼐：《敦拙堂诗集序》，《惜抱轩诗文集》，刘季高标校，上海：上海古籍出版社1992年版，第49页。
② 姚鼐：《答鲁宾之书》，《惜抱轩诗文集》，刘季高标校，上海：上海古籍出版社1992年版，第104页。

古文艺术的热爱和对古文艺术魅力的坚信，姚鼐才能在汉宋两学互争正统、自诩得道之际，捐嗜舍欲，独立不移，力延古文一线于纷纭之中；才能不避流俗讪笑，旗帜鲜明地以古文辞为安身立命之所，乐此不疲地为辞章之学争得一席之地。

姚鼐古文艺术论的第二块基石是运用阳刚阴柔说所建立的文学风格论。姚鼐根据"文章之原，本乎天地。天地之道，阴阳刚柔而已。苟有得乎阴阳刚柔之精，皆可以为文章之美"[①]的基本认识，把神理气味、格律声色交错而成的文学艺术世界，简洁明快地区别为阳刚与阴柔两种风格类型。阳刚与阴柔便成为构建姚鼐文学风格论的一对重要理论范畴。

姚鼐有关阳刚阴柔的论述，主要见于《复鲁絜非书》和《海愚诗钞序》。其《复鲁絜非书》云：

> 鼐闻天地之道，阴阳刚柔而已。文者，天地之精英，而阴阳刚柔之发也。惟圣人之言，统二气之会而弗偏。然而《易》《诗》《书》《论语》所载，亦间有可以刚柔分矣。值其时其人，告语之体各有宜也。自诸子而降，其为文无弗有偏者。
>
> 其得于阳与刚之美者，则其文如霆，如电，如长风之出谷，如崇山峻崖，如决大川，如奔骐骥；其光也，如杲日，如火，如金镠铁；其于人也，如冯高视远，如君而朝万众，如鼓万勇士而战之。其得于阴与柔之美者，则其文如升初日，如清风，如云，如霞，如烟，如幽林曲涧，如沦，如漾，如珠玉之辉，如鸿鹄之鸣而入寥廓；其于人也，漻乎其如叹，邈乎其如有思，暖乎其如喜，愀乎其如悲。观其文，讽其音，则为文者之性情形状，举以

---

① 姚鼐：《海愚诗钞序》，《惜抱轩诗文集》，刘季高标校，上海：上海古籍出版社1992年版，第48页。

殊焉。

　　且夫阴阳刚柔，其本二端，造物者糅而气有多寡进绌，则品次亿万，以至于不可穷，万物生焉。故曰："一阴一阳之为道。"夫文之多变，亦若是已。糅而偏胜可也，偏胜之极，一有一绝无，与夫刚不足为刚，柔不足为柔者，皆不可以言文。今夫野人孺子闻乐，以为声歌管弦之会耳，苟善乐者闻之，则五音十二律必有一当，接于耳而分矣。夫论文者，岂异于是乎？宋朝欧阳、曾公之文，其才皆偏于柔之美者也。欧公能取异己者之长而时济之，曾公能避所短而不犯。①

　　姚鼐此文，就阳刚阴柔的文学风格论而言，主要涉及三个层面的问题：

　　第一，证阴阳刚柔，合于天地之道，也合于文章之美。在我国古代文献中，以阴阳论天地生化之道，以刚柔论文学艺术风格，可以说源远而流长。姚鼐文中提到的"一阴一阳之为道"，即源于《易·系辞》。《易·系辞》又以阴阳解释乾坤，以为乾即阳，坤即阴，"阴阳合德而刚柔有体，以体天地之撰"。至于文家以刚柔论文，实始于刘勰，《文心雕龙》中以刚柔论文，见于《镕裁》《体性》《定势》诸篇中。这些都可以引为姚鼐阳刚阴柔说的祖述及援说。在《复鲁絜非书》中，姚鼐对阴阳刚柔之天道与阳刚阴柔文学风格形成之间关系的理解与描述是：阴与阳，刚与柔，本是对立的两端；造物者糅合两端，而造就了千变万化的世界。文章以天地为本原，是天地之精英，也是天地阴阳刚柔之气的凝聚形态与表现形式。文之多变，也如多变的世界一样。苟能得乎阴阳刚柔之精，皆可以为文章之美。阴阳刚柔之说，既合于天地之道，也合于文章之道。

---

　　① 姚鼐：《复鲁絜非书》，《惜抱轩诗文集》，刘季高标校，上海：上海古籍出版社1992年版，第93—94页。

第二，规定区分阳刚之美与阴柔之美的审美特征，强调风格即人。姚鼐认为：天地阴阳刚柔之气发而为文，惟圣人之言，统二气之合而弗偏。其他如《易》《诗》《书》《论语》所载，皆有刚柔之分。自诸子而降，为文或毗于阴，或毗于阳，风格迥然有别。得阳刚之美者，其文势雄直，其光呆然，其人有君王南面之气；得阴柔之美者，其文势纡回，其光皎然，其人有深远凄怆之貌。姚鼐以一系列感性的诗化的比喻，规定区分阳刚与阴柔之美所具有的审美特征，形象生动而意蕴丰厚。

把文学作品以风格类分，始于《文心雕龙》。刘勰在《体性》篇中把作品风格分为四组八类，即典雅与新奇，远奥与显附，繁缛与精约，壮丽与轻靡，又称八体。至唐人皎然《诗式》以十九字辨诗，司空图《诗品》以二十四格品诗，其名目趋于繁杂而令人目不暇接。宋人严羽《沧浪诗话·诗辨》篇以为："诗之品有九，曰高，曰古，曰深，曰远，曰长，曰雄浑，曰飘逸，曰悲壮，曰凄怆……其大概有二；曰优游不迫，曰沉着痛快。"[1]再至明人屠隆《文论》，把文章风格分为寥廓清旷、风日熙明和飘风震雷、扬沙走石两类。严羽与屠隆的划分，已显示出化繁为简的趋势。

姚鼐以阳刚、阴柔论文，从风格分类而言，较之前人，更简约，更概括，更传神，更具有理论价值和意义。文学风格，千变万化，不外阳刚、阴柔两端。凡雄浑、劲健、豪放、疏野、悲慨、壮丽、奇伟、沉着痛快、飘风震雷、扬沙走石者，都可纳入阳刚的范畴；凡淡雅、洗炼、含蓄、清奇、高远、飘逸、优游不迫、寥廓清旷、风日熙明者，都可纳入阴柔的范畴。

或毗于阳刚，或毗于阴柔，作品文学风格的形成，与不同的文体有关，但更主要的则取决于作者的性情修养。作者所具备的个性、禀赋及学术修养，对作品风格的形成，关系重大。温深徐婉之才，所作必优游不迫，偏于

---

① 严羽：《沧浪诗话校释》，郭绍虞校释，北京：人民文学出版社1983年版，第7—8页。

阴柔风格；雄伟劲直之人，所作必劲健奇伟，以阳刚而取胜。姚鼐文中"观其文，讽其音，则为文者之性情形状，举以殊焉"，即是讲从作品中可以反观作者之性情形状。风格即人，道理就在于此。

第三，提倡阳刚与阴柔风格兼用互补。文学风格是由个人性情与学养所决定的。惟圣人之言，统二气之会而弗偏。其他为文者，或偏于阳刚，或偏于阴柔，诸子之下，概莫能外。但此是就作者之文的整体风格而言。以阳刚为主导风格者，不妨有阴柔之美并存；以阴柔为主导风格者，也须时时有阳刚之气。因此姚鼐强调："糅而偏胜可也，偏胜之极，一有一绝无，与夫刚不足为刚，柔不足为柔者，皆不可以言文。"[1]作者之文，阳刚与阴柔之气相交错而后成篇，止可偏胜，而不可一有一绝无。若一味以犷悍不驯为阳刚，则阳刚不复存在；或一味以靡弱不振为阴柔，则阴柔无以立身。上述"一有一绝无"，或"刚不足为刚，柔不足为柔"的情形，当为作者所悬为戒律。有功力见识的作者，应能取"大江东去"与"晓风残月"兼用互补。即如欧阳修、曾巩等名家，尚需"时时取异己者之长而时济之"，"或能避所短而不犯"，其他作者更应在此处留神。

与《复鲁絜非书》可以互相印证发明的有《海愚诗钞序》。姚鼐在《海愚诗钞序》中复论阳刚阴柔之说云：

> 吾尝以谓文章之原，本乎天地。天地之道，阴阳刚柔而已。苟有得乎阴阳刚柔之精，皆可以为文章之美。阴阳刚柔并行而不容偏废，有其一端而绝亡其一，刚者至于偾强而拂戾，柔者至于颓废而暗幽，则必无与于文者矣。
>
> 然古君子称为文章之至，虽兼具二者之用，亦不能无所偏优

---

① 姚鼐：《复鲁絜非书》，《惜抱轩诗文集》，刘季高标校，上海：上海古籍出版社1992年版，第94页。

于其间，其故何哉？天地之道，协合以为体，而时发奇出以为用者，理固然也。其在天地之用也，尚阳而下阴，伸刚而绌柔，故人得之亦然。文之雄伟而劲直者，必贵于温深而徐婉。温深徐婉之才，不易得也，然其尤难得者，必在乎天下之雄才也。[①]

姚鼐此文中，其"苟有得乎阴阳刚柔之精，皆可以为文章之美"和"阴阳刚柔并行而不容偏废"之言，与前文意思大致相同，可与参照互见。与前文意思不太相同之处，在于此文明确认定"文之雄伟劲直者，必贵于温深而徐婉"，这种认定似乎打破了姚鼐阳刚阴柔相提并论的平衡。

姚鼐所作诗文，偏于阴柔一路，这当然与他的性情、学养及特有的社会阅历有关。姚鼐在《复鲁絜非书》中，以为鲁氏之文其才偏于阴柔，而教之以欧阳修"取异己者之长而时济之"与曾巩"避所短而不犯"之法，以求柔中有刚，足以自立。《海愚诗钞序》中称赞《诗钞》的作者为"天下绝特之雄才"，谓其诗"即之而光升焉，诵之而声闳焉，循之而不可一世之气勃然动乎纸上而不可御焉，味之而奇思异趣角立而横出焉"[②]。这种知人之长，悟己之短，取人所长，避己之短的虚心与自觉，体现出姚鼐的宏通识见，同时也是他"阴阳刚柔并行而不容偏废"理论的自我实践。

姚鼐古文艺术论的第三块基石是以神理气味格律声色为基本要素的文学创作论。

以神理气味与格律声色论文，见诸姚鼐的《古文辞类纂序》。《古文辞类纂》是姚鼐所编纂的古文选本。所选文章除散体文外，包括辞赋，故称"古文辞"。全书七十五卷，以文体而类编，故称"类纂"。姚鼐把包括辞赋在内

---

① 姚鼐：《海愚诗钞序》，《惜抱轩诗文集》，刘季高标校，上海：上海古籍出版社1992年版，第48页。

② 姚鼐：《海愚诗钞序》，《惜抱轩诗文集》，刘季高标校，上海：上海古籍出版社1992年版，第48页。

的古代散文文体，分为论辨、序跋、奏议、书说、赠序、诏令、传状、碑志、笔记、箴铭、颂赞、辞赋、哀祭计十三类。其作《古文辞类纂序》简述各类文体起源、特点、流变及编选原则，最终通论为文之总则云：

> 凡文之体类十三，而所以为文者八：曰神、理、气、味、格、律、声、色。神理气味者，文之精也；格律声色者，文之粗也。然苟舍其粗，则精者亦胡以寓焉？学者之于古人，必始而遇其粗，中而遇其精，终则御其精者而遗其粗者。①

以精者粗者论文，姚鼐得之于刘大櫆。精者，是可以意致者；粗者，为可以言论者。可以意致者以抽象的形态存在，如神理气味，其在文章之中，似盐入水，无迹无痕；可以言论者以具体形态存在，如格律声色，其在文章之中，炳炳烺烺，采丽竞繁。抽象与具体，一精一粗，一里一表，相互依存。格律声色是神理气味之外表，离开格律声色，神理气味便不复存在；神理气味是格律声色的内蕴，无有神理气味，格律声色也变得毫无价值。明白于此，为文者学古人之文，必从格律声色入手，寻迹而谒其神理气味，最终达到"御其精而遗其粗"的自主境地。神理气味与格律声色作为一对理论范畴，其逻辑关系大致如此。

在姚鼐有关文之至境通乎神明，通乎天地自然造化的描述与阐释之中，已不期而然地囊括了神理气味的基本内容。所谓神，在姚鼐的文论中，即指文章的神思神韵、神妙变化、人功与天机相凑泊之处，是合于天地自然之节，通一地造化自然之境，道与艺合，天与人一的为文境界。所谓理，即持之有故，言之成理者。它包括义理，也包括典章制度，凡天地之所有者中所

---

① 姚鼐:《古文辞类纂序》,《古文辞类纂》,胡士明、李祚唐标校,上海:上海古籍出版社2016年版,第22页。

蕴含的事理物理，天下事理物理皆是为文材料。其事理物理又要依赖文章以发明之。所谓气，是指贯通于文章字里行间，能使意与辞脉络相连，骠姚飞动、生机勃勃的气势文势。"有气以充之，则观其文也，虽百世而后，如立其人而与言于此；无气，则积字焉而已"[1]。所谓味，是隽永深刻、耐人咀嚼者，即姚鼐所言"理得而情当，千万言不可厌"[2]者。

至于格律声色，上述引文中也有所涉及。格者、格式、体制之谓也。律者，规则之谓也。声即音节音调，色是辞藻色彩。古文的体制法度，方苞的义法说曾予以探讨，古文的音节辞藻，刘大櫆的神气说有所发明。姚鼐认为，体制、法度，声音节奏，高下抗坠之度，都随意与气而转移："意与气相御而为辞，然后有声音节奏高下抗坠之度，反复进退之态，采色之华。故声色之美，因乎意与气而时变者也，是安得有定法哉！自汉、魏、晋、宋、齐、梁、陈、隋、唐、赵宋、元、明及今日，能为诗者殆数千人，而最工者数十人。此数十人，其体制固不同，所同者，意与气足主乎辞而已。"[3]文无定法，优秀的诗文作品，其时代、作者不同，体制法度不同，声音辞藻之美也不同，其唯一相同之处，即在于作品的意与气足主乎辞，这一点概莫能外。意与气所主之"辞"，不仅包括声与色，还包括格与律。

文无定法，是就义的纵横变化而言；但文章的写作并非无规律和经验可循，这些规律和经验又未尝不是法。姚鼐论法之有定无定之道云：

　　文章之事，能运其法者才也，而极其才者法也。古人文有一

---

① 姚鼐：《答翁学士书》，《惜抱轩诗文集》，刘季高标校，上海：上海古籍出版社1992年版，第84页。

② 姚鼐：《答鲁宾之书》，《惜抱轩诗文集》，刘季高标校，上海：上海古籍出版社1992年版，第104页。

③ 姚鼐：《答翁学士书》，《惜抱轩诗文集》，刘季高标校，上海：上海古籍出版社1992年版，第84—85页。

定之法，有无定之法。有定者，所以为严整也；无定者，所以为
纵横变化也；二者相济而不相妨。故善用法者，非以窘吾才，乃
所以达吾才也。非思之深，功之至者，必不能见古人纵横变化中
所以为严整之理。思深功至而见之矣，而操笔而使吾手与吾所见
之相副，尚非一日事也。①

　　法有一定之法与无定之法的区别。一定之法教人严整，无定之法教人
变化。就规律及经验而言，法并非仅仅体现为规则和禁忌，它还是路向与通
道。善用法者，其才思不仅不为法所限制，反而可凭借法而纵横驰骋。姚鼐
所言法，是谋篇行文、遣词成句之规律，它包含格律声色诸项内容。而其所
言"才"，又与意与气相关。姚鼐在强调"意与气主乎辞"，神理气味统帅格
律声色的同时，并不鄙薄格律声色的价值及其在成体之文中的作用。姚鼐认
为，能从古人纵横变化中窥知严整之理，已是思深功至的表现；而循严整之
理操笔为文，更非一日之功。

　　文法有定无定，文体也有尊无尊。姚鼐《陶山四书义序》论文体无有
尊卑道：

　　　　论文之高卑以才也，而不以其体。昔东汉人始作碑志之文，
　　唐人始为赠送之序，其为体皆卑俗也；而韩退之为之，遂卓然为
　　古文之盛。古之为诗者，长短以尽意，非有定也；而唐人为排偶，
　　限以句之多寡，是其体使昔未有而创于今世，岂非甚可耻笑者
　　哉！而杜子美为之，乃通乎《风》《雅》，为诗人冠者，其才高也。
　　　　明时定以经义取士，而为八股之体。今世学古之士，谓其体

---

　　①　姚鼐：《与张阮林》，《惜抱轩尺牍》，卢坡点校，合肥：安徽大学出版社2014年版，
第49—50页。

卑而不足为。吾则以谓此其才卑而见之谬也。使为经义者，能如唐应德、归熙甫之才，则其文即古文，足以必传于后世也，而何卑之有？故余生平不敢轻视经义之文，尝欲率天下为之。夫为之者多，而后真能以经义为古文之才，出其间而名后世。①

就文体的演变而言，大都有一个创制而走向成熟的过程。创制时期被认为卑俗的文体，在作家创作实践的推动下，会逐渐走向全盛，走向成熟。姚鼐所列举的碑志之文、赠序之文、近体诗的发展都是如此。雅与俗，高与卑，都是可以转换的。文体本身无雅俗高卑之分，关键在于作者所具有的艺术才能能否足以驾驭所从事的文体。足以驾驭者，俗可成雅，卑可变尊；不足以驾驭者，则雅可成俗，尊可转卑。姚鼐对"文之高卑以才而不以其体"的认识是符合文学发展历史的。

当依据"文之高卑以才而不以其体"的观点去论述八股文时，姚鼐同方苞一样，希望更多的作者能同唐顺之、归有光一样，以古文为时文，使时文通乎古作者文章极盛之境而天下士人又真能以经义为古文之本，从而促进古文的复兴与繁荣。

桐城派方、刘、姚三祖，都讲究以古文之法，通乎时文，使其古文理论与广大学子士人保持紧密的联系，这是桐城派古文理论得以广泛传播的重要条件。姚鼐辞官后讲学江南四十余年，以古文法教授生徒。《古文辞类纂》即是为求古文法者所编选的。《古文辞类纂序》中对文体源流正变的叙述，对古文作者及作品的取舍，对神理气味格律声色为文要素的阐释，都体现着姚鼐在古文创作与古文理论研究方面所付出的努力。这种努力当然在相当程度上是为学文者指点路径，寻觅阶梯的。因此，姚鼐在《古文辞类纂序》中

① 姚鼐：《陶山四书义序》，《惜抱轩诗文集》，刘季高标校，上海：上海古籍出版社1992年版，第270页。

论述凡文之体类十三，而所以为文者八之后，紧接着便是论述摹拟与脱化问题。其言曰：

> 学者之于古人，必始而遇其粗，中而遇其精，终则御其精者而遗其粗者。文士之效法古人，莫善于退之，尽变古人之形貌，虽有摹拟，不可得而寻其迹也。其他虽工于学古，而迹不能忘，扬子云、柳子厚，于斯盖尤甚焉，以其形貌之过于似古人也。而遽摈之，谓不足与于文章之事，则过矣。然遂谓非学者之一病，则不可也。[①]

姚鼐认为，学文过程中，摹拟是必不可少的，只有多读多为，用功勤而用心精密，达于熔铸古人，得其神妙，兼收并蓄，无所凝滞的地步，然后才能豁然有得，纵笔为文，如有神助，呵祖骂佛，无之不可。由摹拟达于脱化，是个循序渐进、日积月累的过程，也是一个由必然而达于自然的过程。当然，能否达于脱化，则又视个人的修养与造诣。

二、姚鼐对桐城派形成的贡献

桐城派是有清一代延续最为长久，人数最多，影响最大的文学流派，其形成于雍、乾，极盛于嘉、道，绵延于同、光，笼罩文坛二百余年，至"五四"时期才渐至消亡。桐城派作家崇尚《左》《史》及唐宋八家以来的古文传统，注意不断体悟、总结、发现并揭示单行散体之文（旁及诗、赋）的

---

① 姚鼐：《古文辞类纂序》，《古文辞类纂》，胡士明、李祚唐标校，上海：上海古籍出版社 2016 年版，第 22 页。

写作经验和创作规律，丰富与发展已有的理论体系，成为中唐以来古文运动的殿军。桐城派作家总体上保持清正雅洁的创作风格，追求文从字顺、言简有序、纯净秀美，于平易琐细中见情致的文章风范，在各体散文体裁，尤其是杂记序跋、碑志传状之文中显示出才华和优长。桐城派与诗界中的宋诗派、词界中的常州词派鼎足三立，共同构成了清代辞章之学即文学的灿烂与辉煌。

姚鼐在桐城派的形成过程中，是一个里程碑式的人物，其对桐城派形成所作出的贡献主要有以下三个方面：

第一，建立健全桐城派古文理论体系和话语系统。桐城派以方苞、刘大櫆、姚鼐为派中三祖。方苞的义法说主要探讨在"本经术而依于事物之理"①思想规范的谋篇之法，刘大櫆则试图从品藻音节证入，测识古人之文起灭转接中的精神气脉，寻求谋篇之外精神气势与字句音节极度和谐的为文途径。姚鼐"三十而登第，跻于翰林之署"，以壮盛之年，告归江南，以古文为业。姚鼐在汲取前人诗文创作经验与方、刘古文理论的基础上，加入个人的艺术思考与审美理想，综合运用天与人一、道与艺合、文与质备、古与今宜以及阳刚阴柔、神理气味、格律声色的艺术范畴，整理重建了桐城派古文理论体系和话语系统，从而使桐城派古文理论从偏重于史传文体悟的义法说和偏重于写作技艺传授的神气说所形成的狭窄地带中走出，而更加系统化、理论化、规范化，具有更广泛的指导意义和覆盖范围。如姚鼐以通乎神明、通乎造化、天与人一、文与道合作为古文创作的至境，这是为殚精竭虑、孜孜以求的古文家所设置的目标；而同时姚鼐又絮絮不休地讲解古文从摹拟到脱化的过程，这又是在为初学者指点路径。这样就使桐城派古文理论具有更广泛的适应性和辐射范围。再如，方苞的义法说主要是就史传文写作经验而言，

① 方苞：《答申谦居书》，《方苞集》，刘季高校点，上海：上海古籍出版社1983年版，第164页。

从不及诗；刘大櫆的神气说局限于从字句揣摩音节、从音节想见神气这一因声求气的单向通道，过于头巾化。而姚鼐注意以诗与文艺境融通互证，其天人、道艺、文质、古今、阳刚阴柔、神理气味格律声色诸说，使桐城派古文理论话语更加规范化，更富有时代性，因而也更便于和同时代的诗文流派如格调、神韵诸派对话，更便于和传统诗文理论对接。桐城派至姚鼐，其论文矩镬，已大体具备。后学的见仁见智、取便发挥，少有脱方、姚之窠臼者。

第二，开启澹远洁适、萧然高寄的为文风范。桐城三祖中，因生活经历、学术选择、审美趣味的不同，为文风格也各有不同。方苞二十四岁入京后以"学问在程朱之后，文章在韩欧之间"作为行身祈向，又以为古文之作应"本经术而依事物之理"。徘徊于义理与文章之间的方苞，其文措语矜慎有余，宏放飞动不足，姚鼐弟子方东树评方苞之文云：

> 树读先生文，叹其说理之精，持论之笃，沉然黯然纸上，如有不可夺之状。而特怪其文重滞不起，观之无飞动嫖姚跌宕之势，诵之无铿锵鼓舞抗坠之声，即而求之无玄黄采色，创造奇词奥句，又好承用旧语，其于退之论文之说，未全当焉。而笃于论文者，谓自明归太仆后，惟先生为得唐宋大家之传。惟树亦心谓然也。盖退之因文见道，其所谓道，由于自得，道不必粹精，而文之雄奇疏古，浑直恣肆，反得自见其精神。先生则袭于程朱道学已明之后，力求充其知而务周防焉，不敢肆；故议论愈密，而措语矜慎，文气转拘束，不能宏放也……向使先生生于程朱之前，而已能闻道若此，则其施于文也，讵止是已哉。[1]

---

① 方东树：《书望溪先生集后》，《中国近代文论选》，舒芜等编选，北京：人民文学出版社1981年版，第36页。

刘大櫆一生困厄，其身世遭遇，使他"意有所触，作为怪奇磊落魄玮之辞"。姚鼐《刘海峰先生传》论及刘氏，以为其"文与诗并极其力"，诗文之作，"能包括古人之异体，熔以成其体；雄豪奥秘，麾斥出之，岂非其才之绝出今古者哉！"[①]姚鼐此论出，世人遂以"才"称刘氏。刘与方、姚并称，人多有"蜂腰"之讥。

姚鼐告归江南后，以古文为业，其体悟精深，立论通脱，行文澹远浩适、萧然高寄，与方、刘之文气象不同，既无方氏义理、古文顾此失彼的窘迫，又无刘氏驰骋为才、纵横为气的嚣杂。桐城后学，对姚鼐以文人自处的恬淡闲适及净洁精微的为文风格，尤为推重。姚鼐弟子方东树比较桐城三祖之文，以为方苞之文，"静重博厚，极天下之物赜而无不持载"，"是深于学者"；大櫆之文，"日丽春敷，风云变态"，"是优于才者也"；而姚鼐之文"纡余卓荦，樽节隐括，托于笔墨者净洁而精微。譬如道人德士，接对之久，使人自深"[②]。方东树论姚鼐贡献之过于方、刘之处道："先生后出，尤以识胜，知有以取其长，济其偏，止其敝。此所以配为三家，如鼎足之不可废一。"[③]姚莹论桐城三祖曰："自康熙朝，方望溪侍郎以文章称海内，上接震川，为文章正轨，刘海峰继之益振，天下无异词矣。（姚）先生亲问法于海峰，海峰赠序盛许之。然先生自以所得为文，又不尽用海峰法。故世谓望溪文质，恒以理胜；海峰以才胜，学或不及；先生乃理文兼至。"[④]

初创期的桐城派是沿循"有所法而后能，有所变而后大"的路径发展

---

① 姚鼐：《刘海峰先生传》，《惜抱轩诗文集》，刘季高标校，上海：上海古籍出版社1992年版，第309页。
② 方东树：《书惜抱先生墓志后》，《中国近代文论选》，舒芜等编选，北京：人民文学出版社1981年版，第40页。
③ 方东树：《书惜抱先生墓志后》，《中国近代文论选》，舒芜等编选，北京：人民文学出版社1981年版，第40页。
④ 姚莹：《朝议大夫刑部郎中加四品衔从祖惜抱先生行状》，《姚莹集》，严云绶、施立业、江小角主编，合肥：安徽教育出版社2014年版，第91页。

的。方苞、刘大櫆、姚鼐之间，有所师承、有所变化，有所拾遗补缺、取长补短，至姚鼐而总其大成，故而其文风影响深远。

第三，揭橥桐城派旗帜，编织文道传承谱系。姚鼐之前，方、刘并无创立文派的意向。姚鼐辞官南归的次年（1776），作《刘海峰先生八十寿序》云：

> 曩者鼐在京师，歙程吏部、历城周编修语曰："为文章者，有所法而后能，有所变而后大。维盛清治迈逾前古千百，独士能为古文者未广。昔有方侍郎，今有刘先生，天下文章，其出于桐城乎？"鼐曰："夫黄舒之间，天下奇山水也。郁千余年，一方无数十人名于史传者。独浮屠之俊雄，自梁、陈以来，不出二三百里，肩背交而声相应和也。其徒遍天下，奉之为宗。岂山川奇杰之气有蕴而属之邪？夫释氏衰歇，则儒士兴，今殆其时矣！"既应二君，其后尝为乡人道焉。①

姚氏此文不啻可看作桐城派宣言。文中记述了刘之于方、姚之于刘的师承交往，以印证桐城古文之学有所法而后能、有所变而后大的事实。又借程晋芳、周永年"天下文章，其出于桐城乎"的赞语，引出"夫释氏衰歇，则儒士兴，今殆其时矣"的话题。文中虽未及"桐城派"的字样，而"桐城派"已呼之欲出了。姚鼐写此文后三年（1779），即着手编选《古文辞类纂》。《古文辞类纂》所选古文，八家之后，明代仅录归有光，清代仅录方苞、刘大櫆，以明示古文传统所在及古文传绪所系。《古文辞类纂》嘉庆初年刻成后，流播甚广，而姚鼐接学江南，从学者众，桐城之学，自姚鼐而大。后

---

① 姚鼐：《刘海峰先生八十寿序》，《惜抱轩诗文集》，刘季高标校，上海：上海古籍出版社 1992 年版，第 114 页。

人王先谦《续古文辞类纂》追述姚鼐以后桐城派发展之声势云：

> 自桐城方望溪氏以古文专家之学，主张后进。海峰承之，遗风遂衍。姚惜抱禀其师传，覃心冥追，益以所自得，推究闲奥，开设户牖。天下翕然，号为正宗。承学之士，如蓬从风，如川赴壑，寻声企景，项领相望。百余年来，转相传述，遍于东南。由其道而名于文苑者，以数十计，呜呼，何其盛也。[①]

桐城派自姚鼐后规模渐成，名声噪起。此时距方苞初入京师、创立义法之说已百余年矣。百余年间，方、刘、姚殚精竭虑，从事于古文之学，各擅其胜而无不以学行程朱、文章韩欧为依归。方、刘、姚共同奠定了桐城派形成的基础和发展的路向。而姚鼐在义理、考据之学互争坛坫之际，不失时机地揭起桐城派旗帜，并编织了一套由《左》《史》而至唐宋八家，由八家而至归、方的古文传承谱系，桐城派由此而博得"天下翕然，号为正宗"的名声。

（原载《文艺研究》1999 年第 6 期）

---

① 王先谦：《续古文辞类纂序》，《王先谦诗文集》，梅季校点，长沙：岳麓书社 2008 年版，第 33 页。

嘉道之际的文学精神与创作主题

一、风云际会与士林风尚

嘉庆、道光之际，中国正处在鸦片战争的前夜，处在一个山雨欲来、风云骤集的年代。此时，清政府统治已由强盛的巅峰走向低谷，东方帝国天朝盛世的釉彩虽未剥落殆尽，但其王霸之气已荡然无存，衰败之象处处可见。在十七世纪末至十九世纪中叶的百余年内，全国人口由一亿五千万猛增至四亿三千万，资源、生产力水平与人口比例的矛盾加剧，流民无以为业，士人仕途拥挤，成为国内政治不安定的重要根源；由于承平日久，官场腐败之风愈演愈烈，政府权力机能减弱，令不行而禁不止，贪污成风，威信下降；直接关系到国计民生的重大问题，如漕运、盐务、河工三大政，举步维艰，弊端重重；西北、西南边疆地区，外扰不已，东南沿海，鸦片贸易剧增，白莲教与南方秘密会社起事频繁，屡禁不止。各种社会危机，重重叠叠，纷至沓来，如同地火在奔涌汇聚，蓄势待发。

即使没有后来外敌入侵所引发的鸦片战争，清王朝所面临的诸种危机，也必然会诱发巨大的社会动荡。其中的消息，最先为生活在这一时期具有敏感触角和强烈社会责任感的知识群体所窥破。生活在嘉道之际的龚自珍、魏源、林则徐、陶澍、贺长龄、黄爵滋、包世臣、姚莹、方东树、沈垚、潘德舆、鲁一同、徐继畬等人，是领一代风骚的文化名流。作为时代与社会的先觉者，他们充分意识到自身在由盛转衰历史变局中的地位和作用。匡济天下与挽狂澜于既倒的救世热情，施展才华抱负和治平理想的巨大冲动，使他们不愿放弃眼前可遇而不可求的历史契机。他们一方面像惊秋之落叶，以耸听之危言向全社会预告危机；另一方面，又上下求索，寻求补救弥缝之良方。他们虽然社会地位不同，生活道路不同，治学旨趣不同，但面对山雨欲来的危局，共同表现出救世的警觉和入世的热忱，并自觉地把这种警觉和热忱演化为对经世致用之学的呼唤，对新的士林风尚的设计。他们努力寻求与陶铸一种有切于国计民生、伦常日用的学术路径与学术精神，急切期望学风、士风由宋学之高蹈、汉学之烦琐向立足现世、通经致用方向的转换。对于新的学术路径与学术精神，龚自珍概括为："道也、学也、治也，则一而已矣"[1]，"学与治之术不分"[2]；魏源称之为"贯经术、故事、文章于一"[3]。这些概括蕴含着明确的"一代之治，即一代之学"[4]，学、治统一的价值取向。这种价值取向要求学术立足于天下之治，立足于现实问题的研究和解决，士人本身不是高头讲章与琐碎饾饤的生产者，不是"毕生治经，无一言益己，无一事可验诸治"[5]的书蠹，而应是天下之治的实践者。

学、治一致的学术路径与学术精神，得到嘉道之际知识群体的普遍认

---

① 龚自珍：《乙丙之际箸议第六》，《龚自珍全集》，王佩诤校，上海：上海古籍出版社 1999 年版，第 4 页。

② 龚自珍：《对策》，《龚自珍全集》，王佩诤校，上海：上海古籍出版社 1999 年版，第 115 页。

③ 魏源：《两汉经师今古文家法考叙》，《魏源集》，中华书局编辑部编，北京：中华书局 2018 年版，第 151 页。

④ 龚自珍：《乙丙之际箸议第六》，《龚自珍全集》，王佩诤校，上海：上海古籍出版社 1999 年版，第 4 页。

⑤ 魏源：《默觚上·学篇九》，《魏源集》，中华书局编辑部编，北京：中华书局 2018 年版，第 26 页。

同，从而成为超越各流派门户畛域的学术选择。对新的学术精神的认同和以救世自救为基本出发点的奔走呼号，促使嘉道之际新的士林风尚形成。嘉道之际的士林风尚具有以下特征：

——士人社会参与意识的主宰精神的确立与恢复。动荡不安、危机四伏的年代，正是封建士人阶层多梦的季节。平常时期，他们苦于阶级太繁，尊卑有定，文网恢恢，缺乏自我表现的机会，而非常时期，则以为可以跨逾等级，破除旧例，大显身手，一展雄才大略。强烈的危机感和责任心，创造由衰转盛奇迹的热情与梦想，激动着一代士人之心，他们渴望获得社会参与和贡献智慧才能的机会；并开始充满自信地重新评估自身存在的价值和所应承当的社会角色。"以布衣遨游于公卿间"的包世臣以为："士者事也，士无专事，凡民事皆士事。"①姚莹更是不无自负地说："稼问农，蔬问圃，天下艰难，宜问天下之士。"②其间所表现的不仅是一种以天下为己任的抱负，且充满着天下艰难，舍我其谁的社会主体意识和拯道济溺的英雄气概。林伯桐作《任说》，以为"自任以天下之重则固天下之士也"，以天下自任，虽为布衣，"而行谊在三公之上"③。梅曾亮写于道光初年的《上汪尚书书》抒写心志道："士之生于世者，不可苟然而生。上之则佐天子，宰制万物；次之则如汉董仲舒、唐之昌黎、宋之欧阳修，以昌明道术、辨析是非治乱为己任。"④进则攘臂以治乱，退则治学以培道，先觉以觉民，此种人生取向，再清楚不过地显现了一代士人踌躇满志的躁动心态和意气风发的精神面貌。

---

① 包世臣：《赵平湖政书五篇叙》，《中国近代思想家文库·包世臣卷》，刘平、郑大华主编，北京：中国人民大学出版社 2013 年版，第 322 页。
② 姚莹：《复管异之书》，《姚莹集》，严云绶、施立业、江小角主编，合肥：安徽教育出版社 2014 年版，第 233 页。
③ 林伯桐：《任说》，《中国近代文学大系·散文集》，任访秋主编，上海：上海书店 2019 年版，第 196 页。
④ 梅曾亮：《上汪尚书书》，《柏枧山房诗文集》，彭国忠、胡晓明校点，上海：上海古籍出版社 2005 年版，第 24 页。

——士林中实际参与和躬行实践风气的形成。千疮百孔的社会现实和学、治一致的学术指向，使嘉道之际知识群体不满足于坐而论道，他们更崇尚实际参与和躬行实践的精神，留意于与国计民生、伦常日用密切相关问题的研究与探求。在整个社会士气复苏、议论风生之际，姚莹以东汉与晚明士人作为前车之鉴，向激情四溢的士林提出忠告。姚莹以为，志士立身，有为身名，有为天下，"自东汉以虚声征辟，天下争相慕效，几如今之攻举业者，孟子所谓修其天爵，以要人爵也。当时笃行之士，固已羞之。明季东林称多君子，天下清议归焉，朝廷命相，至或取诸儒生之口，固宜宇内澄清矣。然汉、明之季，诸君子不能戡定祸乱，反以亡其身者，无亦有为天下之心而疏于为天下之术乎？"[1] 此种忠告，显示出作者在士风高涨中的冷静思考。以史作鉴，则宜摒却虚名，不尚空谈，留意于与国计民生、伦常日用密切相关的研究与探求。嘉道之际知识群体的社会参与活动，并不仅仅局限于清谈议政，而是自觉地致力于当世急务的研究与实践。包世臣留心于"经济之学"，闻名遐迩，"东南大吏，每遇兵、荒、河、漕、盐诸巨政，无不屈节咨询，世臣亦慷慨言之"[2]。龚自珍在"引公羊义讥切时政、诋排专制"[3] 的同时，又留心于"天地东西南北之学"。魏源编辑的《皇朝经世文编》，使得"凡讲求经济者，无不奉为榘矱"[4]。精于边疆史地者如张穆、徐松、沈垚等人在对边疆历史、地理的考察中，对经济开发与防务提出建策，以备当事者择取。管同、方东树等宋学信仰者，在高扬性理主义旗帜的同时，于"礼、乐、兵、

---

① 姚莹：《复管异之书》，《姚莹集》，严云绶、施立业、江小角主编，合肥：安徽教育出版社 2014 年版，第 233 页。

② 赵尔巽等：《包世臣传》，《清史稿》第 486 卷，许凯等标点，长春：吉林人民出版社 1995 年版，第 10188 页。

③ 梁启超：《清代学术概论》，朱维铮校注，北京：中华书局 2010 年版，第 114 页。

④ 俞樾：《皇朝经世文续编序》，《皇朝经世文编续编》，葛世濬编，台北：文海出版社 1972 年版，第 1 页。

刑、河、漕、水利、钱、谷、关市大经大法皆尝究心"①。正如李兆洛所言，嘉道士人"怀未然之虑，忧未流之弊，深究古今治乱得失，以推之时务，要于致用"②。这种重视实际参与和躬行实践的精神，构成了嘉道士林风尚的显著特征。

——士林中问学议政、声气联络之风盛行。嘉道之际士风的复苏与高涨，促使有志之士走出书斋，广结盟友。他们聚谈燕宴，问学议政，使管同、龚自珍著文批评过的"今则聚徒结社者，渺焉无闻"③，"今上都通显之聚，未尝道政事、谈文艺"④的局面大大改观，士林之中，朝廷学校之间，不再是昔日"安且静也"的处所。这种志士间的交往，是一种声气之求，超越了学术宗派之间的门户之见，而以诵史鉴、考掌故、慷慨论天下事作为共同的思想基础。他们互相推重，砥行砺节，以培植元气，有用于世相瞩望，又以学问议政、道德文章相切磨，并具有培植共同政见的意义。姚莹作《汤海秋传》记述其道光初年京师之交游道：

> 道光初，余至京师，交邵阳魏默深、建宁张亨甫、仁和龚定庵及君（指汤鹏）。定庵言多奇僻，世颇訾之。亨甫诗歌几追作者。默深始治经，已更悉心时务，其所论著史才也。君乃自成一子。是四人者，皆慷慨激厉，其志业才气欲凌轹一时矣。世乃习委靡文饰，正坐气嚣耳，得诸子者大声振之，不亦可乎？⑤

---

① 方宗诚：《仪卫先生行状》，《方宗诚集》，严云绶、施立业、江小角主编，合肥：安徽教育出版社 2014 年版，第 58 页。

② 李兆洛：《蔬园诗序》，《养一斋集》卷二，北京：中华书局 1936 年版，第 26 页。

③ 管同：《拟言风俗书》，《清文海》第 68 册，南开大学古籍与文化研究所编，北京：国家图书馆出版社 2010 年版，第 223 页。

④ 龚自珍：《明良论一》，《龚自珍全集》，王佩诤校，上海：上海古籍出版社 1999 年版，第 30 页。

⑤ 姚莹：《汤海秋传》，《姚莹集》，严云绶、施立业、江小角主编，合肥：安徽教育出版社 2014 年版，第 322 页。

"慷慨激励""志业才气欲凌轹一时"的气度，使得他们一见如故，成为挚友，丁晏在《津门华梅庄诗集序》中记述京师文人聚会之盛况道：

> 京师为天下文人之薮，台阁之彦、胄监之英、四方才俊之士，毕萃于斯。己卯之岁，余年二十四，见举于萧山师。庚辰以朝考入京师，主同乡汪文端家。嗣后，公车留滞，所识多魁士名人，樽酒论文，于问学深有助焉。丙申之夏，宜黄黄树斋爵滋、晋江陈颂南庆镛、歙县徐廉峰宝善、甘泉汪盂慈喜孙，仿兰亭宴集，为江亭展禊之会。吾友汤海秋鹏、王慈雨钦霖、郭羽可仪霄、黄香铁剑、许印林瀚、张亨甫际亮、姚梅伯燮、蒋子潇湘南、斌秋士桐及同乡潘四农德舆、鲁兰岑一同暨余凡四十二人，各为诗文以纪之，固一时之盛也。①

此江亭展禊是京都文人的重要聚会。聚会士人议论时政、探讨学术、联络情谊。聚会的参与者大都为京都名宦、名士，其中黄爵滋、徐宝善、朱琦、陈庆镛等人，充任了鸦片战争时期主张严禁鸦片、改革吏治的主将。稍后以黄爵滋名义上呈的《严塞漏卮以培国本疏》，据说即是由吴嘉宾、臧纡青、张际亮等人共同起草的集体性作品。欧阳兆熊《水窗春呓》称他们"一时文章议论，掉鞅京洛，宰执亦畏其锋"。可见京都文人聚会，虽还称不上"聚徒结社"，但已具有联络声气、培植共同政见的意义。士林中问学议政、声气联络之风的盛行，是士人由噤若寒蝉走向意气风发的重要标志。嘉道士人"力挽颓波、勉成砥柱"②的风尚，造就培养着士人跌荡放言、傲俗自放

---

① 丁晏：《津门华梅庄诗集序》，《颐志斋文集》，《清代诗文集汇编》第587册，《清代诗文集汇编》编纂委员会编，上海：上海古籍出版社2010年版，第146页。
② 张际亮：《与徐廉峰太史书》，《思伯子堂诗文集》，王飚校点，上海：上海古籍出版社2007年版，第1353页。

的做派，而嘉道士林的人物品藻，又将傲俗自放与慷慨任事者推为上品。

嘉道之际风云际会和士林风尚的更新，为活跃在这一时期的知识群体带来了新的精神气象。他们由埋首经籍、读书养气转向"相与指天画地，规天下大计"[1]，由谋稻粱而著书，视议政为畏途，一变而为"举凡宇宙之治乱，民生之利病，学术之兴衰，风尚之淳漓，补救弥缝，为术具设"[2]，显示出旺盛的生命活力与刚健之气。在经世实学思潮崛起，知识阶层政治参与和社会主体意识不断加强的文化氛围中生成的嘉道之际文学，显示出独异的风貌和耀眼的光彩。

二、言关天下与自作主宰的文学精神

漫步在嘉道之际的文苑诗海之中，扑面而来的是一代士人浓烈郁结的救世热情，铺天盖地的忧患意识，鞭辟入里的社会批判，炽热旺盛的政治参与精神，以古方出新意的变革呼唤，起衰世而入盛世的补天情结。当然，也有先觉者独清独醒的孤独，前行者"无人会、登临意"的惆怅，以及不见用于世的种种痛苦与自我慰藉。

这是一个斑斓多彩的情感世界。它以一代士人富有生命力的精神气象与审美情趣作为支撑依托，显示出独异的风韵和色彩。这里很少有对飘逸高寄、简淡玄远生命情趣的玩味，更多的是被忧患意识浸泡过的社会使命感、责任感的流露；这里很少有对人生短暂、时光不永、逝者如斯的喟叹，更多的是对建功立业、渴求有用于世的心态的表白；这里很少再有如履薄冰、如

---

① 梁启超：《清代学术概论》，朱维铮校注，北京：中华书局 2010 年版，第 116 页。
② 范麟：《读安吴四种书后》，《包世臣全集》，李星点校，吴孟复审订，合肥：黄山书社 1997 年版，第 557 页。

临深渊、避害畏祸的惴惴不安，取而代之的是慷慨陈词，以不可一世的气魄评论国事，张扬灵知。文学像一只被政治参与热情和人生自信同时鼓荡起的方舟，责无旁贷地负载起嘉道士人救世与自救的双重期待。

动荡的时代和士风的高涨，使嘉道之际知识群体在构筑人生理想和思考自我存在价值过程中，存在着某种心理倾斜，他们并不安分于在纵恣诗酒、白头苦吟中打发一生。这个时期的诗文作品十分推重两个历史人物，一是汉代盛世而出危言的贾谊，一是南宋衰世而倡王霸的陈亮。他们议论风生，言关天下社稷，为帝王之师的潇洒风采，令人神往，而无形中被奉为追寻效仿的楷模。在嘉道士人对传统的立德、立功、立言三不朽之说的认同中，其对立功的渴望，远远超出立言、立德。他们以"国士"而不以"诗人"自期，以为"儒者当建树功德，而文士卑不足为"[1]。在这种文化氛围与士人心态中陶铸与造就的嘉道文学精神，在总体上表现为社会参与意识的强化和自作主宰意识的扩张。

龚自珍早年所写的《京师乐籍说》，是一篇耐人寻味的文字。文章通过对京师及通都大邑必有乐籍这一社会现象的分析，揭露了霸天下者控驭士人的心机。文章以为，霸天下者，不能无私，故而有种种愚民之举。"士也者，又四民之聪明喜议论者也。身心闲暇，饱暖无为则留心古今而好议论。留心古今而好议论，则于祖宗之立法，人主之举动措置，一代之所以为号令者，俱大不便。"[2]因而霸天下者于士，便有种种钳制之术。乐籍制度的设立，便是钳塞天下游士心志的手段之一：

　　乐籍既棋布于京师，其中必有资质端丽、桀黠辨慧者出焉。

---

　　[1]　管同：《方植之文集序》，《清文海》第 68 册，南开大学古籍与文化研究所编，北京：国家图书馆出版社 2010 年版，第 264 页。

　　[2]　龚自珍：《京师乐籍说》，《龚自珍全集》，王佩诤校，上海：上海古籍出版社 1999 年版，第 117—118 页。

目挑心招，捭阖以为术焉，则可以钳塞天下之游士。乌在其可以钳塞也？曰：使之耗其资财，则谋一身且不暇，无谋人国之心矣；使之耗其日力，则无暇日以谈二帝三王之书，又不读史，而不知古今矣；使之缠绵歌泣于床第之间，耗其壮年之雄材伟略，则思乱之志息，而议论图度、上指天下画地之态益息矣；使之春晨秋夜为亵体词赋、游戏不急之言，以耗其才华，则议论军国、臧否政事之文章可以毋作矣。[①]

　　乐籍制度于清朝中叶即废除。龚自珍在此文中大力挞伐之，实为"项庄舞剑，意在沛公"之举。乐籍如此，学术研究中或专注于训诂校勘、辑佚辨伪，或空谈义理、高蹈世外，文学创作中寄情于山水，玩味于声韵，同样是士人以琐耗奇、消磨心志的方式。士人不通古今，思乱志偃，议论图度、指天画地之态益息，议论军国、臧否政事之文不作，这是霸天下者之幸，却是天下士人的悲哀。此文的言中之意、弦外之音，即在于呼唤豪杰之士奋发崛起，识破人主类似乐籍的种种钳塞之术，冲破拘囿思想的牢笼，恢复"留心古今而好议论"的元气，振刷议论图度、指天画地的精神，摒弃亵体词赋、一切游戏不急之言，奋力而为议论军为、臧否政治之雄文。因而《京师乐籍说》所体现的内在意义，并不仅仅是对霸天下者心术的揭露，还包蕴着对学风、士风转换的渴望及对新的文学风气、文学精神的追寻，这便是留心古今，参与国事，议论军国，臧否政治。

　　社会参与激情和言关天下社稷的精神，合成了嘉道之际一代士人的文学期待视野。这一点仅从他们对诗文表现题材的分类与价值评判中即可窥知。管同将古文辞分为文士之文与圣贤之文，"穷而后工"，"得乎山川之助

　　① 龚自珍：《京师乐籍说》，《龚自珍全集》，王佩诤校，上海：上海古籍出版社 1999 年版，第 118 页。

者"为文士之文,"穷则见诸文也,而达则见诸政"①为圣贤之文,主张以全力为圣贤之文,而以余力为文士之文。梅曾亮以为,文有世禄之文与豪杰之文。"模山范水,叙述情事,言应尔雅"者为世禄之文,"开张王霸,指陈要最"②者为豪杰之文,而推豪杰之文为尊,世禄之文为卑。张际亮把汉以下诗分为志士之诗、学人之诗、才人之诗,力倡"思乾坤之变",知古今之宜"其幽忧隐忍,慷慨俯仰,发为咏歌"③的志士之诗。对隐含着注目人间、拯时救世价值取向的圣贤之文、豪杰之文、志士之诗的推重,反映出嘉道士人文学宗尚与审美情趣向社会功利方向的归依。经术、治术文章合一,立言而为帝王百姓之师,这种人生目标,对大多数文人墨客来讲,比吟咏性情、描摹风月更具有令人神往的魔力。嘉道士人把诗文创作视为畅抒理想、昌言建策、慷慨论天下事的利器和排遣社会参与冲动的重要方式。他们在不能出将入相、亲挽狂澜的情况下,企求在议论时政,抒写感慨,作人间清议,写书生忧患中,获取自我价值实现的满足。龚自珍"安得上言依汉制,诗成侍史佐评论"④,"我论文章恕中晚,略工感慨是名家"⑤,张际亮"著书恸哭敢忧时"⑥,汤鹏"非争墨客词流技","微词褒贬挟风霜"⑦的诗句,都不啻为一种

① 管同:《送李海帆为永州知府序》,《清文海》第 68 册,南开大学古籍与文化研究所编,北京:国家图书馆出版社 2010 年版,第 267—268 页。

② 梅曾亮:《送陈作甫叙》,《柏枧山房诗文集》,彭国忠、胡晓明校点,上海:上海古籍出版社 2005 年版,第 52 页。

③ 张际亮:《答潘彦辅书》,《思伯子堂诗文集》,王飚校点,上海:上海古籍出版社 2007 年版,第 1348 页。

④ 龚自珍:《夜直》,《龚自珍全集》,王佩诤校,上海:上海古籍出版社 1999 年版,第 455 页。

⑤ 龚自珍:《歌筵有乞书扇者》,《龚自珍全集》,王佩诤校,上海:上海古籍出版社 1999 年版,第 490 页。

⑥ 张际亮:《沔阳郭外守风阻涨慨然口号》,《思伯子堂诗文集》,王飚校点,上海:上海古籍出版社 2007 年版,第 1042 页。

⑦ 汤鹏:《后慷慨篇》,《汤鹏集》,刘志靖等校点,长沙:岳麓书社 2011 年版,第 828 页。

自励，一种号召，包蕴着旺健的入世精神。

在推尚志士之诗、圣贤豪杰之文的同时，嘉道士人还有意提倡与培植一种自作主宰的创造意识。如果说，参与现实、参与政治的文学价值取向，是嘉道文学精神的直观显现，那么，自作主宰的创造意识，则是嘉道文学精神的内在蕴藉。两者共同显示出士风振刷的实绩。

自作主宰的创造意识，首先表现为作家对于自身在文学创造过程中独立地位的确认。文学活动，是一种独立的创造性的精神活动，它凝聚着作家自身对外部世界的感受、理解、判断，龚自珍称之为"心力"。"心无力者，谓之庸人"[①]。心无力者，不足以立世，不足以言创造。而不才者治世，则以摧残士人心力为要领，"戕其能忧心、能愤心、能思虑心、能作为心、能有廉耻心、能无渣滓心"[②]，致使天下才衰。欲起衰救敝，治世者当改弦更张，而被戕者当振奋"心力"，以充满自信的姿态，担当起社会、历史及文学创造的责任。龚自珍在用于自励的《文体箴》中写道："虽天地之久定位，亦心审而后许其然。苟心察而弗许，我安能颔彼久定之云？"尊尚"心审""心察"，鄙夷人云亦云，是进行思想与文学创造的重要前提。

文学创造的主要任务，是展示人们的情感世界。如何看待与表现作者的自在情感，是与崇尚心力紧密关联的问题。与其意气风发不可一世之气概相一致，嘉道士人主张诗文写作应言必己出，直抒胸臆，袒露性情，表现真我。魏源在《诗古微序》中提出"循情反性"之说，梅曾亮在《黄香铁诗序》中以为："物之可好于天下者，莫如真也。"姚莹认为清代诗坛，大都剪彩为花，范土为人，缺少天趣天籁。而龚自珍的"宥情""尊情"之说，更是神采飞扬，脍炙人口。龚自珍在《宥情》一文中，设甲、乙、丙、丁、戊

[①] 龚自珍：《壬癸之际胎观第四》，《龚自珍全集》，王佩诤校，上海：上海古籍出版社 1999 年版，第 15 页。

[②] 龚自珍：《乙丙之际箸议第九》，《龚自珍全集》，王佩诤校，上海：上海古籍出版社 1999 年版，第 6 页。

数人就"情"这一问题互相辩难。对于纷纭众说，作者未明确置之可否，只是不厌其烦地描述自己萦怀于童心，留连于母爱，斩不断袭心之阴气，言不尽少年之哀乐的感觉。此种无可奈何、无力拔却的情根，"则不知此方圣人所诃欤？西方圣人所诃欤？"①距作《宥情》十五年后，龚自珍作《长短言自序》，则一改《宥情》中的闪烁其辞，理直气壮地宣称"尊情"。"情之为物也，亦尝有意乎锄之矣；锄之不能，而反宥之；宥之不已，而反尊之。""情孰为尊？无住为尊，无寄为尊，无境而有境为尊，无指而有指为尊，无哀乐而有哀乐为尊。"②情之为尊，在于它以无住无寄、变幻莫测的形态参与着文学准备、文学创造和文学接受的全过程，它既是文学创造者的内在凭藉，又是文学接受者的感应媒介。当作者调动艺术表现手段，将蓄积已久、不吐不快的情感诉诸文字、发为声音时，作者郁积之情得以畅释、转移，而文学创造亦得以完成。当凝聚着作者情感的声音文字作品叩击着读者心灵时，遂使读者沉浸在妙不可言的艺术享受中。正因为"情"有如此重要的作用，故而宥之尊之。

　　尊情之外，真与伪，也是嘉道士人使用频率极高的批评词汇。真者，得天趣天籁，读其作，知其人、其世，知其心迹；伪者，揖首于古人与成法，饰其外，伤其内，害其神，蔽其真。真者，是心力强健、蕴藉深厚、充满自信的表现；而伪者，是泯灭本真、摧戕性灵、丧失自信心的结果。嘉道士人之崇真黜伪，意在恃崇真而一无遮拦地泄发幽苦怨愤、忠义慷慨之气，借黜伪而讨伐扫荡拟古复古之俗学浮声。崇真黜伪促使他们将目光超越纵横交错的流派门户间的庭阶畛域，而理直气壮地树立起"率性任情"的创作旗帜。姚莹自称："生平不为无实之言，称心而出，义尽则止。何者周秦，

---

① 龚自珍:《宥情》,《龚自珍全集》,王佩诤校,上海:上海古籍出版社1999年版,第90页。

② 龚自珍:《长短言自序》,《龚自珍全集》,王佩诤校,上海:上海古籍出版社1999年版,第232页。

何者建安，何者唐宋，放效俱黜。"①龚自珍为汤鹏诗集作序，以"诗与人为一"，"其面目也完"②为诗的最高境界，都表现出一种独立不倚、自作主宰的气度和风范，它传达出一代士人不甘与世浮沉的创造激情和创新渴望。

"留心古今而好议论"的社会参与意识与率性任情、自作主宰的创造激情，构成了嘉道之际的文学精神。嘉道文学精神以一代士人建功立业，创造由衰转盛奇迹的人生理想与睥睨四海、意气风发的宏大气象为依托，在盛衰交替的历史瞬间，闪耀着夺目的光彩，龚自珍在《送徐铁孙序》中以赞美诗般的语言，抒写了他对新的文学精神的憧憬与向往：

> 龚自珍曰：平原旷野，无诗也；沮洳，无诗也；硗确狭隘，无诗也；适市者，其声嚚；适鼠壤者，其声嘶；适女闾者，其声不诚。天下之山川，莫尊于辽东。辽俯中原，逶迤万余里，蛇行象奔，而稍稍泻之，乃卒恣意横溢，以达乎岭外。大海际南斗，竖亥不可复步，气脉所届，怒若未毕；要之山川首尾可言者则尽此矣。诗有肖是者乎哉？诗人之所产，有禀是者乎哉？自珍又曰：有之。夫诗必有原焉。《易》《书》《诗》《春秋》之肃若沉若，周、秦间数子之缜若崒若，而莽荡，而噌吰，若敛之惟恐其牴，揪之惟恐其隘，孕之惟恐其昌洋而敷腴，则夫辽之长白、兴安大岭也有然。审是，则诗人将毋拱手欲觎，肃拜植立，挢乎其不敢议，愿乎其不敢吴言乎哉！于是乃放之乎三千年青史氏之言，放之乎八儒、三墨、兵、刑、星气、五行，以及古人不欲明言，不忍卒言，而姑猖狂恢诡以言之之言，乃亦摭证之以并世见闻，当代故

---

① 姚莹：《复方彦闻书》，《姚莹集》，严云绶、施立业、江小角主编，合肥：安徽教育出版社 2014 年版，第 134 页。

② 龚自珍：《书汤海秋诗集后》，《龚自珍全集》，王佩诤校，上海：上海古籍出版社1999 年版，第 241 页。

实，官牍地志，计簿客籍之言，合而以昌其诗，而诗之境乃极。
则如岭之表，海之浒，磅礴浩汹，以受天下之瑰丽，而泄天下之
拗怒也，亦有然。[①]

不屑为孱弱纤细、平庸世俗之声，而欲肖巍峨山川蛇行象奔之逶迤，
禀承其恣意横溢之气脉，取原于经史子集，证之以并世见闻，当代故实，磅
礴浩汹，放言无忌，以受天下之瑰丽，而泄天下之拗怒，这不正是一代士人
孜孜以求的文学精神的形象化写照吗？道济天下的志向，敞开通达的心灵，
使嘉道之际士人充满着蓬勃朝气。他们奔走海内，联络声气，广结同志，或
形交，或神契，不论师承、出身、地域，以砥砺志节相标榜，以道义文章
相吸引。尽管其艺术造诣有别，审美情趣不同，而彼此间以诚相见，互相推
重，互相劝勉，共同促进嘉道之际文学冲破封建专制的重重禁忌，终使嘉道
士人从拟古复古的泥淖迷雾中走出，而直面社会现实与人生。

三、惊秋救敝与忧民自怜的文学主题

与清代清淳雅正的文学风貌相比，嘉道文学所显示的最鲜明、最基本
的总体特征是议论军国、臧否政事、慷慨论天下事。这一总体特征在惊秋救
敝、忧民自怜两大文学主题中得到展示。

当嘉道士人渐次恢复了"留心古今而好议论"的元气，将审视与批判
的目光投向社会现实的各个层面时，清王朝经济、政治、军事、外交的现
状，使他们痛心疾首，忧心忡忡。学风士风转换与文学精神确认所带来的激

---

① 龚自珍：《送徐铁孙序》，《龚自珍全集》，王佩诤校，上海：上海古籍出版社1999
年版，第165—166页。

动与兴奋，在严峻的现实危机面前，顿时化作阵阵忧愤悲慨之雾，弥漫于纸上笔端。他们以惊心动魄、耸人听闻的盛世危言，穷形极象、痛快淋漓的衰世披露，为封建末世留下有形的存照，为天朝上国撞响夕阳西下的警钟。这类旨在撩开天朝盛世帷幕，以振聋发聩的社会批判，富有形象性与感情色彩的文字，向全社会预告危机并谋求解救方策的作品，其主题可称之为惊秋救敝。惊秋救敝主要表现了鸦片战争前夕一代士人的敏感心灵与思想锋芒。它的存在，使嘉道之际文学具有自身的不可复写性。

清王朝曾有过国力强盛的历史。十九世纪初，这一雄踞东方的天朝帝国，开始走向江河日下的颓败之境。危机如同凛然秋气，逼近社会的各个角落。当统治者尚沉醉于文治武功的辉煌业绩中时，留心古今的知识群体，已从历史的纵向比较中，嗅到萧瑟秋气的逼近和山雨欲来的气息。漕运、盐务、河工，被清人通称为三大政。漕、盐、河三政均与国计民生有着密切的联系，在国家经济事务中，占据着重要的地位。但由于长期因循旧例，经营管理不善，三大政至嘉道之际弊端丛生，成为国家财政收入难以堵塞的三大漏卮。漕运包括征粮、运粮、入仓等多项环节，每一环节都有官吏营私舞弊，巧取豪夺，中饱私囊，最终导致粮价飞涨，使运抵京师的漕米为当地价格的十数倍。盐务如同漕运一样，由于盐官与盐商相互勾结，盐官得盐商之贿赂，给予盐商以种种方便，盐商一方面哄抬盐价，一方面逃避缴税，使生产者、消费者利益受损，而国库盐税收入大减。至于黄河治理，更是困扰清政府的大事。由于黄河长年失修，河底淤泥日高，嘉道之际数十年间，河堤几乎年年溃决。政府每年拨巨款治河，但多被官吏贪污挥霍。薛福成《庸庵笔记》追记道光年间河南总督衙门滥用治河经费及其奢侈之举道："每岁经费，银数百万两，实用之工程者，十不及一。其余以供文武员弁之挥霍，大小衙门之酬应，过客游士之余润，凡饮食、衣服、车马、玩好之类，莫不斗奇竞巧，务极奢侈。"以宴席而言，厨工常以数十猪之背肉，为豚脯一碗，余肉皆委之沟渠；又驱活鹅数十只奔走于热铁之上，取其掌食之，而全鹅皆弃。至于食驼峰、猴脑，以河鲤之鲜血作羹，无不取其精美，极尽奢华。"食品既繁，虽历三昼夜之长，而一席之宴不能毕。故河工宴客，往往酒阑人倦，各自引去，从未有终席者。"宴席之外，车马、服饰、交游莫不挥金如土，"新点翰林，有携朝贵一纸书谒河帅者，河帅为之登高而呼，万金可立致。举人、拔贡有携一纸书谒库道者，千金可立致。"①如此暴殄天物、挥霍钱财，国家虽岁糜巨币以治河，河何可言治！

与漕、盐、河弊政同为士人忧者是鸦片的泛滥。在鸦片贸易日益扩大，成为漕、盐、河之后国家财政的又一大漏卮的时候，魏源比较明清两代政事之得失，痛心而言："黄河无事，岁修数百万，有事塞决千百万。无一岁不虞河患，无一岁不筹河费，此前代所无也；夷烟蔓宇内，货币漏海外，漕艘以此日敝，官民以此日困，此前代所无也；士之穷而在下者，自科举则以声音诂训相高，达而在上者，翰林则以书艺工敏，部曹则以胥史案例为才，举天下人才尽出于无用之一途，此前代所无也。"②病漕、病艘、病河、病烟、病吏、病民，财物匮乏，人才出于无用之途，清王朝已是多病缠身，国事危如积卵，怎可再高枕无忧，讳病忌医，作优游不急之言？

生计日蹙，漏卮不塞，天下多事，固然使人触目惊心；而官僚政治腐败，贪污渎职成风，奉职为官者，无有为进取气象，中央行政权威，处处受到挑战，诸种政府机制的无能和国家机器的朽腐现象，更令天下人失望。将明哲保身，不思作为，不求有功，但求无过的奉职心态与贪赃枉法、有罪不惩、有冤不伸、铺张粉饰、欺上罔下的官僚行为，归咎于高度集中而走向极端的封建专制制度，是一代士人的共识。

造成吏治腐败、政府官员无所作为的根源何在？龚自珍四篇《明良论》

---

① 薛福成：《庸庵笔记》，丁凤麟、张道贵点校，南京：江苏人民出版社1983年版，第73页。

② 魏源：《明代食兵二政录叙》，《魏源集》，中华书局编辑部编，北京：中华书局2018年版，第161页。

揭示了四个方面的原因。一是俸禄过低，志向为贫困所累。二是上以犬马役仆相待，志向磨灭殆尽。三是用人唯论资格，志向无所施用。四是权限芥微，束缚沉重，志向无从实行。姚莹著《通论》，痛斥"习委蛇之节，而忘震惊之功，仍贪冒之常，而昧通时之识"，"一闻异论，则摇手咋舌，以为多事"之士，是"坐视大厦之欹而不敢易其栋梁者"①。士气摧荡至此，并非国家幸事。国家一旦有难，则普天之下，无有挺身而出，拯道济溺，备奇才智勇，抱非常之略者。龚自珍在《古史钩沉论一》中，以其特有的扑朔迷离、雄诡杂出的文字，揭示霸天下者摧残士气之用心："霸天下之氏，称祖之庙，其力强，其志武，其聪明上，其财多，未尝不仇天下之士。去人之廉，以快号令，去人之耻，以嵩高其身。一人为刚，万夫为柔，以大便其有力强武。"②一夫为刚，万夫为柔。一人号令，万众臣服，不允许有独立思考，不允许于号令之外有所作为，这正是封建政治走向僵化、走向极端专制的标志。霸天下者"大都积百年之力，以震荡摧锄天下之廉耻"，而霸天下者一旦失却王霸之气，进入"其力弱，其志文，其聪明下，其财少"的困顿之境，则于何处可求有廉耻之心、凛然气节之臣？霸天下者可谓是咎由自取。

嘉道士人在凭藉理性的目光揭发社会弊端进行政治批判的同时，还以重重叠叠、饱蘸情感的笔触，勾画出对这个没有黄钟大吕，没有勃勃生机之没落世界的估评与感受。"凭君且莫登高望，忽忽中原暮霭生。"③"天地有沧桑，知几以为宝。不见秋风吹，群物已枯槁。万变亦寻常，消弭苦不早。槭

---

① 姚莹：《通论下》，《姚莹集》，严云绶、施立业、江小角主编，合肥：安徽教育出版社2014年版，第4页。

② 龚自珍：《古史钩沉论一》，《龚自珍全集》，王佩诤校，上海：上海古籍出版社1999年版，第20页。

③ 龚自珍：《杂诗，己卯自春徂夏，在京师作，得十有四首》，《龚自珍全集》，王佩诤校，上海：上海古籍出版社1999年版，第442页。

槭无时终，耿耿向谁道。"① "秋心如海复如潮，但有秋魂不可招。"② "秋气已西来，元蝉鸣未休。笑彼不知时，讵识中多忧。"③纷纷纭纭的咏秋诗句，传达出一代士人对人间秋事降临的悲切。龚自珍写于1839年的《己亥六月重过扬州记》，就扬州繁华已去而人心不觉、承平依旧的景象，抒写了深沉的感慨。龚氏以四时更替为喻，以为初秋时节，人沉溺于暑威除却的惬意之中，而无睹于秋象，无闻于秋声，昏昏然不知悲寒将至，这正是人们承平日久、茫然不辨衰世之象的社会心理原因，也正是令识在机先的惊秋之士悲愤交集、惶惶不可终日之所在。"履霜之屦，寒于坚冰；未雨之鸟，戚于飘摇；疲疢之疾，殆于痈疽；将萎之华，惨于槁木。"④龚自珍以准确隽永的语言，表露出一代士人叶落知秋时节最难将息的忧愤心境。

在嘉道士人中，龚自珍善于以旁出泛涌的文思，雄诡杂出的语言，扑朔迷离的隐喻，表述他对形势时运的洞悉与评断。在《乙丙之际箸议第九》中，龚自珍将今文经学的三世说，演绎为治世、衰世、乱世，而以人才的盛衰境遇，作为三世推移的标志。衰世介于治、乱之间，其外表类似治世，但有才者却因无以自存而纷纷生背异悖悍之心，此距乱世已不远矣。龚氏以瑰丽神秘著称的《尊隐》将一日分为三时，早时、午时是清和之气会聚、宜君宜王的时节，而昏时则是"日之将夕，悲风聚至，人思灯烛，惨惨目光，吸引暮气，与梦为邻"的时节。如果说，龚自珍以衰世和昏时暗喻他对社会时局的总体评价，其意象稍显晦涩朦胧的话，姚莹的"艰难之天下"说，则将

① 汤鹏：《秋怀九十一首》，《汤鹏集》，刘志靖等校点，长沙：岳麓书社2011年版，第699页。

② 龚自珍：《秋心三首》，《龚自珍全集》，王佩诤校，上海：上海古籍出版社1999年版，第479页。

③ 潘德舆：《寓感五十首》，《潘德舆全集》，朱德慈辑校，北京：人民文学出版社2015年版，第205页。

④ 龚自珍：《乙丙之际箸议第九》，《龚自珍全集》，王佩诤校，上海：上海古籍出版社1999年版，第6页。

一代士人的社会总体感受表述得直截了当。姚莹在《复管异之书》中，同样把天下分为三种类型，称之为"开创之天下""承平之天下""艰难之天下"。其论"艰难之天下"道："及乎承平日久，生齿日繁而地利不足养，文物盛而干盾不足威，地土广而民心不能靖，奸伪滋而法令不能胜，财用竭而府库不能供，势重于下，权轻于上，官畏其民，人失其业。当此之时，天下病矣，元气大亏，杂症并出，度非一方一药所能愈也。"其"艰难之天下"所列举的种种杂症，不正是清王朝嘉道之际所面临的重重危机吗？而"开创""承平""艰难"之说，又何尝不是治世、衰世、乱世与早时、午时、昏时喻意的直接破译！

"昏时"与"艰难之天下"的社会总体评价，无疑仍是依据盛衰、治乱、王霸的传统社会价值标准，在中国历史纵向坐标上进行的。在一个封闭得十分严密，而又缺乏近代大工业生产条件的农业国度，在帝国主义的大炮尚未惊醒东方帝国强盛之梦的鸦片战争前夕，摆脱昏时的梦魇，重睹宜君宜王之景象，由艰难之天下，重新步入开创之天下、承平之天下，似乎是无可选择、顺理成章的现实演进道路。一代知识群体危言耸听，筹谋策划，大都出于对封建盛世、仁政王道芳菲重现的渴望与坚信。这种渴望与坚信，给这一时期的文学蒙上了一层虚幻与乐观色彩。无数个补天情结，构成了梦幻的大网，使富有理性和现实深度的社会批判，在转向社会救敝改革方案的探寻时，突然变得充满浪漫气息。对兴衰治乱历史循环论的迷悟，过分相信封建肌体的再生性与重建能力，再加上知识群体目光视野不出中土华夏范围及思想创造力的贫乏，他们在进行社会批判时虽然显得勇猛无畏，深刻有力，但在讨论变革途径时，却变得书生气十足，甚至迂腐浅薄。批判意识的深邃宽广与革新意识的平庸纤细，构成了一种极大的反差。这恐怕是光绪年间梁启超等维新志士"初读定庵文集，若受电然，稍进乃厌其浅薄"[1]的重要原因。

---

① 梁启超：《清代学术概论》，朱维铮校注，北京：中华书局 2010 年版，第 114 页。

这是一场散乱的、自发的，由补天情结所支配的救敝改革骚动。支撑着改革热情和自救信念的是对帝国盛世再现的憧憬与渴望。以"国士""医国手"自期的知识群体，无不希望通过对旧有政体和思想文化体制的自我完善与调节来消除危机，应付世变。他们根据最深切的自我感受，在传统思想文化的武库中，寻求着救世的灵丹。文人的天真和浪漫气质，恰恰在这充满空想与梦幻色彩的寻求中得到充分体现。他们或希望通过读经、注经，把经籍中的普遍原则贯彻到社会治理中去的办法来振兴政治、文化；或鼓动重新高扬性理主义的旗帜，"兴起人之善气，遏制人之淫心"，从而改善道德、风俗；或主张培士气，重人才，简政放权，发挥士及师儒的辅政作用；或强调以农为本，解决好河、漕、盐诸政，缓和经济危机；甚至建议按宗法血缘关系分配土地，以缩小贫富差距。在连篇累牍的政论之文中，仁政得施、王道实行，帝王得道多助，臣者惟德是辅，弊绝风清，朝野声气相通，人尽其才，物尽其用，本固末盛，物阜财丰，成为众笔所重重描绘的理想世界。但这种盛世强国之梦，不久便彻底破灭。步入封建末世的东方帝国，已是老态龙钟，再也没有雄风重振的机会。鸦片战争之前，封建帝国在封闭状态下的虚假繁荣与强盛，使清政府与全社会并没有真正清醒地认识到生存危机的存在。知识群体所表现的忧患意识与革新呼吁，常被视作杞人忧天。鸦片战争之后，中国被迫加入全球性的战争角逐与生存竞争中，封建王朝盛衰治乱的历史循环也因此趋于紊乱以至于中断，这就使一代知识群体所开具的种种"以古方出新意"的救国之方，失去施用之所。不为世人理解的救世热情与变化中的社会现实，使一代志士深为叹息。鲁一同在《复潘四农书》中，曾以医者、病者作比，揭示了救世者与政府、社会之间的隔膜。病者于病情并不自知，但凭起居燕笑、充好如常便讳疾忌医；医者虽有救国奇方，却无法为病者所接受、所理解："医者既苦于不信，病者又苦于不知，而病又不可久待，久待益深，益不信医。"①病者、医者之间存在着一种由不信任而造成的紧张，使医者无从措手而病者愈趋沉重。作为医者之一，鲁一同和呼吁救敝改革的知识群体一样，一方面表现出救国救世、舍我其谁的自信；另一方面又充满着不见用世的惆怅与无奈。自信使他认为："虽世之病者，未必假藉一试，然善吾方，谨藏吾药，必有抄撮荟萃获效者。"②无奈又使他承认："天下事深远切至者，非吾辈所宜言。纵言之善，及身亲多龃龉，不易措手。"③魏源是以海运代漕运的积极主张者。在道光初年海运一度实行后，他曾兴奋地称赞此事是"事半而功倍，一劳而永逸，百全而无弊，人心风俗日益厚，吏治日益盛，国计日益裕，必由是也。无他术也"④。但随后他就发现，救敝之事并不如此简单和值得乐观。鸦片战争后两年，他在谈论黄河治理问题时，慨然叹道："吁！国家大利大害，当改者岂惟一河！当改而不改者，亦岂惟一河。"⑤步入颓败之境的清朝帝国，杂症并出，牵一发而动全身，非一方一药所能奏效。从救世的自信走向救世的无奈，虽给一代士人带来失望的痛苦，但也带有几分历史发展的必然。满足于"药方只贩古时丹"，已不足以应付世变，解救残局。

在嘉道之际文学中，与惊秋救敝表现主题构成犄角之势的是忧民自怜主题。同惊秋救敝主题类似，忧民自怜是一种组合性主题。其中，"忧民"重在表现一代士人哀民生之多艰，歌生民之病痛的恻隐之怀；"自怜"则重

① 鲁一同：《复潘四农书》，《鲁通甫集》，郝润华编校，西安：三秦出版社 2011 年版，第 20 页。

② 鲁一同：《复潘四农书》，《鲁通甫集》，郝润华编校，西安：三秦出版社 2011 年版，第 20 页。

③ 鲁一同：《复潘四农书》，《鲁通甫集》，郝润华编校，西安：三秦出版社 2011 年版，第 23 页。

④ 魏源：《海运全案跋》，《魏源集》，中华书局编辑部编，北京：中华书局 2018 年版，第 423 页。

⑤ 魏源：《筹河篇中》，《魏源集》，中华书局编辑部编，北京：中华书局 2018 年版，第 381 页。

在抒写一代士人感士不遇的牢愁和对自我人格高洁、完满境界的内在追求。与惊秋救敝主题着眼于时代风云的追寻和现实课题的思索相比，忧民自怜主题表现出更多的对传统文学精神的承接；惊秋救敝主题表现了历史转型期文学独特的情感风貌，而忧民自怜主题则与中国文学生生不息的人道精神，构成了汇流联结。两大表现主题之间有着互相渗透、交融的层面，它们在一代士人意气风发，以天下为己任的思想基础上构成了和谐统一。

民生民瘼是邦国盛衰的显性标志，是"军国""政治"与"天下事"中的大宗。对民生民瘼寄予同情关注，以富有恻隐之心，合于讽喻之旨的笔触，揭示生民病痛，是中国文学的优秀传统，也是中国士人参与社会政治，实现兼济之志的重要方式。嘉道士人秉承议论军国、臧否政事、慷慨论天下事的文学精神，在揭露衰世之象，谋求绸缪之策的同时，对苍生忧乐、黎元困顿别具只眼，萦萦于怀。他们"慷慨论天下事"的诗文作品中，每每将世情民隐、百姓病痛形诸笔端。在不胜枚举的哀民生之多艰、歌生民之病痛的诗文中，蕴藏着嘉道士人忧时悯世的情怀和民胞物与的仁爱之心，同时，又表现出他们对传统的补察时政、泄导人情风人之旨的追寻。嘉道士人悲天悯人的情怀在推己及人的心理过程中，还常常转化为"自责"的意绪。同情、讽喻、自责，形成了忧民主题的三人情结。

士阶层的自怜意绪，也是传统诗文中常见的表现主题。自怜主题既包蕴着士阶层对理想人生、理想人格的执着追求，又承载着其追求过程中自然伴随的种种失意与惆怅；自怜既具有士阶层对自我形象、自我行为的爱怜、赞美和心灵自慰的意义，同时也蕴藏着愤世嫉俗、斥奸刺邪的批判锋芒。自怜主题带有最为浓郁的自我色彩，是读者借以窥知创作主体心灵宇宙的重要窗口。在嘉道文学的自怜主题中，对谗谄蔽明、方正不容世象的感愤牢骚和对冰清玉洁、独立特行品格的自我期待，唤醒我们对古典文学长河中佩兰纫蕙、独清独醒高士形象的记忆；而惊于秋声，戚于飘摇的哀怨感伤与挽狂澜于既倒的执拗狂放，则又把我们拉回到山雨欲来、衰象层出的特定时代。

这里，我们试图借用龚自珍的"剑气箫心"之说，概括嘉道文学中的自怜意绪。

在龚自珍的作品中，"剑"与"箫"是两个经常对举的词语。其《漫感》诗云："一箫一剑平生意，负尽狂名十五年。"其《丑奴儿令》词云："沉思十五年中事，才也纵横，泪也纵横，双负箫心与剑名。"可见龚自珍平生对一箫一剑、箫心剑名是何等的看重，何等的珍惜。"剑气箫心"首先表现为一种人格理想，这种人格理想充溢着敢忧敢愤、敢有作为，富贵不淫、贫贱不移的思想意志，它既有悱恻情思，眷眷爱心，"乐亦过人，哀亦过人"[1] 的一面，又有"大言不畏，细言不畏，浮言不畏，挟言不畏"[2]，放言无忌、狂狷不羁的一面。敢爱敢恨，培植情根，即为箫心；敢作敢为，锋芒毕露，即为剑气。龚自珍《己亥杂诗》中"亦狂亦侠亦温文"[3] 的诗句，正是"剑气箫心"品格的注脚。"剑气箫心"又表现为经世抱负和不遇情怀。其《又忏心一首》诗云："经济文章磨白昼，幽光狂慧复中宵。来何汹涌须挥剑，去尚缠绵可付箫。"[4] 经世的幽光，济民的狂想，汹涌而来，缠绵而去，来须挥剑者，为报国之雄心，去可付箫者，为不遇之哀怨。"剑气箫心"还是一种审美追求。龚自珍《湘月》词云："怨去吹箫，狂来说剑，两样消魂味。"[5] 箫怨多感慨之词，似《骚》而近儒；剑狂多不平之语，似《庄》而近仙侠。感慨之词，忆之缠绵；不平之语，触之峥嵘。

---

① 龚自珍：《琴歌》，《龚自珍全集》，王佩诤校，上海：上海古籍出版社 1999 年版，第 446 页。

② 龚自珍：《平均篇》，《龚自珍全集》，王佩诤校，上海：上海古籍出版社 1999 年版，第 80 页。

③ 龚自珍：《己亥杂诗》，《龚自珍全集》，王佩诤校，上海：上海古籍出版社 1999 年版，第 511 页。

④ 龚自珍：《又忏心一首》，《龚自珍全集》，王佩诤校，上海：上海古籍出版社 1999 年版，第 445 页。

⑤ 龚自珍：《湘月·壬申夏，泛舟西湖，述怀有赋，时予别杭州盖十年矣》，《龚自珍全集》，王佩诤校，上海：上海古籍出版社 1999 年版，第 564 页。

"剑气箫心"之说所涵括的独立不移的人格理想，不屈不挠的救世意志，亦狂亦怨的审美追求，可以用来概括嘉道士人自我设计、自我期待、自我完善过程中的种种追求。在学风士风转换的呼唤，新的文学精神的陶铸及惊秋救敝、忧国忧民的诗文创作中，我们都能感受到剑气箫心的回荡与搏动。盛衰交替的历史氛围，以天下为己任、拯衰救溺的承担精神与千疮百孔、积重难返的社会现实，造就了嘉道士人的精神气质。这种精神气质以一言蔽之，可称为剑气箫心。创造的渴望与艰难，拯衰的躁动与蹉跎，都被涵括在剑气箫心之中。嘉道士人引以自豪者在此，后代继踵者奉为风范者亦在此。

　　在鸦片战争之后的中国近代历史中，嘉道之际一代士人所开创的学风、士风、文学精神被继承延续下来，甚至连他们托古改制的策略，歌哭无端的狂放，都被继承下来。一代士人剑气箫心的风采，在戊戌变法、辛亥革命时期新的一代志士仁人身上重现，成为一种宝贵的精神财富。而嘉道之际形成的议论军国、臧否政事、慷慨论天下事的文学主潮，则为中国近代文学作了一个气势不凡的开场白。从这一时期开始，文学家逐渐改变了闲适悠然的心境与花前月下的吟唱，以热切的目光追寻着现实生活万千变化的波光澜影，以敏感的笔触描述着人间可悲可喜、可惊可叹、英勇威武、卑琐丑恶的种种事态世相，以艺术的方式再现了中国人民为民族独立、自由、解放而进行的呐喊、抗争及所经历的苦难。从这里起步的中国近代文学，始终紧紧地拥抱着现实生活，沧桑。

（原载《中国社会科学》2002 年第 5 期）

龚自珍文学思想散论

龚自珍是中国近代思想文学解放的先驱。对于他的社会批判、社会改革思想，对于他的具有浪漫主义色彩和富有创造力的诗文，学术界曾有过卓有成绩的研究与探讨。与之相比，对于他文学思想的研究，则显得较为薄弱一些。其主要原因在于龚氏文集中，绝少有专门论述文学的篇章，与近代一些动辄万言的文论家相比，无疑显得零碎与微不足道。这种状况的形成从龚氏的《绩溪胡户部文集序》中可以得到两个方面的解释：

一、恐言之不载，以为口实，而不愿论文。绩溪胡某登门求文章术，龚氏正告曰："不幸不毁于言，言满北南；口绝论文，瘩于苦甘；言之不载，以为口实；独不论文得失，未尝为书一通。"①其中，"瘩于苦甘"是托辞，恐"言之不载，以为口实"是真言，"口实"之虞来自两方，一是言不媚俗，触动时忌，二是言有毁誉，易被人误认作某党某派。

二、凡文毕所欲言，即是妙文，文不须多论。龚氏认为，古人行文"或言情焉，或言事焉，言之质弗同，既皆毕所欲言而去矣"。②后世有文章家出，藉文章为业、成名，划其朝代，条其义法，名曰论文，其实他们很难

---

① 龚自珍：《绩溪胡户部文集序》，《龚自珍全集》，王佩诤校，上海：上海古籍出版社 1999 年版，第 207 页。
② 龚自珍：《绩溪胡户部文集序》，《龚自珍全集》，王佩诤校，上海：上海古籍出版社 1999 年版，第 207 页。

说明什么叫文章。文章之事，在于"勤勤恳恳，以毕所欲言，其胸臆涤除余事之甘苦与其名，而专壹以言"①，舍此之外，无文可论。

龚自珍的文学思想正如他一首诗所云，是"东云露一鳞，西云露一爪"，这一鳞一爪乍看是零碎的，但却有着许多闪耀于当世，并给后人以巨大启迪和影响的东西，这是值得我们予以重视与探讨的。

龚自珍的文学思想，有三块基石，即"尊史""尊情""尊自然"，我们合称之为"三尊说"。

一、尊史。清代的尊史之说，起于浙东学派的章学诚。章学诚针对传统的"六经载道"，清初的"经学即理学"之说，提出了"六经皆史"的口号，意在破除经、史的门户界线。这种石破天惊的言论，把被统治阶级披上神圣外衣的六经还原为三代的典章制度，对于打破经学统治天下的局面具有进步意义。龚自珍受六经皆史思想的影响，一方面大声疾呼，当今要为史者正名，改变称为儒者流则喜，称为群流则愠，号为治经则道尊，号为学史则道诎，知孔氏之圣而不知周公、史佚之圣的局面。另一方面则在"尊史"的前提下，提出诗与史合一的观点。他认为，诗与史本为一，周代"史之外无有语言焉，史之外无有文字焉，史之外无人伦品目焉"，"风也者，史所采于民，而编之竹帛，付之司乐者也。雅颂也者，史所采于人夫也"②。诗与史又有相通之处。作史是"网取所无恩，恩杀，至所恩之人而胪之，高下之"，而选诗是"网取其人之诗而胪之，或留或削"，二者"皆天下文献之宗之所有事也"，"诗与史，合有说焉，分有说焉，合之分，分之合，又有说焉"。③

---

① 龚自珍：《绩溪胡户部文集序》，《龚自珍全集》，王佩诤校，上海：上海古籍出版社 1999 年版，第 208 页。

② 龚自珍：《古史钩沉论二》，《龚自珍全集》，王佩诤校，上海：上海古籍出版社 1999 年版，第 21 页。

③ 龚自珍：《张南山国朝诗徵序》，《龚自珍全集》，王佩诤校，上海：上海古籍出版社 1999 年版，第 207 页。

生在内忧外患日益加剧的封建末世的龚自珍，较早敏锐的觉察到清王朝摇摇欲坠的趋势，他希望通过对社会腐败现象的抨击揭露，引起疗救者的注意，也希望自己提出的"补天"措施，能为封建统治者所采用，以达到救世除弊的目的。但无奈统治者睡梦正酣，而自己又官微言轻，身不能为相，不能为史，只能寄希望于诗，希望诗人能"怀史佚之直"，担负起史家社会批评的责任，"诗成侍史佐评论"，于诗中伏针箴之言，载民情民隐，谏政之得失。龚氏持诗与史合之说，正是缘于此。再者，又可以诗教民，防患于未然。他在《升平分类读史雅诗自序》一文中说出了后一层意思。他认为在"悍顽煽乱，为支末忧"的时候，"谓宜有文臣，附先知觉后知之义，作为歌诗，而使相与弦歌其间。诗之义，贵易知也。犯上作乱之民，必有自搏颡泣者，必有投械而起，仰祝圣清千万年，俯视云礽之游其世者"。[①] 由此我们可以看出，龚自珍并没有摆脱封建社会地主阶级知识分子的思想局限。他提倡尊史，诗与史合一，重视诗歌的政治功用，主观上仍是出于延缓他所属阶级灭亡的目的，但在当时新兴阶级尚未真正形成的当时，我们也不必苛求于龚氏。这一思想的积极作用在于它冲击了经学一统万马齐喑的局面，试图把人们的目光从脱离实际的经学研究中吸引到对社会现实问题的正视或研究上来，提醒人们关心政治、关心时局，苏醒麻木了的社会责任心，使学术、文学有益于社会。这一带有异端色彩的思想，一旦被新兴阶级所接受，其客观作用就远远超出龚氏主观愿望的范围。近代文学的发展过程证明了这一点，而这一过程中所呈现的文学与政治空前未有的紧密结合的趋势正是从这里开始的。

　　二、尊情。龚自珍的尊情之说，是作为程朱理学的对立面提出的。龚氏在《宥情说》一文中设甲乙丙丁戊五人就"情"这一问题互相辩难。或据

---

　　① 龚自珍：《升平分类读史雅诗自序》，《龚自珍全集》，王佩诤校，上海：上海古籍出版社 1999 年版，第 237 页。

中国圣人之言立言，认为情为阴气与欲所结，阴气有欲，岂美谈耶？或据西方圣人之言立言，欲有三种，情欲为上，不以情鄙夷。龚氏自言已闲居，时觉阴气沉沉而来袭心，情根不可拔却。此种状况不知为中国圣人所责难抑或为西方圣人所责难。以后，他又在《长短言自序》中提出尊情之说："情之为物也，亦尝有意乎锄之矣；锄之不能，而反宥之；宥之不已，而反尊之。"[1]理欲之争，是宋代以来思想史上的一大论题。程朱理学家把二者对立起来，宣扬"存天理、去人欲"的说教，严重地窒息着人们的情感和个性，也阻碍着文学的发展，它必然遭到进步思想家和文学家的抨击。清代朴学大师戴震曾提出"理在欲中"之说，认为理应在人之情欲中求之。龚自珍作为戴震的再传弟子，自然接受了反理学的思想。他的宥情、尊情之说就是向程朱理学的挑战，更值得注意的是他用以与中国圣人之言对垒的是西方圣人之言，这大概是他好读西方之书的结果，如此也就使他的尊情之说更带有近代的色彩。

情何以为尊？缘因情"无住""无寄""无境而有境""无指而有指""无哀乐而有哀乐"[2]。情，不可言状，不可触摸，变幻无常，捉摸不定，它缘事缘时而起而又稍纵即逝，有所为而发而又难以具说，就中寓有哀乐而又难以分辨，这是龚氏对情之特性的理解和解释。他这里所说的"情"，主要是指诗人内心复杂的思想感情，如童贞，母爱，相思相恋之情，也包括家国兴衰之感，磊落慷慨之气，万念萌生，郁结为情，积于诗人胸中，不吐不快，于是便"畅于声音"，其声音"先小咽之，乃小飞之，又大挫之，乃大飞之，始孤盘之，闷闷以柔之，空阔以纵游之，而极于哀，哀而极于瞀，则散矣毕

---

　　① 龚自珍：《长短言自序》，《龚自珍全集》，王佩诤校，上海：上海古籍出版社1999年版，第232页。
　　② 龚自珍：《长短言自序》，《龚自珍全集》，王佩诤校，上海：上海古籍出版社1999年版，第232页。

矣"。^①经过艺术加工，诗人之情感化为声音，抑扬顿挫，刚柔相济，海阔天空，盘桓翻飞，哀续其尾，篇终混茫，使人"闻是声也，忽然而起，非乐非怨，上九天，下九渊，将使巫求之，而卒不自喻其所以然"^②，沉浸于不可言、无可道的艺术境界之中。

龚自珍的这两段话，涉及文学创作的过程及艺术欣赏的问题。文学家从外界得来的感受净化上升为不吐不快的情感，然后调动各种艺术手段使之形诸声音文字，而声音文字中所蕴含的丰富饱满的情感又重重地叩击着读者的心扉，引起读者感情上的强烈反应，作者与读者的心藉此沟通。可见，龚氏提出尊情之说，也正是因为他认识到情感在创作及欣赏过程中的重要作用。同时，龚氏还指出，"情"不可一概而论。同为声发于情，而仍有道与非道之别。"凡声音之性，引而上者为道，引而下者非道，引而之于旦阳者为道，引而之于暮夜者非道；道则有出离之乐，非道则有沉沦陷溺之患。"^③这就是说，诗文辞赋，能给人以鼓舞，使人奋发向上者，是可取的，而使人颓唐，消沉，耽于声乐者，则是不可取；引人走向光明之处者是可取的，而引人走向黑暗之处者是不可取的。向上的，光明的文学能给人以美的享受，美的陶醉；使人消沉，走向黑暗的文学则只能使人堕落，毁灭。

三、尊自然。尊自然是与尊情相关联的一个问题。龚自珍在他生活的年代，强烈地感觉到封建专制制度对人的尊严的摧残，对个性发展的压抑，而萌发出朴素的人本主义思想，去呼唤尊重人的尊严，尊重人的个性，尊重人的情感。尊自然说的核心内容是讨论文学中的个性表现问题。本文前面提

---

① 龚自珍：《长短言自序》，《龚自珍全集》，王佩诤校，上海：上海古籍出版社1999年版，第232页。

② 龚自珍：《长短言自序》，《龚自珍全集》，王佩诤校，上海：上海古籍出版社1999年版，第232页。

③ 龚自珍：《长短言自序》，《龚自珍全集》，王佩诤校，上海：上海古籍出版社1999年版，第232页。

到，龚自珍在《绩溪胡户部文集》中曾提出过"文毕所欲言"的论文标准，这一崇尚自然的观点在《病梅馆记》中表现得更为充分，更为形象。文中说，当今的文人画士认为"梅以曲为美，直则无姿；以欹为美，正则无景；梅以疏为美，密则无态"，于是鬻梅者投其所好，"斫其正，养其旁条，删其密，夭其稚枝，锄其直，遏其生气，以求重价，而江浙之梅皆病"[1]。作者感伤之余，决心治疗病梅，其方法是"纵之，顺之，毁其盆，悉埋于地，解其棕缚"[2]，并设想广贮江浙病梅，以平生之力疗之。这是一篇带有深刻寓意的杂文。江浙之梅皆病的原因是鬻梅者迎合了文人画士畸形美、病态美的标准，而使正、直、有生气之梅变成曲、欹、无生气的病梅。要医疗病梅，则须解去一切束缚，舒其根枝，顺其天性，让其自由自在地生长，成为具有自然美、健康美的新梅。疗梅如此，疗治其他一切被束缚、被损害、被摧残的东西也应是如此。在思想界、文学界，一切束缚人们思想发展，束缚个性表现的枷锁应予以打破，而代之以思想解放、个性解放的新潮流。龚氏决心要为此而"穷予生之光阴"，表现了他强烈的具有民主主义色彩的战斗精神，本着这一战斗精神，他对文学创作中泯灭个性、束缚自然的现象进行了激烈的抨击。

> 言也者，不得已而有者也。如其胸臆本无所欲言，其才武又未能达于言，强之使言，茫茫然不知将为何等言；不得已，则又使之姑效他人之言；效他人之种种言，实不知其所以言。于是剽

---

① 龚自珍：《病梅馆记》，《龚自珍全集》，王佩诤校，上海：上海古籍出版社 1999 年版，第 186 页。
② 龚自珍：《病梅馆记》，《龚自珍全集》，王佩诤校，上海：上海古籍出版社 1999 年版，第 186 页。

掠脱误，摹拟颠倒，如醉如呓以言，言毕矣，不知我为何等言。①

无言而强使言，结果则是抄袭剽窃之风大行于世，此文界非顺其自然之一例。

第一欲言者，古来难明言，姑将谲言之，未言声又吞。②

欲为平易近人诗，下笔清深不自持，洗尽狂名消尽想，本无一字是吾师。③

欲言而又难以言，欲平易之言而不得不为奥深之言，此文界非顺其自然之又一例。

表现个性，顺其自然是如此艰难，所以当龚自珍读完汤海秋的诗后，兴奋地只用一个字称赞之，曰"完"。何谓完？"海秋心迹尽在是，所欲言者在是，所不欲言而卒不能不言在是，所不欲言而竟不言，于所不言求其言亦在是。要不肯挦扯他人之言以为己言，任举一篇，无论识与不识，曰：此汤益阳之诗。"④这里，龚氏说的"完"包含的主要意思是，诗与人完全统一，人外无诗，诗外无人，诗表现的是诗人非己莫属的思想情感，运用的是个性特色的语言，使人一读诗便能知出自何人之手。这个"完"字，应是自然的同义语。

---

① 龚自珍：《述思古子议》，《龚自珍全集》，王佩诤校，上海：上海古籍出版社1999年版，第123页。

② 龚自珍：《自春徂秋，偶有所触，拉杂书之，漫不诠次，得十五首》，《龚自珍全集》，王佩诤校，上海：上海古籍出版社1999年版，第488页。

③ 龚自珍：《杂诗，己卯自春徂夏，在京师作，得十有四首》，《龚自珍全集》，王佩诤校，上海：上海古籍出版社1999年版，第442页。

④ 龚自珍：《书汤海秋诗集后》，《龚自珍全集》，王佩诤校，上海：上海古籍出版社1999年版，第241页。

对黑暗现实的批判嘲讽，对改革理想的执著追求，对个性发展的热烈向往，这就决定了龚自珍必然崇尚浪漫主义的创作风格。

龚自珍对庄子、屈原、李白的创作风格十分赞慕。他在《自春徂秋，偶有所触，拉杂书之，漫不诠次，得十五首》其三中说："名理孕异梦，秀句镂春心。庄骚两灵鬼，盘踞肝肠深。古来不可兼，方寸我何任？所以志为道，澹宕生微吟。一箫与一笛，化作太古琴。"[1]他认为庄子的风格是在奇异的幻境中，寓含着哲理，而屈原的风格是在秀句中镂刻着一片赤诚之心，兼二者而有之，是自己努力的目标，在这方面能奉为楷模的是李白。龚氏在《最录李白集》中说："庄、屈实二，不可以并，并之以为心，自白始，儒、仙、侠实三，不可以合，合之以为气，又自白始也。"[2]庄子、屈原的作品都具有浓郁的浪漫主义色彩，二者的区别在于两人的处世态度不同而引起的作品的表现方式与情绪色彩的不同。庄子的处世态度是消极的，他认为世人都混浊，不可以庄语，就以"谬悠之论，荒唐之言，无端崖之词"的寓言、重言来表达他的思想，因而他的作品也就具有诡奇变幻的特色。屈原是积极入世的，他炽热的爱国主义思想使他企图对政治有所改革。但楚王昏庸，群臣嫉妒，使他的理想不能实现，周围无人理解他，他只有上叩天阍，下求佚女。因而他的作品就带有徘徊哀怨的色彩。龚自珍渴慕着能以庄、屈之笔，借庄言寓言，喜笑怒骂的形式，将自己的理想、热情，呼唤、呐喊，怨恨、愤懑，痛痛快快地倾吐出来。他以充满感情之笔来描绘浩瀚磅礴的浪漫主义诗歌风貌："天下之山川，莫尊于辽东。辽俯中原，逶迤万余里，蛇行象奔，而稍稍泻之，乃卒恣意横溢，以达乎岭外。大海际南斗，竖亥不可复步，气脉所届，怒若未毕；要之山川首尾可言者则尽此矣。诗有肖是者乎哉？诗

---

[1] 龚自珍：《自春徂秋，偶有所触，拉杂书之，漫不诠次，得十五首》，《龚自珍全集》，王佩诤校，上海：上海古籍出版社1999年版，第485—486页。

[2] 龚自珍：《最录李白集》，《龚自珍全集》，王佩诤校，上海：上海古籍出版社1999年版，第255页。

人之所产，有禀是者乎哉？自珍又曰：有之。"①这就是浪漫主义的诗，这种诗"如岭之表，海之浒，磅礴浩汹，以受天下之瑰丽而泄天下之拗怒也亦有然。"②这种诗歌，有其本原，一是求之于古书，二是证之于今世。求之于古书，学习上下三千年历史，诸子百家学说，融会贯通，探幽取微，这样作者就有了较高的思想文化修养。证之于今世，以当今社会实际与所学习的知识对照，观察、了解社会，这样，作者就有了深厚的社会生活的基础，这样，诗人之诗才能达到较高的境界。

龚自珍主张学术要不盲从，有主见，曾云："虽天地之久定位，亦心审而后许其然。苟心察而弗许，我安能额彼久定之云？"所以他对一些作家的评论也极有见地。如对陶潜，古人往往以淡远、静穆论之，而龚氏却说："莫信诗人竟平淡，二分《梁甫》一分《骚》。"从淡远、静穆中看出不平之气，这些地方可以看出龚氏的识力。

以上所谈及的，是龚自珍文学思想的主要部分，从中我们可以发现，龚自珍关于文学的论述虽然是零碎的，但却是富有创造性的。他对文学社会作用的认识，对于情感的特性，情感在创作与文学欣赏两个环节中的重要作用，情感的道与非道之分的认识，他的自然美健康美的审美观以及对文学冲破束缚，表现个性的呼唤，他对浪漫主义创作风格及创作本源的认识，在他生活的时代都是惊世骇俗的，给后人的启迪也是异常深远的。如对改良派文学的影响即是。如果说，龚自珍对文学要面向社会现实，批判政治的提倡还羞羞答答地隐藏在"诗即史"的幌子之下的话，资产阶级改良派文学则已把这一幌子扯掉，大张旗鼓地主张用文学来改良群治，转移人心了！如果说，龚自珍对文学表现个性的理解，还仅仅囿于表现作者个人心迹、所欲之言的

---

① 龚自珍：《送徐铁孙序》，《龚自珍全集》，王佩诤校，上海：上海古籍出版社 1999 年版，第 165 页。

② 龚自珍：《送徐铁孙序》，《龚自珍全集》，王佩诤校，上海：上海古籍出版社 1999 年版，第 166 页。

话，改良派则提高至文学要表现人性的更高层次了。如果说，龚自珍所理解的浪漫主义是"受天下之瑰丽而泄天下之拗怒"的话，而改良派气魄更大，则要"新诗瑰奇异境生，更搜欧亚造新声"了。从鸦片战争到戊戌变法，历史前进了一大步，文学思想也会有迅猛异常的发展变化，但追根寻源，在近代思想解放，文学发展的过程中，龚自珍是最早的启蒙者，这一历史地位，是没有任何其他人所能代替的。

剑气箫心龚诗魂

    龚自珍诗以其奇诡瑰丽、亦狂亦怨的气韵风采享誉嘉道诗坛。如果我们试图在风发云逝的龚集中寻求龚诗之魂，那么，最恰切最精当的描述莫过于"剑气箫心"。"剑"与"箫"是龚诗中经常对举的词语，"剑气"与"箫心"成为龚诗中迭出复现的意象，并构成了龚诗特有的诗美境界，在气象万千的"剑气箫心"中，包蕴着处在封建社会濒于崩溃之历史时期，渴望变革风雷而又黯然神伤于秋气暮霭、怀抱幽怀孤愤而又充满奇情逸气诗人的人格期待、人生态度和诗美追求。龚氏震骇流俗、藉以傲世者在此，龚诗幽渺奇伟、回肠荡气处在此，后人心有灵犀、神往摹效者也在此。龚氏评陶诗谓其"二分梁甫一分骚"，赞友人谓其"亦狂亦侠亦温文"，都可以看作是其"剑气箫心"作派与诗魂的自解旁注。而从龚诗对近代诗坛的濡染影响来看，"剑气箫心"无疑又具有一种"情感范式"的意义。

一

    龚诗中的剑气箫心首先是一种人格期待，一种对自我品格、自我形象的设计，同时也包含着诗人对多事之秋整个士阶层最为需要的社会承担精神、独立不倚的思想意志和正直敢言声气的呼唤。放言无忌，担荷天下，是为"剑气"；培植情根，哀乐过人，是为"箫心"。

清代士策严厉。龚自珍"避席畏闻文字狱，著书都为稻粱谋"[①]的诗句之所以脍炙人口，即在于它真实地揭示了清代士人在封建专制淫威下如履薄冰的境况与心态。鸦片战争前夕，清王朝败象丛生。一方面是变局在即，政府的政治控驭力相对减弱，另一方面是拯衰救溺，亟需补天方策与折冲扶危之人。嘉道之际的风云际会，促进了士林心志的高涨和经世思潮的兴起。一批惊于秋声、识在机先的士林中人，不再满足于"为天地立心"的空谈玄想，而着眼于"为生民立命"的经世实务，不再满足于"为往圣继绝学"的书斋生涯，而时时觊觎着"为万世开太平"的事功机遇。振刷士风，砥砺气节，自救救世，成为嘉道之际一代士人的共同追求。

三代京宦的出身阅历，以"良史之忧忧天下"的襟怀抱负，使龚自珍对士风刷新和士人格的重建有着更为迫切的期待。龚氏认为："天下事，舍书生无可属。"[②]"士也者，又四民之聪明喜议论者也。身心闲暇，饱暖无为，则留心古今而好议论"，士人"留心古今而好议论，则于祖宗之立法，人主之举动措置，一代之所以为号令者，俱大不便"[③]。霸天下者为"快其号令"，"嵩高其身"，则恃其强武，处心积虑地搉除震荡其心力心志，"戕其能忧心、能愤心、能思虑心、能作为心、能有廉耻心、能无渣滓心"[④]，从而造成众口箝塞、万马齐喑的局面。失去"留心古今而好议论"的风采，士人也便失去其所应拥有的辉煌。

---

① 龚自珍：《咏史》，《龚自珍全集》，王佩诤校，上海：上海古籍出版社1999年版，第471页。

② 龚自珍：《送夏进士序》，《龚自珍全集》，王佩诤校，上海：上海古籍出版社1999年版，第165页。

③ 龚自珍：《京师乐籍说》，《龚自珍全集》，王佩诤校，上海：上海古籍出版社1999年版，第118页。

④ 龚自珍：《乙丙之际箸议第九》，《龚自珍全集》，王佩诤校，上海：上海古籍出版社1999年版，第6—7页。

龚氏认为，刷新士风，陶铸新的士人气节和品格，首先当恢复其能忧能愤、能思虑作为，能有廉耻而无渣滓之心力。其《壬癸之际胎观第四》云："心无力者，谓之庸人。报大仇，医大病，解大难，谋大事，学大道，皆以心之力。"[1] 这种心力，包括宏毅敢任之胆略器识，独立特行之高风亮节。恢复心力，鼓荡心志，自当在士林中扫除麻木、苟且、昏昧、卑琐、无所作为的陋习，苏醒先觉觉民、担荷天下的责任感，培植心灵敏感、正直敢言、独立思考的品格，重振坐谈有"议论图度，上指天下画地"之气度，起行可为"议论军国、臧否政事之文章"[2] 的士人风采。

龚诗中对"剑气箫心"式的士人品格流露出更强烈的自我与社会的双重期待。

"之美一人，乐亦过人，哀亦过人"[3]，"我生受之天，哀乐恒过人"[4]。诗人超越常人的哀乐来自对春花秋月的触景生情，来自对童心母爱的拳拳眷恋，也来自于"以良史之忧忧天下"所带来的忧患与沧桑之感。"佛言劫火遇皆销，何物千年怒若潮？经济文章磨白昼，幽光狂慧复中宵。来何汹涌须挥剑，去尚缠绵可付箫。心药心灵总心病，寓言决欲就灯烧"[5]。诗人胸臆之中，来何汹涌者，为经济文章，救世之剑气；去尚缠绵者，是幽光狂慧，哀乐之箫心。两者交替冲击着诗人的心防。"愿得黄金三百万，交尽美人名士，

① 龚自珍：《壬癸之际胎观第四》，《龚自珍全集》，王佩诤校，上海：上海古籍出版社 1999 年版，第 15—16 页。
② 龚自珍：《京师乐籍说》，《龚自珍全集》，王佩诤校，上海：上海古籍出版社 1999 年版，第 118 页。
③ 龚自珍：《琴歌》，《龚自珍全集》，王佩诤校，上海：上海古籍出版社 1999 年版，第 446 页。
④ 龚自珍：《寒月吟》，《龚自珍全集》，王佩诤校，上海：上海古籍出版社 1999 年版，第 481 页。
⑤ 龚自珍：《又忏心一首》，《龚自珍全集》，王佩诤校，上海：上海古籍出版社 1999 年版，第 445 页。

更结尽燕邯侠子"①；"布衣结客妄自尊，流连卿等多酒痕。十载狂名扫除毕，一丘倘遂行闭门"②；"刘三今义士，愧杀读书人。风雪衔杯罢，关山拭剑行。英年须阅历，侠骨岂沉沦？亦有恩仇托，期君共一身"③此为剑气之抒写。"独有爱根在，拔之曷难下。梦中慈母来，絮絮如何舍"④；"不似怀人不似禅，梦回清泪一潸然。瓶花帖妥炉香定，觅我童心廿六年"⑤；"一天幽怨欲谁谙？词客如云气正酣。我有箫心吹不得，落花风里别江南"⑥，此为箫心之流露。剑气雄拔，表现了诗人对布衣结客、弘毅任侠，"大言不畏，细言不畏，浮言不畏，挟言不畏"⑦之狂放风度的追求；箫心低回，表达了诗人对"情多处处有悲欢，何必沧桑始浩叹"⑧恻徘缠绵情怀的缱绻。以剑气侠骨寄托心志，扫除麻木卑琐陋习，其劲直高亢如长风出谷；以箫心幽思抒写奇情，追求适己从心，其哀怨缠绵如林泉咽呜。剑气箫心构成了诗人人生态度与人格期待的两重境界。"长铗怨，破箫词，两般合就鬓边丝"⑨，"性懒情多

———————

① 龚自珍：《金缕曲·癸酉秋出都述怀有赋》，《龚自珍全集》，王佩诤校，上海：上海古籍出版社1999年版，第565页。

② 龚自珍：《同年生徐编修宝善斋中夜集，观其六世祖健庵尚书邃园修褉卷子，康熙三十年制也。卷中凡二十有二人、邃园在昆山城北，废址余尝至焉，编修属书卷尾》，《龚自珍全集》，王佩诤校，上海：上海古籍出版社1999年版，第480页。

③ 龚自珍：《送刘三》，《龚自珍全集》，王佩诤校，上海：上海古籍出版社1999年版，第463页。

④ 龚自珍：《自春徂秋，偶有所触，拉杂书之，漫不诠次，得十五首》，《龚自珍全集》，王佩诤校，上海：上海古籍出版社1999年版，第487—488页。

⑤ 龚自珍：《午梦初觉，怅然诗成》，《龚自珍全集》，王佩诤校，上海：上海古籍出版社1999年版，第466页。

⑥ 龚自珍：《吴山人文徵、沈书记锡东饯之虎丘》，《龚自珍全集》，王佩诤校，上海：上海古籍出版社1999年版，第439页。

⑦ 龚自珍：《平均篇》，《龚自珍全集》，王佩诤校，上海：上海古籍出版社1999年版，第80页。

⑧ 龚自珍：《杂诗，己卯自春徂夏，在京师作，得十有四首》，《龚自珍全集》，王佩诤校，上海：上海古籍出版社1999年版，第441页。

⑨ 龚自珍：《鹧鸪天·题于湘山旧雨轩图》，《龚自珍全集》，王佩诤校，上海：上海古籍出版社1999年版，第569页。

兼骨傲，直得销魂如此"①。诗人虽以自嘲自怨的口吻说出，却又正是一种自傲自期。

不惟是自期，对于士林风尚，龚氏也抱有"颓波难挽挽颓心"的宏愿。在友朋之间，互以砥砺气节、培植元气相瞩望，在人物品藻之中，推重心力心志。吏部侍郎王鼎不畏权贵，以正直敢言闻名朝野，自珍以诗盛赞曰："公之奏疏密中禁，海内但见力力持朝纲。阅世虽深有血性，不使人世一物磨锋芒。"与之相较，那些"委蛇貌托养元气，所惜内少肝与肠"者显得卑琐不堪。诗人希望居高位者都能像王鼎那样，焕发精神，以造就"国有正士士有舌"②的士林风尚。诗人之友包世臣，留心经济之学，"东南大吏，每遇兵荒河漕盐诸巨政，无不屈节咨询，世臣亦慷慨言之"③。龚诗中称包氏为"乾隆狂客"。汤鹏有《答龚膳部越鸟篇》，以越鸟比龚，以楚鸟自比，充满着广结同志、一飞冲天的渴望。龚自珍以诗推誉汤鹏激励慷慨之豪气云："觥觥益阳风骨奇，壮年自定千首诗。勇于自信故英绝，胜彼优孟俯仰为。"④情多、骨傲、血性、锋芒、自信、英绝，从龚诗反复出现的词语中，可以领悟到龚氏期待中的"剑气箫心"式的士人格中所包蕴的内涵，龚氏《尊隐》中有"百媚夫不如一猖夫也，百酣民不如一瘁民也"之语，其所谓的"猖夫"与"瘁民"，正是具有"剑气箫心"品格士人的代语。

当然，对"剑气箫心"士人格情有所钟的并非龚氏一人。打破万马齐暗的沉闷格局，恢复自身社会良知的角色，恢复对正义、邪恶、有道、无道

① 龚自珍：《贺新郎·长白定圃公子奎耀，示重阳忆菊词，依韵奉和》，《龚自珍全集》，王佩诤校，上海：上海古籍出版社 1999 年版，第 570 页。

② 龚自珍：《饮少宰王定九丈鼎宅，少宰命赋诗》，《龚自珍全集》，王佩诤校，上海：上海古籍出版社 1999 年版，第 499 页。

③ 赵尔巽等：《包世臣传》，《清史稿》第 486 卷，许凯等标点，长春：吉林人民出版社 1995 年版，第 10188 页。

④ 龚自珍：《己亥杂诗》，《龚自珍全集》，王佩诤校，上海：上海古籍出版社 1999 年版，第 511 页。

的敏锐感触与议论评判，积极参与社会进程，构成了嘉道士人共同的期待视野。以"布衣傲游于公卿间"的包世臣认为："士者事也，士无专事，凡民事皆士事。"[①] 曾任台湾道的姚莹更是不无自负地说："稼问农，蔬问圃，天下艰难，宜问天下之士。"[②] 学者林伯桐作《任说》，以为"自任以天下之重，则固天下之士也"[③]。以天下自任，虽为布衣，"而行谊在三公之上"[④]。诗人潘德舆以"扶掖世运""报国救民"自期，其告语友人："天下不久当有事，我辈宜自勉。"[⑤] 嘉道士人所表现出的追步先儒风范、重塑自我品格的自觉，在衰象丛生、山雨欲来的鸦片战争前夕，放射出熠熠光彩。承担天下，先觉觉民，剑气箫心式的士人格在变革浪潮风起云涌的近代社会被不断丰富与深化，而嘉道士风的转换为近代士人格的建构作了预备和铺垫。

二

龚诗中的剑气箫心又是一种人生态度，一种对社会现实与人生境遇的反应与感受。它与人格期待互为表里。人格期待注重于心力心志之内在品质的培植与陶冶；人生态度主要是指诗人对人生现实的思考和行为方式的选择。

---

① 包世臣：《赵平湖政书五篇叙》，《中国近代思想家文库·包世臣卷》，刘平、郑大华主编，北京：中国人民大学出版社 2013 年版，第 322 页。
② 姚莹：《复管异之书》，《姚莹集》，严云绶、施立业、江小角主编，合肥：安徽教育出版社 2014 年版，第 233 页。
③ 林伯桐：《任说》，《中国近代文学大系·散文集》，任访秋主编，上海：上海书店 2019 年版，第 196 页。
④ 林伯桐：《任说》，《中国近代文学大系·散文集》，任访秋主编，上海：上海书店 2019 年版，第 196 页。
⑤ 吴昆田：《养一斋集跋》，《潘德舆全集》，朱德慈辑校，北京：人民文学出版社 2015 年版，第 2509 页。

汉学大师段玉裁对外孙龚自珍寄予厚望，勉励其"博闻强识，多识蓄德，努力为名儒、为名臣，勿愿为名士。"[①] 自珍最终未能遵照段氏之言为名儒名臣，而走上了名士之路。"吴中尊宿"王芑孙读自珍诗文，谓其诗"伤时之语，骂坐之言，涉目皆是"，谓其文"上关朝廷，下及冠盖，口不择言，动与世忤"[②]。在龚集触目皆是的"伤时之语，骂坐之言"中，蕴含着诗人对社会现实敏锐而富有力度的洞察判断，对忧患人生充满个人生命体验的奇感顿悟。

龚氏对社会的观察，显示着独特的思想逻辑。他依据今文经学中的三世说，将社会的发展区分为治世、衰世、乱世三种形态，而又以人才之盛衰升降作为三世更替的显性标志。治世之时，人主得道，庶人不议，有雄材绝智者不必用于世；衰世之时，一才人出，百不才督之缚之，戮形戮心，人工精英、雄材绝智者不见闻于天下；世至有才者不能自存，顿生背异悖悍之心，"起视其世，乱亦竟不远矣"[③]。龚氏"以良史之忧忧天下"，以为嘉道之际是衰世已至而乱世在即矣。在《尊隐》一文中，他惊呼春光明媚、夏日融融的宜君宜王的时代已告结束，而秋气萧瑟、悲风骤至的凄冷时节即将到来。自珍在《乙丙之际箸议第九》中解释从治世到衰世人们往往浑然不觉的原因道："衰世者，文类治世，名类治世，声音笑貌类治世。黑白杂而五色可废也，似治世之太素；宫羽淆而五声可铄也，似治世之希声；道路荒而畔岸隳也，似治世之荡荡便便；人心混混而无口过也，似治世之不议。"[④]无视

---

① 段玉裁：《与外孙龚自珍札》，《龚自珍研究资料集》，孙文光、王世芸编，合肥：黄山书社1984年版，第6页。

② 王芑孙：《复龚璱人书》，《龚自珍研究资料集》，孙文光、王世芸编，合肥：黄山书社1984年版，第7页。

③ 龚自珍：《乙丙之际箸议第九》，《龚自珍全集》，王佩诤校，上海：上海古籍出版社1999年版，第7页。

④ 龚自珍：《乙丙之际箸议第九》，《龚自珍全集》，王佩诤校，上海：上海古籍出版社1999年版，第6页。

由治转衰的种种蛛丝马迹，沉湎于承平旧梦之中，这正是世人浑浑噩噩、不思振奋的病源。龚氏《己亥六月重过扬州记》中又以四时更替为喻，揭示承平日久、人们茫然不辨衰世之象的社会心理原因道："天地有四时，莫病于酷暑，而莫善于初秋。澄汰其繁缛淫蒸，而与之为萧疏澹荡，冷然瑟然，而不遽使人有苍莽寥泬之悲者，初秋也。"① 由夏入秋，人们沉溺于暑威除却的惬意之中，而无睹于秋象，无闻于秋声，昏昏然不知悲寒将至。由治世进入衰世的社会心理也是如此。这正是令识在机先的惊秋之士悲慨交集、惶惶不可终日之所在："履霜之屦，寒于坚冰；未雨之鸟，戚于飘摇；痹痿之疾，殆于痈疽；将萎之华，惨于槁木。"② 自珍以诗般隽永的文字，传达出盛衰交替之际最难将息的心境。

这种戚于飘摇、众醉独醒的感受，在龚诗中化为阵阵悲凉之雾："楼阁参差未上灯，菰芦深处有人行。凭君且莫登高望，忽忽中原暮霭生"③；"秋心如海复如潮，但有秋魂不可招。漠漠郁金香在臂，亭亭古玉佩当腰。气寒西北何人剑，声满东南几处箫。斗大明星烂无数，长天一月坠林梢"④；"名场阅历莽无涯，心史纵横自一家。秋气不惊堂内燕，夕阳还恋路旁鸦。东邻嫠老难为妾，古木根深不似花。何日冥鸿纵迹遂，美人经卷葬年华"⑤。层层叠叠的忧思，驱逐不尽，斩割不断，秋气如海，心事茫茫，看花对月，皆着悲色。诗人甚至秋夜听琵琶之曲，也触动今非昔比的沧桑之感："我有心

---

① 龚自珍：《己亥六月重过扬州记》，《龚自珍全集》，王佩诤校，上海：上海古籍出版社 1999 年版，第 186 页。

② 龚自珍：《乙丙之际箸议第九》，《龚自珍全集》，王佩诤校，上海：上海古籍出版社 1999 年版，第 7 页。

③ 龚自珍：《杂诗，己卯自春徂夏在京师作，得十有四首》，《龚自珍全集》，王佩诤校，上海：上海古籍出版社 1999 年版，第 442 页。

④ 龚自珍：《秋心三首》，《龚自珍全集》，王佩诤校，上海：上海古籍出版社 1999 年版，第 479 页。

⑤ 龚自珍：《逆旅题壁，次周伯恬原韵》，《龚自珍全集》，王佩诤校，上海：上海古籍出版社 1999 年版，第 449—450 页。

灵动鬼神，却无福见乾隆春。席中亦复无知者，谁是乾隆全盛人……铁石心肠愧未能，感慨如麻卷中见。"①这类悲慨交集的诗句，抒写的并非是泛泛的伤春悲秋的意绪，它以诗人盛衰转换中的深长感慨与失落感作为底蕴，裹挟着阵阵风云之气。诗人有词云："多愁公子新来瘦，也何曾狂醉，绝不闲吟"②，"绝不闲吟"一语，点明诗人胸中大有梗概。在絮絮不舍叙说惊秋悲秋心境之中，在其旁出泛涌的文思、雄诡杂出的隐喻背后，蕴藏着他对世运敏锐的洞察与判断，蕴藏着诗人入世救世的热情与冲动。龚氏《上大学士书》中云："夫有人必有胸肝，有胸肝则必有耳目，有耳目则必有上下百年之见闻，有见闻则必有考订同异之事。有考订同异之事，则或胸以为是，胸以为非，有是非，则必有感慨激奋。感慨激奋而居上位，其有力，则所是者依，所非者去。感慨激奋而居下位，无其力，则探吾之是非，而昌昌大言之。"③龚氏一介书生，未居高位，则将胸臆之言，形诸笔端，儆世醒人。龚集中，《乙丙之际箸议》《古史钩沉》《明良论》《尊史》之议政，《西域置行省议》《农宗》《平均篇》之建策，都是感慨激奋、昌昌大言之文。其《送钦差大臣侯官林公序》中的"三种决定义""三种旁义""三种答难义""一种归墟义"，《与人笺》中"即使英吉利不侵不叛，望风纳款，中国尚且可耻而可忧"的论断，都为史学家所珍视。这种"感慨激奋""昌昌大言"，表达了作者对社会现实的思考，也体现着作者对人生行为方式的选择。它将诗人的心力心志与正直敢言、担荷天下的人格期待落实到实处。

在龚诗中，感慨激奋的风云之气又与回肠荡气的自怜意绪紧紧扭结在

---

① 龚自珍：《秋夜听俞秋圃弹琵琶赋诗，书诸老辈赠诗册子尾》，《龚自珍全集》，王佩诤校，上海：上海古籍出版社1999年版，第500—501页。

② 龚自珍：《高阳台》，《龚自珍全集》，王佩诤校，上海：上海古籍出版社1999年版，第559页。

③ 龚自珍：《上大学士书》，《龚自珍全集》，王佩诤校，上海：上海古籍出版社1999年版，第319页。

一起。风云之气表达了他对社会现实的思考，而自怜意绪则抒写了他对人生忧患的感悟。诗人少年曾有过五陵结客、垂杨系马的豪气："结客五陵英少，脱手黄金一笑，霹雳应弓弦。"①"屠狗功名，雕龙文卷，岂是平生意"②，可谓剑气如虹。但阅世渐久，坎坷日多，愁云悲雾，频上笔端。诗人或怅惘于现实与理想之抵牾，或喋喋于独清独醒之孤独。"绝域从军计惘然，东南幽恨满词笺。一箫一剑平生意，负尽狂名十五年"③；"壮岁始参周史席，髫年惜堕晋贤风。功高拜将成仙外，才尽回肠荡气中"④，仗剑无计，空负狂名，壮岁无成，华年总误，诗人抚膺叹息中，隐含着怀才不遇的悲慨。"东华环顾愧群贤，悔著新书近十年。木有文章曾是病，虫多言语不能天。略耽掌故非刿济，敢侈心期在简编。守默守雌容努力，毋劳上相损宵眠"⑤；著书十年，未敢自侈匡济；收拾狂名，还须珍惜羽毛。诗人有许多诗作抒写中年忧患："中年何寡欢？心绪不缥缈。人事日醒醒，独笑时颇少"⑥；"嘉遁苦太清，行乐苦太浊。愿言移歌钟，来就伊人蹜。天涯富兰蕙，吾心富丘壑。蹉跎复蹉跎，芳流两寂寞"⑦。又有《赋忧患》诗云："故物人寰少，犹蒙忧患俱。春深恒作伴，宵梦亦先驱。不逐年华改，难同逝水徂。多情谁似汝？未

① 龚自珍：《水调歌头·寄徐二义尊大梁》，《龚自珍全集》，王佩诤校，上海：上海古籍出版社 1999 年版，第 554 页。

② 龚自珍：《湘月·壬申夏泛舟西湖，述怀有赋，时予别杭州盖十年矣》，《龚自珍全集》，王佩诤校，上海：上海古籍出版社 1999 年版，第 564—565 页。

③ 龚自珍：《漫感》，《龚自珍全集》，王佩诤校，上海：上海古籍出版社 1999 年版，第 467 页。

④ 龚自珍：《夜坐》，《龚自珍全集》，王佩诤校，上海：上海古籍出版社 1999 年版，第 467 页。

⑤ 龚自珍：《释言四首之一》，《龚自珍全集》，王佩诤校，上海：上海古籍出版社 1999 年版，第 482 页。

⑥ 龚自珍：《自春徂夏，偶有所触，拉杂书之，漫不诠次，得十五首》，《龚自珍全集》，王佩诤校，上海：上海古籍出版社 1999 年版，第 487 页。

⑦ 龚自珍：《自春徂夏，偶有所触，拉杂书之，漫不诠次，得十五首》，《龚自珍全集》，王佩诤校，上海：上海古籍出版社 1999 年版，第 486 页。

忍托襁褓。"①诗人对忧患孤独有着深深的体验，对忧患孤独的成因也有所反省与自讼："醰醰心肝淳，莽莽忧患伏。"②"平生进退两颠簸，诘屈内讼知缘因。侧身天地本孤绝，矧乃气悍心肝淳。"③忧患来自情多，孤独缘于不俗。但诗人并不愿放弃敧斜谲浪、恃才傲物、冰清玉洁的本真去随波逐流，媚俗谄世，而是将童心母爱作为一片净土，作为慰藉孤独、疗救心病的心药："无奈苍狗看云，红羊数劫，惘惘休提起。客气渐多真气少，汩没心灵何已。千古声名，百年担负，事事违初意。心头阁住，儿时那种情味。"④诗人对一生忧患，半世孤独，只有悲慨而无有悔意。其晚年所作的《己亥杂诗》诗云："少年击剑更吹箫，剑气箫心一例消。谁分苍凉归棹后，万千哀乐集今朝。""少年揽辔澄清意，倦矣应怜缩手时。今日不挥闲涕泪，渡江只怨别蛾眉。"⑤又有《丑奴儿令》词云："沉思十五年中事，才也纵横，泪也纵横，双负箫心与剑名。"⑥"箫心剑名"之于龚氏，可谓盛名起之于此而蹉跎亦缘之于此。

① 龚自珍：《赋忧患》，《龚自珍全集》，王佩诤校，上海：上海古籍出版社 1999 年版，第 478 页。

② 龚自珍：《丙戌秋日，独游法源寺，寻丁卯戊辰间旧游，遂经过寺南故宅，惘然赋》，《龚自珍全集》，王佩诤校，上海：上海古籍出版社 1999 年版，第 479 页。

③ 龚自珍：《十月廿夜大风，不寐，起而书怀》，《龚自珍全集》，王佩诤校，上海：上海古籍出版社 1999 年版，第 463 页。

④ 龚自珍：《百字令·投袁大琴南》，《龚自珍全集》，王佩诤校，上海：上海古籍出版社 1999 年版，第 564 页。

⑤ 龚自珍：《己亥杂诗》，《龚自珍全集》，王佩诤校，上海：上海古籍出版社 1999 年版，第 518 页。

⑥ 龚自珍：《丑奴儿令》，《龚自珍全集》，王佩诤校，上海：上海古籍出版社 1999 年版，第 577 页。

三

龚诗中的"剑气箫心"更是一种诗美追求。其《湘月》词中的"怨去吹箫，狂来语剑，两样消魂味"；《跋少作》中的"触之峥嵘，忆之缠绵"之语，都可以借来描述龚诗的这种审美追求。箫怨多悲慨之词，似《骚》之深长；剑狂多不平之语，近《庄》而仙侠。悲慨之词，志深笔长，忆之而缠绵；不平之语，雄奇高亢，触之而峥嵘。缠绵之词，擅阴柔之妙；峥嵘之语，得阳刚之气。剑气与箫心，构成了龚氏美感形态的两翼。

龚氏 1823 年所作的《三别好诗》，对"髫年好之，至于冠益好之"的清代三位作家礼赞以诗。其题吴梅村集云："莫从文体问高卑，生就灯前儿女诗。一种春声忘不得，长安放学夜归时。"[1]题方苞之兄方舟遗文云："狼藉丹黄窃自哀，高吟肺腑走风雷。不容明月沉天去，却有江涛动地来。"[2]题宋大樽《学古集》云："忽作泠然水瑟鸣，梅花四壁梦魂清。杭州几席乡前辈，灵鬼灵山独此声。"[3]诗人对梅村儿女诗中的缠绵情怀、《百川集》中的风雷之声，《学古集》中的冷眼清气别具只眼，推崇备至。诗前自序以为："自揆造述，绝不出三君"；"吾知异日空山，有过吾门而闻且高歌、且悲啼，杂然交作，如高宫大角之声者，必是三物也。"[4]龚氏心向往之的"高歌""悲啼""杂然交作"的诗境，不正是"剑气箫心"之谓吗？

---

① 龚自珍：《三别好诗》，《龚自珍全集》，王佩诤校，上海：上海古籍出版社 1999 年版，第 466 页。
② 龚自珍：《三别好诗》，《龚自珍全集》，王佩诤校，上海：上海古籍出版社 1999 年版，第 466 页。
③ 龚自珍：《三别好诗》，《龚自珍全集》，王佩诤校，上海：上海古籍出版社 1999 年版，第 466 页。
④ 龚自珍：《三别好诗》，《龚自珍全集》，王佩诤校，上海：上海古籍出版社 1999 年版，第 466 页。

当然，自珍心目中的诗神并不仅仅如此。其《自春徂秋，偶有所触，拉杂书之，漫不诠次，得十五首》诗云："名理孕异梦，秀句镌春心。庄骚两灵鬼，盘踞肝肠深。古来不可兼，方寸我何任？所以志为道，淡宕生微吟。一箫与一笛，化作太古琴。"①《庄子》的名理异梦与汪洋恣肆以适己、出入于仙侠间的洒脱，《骚》《歌》之秀句春心与借香草美人以写情、融家国忧思于一处的郁悒，都使诗人梦回情牵。龚氏瞩望于熔庄骚两种精神于一炉，兼收并蓄，取精用弘。其在《最录李白集》中论白诗云："庄骚实二，不可以并，并之以为心，自白始。儒、仙、侠实三，不可以合，合之以为气，又自白始也。"②并庄、屈以为心，合儒、仙、侠以为气，此是白诗精奥之所在，也正是龚诗孜孜以求之所在。

与"援古以刺今、嚣然有声气"的士人格期待相一致，龚氏推尚有见地、有感慨、有巍峨横溢气势之诗。其"天教伪体领风花，一代人材有岁差。我论文章恕中晚，略工感慨是名家"③的诗句，讥讽缺少感慨、无病呻吟之作是"伪体"，而叹息晚近时期，略工感慨之作如凤毛麟角，不可多得。与一般诗评家不同，龚氏从看似闲逸平淡的陶诗中，领悟到作者之侠骨豪气与哀怨骚心。龚氏《送徐铁孙序》洋洋洒洒，淋漓尽致地表述了他对诗之宏大气象的憧憬与追寻："平原旷野，无诗也；沮洳，无诗也；硗确狭隘，无诗也；适市者，其声嚣；适鼠壤者，其声嘶；适女闾者，其声不诚。"④平原、低洼与狭隘，无诗，声嚣、声嘶、声不诚者不足以言诗。诗当如何？

---

① 龚自珍：《自春徂秋，偶有所触，拉杂书之，漫不诠次，得十五首》，《龚自珍全集》，王佩诤校，上海：上海古籍出版社 1999 年版，第 485—486 页。

② 龚自珍：《最录李白集》，《龚自珍全集》，王佩诤校，上海：上海古籍出版社 1999 年版，第 255 页。

③ 龚自珍：《歌筵有乞书扇者》，《龚自珍全集》，王佩诤校，上海：上海古籍出版社 1999 年版，第 490 页。

④ 龚自珍：《送徐铁孙序》，《龚自珍全集》，王佩诤校，上海：上海古籍出版社 1999 年版，第 165 页。

诗当如辽东之山川，"逶迤万余里，蛇行象奔，而稍稍泻之，乃卒恣意横溢，以达乎岭外。大海际南斗，竖亥不可复步，气脉所届，怒若未毕。"①有如此之气脉声势，方可称之为诗。诗如何获得蛇行象奔、恣意横溢之气脉声势？取原于六经诸子，汲取其莽荡噌吰之气，去其坻，去其隘，去其敷腴，扫荡畏惧卑琐之态，"于是乃放之乎三千年青史氏之言，放之乎八儒、三墨、兵、刑、星气、五行，以及古人不欲明言、不忍卒言，而姑猖狂恢诡以言之之言，乃亦撛证之以并世见闻、当代故实、官牒地志、计簿客籍之言，合而以昌其诗，而诗之境乃极。则如岭之表、海之浒，磅礴浩汹，以受天下之瑰丽，而泄天下之拗怒也。"②"受天下瑰丽，泄天下拗怒"，这是何等恢闳的气魄，何等广阔的诗境，它透露出一无遮拦的勃勃英气，寄托着一代士人睥睨四海、渴求建树的宏大志向。

率性任情、心作主宰是龚氏诗美追求的另一重天地。自珍是性情中人，自言"我生受之天，哀乐恒过人"，甚至"每闻斜日中箫声则病"③。又曾"乘驴车独游丰台，于芍药深处藉地坐，拉一人共饮，抗声高歌。"诗人又把诗称为"诗崇"，当作抒写性情，寄托哀乐，排遣心疾的重要手段，而追求以真黜伪、哀乐从心、歌哭无端的诗美境景。

龚自珍早年有《宥情》一文，设五人就"情"这一题目辩难，而自述"龚子闲居，阴气沉沉而来袭心，不知何病"。"龚子则自求病于其心，心有脉，脉有见童年。见童年侍母侧，见母，见一灯莹然，见一砚，一几，见一

① 龚自珍：《送徐铁孙序》，《龚自珍全集》，王佩诤校，上海：上海古籍出版社 1999 年版，第 165 页。
② 龚自珍：《送徐铁孙序》，《龚自珍全集》，王佩诤校，上海：上海古籍出版社 1999 年版，第 166 页。
③ 龚自珍：《冬日小病寄家书作》，《龚自珍全集》，王佩诤校，上海：上海古籍出版社 1999 年版，第 455 页。

仆妪，见一猫。见如是，见已，而吾病得矣。"①这种由少年哀乐、童心母爱而引发的情愫时时而来袭心。既然撄此心疾，又斩割不断，"姑自宥之"。十五年后，龚氏作《长短言自序》，则一改《宥情》一文的闪烁其词，而理直气壮地宣称"尊情"："情之为物也，亦尝有意乎锄之矣。锄之不能，而反宥之；宥之不已，而反尊之。""情孰为尊？无住为尊，无寄为尊，无境而有境为尊，无指而有指为尊，无哀乐而有哀乐为尊。"②当"情"畅于声音，形诸文字时，作者之哀乐郁积得以畅释、转移，而闻此声音，也为情所动，沉浸于妙不可言的艺术享受之中。情既不可除，则索性怂恿放纵之，"虽曰无住，予之住也大矣。虽曰无寄，予之寄也将不出矣。"③

由"宥"到"尊"，终至于决心"住也大矣"，"寄也不出"，表现了龚氏对"情"的钟爱与痴迷。对于心灵神明之至尊，自珍更是恂恂然惟恐亵渎。其《文体箴》云："虽天地之久定位，亦心审而后许其然。苟心察而弗许，我安能颔彼久定之云？"④对天地定位这种人所共知的事实，尚要经过心审心察，方可颔定，那么，抒写心迹、吟诵性情的诗文之作怎可人云亦云、模拟抄袭、言不由衷、糟蹋神明呢？自珍以一个"完"字称赞友人汤鹏之诗，以为"海秋心迹尽在是。所欲言者在是，所不欲言而卒不能不言在是，所不欲言而竟不言、于所不言求其言亦在是。要不肯掊扯他人之言以为己言，任举一篇，无论识与不识，曰：此汤益阳之诗"⑤。自珍以为世间最为本色，"朗

① 龚自珍：《宥情》，《龚自珍全集》，王佩诤校，上海：上海古籍出版社1999年版，第89页。
② 龚自珍：《长短言自序》，《龚自珍全集》，王佩诤校，上海：上海古籍出版社1999年版，第232页。
③ 龚自珍：《长短言自序》，《龚自珍全集》，王佩诤校，上海：上海古籍出版社1999年版，第232页。
④ 龚自珍：《文体箴》，《龚自珍全集》，王佩诤校，上海：上海古籍出版社1999年版，第418页。
⑤ 龚自珍：《书汤海秋诗集后》，《龚自珍全集》，王佩诤校，上海：上海古籍出版社1999年版，第241页。

朗乎无滓，可以逸尘埃而登青天者"①，无过于童心，故而常抱童心之澄净，避俗心之浸淫，将童心之纯真，作心灵之归宿。在对童心的孜孜追求中，寄托着诗人对自我心灵明朗活泼纤尘不染的祝愿，寄托着诗人返朴归真、回归自然的渴望。

受天下之瑰丽、泄天下之拗怒与率性任情、心作主宰，构成了龚自珍诗美追求的主体。现实的沉重感、人生的忧患感，时时惊扰着诗人的情怀，使之未有片刻的安宁。其《写神思铭》自云："鄙人禀赋实冲，孕愁无竭，投闲篷乏，沉沉不乐。抽豪而吟，莫宣其绪；敬枕内听，莫讼其情。谓怀古也，曾不朕乎诗书；谓感物也，岂能役乎罄悦。将谓乐也，胡迭至而不和；将谓哀也，抑屡袭而无疢。"②渴望建树、睥睨四海、磅礴浩汹的勃勃英气与莫可告语、斩割不断，不可疗救的忧思心疾，形成了阳刚与阴柔的两种极致，其氤氲化育，造就了龚诗"高歌""悲啼""杂然交作"的诗境，这便是"剑气箫心"的诗美境界。

四

"剑气箫心"是龚氏人格期待、人生态度与审美追求的诗意性描述。它是龚诗之魂，也是龚氏之魂。自珍在社会动荡之际所表现出的戚于飘摇的敏感，亦狂亦侠的风度，伤时使气的作派，构成了一种极富魅力的人生境界和行为规范；其率性任情、歌哭无端、幽怨杂以慷慨，壮烈合以哀艳的诗篇，也令读者耳目一新。中国近代充满动荡与不幸，也充满创造与变革。在旧的

---

① 龚自珍：《宥情》，《龚自珍全集》，王佩诤校，上海：上海古籍出版社 1999 年版，第 89 页。

② 龚自珍：《写神思铭》，《龚自珍全集》，王佩诤校，上海：上海古籍出版社 1999 年版，第 414 页。

不可救药地走向死亡，新的无能阻挡地苗壮成长的历史蜕变中，在呼唤牺牲承担精神和悲凉审美识度的社会变革中，人们都没有忘记龚自珍这位站在历史交替关口的诗人。从康梁等一代新学家，到南社众诗人，乃至鲁迅等五四文化巨匠，都对龚氏情有所钟，并不同程度地受其濡染。忧道者喜其奇警，医国者摭拾议论，狂狷者效其"不依恒格"，恃才者慕其哀艳缠绵。在中国社会与文学从古典走向现代的进程中，龚氏都无可争议地显示着自己的存在，"剑气箫心"所包蕴的士人品格、精神风貌与情感方式，也因特殊的历史文化原因而在整整一个世纪中嗣响不绝。透过"剑气箫心"，我们似乎可以从一种特殊的角度，把握中国近代士人的精神品格，窥知其心路历程。这正是我们特别看重龚诗之"剑气箫心"的原因。

（原载《文学遗产》1993年第5期）

蒋湘南文学略论

  鸦片战争前后的中国文坛上，出现了一支非自觉而形成的文学流派。他们震惊于时代、社会的剧烈变动，把目光转向社会现实，以诗文讥评时政，揭发弊端，希望改变政治、学术、文学界因循守旧，万马齐喑的局面。他们以文朋诗友的形式结识交往，相互切磋激励，在拟古、模拟之风盛行的文坛上，别为一阵营，其代表人物是龚自珍、魏源。而在他们的周围，聚集了张维屏、汤鹏、吴虹生等人，蒋湘南也是其中之一。

  蒋湘南，字子潇，河南固始人。约生于 1795 年，卒于 1860 年前后。十九岁为秀才，四十岁中河南乡举。后补虞城教谕，鄙之不就，浪迹豫、陕、川、鲁等地，著书教学，潦倒一生。著作有七八种之多，流传较为广泛的是《春晖阁诗钞》和《七经楼文钞》。

  湘南一生，于经学研究用力最多。他接受了清代以来通经致用、六经皆史的进步思想，贵行知而摒弃空谈心性，反对将六经神化而墨守之，主张学术上应九流并用、兼收并蓄。但他在经学研究上并没有取得引人注目的成果。他"三十以前颇好辞章之学"，尔后，又以不经意的态度作些诗文，却使他在文坛上渐有名气。

  湘南于 1826 年入京应试时，与龚自珍、魏源相识，一见如故，遂成好友。湘南在诗文中多次表示对龚、魏的敬意，有诗曰："文苑儒林合，生平服一龚……齐名有魏子，可许我为龙。"①龚自珍晚年辞官南归，也没忘记这位友人，他的《己亥杂诗》中留下"忽有故人心上过，乃是虹生与子潇"的诗句，表现了深切的怀念之情。

一

蒋湘南文学思想的一个显著特点，是富有胆识。他对于当时许多争论纷纭的文学问题，提出了一些不同流俗而有价值的看法，这是他在文坛名声噪起的重要原因。

清代文坛，流派纷起，各树一帜，追随效颦，挟名自重者不乏其人。仅就诗派而论，即有神韵、肌理、格调、性灵诸派。风气流衍，清末仍炽。湘南对其中弊病，明察洞悉，因而奋起给予鞭挞。他举乾嘉间南北"主骚坛、执牛耳"的袁枚、翁方纲的追随者为例，指出其麾下的学诗者，大都失之"俗""肤"，"善学者盖无人焉"。他认为其中的弊端是流派代替淹没了创造："流派之说兴而性情隐，性情隐而风雅微矣。"②

湘南对袁枚所代表的性灵派，翁方纲所代表的肌理派的批评是有分寸的。他主要指责的是以流派代替创造的弊端，而同时又指出道咸年间出现的诋訾袁、翁两派，将其长处也一概抹煞的偏颇。他在《蕉窗诗草序》中说："余尝北入京师，东走吴会，西抵秦关，所交英伟奇特之士以诗相见者甚夥，大都訾随园而诟苏斋。盖两家之运已衰，而后生之轻前辈，并其所长

① 蒋湘南：《书龚定庵主政文集后，并怀魏默深舍人》，《龚自珍研究资料集》，孙文光、王世芸编，合肥：黄山书社1984年版，第51页。
② 蒋湘南：《仙屏书屋诗集序》，《七经楼文钞》，李叔毅点校，郑州：中州古籍出版社1991年版，第190页。

而亦弃之也。"①他的《袁诗》一文，则专是替袁枚鸣不平的。他认为袁枚根底浅薄，读书不求甚解，但以供诗文之料而已，是其所短。但其全集中，有才气、见其真本领的作品也不少，一概摒弃，不是公允之论。至于先以推袁自矜，后以骂袁自重，选袁枚之诗专选其非佳者，更是文人之陋习。湘南对袁枚成败的评价，确是知袁之言。他又借评袁、翁诗派功过之事，指出封建文人的一种劣迹：他们褒贬人物、作品，或只凭个人好恶，或一哄而上，投石下井，失去了衡量的标准，这不是正确的文学批评的方法。

　　散文写作中的骈、散争论，在清代中叶，随着骈体文的复苏而又兴起。桐城文派以唐宋八家嫡传自居，鄙视骈体文，以单行散体为文体之上乘。而阮元、李兆洛等人则力主文笔之辨，抑散扬骈，力图为骈文争得文体之正宗地位。骈、散似乎成为难以并存的对立物。

　　湘南论文，主文笔之辨，但主张骈散合一，这在他的《唐十二家文选序》中表述得十分清楚。他认为文有奇偶，如道之有阴阳、奇偶相间，律中宫商，方能成音成文。他列举了文学史上大量的例子，论证了骈散并举则文盛，反之则文敝。湘南认为，三代以后，能做到文笔骈散并举的，一是西汉的扬雄，二是唐代打起复古旗帜的韩愈。他在《与田叔子论古文第二书》中论韩愈之文说："虽偏重于笔而其造端必从事于文。故往往有六朝字句，流露行间，浅儒但震其起八代之衰，而不知其吸六朝之髓也。"②湘南这里窥破了韩文的消息。骈散本来就没有绝对严格的界线。唐宋古文运动反对骈文，主要是反对其形式主义的倾向，并非骈偶之句不能在散文中运用。湘南把文之奇偶看作如道之阴阳，主张顺其自然，骈散并存，这种认识应该说是正确的，只是此论在古文一统，骈文复苏的当时，则易被古文派当作异己，而

---

① 蒋湘南：《蕉窗诗草序》，《七经楼文钞》，李叔毅点校，郑州：中州古籍出版社1991年版，第195页。
② 蒋湘南：《与田叔子论古文第二书》，《七经楼文钞》，李叔毅点校，郑州：中州古籍出版社1991年版，第135页。

被"文笔论"派引为同道。故有人将湘南划入"文笔论"派中，其实是不应该的。

湘南虽不是"文笔论"派的同道，但他确实是古文派的异己。他在《近人古文》一文中，把桐城古文派所信奉的方、刘、姚三位祖师皆斥为"根底浅"，"未闻道也"。他说，道见于人情物理变幻处，"今三家之文，误以理学家语录中之言为道，于人情物理无一可推得去，是所谈者乃高头讲章中之道也，其所谓道者，非也"①。从根本上否定了桐城派命根维系的道统。

批判桐城古文派辞气最激烈的是他的《与田叔子论古文书》。此书信共有三封，论题各有所重而又互相关联。第一书主要言古文之弊，以奴、蛮、丐、吏、魔、醉、梦、喘八字赠与桐城派。可谓穷尽极相。第二书主要谈学古文之法。他认为，模拟是古人用功之法，也是学古文之法。他把文学史上出现的如《七发》出而有《七激》《七辨》等形式上的模拟现象当作习文的规律，就与桐城派殊途同归了。第三封信有两个论题，一是针对桐城派论文专讲"法式"，指出"法"不是游离于文外的，文成则法自立，二是推举戴震、龚自珍、魏源等人的文章为当世真古文。为被时人目为思想异端的龚、魏鸣不平，湘南在同时代人中可谓是开先例者，由此也可看出他的胆略和识力。文学史的发展，证实了湘南看法的正确性。龚、魏以其带有异端思想色彩、不拘法度的散文创作影响了以后的几代散文作家，而一时称霸文坛，死守义法的桐城古文，则很快走向了衰路。

---

① 蒋湘南：《游艺录》，《回族典藏全书》第 102 册，吴海鹰主编，兰州：甘肃文化出版社 2008 年版，第 103 页。

二

湘南弟子刘元培在《七经楼文钞序》中说，湘南五十年成书百卷，其中"解经者十之四，辨史者十之三，衍算者十之二，述刑名钱谷河盐诸大政者十之一，而古文稿十卷别自为编"。除去解经、辨史、衍算之文，我们可以把湘南的散文分作政论文、叙传文、游记文三类。

湘南的政论文对社会的批判针砭，虽不如龚自珍那样锋芒毕露，对社会改革的设想也不像魏源那样创榛辟莽，但却能充分显示出他对社会现状的热切注目，对社会问题的深思熟虑。

《读汉书游侠传》是一篇在读史题目下批评政治的文章。湘南看到江淮间百姓有讼诉之事，不求讼于官府，而求讼于捻子，感到不解，向当地人询问原因，土人们回答他说："官衙如神庙，然神不可得而见，司阍之威狞于鬼卒，无钱不能投一辞也"。"中人之产一讼破家者有之，何如诉诸响老不费一钱，而曲直立判，弱者伸，强者仰，即在一日之间乎？"[1]湘南以采风式的态度记录了此事，由捻子而联想到汉代游侠，在歌颂捻子游侠精神的同时，有力地抨击了当代官僚政治的腐败。

1838年元月，鸿胪寺卿黄爵滋向道光皇帝提出严禁鸦片的主张。在见邸抄的第二天，湘南就写了《与黄树斋鸿胪论鸦片书》。书中追溯了鸦片自明以来贩入中国，愈演愈盛的历史，认为不禁鸦片固非为政之体，而严禁鸦片也有难挽之势。其难有四：其一，贩烟者大肆行贿，从何严禁？其二，官场食烟者众。其三，恐严禁，轻者流于敷衍，重者夷人生意外之变。其四，百姓中贩食鸦片者众，也不可操之过急。湘南对鸦片战争前中国社会鸦片泛滥状况的描述，常为史学家们所引用。如果没有平日的观察、思考，难以作

---

① 蒋湘南：《读汉书游侠传》，《七经楼文钞》，李叔毅点校，郑州：中州古籍出版社1991年版，第83页。

出这样详尽的分析。但可惜的是他只片面地看到了严禁鸦片的难处，因而提出不如驰私种罂粟之禁，以中国鸦片来抵制夷人鸦片，使其折本而去，不复再来的消极办法。这是典型的驰禁论，表现了湘南在禁烟问题上的保守态度。

湘南长期生活在社会的中下层，他的叙传体散文，以富有文学色彩的笔调，记述了一些名不见经传、事难入正史的人物和事件，于其中寄寓着他鲜明的褒贬毁誉。他的《节孝妇乜氏传》就是有感于皇上表彰节孝，非有财力者不得上达，穷巷单门之节孝者往往泯没无传而写的。他笔下的乜氏，"生数岁，失父母，哭盲，归何翁为养媳"①。婚后八月其丈夫死去，盲女削木为夫、数次剪胸肉、啮臂肉为公公疗病。文中写盲女啮臂："择旷野中，袒臂猛啮之，剪脱，再啮，再剪，以创故愈后而两臂骨露凡二十余年，一如新啮者。"②其境之惨，令人不忍卒读，寥寥数语，写出一个为理学所害的盲女痛苦不堪的生活际遇。《书刘天保》写一个草莽英雄成为抗英将领的事。刘早年与盐枭偶然结下怨仇，"枭伙期复仇，天保应期独身往，群枭怪之，拔刃出，天保笑曰：'饿矣，速具酒肉……，一人刃举大脔，叱曰：'吞。'天保张口从刀尖上吞肉大嚼，群枭愕眙。"③湘南选取了最能表现其早年草莽性格的情节，作了具有传奇色彩的描绘。

湘南之友称谓湘南"善为史汉序事之文"④。湘南的《辛丑河决大梁守城诧》即以史家笔法，记下了一桩因官吏失职所造成的严重水灾。道光以后，

---

① 蒋湘南：《节孝妇乜氏传》，《七经楼文钞》，李叔毅点校，郑州：中州古籍出版社1991年版，第151页。

② 蒋湘南：《节孝妇乜氏传》，《七经楼文钞》，李叔毅点校，郑州：中州古籍出版社1991年版，第151页。

③ 蒋湘南：《书刘天保》，《七经楼文钞》，李叔毅点校，郑州：中州古籍出版社1991年版，第167页。

④ 洪符孙：《春晖阁诗选序》，《春晖阁诗选》，《清代诗文集汇编》第591册，《清代诗文集汇编》编纂委员会编，上海：上海古籍出版社2010年版，第227页。

清政府"无一治河"，河工每年耗银七八百万两，但黄河屡治屡溃，给两岸人民带来了巨大灾难。此文记载了1841年黄河溃败，滞围开封城的经过。尔虞我诈的官吏们，汛前不思治河，致使大溜到来前九日，堤已先溃。水围城时"府县官皆病不出"，水入城则惊慌失措，"黄蛇时时出现……官则以冠承之，供于大王庙，演剧下拜"①。见城外水势不退，"巡抚作文自忏，跪而祷之，继以大哭"，极见其狼狈之相。作者愤愤而言，此一场"漂十许州县且坏大梁城"的水灾，实属人谋不臧，孰谓天降威乎？"湘南还描述了河患给人们带来的苦难：

> 城外民溺死无算，其奔入城者，男女俱栖城上。城内民舍被淹，男女亦登城，大雨盆倾连日夜不绝，哭号之声闻数十里。②

其苦万状，赖作者之笔而历历在目。

与这种单行、简洁的史汉文风格迥异的是《与田叔子论古文书》。此文中，湘南运用韵偶之体，淋漓尽致地将古文之弊一一揭出，语语中的，锋芒毕露，成为传诵一时的批判桐城派的快语名言。

湘南的游记文，在运用文学描写的同时，也流露出汉学考据文的痕迹，常对游地的名称历史沿革作一番溯源考释。其中隽永可读的有《西征述》《灞桥铭》《游龙门记》等。《游龙门记》中对伊水的描写，颇得《水经注》笔法：

> 河自吕梁孟门来，崩浪悬流，盘折二百余里，两峡束之，广

---

① 蒋湘南：《辛丑河决大梁守城书事》，《七经楼文钞》，李叔毅点校，郑州：中州古籍出版社1991年版，第178—179页。
② 蒋湘南：《辛丑河决大梁守城书事》，《七经楼文钞》，李叔毅点校，郑州：中州古籍出版社1991年版，第177页。

不逾三里，滂濞颓叠，电掣雷眴，虽当风日晴美，亦疑有神祇
上下……①

三

湘南一生，坎坷多舛。"凡十试始登贤书，履应春官举，迄不第。"②凌
云壮志，尽在科场失意中消磨。晚年出入幕府，讲学著书，寄人篱下，颠沛
流离。他的《春晖阁诗钞》集中地反映了他生活际遇的困厄失意及不为世用
的惆怅感慨。

《秋怀七首》是他早期的作品。诗中抒写了科举失意后的愁苦心情。诗
曰："小人有老母，苦节三十年。昼获移机镫，心血枯熬煎。成名望孤儿，
眼为秋风穿。十年六失第，不堪对皇天。"但既生在"吾方好武国好文，君
今爱老臣犹少"的时代不为世用，只有埋头读书才可聊以自慰："文囿深藏
真虎乳，砚田养活儿蠹蜍。前身应是蠹鱼化，依旧今生伴蠹鱼。"蠹鱼之比
只能是自我解嘲而已，怎能泯灭壮志难伸、报国无门的愁怅："蠹完章句更
何求？怀刺谁怜到处投……年少才高多不幸，莫耽风月作名流。"他不满足
于作名士，要向名儒、名宦努力，终在四十岁时考中举人。中年得第，柳暗
花明，因而顿生"纵教文字关经济，敢道新书贾谊来"的豪情。然再行奋
斗，终只得一教谕之职。湘南鄙之不就，经国济世之心，至此方休。回头往
事，若失之感，萦萦于怀，失望之心，何处寄托？"多恨那堪疲道路，只在
楞严第二篇。"只好到佛经中寻找慰藉。

---

① 蒋湘南：《游龙门记》，《七经楼文钞》，李叔毅点校，郑州：中州古籍出版社1991
年版，第206页。
② 马佩玖：《重刻蒋子潇先生诗文遗集叙》，《七经楼文钞》，李叔毅点校，郑州：中
州古籍出版社1991年版，第1页。

湘南写诗，如龚自珍一样，几次戒诗，复又开戒。上引湘南之诗，是他一生奋斗与失败的真实记录。它展示出在清末科举制度下一个知识分子生活道路的悲剧。

湘南的纪游诗也值得一提。他的家乡在偏僻而秀丽的大别山区，自言其乡"因人不事商贾，非仕宦无出百里外者"。他的《故里》一诗以轻快明朗的笔调，描写了家乡田园恬静、怡然的生活情趣。后来，湘南步出乡里，四处飘移，他的诗集中也留下了记载其行踪的诗篇。这些纪游诗，或咏物述志，或吊古抒怀，践履了他的"诗非流连光景之物"的诗论。游秦始皇焚书处，他发出"朝不必多法制，野不必多文字，文字多则谀，法制多则戏"的感慨；吊朱仙镇岳飞墓，他又有"道学祸宋人不知"的喟叹。游鄂尔多斯，他饶有兴趣地记载了当地蒙古族人民饮食穿戴，男女婚嫁等生活习俗，具有浓郁的异乡情调。

湘南是清末中州学林文苑中负有盛誉的人物。他的胆识和才学为当时政治、学术界名流所赏识。1835年，阮元曾对河南乡试官张集馨言："中州学者，无如蒋子潇，摸索不得，负此行矣。"后林则徐也曾言于张说："吾不意汝竟有此廓门生。"并打算聘其修《全陕通志》及办赈救荒事，但因林过早逝世而未及行。湘南的著作，同治、光绪、民国年间多次印行，流传海内。但解放以来，问津者甚少。本文就其文学略陈管见，以求教于方家。

（原载《中州学刊》1985年第3期）

鸦片战争前夕的文学论争

　　嘉道之际，清政府已无力像康雍时期那样严密地控制着中国的思想与学术界。汉学的崛起，宋学作为官学的独尊地位受到了挑战与冲击；今文经派东山再起，力图泯灭汉宋门户之争。这些经学中的不同派别纷纷以其说行世，争夺对儒家经典及儒家思想阐释的权威，寻找增强封建统治机制亢奋的灵丹妙药。思想与学术界的争鸣与骚动，影响与波及一直被置于经学之附庸地位的文学。于是，在鸦片战争前夕的文学界，就形成了一场由汉学家、桐城派、选派、经世派参加的文学论争。论争主要涉及文学的范畴与作用等问题，论争的参加者各自阐发了对这些隶属文学本体论问题的不同思考。论争是我国十九世纪初由于社会动乱和危机而触发的文化检讨的一部分。但可惜的是，论争的各方并没有显示出摆脱或粉碎传统文学体系的勇气和意图。相反，他们中的大部分仍然在传统思想与文学体系中寻觅着自我认同的对象，满足于以古有征的立论方式证明自己持论与存在的合理性。中国封建文化高度成熟与发展的饱和、封闭的文化心态与僵化的思维模式，阻碍了中华民族历史转折关头文化检讨的深入，也影响了论争各方对传统文学观念的超越。鸦片战争以后，旧有的一切秩序和平衡都被打破，中国古典文学缓慢地开始向现代文学递进，文学观念也逐渐地得以更新。正因为如此，鸦片战争前的文学论争，便具有了一种历史参照物的价值，它告诉人们，中国文化近代化进程是在一种什么样的基础上起步的。

鸦片战争前夕各派之间的文学论争是交叉进行的。但我们从论争阵容及交锋焦点上，可分为汉学家与桐城派的学与文之争，选派与桐城派的骈与散之争，桐城派与经世派的法与用之争。

一

　　汉学家与桐城派的学与文之争，是汉宋之争的一部分，这种争论自乾隆时期发端，一直延续到道光初年。

　　汉学的兴起，威胁了宋明以来宋学的权威。宋学重义理而疏于考据、训诂；宋儒释经，对经书的真伪，文义句读和名物制度，多不予深究，与汉学的从事于严肃的文字训诂和校勘考订相比往往相形见绌，引起人们对宋学虔诚信念的动摇。至戴震之《孟子字义疏正》问世，其对宋学"以理杀人"本质的揭露与批判，则更有力地撼动了宋学的统治地位。

　　桐城派是一个以学习唐宋古文为号召的散文流派。他们奉行"文以载道"之说，而其所谓"道"，又几乎专指程朱义理之学。桐城派的创始人方苞即是以"学行继程朱之后，文章在韩欧之间"作为行身祈向的。因此，在程朱理学的权威受到挑战时，桐城派文人自然成为宋学阵营中"卫道"的重要力量。

　　桐城派与汉学家的冲突主要表现在：在学术思想上，桐城派以程朱理学为依归，以为周孔之道赖程朱而光大；汉学家以为圣人之道在六经，舍六经无以为学。宋儒治经多有错忤，是诬圣乱经。在学风上，桐城派以正人心风俗为己任，喜谈危微性命之学，流于空疏；汉学家意在探求古代典籍本来面目，重音读训诂，典章制度，崇尚求实。桐城派是一个文学流派，其安身立命之处在辞章；汉学家以治经为业，其擅长手段是训诂考据。这些基本分歧的存在，导致了双方由于对述学之文与文学之文的不同认识而引发的争论。

受时代风尚的影响，桐城派大师姚鼐与皖派代表人物戴震几乎同时谈及学问的分类问题。姚鼐在《述庵文钞序》中说："鼐尝论学问之事，有三端焉，曰义理也，考证也，文章也。"[1] 戴震在《与方希原书》中说："古今学问之途，其大致有三，或事于义理，或事于制数，或事于文章。"[2] 他们对学问的分类是十分相近的，但对三者孰主孰从、孰尊孰卑的认识，却有了一定的差异。姚鼐认为：义理与辞章是文之两翼，"明道义维风俗以诏世者，君子之志，而辞足以尽其志者，君子之文也。达其辞则道以明，昧于文则志以晦"[3]。至于考证，则是辅助手段，须善用慎用，以考证累其文则是弊耳，以考证助文之境，正有佳处。戴震认为，学问之事，有本有末，道为本，艺为末，"事于文章者，等而末者也"[4]。文章有至，有未至；得圣人之道为至，不得圣人之道为未至。文以道为本，又有所谓大本；得义理兼得制数，以曲尽物情而游心物之先，方为得大本。以此说为标准，戴震以为，司马迁、班固、韩愈、柳宗元之文，是得道之文，但他们于圣人之道如仰观泰山，临视北海，非得大本。得大本者，兼义理、制数之胜，能于六经窥知圣人之道，则如履泰山之巅，跨北海之涯，所见与仰观泰山、临视北海者相去悬远。戴震以得道与否、得道之大本与否将文章排列为三个等级：专事文章者，等而末者；得道而求艺者次之；得义理制数，于六经窥圣人之道者为上。这样，汉学家以训诂考据的方式探寻六经蕴义的文章被置于上乘，桐城

---

① 姚鼐：《述庵文钞序》，《惜抱轩诗文集》，刘季高标校，上海：上海古籍出版社1992年版，第61页。

② 戴震：《与方希原书》，《戴震文集》，赵玉新点校，北京：中华书局1980年版，第143页。

③ 姚鼐：《复汪进士辉祖书》，《惜抱轩诗文集》，刘季高标校，上海：上海古籍出版社1992年版，第89页。

④ 戴震：《与方希原书》，《戴震文集》，赵玉新点校，北京：中华书局1980年版，第143页。

派奉为文统的司马迁、韩、柳之文尚屈居其次，桐城派载道之文则更等而下之了。

姚鼐与戴震分歧的根源在于各自的出发点不同。姚鼐追求的是文从字顺，以抒情言志为主的文学散文。他希望以兼收并蓄的方式，将义理，考据与辞章和谐融合，相济互补，使文章言之有物且言之有序。姚鼐提出以考据助文之境，即有以适度的考据充实文章内容，增添文章情趣，以补救桐城派文空疏之病的良好愿望。戴震推为至上的是以解经通经为目的，以精实细微为特点的述学之文。它是一种学术性、实证性较强的文体。述学之文与文学之文有各自不同的用途与价值，也有各自不同的规律与特点。述学之文依靠详尽的实证材料，经过逻辑思维的推理判断过程，达到对某种真理或知识的认识；文学之文则依靠情感与想象，经过形象思维的建构与创造，达到某种审美的境界。述学之文是一种以理性思考为主的致知方法，而文学之文则是一种有较多非理性参与的致知方法。述学之文采用的语言形式是推论式的，而文学之文使用的语言形式则是表现式的。两者可以渗透但却具有不可替代性。戴震认为"事于文章者，等而末者也"，又把司马迁、班固、韩、柳之文列为未得大本者，表现出经学家对文学存在价值认识上的一种偏见与"经学优胜"心理。这种偏见与优胜心理，使汉学家与宋儒在重道轻文这一点上，表现出极端的相像。稍后，段玉裁"义理、文章未有不由考核而得者"[1]，焦循"文莫重于注经"[2]之说，则更突出地表现了汉学家对文学的偏见与优胜心理。至于桐城派，其看家本领本在辞章，却又以传道教人为己任；虽属文人墨客，却又要以修齐治平者自命。因而时常处在一种两难的境地。他们要为辞章之学争一地位，但又以为"经义之体，其高出词赋笺疏之上倍

---

① 段玉裁：《戴东原集序》，《戴震文集》，赵玉新点校，北京：中华书局1980年版，第1页。

② 焦循：《与王钦莱论文书》，《雕菰楼文学七种》，陈居渊主编，徐宇宏、骆红尔校点，南京：凤凰出版社2018年版，第339页。

莛十百，岂待言哉！可以为文章之至高"①，经学的至尊地位，使他们不得不作如是说。

展示与触及人的情感世界是文学的特质。文学家的创造过程在某种程度上即是使感知、想像、情感达到一种自由和谐状态的过程。因此文学家对创作素材的处理，是比较注重情感成分的。方苞在为人写墓志时，重在写亲戚故旧之间的聚散存没之感，对传主履历生平的叙述则从略。他认为"在文言文，虽功德之崇，不若情辞之动人心目也，而况职事族姻之纤悉乎？"②对方苞的看法与做法，钱大昕极为不满，作《与友人书》驳斥说，古人墓志，写亲戚故旧聚散存没之感者，大都是传主事迹原无可传，若舍传主勋业之大者而敷衍以情辞，则有空言应酬之嫌疑。其次，文之传与不传，不在情辞，不在读者之多与寡：

> 六经三史之文，世人不能尽好，间有读之者，仅以供场屋馆饤之用，求通其大义者罕矣。至于传奇之演绎，优伶之宾白，情词动人心目，虽里巷小夫妇人，无不为之歌泣者，所谓曲弥高则和弥寡，读者之熟与不熟，非文之有优劣也。以此论文，其与孙钤、林云铭、金人瑞之徒何异？③

诚然如钱文所说，不能以"读者之熟与不熟"来判断文之优劣，但又怎么能以有无情辞来裁定文之尊卑呢？对情感文字的藐视，对小说、戏曲价

---

① 姚鼐：《停云堂遗文序》，《惜抱轩诗文集》，刘季高标校，上海：上海古籍出版社1992年版，第53—54页。

② 方苞：《与程若韩书》，《方苞集》，刘季高校点，上海：上海古籍出版社1983年版，第181页。

③ 钱大昕：《与友人书》，《潜研堂集》，吕友仁校点，上海：上海古籍出版社2009年版，第607页。

值的不屑一顾，使他无法理解"六经三史之文，世人不能尽好"，而戏曲小说却深入人心的道理。曲高和寡的解释，某种程度上只是为了求得心理上的平衡。人们的精神需要是多样的，人们的情感世界存在，文学便有滋生蔓延的根基。汉学家中，也有喜爱戏曲小说并有评论著作的，如焦循作《花部农谭》，稍后的俞樾，作《小浮梅闲话》，便是一个证明。

那么，桐城派是否就已认识到文学的特质，把文学作为一种独立的精神活动看待，而理直气壮地进行情感的表现与艺术的创造了呢？远远不是。方苞说过"艺术莫难于古文"，但又说："若夫《左》《史》以来相承之义法，各出之径途，则期月之间可讲而明也。"那么古文难在何处？难在作文要做到"创意"，须理是；要做到"造言"，须辞是。由理是达于辞是，则要以"气"过渡，气之充歉，又视学之深浅，"欲理之明，必溯源六经，而切究乎宋元诸儒之说。欲辞之当，当贴合题义，而取材于三代两汉之书。欲气之昌，必以义理洒濯其心，而沉潜反覆于周秦盛汉唐宋大家之古文，兼是三者，然后能清真古雅而言皆有物。"[1]重重桎梏与束缚之下，文学充当着理念与古人的奴仆。它自由活动的空间便是十分狭隘与有限的了。

被桐城派视作学文矩矱的"义法"，也是汉学家攻击的目标。方苞提出的义法说，一定程度上体现了他个人及前代古文家有关文章序列与法度的审美经验。"义法说"讲求文章写作中诸如剪裁、谋篇、提挈、顿挫一类的艺术技巧，可以使学文者有阶级可导，但文学作品的生命在于它的创造性，在真正的艺术创造中，一切规矩也不免相形见绌，因而，"义法说"也最易遭致讥讽。

汉学家认为，文无定法，而对"义法说"中的"约其文辞，治其繁重"一类删繁就简的写作原则尤为不满。钱大昕认为："夫古文之体，奇正浓淡

---

① 方苞:《进四书文选表》,《方苞集》,刘季高校点,上海:上海古籍出版社 1983 年版,第 581 页。

详略，本无定法……文有繁有简，繁者不可减之使少，犹之简者不可增之使多。《左氏》之繁胜于《公》《谷》之简，《史记》《汉书》互有繁简，谓文未有繁而能工者，非通论也。"①与桐城派"义法说"中的"简约"审美标准相对立，焦循在《与王钦莱论文书》中提出"精实"二字，作为说经注经之文的标准。他举算书、琴谱的写作为例，以为作文不必避琐细舍聱之名，须作到意尽事明而止。桐城派文求简约，其弊在于文章规模趋于狭小而难以表现复杂思想与重大题材；朴学家文求"精实"，其弊流于繁冗博杂。二者同为后世诟病。

乾嘉年间，汉学声焰炽热，竟使桐城派几乎不能与汉学家在平等的地位对话。道光初年（1821）以后，中国社会已出现激烈动荡的前兆，汉学失去存在和发展的气候与土壤而渐渐趋于衰落。一八二六年，方东树著《汉学商兑》一书，开始了宋学对汉学的全面反击。此书历数汉学之弊，对戴震"体民之欲，遂民之情"的进步思想，也站在宋学立场上给予诋毁，又力驳汉学家鄙视韩欧，以八家为伪体之说。至此，持续数十年的学与文之争暂告消歇。但文学论争的"战火"并未停熄，以阮元为代表的选派与桐城派之间的骈散之争成为文学论争中新的论题。

二

骈体文是我国古典散文的主要类型之一。它利用汉语单字成音的特点，使用对举、排比、用典、夸饰等修饰手法，把文字排列成为句法整齐、抑扬有致、音韵和谐的语序，显示出雍容华丽、绮縠纷披的气度，是我国古典散

---

① 钱大昕：《与友人书》，《潜研堂集》，吕友仁校点，上海：上海古籍出版社 2009 年版，第 606—607 页。

文中注重外在形式的一种美文。骈文在汉代辞赋的影响下形成，而在六朝铺张靡丽、华美纤巧的文风熏陶下走向精密与成熟。它以骈六俪四、对偶押韵的特殊形式，显示出与奇句单行的散体文的区别。按照当时文笔划分的标准与重文轻笔的风尚，有韵言情的骈体文被称作文而受到青睐，无韵言事的散体文被称作笔而遭到鄙视，骈散文体第一次处于对立的地位，而骈文无疑在对立中占据优势。

骈文的优势至唐代的古文运动之后遂荡然无存。韩愈及其弟子以恢复儒家思想统治为己任，以取法先秦、两汉奇句单行文体相号召，以改革文风、文体、文学语言为内容，形成了极有声势的古文运动。古文运动荡涤了六朝绮丽、萎靡的文风，韩、柳等人并以其言之有物、文从字顺、不断创新的散体文写作，把散文的发展引向写景、抒情、言志、议论的广阔天地。此后，具有新鲜活力的"古文"开始踞于文坛盟主的地位。宋代古文运动巩固与发展了唐代古文运动的成果，骈体文从此便一蹶不振。

清代中叶，骈体文复呈现出复苏的趋势。随着宋学神圣地位的动摇，桐城派文被以空疏之名而遭致讥讽，汉学家论文一般求实求达而不重修辞，但也有一些治汉学者学有本原，才有余裕，故借骈四俪六驰骋才学，如汪中、孔广森、孙星衍、洪亮吉等，都是闻名一时的汉学家兼骈文家，但他们还仅仅是以创作显示骈文的存在，而从理论上力辩骈文存在的合理性、优越性，向处于霸主地位的"古文"发动攻击的，是活跃在嘉道之际文坛上的阮元、李兆洛、蒋湘南等人。

在这场骈文对古文的冲击中，李兆洛、蒋湘南持论较为谨慎。对骈文之争，他们持骈散共存、不可偏废说。对韩柳古文运动，其评论也极有分寸，对宋以后学韩、柳古文者则表示出訾议。

为使学骈文者知源流，识路径，李兆洛曾选编战国至隋骈偶之文为《骈体文钞》，隐然与姚鼐之《古文辞类纂》对垒。李兆洛作《骈体文钞序》，申明其骈散相杂选用的观点：

天地之道，阴阳而已。奇偶也，方圆也，皆是也。阴阳相并俱生，故奇偶不能相离，方圆必相为用……相杂而迭用，文章之用，其尽于此乎？①

李兆洛以相杂迭用观看待骈散之分，以为主奇者毗于阳，"毗阳则躁剽"，主偶者毗于阴，"毗阴则沉腼"，尽失天地自然之道。他主张打通骈散壁垒，追求一种不毗于阴、不毗于阳、"称心而言，意尽辄止"②的自然之文。蒋湘南持论与李兆洛大致相同，但他更注意从文学自身发展的历史中寻找骈散并举文则盛，反之文则敝的根据。他分析东汉以迄于宋元文笔偏胜、骈散歧路的历史过程，以为东汉之世，已露文盛于笔的端倪，至魏晋以后，文弊而成骈体，笔失而文虽存犹亡。唐兴，元次山诸人欲变笔以矫文，而心知其意，未能大畅厥旨。至韩愈而有古文运动，此亦天地之会，自然氤氲。韩愈力矫文之弊而偏重于笔，但其作往往有六朝字句流露行间，浅儒但震其起八代之衰，而不知吸六朝之髓也。自是之后，文短笔长，宋代诸公变峭厉为平畅，涤骈偶太尽，故由宋逮元，有笔无文，弊与六朝反而适相等。这些分析基本上是符合文学史发展的本来面貌的。于明清古文，他以为模拟多于创新，又受时文之累，自成一丘一壑之山水者极少。对桐城派中的方、刘、姚三位祖师，他一概斥为"根柢浅"，"皆未闻道也"③。又以奴、蛮、丐、吏、魔、醉、梦、喘八字赠与"张空拳以树八家之帜"④的古文家，也是极淋漓痛快之言。

---

① 李兆洛：《骈体文钞序》，《养一斋集》卷二，北京：中华书局 1936 年版，第 21 页。

② 李兆洛：《答高雨农》，《养一斋集》卷十八，北京：中华书局 1936 年版，第 230 页。

③ 蒋湘南：《游艺录》，《回族典藏全书》第 102 册，吴海鹰主编，兰州：甘肃文化出版社 2008 年版，第 102 页。

④ 蒋湘南：《与田叔子论古文书》，《七经楼文钞》，李叔毅点校，郑州：中州古籍出版社 1991 年版，第 133 页。

李兆洛、蒋湘南虽然持骈散共存说，但其为骈文争夺坛席的倾向性却是十分明显的。选派的主将阮元力求进一步扩大成果。他试图从文笔之辨入手，以沉思翰藻、有韵用偶者为文之正统，而将立意纪事、奇句单行之文皆屏弃于文学范畴之外。

阮元认为："凡文者，在声为宫商，在色为翰藻。"[1] 在声为宫商，故文须有韵，讲求平仄；在色为翰藻，故文须有偶，辞不孤立。阮元为使此说于古有征，推《易》之《文言》为万世文章之祖，以为孔子所作《文言》，奇偶相生，音韵相和，一篇之中，偶句凡四十八，韵语凡三十五，足堪为文之正体。其后，班固《两都赋序》及诸汉文，皆奇偶相生。齐梁之后，渐开四六之体，至唐而四六更卑，"然文体不可谓之不卑，而文统不得谓之不正"[2]。阮元挟孔子以自重，建立骈文之文统、藉以与古文派由韩柳欧苏上溯《左传》《史记》之文统相抗衡。

至于奇句单行、立意纪事之文，阮元以为应属古人所谓直言之言，论难之语，乃古之笔而非古之文，与属辞成篇之文章有别。他主张借经、史、子的概念来称谓它们："凡说经讲学，皆经派也；传志记事，皆史派也；立意为宗，皆子派也。"[3] 以示与沉思翰藻者的区别。

阮元的文笔说，大都是撷拾南朝文笔之辨及萧统《文选序》的余唾。骈文作为我国古典散文中的美文，应当给予一定的研究与继承，一概贬斥不利于文学创作的发展。但若矫枉过正，唯骈是好，或以得文统自恃，其弊正与学古文者同。阮元以"经、史、子"文的归类来划分文人与学者，文学与

---

[1] 阮元：《文韵说》，《揅经室集》，邓经元点校，北京：中华书局1993年版，第1066页。

[2] 阮元：《书梁昭明太子文选序后》，《揅经室集》，邓经元点校，北京：中华书局1993年版，第608页。

[3] 阮元：《书梁昭明太子文选序后》，《揅经室集》，邓经元点校，北京：中华书局1993年版，第609页。

经学、史学的区别，在文概念十分混杂的当时，不失为一种简洁明了的方法。但简洁明了并不等于具有科学性。在阮元划到沉思翰藻之外的奇句单行、立意纪事之文中，包涵着不少中国古典文学的优秀作品，而在有韵用偶的骈文中，也囊括着大量实用的非文学的东西。唐宋古文运动之后，骈文被主要用来写作官场文书、应酬文字、而李兆洛的《骈体文钞》即是有感于"台阁之制，例用骈体，而不能致工，因益搜辑古人遗篇，用资时习"①而编著的。《骈体文钞》分为三编，罗列文体计三十类，其中庙堂之制、奏进之篇等应用性文字占据相当大的篇幅。由此可见，格律、韵脚、词藻并不是文学与非文学的最终界线，不以审美为主要功用，不能给人以审美愉悦的作品，即使运用格律、韵脚等表现形式，同样与文学无缘。

面对选派的冲击与挑战，以桐城派为代表的古文家是如何作出反应的呢？道光初年，支撑桐城派门户的是姚鼐弟子方东树、管同、刘开、梅曾亮等人。其中，刘开是最不愿拘泥师说，固守成见的，曾自言："志之所向，实不欲终囿于八家之囊括也。"②于骈散之争，他以为："夫文辞一术，体虽百变，道本同源，经纬错以成文，元黄合而为彩，故骈之与散，并派而争流，殊途而合辙……故骈中无散，则气壅而难疏；散中无骈，则辞孤而易瘠。两者但可相成，不能偏废。"③一派息事宁人、调停战端的口吻。刘开以为专学八家者必不能如八家，其中重要的理由即是学八家者不知退之起八代之衰，而又兼八代之美，宋诸家扫八代太过，并西汉瑰丽之文皆不敢学，于是文体薄弱，无复沉浸醲郁之致、瑰奇雄伟之观。刘开对骈散关系及宋代古文家的持论几于李兆洛、蒋湘南同，但在学文以散为本还是以骈为本的认

---

① 李兆洛：《骈体文钞序》，《养一斋集》卷二，北京：中华书局 1936 年版，第 21 页。
② 刘开：《与蔡云桥太守书》，《刘开集》，严云绶、施立业、江小角主编，合肥：安徽教育出版社 2014 年版，第 58 页。
③ 刘开：《与王子卿太守论骈体书》，《刘开集》，严云绶、施立业、江小角主编，合肥：安徽教育出版社 2014 年版，第 462 页。

识上，却与二人大不相同。蒋湘南认为学文用功宜先文而后笔。"由文入笔，其势顺，由笔反文，其势逆。自古有工于文而不工于笔者，岂有不工于文而能工于笔者哉？"[1]刘开的看法正与之针锋相对，他以为"志于为文者，其功必自八家始"。原因在于："文之义法，至《史》《汉》而已备，文之体制，至八家而乃全。"诸如赠序碑志、山水杂议、序事策论，都创制于八家之后，因此，"学《史》《汉》者由八家而入，学八家者由震川、望溪而入，则不误于所向。"[2]

姚门其他弟子并没有刘开骈散共存的雅量。他们攻击骈文情辞做作、失真，但同时都有骈文之作附于文集之后。这其中不无显示工笔者自能工文的意思。对桐城派所承之文统，众弟子更是拼力维护。他们认定桐城三祖方、刘、姚是唐宋八家真传，国朝古文正宗，宣扬"居今之世，欲志乎古，非由三先生之说，不能得其门"[3]。

在骈散互争正统之时，一股新的文学力量正在形成，蒋湘南敏锐地觉察到这一点。他在《与田叔子论古文第三书》中认为，清代文章，除戴震、汪中等"文苑儒林，合同而化"之外，能以真古文示天下者，当推刘逢禄、龚自珍、魏源。但天下之人染伪八家之雾已久，不但不尊信诸君子，而讥之排之，不能不令人生不识真人之诮，被蒋湘南推为能以真古文示天下的刘、龚、魏三人，都是今文经学的劲旅。至他们出现，文学论争又进入新的回合。

---

① 蒋湘南：《与田叔子论古文第二书》，《七经楼文钞》，李叔毅点校，郑州：中州古籍出版社 1991 年版，第 135 页。

② 刘开：《与阮芸台宫保论文书》，《刘开集》，严云绶、施立业、江小角主编，合肥：安徽教育出版社 2014 年版，第 53—54 页。

③ 方东树：《刘悌堂诗集序》，《中国近代文论选》，舒芜等编选，北京：人民文学出版社 1981 年版，第 37 页。

三

今文经学本是两汉时期盛极一时的官学，自东汉末年衰落失传后，至清中叶又重新复苏。于今文经学，龚自珍、魏源并不笃守家法，亦步亦趋，而主要汲取了其通经致用和主变的思想精髓，使之成为他们倡导实学，呼唤变革的理论支点。他们摈弃汉学、宋学烦琐、空疏的学风，将热切的目光投向社会现实，开创了以经术作政论、慷慨论天下事的一代学风。他们的诗文充溢着锐利而深刻的社会批判思想，弥漫着深沉而灼人的忧患意识，也不乏带有浓厚书生气的匡世韬略。这些作为使龚、魏成为鸦片战争前夕学术、文学双重意义上的经世派的优秀代表。

龚自珍、魏源在汲取今文经学通经致用与变易思想精髓的同时，还接受了晚明以来人文主义思想的影响。他们在批判封建专制统治对人的尊严的藐视及对人性蹂躏的基础上，充分肯定人（包括自我）在历史与文学活动中的主体地位。他们多次指出，人是社会、历史、文学的创造者，人的活动，自然将影响社会、历史、文学的发展方向与进程。

正是基于人是社会、历史、文学创造主体的思想，龚自珍建立了他尊心、尊情、尊自然的文学三尊说。

尊心，即尊重作者个人对客观世界的主观感受与价值判断。"心无力者，谓之庸人"[1]，作家对纷纭变化的大千世界没有属于自己的感受与判断，他是无法进行创造活动的。龚自珍在用于自励的《文体箴》中这样写道："予欲慕古人之能创兮，予命弗丁其时！予欲因今人之所因兮，予菲然而耻之，耻之奈何？穷其大原，抱不甘以为质，再已成之纭纭。虽天地之久定位，亦心

---

[1] 龚自珍：《壬癸之际胎观第四》，《龚自珍全集》，王佩诤校，上海：上海古籍出版社1999年版，第15页。

审而后许其然。苟心察而弗许，我安能颔彼久定之云？"①"心审"便是作家自我感受与价值判断的过程，而"尊心"还包括将这种感受与判断真实地表达出来。摹拟剽窃，人云亦云，或言不由衷，心口不一，都谈不上"尊心"。龚自珍曾用一个"完"字来表达他读完汤海秋诗后的感想，原因在于读其诗而知"海秋心迹尽在是"②。

尊情，即尊重作家的思想情感及其表现。龚自珍《宥情》一文，对时时袭心的情欲表示了一种宽容的态度。数年之后，又作《长短言自序》提出尊情之说："情之为物也，亦尝有意乎锄之矣，锄之不能，而反宥之，宥之不已，而反尊之。"③他肯定情感的特性，情感在创作过程中的主导作用，情感在文学欣赏中的媒介作用。他以为情之为尊，缘因情"无住"，"无寄"，"无境而有境"，"无哀乐而有哀乐"。其变幻无常，捉摸不定；缘事缘时而起而又稍纵即逝，有所触动而发却难以具说，就中富有哀乐而又难以分辨；待诗人调动艺术手段，将郁积酝酿、不吐不快的情感诉诸文字，发为声音，则其海阔天空，盘旋翻飞，使读者"闻是声也，忽然而起，非乐非怨，上九天，下九渊，将使巫求之，而卒不自喻其所以然"④，沉浸于不可言、无可道的艺术境界中。尊情说的提出，表明龚自珍对情感在文学活动中的重要作用，已有了全面而又深刻的认识。

尊自然的核心是追求文学与个性的自然表现。龚自珍认为："言也者，

---

① 龚自珍：《文体箴》，《龚自珍全集》，王佩诤校，上海：上海古籍出版社 1999 年版，第 418 页。
② 龚自珍：《书汤海秋诗集后》，《龚自珍全集》，王佩诤校，上海：上海古籍出版社 1999 年版，第 241 页。
③ 龚自珍：《长短言自序》，《龚自珍全集》，王佩诤校，上海：上海古籍出版社 1999 年版，第 232 页。
④ 龚自珍：《长短言自序》，《龚自珍全集》，王佩诤校，上海：上海古籍出版社 1999 年版，第 232 页。

不得已而有者也。"①因而，文章写作或言情，或言事，皆应"毕所欲言而去"，方为自然之文。但他又深知在当时的历史条件下做到"文毕所欲言而去"是何等的艰难。封建专制统治对人的钳制自不必说，复古学古的文化氛围，宗唐祧宋的是非之辨，扼杀了多少作家的个性，又造就了多少仿古赝品。龚自珍对文学创作中泯灭个性、束缚自然的现象进行了激烈的抨击，而在《病梅馆记》中，则表达了反对畸形、病态美，崇尚健康、自然美的审美情趣。疗梅应解去棕缚，舒其根枝，顺其天性，疗救一切被束缚、被损害、被摧残的东西也应如此。

龚自珍以人本主义思想为基石的文学三尊说，带有反封建专制思想与呼唤个性解放的异端色彩，在新世纪曙光尚未透露的鸦片战争前夕，确实是石破天惊之论。可惜这些思想在当时文学界并没有得到应有的反响，也许是这些呼声还显得纤弱，或超越了现实，也许是当时的文学界过分地麻木，积重难返。经世派与桐城派的论争，却是就文学的法与用问题展开的。

经世派从除弊御侮、改造社会的目的出发，其对诗文作用的理解并不局限于言志抒情的文学范畴，而在某种程度上把它们视为一代史料与文献，注重与强调诗文的认识、讽喻作用。龚自珍受章学诚"六经皆史"思想的影响，在"尊史"的前提下，提出诗与史合一的观点。他认为，诗与史本为一，周代"史之外无有语言焉，史之外无有文字焉，史之外无人伦品焉"②。因而，"诗文之指，有瞽献曲之义，本群史之支流"③。其次，作史与诗选又有相通之处，作史是"网取所无恩，恩杀，至所恩之人而胪之，高下

<hr />

① 龚自珍:《述思古子议》,《龚自珍全集》,王佩诤校,上海:上海古籍出版社1999年版,第123页。

② 龚自珍:《古史钩沉论二》,《龚自珍全集》,王佩诤校,上海:上海古籍出版社1999年版,第21页。

③ 龚自珍:《乙丙之际塾议第十七》,《龚自珍全集》,王佩诤校,上海:上海古籍出版社1999年版,第9页。

之"，而选诗则是"网取其人之诗而胪之，或留或削"，二者"皆天下文献之宗之所有事也"，故"诗与史，合有说焉，分有说焉，合之分，分之合，又有说焉"①。魏源在《国朝古文类钞序》中提出"六经皆一代诗文之汇选"的命题。他认为孔子辑六经，即是编选了当时的有韵之文、制诰章奏之文与士大夫考证论辨之文，后世尊之为经，实乃一代诗文之汇选，前朝之文献而已。但自萧统、徐陵之后，选文者不知祖诗书文献之谊，偏重词藻，瓜分豆剖，使文选上不足以考治，下不足以辨学，违背了六经纂辑的本旨。他编选的《皇朝经世文编》百二十卷，分言学、言治、言吏、言户、言礼、言兵、言刑、言工八类。其评文、选文都是以考治、辨学为标准的。

与经世派从政治、历史的角度看待文学的社会作用不同，桐城派则多是从伦理道德的角度来看待文学的社会作用。经世派重在制度措施的改革，桐城派则重在人心风俗的矫正。在民族危机加剧的多事之秋，桐城派作家形成了一种士不能立德、立功，则应该立言以挽救世道的意识。但他们又深知古文学家们的优势在"辞章之学"。在文章的"法"与"用"之间，桐城派显然不愿放弃文之"法"。方东树在《书惜抱先生墓志后》中认为，古文之至者，"顾其始也，判精粗于事与道；其末也，乃区美恶于体与辞；又其降也，乃辨是非于义与法。"②如此说并非是体、辞、义、法并不重要："体与辞者，文章之质，范其质，使肥瘠修短合度。欲有妍而无媸也，则存乎义与法。"③道不可不明，但体、辞、义、法也不可不讲。因此，当他读了陆耀编辑的《切问斋文钞》、魏源编辑的《皇朝经世文编》后认为，此两书中所辑

---

① 龚自珍：《张南山国朝诗徵序》，《龚自珍全集》，王佩诤校，上海：上海古籍出版社 1999 年版，第 207 页。

② 方东树：《书惜抱先生墓志后》，《中国近代文论选》，舒芜等编选，北京：人民文学出版社 1981 年版，第 39 页。

③ 方东树：《书惜抱先生墓志后》，《中国近代文论选》，舒芜等编选，北京：人民文学出版社 1981 年版，第 39—40 页。

文章只能算是随时取给之文，这样的文章以致用为急，虽如布帛菽粟，为人切需，但菽粟隔宿化为朽腐、布帛隔年垢蔽鹑结，不能传之后世，其症结在于体、辞、义、法不讲，缺少艺术法度。方东树力图以重法度与重致用来分辨作者之文与非作者之文："重古文者，以文为上，非祖述六经《左》《史》、庄、屈、相如、子云者不得登于作者之篆。重用者，以致用为急，但随时取给，不必以文字为工，二者分立，交相持世。"①方东树以重文还是重用来分辨作者之文与非作者之文，又以传之后世与随时取给来区别艺术长久的审美价值与应用文字一时的使用价值（尽管其区分并不公正），表明古文家在生存竞争中逐渐醒悟了自身的实际位置，并显示出朦胧的文学独立与自觉的意识。但这点可怜的清醒与自觉意识，在沉重的封建文化氛围中，总处在一种若明若暗、若有若无的状态。

四

　　鸦片战争前夕的文学论争是在一种复杂的政治、文化背景下形成的。进入十九世纪以来清朝统治在政治、经济、文化诸方面已面临着深重的危机。这种危机首先被敏感的士大夫阶层所觉察。他们希图以自救的方式，通过对旧有政体与思想文化体制的自我完善与调节来消除诸种危机的存在。他们在传统思想文化的武库中搜寻着救治的方案与韬略，从宗法制均田到重本抑末，从民为邦本至养才蓄才，一切古方都被兜翻了出来。这是一场复古气味十分浓厚的文化检讨。龚自珍"药方只贩古时丹"的诗句，正是当时士大夫阶层精神面貌的写照。清政府的束手无策，客观上给各种学说的泛起提供

---

① 方东树：《切问斋文钞书后》，《中国近代文论选》，舒芜等编选，北京：人民文学出版社1981年版，第43页。

了相对自由发展的条件，由此带来了一种表面上的学术繁荣。其原动力来自于士大夫阶层延缓封建王朝衰蔽的补天愿望。在当时的学术界，经学的地位最为显赫，它所披戴的神圣光环，使它对学术界的其他门类产生一种具有统摄作用的辐射。鸦片战争前夕的文学论争，是整个文化检讨中的一部分，而它形成的最直接诱因是经学派别之间的纠纷。宋学、汉学、今文经学是儒学系统中的不同派别，它们割取儒家思想体系的不同部分建立起自己的学说，而各派文学观的差异与冲突，导致了这场文字论争的形成。

鸦片战争前夕文学论争产生的特殊文化氛围与特殊起因，使这场论争有如下特点：

一、论争的各方在很大程度上只满足于于古有征，从而证明自己的持论与存在的合理性，因而并不重视自身理论的完整性，周严性。论争的许多问题的阐述停留在一种感性、经验的层次，使人产生琐细、拆下不成片段的感觉。此外，论争各方把经学纠纷中的宗派情绪，门户之见带到文学论争之中，影响了论争的深入，并增重了持论的偏颇。

二、除去由宗派情绪、门户之见引起的攻讦之词外，这场文学的论争主要是围绕着文学的作用与范畴问题展开的。论争各方对有关问题的认识虽然存在着一定的差异，但总体上讲，并没有摆脱传统的实用型杂文学体系的困扰。在他们的立论中，文字、文章与文学的职能没有得到明确的区分，并自觉不自觉地将各种实用性的，非文学的功能强加于文学之上，不承认文学作为精神活动的一个部分其独立存在的价值；文学本身所具有的情感、形象等特质没有得到鲜明的认知；文学的审美功能被普遍地忽视。

鉴于此，我们可以认为，这场文学论争并没有完成对传统文学观念的超越，也没有显示出更引人注目的近代意识与近代色彩。封闭的思想文化体系与心态，使中国文学的发展步履艰难。它无法依靠自身的机制去改善自己的处境，它无法依靠自己的力量去争得独立与自觉。但我们也应该看到，经世派所提倡的文学要经世致用、为社会改革服务的思想却预示了近代文学发展的大趋势：龚自珍以人文主义思想为基础的文学三尊说及个性解放的呐喊，在近代文学的历史进程中也获得了巨大的反响。

世界市场的开发和鸦片战争的炮声，迫使中国参加到全球性的战争角逐与生存竞争中。中国政治、经济的发展失去了旧有的平衡，中国封建思想文化体系渐渐被打破。中国文学在不断开放的文化氛围中，以西方近代文学范型为参照，不断粉碎传统的旧文学体系，并不断吸收引进西方的文学观念与文学思潮，建立新型的文学形态，开始了由古典向现代的演变。这种演变的轨迹是：由传统的杂文学体系向现代的、情感型的纯文学体系过渡；由传统的以诗文为主体的文学范畴论向现代型的诗、文、戏曲、小说并举的新的文学范畴递进；传统的与口语脱离的文言文逐渐被与口语接近的白话文所替代。而鸦片战争前夕的文学论争正好作为从古典进入现代的一根标竿。

（原载《文学遗产》1989 年第 2 期）

鸦片战争诗潮的情感流向

一

　　鸦片战争对于中华民族来说，是一段特殊的历史经历。当英国把鸦片贸易转换为战争形式时，中国人在理智上、情感上都无法接受这一突然降临的事实。而当清政府战败，签定了割地赔款的《南京条约》，中国被迫进入一个条约制度的时代后，他们更是痛心疾首，困惑丛生。为什么英国远隔重洋，竟不可一世，强行向中国倾销毒品，在中国沿海挑起事端，而中华泱泱大国，正义在握，却连连失败，终至于恭顺俯就，忍辱签约？天朝上国的心理定势，处理与夷狄争端的历史经验，及最基本的民族自尊心与主权意识，使中国人无法接受这场战争及战争的结果。惶惑忧愤之思，殷殷爱国情怀，最先在诗的国度形成潮汐，掀起喧闹。

　　这是一场不约而同的全民族多声部合唱。灾祲频告，海氛突扬，民族被难，时事多艰，使不同阶层抱有不同艺术追求的诗人骤然统一了歌唱的主题。鸦片战争前已勃然兴起的"思乾坤之变"的志士之诗，在战争中找到了更实在的情绪附着之物，自然成为合唱中的主声部。这些诗人有魏源、林则徐、鲁一同、张际亮、朱琦等。一些家居东南沿海地区的诗人，如姚燮、张维屏、陆嵩、林昌彝、金和、贝青乔、黄燮清，亲历战乱，出入干戈，"每谈海事，即慷慨激昂，几欲拔剑起舞"，故一改往日酬应山水之作，而注目于海疆烽火，民生苦难。一些慷慨激昂的咏事咏史之作，或幸存于山壁，或腾口于民间，诗存而作者名没。一些名本不著于诗坛者，如梁信芳、周沐润、张仪祖等，却赖有佳作，而名以诗传。这是一场由战争而激发的诗海潮汐，诗国喧闹，它裹挟着风雷，裹挟着怒吼，裹挟着对战争的诅咒，裹挟着爱国忧民的情思，拔天塞地，汹涌澎湃。这是一部众人合作的战争史诗。它反映了战争的各个阶段，各个局部及重大战役，反映了由战争所引发的社会震撼与社会情绪，刻画了战争中各色人等的心态、行为。这是纷乱社会秩序中的变风变雅，诗格苍凉抑寒，悲愤遒劲，直抒胸臆，质直而无所讳饰，与穷工极巧，旨归和平的才子、学人之诗相较，自有别样风韵。

二

诗是诗人对人类与个体生存世界的独特感受和评价。当十九世纪中叶鸦片战争的八面来风摇动着中国诗人的神旌心魄的时侯，共同的生存环境，相似的生活视角和心灵感受，使一代诗作，显示出大致相同的情感流向，这是我们称之为战争诗潮的主要原因。因此，对战争诗潮所表现出的共同情感流向的分析，是探求一代诗人复杂多变的感情世界和痛苦艰难的精神历程的重要途径。

应该承认，鸦片战争主要是在沿海地区进行的，它只是一种局部战争。战争本身给中国经济所带来的破坏，远远不能和中国历史上全国性的战乱相比，甚至不能和清兵入关相比。但鸦片战争给中国人心灵上的震撼却是巨大的。中国在战场上的对手，是已经完成工业革命的英国资产阶级，而他们所代表的又是正在世界范围内泛滥的攫取性、贪婪性极强的资本主义洪流。他们高举重商主义与民族主义的旗帜，处心积虑地不惜运用野蛮的方式得到中国市场。当曼彻斯特的制造商们正在算计着如果每个中国人的衬衣下摆长一英寸，他们的工厂就得忙上数十年的时候，中国人却把战争的原因归咎于通商互市，天真地想象着关闭通商门户，以免自取外侮。

陆嵩在战争爆发之年所作的《禁烟叹》中，认定久禁不止的鸦片贸易引发了战争，致使粤东、浙东等边疆地区，烽烟四起。通商互市，自然是罪恶渊薮："通市咎前朝，弊政贵早革。怀柔圣人心，庸庸彼妄识。因循廿年来，交易互交舶。……奸术堕不悟，漏卮叹谁塞。"[1]把通商互市看作圣人怀柔之举，已有居高临下之意。怀柔宽大之心，反招致战祸，结局令人难以接受。以怨报德、恩将仇报的看法，加重了诗人心理的失衡。至战事稍息，痛定思痛，陆嵩又有《追思》组诗，重申他的看法："沧海风尘幸已清，追思往事尚心惊。百年蠔镜潜遗毒，一夕羊城竟启兵。市以贿通原祸始，室由道筑岂谋成。何堪厄漏仍难塞，遍地流金内府倾。"[2]"百年蠔镜潜遗毒"是指1557年葡萄牙借口船上货物湿水，需要"借地晾晒"，租下澳门一事。诗人以为澳门租借，种下百年祸胎，羊城启兵，决非偶然。兵端既起，漏卮不塞，其祸害还可计量，而交易风起，涣散人心，破坏人伦，使民风不淳，道德沦丧，则祸害更是不可计量。诗人对此，更是忧心忡忡："所嗟中华尚礼域，已悲荼毒遭黄巾。堪更近畿许通市，衣冠错杂且休论。百货交易务淫巧，钱刀习较忘尊亲，势将尽驱入禽兽，谁教稼穑明人伦。呜呼先圣去今远，大道岂得常渐沦。"[3]（《津门叹》）中国为礼义之邦，自当道德至上。百

---

[1] 陆嵩：《禁烟叹》，《鸦片战争文学集》，阿英编，北京：古籍出版社1957年版，第137页。

[2] 陆嵩：《追思》，《鸦片战争文学集》，阿英编，北京：古籍出版社1957年版，第150页。

[3] 陆嵩：《津门叹》，《鸦片战争文学集》，阿英编，北京：古籍出版社1957年版，第153页。

货交易，钱刀习较，会导致人伦泯灭，大道湮没，人几混同于禽兽，国将失立国之本。此种忧虑在当时极富有代表性，反映出中国古老的价值观念与西方资本主义价值观念的内在冲突。这种冲突，贯穿于中国近代历史发展的始终。

伴随着武力而来的鸦片贸易，给中国人带来了不尽的苦难，早知今日遗害，何必当初交通，成为人们对明末以来对外通商互市及文化交流结果的普遍看法。它在鸦片战争失败后仍持续很久。这种看法有其生成的合理性，但它无疑被战争的强力扭曲而变得失却公正。中国特殊的地理环境与经济条件，使中国有过独立封闭于世界之外的长久历史。仅有的对外交往，给中国人带来的是四夷来王、输诚向化的记忆和荣耀。但在十九世纪中叶，西方殖民主义正在全世界范围内疯狂地无孔不入地寻觅着商品市场和殖民地的时侯，中国早已失去了独立封闭的世界环境。同时，西方资本主义势力的发展强盛与东方封建帝国的没落腐朽，正逐渐加大着两者之间经济、军事力量的差别。对战争背景的变化不甚注意，并感觉良好地一味凭借历史的经验和记忆去思考问题，则不可能做到审时度势，从而也无法做出正确、迅速的反应。历史留下了永久的遗撼。

三

抱着闭关弥难之一厢情愿的一代诗人，不仅希望通过封绝海域、不通贡市而杜绝战争、堵塞财政漏卮和思想异端，他们更渴望重振帝国雄风，重睹天朝尊严，重享国富民强的温馨。像一位饱经风霜的老人，当已经失去血气方刚的锐气时，宁可闭门独处，换取一片安静，以保持对青春年华的记忆和社会存在的自信。这在十九世纪中叶，只能是一种梦幻或妄言。

鸦片战争时期的中国人，对东西方两个世界的认识，处在一种转型期。

战前，士林中起衰救敝的呼声虽已十分强烈，但人们对国家整体机制并未普遍失去信任，帝国强盛的迷信并没受到太大的挑战，政府方面对军队自卫能力也同样充满信心。战争初起，在一种盲目虚骄心理的支配下，朝野上下把战事视为海盗式的边防骚扰，以为示以声威，稍加还击，敌军即会仓惶逃窜。这种盲目虚骄的心理，造成了清政府在战争中的短期行为，和战不定，攻守失据，顾此失彼。当英军显示出军事方面船坚炮利的优势，中方败绩频频时，盲目虚骄的社会心理很快转变为畏缩惧怕，闻敌风而丧胆，致使东南重镇，纷纷陷落。至英军兵临长江，道光帝首先失去了战争的信心，决定示以羁縻之策，在南京签定了城下之盟。历时近两年的战争，以中方的惨败暂告结束。

战争的失败，使中国人开始重新估量对手，也重新估量自己。前者，有"师夷之长技以制夷"战略口号的提出；后者，则表现为对天朝帝国万世长存迷信的动摇，两者共同显现出审时度势的初步觉悟与清醒。战争诗潮所表现出的觉悟属后一种，它将国人对清政府与军队在战争中行为的失望、愤慨与不满，几乎写在每一行诗中。

从战前禁烟到《南京条约》的签定，清政府的对英政策，左右摇摆，变幻不定，旋战旋和，时抚时剿，执办官员，频频更换，朝荣暮辱，昨功今罪，使朝野上下，人心惶惶，莫衷一是。魏源写在林则徐被革职后的《寰海十章》《寰海后十章》，愤怒地斥责了最高统治者出尔反尔、首鼠两端的行为。"功罪三朝云变幻，战和两议镂冰汤"[1]，"争战争和各党魁，忽盟忽叛若棋枚。浪攻浪款何如守，筹饷筹兵贵用才"[2]，批评政府没有定见和全盘

---

① 魏源：《寰海十章》，《鸦片战争文学集》，阿英编，北京：古籍出版社1957年版，第12页。

② 魏源：《寰海后十首》，《鸦片战争文学集》，阿英编，北京：古籍出版社1957年版，第14页。

筹划，时战时和，浪攻浪款，反不如坚守塞防，稳固御敌，这同林则徐提出的"以守为战，以逸待劳"的作战策略鼓桴相应。"城上旌旗城下盟，怒潮已作落潮声。……全凭宝气销兵气，此夕蛟宫万丈明"①。此诗以林则徐革职后，琦善改战为和，与英人草成《穿鼻条约》，赔偿烟价，割让香港为本事，讥讽广州战事，冷热无端，城上旌旗还立，城下盟约已成，抗战怒潮方起，已作落潮之声。而攻战为和的法宝在于"全凭宝气销兵气"，这种行为名曰羁縻，又何异于纳贡乞降？

对于临阵撤将，割地纳币求和，诗人们多有感慨。徐时栋《大将》诗云："妖氛遍地海天昏，又见舟师破虎蹲。弃甲复来难瞑目，守陴皆哭早销魂。已知将去军无托，焉得唇亡齿独存！百里封疆谁寄命，但余荒谷报君恩。"②"将去军无托"，指林则徐革职离粤，致使南海封疆无人支撑危局。王增年《读史》诗云："济济谋夫乱是非，坚持和议失戎机。不闻宝剑诛张禹，但说金牌召岳飞。"③和议误国，良将贬谪，令人扼腕叹息。激愤之情，溢于言表。至于谭莹《闻警三首》，则直是破口大骂了："沿海骚然亦可哀，片帆东指又登莱。怀柔原许宣君德，剿抚何尝愧将材。误国病民明旨在，贪功喜事寸心灰。津门咫尺连畿辅，训象生犀万里来。"④当战不战，误国病民，纵敌深入，危及畿辅，也是统治者咎由自取。张仪祖《读史有感》有句云："英雄效死偏无地，上相筹边别有才。竟尔和戎曾地割，是谁揖盗又

---

① 魏源：《寰海十章》，《鸦片战争文学集》，阿英编，北京：古籍出版社1957年版，第13页。
② 徐时栋：《大将》，《鸦片战争文学集》，阿英编，北京：古籍出版社1957年版，第27页。
③ 王增年：《读史》，《鸦片战争文学集》，阿英编，北京：古籍出版社1957年版，第954页。
④ 谭莹：《闻警三首》，《鸦片战争文学集》，阿英编，北京：古籍出版社1957年版，第863页。

门开。"① 赵藩《读邸抄书感》有句云:"后日恐无台避债,古来宁有币销兵。阴符灯下空三绝,宝剑床头偶一鸣。"② 都以辛辣的语调嘲弄清政府的求和行为,实同开门揖盗,以市销兵,致使英雄志士报国无门,杀敌之剑作墙上空鸣。——清政府的行为失误还不仅在于战和不定,浪攻浪款的战争决策方面,其他如军备废弛、兵甲不兴、官员颟顸、文怡武嬉,都成为导致战争失败的重要因素。战争对军队的应变能力、政府的行政素质,制度的完善程度进行了一次总检验和大曝光。这种检验和曝光,使战前早已存在着的政治、经济危机充分暴露,人们对清政府和军队的信心及信赖程度,随着战争的进展而逐日下降。朱琦写在虎门失陷后的《感事》诗,对战争取胜仍充满着无限希望:"我朝况全盛,幅员二万里。岛夷至幺麿,沧海眇稊米。庙堂肯用兵,终当扫糠秕。"③ 但至定海再陷,诗人信心便遭大挫。其《王刚节公家传书后》诗写道:"用兵今两年,我皇日嗟咨,既苦经费绌,又虞民力疲。专阃成空名,文吏习罔欺,寇至军已逃,兵多饷空糜。"④ 已透出对政府战争行为漏洞百出、败在必然的万般无奈。写在敌船进入长江之时没有署名的《京口驿题壁》诗云:"事机一再误庸臣,江海疏防失要津。局外也知成破竹,梦中犹未觉燃薪。元龙豪气消多尽,越石忠肝郁不伸。天险重重如此易,伤心我国太无人。"⑤ 事机一误再误,边疆之患已入腹地,不是失望太重,何至于出"伤心我国太无人"之语。

---

① 张仪祖:《读史有感》,《鸦片战争文学集》,阿英编,北京:古籍出版社 1957 年版,第 20 页。

② 赵藩:《读邸抄书感》,《鸦片战争文学集》,阿英编,北京:古籍出版社 1957 年版,第 110 页。

③ 朱琦:《感事》,《鸦片战争文学集》,阿英编,北京:古籍出版社 1957 年版,第 4 页。

④ 朱琦:《王刚节公家传书后》,《鸦片战争文学集》,阿英编,北京:古籍出版社 1957 年版,第 6 页。

⑤ 无名氏:《京口驿题壁》,《鸦片战争文学集》,阿英编,北京:古籍出版社 1957 年版,第 219 页。

也许是政府和军队的行为太让人失望，因而，战争中死难的陈化成、陈连升、关天培、葛云飞等爱国将领，格外受人尊重和推崇。在众多诗人笔下，他们被推为民族英雄和人间正气的代表。在一败涂地的战争总局中，英雄的行为，像是闪烁的希望之光，鼓舞着民心，显示着正义，代表着抗战杀敌、保家卫国的民族意愿。在某种意义上，诗人赞扬的不仅是英雄行为的本身，更是中华民族抵御外侮，挽救危亡所最需要的精神和意志。

四

战争给中国带来了深重灾难和生存危机。天朝上国的信念与国家主权，民族自我中心意识和民族尊严，同时遭到无情打击。一个民族自视天下至尊，睥睨一切，固属虚妄，但丧失主权，丧失尊严，在异族的枪炮下屈辱地跪着，也令人难以接受。战争使中国人觉察到了虚妄，但他们同样又不甘心国家主权和民族尊严的被损害被践踏。割地赔款、丧权辱国的种种刺激，社稷倾危，民遭涂炭的流血现实，激发着诗人忧国忧民，悲天悯人的情怀和拯民于水火，救国于危难的宏愿。忧患意识与参与精神，成为战争诗潮中最为基本和最为宏大的情感流向。

战争爆发之前，中国知识群体中所存在的浓郁而经久不散的忧患意识，主要是由国内政治、经济危机所引发的。虽有一些有心者对东南沿海商船云集，鸦片贸易日趋兴盛曾表示忧虑，但这种忧虑的触发点，多在于漏卮不塞等经济原因和"非我族类，其心必异"的天然戒备心理。当入侵者以炮舰打开中国大门，中国人日益感受到民族生存危机的威逼时，他们的忧患感便具有了内忧与外患的双重内容。

"鹤尽羽书风尽檄,儿谈海国婢谈兵。"① 魏源《寰海后十章》诗句形象地描述了战争给国人所带来的普遍震动。海国与兵事成为无所不在、人人关心的话题。战争诗潮所表现的铺天盖地的感慨与忧愤,也无不围绕这一话题。

朱葵之《次刘莼江感事韵四叠》,"七万重洋道里多,了无呵禁问谁何。岩疆日见楼迫,枢省浑忘鼎萧和。周室白狼夸辙迹,汉廷赤汗竞铙歌。那知神武皇家略,翻使刑天盗弄戈"②,其忧在英军长驱直入,楼船日逼,夸迹于周室,铙歌于汉廷,茫茫神州,竟成虎狼称尊之地。陆嵩《津门叹》,"江南莽莽犹风尘,夷氛又报腾津门。船坚炮利久传说,驱剿何敢轻挥军。所求毋乃太辱国,主议仍是前疆臣"③,其忧在入侵者以船坚炮利为恃,处处要挟,得寸进尺地扩大其所得利益,横行无阻,辱国太甚。方濬颐《感兴十八首》,"书空咄咄恨难平,忧患无人审重轻。国有漏卮容外寇,天开劫运厄苍生。"④ 谢兰生《海疆纪事》,"嗜利毒人奸已甚。乘机入寇祸尤延,民生不习干戈久,猝被疮痍剧可怜"⑤,其忧在衅隙既开,战乱频仍,国被疮痍,民不聊生。朱葵之《次刘莼江感事韵四叠》,"盱衡国是杞忧多,善后无方唤奈何。敢谓金瓯些子缺,要调玉烛四时和。"⑥ 张际亮《杂感》,"难同晋楚兵言

① 魏源:《寰海后十章》,《鸦片战争文学集》,阿英编,北京:古籍出版社 1957 年版,第 15 页。
② 朱葵之:《次刘莼江感事韵四叠》,《鸦片战争文学集》,阿英编,北京:古籍出版社 1957 年版,第 169 页。
③ 陆嵩:《津门叹》,《鸦片战争文学集》,阿英编,北京:古籍出版社 1957 年版,第 153 页。
④ 方濬颐:《感兴十八首,用张船山先生宝鸡题壁韵》,《鸦片战争文学集》,阿英编,北京:古籍出版社 1957 年版,第 169 页。
⑤ 谢兰生:《海疆纪事》,《鸦片战争文学集》,阿英编,北京:古籍出版社 1957 年版,第 193 页。
⑥ 朱葵之:《次刘莼江感事韵四叠》,《鸦片战争文学集》,阿英编,北京:古籍出版社 1957 年版,第 169 页。

弻，预恐金元祸踵开。我似樵夫观弈罢，正愁柯烂苦低徊"[1]，其忧在国是不定，善后无方，金瓯有缺，兵祸难弥，恐金元之祸，已在不远。陆嵩《追思》，"边防虚饬坚城少，政府遥承制阃艰。百战几曾寒贼胆，只闻不敢渡台湾"[2]，钟琦《癸卯孟春，英夷撤师分守香港，追忆诸大帅办理海疆军务，再志其大略》"长城自撤存孤注，利剑横磨笑乃翁"[3]，其忧在边防空虚，抵抗不力，内变多生，长城自坏。钟琦《壬寅海氛纪录》"寄语风流诸幕府，轻裘缓带复何为"[4]，罗㮫：《壬寅夏纪事竹枝词》"畏惧蛮夷总逡巡，不思护国不全民。但知一味糜军饷，不饱宦囊有几人"[5]，其忧在居高位者，空食俸禄，不思谋国，终饱私囊。

层层叠叠的忧思感慨，构成了战争诗潮的基音与母题。海国与兵事，像恶梦、像幽魂一般缠绕着诗人的心灵。他们不愿坐视国事日非，民遭涂炭，而积极筹谋救国救民、力挽败局的良策。在出谋划策的同时，诗人们更多的则是慷慨赋诗，表达勇赴国难的雄心和亢奋情绪。他们常常带有自嘲地称自己关心国运民瘼的情思为"杞忧"，以不能上马杀敌，驰骋疆场而深深自责或引以为憾。

我们无须再花费笔墨夫描述一代知识群休社会主体意识与参与精神的种种表现，他们留下来的战争诗篇便是最好的说明。他们以与上马杀敌不同的形式参与了历史创造，这便是以诗写史，激浊扬清。刘禧延称贝青乔《咄

---

① 张际亮：《杂感》，《鸦片战争文学集》，阿英编，北京：古籍出版社1957年版，第68—69页。

② 陆嵩：《追思》，《鸦片战争文学集》，阿英编，北京：古籍出版社1957年版，第151页。

③ 钟琦：《癸卯孟春，英夷撤师分守香港，追忆诸大帅办理海疆军务，再志其大略》，《鸦片战争文学集》，阿英编，北京：古籍出版社1957年版，第874页。

④ 钟琦：《壬寅海氛纪录》，《鸦片战争文学集》，阿英编，北京：古籍出版社1957年版，第872页。

⑤ 罗㮫：《壬寅夏纪事竹枝词》，《鸦片战争文学集》，阿英编，北京：古籍出版社1957年版，第227页。

咄吟》是"诗史即今功罪定"。张维屏为陈连升、陈化成、葛云飞三将军作歌，以为"死夷事者不止此，阙所不知诗亦史"；姚燮正告割地邀功者谓"千秋史笔严功罪，几见魏勋武断成"，都表现出以诗写史的自觉意识。他们以诗为勇敢者留下光荣，为怯懦者刻上耻辱，为人间鼓荡正气，为万民诅咒邪恶，诗是一字千钧的清议。他们以诗传达战争所带来的有形的苦难，无形的创痍，矢志报国者的亢奋，悲天悯人者的黯伤。诗是时代风云与情绪的实录。他们以诗记述天朝盛世梦幻破灭后民族心理的失重与告别虚妄的痛苦，以及蜕变中的新机，迷惘后的醒悟，诗是古老国度觉悟进步的见证。当我们在战争诗潮中追寻中华民族开步走向近代社会的精神历程和情感心态时，我们不能不承认，一代诗人的诗作为我们留下了真实而宝贵的原始记录。他们问心无愧地以文化创造的形式参与了历史的进程。

（原载《河南大学学报》1991 年第 5 期）

自立不俗与学问至上：清代宋诗派的两难选择

道咸年间，赫然占据诗界首席的是宋诗派。明代前后七子声称不读唐以后书，鼓噪"文必秦汉，诗必盛唐"，此风甚嚣尘上之际，诗界"称诗者必曰唐诗，苟称其人之诗为宋诗，无异于唾骂"①。但物极必反。至清初，社会审美风尚转移变化，遂有"凡声调、字句之近乎唐音，一切屏弃而不为，务趋于奥僻，以险怪相尚，目为生新，自负得宋人之髓"②者。学宋诗者以险怪求新奇的审美趋向，不久与乾嘉之际征信求实的学风相融合，便形成了喧嚣一时的以学问入诗、诗人之言与学人之言合一的宋诗运动。

宋诗运动以杜、韩、苏、黄为诗学风范，追求质实、厚重、缜密的诗美境界，讥讽高标"神韵""性灵"者为"无实腹"，力图以穷经通史、援学问入诗的努力，别辟诗学发展蹊径。毫无疑问，宋诗倡言者的动作中，蕴含着强烈的创新冲动。但宋诗运动是清代宗经征圣文化思潮的产物，它所选择的创新支点是以学问考证入诗，以经史诸子入诗。这些诗材、诗料的增加，并不能构成诗界转机的必然条件，诗与经史强行联袂的结果，只能使诗走向非诗，走向异化。

道咸之际宋诗运动的代表人物是程恩泽、祁寯藻、何绍基、郑珍、莫

---

① 叶燮：《原诗》，霍松林校注，北京：人民文学出版社 1979 年版，第 5 页。
② 叶燮：《原诗》，霍松林校注，北京：人民文学出版社 1979 年版，第 44 页。

友芝，他们的诗论与创作实践，充分体现出复古与创新、性情与学问之间的紧张与冲突。

程恩泽"明诗扫地钟谭出，谁挽颓风说建安？却爱闭门陈正字（师道），清如郊岛创如韩"①的诗句，表达了他的学古祈向和创新意识。他又把学问看作是性情的根基，以为"性情又自学问中出"，"学问浅则性情焉得厚？"②何绍基、郑珍、莫友芝均出自程门，三人声气相应，互为犄角。何绍基为问诗者现身说法，以为学诗要经历学古、脱化与自立三个环节。其中，他尤强调自立："学诗要学古大家，只是借为入手。到得独出手眼时，须当与古人并驱。若生在老杜前，老杜还当学我。此狂论乎？曰，非也，松柏之下，其草不植，小草为大树所掩也，不能与天地气相通也。否则，小草与松柏各自有立命处，岂借生气之于松柏乎？"③以学古借为入手，以独出手眼，与古人并驱而求得自立，此论可谓精辟切当。又以小草、大树比今人、古人，以为今人如附依于古人翼下，则无所成就；今人如寻得立命安身之处，当不必借生气于古人，此亦是通脱之语，将学古与自立间的关系，说得十分明白。至于如何自立，何绍基以为，欲诗文自立成家，非可于诗文求之，而应先学为人。为人须"立诚不欺"，"就吾性情，充以古籍，阅历事物，真我自立"④。为人既成，"于是移其所以为人者，于语言文字"，循序渐进，"日去其与人共者，渐扩其已所独得者，又刊其词义之美而与吾之为人

---

① 程恩泽：《题陈乃锡先生手稿，应陈尧农吉士属》，《程侍郎遗集》卷四，上海：商务印书馆 1935 年版，第 84 页。

② 程恩泽：《金石题咏汇编序》，《程侍郎遗集》卷七，上海：商务印书馆 1935 年版，第 143 页。

③ 何绍基：《与汪菊士论诗》，《何绍基诗文集》，龙震球、何书置校点，长沙：岳麓书社 2008 年版，第 695 页。

④ 何绍基：《使黔草自序》，《何绍基诗文集》，龙震球、何书置校点，长沙：岳麓书社 2008 年版，第 695 页。

不相肖者"①，终达于人与文一，人成而诗文之家亦成。在这一过程中，尤需用力处在于"不俗"，"同流合污，胸无是非，或逐时好，或傍古人，是之谓俗。直起直落，独来独往，有感则通，见义则赴，是谓不俗"②。不俗方能做到自立，自立方可谈及独创。不俗、自立、独创，构成了何绍基诗论，甚至是宋诗派诗论最有价值的理论内核，它显示出被文坛丢失已久，故而难能可贵的文学创造者的主体意识和创新锐气。何绍基声称："做人要做今日当做之人，即作诗要作今日当作之诗。"③从此"摆尽窠臼，直透心光"④。莫友芝所谓："为诗不屑作经人道语。当其得意，如万山之巅，一峰孤起，四无凭藉，神眩目惊，自谓登仙羽化，无此乐也。"⑤都表现出对自立、独创、不俗之文学境界的期待与向往。

但宋诗派所提倡的真我自立，决不同于性灵论者的驱使才力，天马行空。对杜、韩、苏、黄诗学风范和质实、厚重、缜密诗美境界的追求，加之清代穷研经史士林风气的影响，它所选定的艺术道路是藉经史以自立，以学问求不俗。它要求诗人要有学力根柢与书卷积蓄，读书养气，儒行绝特，破万卷而理万物。郑珍论诗曰："我诚不能诗，而颇知诗意。言必是我言，字是古人字。固宜多读书，尤贵养其气。气正斯有我，学赡乃相济。"⑥读书、

---

① 何绍基：《使黔草自序》，《何绍基诗文集》，龙震球、何书置校点，长沙：岳麓书社2008年版，第695页。
② 何绍基：《使黔草自序》，《何绍基诗文集》，龙震球、何书置校点，长沙：岳麓书社2008年版，第695—696页。
③ 何绍基：《与汪菊士论诗》，《何绍基诗文集》，龙震球、何书置校点，长沙：岳麓书社2008年版，第736页。
④ 何绍基：《符南樵寄鸥馆诗集序》，《何绍基诗文集》，龙震球、何书置校点，长沙：岳麓书社2008年版，第689页。
⑤ 莫友芝：《播川诗抄序》，《莫友芝全集》第8册，张剑、张燕婴整理，北京：中华书局2017年版，第55页。
⑥ 郑珍：《论诗示诸生时代者将至》，《郑珍全集》第6册，黄万机等点校，上海：上海古籍出版社2012年版，第172页。

学赡、养气，被看作是"有我"的必要前提。莫友芝以为诗自是儒者之事，又以为性灵论者诗有别才别趣之说，导致诗风浮薄不根。其《巢经巢诗钞序》云："圣门以诗教，而后儒者多不言，遂起严羽别材别趣，非关书理之论，由之而弊竞出于浮薄不根，而流僻邪散之音作，而诗道荒矣。夫儒者力有不暇，性有不近，则有矣；而古今所称圣于诗，大宗于诗，有不儒行绝特，破万卷，理万物而能者邪？"[1]莫氏强调诗人欲能诗，须儒行绝特，破万卷，理万物，正是以点睛之笔，道出宋诗派做人自立、作诗不俗的路径所在。何绍基《题冯鲁川小像册论诗》将此意展开，可与莫氏之论互相发明。何氏曰："温柔敦厚，诗教也，此语将三百篇根柢说明，将千古作诗人用心之法道尽……诗要有字外味，有声外韵，有题外意，又要扶持纲常，涵抱名理，非胸中有余地，腕下有余情，看得眼前景物都是古茂和蔼，体量胸中意思，全是恺悌慈祥，如何能有好诗作出来？"又说："作诗文必须胸有积轴，气味始能深厚。"[2]以恪守儒行、扶持纲常做人，以读书积气、涵抱名理作诗，正是宋诗派自立、不俗的基本出发点。

宋诗派恪守儒行、扶持纲常的思想趋归，其精神实质与清初以来以六经孔子为准的、寻求儒家本源精神的复古文化思潮是一致的。如果从清代众多诗派中寻找出最能代表清诗发展特征的诗派，那将非宋诗派而莫属。宋诗派提倡的学人之诗是清代文化精神和诗歌审美趋向的最典型代表。清初以来，在以正本清源、完善传统为目的的历史反思和文化检讨中，顾炎武、黄宗羲、王夫之等一代学人即试图在中国传统的经史典籍中重新寻找到促使民族精神复兴的真理之光。这种寻找刺激着学人治经史而求本源的热情。乾嘉汉学的兴起，便是这种热情的产物。汉学运用文字声诂的手段，在经史研究

---

[1] 莫友芝：《巢经巢诗抄序》，《郑珍全集》第 6 册，黄万机等点校，上海：上海古籍出版社 2012 年版，第 37 页。

[2] 何绍基：《题冯鲁川小像册论诗》，《何绍基诗文集》，龙震球、何书置校点，长沙：岳麓书社 2008 年版，第 729—730 页。

领域所作出的勾沉补阙、疏正辨伪的成就，给一代学人带来了极度的兴奋和骄傲。将汉学精神与手段输入诗歌，在神韵、格调、性灵之外，别辟学人之诗的诗学路径，仰望经籍之光给诗坛带来新的转机，成为众望所归。以经史学问入诗之说，并不始于宋诗派。在宋诗派形成之前，已有人多次谈及。如清初诗人钱谦益认为，诗虽"萌折于灵心，垫启于世运"，但"茁长于学问"①。黄宗羲认为："多读书，则诗不期工而自工。"②秀水派诗人朱彝尊指出："诗篇虽小技，其源本经史。必也万卷储，始足供驱使。"③神韵派主帅王士禛主张"性情之说"与"学问之说"须"相辅而行，不可偏废"④。格调说倡导者沈德潜也表示："以诗入诗，最是凡境。经史诸子，一经征引，都入咏歌，方别于潢潦无源之学。"⑤这些论说，都或多或少地反映出清代文化精神和诗歌审美趋向。翁方纲的肌理说，更是宋诗派的理论先声。

宋诗派在学古方向上并不拘泥于学宋，其所以标榜学宋，一是为了与诗坛专门学唐诗者划清界限，二是所追求的质实、厚重、涵抱名理的诗美境界，与宋诗长于立意、议论的审美特征较为接近。宋诗派着意创造的是一种学人之诗。学人风度与学问学力，是宋诗派傲视其他诗派的资本，同时，又是它安身立命之所在。在宋诗派看来，诗人研读经史之造诣，文字声诂之功力，对诗的构成，有着举足轻重的意义。正因为如此，宋诗派的诗论，贯串着无所不在的学问至上情结，在立身修养，性情陶冶，构思想像，诗体风格，遣词造句，人物、作品品藻等创作与批评的各个环节，都极力强调学问学力的决定性作用。学问至上情结的存在，导致宋诗派诗人价值心态的失重

---

① 钱谦益：《题杜苍略自评诗文》，《牧斋有学集》，钱仲联标校，上海：上海古籍出版社 1996 年版，第 1594 页。
② 黄宗羲：《诗历题辞》，《黄梨洲文集》，北京：中华书局 1959 年版，第 386 页。
③ 朱彝尊：《斋中读书》，《朱彝尊选集》，叶元章、钟夏选注，上海：上海古籍出版社 2018 年版，第 225 页。
④ 王士禛：《带经堂诗话》，戴鸿森校点，北京：人民文学出版社 1982 年版，第 822 页。
⑤ 沈德潜：《说诗晬语》，霍松林校注，北京：人民文学出版社 1979 年版，第 188 页。

和诗歌结构中情感重心的偏移。两者所产生的综合效应，最终使宋诗派由自立不俗的愿望出发，却走上了一条险怪偏狭之路。

宋诗派诗人价值心态的失重主要表现为片面理解经史学问对诗歌创作的决定性作用。诗歌创作是一种独特而复杂的精神创造活动。它的成功与否，取决于与创作主体有关的多种因素，而学问学力，至多不过是文化素养和创作准备的一部分，并不能构成创作成功的充足条件。宋诗派诗人希望经籍学术之光能给浮薄不根的诗坛带来转机，又希望在诗坛群雄中突出他们穷经通史、赡于学问的优势和由这种优势所带来的识度、睿智和渊雅，因而他们尽力夸大着经史学问对诗歌创作的决定性作用。

首先，他们在肯定传统经史典籍、儒家思想行为原则及温柔敦厚诗教的权威性、指导性和永恒存在意义的同时，注重强调它们在诗人蓄理炼识、自立成诗过程中的决定性作用。他们竭力使人相信：不管日月流转，物换斗移，只要熟读经史便可知古今事理，洞悉兴衰消长之机；明理养气，以孝悌忠信做人，便可自立于天地之间，大节不亏；守温柔敦厚诗教，古茂和蔼，恺悌慈祥，自可得字外之味、声外之韵、题外之意。其次，他们在对历史与现实诗坛人物的品评中，坚持以学问学力为首要标准。宋诗派以杜、韩、苏、黄为诗学风范，认为四人胸有积轴，学力赡富，其诗富于理趣，奇致层出。其中又尤为叹服黄庭坚好用书卷，以故为新，脱胎换骨，点铁成金的手段。至于派中同仁，互相鼓吹，也重在张扬其学识学力。郑珍为莫友芝诗集作序，首称莫氏"决意求通会汉、宋两学"，"故入其室，陈编蠹简，鳞鳞丛丛，几无隙地。秘册之富，南中罕有其匹，而其读书谨守大师家法，不少越尺寸"[①]。莫友芝为郑珍诗集作序，则反称郑氏学力卓越，并记载了莫、郑之间的一段戏言："友芝即戏谓曰：'论吾子平生著述，经训第一，文笔第二，

---

① 郑珍：《邸亭诗抄序》，《莫友芝全集》第 7 册，张剑、张燕婴整理，北京：中华书局 2017 年版，第 827—828 页。

歌诗第三。而惟诗为易见才，将恐他日流传，转压两端耳。'子尹固漫领之，而不肯以诗人自居。"①为人诗集作序而大赞其学力，料定以诗流传却不肯以诗人自居，由此可以窥见学问在宋诗派诗人心目中的分量及其价值心态的失衡。再次，由于把学问视为诗歌创作的决定性条件，从而逐步演绎成为学有根柢，诗便水到渠成的错误逻辑，诗被看作是学问的附庸和才力赡裕之余事。郑珍有诗曰："文质诚彬彬，作诗固余事。"②又称莫友芝为人、求志、用心，均似古人苦行力学者，故"其形于声发于言而为诗，即不学东野、后山，欲不似之不得也"③。莫友芝称郑珍："其于诸经疑义，抉摘畅通……而才力赡裕，溢而为诗，对客挥毫，隽伟宏肆。"④宋诗派强调诗人应学有根柢，本出于以自立求不俗的意向，但这种强调一旦过度，则会造成一种新的偏误。宋诗派诗人推重学人之诗，并以学问根柢经史造诣自赏傲世，不知不觉中把经学家、史学家职业性地蔑视文学作用的观念带进了诗学价值论中，视学问学力为本而诗学诗艺为末，忽略或不敢堂而皇之地进行诗歌艺术本身的探索。这种极度倾斜的价值心态，阻碍着诗学理论、创作的突破与发展，其结局，与宋诗派自立不俗的初衷自然是南辕而北辙。

学问至上情结的存在，还导致了宋诗派诗歌创作中情感重心的偏移。中国古典诗歌在长期的发展过程中，形成了以情感表现为重心，景、情、意均衡和谐、交融一体的结构特点，其外部特征是即物即心，即情即理，情景交融。宋人以文入诗，以议论说理入诗，加重了意理成分，对以情感为重心

---

① 莫友芝：《巢经巢诗抄序》，《郑珍全集》第 6 册，黄万机等点校，上海：上海古籍出版社 2012 年版，第 38 页。

② 郑珍：《论诗示诸生时代者将至》，《郑珍全集》第 6 册，黄万机等点校，上海：上海古籍出版社 2012 年版，第 172 页。

③ 郑珍：《邵亭诗抄序》，《莫友芝全集》第 7 册，张剑、张燕婴整理，北京：中华书局 2017 年版，第 828 页。

④ 莫友芝：《巢经巢诗抄序》，《郑珍全集》第 6 册，黄万机等点校，上海：上海古籍出版社 2012 年版，第 37 页。

的传统诗体结构，是一次冲击。宋诗派标榜学宋，除以议论说理入诗外，还力求以考据功夫入诗，又一次表现出对以情感为重心的传统诗体结构的冲击。

宋诗派诗论中，随着对学问根柢的着力强调，性情之地位则每况愈下。创宋诗运动理论先声"肌理说"的翁方纲，主张"考订诂训之事与词章之事未可判为二途"①。又希望"由性情而合之学问"②，以求"包孕才人学人，奄有诸家之所擅美"③。度其口气，仍以性情、词章为主，学问、考证为宾。至程恩泽主张"凡欲通义理者，必有训诂始"，又以为"性情又自学问中出"，"学问浅则性情焉得厚"④，训诂、学问已有汹汹然喧宾夺主之势。风气所趋，遂锻铸造就了宋诗派同仁的学问至上情结。宋诗派后裔陈衍以道咸巨公为"学人之言与诗人之言合，而恣其所诣"⑤的开端，以为"道咸间巨公工诗者，素讲朴学，故根柢深厚，非徒事吟咏者所能骤及"⑥。据此，道咸之际诸公诗作，当可视为学人之言与诗人之言合一的成熟期作品。其所谓"非徒事吟咏者所能骤及"处，正在于道咸诸公以经术考据入诗，以议论说理入诗，从而导致了诗歌情感重心的偏移。

道咸诸公的学人之诗，力求以学识与学力见胜。这种对学识与学力的表现欲望，在诗歌创作中大体上是通过两种形式展现的。一是在对审美客体的观照中，不满足于单纯情感方式的把握，而注重捕捉知性的感悟和体验，

---

① 翁方纲：《蛾术集序》，《复初斋文集》卷四，《清代诗文集汇编》第382册，《清代诗文集汇编》编纂委员会编，上海：上海古籍出版社2010年版，第48页。

② 翁方纲：《徐昌谷诗论一》，《复初斋文集》卷八，《清代诗文集汇编》第382册，《清代诗文集汇编》编纂委员会编，上海：上海古籍出版社2010年版，第89页。

③ 翁方纲：《见吾轩诗集序》，《复初斋文集》卷四，《清代诗文集汇编》第382册，《清代诗文集汇编》编纂委员会编，上海：上海古籍出版社2010年版，第42页。

④ 程恩泽：《金石题咏汇编序》，《程侍郎遗集》卷七，上海：商务印书馆1935年版，第143页。

⑤ 陈衍：《近代诗钞叙》，《陈石遗集》，陈步编，福州：福建人民出版社2001年版，第640页。

⑥ 陈衍：《石遗室诗话》，郑朝宗、石文英校注，北京：人民文学出版社2004年版，第181页。

从而对自然、人生显示出学者式的睿智与识度；二是以考证典故入诗，创造语必惊人、字忌习见的险怪效应，以盘旋拗折、艰涩暗淡的诗风，显示出学者式的渊博与厚重。睿智与识度，渊雅与厚重，共同成为宋诗派学人之诗所刻意追求的诗美风度。

在对审美客体的观照中，捕捉对自然、人生、社会、心灵的知性感悟和体验，这在偏重写意的古典诗歌中并不少见。唐之杜甫、韩愈，宋之苏轼、黄庭坚，均为写意大家。道咸诸公思追前贤，以议论、思理入诗，有意识地在写景抒情的同时，加重骨力即意理因素，以突出学者式诗人的睿智与识度。其中成绩较为卓著的是何绍基、郑珍。何绍基多才多艺，曾因直言弊政而被贬官，故而寄情山水、书画、金石，以泄其奇气。他既主张"诗以意为主"，认为诗人"必须胸有积轴，气味始能深厚"[1]，强调读书积理；又以为"诗人腹底本无诗，日把青山当书读"[2]，注重在大自然中获取慰藉与感应。"寒雨连江又逆风，舟人怪我屡开篷。老夫不为青山色，何事欹斜白浪中？"[3]他的诗充满着心灵与自然的和谐及羁旅人生的淡愁，表现出一种刚直清介的名士作派和舒展飞扬的书卷之气。郑珍一生，活动区域基本局限于贵州一隅，未尝跻身社会士大夫名流行列。他对困厄艰辛的边疆农村生活的丰富体验及其苦心研读、孜孜求学的精神，使他的诗带有深重的生存忧患，同时又充满着执拗不屈的生命意志："愁苦又一岁，何时开我怀；欲死不得死，欲生无一佳。"[4] "溪上老屋溪树尖，我来经今十年淹。上瓦或破或脱落，

① 何绍基:《题冯鲁川小像册论诗》,《何绍基诗文集》,龙震球、何书置校点,长沙:岳麓书社 2008 年版,第 730 页。

② 何绍基:《爱山》,《何绍基诗文集》,龙震球、何书置校点,长沙:岳麓书社 2008 年版,第 40 页。

③ 何绍基:《逆风》,《何绍基诗文集》,龙震球、何书置校点,长沙:岳麓书社 2008 年版,第 496 页。

④ 郑珍:《愁苦又一岁赠邵亭》,《郑珍全集》第 6 册,黄万机等点校,上海:上海古籍出版社 2012 年版,第 172 页。

大缝小隙天可瞻……入室出室踏灰路，戴箸戴盆穿水帘。……尘案垢浊谢人洗，米釜羹汤行自添。"[①]郑珍之诗，描述了一种与何绍基之诗所不同的生命体验与人生境界。何、郑的成功之作，运思自由，行止有致，于疏放散漫、挥洒自如之中，透露出智者风度和性灵之光。

但上述诗境，在宋诗派诗人的作品中并非俯拾皆是，且其成就也难与唐宋重意诗人比肩。因此，宋诗派所津津乐道、视为己创的是学人之诗的另一种表现形式——以考据入诗。

民国初年，陈衍辑《近代诗钞》，置祁寯藻诗为集首，又以为祁氏《题馒龛亭集》《自题馒龛亭图》二诗"证据精确，比例切当，所谓学人之诗也；而诗中带着写景言情，则又诗人之诗矣"。以证据精确、比例切当来概括学人之诗的内涵，虽过于失之简单，却道中宋诗派的自恃所在。

诗与考据本是风马牛不相及之物，但在宋诗派及同时代的其他旧诗派手里，却被奇特地结合在一起，成为近代诗史上的一大景观。考据诗的内容以经史训诂、金石名物的考辨为大宗，旁及人物地理、书法图砚、典章制度，乃至矿产、医学、农具、农作物等各个门类。考据诗反映了一代学人的好尚、情趣、怪癖，成为诗人夸耀才学之具，甚至成为分行押韵的实证应用之文。何绍基曾言："诗中不可无考据。"[②]但又不无忧虑地说："考据之学，往往于文笔有妨，因不从道理识见上用心，而徒务钩稽琐碎，索前人瘢垢。用心既隘且刻，则圣贤真意不出，自家灵光亦闭矣。"[③]此话不幸言中。诗之功用，在抒情言志，以情、意胜。而考据之道，则须旁引博征，步步求证。

---

① 郑珍：《屋漏诗》，《郑珍全集》第 6 册，黄万机等点校，上海：上海古籍出版社 2012 年版，第 63—64 页。

② 何绍基：《题冯鲁川小像册论诗》，《何绍基诗文集》，龙震球、何书置校点，长沙：岳麓书社 2008 年版，第 730 页。

③ 何绍基：《与汪菊士论诗》，《何绍基诗文集》，龙震球、何书置校点，长沙：岳麓书社 2008 年版，第 734 页。

诗一涉考据，便如入魔道。祁寯藻的《题馒㕙亭集》《自题馒㕙亭图》之所以被陈衍称为"证据精确、比例切当"，是因为诗中虽有地名之考证，但仍以写景抒情为主。而何绍基的《猿臂翁》《罗研生出示陶文毅题麓山寺碑诗用义山韩碑韵属余继作》等诗，则通篇辨析书法源流及习书之道。郑珍写《播州秧马歌》目的在于"俟一谱农器者采焉"。其《玉蜀黍歌》考证出玉蜀黍即古之"木禾"，又名"答董"。莫友芝的《甘薯歌》考证出甘薯本"黔南旧产"。在这些诗中，诗之抒情言志功用被考据之征实求证功用所替代，其自身的艺术品格也因此而丧失殆尽。考据诗一般采用形式最为自由的古代诗形式。由于炫耀才学和征实求证的需要，诗人使用生字僻典，并在诗行中随处夹入大量的注释，使诗变得佶屈聱牙、繁冗不堪，其整齐押韵的基本外部特征也因此而面目全非。

考据诗的出现，是诗的异化。它无视诗的审美特性，使诗走上了一条自身发展的绝径。考据诗并非宋诗派所独有，也并非宋诗派诗作的全部，但它却是宋诗派诗美理想的一颗畸果。满怀创新欲望的宋诗派诗人，在清代复古文化思潮的影响下，做出了以学宋复古为旗帜以经史学问入诗的诗美选择，但经籍之光、学问学力并没有为诗歌创作带来好运，更无力普渡芸芸诗魂从诗的困境中走出，而只是为他们增添了一次徒劳的悲叹和失败的记忆。

（原载《文学遗产》1998年第1期）

梁启超与文学界革命

　　二十世纪初年中国思想界和文学史上成绩与影响最为卓著的人物当推梁启超。1929 年 1 月，这位在中国近代史上叱咤风云的文化巨匠溘然长逝，国内文化名流追忆他襄助变法，历经成败风雨的一生，最为推重的是梁氏以书生救国，以文学新民的功绩。梁启超是中国二十世纪初思想启蒙运动的主将和文学界革命的陶铸者。

　　梁启超在 1922 年所写的《五十年中国进化概论》中，将中国十九世纪中叶以来的思想进化分为环环相扣、步步联结的三期。其进化过程像蚕变蛾、蛇脱壳一样，经历种种艰难苦痛而又渐入新境。咸同年间，是中国人"先从器物上感觉不足"的第一期，舍己从人，便有了制械练兵的洋务运动；甲午战争至民国六七年间，是"从制度上感觉不足"的第二期，变革政体，便有了维新变法与辛亥革命；五四前后是"从文化上感觉不足"的第三期，改良道德，便有了新文化运动。作为亲历者与参与者，梁启超的概括是十分真切而富有历史感的。正是这种环环相扣，级级嬗进的历史演化，构成了梁启超不断更新超越自我的时代背景。

　　作为"拿变法维新做一面大旗，在社会上开展运动"的风云人物，梁启超是极富有进取精神与生命激情者。这两者使其行为与情感方式带有明显的个性特征而有别于其他维新思想家。梁启超自言"自己的人生观"是以"责任心"和"兴味"作基础的，"责任心"促使他时时不忘救国救民的重任,"兴味"则使他保持拒旧而求新的心态,"不惜以今日之我难昔日之我"①。当康有为自诩"吾学三十已成,以后不复有进,亦不必求进"时,梁启超则"常自觉其学未成且忧其不成,数十年日在彷徨求索中"②。梁启超政见多变,但其"维新吾国,维新吾民"的宗旨始终如一;梁启超为学博杂,但其为"新思想界之陈涉","尽国民责任于万一"的志向始终如一。不变的责任心与善变的兴味,皆以对民族、国家,对真理热爱的情感为依托。

维新变法时期,梁启超是凭借其在《时务报》上所发表的文章而名声噪起的。国人接受梁启超,是他善于以报章文体的形式,以充满激情而流畅平易的笔触把救亡图存的道理条分缕析地传达给读者。东渡日本后,梁启超重操旧业,创办以主持清议、开发民智为宗旨的《清议报》,1902 年,复创办《新民丛报》。《清议报》时期,梁氏始用"饮冰室主人"的笔名写文章。关于"饮冰室"的由来,梁启超在《自由书》的"叙言"中有所说明:"庄子曰:'我朝受命而夕饮冰,我其内热欤?'以铭吾室。"日本自明治维新以来,大量译介西方政治、经济、哲学、社会学方面的著作,这些著作对于从"学问饥荒时代"走来的梁启超来说,如久旱逢甘霖。自言"自东居以来,广搜日本书而读之。若行山阴道上,应接不暇"。③"畴昔所未见之籍,纷触于目,畴昔所未穷之理,腾跃于脑,如幽室见日,枯腹得酒。"④由所读西学之书,返观中国新学的各个领域,梁氏深感需重新建构,全面革命之处尚

① 梁启超:《清代学术概论》,《梁启超全集》第 10 集,汤志钧、汤仁泽编,北京:中国人民大学出版社 2018 年版,第 279 页。
② 梁启超:《清代学术概论》,《梁启超全集》第 10 集,汤志钧、汤仁泽编,北京:中国人民大学出版社 2018 年版,第 281 页。
③ 梁启超:《夏威夷游记》,《梁启超全集》第 17 集,汤志钧、汤仁泽编,北京:中国人民大学出版社 2018 年版,第 259 页。
④ 梁启超:《论学日本文之益》,《梁启超全集》第 1 集,汤志钧、汤仁泽编,北京:中国人民大学出版社 2018 年版,第 704 页。

多。所谓"革命","其本义实变革而已"①。出于更新国民精神和新学建设的需要。东渡后的梁启超，踌躇满志地提出经学革命、史学革命、文界革命、诗界革命、小说界革命、曲界革命等一系列的主张，企望在输入欧洲之精神思想的前提下，推动二十世纪中国知识学术体系的转型，在民族精神的改造与重建工程中，促进中国政治的渐进和社会的文明之化。

像一位辛勤的拓荒者，流亡之中的梁启超如饥似渴地在所能接触到的著译之作中，为国人采集着思想的薪火，积蓄着除旧布新的希望。被破坏的快意、创造的激情和民族未来的辉煌所鼓舞，梁氏的笔端，洋溢着浓烈的进取精神和爱国情感，充满着叱咤风云的气势和惊心动魄的魔力。梁启超以他特有的真诚与热情赢得了读者，《清议报》《新民丛报》因此在海内外不胫而走。

梁启超在构筑他新民救国的理想时，充分意识到文学的价值和意义。"文学之盛衰，与思想之强弱，常成比例。"②新民救国既然是一场更新国民精神、改造国民性的思想启蒙运动，文学作为国民精神的重要表征，无疑是"新民"所不可忽视的内容；而文学自身所具有的转移情感，左右人心的特性，又是"新民"最有效的手段。从国民精神进化而言，文学需要自新；从促进国民精神进化而言，文学又担负着他新的责任。对文学，梁启超抱有"自新"与"他新"的双重期待。

一、文界革命

文界革命在思想与文学革命的链条中具有最重要的意义。能否在刚刚

---

① 梁启超：《释革》，《梁启超全集》第 4 集，汤志钧、汤仁泽编，北京：中国人民大学出版社 2018 年版，第 93 页。
② 梁启超：《论中国学术思想变迁之大势》，《梁启超全集》第 3 集，汤志钧、汤仁泽编，北京：中国人民大学出版社 2018 年版，第 38 页。

形成的中国现代公共领域内拥有最广大的阅读公众，以清高之理，美妙之文，输入文明思想，培育国民精神，对于思想与学术百废待兴的中国来说，是一项穆高如山、浩长似水的伟大事业。梁启超为文界革命设置的目标，就是要在传统的抒写个人情志的文人之文和以经术为本源的述学之文之外，创造出会通中外，融汇古今，热情奔放，悲壮淋漓，自由抒写，流畅锐达的文章新体。而梁本人，既是新文体的倡导者，又是实践者。

维新变法时期，新学家的智慧和精力大多集中在政体变革方面，"以政学为主义，以艺学为附庸"①的思路，使梁启超对文学启蒙的认识停留在倡导言文合一，以文字开通民智、导愚觉世的层面。梁启超从甲午海战失败的教训中意识到："泰西之强，不在军兵炮械之才，而在士人之学。"优胜劣败的世界环境中，国人对西方士人之学，立国之本，懵懂不知，则必然造成"今吾中国之于大地万国也，譬犹亿万石之木舰，与铁群舰争胜于沧海也。而舵工榜人，皆盲人瞽者，黑夜无火，昧昧然而操柁于烟雾中"的重重险象。开通民智，对士人要多译西书，介绍学理，涤其旧习，莹其新见；于百姓，则应写作言文合一，宜于妇人孺子伦常日用的文字，施教功学，移风易俗。启发蒙昧的文字，要追求左右人心的效应和从众向俗的方向，同样的道理，救一时明一义的报章文体也当于规久远、明全义的著述文体有别。作为《时务报》主笔，当严复去信劝其不要发论草率，致成他日之悔时，梁启超辩白道："然启超常持一论，谓凡任天下事者，宜自求为陈胜吴广，无自求为汉高，则百事可办。故创此报之意，亦不过为椎轮，为土阶，为天下驱除难，以俟继起者之发挥光大之"②。为椎轮为土阶的报章文体即便偶有轻发草率处，也不得诟病。梁启超在《湖南时务学堂条约》中又别出心裁地把文分

---

① 梁启超：《变法通议》，《梁启超全集》第 1 集，汤志钧、汤仁泽编，北京：中国人民大学出版社 2018 年版，第 89 页。
② 梁启超：《与严幼陵先生书》，《梁启超全集》第 19 集，汤志钧、汤仁泽编，北京：中国人民大学出版社 2018 年版，第 533 页。

为传世与觉世两种:"学者以觉天下为任,则文未能舍弃也。传世之文,或务渊懿古茂,或务沉博绝丽,或务瑰奇奥诡,无之不可。觉世之文,则词达而已,当以条理细备,词笔锐达为上,不必求工也。"①以改造国民精神为己任的梁启超,其所属意的自然是觉世之文。

东渡后的 1899 年 12 月,梁启超从日本横滨乘船去夏威夷,在船上阅读日本三大新闻主笔之一德富苏峰的著作,颇有感触。其在《夏威夷游记》中明确提出"文界革命"的口号:"其文雄放隽快,善以欧西文思入日本文,实为文界别开一生面者。余甚爱之中国若有文界革命,当亦不可不起点于是也。"② 1902 年,在《新民丛报》创刊号上,梁启超在介绍严复的译作《原富》时,对其译笔提出"其文笔太务渊雅,刻意摹仿先秦文体,非多读古书之人,一翻殆难索解"的批评,并由此重提文界革命:"夫文界之宜革命久矣。欧美日本诸国文体之变化,常与其文明程度成比例,况此等学理邃赜之书,非以流畅锐达之笔行之,安能使学童受其益乎?著译之业,将以播文明思想于国民也,非有藏山不朽之名誉也。"③梁启超从传播文明思想与国民的角度,提出译文当以流畅锐达之笔行之,而不可过于艰深的意见,并不为严复所接受。严复《答梁启超书》中反唇相讥道:文章若一味追求近俗之辞,对文界来说,谓之凌迟,而非革命;学理邃赜之书,与报章文体自当有别。严、梁的雅俗之争,显示出其文学观念的差异。本年十月,《饮冰室文集》编成,梁启超为序一篇,再次申明:天下大局日接日急,如转巨石于危崖。吾辈为文,应于时势,发胸中所欲言,行吾心之所安,被之报章,供

①　梁启超:《湖南时务学堂学约十章》,《梁启超全集》第 1 集,汤志钧、汤仁泽编,北京:中国人民大学出版社 2018 年版,第 297 页。

②　梁启超:《夏威夷游记》,《梁启超全集》第 17 集,汤志钧、汤仁泽编,北京:中国人民大学出版社 2018 年版,第 263 页。

③　梁启超:《绍介新著原富》,《严复年谱》,孙应祥著,福州:福建人民出版社 2014年版,第 151 页。

一岁数月之逋铎而已；欲以此种文字厕身作者之林，或作藏山名世之想，非为个人之惭，亦是一国之耻。其对于自己已经作出的选择可谓矢志不移。

梁启超倡言的文界革命包含以下层面的内容：文界革命的范围是以报章文体为主的著译之业；著译之业在国家民族"非死中求生不足以达彼岸"的危急局势下，当以"播文明思想于国民"，促进国家民族的精神维新为最高责任；译著之业"播文明思想于国民"，当选择从众向俗，化雅为俗，启发蒙昧，导愚觉世的路向，其法度规制与古雅渊懿的述学之文、清正雅洁的作者之文有别；著译之业谋篇行文当讲求条理细备，洗练锐达，雄放隽快，慷慨淋漓的文风。

梁启超不仅是文界革命的倡导者，还是文界革命的实践者。梁启超自称："我是感情最富的人。"① 富有感情而又恰逢变革时代的梁启超，把启发国民蒙昧，洗礼民族精神的新民救国运动看作是无比崇高神圣的事业。这一事业赋予他拯救者的激情，也赋予他诗人般的灵感和情思。《时务报》时期，年青热情的梁启超新学中学根柢虽难免粗糙浮泛，但他善于用流畅明白的笔触，把康有为过于经术化的托古改制理论，中土翻译的西方学术著作中过于艰涩深奥的学说，转换为平易通俗的语言，把亡国灭种之惨祸，清廷腐朽之秕政，"变亦变，不变亦变"的道理，一一条分缕析给读者，从而取得了"士大夫爱其语言笔札之妙，争礼下之，自通都大邑，下至僻壤穷陬，无不知有新会梁氏者"② 的轰动。东渡后《清议报》《新民丛报》时期，新思想、新知识纷至沓来，梁启超对新学理的推介，不遗余力，对国民性的批判痛快淋漓，对国内时政的纠弹也无所忌惮。破坏的快意，创造的渴望，深广的忧患意识，浓烈的爱国情感，聚拢于胸臆，流淌在笔端，梁氏成为二十世纪初执

---

① 梁启超：《知不可而为主义与为而不有主义》，《梁启超全集》第 15 集，汤志钧、汤仁泽编，北京：中国人民大学出版社 2018 年版，第 272 页。

② 胡思敬：《党人列传·梁启超》，《追忆梁启超》(增订本)，夏晓虹编，北京：生活·读书·新知三联书店 2009 年版，第 35 页。

舆论界之牛耳，开文章之新体的人物。其在《清代学术概论》中回忆这一时期思想与文字的影响时写道：

> 　　自是启超复专以宣传为业，为《新民丛报》、《新小说》等诸杂志，畅其旨义，国人竞喜读之，清廷虽严禁，不能遏。每一册出，内地翻刻本辄十数。二十年来学子之思想，颇蒙其影响。启超夙不喜桐城派古文，幼年为文，学晚汉魏晋，颇尚矜炼。至是自解放，务为平易畅达，时杂以俚语韵语及外国语法，纵笔所至不检束，学者竞效之，号新文体。老辈则痛恨，诋为野狐。然其文条理明晰，笔锋常带情感，对于读者，别有一种魔力焉。①

　　梁启超曾把学校、报纸、演说看作是传播文明的三大利器。梁启超思想与文学时代的形成，得益于他对现代舆论媒体的成功运作。维新变法时期以《时务报》为代表的政论性报纸杂志的出现，即构成了士大夫议论时政、参与变革的公共交往与公众舆论空间。1898 年 12 月在日本横滨创刊的《清议报》以"维持支那之清议，激发国民之正气"为宗旨，每十日出一期，最高发行约三千册，至 1901 年 12 月，出刊至第一百期，梁启超发表《清议报一百册祝辞》，以"倡民权"，"衍哲理"，"明朝局"，"厉国耻"，概括《清议报》的思想特色。随后，因报馆失火，《清议报》停刊。《清议报》停刊不到两个月，由梁启超主编的《新民丛报》在横滨创刊。1902 年 2 月，梁启超在《新民丛报》创刊告白中评价中国报业以为：中国报业完全具备报章资格足以与东西各报相颉颃者，殆无闻焉。非剿说陈言，则翻译外论，其记事繁简失宜，其编辑杂乱无序，实属幼稚时代之产物。《新民丛报》的创刊，思

---

①　梁启超：《清代学术概论》，《梁启超全集》第 10 集，汤志钧、汤仁泽编，北京：中国人民大学出版社 2018 年版，第 278 页。

想上当坚持维新吾国，维新吾民的宗旨，在办报水平上，要敢为中国报界之先。本年起发行的《新民丛报》为半月刊，仿外国大型杂志样式，设论说、学说、时局、政治、史传、教育、学术、文艺等二十几个栏目，内容丰富，形式多样，使国人耳目一新，创刊号加印数次，最高发行数达一万四千份，国内外设寄售点近百。国内云、贵、陕、甘等偏远省份，均有经售。东渡后的梁启超，用《清议报》《新民丛报》《新小说》，为新思想、新文体的传播搭起了广阔而坚实的平台。

梁启超"新文体"的魔力，首先来自于作者对社会变革和公共事物发表言论的思想力量。身居海外的梁启超回望百日维新失败后的中国，以为"今日中国之现状，实如驾一扁舟，初离海岸线而放于中流，即俗语所谓两头不到岸之时也"①，这是一个过渡性时代；语其大者，则人民既愤独夫民贼愚民专制之政，而未组织起新政体以代之；士人既鄙考据辞章庸恶陋劣之学，而未能开辟新学界以代之；社会既厌三纲压抑虚文缛节之俗而未能研究新道德以代之。语其小者，则例案已烧矣，而无新法典；科举议变矣，而无新教育；元凶处刑矣，而无新人才；北京残破矣，而无新都城。一切方死未死，方生未生。国家与民族求自立于剧烈无演界之道；"如孤军被陷于重围，非人自为战，不足以保性命；如扁舟遇飓于沧海，非死中求生不足以达彼岸"②。梁氏断言：今日中国，必非补苴掇拾一二小节，模拟欧美日本现时所以改革者，而遂可以善其后者。"凡一国之能立于世界，必有其国民独具之特质，上自道德法律，下至风俗习惯文学美术，皆有一种独立之精神。"③这种国

---

① 梁启超：《过渡时代论》，《梁启超全集》第 2 集，汤志钧、汤仁泽编，北京：中国人民大学出版社 2018 年版，第 294 页。

② 梁启超：《敬告我国民：癸卯元旦所感》，《梁启超全集》第 4 集，汤志钧、汤仁泽编，北京：中国人民大学出版社 2018 年版，第 115 页。

③ 梁启超：《新民说》，《梁启超全集》第 2 集，汤志钧、汤仁泽编，北京：中国人民大学出版社 2018 年版，第 533 页。

家民族独立之精神，在二十世纪的中国，需要更新和重建。重建民族精神，又当以重建现代学术为关键。"学术思想之在一国，犹人之有精神也，而政事、法律风俗及历史上种种之现象，则其形质也。"[1]形质之维新，固然必不可少，而精神之维新，则更重要，"但使有精神之维新，而形质之维新，自应弦赴节而至矣"[2]。新学术当在中西文明交融汇聚中生成：

> 盖大地今日只有两文明，一泰西文明，欧美是也；二泰东文明，中华是也。二十世纪，则两文明结婚之时代也。吾欲我同胞张灯置酒，迂轮侯门，三揖三让，以行亲迎之大典。彼西方美人，必能为我家育宁馨儿以亢我宗也。[3]

有鉴于此，梁启超预言，"自今以往，思想界之革命，沛乎莫之能御矣"，"吾侪今日，只能对于后辈而尽播种之义务，耘之获之，自有人焉。"[4]这种播种文明思想，再造民族精神的伟大事业，其所构成的精神境界和思想张力，对每一个有爱国之心的读者来讲都是不可抗拒的。

梁启超"新文体"的魔力，其次来自于作者先知有责，觉后是任的精神力量。梁氏1902年所作《三十自述》，在感慨国家多难，岁月如流，眇眇之身，力小任重的同时，决心以《新民丛报》《新小说》，"述其所学所怀抱

① 梁启超：《论中国学术思想变迁之大势》，《梁启超全集》第3集，汤志钧、汤仁泽编，北京：中国人民大学出版社2018年版，第15页。
② 梁启超：《中国积弱溯源论》，《梁启超全集》第2集，汤志钧、汤仁泽编，北京：中国人民大学出版社2018年版，第274页。
③ 梁启超：《论中国学术思想变迁之大势》，《梁启超全集》第3集，汤志钧、汤仁泽编，北京：中国人民大学出版社2018年版，第18页。
④ 梁启超：《论中国学术思想变迁之大势》，《梁启超全集》第3集，汤志钧、汤仁泽编，北京：中国人民大学出版社2018年版，第105页。

者，以质于当世达人志士，冀以为中国国民遒铎之一助"[1]，以尽国民责任于万一的事业。这种先知有责，觉后是任的承担精神渗透于梁启超的一生，也渗透在新文体的字里行间。其论自信与承担精神道：

> 居今日之中国，上之不可不冲破二千年顽谬之学理，内之不可不鏖战四百兆群盲之习俗，外之不可不对抗五洲万国猛烈侵略温柔笼络之方策，非有绝大之气魄，绝大之胆量，岂能于此四面楚歌中打开一条血路，以导我国民于新世界者乎？伊尹曰：余天民之先觉者也，余将以斯道觉斯民也。非余党之而谁也？孟子曰：夫天未欲平治天下也。如欲平治天下，当今之世，舍我其谁也！抑何其言之大而夸欤？自信则然耳。……欲求国民全体之自信力，必先自志士个人之自信力始。[2]

这种"先知有责，觉后是任"的承担精神，在二十世纪初年，既有中国传统士人天下兴亡、匹夫有责的情愫，又有现代知识分子终极关怀的精神："欲以身救国者，不可不牺牲其性命；欲以言救国者，不可不牺牲其名誉。甘以一身为万矢的，曾不于悔，然后所志所事，乃庶有济。"[3]拯生民于水火，放眼光于未来，其所具有的胆识和人格魅力，最易赢得读者的青睐与尊敬。承担苦难和乐观自信，不但为仁人志士所拥有，还当为国民全体所拥有，更当为中国少年所拥有，"今日以天下自任而为天下人所属望者，实惟

---

① 梁启超：《三十自述》，《梁启超全集》第4集，汤志钧、汤仁泽编，北京：中国人民大学出版社2018年版，第110页。

② 梁启超：《十种德性相反相成义》，《梁启超全集》第2集，汤志钧、汤仁泽编，北京：中国人民大学出版社2018年版，第288页。

③ 梁启超：《敬告我同业诸君》，《梁启超全集》第3集，汤志钧、汤仁泽编，北京：中国人民大学出版社2018年版，第652页。

中国之少年"。少年是一国将来的主人，中国少年的身上，寄托着中国的希望。梁启超《清议报》《新民丛报》时期的文章，以特有的自信、乐观、热情，给闭塞委靡中的中国读者以亮色的希望，这种自信、乐观、热情以社会承担精神为底蕴，表现出新一代士人坚毅向上百折不挠的精神风貌，并给文字本身带来无穷的魅力。

梁启超"新文体"的魔力，还来自条理明晰，平易畅达，笔锋常带情感的文字力量。梁启超在《中国各报存佚表》中说："自报章兴，吾国之文体为之一变，汪洋恣肆，畅所欲言，所谓宗派家法，无复问者。"[①]《清议报》《新民丛报》时期的梁启超，在"传播文明思想于国民"的宗旨下，以"烈山泽以辟新局"的气度和兼收并蓄、取精用弘的态度，打破骈文散文、古文时文、文言白话、中语西语等文体与语言的界限，身体力行于著译之文文风、文体、文学语言的改革，努力拓展完善以报纸杂志为主要载体的著译之文表情达意功能，使之走向议论、记叙、言志、抒情更为广阔的大地。

梁启超这一时期写作的《中国积弱溯源论》《释革》《新民说》等政论文，《南海先生传》《李鸿章》《罗兰夫人传》等传记文，《过渡时代论》《少年中国说》《呵旁观者》《饮冰室自由书》等杂文，《论中国学术思想变迁之大势》《新史学》等述学文，或议论风发，纵横捭阖；或娓娓而谈，深中肯綮，无一不真情贯注，流丽生动，其中外兼采，感情充沛，骈散杂糅，文白合一，富有感染力和表现力的文字，显示着文界革命的实绩。梁启超引以为"开文章之新体"的《少年中国说》，在描述心目中少年中国之形象时写道：

老年人如夕照，少年人如朝阳；老年人如瘠牛，少年人如乳

---

① 梁启超：《中国各报存佚表》，《清议报》第 6 册，《清议报》报馆编，北京：中华书局 1991 年版，第 6400 页。

虎；老年人如僧，少年人如侠；老年人如字典，少年人如戏文；老年人如鸦片烟，少年人如泼兰地酒；老年人如别行星之陨石，少年人如大洋海之珊瑚岛；老年人如埃及沙漠之金字塔，少年人如西伯利亚之铁路；老年人如秋后之柳，少年人如春前之草；老年人如死海之潴为泽，少年人如长江之初发源。此老年与少年性格不同之大略也。任公曰：人固有之，国亦宜然。……故今日之责任，不在他人，而全在我少年。少年智则国智，少年富则国富，少年强则国强，少年独立则国独立，少年自由则国自由，少年进步则国进步，少年胜于欧洲，则国胜于欧洲，少年雄于地球，则国雄于地球。红日初升，其道大光。河出伏流，一泻汪洋。潜龙腾渊，鳞爪飞扬。乳虎啸谷，百兽震惶，鹰隼试翼，风尘吸张，奇花初胎，矞矞皇皇。干将发硎，有作其芒。天戴其苍，地履其黄。纵有千古，横有八荒。前途似海，来日方长。美哉我少年中国，与天不老；壮哉我中国少年，与国无疆。①

文中生动形象的比喻，铺陈渲染的笔法，激情飞扬的文字，无不体现着梁启超新文体的神韵风采。

梁启超内容丰瞻气象万千的新文体，在二十世纪初年的思想界文学界产生过巨大的影响。黄遵宪1902年致梁启超的信中以"惊心动魄，一字千金。人人笔下所无，却为人人意中所有，虽铁石人亦应感动。自古至今，文字之力之大，无过于此者矣"②，称赞其发表在《清议报》《新民丛报》上的文字。"已布之说，若公德、若自由、若自尊、若自治、若进步、若权利、

① 梁启超：《少年中国说》，《梁启超全集》第2集，汤志钧、汤仁泽编，北京：中国人民大学出版社2018年版，第221—225页。
② 黄遵宪：《致梁启超书》，《黄遵宪集》，吴振清等编校整理，天津：天津人民出版社2003年版，第490页。

若合群，既有以入吾民之脑，作吾民之气矣；未布之说，吾尚未知鼓舞奋发之何如也。此半年中，中国四五十家之报，无一非助公之舌战，拾公之牙慧者。乃至新译之名词，杜撰之语言，大吏之奏折，试官之题目，亦剿袭而用之……以公今日之学说、之政论布之于世，有所向无前之能，有惟我独尊之概，其所以震惊一世，鼓动群伦者，力可谓雄，效可谓速矣。"①

梁文"震惊一世，鼓动群伦"的辉煌，还影响着五四一代的知识青年。郭沫若谈及青少年时代对《清议报》的印象时说："他负载着时代的使命，标榜自由思想而与封建的残垒作战。在他那新兴气锐的言论之前，差不多所有的旧思想，旧风习都好像狂风中的败叶，完全失掉了它的精彩。"②胡适在谈到读《新民论》等文时的感受说："他在这十几篇文字里，抱着满腔的血诚，怀着无限的信心，用他那枝'笔锋常带情感'的健笔，指挥那无数的历史例证，组织成那些能使人鼓舞使人掉泪使人感激奋发的文章。"③

从《清议报》到《新民丛报》是梁启超新文体渐至成熟的时期。新文体勉力承载起传播文明思想于国民的责任，并不断丰富着自身的表现力。新文体在体制、文风、语言等方面适应报刊杂志等现代舆论媒体表情达意的需要，并带有梁启超个人鲜明独特的为文风格，其在笔锋常带感情、纵笔所至不检束的同时，也存在芜杂、重复、每言必尽的缺陷。新文体不断输入的新知识、新名词，丰富了现代汉语的语言词汇，它所坚持的从众向俗的价值取向和所运用的浅近平易的文言，为五四时期的白话文运动作了坚实的铺垫。

---

① 黄遵宪：《致梁启超书》，《黄遵宪集》，吴振清等编校整理，天津：天津人民出版社 2003 年版，第 512 页。
② 郭沫若：《少年时代》，北京：人民文学出版社 1979 年版，第 112 页。
③ 胡适：《胡适四十自述》，长春：吉林出版集团股份有限公司 2017 年版，第 49 页。

二、诗界革命

"诗界革命"是梁启超文学界革命的重要组成部分。梁启超明确提出"诗界革命"的主张是在 1899 年 12 月写作的《夏威夷游记》中。在此文中，梁启超有感于"诗之境界，被千余年来鹦鹉名士（余常戏名词章家为鹦鹉名士自觉过于尖刻）占尽矣，虽有佳章佳句，一读之似在某集中曾相见者"的诗界现状，而生"支那非有诗界革命，则诗运殆将绝"[1]的感慨。诗界革命呼唤能为诗界开辟新疆土新领域的"诗界之哥伦布、玛赛郎"出现："欲为诗界之哥伦布、玛赛郎，不可不备三长：第一要新意境，第二要新语句，而又须以古人之风格入之，然后成其为诗。"[2]宋明人善以印度之意境语句入诗，为诗别开生面，但佛学之境至今，已成为旧世界。"今欲易之，不可不求之于欧洲。欧洲之意境语句，甚繁富而玮异，得之可以陵轹千古，涵盖一切。"[3]

以新意境、新语句、古人之风格诗界革命的三个标准，衡量时彦中能为诗人之诗而锐意欲造新国者，都不免有遗珠之憾。黄遵宪有《今别离》等诗，纯以欧洲意境行之，但其诗重旧风格而新语句偏少；夏曾佑、谭嗣同善选新语句，其语句则经子生涩语、佛典语、欧洲语杂用，其意语皆非寻常诗家所存，但使人苦不知其出典，十日思不能索其解，已不具备诗家资格。其他如文廷式、丘逢甲等人诗中偶尔点缀一二新语句，常见佳胜，但片鳞只甲，未能确然成一家之言。"且其所谓欧洲意境语句，多物质上琐碎粗疏者，

---

① 梁启超：《夏威夷游记》，《梁启超全集》第 17 集，汤志钧、汤仁泽编，北京：中国人民大学出版社 2018 年版，第 262 页。

② 梁启超：《夏威夷游记》，《梁启超全集》第 17 集，汤志钧、汤仁泽编，北京：中国人民大学出版社 2018 年版，第 261 页。

③ 梁启超：《夏威夷游记》，《梁启超全集》第 17 集，汤志钧、汤仁泽编，北京：中国人民大学出版社 2018 年版，第 261 页。

于精神思想上未有之也，虽然，即以学界论之，欧洲之真精神，真思想，尚且未输入中国，况于诗界乎？此固不足怪也。吾虽不能诗，惟将竭力输入欧洲之精神思想，以供来者之诗料可乎。"[1]

稍后，梁启超在《清议报》《新民丛报》《新小说》上开辟"诗界潮音集""饮冰室诗话""杂歌谣"等专栏，推介诗歌作品。"饮冰室诗话"连载于《新民丛报》第四至九十五期，偶有间断，计二百零四条。后单独成书，仅辑录至1905年的第72期，共一百七十四条。梁启超以传统的诗歌批评方式，评介诗友诗作，进一步阐发诗界革命的主张并推动诗界革命的发展。

在《饮冰室诗话》中，梁启超仍然坚持以新意境、新语句、古人之风格作为诗界革命成功之作必备的三个要素，但他对《夏威夷游记》中即已意识到的"新语句与旧风格常相背驰"的矛盾有了更加细致的体察："过渡时代，必有革命；然革命者，当革其精神，非革其形式。吾党近好言诗界革命。虽然，若以堆积满纸新名词为革命，是又满洲政府变法维新之类也。能以旧风格含新意境，斯可以举革命之实矣。苟能尔尔，则虽间杂一二新名词，亦不为病。"[2]在诗界革命的实践过程中，新语句与新意境、旧风格的和谐是更为重要更为关键的问题。

从改造国民品质的愿望出发，梁启超提倡诗界革命应当陶铸雄壮活泼沉浑深远的国民精神，诗歌音乐教育应成为精神教育的要件："读泰西文明史，无论何代，无论何国，无不食文学家之赐，其国民于诸文豪，亦顶礼而尸祝之。若中国之词章家，则于国民岂有丝毫之影响耶？""至于今日，而诗词曲三者，皆成为陈设之古玩，而词章家真社会之虱矣。"[3]梁启超为《江

---

① 梁启超：《夏威夷游记》，《梁启超全集》第17集，汤志钧、汤仁泽编，北京：中国人民大学出版社2018年版，第262页。

② 梁启超：《饮冰室诗话》，《梁启超全集》第3集，汤志钧、汤仁泽编，北京：中国人民大学出版社2018年版，第208页。

③ 梁启超：《饮冰室诗话》，《梁启超全集》第3集，汤志钧、汤仁泽编，北京：中国人民大学出版社2018年版，第216页。

苏》杂志提倡音乐改革，已谱出军歌校歌多首拍案叫绝，以为此开中国文学复兴之先河。中国人无尚武精神，中国诗发扬蹈厉之气短缺，中国音乐靡曼柔弱，此均与国运升沉有关。梁启超对黄遵宪《出军歌》四章大加赞赏，"读之狂喜，大有含笑看吴钩之乐"，"其精神之雄壮活泼、沉浑深远不必论，即文藻亦二千年所未有也。诗界革命之能事，至斯而极矣。吾为一言以蔽之曰：读此诗而不起舞者，必非男子。"①

《饮冰室诗话》坚持创新求奇，为诗界开疆辟域的价值取向。其品评诗作，裒录于诗友，取材于近世，标榜声气，鼓动风潮的意图十分明确。这种不依傍于古人，求新境于异邦的诗话，在林林总总的侈谈六经之旨、风雅传统，打着宗唐抑或宗宋旗帜的清代诗话中是别具一格的。梁启超以为："中国结习，薄今爱古，无论学问文章事业，皆以古人为不可几及。余生平最恶闻此言。窃谓自今以往，其进步之远轶前代，固不待蓍龟；即并世人物，亦何遽让于古所云哉！"② 今时胜于旧时，今人不让古人，进化论给予新学家从复古拟古迷雾中走出的信心与勇气。

《饮冰室诗话》在以诗友之作诠释诗界革命的主张时，分别以夏曾佑、谭嗣同等人的"新学诗"与黄遵宪等人的"新派诗"作为反正两个方面的借鉴。1896 年间，梁启超、夏曾佑、谭嗣同在京师有一段"日相过从"，"文酒之会不辍"的密切交往。梁启超在《亡友夏穗卿先生》一文中回忆说："我们几何没有一天不见面，见面就谈学问，常常对吵"，"我们要把宇宙间所有的问题都解决"③。但供他们解决"宇宙间所有问题"的思想凭借却是十

---

① 梁启超：《饮冰室诗话》，《梁启超全集》第 3 集，汤志钧、汤仁泽编，北京：中国人民大学出版社 2018 年版，第 201 页。

② 梁启超：《饮冰室诗话》，《梁启超全集》第 3 集，汤志钧、汤仁泽编，北京：中国人民大学出版社 2018 年版，第 166 页。

③ 梁启超：《亡友夏穗卿先生》，《梁启超全集》第 17 集，汤志钧、汤仁泽编，北京：中国人民大学出版社 2018 年版，第 320 页。

分匮乏的，汉以前的经子之书、教会译书和主观冥想，构成了新学家新学的基础，他们在争吵中获得了"精神解放后所得的愉快"①。夏曾佑喜欢把"自己的宇宙观人生观""用诗写出来"，于是成为"新学诗"的始作俑者。新学诗作者"相约以作诗非经典语不用，所谓经典者，盖指"佛、孔、耶三教之经"②。这类"经子生涩语、佛典语、欧洲语杂用"的情况，造成了新学诗成为几乎难以解读的诗谜。《诗话》例举谭嗣同《金陵听说法》一诗云："而今上首普观察，承佛威神说偈言。一任法田卖人子，独从性海救灵魂。纲伦惨以喀私德，法会盛于巴力门。大地山河今领取，庵摩罗果掌中论。"《诗话》解释说，"喀私德即 Caste 之译音，盖指印度分人为等级之制也。巴力门即 Parliment 之音译，英国议院之名也。"③诗中的"听说法"，是指佛法，"庵摩罗果"用的是佛典，"卖人子"用的是耶稣被出卖的《旧约》事典。如此用典繁富，意象层叠，"苟非当时同学者，断无从索解"④。梁启超《夏威夷游记》中回忆 1897 年仿效夏、谭新学诗所作的一首七律："尘尘万法吾谁适？生也无涯知有涯。大地混元兆螺蛤，千年道战起龙蛇。秦新杀翳应阳厄，彼保兴亡识轨差。我梦天门受天语，玄黄血海见三蛙。"自嘲此诗要"注至二百余字，乃能解。今日观之，可笑实甚也，真有以金星动物入地球之观矣"⑤。新学诗另辟诗境的勇气是可贵的，但其诗意艰涩，"挦扯新名词以表自异"的做法过于生硬，未能做到与新意境、旧风格的和谐交融。诗界革命应

① 梁启超：《亡友夏穗卿先生》，《梁启超全集》第 17 集，汤志钧、汤仁泽编，北京：中国人民大学出版社 2018 年版，第 321 页。

② 梁启超：《饮冰室诗话》，《梁启超全集》第 3 集，汤志钧、汤仁泽编，北京：中国人民大学出版社 2018 年版，第 207 页。

③ 梁启超：《饮冰室诗话》，《梁启超全集》第 3 集，汤志钧、汤仁泽编，北京：中国人民大学出版社 2018 年版，第 207 页。

④ 梁启超：《饮冰室诗话》，《梁启超全集》第 3 集，汤志钧、汤仁泽编，北京：中国人民大学出版社 2018 年版，第 207 页。

⑤ 梁启超：《亡友夏穗卿先生》，《梁启超全集》第 17 集，汤志钧、汤仁泽编，北京：中国人民大学出版社 2018 年版，第 262 页。

引以为前车之鉴。

《诗话》给予高度评价的是黄遵宪等人的"新派诗"。黄遵宪年轻时期就有"我手写我口""别创诗界"的志向，1891 年写作的《人境庐诗草序》，又有"古人未有之物，未辟之境，耳目所历，皆笔而书之"[①]的主张。1897 年写作的《酬曾重伯编修》一诗中，把自己的诗称为"新派诗"。《诗话》对于黄遵宪诗"友视骚汉而奴蓄唐宗"的旧风古韵及"吟到中华以外天"的视野境界，给予极高的评价。以为"公度之诗，独辟境界，协然自立于二十世纪诗界中"，"近世诗人能熔铸新理想以入旧风格者，当推黄公度"[②]。与黄遵宪同样"理想深邃宏远"并列为近世诗界三杰的还有夏曾佑、蒋智由，以诗人之诗论可以称为天下健者的当数丘炜菱、丘逢甲。新派诗应成为诗界革命推进发展的凭藉和基础。

上述可知，新意境、新语句、旧风格三要素及其和谐融合，构成了梁启超诗界革命主张的核心。作为诗界革命最重要因素的新意境，在《夏威夷游记》中被表述为"欧洲之精神思想"，在《诗话》中被表述为"新理想"，它既包含西风东渐背景下纷至沓来的新事物、新知识等未有之物，也包含繁富玮异、日渐传播的西方社会新精神新思想等未有之意，更包含国民自新、民族文明进化而激发的新理想、新情感等未有之境。"新语句"是指与新事物、新知识、新思想相辅相成的话语载体，它包含新名词、新语汇、新句式。这些源于西方学术，与民族传统诗歌语言差异较大的新话语运用得当，正如唐宋人援佛典入诗一样，会给读者带来耳目一新的阅读感受。旧风格是指中国古典诗歌中诸如格律、节奏、气韵、物象意蕴等特有的表现形式、表现风格和审美特征。新意境、新语句、旧风格三大要素中，新意境是诗界革

---

① 黄遵宪：《人境庐诗草序》，《黄遵宪集》，吴振清等编校整理，天津：天津人民出版社 2003 年版，第 79 页。

② 梁启超：《饮冰室诗话》，《梁启超全集》第 3 集，汤志钧、汤仁泽编，北京：中国人民大学出版社 2018 年版，第 164 页。

命之诗的内容方面的支配性要素，旧风格是形式方面的支配性要素，前者决定了诗能否推陈出新，后者决定了诗如何不失为诗。于是，"以旧风格含新意境"，便成为诗界革命主张更为简约的表述。

梁启超不仅是诗界革命的倡导者，也是诗界革命的实践者。梁启超在《饮冰室诗话》中自述其诗歌创作的状况时说："余向不能为诗，自戊戌东徂以来，始强学耳。然作之甚艰辛，往往为近体律绝一二章，所费时日，与撰《新民丛报》数千言论说相等。"①梁启超现有的四百余首诗作、六十余首词作，其大部分写作在日本的十余年间，而作者致力于"以旧风格含新意境"实践的作品，又集中在东渡后的 1899 年至 1902 年之间。

此数年间，是梁启超读书最为广博、思想最为活跃、情感最为高昂的年头。其诗作也最少羁绊，最富激情。梁诗对"欧风卷亚雨"理想的追寻，对"牺牲一身觉天下"志向的描述，使用了很多新语句，也创造了很多新意境。其《广诗中八贤歌》以"远贩欧铅掺亚椠"之句，称赞严复之诗思想知识融汇中西，以"驱役教奠庖丁刀"之句，称赞蒋智由之诗古籍旧典，生发新意。梁诗独辟境界处也是朝着这两个方向努力的。以写作于 1899 年的《壮别二十六首》为例，其诗中"共和""思潮""自由""以太""团体""机会""责任""世纪""远洋"等为新词句，"一厄醉易水""齐州烟九点""更劳陟岵思""大陆成争鹿""劳劳精卫志"等用旧典，"阁龙""玛志""华拿""卢孟"为外国人名，虽是纷纭繁富，给人"浅花乱欲迷人眼"的感觉，但这些诗作已明显脱去"捋扯新名词以表自异"的生硬，也没有了"金星动物入地球"的怪异。其第二十五首云："极目览八荒，淋漓几战场。虎皮蒙鬼蜮，龙血混玄黄。世纪开新幕，风潮集远洋。欲闲闲未得，横槊数兴亡。"②抒写

---

① 梁启超：《饮冰室诗话》，《梁启超全集》第 3 集，汤志钧、汤仁泽编，北京：中国人民大学出版社 2018 年版，第 209 页。
② 梁启超：《壮别二十六首》，《梁启超全集》第 17 集，汤志钧、汤仁泽编，北京：中国人民大学出版社 2018 年版，第 588 页。

诗人面对即将到来的二十世纪，踌躇满志意有作为的情感。"世纪开新幕，风潮集远洋"句下仍分别加有若干注释，但即使没有这些注释，也不太影响诗的阅读。梁启超稍后所写的《太平洋遇雨》诗云："一雨纵横亘二洲，浪淘天地入东流。却余人物淘难尽，又挟风雷作远游。"① 诗中纯用白描手法，写出一雨纵横两州的新奇景象和诗人首次远洋，"学作世界人"的新奇感受，清新自然。而梁启超这一时期的歌行体诗，如《留利梁任南汉挪路卢》《赠别郑秋蕃兼谢惠画》《志未酬》等诗，则又显示出以文为诗的倾向。其《志未酬》云："世界进步靡有止期，吾之希望亦靡有止期。众生苦恼不断如乱丝，吾之悲悯亦不断如乱丝。登高山复有高山，出瀛海更有瀛海。任龙腾虎跃以度此百年兮，所成就其能几许？"② 突兀奔放的情感，推理诘问式的表述，使诗体句式、节奏呈现出自由解放的趋势。梁启超 1901 年在《赠别郑秋蕃兼谢惠画》一诗中称自己诗界革命的言论为"狂论"，称自己的诗作为"诗半旧"。"诗半旧"的评价中，包含着诗人对自己在"旧风格含新意境"方面所作努力的自我肯定。

1903 年，梁启超访问美国，"惩新党纷乱腐败之状，乃益不敢复倡义矣"，其政治态度由激进转为保守。是年，诗人三十一岁初度，用"一事未成已中岁，海云凝望转低迷"③ 的诗句抒写心情。此后的诗作，"献身甘作万矢的，著论求为百世师"④ 的豪情渐少，"临水登山供怅望，搔头负手费沉

---

① 梁启超：《太平洋遇雨》，《梁启超全集》第 17 集，汤志钧、汤仁泽编，北京：中国人民大学出版社 2018 年版，第 588 页。

② 梁启超：《志未酬》，《梁启超全集》第 17 集，汤志钧、汤仁泽编，北京：中国人民大学出版社 2018 年版，第 600 页。

③ 梁启超：《新大陆游记节录》，《梁启超全集》第 17 集，汤志钧、汤仁泽编，北京：中国人民大学出版社 2018 年版，第 122 页。

④ 梁启超：《自励二首》，《梁启超全集》第 17 集，汤志钧、汤仁泽编，北京：中国人民大学出版社 2018 年版，第 600 页。

吟"①的惆怅增多。君恩友仇，身世家国之感，被中年哀乐的愁云惨雾所笼罩。"尊前百感君休问，哀乐中年未易收。"②"中原多故吾将老，青眼歌余却望谁？"③"作箴欲起膏肓疾，奈此残肢已不仁。"④"清时我亦成樗散，分作神州袖手人。"⑤当康有为等人频频称赞梁启超诗"渊懿朴茂，深入昌黎之室"，而梁启超也频频与同光体诗人交往并拜赵熙为师时，其诗作已与诗界革命"以旧风格含新意境"的革新精神相去甚远了。

三、小说界革命

与文界革命、诗界革命先后兴起，精神气脉相通的小说界革命，在改变小说的社会与文学地位，推动小说理论的发展及小说文体改革，促进新小说、翻译小说的繁荣方面，取得了引人注目的成绩。

维新思想家不约而同地对小说参与社会启蒙问题予以关注，始于政治变法的准备时期。梁启超 1897 年 1 月发表的《变法通议·论幼学》一文，从言文脱离，造成妇孺农氓无不以读书为难事，而《水浒》《三国》《红楼》之类，读者反多于六经的现象入手，提出"今宜专用俚语，广著群书，上

---

① 梁启超:《既雨》,《梁启超全集》第 17 集，汤志钧、汤仁泽编，北京：中国人民大学出版社 2018 年版，第 613 页。

② 梁启超:《戊申初度》,《梁启超全集》第 17 集，汤志钧、汤仁泽编，北京：中国人民大学出版社 2018 年版，第 627 页。

③ 梁启超:《送李耀忠倅归国》,《梁启超全集》第 17 集，汤志钧、汤仁泽编，北京：中国人民大学出版社 2018 年版，第 642 页。

④ 梁启超:《娴儿读吾和邹崖薪字韵诗，若讶其数典之奇者，乃更为叠韵八章示之，并写寄邹崖》,《梁启超全集》第 17 集，汤志钧、汤仁泽编，北京：中国人民大学出版社 2018 年版，第 657 页。

⑤ 梁启超:《栎社诸贤见招》,《梁启超全集》第 17 集，汤志钧、汤仁泽编，北京：中国人民大学出版社 2018 年版，第 665 页。

之可以借阐圣教，下之可以杂述史事，近之可以激发国耻，远之可以旁及夷情"①，以有所裨益于政治变革。同年，康有为为大同译书局刊印的《日本书目志》写作识语，其有感于上海书肆中小说的销量最大和日本明治维新之后翻译与创作小说数量剧增的事实，以为小说"易逮于民治，善入于愚俗，可增七略为八，四部为五，蔚为大国，直隶王风者。今日急务，其小说乎！"②本年的十月，严复、夏曾佑在天津《国闻报》发表《本报附印说部缘起》，其以为"说部之兴，其入人之深，行世之远，几几出于经史之上"，持论与梁启超、康有为相同。严复之文的特异，一是把英雄之性、男女之情看作是人类的公性情。英雄和男女既是人类文明进化的人性本源，也是文章辞赋稗史小说的永恒性主题。二是以为小说属人心所构之史，不可因小说的虚构特征而轻薄之。

在维新思想家注意挖掘小说社会启蒙功用的同时，也自觉不自觉地开始编织小说救国的神话。康有为《日本书目志识语》认为：小说对社会民众的导引敦化移风易俗的作用，可补六经正史、语录、律例之所不能，"六经不能教，当以小说教之；正史不能入，当以小说入之；语录不能喻，当以小说喻之；律例不能治，当以小说治之"③。康氏此论，是就中国"有不读经，无有不读小说"的情况而发，而严复、夏曾佑《国闻报附印说部缘起》又举出"且闻欧美、东瀛，其开化之时，往往得小说之助"的海外佐证，小说左右人心，操持天下风俗的作用被维新思想家在不经意间予以夸大。

东渡后的梁启超，对日本流行的"以稗官之异才，写政界之大势"的

① 梁启超：《变法通议》，《梁启超全集》第 1 集，汤志钧、汤仁泽编，北京：中国人民大学出版社 2018 年版，第 66 页。

② 康有为：《日本书目志识语》，《二十世纪中国小说理论资料》第一卷，陈平原、夏晓虹编，北京：北京大学出版社 1997 年版，第 13 页。

③ 康有为：《日本书目志识语》，《二十世纪中国小说理论资料》第一卷，陈平原、夏晓虹编，北京：北京大学出版社 1997 年版，第 13 页。

政治小说十分欣赏。《清议报》开办的首期，既开辟"政治小说"专栏，并发表《译印政治小说序》："在昔欧洲各国变革之始，其魁儒硕学，仁人志士，往往以其身之所经历，及胸中所怀政治之议论，一寄之于小说。""往往每一书出，而全国之议论为之一变。彼美、英、德、法、奥、意、日本各国政界之日进，则政治小说为功最高焉。"① 与泰西抒写怀抱、发表政见、改造社会为主旨的政治小说相比照，中土小说"述英雄则规画《水浒》，道男女则步武《红楼》，综其大较，不出海盗海淫两端"②。这也正是关心今日中国时局者译印泰西政治小说目的之所在。在日本政治小说中，梁启超最为推尚《经国美谈》与《佳人奇遇》。《佳人奇遇》的作者柴四郎，《经国美谈》的作者矢野文雄，都是日本一时负有名望的政治活动家、报人。梁启超在赴日本的船中，船长以《佳人奇遇》赠读。壮怀激烈的梁启超对此类"寄托书中之人物，以写自己之政见"的政治小说心有灵犀，随阅随译。《清议报》开设的"政治小说"专栏，先连载《佳人奇遇》，又续刊《经国美谈》，两部小说刊载完毕，该栏目也便撤销。梁启超以为"以稗官之异才，写政界之大势"的政治小说是日本文界的独步之作，中国向所未有，中国小说的改革，当从这里起步："呜呼！吾安得如施耐庵其人者，日夕促膝对坐，相与指天画地，雌黄今古，吐纳欧亚，出其胸中所怀块垒磅礴，错综繁杂者，而一一熔铸之，以质于天下健者哉。"③ 不满足于遐想的梁启超，此时也开始了他政治小说的创作构思。

1902年10月，《新小说》创刊，梁启超写作《论小说与群治之关系》

---

① 梁启超:《译印政治小说序》,《梁启超全集》第1集，汤志钧、汤仁泽编，北京:中国人民大学出版社2018年版，第680页。

② 梁启超:《译印政治小说序》,《梁启超全集》第1集，汤志钧、汤仁泽编，北京:中国人民大学出版社2018年版，第680页。

③ 梁启超:《文明普及之法》,《梁启超全集》第2集，汤志钧、汤仁泽编，北京:中国人民大学出版社2018年版，第47页。

作为发刊词。此文是小说界革命的宣言之作，其思想与理论贡献体现在以下五个方面：一是正式提出小说界革命的口号，并把小说界革命与新民救国、改良群治紧密联系起来。梁文以特有的气势开宗明义：小说有不可思议的支配人道之力，因而"欲新一国之民，不可不先新一国之小说。故欲新道德，必新小说；欲新宗教，必新小说；欲新政治，必新小说；欲新风俗，必新小说；欲新学艺，必新小说；乃至欲新人心，欲新人格，必新小说。"① 文末，作者再次致意："今日欲改良群治，必自小说界革命始；欲新民，必自新小说始。"② 二是推小说为文学之最上乘。作者从浅而易解，乐而多趣的文体特征和常导人游于他境界，可帮人体味身边世界的思想特征诸方面，论述小说批窾导窍，移人移情优长于其他文体之处。作者认为："诸文之中能极其妙而神其技者，莫小说若。"③ 因而，小说为文学之最上乘。三是将小说种目区分为写实派与理想派两类。以小说文学作为媒介，常导人游于他境界，满足读者对身外之身，世界外之世界了解愿望的小说，称之为理想派小说；摹写常人行之不知，习焉不察之人生体验和常人心不能自喻，口不能自宣，笔不能自传之情状故事的小说，称之为现实派小说。四是以薰、浸、刺、提四字概括小说支配人道之力。薰即薰染，人读小说，如入云烟中而为其所燃，如近墨朱处为其所染，久而久之，其思想遂为小说之境界所占据。浸即浸润，薰染以空间言，浸润则以时间言，好小说如酒，让人十日饮而作百日醉，读小说而有喜怒哀乐，且持久不散，浸之力使然。刺即刺激。薰浸之力作用于渐觉，而刺激之力则如同醍醐灌顶，当头棒喝，使人于一刹那间，忽起异感

① 梁启超：《论小说与群治之关系》，《梁启超全集》第 4 集，汤志钧、汤仁泽编，北京：中国人民大学出版社 2018 年版，第 49 页。
② 梁启超：《论小说与群治之关系》，《梁启超全集》第 4 集，汤志钧、汤仁泽编，北京：中国人民大学出版社 2018 年版，第 52 页。
③ 梁启超：《论小说与群治之关系》，《梁启超全集》第 4 集，汤志钧、汤仁泽编，北京：中国人民大学出版社 2018 年版，第 50 页。

而不能自制者，文言不如俗语，庄论不如寓言，因而小说刺力最大，也最易使人顿悟骤觉。提即提升。凡读小说者，必常若自化其身于书中，在不自觉中，思想境界得到提升，薰浸刺之力，自外而入，提之力，则自内而脱之使出，文字移人，至此而极。五是呼吁中国小说界革命。由小说左右人道之作用返观中国小说，则中国小说几为"中国群治腐败之总根源"①，中国人的状元宰相思想，江湖盗贼思想，妖巫狐鬼思想，轻弃信义，奴颜婢膝，轻薄无行，多愁善感之国民品格，无一不由旧小说而造成。今日欲新民，必自新小说始。

梁启超《论小说与群治之关系》将文学救国的神话演绎到极致，其对中国旧小说的评价也有失偏激，它体现了作者看重小说革命，不惜矫枉过正的急迫心态。但梁启超此文中对小说文体与审美特征的体味，借助佛学语言对小说移情感人四种力量的描述，根据创作方法的不同分小说为理想派、写实派两类，都是独具匠心、精细深刻的理论贡献。《论小说与群治之关系》在二十世纪初年纷纷坛坛的小说理论中，具有总领统摄的意义。

在《新小说》创刊号上，梁启超还推出了他本人创作的政治小说《新中国未来记》。《新中国未来记》是作者酝酿多年，构想宏大，以演绎政治理想为主题的政治小说。但小说在《新小说》杂志上连载至第五回作者便中断了写作。根据《新民丛报》十四号上所刊登的中国唯一之文学报《新小说》的内容预告，可以大致了解小说的故事构想。作者起笔于义和团事变，试图叙及六十年中国所发生的变化。作者设想：先于南方一省独立，建设共和立宪之政府，与全球各国结平等之约。数年之后，各省群起独立，为共和政府四五，合为一联邦大共和国。先联结英美日三国，大破俄军，颠覆其专制政府，复合纵连横，联合亚洲国家平复由白种人对黄种人歧视而引发的争端，最终在中国京师开一万国平和会议，中国宰相为议长，议定黄白人种权利平

---

① 梁启超：《论小说与群治之关系》，《梁启超全集》第4集，汤志钧、汤仁泽编，北京：中国人民大学出版社2018年版，第51页。

等，互相亲睦。收入《饮冰室合集》的五回作品刚刚讲到维新志士黄克强、李去病游学欧洲归来，切磋政见，联络同志，便告终止。

《新中国未来记》是二十世纪初年新小说中政治小说的代表作。新小说报社酝酿创办《新小说》时，把小说从题材上分类为历史小说、政治小说、军事小说、冒险小说、探侦小说、写情小说、语怪小说数种。所谓政治小说者，"著者欲借以吐露其所怀抱之政治思想也。其立论皆以中国为主，事实全由于幻想。"[1]新小说报社对政治小说的界定，点明了政治小说的两个特点：一是以小说为载体，吐露政治思想；二是其创作手法以表现理想表现未来为主。《新中国未来记》虽然只写了五回，但上述政治小说的两个特点已表现得十分充分。小说采用倒叙的手法，以1962年中国维新五十年庆典，历史学家孔觉民在上海博览会设讲坛，演讲中国维新历史作为开篇的楔子。小说的第二回，是亲历维新，奔走国事，两次下狱，现为教育会长的孔觉民老先生的演讲。孔觉民把六十年来亲历的维新历史分叙为六个时代：从联军破北京到广东自治为预备时代，从南方各省自治到全国国会开设为分治时代，从第一次大统领罗在田就任到第二次大统领黄克强满任为统一时代，从第三次黄克强复任统领到第五次大统领陈法尧满任为殖产时代，从中俄战争起到亚洲同盟成立为外竞时代，从匈加利会议到演讲庆典日为雄飞时代。开篇之初，梁启超便煞费苦心用幻想编织了一个中国政体逐步演进、世界最终归于一统的大同世界。自小说的第三回，书中的主人公黄克强、李去病登场。黄、李二人同乡同里，为报国救民之计负笈留学英国，又分别到德国、法国"广集寰宇智识"，"实察世界形势"，数年后经俄罗斯回国。路经山海关，凭眺万里长城，目睹旅顺被瓜分的惨状，感慨唏嘘，酒酣耳热之时，议论中国前途，激昂慷慨。李去病血气方刚，主张一面破坏一面建设，用些雷

---

① 梁启超：《中国唯一之文学报：〈新小说〉》，《梁启超全集》第3集，汤志钧、汤仁泽编，北京：中国人民大学出版社2018年版，第590页。

霆霹雳手段成就惊天动地事业："这样的政府，这样的朝廷，还有甚么指望呢？""总是拼着我这几十斤血肉，和他誓不两立，有他便没有我，有我便没有他罢。"① 黄克强虑事周到沉稳，以为"我们想做中国的大事业，比不同小孩儿们要泥沙，造假房子"②，因而主张平和的自由，无血的破坏，走君主立宪，进而共和的道路。小说的第三回，便是黄、李的长篇辩论，论辩持续四十余回合，计一万六千余言，被评论者称之为"《盐铁论》体段"。③

作品对志士国外求学的故事叙述得十分简略，留学对爱国志士而言，只是一段必要的阅历，具有一种象征的意义，救国的学问在泰西，而新民的责任在中国。以孔觉民的演讲，描述对新中国未来的畅想，借黄克强、李去病的争论，发表对当下时局的政见，以志士国内的游历，描述中国的现实现状。才华横溢的梁启超，以他对政治小说的理解和对现实生活的解读，作了一部仅引其绪而未终其意的《新中国未来记》。

《新中国未来记》又是一部注定很难再写下去的小说。首先，由于作者着眼于"专欲发表区区政见，以就正于爱国达识之君子"④，其对小说文体以情节取胜，以故事感人的特点无暇顾及，甚至有意漠视淡化。作者希望以小说浅显的白话所表达的对时局对政治的精理名言，及对中国未来美好的畅想所构成的新境界去打动读者，吸引读者，作者为了取得先声夺人，抓住读者效果，其政见与理想已在前五回中表述得相当充分臻于完整，再往下写一省独立、联邦政府形成等子虚乌有之事，则缺少吸引读者的情节而更难敷衍

<hr>

① 梁启超：《新中国未来记》，《梁启超全集》第 17 集，汤志钧、汤仁泽编，北京：中国人民大学出版社 2018 年版，第 25 页。

② 梁启超：《新中国未来记》，《梁启超全集》第 17 集，汤志钧、汤仁泽编，北京：中国人民大学出版社 2018 年版，第 25 页。

③ 平等阁主人：《日新中国未来记第三回总批》，《二十世纪中国小说理论资料》第一卷，陈平原、夏晓虹编，北京：北京大学出版社 1997 年版，第 38 页。

④ 梁启超：《新中国未来记》，《梁启超全集》第 17 集，汤志钧、汤仁泽编，北京：中国人民大学出版社 2018 年版，第 7 页。

成文了。其次，作者写作《新中国未来记》的想法，虽是酝酿多年，但苦于"身兼数役，日无寸暇"，又恐"更阅数年，杀青无日，不如限以报章，用自鞭策"①。而真正下笔进入写作过程后，"每月为此书属稿者不过两三日"，没有充裕的时间和从容的心境，一部结构宏大的长篇巨制，又怎么保证可以善始善终呢？再次，作者欲发表政见，商榷国计，"编中多载法律、章程、演说、论文等"，使小说"似说部非说部，似稗史非稗史，似论著非论著，不知成何种文体"②。作者试图将演讲、辩论、游记、新闻、译诗诸种文类合而为一在小说文体中，而对小说的情节、结构、人物描写等基本元素，不甚关注，黄遵宪谓之"此卷所短者，小说中之神采（必以透切为佳）之趣味耳（必以曲折为佳）"③，小说作品缺失了小说的神采趣味，其写作也势必难以为继。

《新中国未来记》虽然未能完成，但梁启超的小说改良群治的积极实践和以新意境入旧风格的革新尝试，对当时的小说界具有巨大的示范效应，随着小说界革命的日益推进，小说创作队伍的不断扩大，小说杂志和发表小说报刊的逐渐增多，小说创作与小说翻译在1902年以后骤然由小道而蔚为大国。

四、戏曲界革命

戏曲是一种合言语、动作、歌唱为一体的综合艺术形式。其叙事特征，与小说相似，其抒情特征，与诗歌为近。梁启超在《释革》一文中，将"曲

---

① 梁启超：《新中国未来记》，《梁启超全集》第17集，汤志钧、汤仁泽编，北京：中国人民大学出版社2018年版，第7页。

② 梁启超：《新中国未来记》，《梁启超全集》第17集，汤志钧、汤仁泽编，北京：中国人民大学出版社2018年版，第7页。

③ 黄遵宪：《致梁启超书》，《黄遵宪集》，吴振清等编校整理，天津：天津人民出版社2003年版，第503页。

界革命"与"诗界革命""文界革命""小说界革命"并提,他在论及诗界革命与小说界革命时,都曾涉及戏曲革命问题。

《饮冰室诗话》中,梁启超把诗歌音乐视为改造国民品质,进行精神教育的"要件"。他追述中国诗乐合一的传统,以为自明代以后,士大夫无复过问音律之学,将雅乐剧曲委诸教坊优伶之手,"至于今日,而诗词曲三者,皆成为陈设之古玩,而词章家真社会之虱矣"。[①] 梁启超为《江苏》杂专谱写军歌校歌而拍案叫绝,称之"此中国文学复兴之先河",并号召有志诸君:"自今以往,更委身于祖国文学,据今所学,而调和之以渊懿之风格,微妙之辞藻,苟能为索士比亚,弥尔顿,其报国民之恩者,不已多乎?"[②] 鉴于"声音之道,感人至深"的原因,诗乐革命,还应提倡尚武精神,提倡发扬蹈厉之气,以宏大民族精神。

自严复、夏曾佑在《国闻报附印说部缘起》中把戏曲笼括在小说名下之后,梁启超在使用"小说"概念时,也包含戏曲。其论及小说界革命时,常将《西厢记》《长生殿》与《水浒传》《红楼梦》相提并论。戏曲与小说共同具有浅而易解,乐而多趣和不可思议支配人道之力的文体特征。梁启超在"小说丛话"中推曲本是中国韵文文学发展进化的顶点,他以为戏曲文学在表情达意中,有唱白相间,淋漓尽致;描画数人,各尽其情;每折数调,极自由之乐;任意缀合诸调,别为新调等优于他体文学的四大优长。在戏曲作品中,他最为推重的是《桃花扇》。《桃花扇》除了"结构之精严,文藻之壮丽,寄托之遥远"冠绝前古之外,充溢在剧中的种族之感,沉重地叩击着有家国之感读者与观众的心扉,"读此而不油然生民族主义之思

---

① 梁启超:《饮冰室诗话》,《梁启超全集》第3集,汤志钧、汤仁泽编,北京:中国人民大学出版社2018年版,第216页。

② 梁启超:《饮冰室诗话》,《梁启超全集》第3集,汤志钧、汤仁泽编,北京:中国人民大学出版社2018年版,第216页。

想者，必其无人心者也"①。

从改造国民品格，振刷国民精神的愿望出发，梁启超在 1902 年前后，身体力行于戏曲革新，创作了《劫灰梦》《新罗马》《侠情记》传奇三种，《班定远平西域》粤剧一种，分别在《新民丛报》《新小说》上刊出。

《劫灰梦传奇》与《侠情记传奇》都仅有一出。《劫灰梦》一出题为《独啸》，主人公名杜撰，上场后历数甲午与庚子两大劫难，造就了物是人非、生民涂炭的种种惨状："俺曾见素衣豆粥陪銮驾，俺曾见腥风血雨冬和夏，俺曾见列国屯营分占住官衙，俺曾见天坛满豢着西来马。"②纵览时局，前途难卜，瞻望前途，书生何以报国，不如将"俺眼中所看着那几桩事情，俺心中所想着那几片道理，编成一部小小传奇"③，以尽国民责任于万一。剧作至此而止。剧中的主人公杜撰，实际正是作者自身。未能完成的《劫灰梦》只是用戏曲文学的样式，抒写了对劫后余生社会现状的感受，并传达了以戏曲促进国民自新的写作宗旨。

《侠情记传奇》一出题为《纬忧》，以意大利女孩马尼他为剧中主角。马尼他姐弟从小接受国民责任和尚武精神的教育，期望以身报国。一日偶读新闻，知意大利同胞加里波的在美洲帮助里阿格兰共和国向巴西开战，生死不明，顿而生出对义侠英雄的心仪爱慕。马尼他的弟弟也希望姐姐与加里波的有天假之缘，将来他们有日子一块儿同做国家大事才好。此剧是《新罗马传奇》的副产品，作者试图为意大利建国三杰之一的加里波的演绎一段情感故事，这段情感故事也仅仅有个开头。

---

① 梁启超：《小说丛话》，《梁启超全集》第 17 集，汤志钧、汤仁泽编，北京：中国人民大学出版社 2018 年版，第 108 页。

② 梁启超：《劫灰梦传奇》，《梁启超全集》第 17 集，汤志钧、汤仁泽编，北京：中国人民大学出版社 2018 年版，第 3 页。

③ 梁启超：《劫灰梦传奇》，《梁启超全集》第 17 集，汤志钧、汤仁泽编，北京：中国人民大学出版社 2018 年版，第 3—4 页。

《新罗马传奇》写意大利建国三杰玛志尼、加里波的、加富尔从事统一大业的故事。在此剧写作之前，作者曾写有《意大利建国三杰传》一文，言意大利统一历史甚为详尽。梁启超认为：意大利分而复合的历史，可为中国所借鉴；意大利建国三杰以国家为重的精神境界，可为中国志士之楷模。《新罗马传奇》正是在《意大利建国三杰传》的基础上创作而成的。全剧共完成八出。在第一出"楔子"中，作者借诗人但丁之口，交待全剧主要情节，"梅特涅滥用专制权，玛志尼组织少年党，加将军三率国民军，加富尔一统意大利"①。第二、三、四出写瓜分意大利的维也纳会议和烧炭党人与统治者的斗争。第五、六、七、八场中玛志尼、加里波的、加富尔分别登场，商议成立"少年意大利党"事宜。少年意大利党的成立，是意大利革命的重要事件，作者至此中止了原计划四十出剧作的写作。

《班定远平西域》是作者1905年为大同学校音乐会所作，演绎东汉班超平定西域的故事。在此之前，梁启超写有《张博望班定远合传》，对张骞、班超出使平定西域之功，称赞有加。写作此剧，意在激发国民的民族自信和尚武精神。全剧共六幕，写"性厌丹铅，腹娴韬略"，"胸有千秋之业"的班超，十分敬慕汉武帝时代张骞短刀匹马、扬国威于绝域的功业，而立下"为国尽力，在世界上做一个大大的军人，替国史上增一回大大的名誉，这才算不虚生于天地间"②的志向。后奉命专征，在关外二十余年，定西域五十余国，功成名就，以七十岁高龄凯旋。这是梁启超剧作中仅有的一部完全完成的作品。作品写出师班师，极笔力渲染汉官威仪，写戎马生活，又处处宣扬从军之乐。全剧充满着昂扬激奋的情绪。

---

① 梁启超：《新罗马传奇》，《梁启超全集》第17集，汤志钧、汤仁泽编，北京：中国人民大学出版社2018年版，第82页。
② 梁启超：《班定远平西域》，《梁启超全集》第17集，汤志钧、汤仁泽编，北京：中国人民大学出版社2018年版，第271页。

"借雕虫之小技，寓遒铎之微言"①，梁启超的每部剧作，无不对域外文学导引民众的事例传闻频频引述，对启发蒙昧，改良群治的创作宗旨再三致意。《劫灰梦》中，作者借主人公杜撰之口表白道："你看从前法国路易十四的时候，那人心风俗不是和中国今日一样吗？幸亏有一个文人叫做福禄特尔（今译伏尔泰），做了许多小说戏本，竟把一国的人从睡梦中唤起来了。想俺是一介书生，无权无勇，又无学问可以著书传世，不如把俺眼中所看着那几桩事情，俺心中所想着那几片道理编成一部小小传奇，等那大人先生，儿童走卒，茶前酒后，作一消遣，总比读那《西厢记》《牡丹亭》强得些些，这就算我尽我自己面分的国民责任罢了。"②《新罗马》中作者借但丁之口说道："老夫生当数百年前，抱此一腔热血，楚囚对泣，感事欷歔。念及立国根本，在振国民精神，因此著了几部小说传奇，佐以许多诗词歌曲，庶几市衢传诵，妇孺知闻，将来民气渐伸，或者国耻可雪。"③正是从域外硕彦鸿儒身体力行的示范作用中，从国民自新、民族自新的崇高目标中，作者获得了思想的激情、创作的灵感和对戏曲传统大胆革新的冲动。

首先，梁启超的戏曲创作开启了"熔铸西史，捉紫髯碧眼儿，被以优孟衣冠"，"以中国戏演外国事"的先例。用中国传统的生末净旦丑的戏曲行当、曲词宾白作唱念打的表演形式，演绎外国历史故事，表现紫髯碧眼人物，并在这种演绎过程中输入文明思想，引发中国读者观众的思考与觉悟，确实是一种大胆的创意。作者凭藉其中西文化的深厚根底和匠心独具的艺术构思，将大胆的创意变成"石破天惊"的创举。《新罗马传奇》以意大利

---

① 梁启超：《新罗马传奇》，《梁启超全集》第 17 集，汤志钧、汤仁泽编，北京：中国人民大学出版社 2018 年版，第 82 页。

② 梁启超：《劫灰梦传奇》，《梁启超全集》第 17 集，汤志钧、汤仁泽编，北京：中国人民大学出版社 2018 年版，第 3—4 页。

③ 梁启超：《新罗马传奇》，《梁启超全集》第 17 集，汤志钧、汤仁泽编，北京：中国人民大学出版社 2018 年版，第 81 页。

诗人但丁的灵魂出场，作为全剧的楔子，交待故事发生的有关背景，剧作的主要情节及创作者演说他国兴亡成败故事的意图。第一出戏《会议》以1814 年维也纳会议为中心场景，讲述十九世纪初欧洲的政治格局和意大利被瓜分割裂的原因。这种讲述，既是故事发展剧情的需要，又为作者提供了以稗史传奇方式讲述欧洲历史的机会。扪虱谈虎客评论说："此本宜作中学教科书读之。"① 至于以下剧情的发展、场景的设置，以及人物的曲词宾白，无一不让读者感到有所寄托，有所影指，感到作者是在借他人酒杯，浇自己块垒。第二出《初革》、第三出《党狱》写意大利烧炭党人为争取民权自由与统治者的血与火的斗争。烧炭党人被指为逆党被逮受审时，有《混江龙》两曲述写心志："我是为民请命，将血儿洗出一国的大光明，便今日拼着个苌宏血三年化尽，到将来总有那精卫冤东海填平。""我是播散自由的五瘟使，我是点明独立的北辰星，今日里尽了我的责任，骖鸾归去，他日啊飞下我的精神，搏虎功成。坦荡荡横刀向天笑，颠巍巍旁人何用惊。"② 读曲至此，人们自然会从烧炭党人的政治革命联想到维新志士的政治变法，由烧炭党人的壮怀激烈联想到戊戌六君子的慷慨就义。"以中国戏演外国事，复以外国人看中国戏"③，《新罗马》的艺术魅力正在于此。

其次，梁启超的戏曲创作、其在剧作结构上凸现出重视议论寄托，淡化情节冲突的整体特征。梁启超曾从结构、文藻、寄托三个方面高度评价《桃花扇》所取得的艺术成就，而对《桃》剧的思想寄托和故国之感更为看重。作为戏曲革命的倡导者先行者，梁启超借助戏曲媒介发表政见启发蒙昧

---

① 梁启超：《新罗马传奇》，《梁启超全集》第 17 集，汤志钧、汤仁泽编，北京：中国人民大学出版社 2018 年版，第 86 页。

② 梁启超：《新罗马传奇》，《梁启超全集》第 17 集，汤志钧、汤仁泽编，北京：中国人民大学出版社 2018 年版，第 91 页。

③ 梁启超：《新罗马传奇》，《梁启超全集》第 17 集，汤志钧、汤仁泽编，北京：中国人民大学出版社 2018 年版，第 82 页。

的欲望依然炽烈，而抒写飘流异域家国之感、驰骋才情的念头也在暗流涌动。他在戏曲关目的安排，戏曲角色的处理上，更多地考虑政治见解和思想情感如何完整顺畅地表达宣泄，而对戏曲情节的设置，戏曲冲突的构成并不十分关注，其戏剧作品中的主要人物，也常常扮演着历史事件见证人，道理议论讲述者的角色。梁剧情节冲突淡化，人物平面化特点的形成，与作者维新国民的创作思想有关，也与发表在报刊杂志上的戏曲作品，逐渐告别舞台，走向案头的发展趋势有关。在人们主要用来"阅读"，而不再是"观看"的戏曲文学中，剧作者满足于选择以警世警心的道理论说，吸引读者，左右人心，其他如对情节冲突的设置与人物的刻划，也就无暇用心了。正是在用来"阅读"的戏曲文学曲词宾白错综杂陈的空间里，梁启超获得了充分驰骋才情的自由。明清传奇大多围绕一生一旦展开剧情，正旦或正生必须在第一出即出场，而《新罗马传奇》一书中主人翁及四五人，主要人物玛志尼至第四出才出场，人们也并不感到突兀怪异。考虑到旦、生角色的搭配，作者在第三出《党狱》中加入女烧炭党人角色，也属别出心裁之举。在装扮和表演方面，《新罗马》中的人物可以着燕尾礼服，作"互相握手接吻介"，《班定远平西域》中，剧中的匈奴钦差说话中英文夹杂，随员说话中日文夹杂，为剧作平添若干诙谐气氛。剧中的曲文写作，或激昂慷慨，壮志激烈，或美人芳草，哀感顽艳；其宾白语言，或引用化用前人诗词，赋予新意，或将新名词，音译外来词，地方方言尽情拿来，为我所用，却无不熨帖自然，收放自如。《班定远平西域》一剧中，作者将黄遵宪发表在《新小说》杂志上的《军歌》信手拈来，作为汉人出征与凯旋的《出军歌》《旋军歌》，其气势境界，为全剧增色许多。扪虱谈虎客评《新罗马》说："作者为文无他长，但胸中有一材料，无不捉之以入笔下耳。"[①]作者的学养才情在戏曲作品中得以充分展示。

---

① 梁启超：《新罗马传奇》，《梁启超全集》第 17 集，汤志钧、汤仁泽编，北京：中国人民大学出版社 2018 年版，第 93 页。

第三，梁启超的戏曲创作，充满着昂扬激奋的情感张力。在《新罗马》中，作者借但丁之口点明饮冰室主人编写此剧的心思："我想这位青年，飘流异域，临睨旧乡，忧国如焚，回天无术，借雕虫之小技，寓遒铎之微言。"① 剧中以烧炭党人之口说道："一声儿晨钟，吼得人深省。将奸奴骂醒，把国民唤醒。"② 自喻为遒铎晨钟，把奸奴骂醒，把国民唤醒，一骂一唤，构成了梁剧特有的思想情感表现模式。《劫灰梦》主人公杜撰上场，一骂列强，再骂守旧派，三骂洋奴，转而劝诫国人："自古道：物耻可以振之，国耻可以血之。若使我中国自今以后，上下一心，发愤为强，则塞翁失马，安知非福。"③《新罗马》《党狱》一出戏，被扪虱谈虎客称为壮快之骂。烧炭党人被捕后大骂独裁者道"千刀王莽，刳尽你的臭皮袋，三冢蚩尤，磔透你的恶魂灵，你的头便是千人共饮的智瑶器，你的腹便是永夜长明的董卓灯"④。可谓骂得痛快淋漓，而其与国民与同志励志共勉的话却又转而是语重心长："是男儿自有男儿性，霹雳临头心魂静，由来成败非由命，将头颅送定，把精神留定。"⑤ 在剧作的骂与唤中，读者可以深切地感受到剧作者对民族与国民自新的热望执着。这种热望执着无处不在，它给戏曲作品带来昂扬激奋的情感张力，也赋予戏曲人物尚武与牺牲精神。《班定远平西域》旨在夸示大汉威风，剧中除引用黄遵宪《军歌》外，还有《从军乐》十二首，剧终合唱《旋军歌》，挥国旗大呼"军人万岁""中国万岁"。须眉英雄之外，梁剧还描写

① 梁启超：《新罗马传奇》，《梁启超全集》第 17 集，汤志钧、汤仁泽编，北京：中国人民大学出版社 2018 年版，第 82 页。
② 梁启超：《新罗马传奇》，《梁启超全集》第 17 集，汤志钧、汤仁泽编，北京：中国人民大学出版社 2018 年版，第 90 页。
③ 梁启超：《劫灰梦传奇》，《梁启超全集》第 17 集，汤志钧、汤仁泽编，北京：中国人民大学出版社 2018 年版，第 3 页。
④ 梁启超：《新罗马传奇》，《梁启超全集》第 17 集，汤志钧、汤仁泽编，北京：中国人民大学出版社 2018 年版，第 91 页。
⑤ 梁启超：《新罗马传奇》，《梁启超全集》第 17 集，汤志钧、汤仁泽编，北京：中国人民大学出版社 2018 年版，第 90 页。

了两位巾帼英雄。一位是《侠情记》中的马尼他，自称"侬家虽属蛾眉，颇娴豹略；读荷马铙歌之什，每觉神移；赋木兰从军之篇，惟忧句尽。"[1]另一位是《新罗马》中慷慨赴死的女烧炭党人："我是个娇滴滴的闺秀儿，生来不解道夫婿封侯怨，我贪着轰烈烈的从军乐，梦里顾不得爷娘唤女声。我要将红粉儿砌成那国民基础，我便把爆药儿炸开那世界文明。今日里拼着个颈血儿溅污桃花扇，十年后少不免精魂儿再生牡丹亭。"[2]梁剧中携手共赴英雄事业的须眉巾帼，成为这一时期铁血志士的代表。

正如小说界革命一样，梁启超推动的戏曲界革命获得了强烈的社会反响。借三尺舞台演绎中外兴亡故事，以曲词宾白抒写新民救国情怀，成为文人一时的时尚，众多的报刊成为发表新剧作品的主要阵地。1904年9月，柳亚子等人在上海创办第一个专门的戏剧杂志《二十世纪大舞台》，它标志着戏曲文学一个新时代的到来。

五、文学界革命的理论与实践意义

十九世纪与二十世纪的交接，在敏锐自信的梁启超看来，有着异乎寻常的意义。他充满热情地预言，这是一个"短兵紧接、新陈换代"和中西文明融合交汇的时代，是一个老大帝国行将就木，而少年中国呼之欲出的时代，"今世纪之中国，其波澜偶诡，五光十色，必更有壮奇于前世纪之欧洲

---

① 梁启超:《侠情记传奇》,《梁启超全集》第 17 集, 汤志钧、汤仁泽编, 北京: 中国人民大学出版社 2018 年版, 第 76 页。

② 梁启超:《新罗马传奇》,《梁启超全集》第 17 集, 汤志钧、汤仁泽编, 北京: 中国人民大学出版社 2018 年版, 第 92 页。

者。哲者请拭目以观壮剧，勇者请挺身以登舞台。"①梁启超即是登上世纪之交思想与文学革命舞台的勇者。梁启超《释革》一文解释"革命"之意说：

> 夫淘汰也，变革也，岂惟政治为然耳。凡群治中一切万事万物莫不有焉。以日人之译名言之，则宗教有宗教之革命，道德有道德之革命，学术有学术之革命，文学有文学之革命，风俗有风俗之革命，产业有产业之革命，即今日中国新学小生之恒言，固有所谓经学革命、史学革命、文界革命、诗界革命、曲界革命、小说界革命、音乐界革命、文字革命等种种名词……其本义实变革而已。②

上述种种革命，均属国民变革的范畴。文界革命、诗界革命、小说界革命、曲界革命等项内容，无不从属于世纪之交国民性改造与国民精神革新的整体工程。在古与今的现代转换，中与西的现代融合的矩阵中，探索中国文学变革与发展之路，梁启超既是思者，又是行者。

梁启超以国民启蒙、国民自新、国民变革为基本目标，以文体革命为触介点的文学革命思想，蕴含着许多是有划时代意义的理论命题并具有极强的可实践性。以梁启超为旗手的文学界革命的不断推进与深化，给世纪之交的文坛，带来了前所未有的喧嚣与骚动：

——随着进化如飞矢观念的深入人心，明清以来愈演愈甚的拟古、复古主义思潮受到唾弃。以西欧、日本近代文学为鉴镜，反思祖国文学之缺陷，服从于新民救国的需要，清理传统文学之弊端，改弦更张，创新求奇，

① 梁启超：《少年中国说》，《梁启超全集》第 2 集，汤志钧、汤仁泽编，北京：中国人民大学出版社 2018 年版，第 113 页。
② 梁启超：《释革》，《梁启超全集》第 4 集，汤志钧、汤仁泽编，北京：中国人民大学出版社 2018 年版，第 93 页。

向西哲看齐，不倚傍古人，渐成为新的文学风尚。同时，以进化的观点看待中外文学史的递进，"文学之进化有一大关键，即由古语之文学，变为俗语之文学是也。各国文学史之开展，靡不循此轨道"。言文合一，古语之文学变为俗语之文学被看作是文学进化历史发展的必然。

——随着维新志士把政治革命的热情转移到以新民为核心的思想启蒙运动上来，文学因其具备左右人心之"不可思议之力"而被认作是开启国民智识、振刷国民精神、改造国民品质最好的形式和最便利的途径。二十世纪中国文学对改造国民性问题的执着关注，从此时开始。这一时期，域外文学救国的神话不胫而走，域外文学家对文明进化的作用与贡献在不经意中扩大，"读泰西文明史，无论何时，无论何国，无不食文学家之赐，其国民于诸文豪，亦顶礼而尸祝"。文学崇高地位的确立和文学家地位的提高，加上自由职业选择社会条件的成熟，更多的城市知识分子加入文学写作、文学翻译的队伍。

——文学重在表现人的情感与想像的观念被普遍接受。严复、夏曾佑试图从人类普遍性情的角度探求"英雄""男女"何以成为文学作品常久不衰的表现主题，提醒读者不能因虚构特征而轻诋小说。梁启超以熏、浸、刺、提来概括小说支配人道的力量，以"烟士披里纯"（灵感）描述文学的创作过程。稍后，接受康德、叔本华美学思想的王国维，其对文学的情感与想像特征的认识则更加明确："若夫知识、道理之不能表以议论，而但可表以情感者，与夫不能求诸实地而但可求诸想象者，此则文学之所有事也。"这种对文学特质的认识，完成了对中国传统杂文学体系的超越，"文学"概念的使用，已近于现代的规范。

——小说戏曲被引进文学的殿堂。小说被推为文学之最上乘，改变了诗文被视为正宗而小说戏曲往往不被人看重的传统观念。随着小说队伍的提高，各种小说刊物与新小说如雨后春笋，令人目不暇接。政治小说、谴责小说、言情小说、侦探小说和科幻小说，品种繁富，形式多样，给文学界带来异常喧闹的热烈气氛。小说堂而皇之成为二十世纪中国文学中的巨大家族，而观念的转变，却是从这里开始的。随着小说戏曲地位的提高，诗、文、小说、戏曲并列为文学的四大门类，与现代西方文学体裁的分类取得统一。梁启超"诗界革命""文界革命""小说界革命""戏曲界革命"口号的提出，即是对文学体裁现代而规范的表述。

——创作方法的区分与文学批评的更新。梁启超在《论小说与群治之关系》中把小说区分为表现理想和反映现实两种。表现理想的称之为理想派小说，反映现实的称之为写实派小说，表明在这一时期中国文学家对艺术地把握世界的不同方式——创作方法的区分有了初步的认识，而五四时期浪漫主义和现实主义创作倾向的双峰对峙，双水并流，则是这种认识的进一步深化并走向了创作的自觉。这一时期随着《清议报》《新民丛报》《新小说》等报刊文艺评论专栏的开设，文学批评也日趋活跃，中国传统的诗话、词话、小说评点等文学批评方式虽仍被沿用，但批评的原则和方法却有了更新的趋势。

——文学变革张扬"雌黄古今，吐纳欧亚"思想自由、融汇兼收的气度精神，文体革命则遵循旧风格含新意境的基本规制。前者是灵魂，后者是形质。"精神既立，则形式随之而进"；"但有精神之维新，而形式之维新自应弦赴节而至矣"。在文体革命中，新意境即文界革命所说的"欧西文思"，诗界革命所说的"欧洲之真精神、真思想"。小说界革命所说的"其身之所经历，及胸中所怀，政治之议论"，戏曲界革命所说的"寄托之遥远"。旧风格在文为浅近文言，在诗为汉唐格律，在小说为章回体裁，在戏曲为曲词宾白，"当革其精神，非革其形式"。文学界革命的主将把革其精神的旗帜高高举起，把革其形式的任务留给了后来者。

——语言出现变革的趋势。语言是民族文化与文学变革中最稳定与最保守的因素。随着新名词的介入和表达新思想的需要，以及文学变革文体革命的推进，这一时期文学语言出现了变革的趋势，诗中形式较为自由的歌行体诗逐渐增多，文中时杂以俚语、韵语及外国语法，词汇的报章文体日益为人们所喜闻乐见。以启蒙民众为目的的晚清的白话文运动明确提出"崇白话而废文言"的口号，小说的创作与翻译也越来越多地使用白话。

文学界革命是二十世纪中国文学自我更新艰难变革的起点。文学界革命与戊戌变法失败后兴起的国民启蒙、国民自新运动同生共荣。文学界革命借助西方异质文化的撞击力量，打破了中国文学的因循死寂，勉力担负起民族精神革新、民族文明再造的重任，并在历史的废墟上，初步构造新文学的殿堂。一切进行的都是那么匆忙，时代并没有留出从容思考从容选择的时机，维新思想家、文学家凭借创造的热情和破坏的冲动，把文学革命的支架建立在新民救国的思想基础之上。而当社会政治发生急聚变革，迫使维新家退出政治与思想的中心舞台时，他们在文学革命中的地位也被边缘化，历史把思想启蒙与文学革命的接力棒传给了后来者。

别创诗界的黄遵宪

1902 年 11 月，正当梁启超在《新民丛报》上连载《饮冰室诗话》，鼓吹诗界革命，称赞"近世诗人能熔铸新理想以入旧风格者，当推黄公度"[1]，"公度之诗，独辟境界，卓然自立于二十世纪诗界中，群推为大家"[2] 的时候，蛰居家乡广东梅州的黄遵宪在给诗人丘炜萲的信中写道："少日喜为诗，谬有别创诗界之论。然才力薄弱，终不克自践其言，譬之西半球新国，弟不过独立风雪中清教徒之一人耳。若华盛顿、哲非逊、富兰克林，不能不属望于诸君子也。诗虽小道，然欧洲诗人，出其鼓吹文明之笔，竟有左右世界之力；仆老且病，无能为役矣。"[3] 步入生命垂暮之年的黄遵宪把自己一生孜孜以求却志有未逮的"别创诗界"的期望留给了后来者。

黄遵宪（1848—1905），字公度，广东嘉应州（今梅州市）人，1876 年中举，次年随同乡何如璋以参赞身份出使日本。1882 年，调任驻美国旧金山总领事。1885 年回国，以三年时间，修《日本国志》四十卷成。1889 年

---

[1]　梁启超：《饮冰室诗话》，《梁启超全集》第 3 集，汤志钧、汤仁泽编，北京：中国人民大学出版社 2018 年版，第 164 页。

[2]　梁启超：《饮冰室诗话》，《梁启超全集》第 3 集，汤志钧、汤仁泽编，北京：中国人民大学出版社 2018 年版，第 184 页。

[3]　黄遵宪：《与丘菽园书》，《黄遵宪集》，吴振清等编校整理，天津：天津人民出版社 2003 年版，第 478 页。

再次以参赞身份随薛福成出使英、法、意、比。1891 年调任新加坡总领事。1894 年冬回国，曾在两江总督府办理教案。后加入强学会，助汪康年、梁启超创办《时务报》。1897 年夏至湖南襄助新政。1898 年 6 月充任使日本大臣，因京中政变，被放还乡里，1905 年 3 月病逝。著有《人境庐诗草》《日本杂事诗》《日本国志》，今人辑其诗文为《黄遵宪集》。

《人境庐诗草》计十一卷，为诗人生前手定而成，收入其 1868 年至 1904 年所作古近体诗六百四十二首。一生以"别创诗界"自期的诗人黄遵宪，其思想情感经历与诗歌创作大致可从三个时期予以分述。

第一时期：读书科考时期（1864—1877）。鸦片战争与太平天国时期的中国，正经历着亘古未有的奇变，外患与内忧纷至沓来，促使中国士大夫中最为敏感最先觉醒的先进人士，把目光转向社会现实问题的研究和对中国之外世界的注意。但这种曙光初现式的觉悟，并没有太多地触动汉宋之学一统天下的传统学术格局，也没有太多的改变读书士子通过科举进入士大夫官僚阶层的旧有秩序。已经感受到"七万里戎来集此，五千年史未闻诸"[1]风云变幻惊涛拍岸气息的黄遵宪，却又不得不在销磨心志的科考中一次次无可奈何地翻着跟斗，其愤慨郁闷也由此而生。《人境庐诗草》第一、二卷，集中表现了三十岁之前诗人走出传统学术窠臼，告别传统人生道路的渴望与苦闷。其写于十六岁时的《感怀》诗云："世儒诵诗书，往往矜爪嘴。昂头道皇古，抵掌说平治。上言三代隆，下言百世俟。中言今日乱，痛哭继流涕。摹写车战图，胼胝过百纸。手持《井田谱》，画地期一试。古人岂我欺，今昔奈势异。儒生不出门，勿论当世事。识时贵知今，通情贵阅世。"[2]世界日新而侈谈皇古三代，时过境迁仍拘守陈规旧制，其迂腐瞒旰，误国误民者甚

---

① 黄遵宪:《和钟西耘庶常德祥津门感怀诗》,《黄遵宪集》, 吴振清等编校整理, 天津: 天津人民出版社 2003 年版, 第 117 页。

② 黄遵宪:《感怀》,《黄遵宪集》, 吴振清等编校整理, 天津: 天津人民出版社 2003 年版, 第 80 页。

多。知今而阅世，识时且通情，当为一代读书人新的追求、新的选择。诗人二十一岁时所作的《杂感》讥评汉宋之学琐碎空疏、汉宋之争无裨于世道："亦有高材生，各自矜爪嘴。袒汉夸考据，媚宋争义理。彼此互是非，是非均一鄙。茫茫宇宙间，万事等儿戏。"①汉学之考据，宋学之义理，都不屑于一顾，年轻的黄遵宪最为心仪的是作一个冲破尊古复古罗网，直面于现实世界，"我手写我口"的诗人：

> 大块凿混沌，浑浑旋大圜，隶首不能算，知有几万年？羲轩造书契，今始岁五千。以我视后人，若居三代先。俗儒好尊古，日日故纸研，六经字所无，不敢入诗篇。古人弃糟粕，见之口流涎。沿习甘剽盗，妄造丛罪愆。黄土同抟人，今古何愚贤？即今忽已古，断自何代前？明窗敞流离，高炉爇香烟。左陈端溪砚，右列薛涛笺。我手写我口，古岂能拘牵。即今流俗语，我若登简编，五千年后人，惊为古斓斑。②

古是过去之今，今是将来之古，诗人以通达变易的眼光看待古与今的转换更迭，从而大胆主张打破古文与今文的壁垒，剔除古言中已腐朽死亡的糟粕，吸收今语中富有活力与表现力的精华，不拘古言，不避今语，追求古与今融会、文与言合一的语真之境。"我手写我口"是怀抱"别创诗界"志向的诗人震惊流俗的第一声宣言。稍后的 1872 年，在"语无古今"的基础上，黄遵宪又提出"诗无古今"之说。其《与朗山论诗书》云：

---

① 黄遵宪：《杂感》，《黄遵宪集》，吴振清等编校整理，天津：天津人民出版社 2003 年版，第 91 页。

② 黄遵宪：《杂感》，《黄遵宪集》，吴振清等编校整理，天津：天津人民出版社 2003 年版，第 89—90 页。

诗固无古今也。苟能即身之所遇，目之所见，耳之所闻，而笔之于诗，何必古人？我自有我之诗者在矣。夫声成文谓之诗，天地之间，无有声皆诗也，即市井之谩骂，儿女之嬉戏，妇姑之勃谿，皆有真意以行其间者，皆天地之至文也。不能率其真，而舍我以从人，而曰吾汉吾魏吾六朝吾唐吾宋，无论其非也，即刻画求似而得其形，肖则肖矣，而我则亡也。我已忘我，而吾心声皆他人之声，又乌有所谓诗者在耶？①

天地至文，贵在真意；至文真意，又以身之所遇，目之所见，耳之所闻最为深切。将身之所遇，目之所见，耳之所闻入诗，诗得真境、真情、真意，又何必舍我以从人，忘已而学古？"我手写我口"与"诗无古今"之说所体现出的打通古今壁垒，关注现实世界，真我自作主宰的精神，成为黄遵宪"别创诗界"理想的重要基石。

1867 年至 1876 年的十年间，黄遵宪四次参加乡试，均告失败。屡试屡败百感交集的科场失意，应试途经广州、香港、天津、北京等地的所见所闻，使其这一时期的诗作交织着家国与身世之感。《香港感怀》有"六州谁铸错，一恸失燕脂"②的诗句，追思二十余年前香港被割让的惨痛历史。《羊城感赋》有"手挽三江尽北流，寇氛难洗越人羞"③的诗句，回想太平天国起事于南粤而息灭于金陵的惊心一幕。《由轮舟抵天津作》有"地到腹心犹

① 黄遵宪：《与朗山论诗书》，《黄遵宪集》，吴振清等编校整理，天津：天津人民出版社 2003 年版，第 412 页。
② 黄遵宪：《香港感怀》，《黄遵宪集》，吴振清等编校整理，天津：天津人民出版社 2003 年版，第 97 页。
③ 黄遵宪：《羊城感赋》，《黄遵宪集》，吴振清等编校整理，天津：天津人民出版社 2003 年版，第 104 页。

鼾睡，人来燕赵易悲歌"①的诗句，感慨作为北京门户的天津已成为外国人的商埠，而国人还在作着"中外同家"的好梦。一边是国事忧患，另一边是感士不遇。诗人深知八股取士，难兴英贤；但舍此之道，难为国用，其欲罢不能的苦闷痛苦，昭然于诗行之间。"暂垂鹏翼扶摇势，一学蝇头世俗书。"②"一第区区何足道，频番缘木妄求鱼。"③"三战复三北，马齿加长矣。破剑短后衣，年年来侮耻。下争鸡鹜食，担囊走千里。时时发狂疾，痛洒忧天泪。群书杂然陈，所志非所事。枘凿殊方圆，如何可尝试？"④1876年，黄遵宪在顺天乡试中被录为举人，入赀以五品衔拣选知县用，同年列入派往日本的使馆成员名单中，十余年科考的恶梦终告结束。面对迟来的功名，已届而立之年的诗人留下了"学剑学书无一可，摩挲两鬓渐成丝⑤的叹喟。

第二时期：海外使节时期（1877—1894）。1877年11月26日，黄遵宪随何如璋从上海乘船前往日本，开始了他长达十余年，辗转于日本、美国、英国、新加坡的海外使节生涯。此前"足迹殊难出里闬"⑥的诗人幸运地成为走向西方世界的第一代知识分子。

初到日本，黄遵宪对明治维新后西学大行，"译蟹行之字，钞皮革之

① 黄遵宪：《由轮舟抵天津作》，《黄遵宪集》，吴振清等编校整理，天津：天津人民出版社2003年版，第327页。

② 黄遵宪：《将应廷试感怀》，《黄遵宪集》，吴振清等编校整理，天津：天津人民出版社2003年版，第108页。

③ 黄遵宪：《将应顺天试仍用前韵呈霭人樵野丈》，《黄遵宪集》，吴振清等编校整理，天津：天津人民出版社2003年版，第118页。

④ 黄遵宪：《述怀再呈霭人樵野丈》，《黄遵宪集》，吴振清等编校整理，天津：天津人民出版社2003年版，第120页。

⑤ 黄遵宪：《三十初度》，《黄遵宪集》，吴振清等编校整理，天津：天津人民出版社2003年版，第121页。

⑥ 黄遵宪：《将应顺天试仍用前韵呈霭人樵野丈》，《黄遵宪集》，吴振清等编校整理，天津：天津人民出版社2003年版，第118页。

书""虽孩童妇女，亦夸拿破仑、誉华盛顿"①的风气，不能理解和接受，其对日本旧派学人"尊王攘夷"的观念多有推许，对日本新政新学也持谨慎与保留的态度。他为人著作作序，以为凡托居地球，自立为国者，有可变有不可变者："其可得而变革者，轮舟也，铁道也，电信也，凡所可以务财训农通商惠工者皆是也；其不可得而变革者，君臣也，父子也，夫妇也，凡关于伦常纲纪者皆是也。"②到日本二年后，"稍稍习其文，读其书，与其士大夫交游"③，而有写作《日本国志》的想法。在编写《日本国志》的过程中，出于网罗旧闻、参考新政的需要，辄取日本杂事衍为小注，串之以为诗，充任《日本国志》的编写草本，名《日本杂事诗》。《杂事诗》为七言绝句，或一诗记一事，或数事合一诗，诗后附有长短不等的自注，这些自注的不少段落成为《日本国志》写作的基础。《日本杂事诗》初刊于 1879 年，计诗一百五十四首。初刊本中的诗和注代表着刚出国门的黄遵宪对日本新政新学的认识水平。1887 年，《日本国志》书成。1890 年，《日本杂事诗》重订，计诗二百首。重订本《日本杂事诗》不但数量有所增加，作者对原诗与自注也进行了为数不小的增删修改，并声称《日本杂事诗》当以二百首重订本为据，"其他皆拉杂摧烧之可也"④。重订后的《日本杂事诗》显示着黄遵宪对日本及欧美政治学术认识的进步。1890 年前后，黄遵宪作《日本杂事诗序》检讨十余年来的思想变化之过程道：

① 黄遵宪：《皇朝金鉴序》，《黄遵宪集》，吴振清等编校整理，天津：天津人民出版社 2003 年版，第 372 页。

② 黄遵宪：《皇朝金鉴序》，《黄遵宪集》，吴振清等编校整理，天津：天津人民出版社 2003 年版，第 372—373 页。

③ 黄遵宪：《日本国志叙》，《黄遵宪集》，吴振清等编校整理，天津：天津人民出版社 2003 年版，第 383 页。

④ 黄遵宪：《日本杂事诗自跋》，《黄遵宪集》，吴振清等编校整理，天津：天津人民出版社 2003 年版，第 386 页。

余于丁丑之冬，奉使随槎……时值明治维新之始，百度革创，规模尚未大定……余所交多旧学家，微言刺讥，咨嗟太息，充溢于吾耳。虽自守居国不非大夫之义，而新旧同异之见，时露于诗中。及阅历日深，闻见日拓，颇悉穷变通久之理，乃信其改从西法，革故取新，卓然能自树立，故所作《日本国志》序论，往往与诗意相乖背。久而游美洲，见欧人，其政治学术，竟与日本无大异。今年日本已开议院矣，进步之速，为古今万国所未有。时与彼国穷官硕学，言及东事，辄敛手推服无异辞。使事多暇，偶翻旧编，颇悔少作，点窜增损，时有改正，共得诗数十首；其不及改者，亦姑仍之。嗟夫！中国士夫，闻见狭陋，于外事向不措意。今既闻之矣，既见之矣，犹复缘饰古义，足己自封，且疑且信；逮穷年累月，深稽博考，然后乃晓然于是非得失之宜，长短取舍之要，余滋愧矣！[1]

黄遵宪对日本新政新学由诧异到推服的认识过程，是在对日本社会考察并与欧美国家比较后完成的。也只有在"阅历日深，闻见日拓"之后，黄遵宪才能从中国士大夫好谈古文、足己自封的狭隘中走出。《日本杂事诗》等书，旨在"以告中人之不知外事者"[2]。而长期处在闭关锁国状态中的国人所应该知道的，又何止是日本一国的新学新政！黄遵宪1880年致王韬的信中说："中土士夫，其下者为制义，为试帖，其上者动称则古昔，称先王，终未尝一披地图，不知天下之大几何！"[3]走出国门、闻见日广而又以"别

---

① 黄遵宪：《日本杂事诗自序》，《黄遵宪集》，吴振清等编校整理，天津：天津人民出版社2003年版，第6页。

② 黄遵宪：《致王紫诠书》，《黄遵宪集》，吴振清等编校整理，天津：天津人民出版社2003年版，第429页。

③ 黄遵宪：《致王紫诠书》，《黄遵宪集》，吴振清等编校整理，天津：天津人民出版社2003年版，第438页。

创诗界"为职志的黄遵宪，以其诗作，为国人打开了又一扇认识中国之外世界的窗户。黄遵宪海外使节时期的诗作，主要收录在《人境庐诗草》第三至第七卷中。

"年来足迹遍五洲，浮槎曾到天尽头"[①]，黄遵宪十余年漂洋过海、折冲樽俎的外交生涯，是一种"前望古人，后望来者，无得与吾争之者"[②]的独特经历，而作为诗人，其又有着"吾身之所遇，吾目之所见，吾耳之所闻，吾愿笔之于诗"[③]的愿望，黄遵宪的海外诗展示了诗人亲历而为国人所陌生的外部世界。诗人笔下有"一花一树来婆娑"[④]的日本樱花，有"岂真津梁疲，老矣倦欲眠"[⑤]的锡兰卧佛，有"出门寸步不能行，九衢遍地铃铎声"[⑥]的伦敦大雾，有"拔地崛然起，峻峥矗百丈"[⑦]的巴黎铁塔，有"万国争推东道主，一河横跨两洲遥"[⑧]的苏彝士河，有"华灯千百枝，遍绕曲曲廊"[⑨]的新加坡华人山庄。五光十色、眩人耳目的异域风光下，是一个新象迭起、新理层出

---

① 黄遵宪：《下水船歌》，《黄遵宪集》，吴振清等编校整理，天津：天津人民出版社2003 年版，第 165 页。

② 黄遵宪：《与朗山论诗书》，《黄遵宪集》，吴振清等编校整理，天津：天津人民出版社 2003 年版，第 412 页。

③ 黄遵宪：《与朗山论诗书》，《黄遵宪集》，吴振清等编校整理，天津：天津人民出版社 2003 年版，第 412 页。

④ 黄遵宪：《樱花歌》，《黄遵宪集》，吴振清等编校整理，天津：天津人民出版社2003 年版，第 129 页。

⑤ 黄遵宪：《锡兰岛卧佛》，《黄遵宪集》，吴振清等编校整理，天津：天津人民出版社 2003 年版，第 174 页。

⑥ 黄遵宪：《伦敦大雾行》，《黄遵宪集》，吴振清等编校整理，天津：天津人民出版社 2003 年版，第 179 页。

⑦ 黄遵宪：《登巴黎铁塔》，《黄遵宪集》，吴振清等编校整理，天津：天津人民出版社 2003 年版，第 191 页。

⑧ 黄遵宪：《苏彝士河》，《黄遵宪集》，吴振清等编校整理，天津：天津人民出版社2003 年版，第 192 页。

⑨ 黄遵宪：《番客篇》，《黄遵宪集》，吴振清等编校整理，天津：天津人民出版社2003 年版，第 200 页。

的世界。经过工业革命风暴的欧西各国，物质文明得以飞快发展，"同一乘舟，昔以风帆，今以火轮；同一行车，昔以骡马，今以铁道；同一邮递，昔以驿传，今以电线；同一兵器，昔以弓矢，今以枪炮"[①]。现代物质文明的进步，使世界变得更小、更奇妙，工业文明时期人们的时空观念与存在方式和农业文明时期有了很大的不同，周游世界的诗人所遇所见所闻也日新月异。《八月十五夜太平洋舟中望月作歌》写诗人乘船太平洋上赏月，体验诗圣李白所不曾经历的"汪洋东海不知几万里，今夕之夕惟我与尔对影成三人"[②]的寥廓境界，驰骋一番"月不同时地各别，即今吾家隔海遥相望，彼乍东升此西没"[③]的想象。《感事》一诗写出席葡萄美酒千斛，仙之人兮如麻的西人酒会，面对"诸天人龙尽来集""衣裳阑斑语言杂"的各色人等，诗人忽生"芒芒九有古禹域，南北东西尽戎狄。岂知七万余里大九洲，竟有二千年来诸大国"的感慨，欧洲文明之外尚有美洲文明，"即今美洲十数国，有地万里民千亿。世人已识地球圆，更探增冰南北极"[④]。现代工业文明促使人们的地理概念全球视野更趋于扩大趋于完整，走出国门的中国士人知道了南蛮北狄东夷西戎之外的许多国度，见识了中华文明之外的其他文明，了解了中国之外"天下之大几何"。至于诗人的《今别离》四首，更是新工业文明的赞歌："古亦有山川，古亦有车舟，车舟载离别，行止犹自由。今日舟与车，并力生离愁。明知须臾景，不许稍绸缪。钟声一及时，顷刻不少留。虽有万钧

---

① 黄遵宪：《朝鲜策略》，《黄遵宪集》，吴振清等编校整理，天津：天津人民出版社2003年版，第402页。

② 黄遵宪：《八月十五夜太平洋舟中望月作歌》，《黄遵宪集》，吴振清等编校整理，天津：天津人民出版社2003年版，第159页。

③ 黄遵宪：《八月十五夜太平洋舟中望月作歌》，《黄遵宪集》，吴振清等编校整理，天津：天津人民出版社2003年版，第159—160页。

④ 黄遵宪：《感事》，《黄遵宪集》，吴振清等编校整理，天津：天津人民出版社2003年版，第184页。

柁，动如绕指柔。岂无打头风，亦不畏石尤。送者未及返，君在天尽头"①。

描述异国风物、礼赞文明文化之外，黄遵宪的海外诗还涌动着"忧天热泪几时撩"的渴望。以人为鉴，以史为鉴，诗人在对外部世界的观察感受中，思考着国家与民族的命运。诗人贺日本军官学校开学，对日本二千年来以武立国，近年又学习欧洲兵法，"择长以为师，悉命译人译"的做法甚为欣赏，并预言闭关锁国，在海通时代，已成为不可能之事，"环顾五部洲，沧海不可隔。函关一丸泥，势难复闭壁"②。诗人为日本爱国志士作《近世爱国志士歌》《赤穗四十七义士歌》，意在砥砺前仆后起、踵趾相接，视死如归的精神，"兴起吾党爱国之士"③。1881年，闻听中国政府因些微小事而有裁撤派往美国的留学生之议，深感惋惜和痛心，以为裁撤之举有悖"欲当树人计，所当师四夷"的留学生派遣之初衷，"矧今学兴废，尤关国盛衰。十年教训力，百年富强基"④。"牵牛罚太重，亡羊补恐迟。蹉跎一失足，再遣终无期"⑤，当权者不审时度势，终将遗害无穷。次年，美国又有禁华工之议，诗人身为使美官员，倍觉刻骨铭心："呜呼民何辜，值此国运剥！轩顼五千年，到今国极弱。鬼域实难测，魑魅乃不若。岂谓人非人，竟作异类虐。茫茫六合内，何处足可托。"⑥昔日天朝上国的尊严何在？旧时华夏大汉的威风何

---

① 黄遵宪：《今别离》，《黄遵宪集》，吴振清等编校整理，天津：天津人民出版社2003年版，第180—181页。

② 黄遵宪：《陆军官学校开校礼成赋呈有栖川炽仁亲王》，《黄遵宪集》，吴振清等编校整理，天津：天津人民出版社2003年版，第130页。

③ 黄遵宪：《近世爱国志士歌》，《黄遵宪集》，吴振清等编校整理，天津：天津人民出版社2003年版，第137页。

④ 黄遵宪：《罢美国留学生感赋》，《黄遵宪集》，吴振清等编校整理，天津：天津人民出版社2003年版，第145页。

⑤ 黄遵宪：《罢美国留学生感赋》，《黄遵宪集》，吴振清等编校整理，天津：天津人民出版社2003年版，第145页。

⑥ 黄遵宪：《逐客篇》，《黄遵宪集》，吴振清等编校整理，天津：天津人民出版社2003年版，第152页。

在？诗人寻求着国衰民弱的原因：一是世界范围内的民族竞争空前加剧，并呈现着弱肉强食的规律，"吁嗟五大洲，种族纷各各……今非大同世，只挟智勇角"，"天地忽局蹐，人鬼共咀嚼。皇华与大汉，第供异族谑"[1]。二是中国长期闭关锁国，不谙世界大势，终尝苦果。"堂堂大国称支那，文物久冠亚细亚，流沙被德广所及，却特威远蔑以加。宋明诸儒骛虚论，徒诩汉大夸皇华。谬言要荒不足论，乌知壤地交犬牙。鄂罗英法联翩起，四邻逼处环相伺。着鞭空让他人先，卧塌一任旁侧睡。古今事变奇至此，彼已不知宁勿耻。"[2]其言沉痛深刻。何以救国救民，诗人期待明王与豪杰出现："弱供万国役，治则天下强。明王久不作，四顾心茫茫。"[3]"安得整乾坤，二三救时杰！共倾中国海，洒作黄战血。"[4]期待着中华民族在逆境中崛起，开工化物，励精图治，免蹈罗马、希腊沦亡、波兰四分五裂之覆辙："罗马善法律，希腊工文章。开化首埃及，今亦归沦亡……天若祚中国，黄帝垂衣裳，浮海率三军，载书使四方"[5]，"舐糠倘及米，剥肤恐到骨；不见彼波兰，四分更五裂！立国赖民强，自弃实天孽；不见美利坚，终能脱羁绁。"[6]可谓振聋发聩，慷慨激昂。

1891 年，黄遵宪在伦敦使署自辑《人境庐诗草》并自序云："土生古人

---

① 黄遵宪：《逐客篇》，《黄遵宪集》，吴振清等编校整理，天津：天津人民出版社2003 年版，第 153 页。

② 黄遵宪：《感事》，《黄遵宪集》，吴振清等编校整理，天津：天津人民出版社 2003 年版，第 184 页。

③ 黄遵宪：《锡兰岛卧佛》，《黄遵宪集》，吴振清等编校整理，天津：天津人民出版社 2003 年版，第 178 页。

④ 黄遵宪：《越南篇》，《黄遵宪集》，吴振清等编校整理，天津：天津人民出版社2003 年版，第 343 页。

⑤ 黄遵宪：《锡兰岛卧佛》，《黄遵宪集》，吴振清等编校整理，天津：天津人民出版社 2003 年版，第 178 页。

⑥ 黄遵宪：《越南篇》，《黄遵宪集》，吴振清等编校整理，天津：天津人民出版社2003 年版，第 343 页。

之后，古人之诗号专门名家者，无虑百数十家，欲弃去古人之糟粕，而不为古人所束缚，诚戛戛乎其难。虽然，仆尝以为诗之外有事，诗之中有人；今世世异于古，今之人亦何必与古人同。"①黄遵宪以海外诗以表现古人未有之物、未辟之境的努力，践履了诗之外有事、诗之中有人的诗歌主张。诗人用诗的语言记录描述了近代以来走出国门的中国士人的思想历程和情感世界，开辟了古典诗歌表现现实生活的新空间新境界。海外诗是黄遵宪"别创诗界"和"新派诗"最具代表性的收获。

第三时期：变法与居家时期（1894—1905）。黄遵宪在日本期间，曾有诗希望同在亚细亚的中日两国"譬若辅车依，譬若犄角立；所恃各富强，乃能相辅弼"②，但这种和平相处、共御外侮的良好愿望，因1894年6月爆发中日战争而彻底破灭。中日战争由平壤而至旅顺、大连，再至威海。威海海战中，北洋水师几乎全军覆没，此后，有割地赔款的《马关条约》的签订，并引发了沙俄、英、德、法对中国的瓜分狂潮。中日战争爆发的当年年末，黄遵宪由新加坡回到国内，参与变法维新与湖南新政，1898年10月革职回乡。回乡后的诗人百感交集，心事浩茫。其《仰天》诗云："仰天击缶唱乌乌，拍遍阑干碎唾壶。病久忍摩新髀肉，劫余惊抚好头颅。箧藏名上林连籍，壁挂群雄豆剖图。敢托鸠媒从凤驾，自排阊阖拨云呼。"③诗人忆政变之事，叹谓"五洲变法都流血，先累维新案尽翻"。诗人在人境庐中挂时局图，日日观摩，"忍言赤县神州祸，更觉黄人捧日难。"④寒夜独坐，思念维新志士，"回

---

① 黄遵宪：《人境庐诗草自序》，《黄遵宪集》，吴振清等编校整理，天津：天津人民出版社2003年版，第79页。

② 黄遵宪：《陆军官学校开校礼成赋呈有栖川炽仁亲王》，《黄遵宪集》，吴振清等编校整理，天津：天津人民出版社2003年版，第131页。

③ 黄遵宪：《仰天》，《黄遵宪集》，吴振清等编校整理，天津：天津人民出版社2003年版，第235页。

④ 黄遵宪：《感事》，《黄遵宪集》，吴振清等编校整理，天津：天津人民出版社2003年版，第234页。

头下视九州窄，高飞黄鹄今何方"①？小饮醉卧，不知身归何处？"朝朝捧牍应官去，忽忆吴江老钓徒"②，家国身世之感，簇拥心头。诗人在稍后的信中写其心境说："仆杜门六年矣，所最苦者，即赵佗告陆大夫语，谓郁郁无可与语者，抑塞磊落无可发泄。"③

乡居之后，诗人有暇将海外时期与甲午战争时期所经、所闻、所见而未及入诗者，一一补写出来。前者如《日本国志书成志感》《锡兰岛卧佛》《伦敦大雾行》《以莲葡桃杂供一瓶作歌》《番客篇》等，后者如《东沟行》《哀旅顺》《哭威海》《马关纪事》《降将军歌》《台湾行》《度辽将军歌》等。

黄遵宪描写甲午战争的组诗历来为评论家所看重，称之为"诗史"。诗人以史家笔法记录了甲午战争的主要战事，描画了战事中的若干军事人物。《悲平壤》写中日平壤初战，清军落败，"一夕狂驰三百里，敌军便渡鸭绿水。一将囚拘一将诛，万五千人作降奴"④。《哀旅顺》写"海水一泓烟九点，壮哉此地实天险。炮台屹立如虎阚，红衣大将威望俨"，装备精良，据险可守的旅顺口，"一朝瓦解成劫灰，闻道敌军蹈背来"的惨烈⑤。《哭威海》记述在决定战争胜负的关键海战中，北洋舰队辟居港内，腹背受敌，"遁无地，谋无人。天盖高，天不闻。四援绝，莫能救"⑥，而遭全军覆没。《降将军歌》

---

① 黄遵宪：《寒夜独坐卧虹榭》，《黄遵宪集》，吴振清等编校整理，天津：天津人民出版社 2003 年版，第 235 页。

② 黄遵宪：《小饮息亭醉后作》，《黄遵宪集》，吴振清等编校整理，天津：天津人民出版社 2003 年版，第 234 页。

③ 黄遵宪：《与某总教书》，《黄遵宪集》，吴振清等编校整理，天津：天津人民出版社 2003 年版，第 482 页。

④ 黄遵宪：《悲平壤》，《黄遵宪集》，吴振清等编校整理，天津：天津人民出版社 2003 年版，第 208 页。

⑤ 黄遵宪：《哀旅顺》，《黄遵宪集》，吴振清等编校整理，天津：天津人民出版社 2003 年版，第 209 页。

⑥ 黄遵宪：《哭威海》，《黄遵宪集》，吴振清等编校整理，天津：天津人民出版社 2003 年版，第 210 页。

《度辽将军歌》写清政府军队中的两类将领，前者胆心畏死，在"此岛如城海如池，横排各舰珠累累，有炮百尊枪千枝，亦有弹药如山齐"的情况下，"乃为生命求恩慈"①，主动向敌军乞降；后者虚骄自大，战前气壮如牛，"待彼三战三北余，试我七纵七擒计"，实际却是银样蜡头，"两军相接战甫交，纷纷鸟散空营逃"②，如此人等充作国家干城，战如何不败，国如何可守。诗人《马关纪事》论《马关条约》签后赔款之巨云："括地难偿债，台高到极天。行筹无万数，纳币一千年。"③对日本二万万两的赔偿是清政府每年国库收入的三倍，是北宋向辽金缴纳"岁币"的一千倍，故有"纳币一千年"之说。其又论割地之患云："竟卖卢龙塞，非徒弃一州"，"瓜分倘乘敝，更益后来忧。"④诗人忧虑割让台湾等地会开启帝国主义在华势力范围的瓜分狂潮。诗人同时补作的《书愤》五首专咏沙俄、英、德、法借机分割中国利益之事。

1899 年为己亥之年，黄遵宪仿龚自珍《己亥杂诗》之例，作《己亥杂诗》八十九首，杂忆一生可圈可点当记当叙之事："我是东西南北人，平生自号风波民。百年过半洲游四，留得家园五十春"⑤，"岁星十二遍周天，绕尽圆球剩半环。法界楼台米家画，总输三岛小神山。"⑥此是言其十二年使

---

① 黄遵宪：《降将军歌》，《黄遵宪集》，吴振清等编校整理，天津：天津人民出版社 2003 年版，第 214 页。

② 黄遵宪：《度辽将军歌》，《黄遵宪集》，吴振清等编校整理，天津：天津人民出版社 2003 年版，第 217 页。

③ 黄遵宪：《马关纪事》，《黄遵宪集》，吴振清等编校整理，天津：天津人民出版社 2003 年版，第 213 页。

④ 黄遵宪：《马关纪事》，《黄遵宪集》，吴振清等编校整理，天津：天津人民出版社 2003 年版，第 213—214 页。

⑤ 黄遵宪：《己亥杂诗》，《黄遵宪集》，吴振清等编校整理，天津：天津人民出版社 2003 年版，第 236 页。

⑥ 黄遵宪：《己亥杂诗》，《黄遵宪集》，吴振清等编校整理，天津：天津人民出版社 2003 年版，第 243 页。

官，客居海外，几具世界公民资格。"滔滔海水日趋东，万法从新要大同。后二十年言定验，手书心史井函中。"[1]"尧天到此日方中，万国强由法变通。惊喜天颜微一笑，百年前亦与华同。"[2]前诗记在日本使馆时曾与何如璋有言，以为"中国必变从西法"，"将此藏之石函，三十年后，其言必验"[3]。后诗记1896年10月曾为光绪召见，得以面陈变法主张。"竟写梅边生祭祠，亦歌塞外送行诗。候人鹄立门如海，浪语风闻百不知"[4]，"风雨鸡鸣守一庐，两年未得故人书。鸿离鱼网惊相避，无信凭谁寄与渠。"[5]前诗记戊戌政变时上海险些被逮，后得旨放归事。后诗言友朋散尽，无有音讯可通。"镜中岁岁换容仪，讳老无妨略镊髭。今日发鬖悬不起，星星知剩几茎丝。"[6]"蜡余忽梦大同时，酒醒衾寒自叹衰。与我周旋最亲我，关门还读自家诗。"[7]此叹老态日逼而以诗为友。

1900年，诗人关注义和团起事，八国联军攻入北京，慈禧、光绪出逃西安等事变，写下了几十余首咏事述怀之作，其悲凉慷慨之气，充溢于字里行间。即如《京师》一诗云："郁郁千年王气旺，中间鼎盛数乾嘉。可怜一炬成焦土，留与东京说梦华。鹁鸪来巢公在野，鸱鸮毁室我无家。登城不见

---

[1] 黄遵宪：《己亥杂诗》，《黄遵宪集》，吴振清等编校整理，天津：天津人民出版社2003年版，第236页。

[2] 黄遵宪：《己亥杂诗》，《黄遵宪集》，吴振清等编校整理，天津：天津人民出版社2003年版，第236页。

[3] 黄遵宪：《己亥杂诗》，《黄遵宪集》，吴振清等编校整理，天津：天津人民出版社2003年版，第236页。

[4] 黄遵宪：《己亥杂诗》，《黄遵宪集》，吴振清等编校整理，天津：天津人民出版社2003年版，第236页。

[5] 黄遵宪：《己亥杂诗》，《黄遵宪集》，吴振清等编校整理，天津：天津人民出版社2003年版，第236页。

[6] 黄遵宪：《己亥杂诗》，《黄遵宪集》，吴振清等编校整理，天津：天津人民出版社2003年版，第249页。

[7] 黄遵宪：《己亥杂诗》，《黄遵宪集》，吴振清等编校整理，天津：天津人民出版社2003年版，第249—250页。

黄旗影，独有斜阳咽暮笳。"① 斜阳中的帝国已是生机不再，气数殆尽了。

能给荒江野老、抑塞磊落诗人带来希望和生机的还是国家民族的维新事业。1902 年起，黄遵宪与严复、梁启超等人有了通信联系，为他们所从事的开民智、新民气、鼓民力的事业所鼓舞所吸引。在与梁启超的通信中，其对国家政治、民智民力诸多问题发表见解，以为"由蛮野而文明，世界之进步必积渐而至，实不能躐等而进，一蹴而几也。"② 并断言："二十世纪之中国，必改而为立宪政体。今日有识之士，敢断然决之，无疑义也。"③ 黄遵宪对梁启超发表在《清议报》《新民丛报》上的言论多有称赞，间或提出商榷。其论梁文之魅力说："惊心动魄，一字千金。人人笔下所无，却为人人意中所有，虽铁石人亦应感动。从古至今，文字之力之大，无过于此者矣。"④ 自言"盖蒿目时艰，横揽人材，有无佛称尊之想，益有舍我其谁之叹"，"再阅数年，加富尔变而为玛志尼，吾亦不敢知也。"⑤ 黄遵宪对梁启超创办《新小说》，倡导文学界革命，身体力行于小说戏曲作品的写作拍手叫好，并积极建言献策，鼓荡文学风潮。受梁启超诗界革命精神的鼓舞，黄遵宪作《出军歌》《军中歌》《旋军歌》二十四首寄梁启超，梁启超《饮冰室诗话》评论说：

　　中国人无尚武精神，其原因甚多，而音乐靡曼亦其一端……

---

　　① 黄遵宪：《京师》，《黄遵宪集》，吴振清等编校整理，天津：天津人民出版社 2003 年版，第 272 页。

　　② 黄遵宪：《致梁启超函》，《黄遵宪集》，吴振清等编校整理，天津：天津人民出版社 2003 年版，第 511 页。

　　③ 黄遵宪：《致梁启超函》，《黄遵宪集》，吴振清等编校整理，天津：天津人民出版社 2003 年版，第 509 页。

　　④ 黄遵宪：《致梁启超函》，《黄遵宪集》，吴振清等编校整理，天津：天津人民出版社 2003 年版，第 490 页。

　　⑤ 黄遵宪：《致梁启超函》，《黄遵宪集》，吴振清等编校整理，天津：天津人民出版社 2003 年版，第 499 页。

往见黄公度《出军歌》四章，读之狂喜，大有含笑看吴钩之乐。尝以录入《小说报》第一号，顷复见其全文，乃知共二十四首，凡出军、军中、还军各八章。其章末一字，义取相属，以"鼓勇同行，敢战必胜，死战向前，纵横莫抗，旋师定约，张我国权"二十四字殿焉。其精神之雄壮活泼沉浑深远不必论，即文藻亦二千年所未有也。诗界革命之能事至斯而极矣。吾为一言以蔽之曰：读此诗而不起舞者必非男子。①

发表在《新小说》第一号上的《出军歌》前四首诗云：

四千余岁古国古，是我完全土。二十世纪谁为主？是我神明胄。君看黄龙万旗舞，鼓鼓鼓！

一轮红日东方涌，约我黄人捧。海王之祖天神种，足踏全球动。并力一心万万众，勇勇勇！

南蛮北狄复西戎，我居中央中。蜿蜒海水环其东，拱护九天重。称天可汗万国雄，同同同！

绵绵翼翼万里城，中有五岳撑。黄河浩浩流水声，能令海若惊。东西禹步横庚庚，行行行！②

黄遵宪对《军歌》二十四首的写作，也颇引为得意，以为"如上篇之敢战，中篇之死战，下篇之旋张我权，吾亦自谓绝妙也。此新体，择韵难，

---

① 梁启超：《饮冰室诗话》，《梁启超全集》第3集，汤志钧、汤仁泽编，北京：中国人民大学出版社2018年版，第200—201页。

② 黄遵宪：《出军歌》，《黄遵宪集》，吴振清等编校整理，天津：天津人民出版社2003年版，第348—349页。

选声难，着色难"①。歌体之作，是黄遵宪晚年诗歌创作的一次新尝试。除《军歌》外，诗人还有《幼稚园上学歌》等，旨在以歌谣写作促进国民精神培育。

1904 年冬天，因肺病加重而预感走到生命尽头的诗人作《病中纪梦述寄梁任公》一诗，抒写对海外友人的思念，对生命的眷恋和对国家命运的担忧：

> 呜呼专制国，今既四千岁，岂谓及余身，竟能见国会。以此名我名，苍苍果何意！人言廿世纪，无复容帝制，举势趋大同，度势有必至。怀刺久磨灭，惜哉吾老矣！日去不可追，河清究难俟。倘见德化成，愿缓须臾死②。

相信二十世纪的中国，立宪政体将取代帝制，相信自己既以"遵宪"为名，也一定会看到国会建立，制宪治国的未来。为着这一理想变为现实日子的到来，自己愿意活得再长久一些。"我惭加富尔，子慕玛志尼，与子平生愿，终难偿所期，何时睡君榻，同话梦境迷。即今不识路，梦亦徒相思。"③重病缠身，凄凉孤寂中的维新思想家和诗人，带着睡狮未醒，立宪未成，河清难俟，以及"平生怀抱，一事无成，惟古近体诗能自立耳，然亦无用之物，到此已无可望矣"④的诸多遗憾，与亲友作别。

---

① 黄遵宪：《致梁启超函》，《黄遵宪集》，吴振清等编校整理，天津：天津人民出版社 2003 年版，第 499 页。

② 黄遵宪：《病中纪梦述寄梁任公》，《黄遵宪集》，吴振清等编校整理，天津：天津人民出版社 2003 年版，第 286 页。

③ 黄遵宪：《病中纪梦述寄梁任公》，《黄遵宪集》，吴振清等编校整理，天津：天津人民出版社 2003 年版，第 287 页。

④ 黄遵楷：《初印本跋》，《黄遵宪全集》，陈铮编，北京：中华书局 2005 年版，第 69 页。

1905 年 4 月，得知黄遵宪既归道山的消息后，梁启超在《饮冰室诗话》中以"今日时局，遽失斯人，普天同恨"之语深表痛惜，并刊出《病中纪梦述寄梁任公》一诗，以为纪念。人去诗留，黄遵宪亲自编定的《人境庐诗草》原稿稍后由黄氏后嗣交梁启超代为付梓。1908 年，康有为序《人境庐诗草》，谓公度之诗"上感国变，中伤种族，下哀生民，博以环球之游历，浩渺肆恣，感激豪宕，情深而意远"①。次年，梁启超作《嘉应黄先生墓志铭》，谓黄遵宪《人境庐诗草》之作"自其少年，稽古学道，以及中年阅历世事，暨国内外名山水与其风俗政治形势土物，至于放废而后，忧时感事，悲愤伊郁之情，悉托之于诗。故先生之诗，阳开阴阖，千变万化，不可端倪，于古诗人中独具境界。"②

以"别创诗界"为平生志向的黄遵宪，其诗学理想、诗歌创作实践对近代诗歌发展的意义及对诗界革命的影响，主要体现在以下方面：

一、诗外有事，诗中有人。诗学理想的形成及成功实践，为"别创诗界"选择了一条面向现实世界，走出复古拟古泥潭的诗歌创新之路。"诗外有事，诗中有人"是黄遵宪诗学理想的概括性描述，是其诗学主张与创作实践的总纲。黄遵宪 1891 年所写的《人境庐诗草自序》中说："仆尝以为诗之外有事，诗之中有人；今之世异于古，今之人亦何必与古人同。"③1902 年《致梁启超书》中自述个人学术思想的形成并再论"诗外有事、诗中有人"诗学理想说：

---

① 康有为：《人境庐诗草序》，《黄遵宪集》，吴振清等编校整理，天津：天津人民出版社 2003 年版，第 78 页。

② 梁启超：《嘉应黄先生墓志铭》，《黄遵宪集》，吴振清等编校整理，天津：天津人民出版社 2003 年版，第 801 页。

③ 黄遵宪：《人境庐诗草自序》，《黄遵宪集》，吴振清等编校整理，天津：天津人民出版社 2003 年版，第 79 页。

平生最不幸者，生于僻陋下邑，无师无友，踽踽独行。中国旧学，初亦涉猎，然不喜宋学，又不喜汉学，故无一成就。于文字中略喜为诗，谓可以言志，其体宜于文。以五经论……惟《诗》可谓之文章。其音通以乐，其感人也深。然又谓晋宋以后，词人浅薄狭猥，失比兴之义，无兴观群怨之旨，均不足学，意欲扫词章家一切陈陈相因之语，用今人所见之理，所用之器，所遭之时势，一寓之于诗，务使诗中有人，诗外有事，不能施之于他日，移之于他人，而其用以感人为主。①

黄遵宪对"诗外有事、诗中有人"诗学理想的诠释显示出清晰的逻辑关系：诗之用以感人为主；诗之感人，一要讲求比兴之义和兴观群怨宗旨，二要扫除陈陈相因之语，走出古人古语樊篱；诗外有事、诗中有人的要义是用今人所见之理，所用之器，所遭之时势入诗。以诗见事，事是今事；以诗见人，人是今人。如此，诗方能感人，方谓有用。

中国古典诗歌在长期的发展过程中，渐渐成为一个凝固的与现实世界隔绝的经验世界。在这个封闭的世界里，诗的题材，诗的组织，诗的语言被格式化、固定化。诗的现实关怀，诗的个性色彩、诗的创新精神，被淹没在此消彼长的学古拟古的诗歌潮流之中。面对林林总总的诗歌大家，名目繁多的诗歌流派，黄遵宪有过"士生古人之后，欲于古人范围之外成一家言，固甚难；即求其无剿说，无雷同者，吾见亦罕"②的感喟，身处国家民族亘古未有之变局的黄遵宪，选择"诗外有事，诗中有人"作为"别创诗界"的突破口，意在使诗从经验的天国，苦吟的书斋中走向现实，走向人境。以《人

---

① 黄遵宪：《与梁启超书》，《黄遵宪集》，吴振清等编校整理，天津：天津人民出版社2003年版，第490页。

② 黄遵宪：《刘𬭚庵诗序》，《黄遵宪集》，吴振清等编校整理，天津：天津人民出版社2003年版，第388页。

境庐诗草》中的作品，写太平天国、甲午战争、庚子事迹被称为"诗史"的诗作之所以为人所看重，是因为此类诗描写了"今人所遭之时势"；写轮船、电报、东西半球昼夜相反，四时鲜花杂供一瓶等海外诗之所以为人所珍视，是因为此类诗所写为"今人所用之器""所历之境"。诗人以立宪、变法、国会、帝制入诗，其所言又是"今人所见之理"，此皆有"诗外有事"。诗人徘徊于科举与功名、汉宋之学与诗学之间的苦闷，走出国门，亲历世界，触见异域文明的惊奇与喜悦，由尊王攘夷，所可变者轮船铁道，所不可变者伦常纲纪的士大夫立场，到"人言廿世纪，无复容帝制。举世趋大同，度势有必至"①的维新派境界，其心路历程于诗中脉络可见。此可谓"诗中有人"。黄遵宪"别创诗界"的理想创新与成功实践，奠定了他在近代诗歌史上的地位。

二、出入古今，转益多师，融会新旧，兼收并蓄，以开敞通达的创作心态致力于古典诗学传统的现代转换。生活在"东西文明，两相结合"的时代，黄遵宪对"凡亚细亚洲古所称声明文物之邦，均为他族所逼处"，"即轰轰然以文化著于五洲，如吾辈华夏之族，亦叹式微"现实的逼近，有着特别的警觉。在日趋剧烈的西学东渐和中西文化冲突中，他敏感地意识到包括诗歌在内的中国固有之文化，"当益骛其远者大者，以恢我先绪，以保我邦族"，而同时，又深知"中国旧习，病在尊大，病在固蔽，非病在不能保守"②，因而主张"今且大开门户，容纳新学。俟新学盛行，以中国固有之学，互相比较，互相竞争，而旧学之真精神乃愈出，真道理乃益明"。③在古与今的承

---

① 黄遵宪：《病中纪梦述寄梁任公》，《黄遵宪集》，吴振清等编校整理，天津：天津人民出版社 2003 年版，第 286 页。

② 黄遵宪：《与梁启超书》，《黄遵宪集》，吴振清等编校整理，天津：天津人民出版社 2003 年版，第 495 页。

③ 黄遵宪：《与梁启超书》，《黄遵宪集》，吴振清等编校整理，天津：天津人民出版社 2003 年版，第 495 页。

接中，坚持取法于古，植根于今的立场；在新与旧的融合中，秉承容纳新学，磨洗旧学的精神。矢志于以今人所见之理，所用之器，所遭之时势入诗的黄遵宪，对古与今、新与旧的冲突融合保持着积极健康的态度。其《人境庐诗草自序》描述心目中出入古今，融汇新旧之诗境道：

> 尝于胸中设一诗境：一曰复古人比兴之体；一曰以单行之神，运排偶之体；一曰取《离骚》乐府之神理而不袭其貌；一曰用古文家伸缩离合之法以入诗。其取材也，自群经三史，逮于周秦诸子之书，许郑诸家之注，凡事名物名切于今者，皆采取而假借之。其述事也，举今日之官书会典，方言俗谚，以及古人未有之物，未辟之境，耳目所历，皆笔而书之。其炼格也，自曹、鲍、陶、谢、李、杜、韩、苏，讫于晚近小家，不名一格，不专一体，要不失乎为我之诗。[①]

讲求古人比兴之义，取法离骚乐府神理，援文之章法议论以入诗，取材无论经史子集，务求切于今者，述事重耳目所历而不避雅言俗语，炼格广采博取，取精用弘，不名一格，不专一体。上述种种，构成了黄遵宪称为"虽不能至，心向往之"的诗歌境界，同时也勾勒了诗人致力于古典诗歌传统转换的基本途径和目标。

梁启超写作《饮冰室诗话》时，黄遵宪将诗作寄往，其自评己作道："吾之五古诗，自谓凌跨千古；若七古诗，不过比白香山、吴梅村略高一筹，犹未出杜、韩范围。"[②]《人境庐诗草》1911年初刊，其弟黄遵楷作跋语，引

---

① 黄遵宪：《人境庐诗草自序》，《黄遵宪集》，吴振清等编校整理，天津：天津人民出版社2003年版，第79页。

② 黄遵宪：《与梁启超书》，《黄遵宪集》，吴振清等编校整理，天津：天津人民出版社2003年版，第502页。

黄遵宪之语说："吾欲以古文家抑扬变化之法作古诗，取《骚》《选》乐府歌行之神理入近体诗。"[1]诗人对自己的古代诗是充满自信的。《人境庐诗草》中的名篇以古体居多。秉承文章为时而著，歌诗为事而作的文学传统和理切事信、秉笔直书的史家笔法写所见所闻，以古文家抑扬变化之法入诗，是黄遵宪出入古今，融合新旧的重要创获。《人境庐诗草》中的五古之作擅长明理，擅长以议论入诗。如《感怀》诗对"识时贵知今，通情贵阅世"道理的阐发，《杂感》诗对"我手写我口，古岂能拘牵"诗志的述写，《述怀再呈霭人樵野丈》对六百年科举弊端"到此法不变，终难兴英贤"的讨伐，《逐客篇》对华人在美国被逐，"噫嘻六州铁，谁实铸大错"的质问，《登巴黎铁塔》"一览小天下，五洲如在掌"的凌风之想，《病中纪梦述寄梁任公》"日去不可追，河清究难俟"的生命感慨，都显示着以文为诗，铺叙直写，明白朴实，意脉贯通的创作特点。诗人注重对时或事发表议论，谈道说理，优游不迫，读者可以从诗中比较清楚完整地感受到诗人的评判和情感。《锡兰岛卧佛》《番客篇》为《人境庐诗草》中的五古长篇，均为诗人戊戌返乡后补作。《锡兰岛卧佛》追忆随薛福成出使英国，路经锡兰岛，参观卧佛像后的所见所想。诗先写漂海过海之路途险恶，次写卧佛之形态神情，然后述写佛教起源于印度，衰败于印度，佛力扫地，既不能庇国，也无力庇教的历史，最终感慨古来名国，如罗马、希腊、埃及，兴废无常，惟希望中国能得天之祚，重振雄风。全诗洋洋洒洒二千余言，梁启超《饮冰室诗话》称之为"空前之奇构"。"以文名名之，吾欲题为印度近史，欲题为佛教小史，欲题为地球宗教论，欲题为宗教政治关系说。然是固诗也，非文也。"[2]《番客篇》补录出使新加坡期间，参加当地华人婚礼，与海外番客交谈的所闻所感。诗中对举行在异

---

[1] 黄遵楷：《初印本跋》，《黄遵宪全集》，陈铮编，北京：中华书局 2005 年版，第 69 页。

[2] 梁启超：《饮冰室诗话》，《梁启超全集》第 3 集，汤志钧、汤仁泽编，北京：中国人民大学出版社 2018 年版，第 166 页。

国他乡的中国式的迎亲仪式的描述极为详尽细腻，对为生活所迫、远走南洋的华人落地生根，百折不挠的创业精神深感敬佩，对清政府海禁严厉，海外华人有国难归，侨民利益无法得到保障甚感愤怒，期待有朝一日国力强大，国门开放，海外番客"群携妻子归，共唱太平乐"①。《番客篇》全诗二千余言，是一部用诗体写成的南洋华人的风俗与生活画卷。

如果说黄遵宪以五古诗偏重于"理切"，其七古诗则偏重于"事信"。诗人写日本明治维新前后故事的《西乡星歌》《赤穗四十七义士歌》，写甲午战争事件被后人称之为诗史的诗作如《悲平壤》《东沟行》《哀旅顺》《降将军歌》《度辽将军歌》《台湾行》等均为七古。在上述诗作中，诗人既表现出以史家笔法记叙所闻所见现实与历史事件的兴趣，又秉承着美刺补察褒贬惩劝的传统诗学精神。甲午海战的失败给诗人心灵带来巨大的创痛。戊戌返乡后，诗人痛定思痛，以诗笔记录下甲午战争中的主要战事，为给中国带来割地赔款耻辱的历史事件立此存照。《哀旅顺》一诗先写旅顺口兵备充足，天险可依，固如金汤，而结束两句笔锋陡转，"一朝瓦解成劫灰，闻道敌军蹑背来"②，旅顺要塞陷落之咎，在人谋不周。《度辽将军歌》写湖南巡抚吴大澂，因得到一块刻有"度辽将军"字样的古印，以为是一万里封侯的征兆，请兵出征山海关，驻军牛庄。战前吴帅虚骄自大，先是自夸武艺高强，次又讥讽遭受败绩的淮军将领，并要求幕僚预先写好纪功立碑的文字，在营前树起"投诚免死"之碑，然而"两军相接战甫交，纷纷鸟散空营逃。弃冠脱剑无人惜，只幸腰间印未失"③。战前的虚骄与战时的仓皇形成鲜明的对比，读

---

① 黄遵宪：《番客篇》，《黄遵宪集》，吴振清等编校整理，天津：天津人民出版社2003年版，第204页。

② 黄遵宪：《哀旅顺》，《黄遵宪集》，吴振清等编校整理，天津：天津人民出版社2003年版，第209页。

③ 黄遵宪：《度辽将军歌》，《黄遵宪集》，吴振清等编校整理，天津：天津人民出版社2003年版，第217页。

者对败将耻笑之余,对国事则倍感痛心。此两诗均采用欲抑先扬的手法,铺叙在前,点睛在后,诗人的美刺褒贬之意,跃然于纸上。《降将军歌》记北洋海军副提督英人马格禄等,在"此岛如城海如池,横排各舰珠累累。有炮百尊枪千枝,亦有弹药如山齐"①的情况下,向日军乞降。爱国将领丁汝昌以服毒自杀拒降,"可怜将军归骨时,白幡飘飘丹旐垂,中一丁字悬高桅,回视龙旗无孑遗,海波索索悲风悲"②。诗人为丁汝昌殉难伤悲,更为国家与民族的命运伤悲。《台湾行》记《马关条约》签订割让台湾全岛的举国之痛,诗人问天:"天胡弃我天何怒,取我脂膏供仇虏!"③诗人相信:"亡秦者谁三户楚,何况闽粤百万户。"④台湾归来,当指日可待。此诗又忆台湾巡抚唐景崧扬言守台又仓皇内渡事,谓之"昨何忠勇今何怯,万事反复随转睫。平时战守无豫备,曰忠曰义何所恃"⑤。黄遵宪以此类诗作,评判笔力沉重,褒贬抑扬分明。

黄遵宪出入古今,融合新旧的另一途径是坚持"我手写我口"的立场。"我手写我口"既包括"古人未有之物,未辟之境,耳目所历,皆笔而书之"⑥之意,也包括"举今日之官书会典,方言俗谚"⑦,创造"适用于今,通

① 黄遵宪:《降将军歌》,《黄遵宪集》,吴振清等编校整理,天津:天津人民出版社2003年版,第214页。

② 黄遵宪:《降将军歌》,《黄遵宪集》,吴振清等编校整理,天津:天津人民出版社2003年版,第214—215页。

③ 黄遵宪:《台湾行》,《黄遵宪集》,吴振清等编校整理,天津:天津人民出版社2003年版,第215页。

④ 黄遵宪:《降将军歌》,《黄遵宪集》,吴振清等编校整理,天津:天津人民出版社2003年版,第215页。

⑤ 黄遵宪:《降将军歌》,《黄遵宪集》,吴振清等编校整理,天津:天津人民出版社2003年版,第216页。

⑥ 黄遵宪:《人境庐诗草自序》,《黄遵宪集》,吴振清等编校整理,天津:天津人民出版社2003年版,第79页。

⑦ 黄遵宪:《人境庐诗草自序》,《黄遵宪集》,吴振清等编校整理,天津:天津人民出版社2003年版,第79页。

行于俗"语言与文字合一的诗歌文体和诗歌语言。黄遵宪是一位具有巨大热情把对外部世界和现代文明的感受，熔铸到传统诗歌框架之中的诗人，这种以新理想入旧风格的努力，相应要求诗体的自由表达程度和语言的丰富性通俗性随之加大。在《人境庐诗草》中，诗体和诗歌语言呈现出渐趋解放的趋势。集中古体歌行体诗数量居多，且基本不用旧典，诗人得以在较大自由度的形式空间里驰骋情思。近体律诗大都是一个题目下多首组合，以求思想与情感的充分表达，且旧典渐少，新典增多。其归乡后写作的《放歌用前韵》叙写放逐心情道："我乡我土大有好山水，犹能令我颜丹鬓绿不复齿发嗟凋零。肩囊腰剑手钵瓶，归来归来兮左楼右阁中有旋马厅。二松五柳四周杂桃李，坐看风中飞絮波中萍，寒梅著花幽兰馨，《小山》《招隐》君其听。归来归来兮菜香饭熟茶余睡觉独自语，京华北望恋恋北斗星。"[1] 信手写来，挥洒自如。其他如《赤穗四十七义士歌》中"一时惊叹争歌讴，观者拜者吊者贺者万花绕冢每日香烟浮，一裙一屐一甲一胄一刀一矛一杖一笠一歌一画手泽珍宝如天球"[2] 的排比长句，《都踊歌》中"长袖飘飘兮鬓峨峨，荷荷；裙紧束兮带斜拖，荷荷"[3]，节奏明快、载歌载舞的日本爱情歌谣，《哭威海》中"遁无地，谋无人；天盖高，天不闻"[4]，描写战事短促而急迫的三字句诗，其诗体结构与诗歌节奏因内容表现需要充满着自由变化。在诗歌语言的运用上，一是出于写外国事、记叙时事和表情达意的需要，恰当而有节制地使用译言及新名词，如地球、赤道、国会、共和维新、革命、殖民地、

---

① 黄遵宪：《放歌用前韵》，《黄遵宪集》，吴振清等编校整理，天津：天津人民出版社2003年版，第224页。

② 黄遵宪：《赤穗四十七义士歌》，《黄遵宪集》，吴振清等编校整理，天津：天津人民出版社2003年版，第143页。

③ 黄遵宪：《都踊歌》，《黄遵宪集》，吴振清等编校整理，天津：天津人民出版社2003年版，第131页。

④ 黄遵宪：《哭威海》，《黄遵宪集》，吴振清等编校整理，天津：天津人民出版社2003年版，第210页。

五大洲、南北极等新名词，欧罗巴、美利坚、亚细亚、华盛顿、拿破仑、嘉富洱、玛志尼等译言，这些新语句与古近体诗传统表现风格的和谐统一，凸现出黄遵宪新派诗特有的面貌与境界。二是诗中不避方言俗语，力求平易自然，明白晓畅。《拜曾祖母李太夫人墓》忆孩提琐事，写家庭亲情的诗句如"上树不停脚，偷芋信手爬。昨日探鹊巢，一跌败两牙。嗫血喷满壁，盘礴画龙蛇"①。《寄女》诗描述自己病老之态的诗句如"嗟予患痤后，负风几欲伏。计臂小半分，量腰剩一束"②，均平白如话，语语本真。"我手写我口"昭示着古典诗歌向现代诗歌转换的基本方向。

三、"别创诗界"的理想及其价值在诗界革命中得到发现与张扬，黄遵宪成为诗界革命的旗帜，也成为诗界革命的主将。黄遵宪 1897 年曾把自己"吟到中华以外天"③的诗不无自负地称为"新派诗"④，但在梁启超提出"诗界革命"的口号之前，黄遵宪是寂寞的。他的新派诗和别创诗界的努力很少为世人所知。梁启超 1899 年写作《夏威夷游记》时，呼唤能为诗界开疆辟土的"诗界之哥伦布、玛赛郎"出现，提出新意境、新语句，古人之风格应成为诗界革命成功之作的三个要素。其中，又当以输入欧洲文明思想为第一要务。依照这一要求，梁启超以为黄遵宪之诗重旧风格而新语句偏少。1902 年，梁启超写作《饮冰室诗话》时，盛推黄遵宪其人为二十世纪诗界中独辟境界的大家，其诗是能镕铸新理想以入旧风格者的典范。《诗话》连篇累牍地推介黄遵宪的新诗与旧作，黄遵宪因梁启超不遗余力的鼓噪而诗名

---

① 黄遵宪:《拜曾祖母李太夫人墓》,《黄遵宪集》,吴振清等编校整理,天津:天津人民出版社 2003 年版,第 167 页。

② 黄遵宪:《寄女》,《黄遵宪集》,吴振清等编校整理,天津:天津人民出版社 2003 年版,第 222 页。

③ 黄遵宪:《奉命为美国三富兰西士果总领事留别日本诸君子》,《黄遵宪集》,吴振清等编校整理,天津:天津人民出版社 2003 年版,第 148 页。

④ 黄遵宪:《酬曾重伯编修》,《黄遵宪集》,吴振清等编校整理,天津:天津人民出版社 2003 年版,第 229 页。

大重。这一时期，困顿乡里愁苦莫状的黄遵宪受梁启超文学革命热情的鼓舞感染，其别创诗界、致力于古典诗学传统转换的创新意识，也更趋明确，更趋活跃。对文学在民族文明进化中的作用，黄遵宪十分看重，以为"诗虽小道，然欧洲诗人，出其鼓吹文明之笔，竟有左右世界之力"①。此类言论与梁启超的文学救国论桴鼓相应。其又主张世变无穷，诗文也当随世随时而变。黄遵宪在《与严复书》中论严复与梁启超关于文界革命的争论时以为，"以四千余岁以前创造之古文"，"书写中国中古以来之物之事之学，已不能敷用，况泰西各科学乎？"因而造新字、变文体势在必行。"公以为文界无革命，弟以为无革命而有维新。"文学之道，当以"人人遵用之乐观之"②为准则。适应现时代人交流使用，为现时代人所喜闻乐见，应成为文学文体革新的依据和出发点。文学文体的变革，又当以言文合一为基本方向。黄遵宪早年"我手写我口"的倡言，既含有诗必己出的意思，又强调言文合一。其《日本国志·学术志》中，提出中国的文学和文体要向"明白晓畅，务期达意""适用于今，通行于俗"③的方向努力。1901年，黄遵宪在《梅水诗传序》中重提言文合一问题，以为语言文字格格不入，造成了农工商贾妇女幼稚通文之难。黄遵宪晚年在与梁启超、严复的信中，提出"当斟酌于弹词粤讴之间"④，文"或者以流畅锐达之笔为之，能使人人同喻"⑤，小说则"举今日社

---

① 黄遵宪:《与丘菽园书》,《黄遵宪集》,吴振清等编校整理,天津:天津人民出版社2003年版,第478页。

② 黄遵宪:《与严复书》,《黄遵宪集》,吴振清等编校整理,天津:天津人民出版社2003年版,第480页。

③ 黄遵宪:《日本国志》,《黄遵宪全集》,陈铮编,北京:中华书局2005年版,第1420页。

④ 黄遵宪:《与梁启超书》,《黄遵宪集》,吴振清等编校整理,天津:天津人民出版社2003年版,第494页。

⑤ 黄遵宪:《与严复书》,《黄遵宪集》,吴振清等编校整理,天津:天津人民出版社2003年版,第479页。

会中所有情态一一饱尝烂熟，出于纸上，而又将方言谚语一一驱遣"①，其说无不体现着"适用于今，通行于俗"的价值取向。步入生命晚年的黄遵宪，成为梁启超倡导的文学界革命的支持者和实践者，也正是在文学界革命的推动下，黄遵宪完成了新派诗的创造和别创诗界的宿愿。

（原载《文学遗产》2005 年第 4 期）

---

① 黄遵宪:《与梁启超书》,《黄遵宪集》, 吴振清等编校整理, 天津: 天津人民出版社 2003 年版, 第 503 页。

谭嗣同文学略论

谭嗣同是晚清思想文化界的一颗彗星。他以"以太说"为核心的哲学思想，以激烈反封建专制为特色的政治态度，被称为变法时代最有成就的思想家之一。他强烈的图强救亡的爱国热忱，以身殉信仰的献身精神，被后人奉为磊落慷慨、高风亮节的楷模。他除了是一个思想家、政治活动家以外，还是轰烈一时的文学改良运动的倡导者和实践者，因此我们有必要对他在近代文学史上的地位给予研究。

一

论及谭嗣同的诗文，不可不将其学术思想的渊源、发展作一爬梳。

嗣同先生幼读诗书，受的是封建思想的熏陶，得到的是传统旧学的训练。他的家庭时正处于盛世，父亲官职连连提升，而他本人的生活道路似乎也是安排好了的，通过科举，求得功名。他二十岁前后也的确曾经奋斗过一番，但六赴南北省试，皆名落孙山。他这时的政治态度是极为保守的。他写在中法战争后的《治言》中主张："立中国之道，得夷狄之情，而驾驭柔服之，方因事会以为变通，而道之不可变者，虽百世而如操左券。"①此观点基本上属于"天不变，道亦不变"，"中学为体，西学为用"的思想范畴，从中可以看出程朱理学及洋务思想的影响。十九世纪九十年代初，他潜心于王夫之、黄宗羲著作的研读，接受了其中的唯物主义和民主主义思想。同时，先生东游访学，广购江南制造局翻译馆译出的自然科学书籍，开始认识到"道"依存于"器"，"器"已变"道"也要跟着变。这种"变化"观点的确立，正是甲午战后先生鼓吹学术变革的思想基础。甲午战争的爆发，使先生切身感到民族危机的加剧，统治阶级的腐败及旧学的无用，他开始幡然猛醒。先生在此年作的《仲叔四书义自叙》一文，激烈地抨击了汉学和科举，认为在"方今天下多敌"亟于变革的年代，此类与人生无用"汩人性灵"的学术制度，内容及风气必须改革。先生急迫地大声疾呼："更张之时，其在斯乎？"②同年，先生将其前三十年所作诗辑为《莽苍苍斋诗》，并加上"三十以前旧学第二种"的副题，以有别于新学。其诗集自叙说："天发杀机，龙蛇起陆，犹不自惩，而为此无用之呻吟，抑何靡与？三十前之精力，敝于所谓考据辞章，垂垂尽矣。勉于世，无一当焉，愤而发箧，毕弃之。"③这段文字是与旧学术、旧文学从此决绝的声明，也是提倡创造"勉于世"，有当生人之用的新学术、新文学的宣言。从此以后，先生广交维新志士，大张维新实业，为挽救民族危亡，开始了他一生中最辉煌的年头。两年以后，著成《仁学》，这是他哲学与政治思想的汇萃。对于《仁学》的思想根源，先生在此书中自言："凡为仁学者，于佛书当通《华严》及心宗、相宗之书，于西

---

① 谭嗣同:《治言》,《谭嗣同全集》, 蔡尚思、方行编, 北京: 中华书局 1981 年版, 第 236 页。

② 谭嗣同:《仲叔四书义自叙》,《谭嗣同全集》, 蔡尚思、方行编, 北京: 中华书局 1981 年版, 第 17 页。

③ 谭嗣同:《莽苍苍斋诗补遗》,《谭嗣同全集》, 蔡尚思、方行编, 北京: 中华书局 1981 年版, 第 81 页。

书当通《旧约》及算学、格致、社会学之书，于中国书当通《易》《春秋公羊传》《论语》《礼记》《孟子》《庄子》《墨子》《史记》及陶渊明、周茂叔、张横渠、陆子静、王阳明、王船山、黄梨洲之书。"①《仁学》正是把中外古今思想熔于一炉，试图为变法维新提供一个比较完整的思想体系。当然，这种努力并非是十分成功的。其原因正如梁启超所说："盖固有之旧思想，既深根固蒂，而外来之新思想，又来源浅觳，汲而易竭。"②但《仁学》仍不愧为一部伟大著作。在《仁学》中，谭嗣同竭力以他所赋予广阔内容的"以太说"来解释世界的存在、发展、变化。在对民主民权的解释上，他不同于康、梁所鼓吹的"君民同治"而主张"民治"，认为君由民举亦可由民废。在民族问题上，他不同于康梁不谈民族只谈保种的暧昧态度，激烈抨击清代的种族压迫。他勇敢揭发封建伦理为君主专制服务的本质，盛赞"誓杀尽天下君主，使流血满地球，以泄万民之恨"③的法国资产阶级革命。这些都已接近后来兴起的资产阶级民主革命派的思想水平，因此梁启超曾赞曰："其思想为吾人所不能达，其言论为吾人所不敢言。"④

寻觅先生学术思想的轨迹可以发现，他抛弃旧学走向新学的转变是迅猛且较为彻底的，其重要原因不能不归于他强烈的爱国救国热情，解民于倒悬，拯民于水火的愿望，以及一种为信仰所鼓舞的献身精神。甚至他的学佛，也很大程度上是基于宗教信仰能给予政治变革以有力的支持，佛教以慈悲为本，旨在普渡众生的认识。

---

① 谭嗣同：《仁学》，《谭嗣同全集》，蔡尚思、方行编，北京：中华书局 1981 年版，第 293 页。
② 梁启超：《清代学术概论》，《梁启超全集》第 10 集，汤志钧、汤仁泽编，北京：中国人民大学出版社 2018 年版，第 287 页。
③ 谭嗣同：《仁学》，《谭嗣同全集》，蔡尚思、方行编，北京：中华书局 1981 年版，第 342—343 页。
④ 梁启超：《本馆第一百册祝辞并论报馆之责任及本馆之经历》，《梁启超全集》第 2 集，汤志钧、汤仁泽编，北京：中国人民大学出版社 2018 年版，第 356 页。

二

谭嗣同的诗文，较深刻地反映了他所处时代的社会现实和他所经历的人生道路，记录了他的理想、热情，思辨、学识。以甲午为限，他前期诗多于文而后期文多于诗，这与他前后不同的生活经历有关。先生十四岁就随父去甘肃任所，多次往返于浏阳、兰州之间，二十岁以后又有十年漫游，走遍西北、东南各省，丰富多彩的游历生活，充满胸臆的青年豪气，易赋之为诗；而后期从事变法维新事业，振聋发聩的变革呼喊，博大精深的学理阐发，则易发而为文。

嗣同先生最终献身于变法运动的壮举，是他爱国主义精神的集中表现，也是他青少年时期所萌发的经国济民壮志的升华。先生十七岁时写的《述怀》一诗中，就以"黄鹄""白鹤"自比，决心要翱翔云间，"高飞语众鸟，饮啄非吾曹"。写于兰州读书时的《夜成》更是表现了不可羁绊的豪情。诗中说自己此时虽是抱膝危坐，摊书苦读，而何尝忘记天下大事，建功立业而使之永载青史、藏之名山，乃是自己一生的奋斗目标。《和仙槎除夕感怀四篇》作于将三十岁时，先生回首平生，将至而立之年，除寒窗吟诵外尚一事无成，不禁有"我辈虫吟真碌碌"之叹，决心不枉度有生之年。他的这类述志作品，往往写得豪迈奔放，慷慨激昂，"拔起千冈，高唱入云"，表现出宽阔的胸怀和雄浑的气魄。

在先生的前期诗作中，数量最多的是对祖国山河的描绘。让我们先看一下先生笔下的潼关吧！"终古高云簇此城，秋风吹散马蹄声，河流大野犹嫌束，山入潼关不解平。"[①] 远望潼关古城，终日在云簇雾绕之中；秋风助兴，乘马而上，俯视黄河，水涌大野，奔放不羁，眺望远山，蜿蜒连绵，何

---

① 谭嗣同：《潼关》，《谭嗣同全集》，蔡尚思、方行编，北京：中华书局 1981 年版，第 59 页。

解平字！如果说《潼关》是大处下笔，以气势取胜的话，那么《登洪山宝通寺塔》则精雕细镂，以意境夺魁了，"……楚尾吴头入尘堁，一铃天上悬孤籁。凭栏俯见寒鸦背，余晖驮出秋城外。"①诗的后两句以鸦背驮出余晖的奇特描述，给人清新不凡回味无穷的意境。

嗣同先生浪迹海内，后来又曾参加湖南赈灾事务，有较多机会与下层劳动人民接触，了解人民的疾苦和优秀品质，这是促使他民主主义思想形成的一个重要原因。他的诗文中不乏有"风景不殊，山河顿异，城廓犹是，人民复非"战乱破败景象的描述，也充满了对劳动人民疾苦的关怀与同情。他的《罂粟米囊谣》描述了"室如悬磬饥欲死"的劳动人民的痛苦生活，对此发出"非米非粟，苍生病矣"的感叹。而他的《六盘山转饷谣》则揭示了劳动人民如此贫困的真正原因。民脂民膏，皆为统治者盘剥殆尽，人民生活如何不苦！《儿缆绳并叙》是历来被人传诵的作品。它通过一个十龄少年在风中缆船入港，使船上人脱险，而自己双手被缆绳将肉带去而见掌骨这一事件的叙述，赞扬了劳动人民舍己救人的高贵品质。

甲午以后，嗣同先生积极从事变法理论的研究和宣传。他的文章有阐明哲学政治思想的，如《仁学》《以太》；有具体论述改良措施的，如《壮飞楼治事十篇》《论湘鄂铁路之益》；有论及学术及学术风气的，如《论今日西学与中国古学》《论学者不当骄人》。他的诗主要表现了对亡国之危的伤感和变法的热情。写于中日战争失败后的《有感一首》抒发了无限的悲哀，"世间无物抵春愁，合向苍冥一哭休。四万万人齐下泪，天涯何处是神州"②。清朝政府积弱不振，民族危亡日益加深，神州陆沉，国家沦亡的危机迫在眉睫，每一个有正义感的中国人民怎能不为此下泪而仰望苍穹发问：昔

---

① 谭嗣同：《登洪山宝通寺塔》，《谭嗣同全集》，蔡尚思、方行编，北京：中华书局1981年版，第73页。

② 谭嗣同：《有感一首》，《谭嗣同全集》，蔡尚思、方行编，北京：中华书局1981年版，第540页。

日我堂堂中华于今何在？先生在变法失败被捕入狱后，有《狱中题壁》诗一首，最能表现他为理想捐躯的牺牲精神和视死如归的英雄气概。"望门投止思张俭，忍死须臾待杜根。我自横刀向天笑，去留肝胆两昆仑。"[①]钢刀在颈，但先生自信自己是像东汉的张俭、杜根那样为国为民而受迫害的，如此壮烈死去，死而无憾。"两昆仑"应指康有为和他自己。康有为当时潜逃出京，是"去"者，而先生不肯出走，是"留"者。去者留者皆为变法事业，因而都像昆仑一样，顶天立地。

三

谭嗣同在《三十自纪》一文中说："嗣同少颇为桐城所震，刻意规之数年，久自以为似矣。出示人，亦以为似。诵书偶多，广识当世淹通专壹之士，稍稍自惭，即又无以自达。或授以魏晋间文，乃大喜，时时籀绎，益笃嗜之。由是上溯秦汉，下循六朝，始悟心好沉博绝丽之文。"[②]这段话至少说明两个问题：一是先生的文体是有过变化的，由初好桐城文转而为好魏晋间文。二是好魏晋间文又不如章太炎一样爱好魏晋名理之文，而是"沉博绝丽"的骈文。

现在让我们考察一下其文风格的变化。

桐城派是清代文坛的正宗。他们标榜孔孟程朱的道统，韩柳欧苏的文统，提出行学程朱，文学韩欧，又把二者归纳为"义法"二字作为著文的标准。桐城派至谭嗣同生活的年代，由于曾国藩的介入，为封建统治服务的倾

---

① 谭嗣同：《狱中题壁》，《谭嗣同全集》，蔡尚思、方行编，北京：中华书局 1981 年版，第 287 页。

② 谭嗣同：《三十自纪》，《谭嗣同全集》，蔡尚思、方行编，北京：中华书局 1981 年版，第 55 页。

向更加明显，并大肆显宗立派，排斥其他。在创作上则流于神理气味格律声色的追求，成为文坛上形式主义的逆流。这显然是与鸦片战争后大变革的时代极不谐和的。

谭嗣同早年的文章，尤其是一些人物传记，确很得桐城"义法"要旨，显出"清淡简朴"与"选言有序不刻画而足以昭物情"的特色。即如《刘云田传》一文就是一个典型的代表。此文首先叙述了作者十四岁时随父赴甘肃的路上冒暑而行，跋涉山川，"宾从死二人，厮隶死十余人"的艰苦情形，接着开始写刘云田："云田赢瘠若不胜衣，独奋发敢任，无择劳辱。大人卧疾陕州，一家皆不能兴，资斧行竭，药又不时得。云田日削牍告急戚友，夜持火走十里市药，践死人，大惊，绝气狂奔，踣于地。火熄，以手代目，揣而进，连触死人首，卒市药归。归则血濡双履，盖踣伤足，及践死人血也。"①选取夜市取药这一事件，运用简洁语言和一连串动作描写，极笔力写夜行的险难，而云田伤足后能卒市药归，又与其本人"赢瘠若不胜衣"的体质相比较，一个"奋发敢任，无择劳辱"的役仆形象跃然纸上。

甲午以前，谭嗣同对桐城派的批判主要表现在两个方面，一是反对其唯我独尊，死守章法，二是要为被古文家骂臭了的骈文正名。在批评古文派的同时，推崇王夫之、魏源、龚自珍、王闿运和汪中的散文，认为他们"皆能独往独来，不因人热"。他在《三十自纪》中为骈文正名："所谓骈文非四六排偶之谓，体例气息之谓也。"②强调吸收骈文辞美、和谐、抒情等表现特点而摒弃追求形式上的四六排偶。

甲午以后，随着资产阶级政治改良运动的高涨和报刊的盛行，出现了

---

① 谭嗣同：《刘云田传》，《谭嗣同全集》，蔡尚思、方行编，北京：中华书局1981年版，第19页。

② 谭嗣同：《三十自纪》，《谭嗣同全集》，蔡尚思、方行编，北京：中华书局1981年版，第55页。

一种浅显平易、富有号召力和煽动性的新体散文。这种新体散文由于改良派的积极提倡和实践，不胫而走，风靡全国，逐步以其旺盛的生命力取代走向形式主义的桐城古文以及"代圣人立言"的八股文和华丽排偶的骈文。这种新体散文后来被称作"新文体"或"报章文体"。对于这种解放的文体，嗣同先生是极力赞赏并积极实践的。他在《报章文体说》一文中，把天下文章分为三类十体。最后盛赞：天下文体，"未有如报章之备哉灿烂者也"[1]。先生认为报章文体的好处并不囿于形式，更重要的是它能够较多地反映出民众的呼声。他在《湘报后叙下》一文中说："不有报纸以彰民史，其将长此汶汶暗暗以穷天，而终古为暗哑之民乎？"[2] 暗民哑民，无疑是视民如禽兽。岂不知"防民之口，甚于防川？"[3] 先生为《湘报》的发行而欢呼，原因是藉此而"国有口矣"。

嗣同先生又是新文体的积极实践者。他在 1895 年《致刘淞芙书》中自言："嗣同废学久矣，文囿荒芜，欲为报章，迄不得一字。"[4] 而在次年写作《仁学》时却是比较典型的"报章体"了。让我们分析一下引自《仁学》中的一段关于变法必要性的论述：

> 法人之改民主也，其言曰："誓杀尽天下君主，使流血满地球，以泄万民之恨。"朝鲜人亦有言曰："地球上不论何国，但读宋明腐儒之书，而自命为礼义之邦者，即是人间地狱。"夫法人之学问，冠绝地球，故能唱民主之义，未为奇也。朝鲜乃地球上最

---

① 谭嗣同：《报章文体说》，《谭嗣同全集》，蔡尚思、方行编，北京：中华书局 1981 年版，第 377 页。

② 谭嗣同：《湘报后叙下》，《谭嗣同全集》，蔡尚思、方行编，北京：中华书局 1981 年版，第 419 页。

③ 左丘明：《国语》，胡文波校点，上海：上海古籍出版社 2015 年版，第 7 页。

④ 谭嗣同：《致刘淞芙书》，《谭嗣同全集》，蔡尚思、方行编，北京：中华书局 1981 年版，第 479 页。

愚暗之国，而亦为是言，岂非君主之祸，至于无可复加，非生人所能任受耶？夫其祸为前朝所有之祸，则前代之人，既已顺受，今之人或可不较；无如外患深矣，海军燔矣，要害扼矣，堂奥入矣，利权夺矣，财源竭矣，分割兆矣，民倒悬矣，国与教与种将偕亡矣。唯变法可以救之，而卒坚持不变。岂不以方将愚民，变法则民智；方将贫民，变法则民富；方将弱民，变法则民强；方将死民，变法则民生；方将私其智其富其强其生于一己，而以愚贫弱死归诸民，变法则与己争智争富争强争生，故坚持不变也。[①]

首先，这段文字是大悖于桐城章法的：

一是违"义"，言君主之祸，倡民主之言，可谓离经叛道之论。

二是违"法"，桐城派有雅洁标准，不可入语录语、藻丽俳语、汉赋字法、诗歌隽语、俳巧语。而其文竟引法人语、朝鲜人语，又有六朝骈丽语。

从这段文字中还可以看出新体文三个特点：

第一，打破了一切古文、时文、散文、骈文的界线，力求表达明畅。谭嗣同和当时许多维新志士一样，急切地在中外古今各派各家的思想学说中觅取自己所需的理论武器去说明自己的学说。熔各家思想于一炉，采其精华为我所用的论辩方法，则使文章呈现出长于雄辩、汪洋恣肆的特点。行文则时骈时散，时古时今，时中时外，力求文意通畅表达。

第二，以感情之笔说理，情因理发，理因情显，情理相得益彰。桐城派的中兴者曾国藩叹曰："古文之道，无施不可，但不宜说理耳。"[②]其弊病正在于他们家法太严，道统太盛。而新体文却充分显示出长于说理的特点。

---

① 谭嗣同：《仁学》，《谭嗣同全集》，蔡尚思、方行编，北京：中华书局1981年版，第342—343页。

② 曾国藩：《复吴敏树》，《曾国藩全集·书信》，殷绍基等整理，长沙：岳麓书社1994年版，第1154页。

上引文字三层意思，环环相扣，顺理成章，激愤之情溢于外，逻辑力量蕴于内，令人为其情所动而为其理所折。

第三，论断明确坚决，无闪烁之辞。时维新派正处于朝气蓬勃时期，以思想界陈涉自居。且他们大都是陆王心学的信奉者，自信靠手中之笔，能唤醒世人，转移时代风气，所以他们的文章，大多是敢说敢讲，敢决敢判，俨然其所言全部是不可更易之真理。如上段文字，运用设问排比，自问自答，语气凌人，不容置辩。

嗣同先生甲午前诗作的特点是丰富多样，内容广泛，各种题材的作品风格不一。有的慷慨激昂，有的沉郁低回；有的以清丽蜚声，有的以浑厚取胜。这是因为他摘采百家，不断创新的缘故。他后期的诗作，数量不多，但风格已归于统一，以慷慨悲凉为主。这个时期，嗣同先生和夏曾佑等人倡言诗界革命，是要在有清一代被陈词滥调充塞的诗歌中加入新的诗料，为变法服务。但他的实践却是不十分高明的。他在诗中生硬地塞进了不少佛教经典、新旧约、儒家著作中的名词、术语及译音。这是诗界革命倡导初期不成熟的作品。但先生的倡言和实践精神确实推动了诗界革命的发展，这是应予以肯定的。

四

在近代文学史上，如果说龚自珍、魏源、冯桂芬等人回答了时代变了，文学变不变的问题，而资产阶级改良派则是继承了龚、魏等的变革精神，并将这种精神付诸实践，形成了轰烈一时的文学改良运动，从理论和实践两个方面回答了时代变了，文学怎样变的问题。虽然资产阶级文学改良运动由于它的领导者软弱，是极不彻底的。但其进步意义与战绩还是应该充分肯定的。它使文学与政治空前未有地紧密结合起来，在诗歌、散文、小说、戏曲等方面出现了一些具有新内容、新的表现手法的作品，并在更大程度上改变了人们的文学观念，动摇了封建文学的根蒂，为五四新文化运动的兴起奠定了一定的思想、文学基础，提供了一些有用的借鉴。在这一文学改良运动中，如果梁启超被认为是组织者和领导者的话，谭嗣同则足可称作开路先锋和最积极的实行者。他的学术与文学变革的主张体现了一代进步知识分子在民族危亡、国力衰竭时代的觉醒。他对于文学的见解一定程度上为文学改良运动奠定了理论基础。他对于新文体的推崇和实践，扩大了新文体的影响，而新体散文以其无视一切义法、家法，一切古文、时文、散文、骈文界线的解放趋势，为散文发展开辟了广阔的领域。他的诗歌创作要切于时、勉于世的倡言和实践，使他被公认为是诗界革命的倡导者之一。他的诗反映了所处时代的社会现实，抒写了激切的爱国热情和为理想献身的崇高精神，足使一切形式主义、拟古主义的诗歌相形见绌。我们有理由说：谭嗣同不仅是晚清思想界的彗星，而且是这一时代文学上的巨子。

（原载《河南师范大学学报》1982 年第 5 期）

晚清戏曲改良运动述略

    十九世纪末二十世纪初的十几年间，是我国民族矛盾和阶级矛盾更加激化并呈现出错综复杂局面的年代。帝国主义的侵略瓜分，给中华民族带来了沉重的灾难与日益严重的危机；以挽救国家、民族危亡为目的的维新变法运动的被镇压，说明清王朝封建统治阶级拒绝一切哪怕是最轻微的社会变革。辛丑以后，为了维护其摇摇欲坠的统治，清政府实行"量中华之物力，结与国之欢心"的可耻政策，开始了更明目张胆的卖国投降活动。这十几年的形势，正如孙中山先生所描述的"清廷之威信已扫地无余，而人民之生计从此日蹙。国势危急，岌岌不可终日，有志之士，多起救国之思"①。

    戊戌变法失败后，逃往海外的维新派首领康有为、梁启超，在总结政治变法失败的教训后，以为"救国"的关键在于"新民"，而鼓民力、开民智、新民德的最佳途径，莫过于以文，以诗，以小说，以戏曲等文学形式为传播媒介，向民众灌输文明思想，以振作国民精神，铸造新的国魂，于是，在以文学新民、救国思想的指导下，资产阶级维新派所倡导的、包括戏曲改良在内的文学改良运动，在这个时期（1900 年前后）迅速掀起高潮。

    与此同时，资产阶级革命派也在发展成熟中，他们逐步树立了明确的

---

    ① 孙中山：《建国方略之一》，《孙中山选集》，北京：人民出版社 1981 年版，第 199 页。

革命目的，建立"民主共和"，实行"流血革命"，并借此与改良派日益划清界限。为争取更多的民众参加民主民族革命，革命派中的一部分知识分子也注意到了用戏曲启蒙。他们的加入，扩大了戏曲改良运动的声势与规模。

戏曲改良的先锋是梁启超。1902 年，他在《新民丛报》上连续发表了《劫灰梦》《新罗马》《侠情记》传奇三种，并在《新罗马》传奇中，借但丁之口说出自己"借雕虫之小技，寓遒铎之微言"的意图："念及立国根本，在振国民精神，因此著了几部小说传奇，佐以许多诗词歌曲，庶几市衢传诵，妇孺知闻，将来民气渐伸，或者国耻可雪。"① 所写的三种传奇中，《新罗马》谱意大利烧炭党人事迹，开"捉紫髯碧眼儿，被以优孟衣冠"，"以中国戏演外国事"的先例，是一次具有革新精神的尝试。

继梁启超之后，一批讨论戏曲改良的文章相继在报刊上发表，共同为戏曲改良出谋划策，擂鼓助阵。

1904 年，蒋观云在《新民丛报》上发表《中国之演剧界》一文，认为我国戏剧界的最大缺憾，在于缺少震撼人心的悲剧，缺少能委曲百折，慷慨悱恻，写忠臣孝子、仁人志士，困顿流离，泣风雨、动鬼神之精诚者。舞台上演出的尽是助人淫思的才子佳人剧。欧洲各国却恰好相反，剧界佳作，皆为悲剧。"夫剧界多悲剧，故能为社会造福，社会所以有庆剧也；剧界多喜剧，故能为社会种孽，社会所以有惨剧也"，因而，"而欲保存剧界，必以有益人心为主，而欲有益人心，必以有悲剧为主"②。蒋观云对我国及欧洲悲剧、喜剧的认识与评价未必准确，但作者对具有"陶成英雄之力"功能与泣风雨、动鬼神力量的悲剧的审美意识的召唤，则传达出民族蒙难时期所特有的焦灼感与悲壮的审美意识。

---

① 梁启超：《新罗马传奇》，《梁启超全集》第 17 集，汤志钧、汤仁泽编，北京：中国人民大学出版社 2018 年版，第 81 页。

② 蒋观云：《中国之演剧界》，《中国历代剧论选注》，陈多、叶长海选注，上海：上海古籍出版社 2010 年版，第 477 页。

这种因民族蒙难而产生的焦灼感与悲壮为美的审美意识，在柳亚子、陈去病的文章中，与驱逐鞑虏、建立共和的历史责任心相融合，变得更加炽烈、更加明确。1904年9月，柳亚子、陈去病、汪笑侬在上海创办了我国第一个戏剧杂志——《二十世纪大舞台》。柳亚子、陈去病在创刊号上撰写的《发刊词》与《戏剧之有益》，以澎湃的热情，阐述了他们对戏剧启蒙的主张。从戏剧拥有处于社会最下层的广大观众这一基本事实出发，他们认为戏曲是最通俗的、最有效的启迪民众的手段，甚至"其奏效之捷，必有过于劳心焦思、孜孜矻矻以作《革命军》《驳康书》《黄帝魂》《落花梦》《自由血》者，殆千万倍"①。"世有持运动社会，鼓吹风潮之大方针者乎？盍一留意于是？"② 至于如何改良戏曲，他们认为首当革新戏曲内容，写异域革命之成功，独立光复之光荣，以唤起民主精神，这样"他日民智大开，河山还我，建独立之阁，撞自由之钟，以演光复旧物，推倒房朝之壮剧、快剧，则中国万岁，《二十世纪大舞台》万岁"③。字里行间，充满着热情的骚动。

与柳亚子、陈去病文中所表现的诗人气质相较，陈独秀1905年所写的《论戏曲》则透露出较多的理性主义的思想色彩，论文以资产阶级人权说为武器，提出："戏园者，实普天下人之大学堂也，优伶者，实普天下人之大教师"的命题。其次，他提出改良戏曲的五项基本措施：宜多编"做得忠孝义烈，唱得激昂慷慨，于世道人心极有益"的戏；采用西法戏中演说，最可长人之见识，或演光学，电学各种戏法，则又可练习格致之学，不可演神仙鬼怪之戏，不可演淫戏；革除富贵功名之俗套。从陈独秀戏曲改良的主张

---

② 柳亚子：《二十世纪大舞台发刊词》，《柳亚子文集·磨剑室文录》，中国革命博物馆、上海人民出版社编，上海：上海人民出版社1993年版，第126页。

① 陈去病：《论戏剧之有益》，《陈去病全集》，张夷主编，上海：上海古籍出版社2009年版，第399页。
② 柳亚子：《二十世纪大舞台发刊词》，《柳亚子文集·磨剑室文录》，中国革命博物馆、上海人民出版社编，上海：上海人民出版社1993年版，第126页。
③ 柳亚子：《二十世纪大舞台发刊词》，《柳亚子文集·磨剑室文录》，中国革命博物馆、上海人民出版社编，上海：上海人民出版社1993年版，第128页。

中，我们已经可以看出虽是淡薄却颇有新鲜的民主、科学思想的色彩。

综观这一时期戏曲改良的主张，主要有以下几点：（一）从社会学的角度，考察了戏曲移风易俗的功用，为达到改良社会、改良民众精神的目的而看重戏曲。（二）悲壮苍凉的审美意识被普遍接受。（三）民主平等的思想，渗透到提高戏曲演员社会地位的呼吁之中。（四）旧戏曲中宣扬神仙鬼怪、富贵功名以及才子佳人为主角的戏被看作革除的对象，反映民族灾难，表彰民族英雄，以及表现欧洲资产阶级革命历史的题材得到提倡。

以上戏曲改良的主张，有力地指导了改良戏曲的创作。1903年以后，各类新型剧本纷纷问世，据阿英《晚清戏曲小说目》提供的资料，约一百五十余种。这些剧本因政治倾向不同形成两大中心。资产阶级改良派以《新民丛报》《新小说》《绣像小说》《月月小说》等刊物为阵地，发表的作品多是宣传改良主义政治主张的。资产阶级革命派以《民报》《江苏》《汉声》等刊物为阵地，发表的作品多是鼓吹种族、民主革命。当然，这也是就其主要倾向而言。新剧本多采用传奇杂剧的形式。这些剧本从取材时间、地域、表现手法上可分为时事剧、历史剧、神话寓言剧几种。

时事剧是指那些直接取材于现实斗争或事件的剧作，如写徐锡麟刺杀恩铭事件的《苍鹰击传奇》《皖江血传奇》，写秋瑾殉难的《轩亭冤传奇》《六月雪传奇》，写邹容事迹的《革命军传奇》，写百日维新经过的地方戏《维新梦》，反映提倡女权、兴办学校的《女子爱国》，抨击官场黑暗的《宦海潮》，反对美国迫害华工的《海侨春》，记述沙俄侵略东北罪行的《黑龙江》等等。时事剧选取人们最关心的政治事件及人物活动，加以艺术再现，显示出巨大的左右人心的力量。如作者署名为浴血生的《革命军传奇》，谱邹容因撰写《革命军》入狱事，作品在邹容入狱后不久发表，对披露冤狱真象，向社会揭发清政府迫害革命志士罪恶及让更多的人认识革命者，起到了极好的作用。

历史剧有取材于中国历史与取材于外国历史的区别。取材于中国历史的剧作，重在表彰具有民族气节，为民族利益勇于流血牺牲的英雄人物及事迹；取材于外国历史的剧作，重在宣传民主、自由思想，表现西方资产阶级为争取自身利益和权力所进行的斗争，以及异域民族被瓜分灭亡的惨状。前者如写南宋民族英雄事迹的《爱国魂传奇》《指南梦传奇》，写南明抗清将领瞿式耜、张苍水的《风洞山传奇》《悬岙猿传奇》，写巾帼英雄梁红玉大战黄天荡的《女英雄杂剧》等等，后者如写意大利烧炭党人事迹的《新罗马传奇》，写法国革命处决路易十六的《断头台传奇》，写朝鲜沦亡的《亡国恨》，写俄、普、奥瓜分波兰的《波兰亡国惨》等等。这些历史剧的创作，大多以借古喻今为宗旨，因而历史事实本身并不十分重要，作者力图在拉开历史帷幕之后，编排出时代的新剧来。

神话寓言剧在这里是指运用非写实的表现手法，依靠艺术形象的折射，表述一种哲理或讽喻的剧作。洪楝园的《警黄钟》与《后南柯》是这类作品的代表。两剧写蜂蚁之间的争斗，影射人世间的战争，以动物中的弱肉强食，喻民族间的优胜劣败，谱"子虚乌有"事，为"警黄种之钟"，可谓用心良苦。

这个时期的剧作，不论是主张民主民族革命的，还是倾向保皇改良的，他们对自己所追求的政治目的都表现出一种不可动摇的自信，加之充满历史使命感的自我认同，给他们的作品带来神圣与正义的气氛。他们笔下的英雄，大都具有明确的政治信仰和"我不入地狱，谁入地狱"的献身精神，诸如地方戏《维新梦》中慷慨赴难的戊戌六君子，《潘烈士投海》中杀身以儆戒国人的潘英伯，《革命军传奇》中高唱"我若下地狱，地狱自消灭"的周镕（邹容），都是如此。因此，悲壮便成为这一时期剧作的主要审美特征。

在这个时期的剧作中，文学的社会功利作用得到了超量的开掘与发挥，必然导致戏剧文学中的非文学因素的增长，这就是把艺术创造等同于政治宣传，把演剧看作是化妆的政治演说。譬如《少年登场杂剧》，全剧只有一出，没有故事情节，一青年上台演唱一番自由救国的道理，剧便告结束。剧中有词云"挥毫组织南北套，苦心演说兴亡腔"，可见剧作者并不掩饰其将演剧变为政治演说的意图。

这个时期由文人创作的新剧作固然很多，但上演率却很低，主要原因在于剧本作者在安排关目上，并不十分注重戏曲演出的程式化特点，大部分剧本采取了已在舞台上消亡的杂剧传奇形式，唱词又过于文雅，诗词化。由于大多数剧作只是在报刊上刊载，其影响也主要限于知识界。

晚清戏曲改良的另一支重要力量，是戏曲界的表演艺术家与作家。他们积极响应戏曲改良的号召，组织新型的艺术团体，发展、改革不同的地方剧种，编写适宜演出，具有较强艺术生命力的剧本。

京剧界改良运动开展，是以汪笑侬等人编演京剧新戏为契机的。汪笑侬（1858—1918），满族人，本名德克金，字润田，别署竹天农人。光绪五年举人，捐任河南太康知县，因无心为宦，不理政务，不久被革职，于是便"下海"演戏。初居上海，1910年后转辗济南，天津，北京等地，病逝于上海。

汪笑侬是一个有良好艺术修养而又满怀爱国热忱的京剧艺术家，受戏曲改良思潮的影响，他积极赞助陈夫病、柳亚子等创办了《二十世纪大舞台》，并为之题词曰："隐操教化权，借作兴亡表。世界一戏场，犹嫌舞台小。"其又有《自题肖像》诗云："手挽颓风大改良，靡音曼调变洋洋。化身千万傥如愿，一处歌台一老汪。"表现出强烈的以演戏达到"高台教化""移风易俗"目的的自觉意识。汪笑侬一生创作，改编并演出的京剧剧目有五十多种，其中《哭祖庙》《博浪椎》《骂阎罗》《受禅台》《党人碑》《洗耳记》《排王赞》《马前泼水》《刀劈三关》等都是风靡一时、脍炙人口的优秀作品。

这些优秀作品以表现历史题材为主。剧中有以下三种人物系列：

一、亡国君主系列。如《受禅台》中被逼忍辱交出玉玺，禅让王位于魏主曹丕的汉献帝，《哭祖庙》中畏敌如虎、听任谗言而将大好河山白送于敌手的刘后主，《排王赞》《煤山恨》中在京城危急之时无将帅肯为退敌而悬绫自缢于煤山的崇祯帝，都属于这一系列。作者意在通过这一系列形象，再现历史上易代亡国的悲剧，激发朝野上下的民族危机感。同时，也嘲讽了居君位者的昏庸无能与朝中文武官僚的临危背叛行为。

二、充满耿耿正气，敢于和强暴抗争的英雄人物系列。汪笑侬剧中这些人物，一般具有优秀的品质和敢于牺牲的精神。他们进行的是为民族的或正义的事业，诸如《战蚩尤》中叛君造反的蚩尤，《博浪椎》中图谋刺杀秦始皇的张良，《哭祖庙》中哭谏后主出战不从而殉国的刘湛，《党人碑》中为忠臣大鸣不平、怒毁党人碑的谢琼仙，《骂阎王》中闻岳飞被害而去阴府中质问阎王的胡迪，都属于这一系列。

三、形态各异的妇女人物系列。汪笑侬所写剧本中的妇女形象不多，但却写得形态各异，生动丰满。《马前泼水》中去贫趋富、前倨后恭的崔氏，《刀劈三关》中武艺高强、大胆求异性的万花公主，《孝妇羹》中忍辱负重削臂为婆婆做肉汤羹的炳顺媳妇，这些妇女形象丰富了汪笑侬剧本的人物群体。

汪笑侬以京剧表演家作剧，其剧本中关目的安排具有简洁、明晰、适宜表演的特点。他有良好的文学修养，使道白、唱词雅俗适度，富有韵味，明白易晓。对于京剧旧有程式及格律，他视内容需要而善因善创。他曾说："格律原为人所创造，何妨由我肇始？"[1] 他剧作中的唱词，时常打破七言或十言的常规，有的一句长达十多字甚至四十多字。他还善于运用大段唱词表现人物重要的内心活动，如《哭祖庙》中第六场在刘湛杀家祭庙时，给他安排了八十多句的唱词，充分表现其亡家亡国的悲愤心情。

在编演历史题材剧目的同时，汪笑侬伙同在上海的京剧艺术家田际云、潘月樵、夏月珊、夏月润、刘艺舟等，编写了大量以现实生活为题材、着当

---

① 周信芳:《敬爱的汪笑侬先生》,《中国近代文学论文集: 戏剧、民间文学卷》(1949—1979), 北京: 中国社会科学出版社 1982 年版, 第 147 页。

代服饰演出的时事新戏。如写把日本侵略军赶出中国、取消不平等的《马关条约》的《宋帅平东》，讽刺袁世凯称帝的《皇帝梦》等。这些时事新戏不同程度地反映了反帝和民主民族革命的要求，虽在内容与艺术表现上存在着简单化、单一化等缺陷，但在辛亥革命前后的资产阶级革命运动中，却发挥了相当大的作用。

辛亥革命后，其他地方剧种的戏曲改良活动也显示出一定的声势。在河北唐山，成兆才等组织了庆春班（后改称为警世戏社），在当时说唱艺术莲花落的基础上，借鉴河北梆子、京剧的唱腔、伴奏、表演程式，创造了平腔梆子戏，后改称评剧。成兆才作为评剧的第一代作家，除改编、移植一些历史题材的剧目外，还编写了一部分反映现实生活的剧本，其中最为著名的是《杨三姐告状》。在四川，川剧的改良成绩也令人刮目相看，在清末的新政改革中，成都设置了"戏曲改良公会"，明确提出"改良戏曲，补助教育"的办会宗旨，并集资修建剧场，邀请文人编写剧本，以便于戏班演唱。这些都是很有成绩的，也为后来的戏曲改革提供了宝贵的经验。

（原载《河南大学学报》1988年第2期）

守望艺术的壁垒

——论桐城派对古文文体的价值定位

自唐代韩、柳所策动的以复兴儒学为旗帜，以取法先秦、两汉文章传统相号召，以改革文风、文体、文学语言为主要内容的古文运动之后，"行之乎仁义之途，游之乎诗书之源"[①]，奇句单行、不事骈偶的散文文体便被特指为"古文"。而以周、孔、庄、孟、《左》《史》、韩、柳一以贯之的道统、文统自守，立志于"蓄道德而能文章"，且留意"事信""言文""规模""繁简"之类艺术法度的散文作家则被称之为古文家。相同的志向、情趣、识度与风格追求，又使得一些古文作家义结同心，形成了呼朋引类、标榜声气的古文流派。古文家结盟联袂、鼓荡风气者以唐宋为盛；而标榜声气、划疆辟域者又以明清为甚。

古文家在为古文鼓噪正名时，总是以见道、明道之类的语汇去诠释古文的存在价值。如果古文的价值仅限于见道、明道，其存在的意义便会大打折扣。古文作为我国古代散文的重要品类，其以奇句单行、不事骈偶作为外在形式特征，而以抒情言志、说理叙事作为基本文体功能。古文的抒情言

---

① 韩愈：《答李翊书》，《韩昌黎文集校注》，马其昶校注、马茂元整理，上海：上海古籍出版社 2018 年版，第 200 页。

志、说理叙事的文体功能中包含着应用与审美两个价值层向。古文的应用价值，表现为以奇句单行的语言结构形式，行使表情达意的语言载体功能；古文的审美价值，则表现为调动有效的艺术手段，使这种表情达意变得鲜活生动、顾盼生辉，从而成为一种震撼人心的艺术创造。古文的应用与艺术价值，是古文能够不断发展，不断创新，经久而不衰的两轮与两翼。

由此，古文在被不同修养、不同目的的作者使用时，自然又会分别突出其应用性或审美性特征。古文家以古文为学，则以维护古文存在的独立性，古文发展的纯洁性及总结传播古文写作的艺术原则为基本职志。在古文的应用与审美的双重价值定位中，古文家更看重古文的审美价值，更注重古文写作中的艺术性原则，更强调古文表情达意过程中艺术与情感的含量及构成。凭藉于此，古文家划清了与非古文家，或单纯把古文作为一种语言载体和实用性工具者的界限。

桐城派形成于清初，消亡于"五四"，是有清一代拥有作家最多、影响最为广泛的散文流派。作为中唐以来古文运动的收束者与殿军，桐城派作家在纷纭繁杂的政治与学术思潮的推移变换中，守望着古文的艺术壁垒；在与义理学家、考据学家、经世学家的辩诘争讼中，深化着其对古文文体文学特质的认识。以桐城派为个案，考察其守望与深化的过程，对于我们了解中国文学由古典向现代的转变，由传统杂文学体系向现代文学体系的过渡，是不无裨益的。

一

程朱理学在两宋时期走向成熟。当理学逐渐成为中国晚近时期意识形态的核心时，古文家的生存状态明显地有了两个方面的变化：其一是韩欧时期古文家被"天下翕然师尊之"①的至荣一去不返；其一是古文家津津乐道的道与文一、道统与文统的圆满重合，不得不分离为道以程朱之学为准的，文以韩欧之学为标尺。古文家必须面对思想与艺术两个尺度不同的准则。这便是清代桐城派创始人方苞何以把"学行继程朱之后，文章在韩欧之间"作为行身祈向的根本原因。

辗转于学行与文章之间的方苞论古文之难成云：

> 仆闻诸父兄，艺术莫难于古文。自周以来，各自名家者，仅十数人，则其艰可知矣。苟无其材，虽务学不可强而能也；苟无其学，虽有材不能骤而达也；有其材，有其学，而非其人，犹不能以有立焉。盖古文之传，与诗赋异道。魏、晋以后，奸佥污邪之人而诗赋为众所称者有矣，以彼瞑瞒于声色之中，而曲得其情状，亦所谓诚而形者也。故言工而为流俗所不弃。若古文则本经术而依于事物之理，非中有所得不可以为伪。故自刘歆承父之学，议礼稽经而外，未闻奸佥污邪之人而古文为世所传述者。②

方苞在此段话中表述了三个方面的意思：一是将古文归属于艺术范畴，是与经学、文学所不同的学科类别。二是言古文之与诗赋，同类而异道。诗赋言工情盛者即可流传，而古文本经术而依事物之理，非中有所得者不可成就。三是论古文难。古文难成在于古文以学问、材质为基础，而学问不能骤而达，材质不可强而能；有其材，有其学，而非其人，犹不能为古文，此所以"自周以来，各自名家者，仅十数人"的原因。经术之根柢，立身之大

---

① 苏轼：《六一居士集叙》，《苏轼文集》第1册，孔凡礼点校，北京：中华书局1986年版，第316页。

② 方苞：《答申谦居书》，《方苞集》，刘季高校点，上海：上海古籍出版社1983年版，第164页。

节，在方苞看来，是古文家成就古文的前提。名为古文，而不能"行之乎仁义之途，游之乎诗书之源"，此种文字则决计不能为世所传述。古文难成，难在学问深广淳厚，立身节高操洁。

祈向学养与义法途径，虽有先后虚实难易之分，但同样不可缺少，不可忽视。以祈向学养为基，而以成就古文为果；以祈向学养为筏，而以成就古文为渡；以立身学养为手段，而以志乎古文为目的，此正是古文家不同于经学家之处，重视立身学养，而不鄙薄义法途径，此又是古文之所以划入艺术范畴，而又与诗赋异道的原因。

古文除了讲求义法、途径等艺术构成外，还讲求情感构成。方苞《与程若韩书》论及传志文的写作原则云：

> 来示欲于志有所增，此未达于文之义法也。昔王介甫志钱公辅母，以公辅登甲科为不足道，况琐琐者乎？此文乃用欧公法，若参以退之、介甫法，尚可损三之一。假而周秦人为之，则存者十二三耳。此中出入离合，足下当能辨之。足下喜诵欧公文，试思所熟者，王武恭、杜祁公诸志乎？抑黄梦升、张子野诸志乎？然则在文言文，虽功德之崇，不若情辞之动人心目也，而况职事族姻之纤悉乎？①

方苞此文主要论述志文依周秦及唐宋古文义法，应该简胜于繁，而繁与简的关键，又在于对志主的事迹如何取舍。在方苞看来，志文记述志主功德之崇，不若情辞之动人心目。至于职事族姻，更琐琐不足道。方苞的取舍标准，自然是依照古文家的见识。以情辞动人，也是古文家特别是明代归有

---

① 方苞：《与程若韩书》，《方苞集》，刘季高校点，上海：上海古籍出版社 1983 年版，第 181 页。

光之后所形成的传记志文写作的传统之一。方苞曾论及归有光写亲旧之人日常之事而以情辞见长一类的文字时说：

> 震川之文……其发于亲旧及人微而语无忌者，盖多近古之文。至事关天属，其尤善者，不俟修饰，而情辞并得，使览者恻然有隐，其气韵盖得之子长，故能取法于欧、曾，而少更其形貌耳。[①]

归有光之文以极富人情味的笔触，写身边亲旧琐事，情发于中而娓娓道来，使读者因其辞思其情而引发恻然之隐。此正是辞章能事之所在，情感力量之所在。情辞是文学家所擅长的艺术手段，而情感是文学家与读者交流的最佳通道。

方苞对古文艺术与情感构成的认识，源于一个古文家对古文文体表情达意特性的理解和把握。方苞的这种认识，和他对古文创作其他特性的体悟，最终被笼括于义法说之中。不同的作者，对创作素材的剪裁取舍不同，其作品中艺术与情感的构成也便不同；不同的文体，其目的、功能不同，艺术性、情感性及实用性的成分也会各有差异。方苞《李穆堂文集序》中论李氏所著之文曰："其考辨之文，贯穿经史，而能决前人之所疑；章奏之文，则凿然有当于实用；记、序、书、传、状、志、表、诔，因事设辞，必有概于义理，使览者有所感兴而考镜焉。"[②]（《方苞集》）不同用途、不同文体，都能做到驾驭自如的因事设辞，恰如其分的因辞见意，言之有物，言之有序，物序合于体要，言语归于雅正，此正是古文学之所有事。也正是"艺术莫难于古文"的真实含意。

---

① 方苞：《书归震川文集后》，《方苞集》，刘季高校点，上海：上海古籍出版社1983年版，第117页。

② 方苞：《李穆堂文集序》，《方苞集》，刘季高校点，上海：上海古籍出版社1983年版，第107页。

方苞于经学致力于《三礼》《春秋》，于文学则义归于义法之说。方苞以古文名世，经学无论焉，其得享大名，一是创义法说，以有物有序规范古文；二是选《钦定四书文》《古文约选》，以古文之波澜意度，旁通于时文。

时文是与古文相对而言的，是明清科举取士所规定采用的专门文体。它具有严格的思想标准，其命题自乾隆年间一律用《四书》的语句，义理的发挥必须依照朱熹的传注。时文的写作又具有严格的程式，讲究体会语气，代圣人立言，讲求破题、承题、起讲、入题等起承转合的技巧。时文对每一读书人来说，是入仕的必修之课，而能否入仕，则视时文作的好坏。这样，以帮助士子熟习和掌握时文文体为目的的各种选本纷纷应世，而研究时文文体的名家也应运而生。明清两代，时文的好恶取舍标准，受当时学风士风的影响，也处于不断变换之中。

时文作为一种具有特殊格式的文体，其在恪守义理、表情达意、遣词造句方面，也多有与古文行文原则相通之处。方苞奉旨选《钦定四书文》及代果亲王选编《古文约选》，即试图将清朝所推尚的"清真雅正"的衡文标准融纳于选辑过程之中，以《左》《史》、唐宋古文之波澜意度，旁通于时文制艺之作。其《古文约选序例》中说：

> 自魏晋以后，藻绘之文兴。至唐韩氏起八代之衰，然后学者以先秦盛汉辨理论事、质而不芜者为古文。盖六经及孔子、孟子之书之支流余肆也……学者能切究于此，而以求《左》《史》《公》《谷》《语》《策》之义法，则触类而通，用为制举之文，敷陈论策，绰有余裕矣。[1]

---

① 方苞：《古文约选序例》，《方苞集》，刘季高校点，上海：上海古籍出版社1983年版，第612—613页。

以古文通于时文，并不始于方苞。明代唐宋派中的唐顺之、归有光等即被人称为"合古今之文而兼有之"，但唐、归所为是一种个人行为。而方苞之说，是以"功令"的面目出现的，其对社会的影响更为巨大。正是通过士子之学的渠道，方苞的义法说及桐城派的古文理论，获得相当的知名度和广阔的植被地带。

对于方苞有关古文艺术性、情感性的认识及以古文为时文的实践，稍后于方苞的乾嘉学派的代表性学者钱大昕持有不同的看法。其《与友人论文书》从三个方面申述了自己的意见。首先，钱氏论古文之体用曰："夫古文之体，奇正浓淡详略，本无定法，要其为文之旨有四：曰明道，曰经世，曰阐幽，曰正俗。有是四者，而后以法律约之，夫然后可以羽翼经史而传之天下后世。"① 钱氏以为：古文之体，奇正浓淡详略，本无定法，方苞以简驭繁的义法说很难说尽得古文之真谛。古文之用在于明道、经世、阐幽、正俗，有此四用而兼以法约束之，可以羽翼经史而传之天下后世，古文之于经史，一仆一主，其名分不可僭越淆乱。此与方苞以经史学养为基，以成就古文为果的出发点大有不同。

其次，钱大昕就方苞关于志文写作中"虽功德之崇，不如情辞之动人心目"之说予以批评。其言曰：

> 至于亲戚故旧聚散存没之感，一时有所寄托而宣之于文，使其姓名附见集中者，此其人事述原无足传，故一切阙而不载，非本有可纪而略之，以为文之义法如此也。方氏以世人诵欧公王武恭、杜祁公诸志不若黄梦升、张子野诸志之熟，遂谓功德之崇，不若情辞之动人心目，然则使方氏援笔而为王、杜之志，亦将舍

---

① 钱大昕：《与友人书》，《潜研堂集》，吕友仁校点，上海：上海古籍出版社 2009 年版，第 606—607 页。

其勋业之大者，而徒以应酬之空言了之乎？①

志文写作中，取其功德之崇，还是取其故旧聚散存没之感，有作者的见仁见智的选择问题。作为古文家，方苞以为"虽功德之崇，不如情辞之动人心目"，其所强调的是以情动人；作为经学家，钱大昕以为要视志主具体情况而定。志主事迹原无可传，则可敷衍以情辞，志主勋业伟大，则不应徒以应酬之空言而敷衍之。其并不认为情辞必然比功德更为可贵。相反，情辞应是志主无功德可言时的应酬之语。与之相应，也不应以读者熟悉与否判断文章的价值。

再次，钱大昕以为方苞以古文义法通于时文的作法，为世俗选本之古文，方苞的义法说所得为古文之糟粕，而非古文之神理：

> 盖方所谓古文义法者，特世俗选本之古文，未尝博观而求其法也。法且不知，而义于何有？昔刘原父讥欧阳公不读书，原父博闻，诚胜于欧阳，然其言未免太过。若方氏乃真不读书之甚者。吾兄特以其文之波澜意度近于古而喜之，予以为方所得者，古文之糟粕，非古文之神理也。王若霖言：灵皋以古文为时文，却以时文为古文。方终身病之，若霖可谓洞中垣一方症结者矣。②

乾嘉学派以博闻为恃而傲视辞章家，因而钱氏指责方氏不读书也是习常之论。方苞以古文通于时文的实践，为桐城派古文理论开辟了植被地带，但也因此而招致"以古文为时文，却以时文为古文"的讥讽。方苞之后，桐

---

① 钱大昕：《与友人书》，《潜研堂集》，吕友仁校点，上海：上海古籍出版社2009年版，第607页。
② 钱大昕：《与友人书》，《潜研堂集》，吕友仁校点，上海：上海古籍出版社2009年版，第607—608页。

城派古文理论的发展，始终与科举制艺之文有着不间断的联系。尤其是那些未曾致身仕途的桐城派作家，终身以教授生徒谋食糊口，虽不否认其抱有"以古文为时文"之初衷，但却很难免除"以时文为古文"的批评。因为他们在讲述"意度波澜""精神气魄""疏宕顿挫""草蛇灰线"一类的术语时，确实使人难辨其为古文之法还是时文之法。

二

桐城派自姚鼐后，规模渐成，名声噪起。处在考据之学鼎盛时期的姚鼐，在学术界义理、考证、辞章三事孰主孰从的争论中，以甘蒙谤讪，捐嗜舍欲的精神，为辞章之学坚守着阵地。姚鼐自言对古文辞的酷爱与追求道：

> 鼐性鲁知暗，不识人情向背之变、时务进退之宜，与物乖忤，坐守穷约，独仰慕古人之谊，而窃好其文辞。夫古人之文，岂第文焉而已，明道义、维风俗以诏世者，君子之志；而辞足以尽其志者，君子之文也。达其辞则道以明，昧于文则志以晦。鼐之求此数十年矣。瞻于目，诵于口，而书于手，较其离合而量剂其轻重多寡，朝为而夕复，捐嗜舍欲，虽蒙流俗讪笑而不耻者，以为古人之志远矣，苟吾得之，若坐阶席而接其音貌，安得不乐而愿日与为徒也。[①]

---

① 姚鼐：《复汪进士辉祖书》，《惜抱轩诗文集》，刘季高标校，上海：上海古籍出版社1992年版，第89页。

桐城派自姚鼐起,越来越明确地形成了古文作为一门艺术而存在的共识。姚鼐弟子方东树勇于自信而好为议论,其综合方、姚之说而论及古文之难云:

> 是故文章之难,非得之难,为之实难。道德以为体,圣贤以为宗,经史以为质,兵刑政理以为用,人事之阴阳、善恶、穷通、常变、悲愉、歌泣,凌杂深颐以为之施;天地、风云、日星、河岳、草木、禽兽、虫鱼、花石之高旷夷险,清明黔露,奇丽诡谲,一切可喜可骇之状,以为之情。及其营之于口而书之于纸也,创意造言,导气扶理,雄深骏远,瑰奇宏杰,蟠空直达,无一字不自己出,而后吾之心胸、面目、声音、笑貌若与古人偕,出没隐见于前。而又惧其似也,而力避之;恶其露也,而力覆之;嫌其费也,而力损之。质而不俚,疏而不放,密而不僿。阴阳蔽亏,天机阖开,端倪万变,不可方物。盖自孟、韩、左、马、庄、《骚》、贾谊、扬雄、韩、欧以来,别有能事,而非艰深险怪,秃削浅俗,与夫饾饤剽袭,所可袭而取之者也。夫文亦第期各适一世之用而已,而必刿心刳肺,断断焉以师乎古人若此者。何也?以为不如是,则不足以为文也。此固无二道也。①

东树极言古文之难的目的,仍在强调古文别有能事、别有境界、别有甘苦,决不是无本之学,也不会不期而工。

基于这种认识,方东树论方苞之古文,以为其文为道学所累,措语矜慎,文气拘束;论陆耀所选《切问斋文钞》,以为其多为隔宿化为腐朽的随

---

① 方东树:《答叶溥求论古文书》,《中国近代文论选》,舒芜等编选,北京:人民文学出版社1981年版,第32—33页。

时取给之文，此类以致用为急的文字，不可与以文为上、永世常昭之古文相提并论；又论经学家考据之作，如同"屠酤计帐"，毫无章法文脉可言。方东树在对方苞之文的评价及与论敌的辩论中，努力维护古文的艺术性原则，强调古文家不可取代的重要性，并从有物兼而有序，有用复求有法的多重角度，分析古文家作者之文的特质，及其与理学家述学之文、政治家经世之文、经学家考据之文的联系与不同。

方东树《书望溪先生集后》评方苞之文云：

> 树读先生文，叹其说理之精，持论之笃，沉然黯然纸上，如有不可夺之状。而特怪其文重滞不起，观之无飞动嫖姚跌宕之势，诵之无铿锵鼓舞抗坠之声，即而求之无玄黄采色，创造奇词奥句，又好承用旧语，其于退之论文之说，未全当焉。而笃于论文者，谓自明归太仆后，惟先生为得唐、宋大家之传，惟树亦心谓然也。盖退之因文见道，其所谓道，由于自得；道不必粹精，而文之雄奇疏古，浑直恣肆，反得自见其精神。先生则袭于程朱道学已明之后，力求充其知而务周防焉，不敢肆；故议论愈密，而措语矜慎，文气转拘束，不能宏放也……向使先生生于程朱之前，而已能闻道若此，则其施于文也，讵止是已哉？①

依东树所论，方苞之文不尽如人意处有二，一是文气重滞不起。方苞之文说理诚精，持论诚笃，但缺少飞动之势、抗坠之声与玄黄色彩。没有灵性、声音与色彩，其古文便不免减色。二是造言好承旧语，与韩愈"词必己出"之说，未能符合。究其原因，则在于方苞试图以韩欧之文，行程朱之

---

① 方东树：《书望溪先生集后》，《中国近代文论选》，舒芜等编选，北京：人民文学出版社1981年版，第36页。

道，非程朱所言而不敢立论，力求充其知而务周防，措语矜慎，文气拘束，不能宏放。方苞生在程朱道学已明之后，缺少韩愈那种以自得之道发为浑直恣肆文章的洒脱，此正是文心文思、造语立言拘束于程朱义理之学的结果。

如此直率地指出桐城派创始者方苞文章的弱点，且将这些弱点形成的原因，归咎于作者拘泥于"学行"，而妨害了"文章"。作为古文理论家，方东树是真诚而富有勇气的。从思想信仰的角度来讲，方东树对程朱义理之学是极力维护的，其所著《汉学商兑》是措词十分激烈的代表宋学阵营讨伐汉学的卫道之作。但从古文发展的角度来讲，方东树又准确地看到了程朱义理之学在成为既定的思想原则之后，所可能给古文发展本身所带来的负面影响，这种负面影响即使在桐城派最著名作家的作品中也同样存在。方东树对方苞之文的批评，进一步体现了桐城派作家对义理与辞章、道与文结合限度、方式及辞章与古文所应表现出的独立品格等问题的思考。古文是一门艺术，古文别有能事，过分拘泥于某种思想信仰，亦步亦趋，则相应会削弱古文的艺术品格或减低古文表情达意的能力。

古文作为一门艺术，其与义理之述学文体有别，又与以经世致用为目的的实用性文体有别。鸦片战争之后，学术界经世致用的呼声颇高。1862 年，魏源以贺长龄的名义编纂《皇朝经世文编》，选辑清初至道光年间官方文书、专著、述论、奏议、书札等文献，别为学术、治体、吏政、户政、礼政、兵政、刑政、工政等八类，以作为经国治政之借鉴。《皇朝经世文编》的编纂主旨及体例，以乾隆年间陆耀所编辑的《切问斋文钞》为范本，旨在备经世之略，而文归于实用。方东树读两书后作《切问斋文钞书后》，力辨古文与经世致用之文之区别。方氏先论两书编辑主旨之偏颇云：

> 树尝合二编所辑而读之，窃见诸贤之作，其陈义经物，论议可取者固多矣；而浅俗之词，谬惑之见亦不少。杂然登之，漫无别白，非所以示学者之准法也。且陆氏之论文又非矣。其言曰：是编

不重在文。其说当矣。而又曰：以文言道俗情，固高下之所共赏。又曰：道在立言，不必求之于字句。又曰：文之至者，皆无意于为文；无意为文，而法从文立，往往与先秦、两汉、唐、宋大家模范相同。嗟乎！谈亦何容易耶？循陆氏之言，而证以卷中之文，将使义理日以歧迷，文体日以卑伪，而安得谓克同于先秦、两汉耶？[①]

　　方氏以为：《切问斋文钞》与《皇朝经世文编》，其陈义经物议论固有可取之处，而谬惑之见、浅俗之词也杂然登之，因而两编难以作为文章之学的标本。陆氏所编重用而不重文，其主张以"文言道俗情"，而求"高下之所共赏"。又以为"文之至者，皆无意于文"，持论如此只会导致"文体日益卑伪"，这是以捍卫古文艺术性自任的古文家所不能接受的。魏源之编以陆耀为范本，亦不免重蹈其重用轻文的旧辙。方东树以古文家的眼光，论述古文从原古执简记事之文中分离出来而自成一宗的历史过程道：

　　　　夫文字之兴，肇始易绳。迹其本用，原以治百官，察万民，岂有空言无因而为一文者乎？特三代以上，无有文名，执简记事者，皆圣贤之徒，赓歌谟明者，皆性命之旨，文与道俱，言为民则。洎孔氏之门，始以文为教；四科之选，聿有专能。自是以来，文章之家，杰然自为一宗而不可没，固为其能载道以适于用也。凌夷至于秦汉，道德泯然绝矣；而去古未远，文章犹盛。往与姬传先生言，西汉文字，皆官文书，而何其高古雄肆若彼？魏晋以降，道丧文敝，日益卑陋。至唐韩子始出而复于古，号为起八代之衰；八代者，东汉、魏、晋、宋、齐、梁、陈、隋也。故退之

---

① 方东树：《切问斋文抄书后》，《中国近代文论选》，舒芜等编选，北京：人民文学出版社1981年版，第42页。

论文，自六经、《左》《史》、庄、屈、相如、子云者数人而外，其他罕称焉。于是重古文者，以文为上，非祖述六经、《左》《史》、庄、屈、相如、子云者不得登于作者之箓；重用者，以致用为急，但随时取给，不必以文字为工。二者分立，交相持世。[1]

古文能够自成一宗，得以与官书致用之文双峰对峙、双水分流的原因，即在于它是一种有着较多艺术与情感构成、具有一般实用性文学所无法替代的叙情言志特殊功能的文体。明白古文之不同于致用之文的道理，则"作者"之头衔，是不可轻易赠之于人的。文章之道，别有能事，未得其能事者，其文必不传；不知其能事者，与作者之名实无缘。

在辨明古文自成一宗，文章别有能事之后，方东树复论致用之文与作者之文的不同之用道：

> 陆氏又谓：有用之文，如布帛菽粟；华文无实者，如珠玉锦绣，虽贵而非切需。吾又以为不然……且夫菽粟入口，隔宿而化为朽腐矣；吾人三年不制衣，则垢敝鹑结矣。是故今日之菽粟，非昨日之菽粟也；已敝之布帛，非改为之布帛也。此随时取给之文所以不传于后世也。若夫作者之文则不然：其道足以济天下之用，其词足以媲《坟》《典》之宏，茹古含今，牢笼百氏，与六经并著，与日月常昭，而曷尝有无实之言，不试而云者乎？今不悟俗学凡浅不能为是，而徒指夫狷子浮华无用之文，以为口实，是尚不足以杜少知之口，而何以服作者之心乎？[2]

---

[1] 方东树：《切问斋文抄书后》，《中国近代文论选》，舒芜等编选，北京：人民文学出版社1981年版，第42—43页。

[2] 方东树：《切问斋文抄书后》，《中国近代文论选》，舒芜等编选，北京：人民文学出版社1981年版，第43—44页。

在方氏看来，致用之文，用于一时一事，如布帛菽粟，隔年隔宿化为朽腐；作者之文，茹古含今，牢笼百氏，则可与六经并著，与日月常昭。作者之文流传久远的原因，不仅在于其所载之道足以济天下之用，还在于其意格、境象、字句、辞气足以副斯文之雅，见艺术匠心。有物复又有序，有用而不悖乎法，方臻于作者之文的境界。

方东树《切问斋文钞书后》一文拈出"作者""作者之文"的概念，详尽地论述了"文章之家，自成一宗"与"文章之道，别有能事"的道理。在此文中，方氏对致用之文与作者之文的区别与评价，显示出桐城派古文家对带有较多艺术情感构成的古文和以致用为目的的实用性文字各自特征的认识与把握。方东树借用"作者""作者之文"的概念，以有物而复有序，有用而兼有法的标准，划清了古文家与政治家、古文派与经世派的界限。方氏在论述过程中是以陆耀及其文章观念作为批评对象的，但因魏源所编辑的《皇朝经世文编》是以《切问斋文钞》为基本模式的，因而方氏"俗言易胜，谬种易传，播之来学，将使斯文丧坠。在兹永绝，亦文章之厄会也"之语，则在很大程度上是对鸦片战争之后出现的经世文派的批评。方东树对《切问斋文钞》大发议论，也是项庄舞剑，而意在沛公。

在维护古文的艺术性原则问题上，桐城派所遇到的论敌除义理学家、经世文派之外，还有考据学派。义理家、经世派、考据派学旨各有不同，相互间的攻讦也多有激烈之辞，但对词章之学，却均持轻视与否定的态度。而以词章为安身立命之处的桐城派，也就面临着四面楚歌的境地，因此不得不四处出击，以维护古文的地位和古文派的生存。

考据学派的擅长之处是从文字训诂的考辨入手释经注经。在经历了姚鼐与戴震关于义理、考证、辞章学问三事的辩论之后，与方东树同时代的乾嘉学派中的学者如焦循等人，又进一步提出"文莫重于注经"的论题，而欲置考辨注经之文于文章之至重至尊的地位。

方东树与焦循、阮元等经学家生年相近，在对待宋学、对待古文的认识上，意见相左。作为桐城派古文的嫡传，方东树对经学家恃经自重、藐视词章的作派甚为不满，其《汉学商兑》一书对汉学家、经学家持论之谬之妄多有驳议。其论汉学家之文曰：

> 汉学家论文，每曰土苴韩欧，俯视韩欧，又曰骩矣韩欧。夫以韩欧之文而谓之骩，真无目而唾天矣。及观其自为，及所推崇诸家，类如屠酤计帐。[1]

方氏认为汉学家、经学家眼高而手低的原因，在于其自矜而兼虚妄。方东树《昭昧詹言》中有《陶诗附考》一章，就钱大昕等经学家关于陶侃为陶渊明之祖的考辨文字提出疑义。钱氏立论证之以文献，而东树则欲从渊明诗文集情事本末入手，推翻钱氏之论。东树由此论及经学家治学之缺陷云："吾尝论考证家之病，多是不通文理。此直由读渊明诗文而昧其文义耳。"由这一小小的学术交锋可以看出，方东树与钱大昕的分歧，并不仅仅只局限于某一具体结论正确与否，其分歧实际上是两种学术思维与路径的差异。一是重征实，无征而不信；一是重体味，求佐于诗文情理。前者是述学的思维和路径，后者是文学的思维和路径，前者坐实，后者蹈虚，前者重证据，后者重情理。方东树《昭昧詹言·跋》以佛教中教与乘的关系为喻，再度强调以辞通意而求道认知路径的可靠性。其言曰：

> 释氏有教、乘两门。教者，讲经家也。教固不如乘之超诣，然大乘之人，未有不通教者。
>
> 在吾儒，若汉人训诂，教也；宋儒发明义理，身体而力行，乘也。然使语言文字之未知，作者年历行谊之未详，而谩谓"吾

---

① 方东树：《汉学商兑》，虞思征校点，上海：上海古籍出版社2018年版，第164页。

能得其用意之精微，立言之甘辛"，以大乘自处，而卒之谬误百出，扪烛扣槃，盲猜臆说，诬古人，误来学，吾谁欺乎？千百年除李、杜、韩、欧数公外，得真人真知者，寥阔少见，则何如求通其辞求通其意之确有依据也。①

千百年中推李、杜、韩、欧为真人真知，读其诗文，求通其辞，融汇其意，较之腐儒经蠧、痴人说梦之作，更能获得真知，也更能独步千古。诵读真人之诗文，是求道认识的更可靠通道，此所以韩愈有"欲学古道，则应兼通其辞"之说。

三

如果说，方东树是在论敌四立、孤迹违众之时，不顾言忌，哓哓以辩，以维护古文的艺术性原则的话，曾国藩则是在振臂一呼、万众景从的形势下，耗精费神，斟酌揣摩着古文审美与实用的价值定位。

曾国藩关于古文文体价值的认识，当以"坚车行远"说为核心。"坚车行远"说在曾氏刚入京师初涉学术之际即已形成，历久而愈笃信不疑。曾氏初涉学术是在鸦片战争之后，在事功、义理、文章诸种门类中，其以为事功之学，须有所待；义理之学，"粗识几字，不敢为非以蹈大戾已耳"；而独于古文诗，必有灵犀。其在1843年《致刘蓉》中谈及个人学术选择与学术志向云：

> 仆早不自立，自庚子以来，稍事学问，涉猎于前朝本朝诸大

---

① 方东树：《昭昧詹言》，汪绍楹校点，北京：人民文学出版社1961年版，第537页。

儒之书，而不克辨其得失，闻此间有工为古文诗者，就而审之，乃桐城姚郎中鼐之绪论，其言诚有可取。于是取司马迁、班固、杜甫、韩愈、欧阳修、曾巩、王安石及方苞之作，悉心而读之，其他六代之能诗者及李白、苏轼、黄庭坚之徒，亦皆泛其流而究其归，然后知古之知道者，未有不明于文字者。①

周濂溪氏称文以载道，而以"虚车"讥俗儒。夫"虚车"诚不可，无车又可以行远乎？孔、孟没而道至今存者，赖有此行远之车也。吾辈今日苟有所见，而欲为行远之计，又可不早具坚车乎哉？故凡仆之鄙愿，苟于道有所见，不特见之，必实体行之；不特身行之，必求以文字传之后世。虽曰不逮，志则如斯。②

十数年后，曾国藩成为名高声隆的中兴名臣，也成为桐城派中兴盟主。其在 1858 年前后，作《圣哲画像记》，将姚鼐与韩、柳、李、杜，同置于古今三十二圣哲之列。自言"粗通文章，由姚先生启之"。曾氏与曾门弟子张裕钊、吴汝纶、薛福成、黎庶昌等人以"扩姚氏而大之"，"并功德言于一途"的努力，为古文一派坚守壁垒，扩大堂庑，使古文之学再现一时之盛。薛福成《拙尊园丛稿序》记述曾国藩以坚车行远说训勉弟子之情状曰：

（文正）居常诲人，以为将相者，天下公器，时来则为之，虽旋乾转坤之功，邂逅建树，无异浮云变幻于太虚，怒涛起灭于沧海，不宜婴以成心。文者，道德之钥，经济之舆也。自古文周孔孟之圣，周程张朱之贤，葛陆范马之才，鲜不借文以传。苟能探

---

① 曾国藩：《致刘蓉》，《曾国藩全集·书信》，殷绍基等整理，长沙：岳麓书社 1994 年版，第 5 页。
② 曾国藩：《致刘蓉》，《曾国藩全集·书信》，殷绍基等整理，长沙：岳麓书社 1994 年版，第 7—8 页。

厥奥妙，足以自淑淑世，舍此则又何求？①

文章为道德之钥，经济之舆，经济之舆用以淑世，道德之钥用于自淑。曾氏对青年幕僚的告诫，对文章之学淑世自淑作用的解释，完全是肺腑与经验之谈。淑世勿论，仅就自淑而言，驰驱戎马之中的曾国藩，时时把古文诗的阅读看作是涵养心志、陶冶性情的特有方式。其1858年所写的《加李如片》中写道："早岁有志著述，自驰驱戎马，此念久废，然亦不敢遂置诗书于不问也。每日稍闲，则取班、马、韩、欧诸家与旧日所酷好者一温习之，用此以养吾心而凝吾神。"1861年，曾氏因守祁门，为长子预留遗嘱，又以"惟古文与诗二事，用力颇深，探索颇苦，而未能介然用之，独辟康庄"为憾事，其对古文的抱负与痴迷由此可见一斑。

徘徊于淑世与自淑，事功与文学之间的曾国藩，其就淑世与事功而言，希望古文之坚车能够载负起事明德而经人伦、新新民而成教化的重载，古文以义理之学为体，以经济之学为用；而就自淑与文学而言，曾国藩又深知古文之能否行远，则别有能事。其取决于辞能否达其意，气能否举其体，文是否襟度远大，意是否精微细密，气象是否光明俊伟，造句是否珠圆玉润。曾氏论人心各具自然之文云：

> 人心各具自然之文，约有二端：曰理曰情。二者人人之所固有。就吾所知之理，而笔诸书，而传诸世。称吾爱恶悲愉之情，而缀辞以达之，若剖肺肝而陈简策，斯皆自然之文。性情敦厚者，类能为之，而浅深工拙，则相去十百千万，而未始有极。②

---

① 薛福成：《拙尊园丛稿序》，《拙尊园丛稿》，黎庶昌著，北京：朝华出版社2017年版，第4页。
② 曾国藩：《湖南文徵序》，《曾国藩诗文集》，王澧华校点，上海：上海古籍出版社2005年版，第411页。

理与情，构成了每个人心中固有的自然之文。人人心中皆有的自然之文，一旦陈于简策，缀辞成篇，其浅深工拙，则相去悬远。此是由每个人所不同的襟度气象、学识才力和艺术旨趣所决定的。所谓"坚车行远"，首先是要锻炼说理叙事、表情达意的功夫，而锻炼说理叙事、表情达意的功夫，又离不开读书识理，蕴藉深厚，坚车行远不是雕饰字句、巧言取悦所能奏效的。

雕饰字句、巧言取悦固然不宜于古文，阐明义理，讲解性道也非古文之擅场。曾氏认为，"学行程朱，文章韩欧"的命题中，蕴含着顾此失彼的隐患。宋以后文士好谈义理，文气皆不盛。以古文之体谈论性理，或体道而文不昌，或能文而道不凝，鲜有文与道并至者。曾国藩论吴敏树《书西铭讲义后》之类的文字，以为"然此等处，颇难著文。虽以退之著论，日光玉洁，后贤犹不免有微辞。故仆尝称古文之道，无施不可，但不宜说理耳"。古文不宜说理，一是指从先秦两汉脱胎而来的奇句单行的散体之文，长于叙写，而短于持论。古文尚渊懿而不足载议论辩驳纵横捭阖之辞，古文贵雅洁而不足显恢宏博奥抑扬抗坠之节。二是指演述性理讲求周严精当，言之凿凿，持论笃重，而古文则别求文境与情致，别求声音与色彩。与其不善兼取而足以相害，不如从一而择以免失措乖张。曾国藩论刘蓉之作云：

> 大著《游记》二首，以义理言则多精当，以文字言终少强劲之气。自孔孟以后，惟濂溪《通书》、横渠《正蒙》，道与文可谓兼至交尽。其次如昌黎《原道》、子固《学记》、朱子《大学序》寥寥数篇而已。此外则道与文竟不能不离而为二。鄙意欲发明义理，则当法《经学理窟》及各语录札记，欲学为文，则当扫荡一副旧习，赤地新立。将前此所业，荡然若丧其所有，乃始别有一番文境。望溪所以不得入古人之阃奥者，正为两下兼顾，以致无

可怡悦。①

义理与古文，各有本源，各有途径，各有特性。与其两下兼顾，无可怡悦如方苞，不如义理当属义理，文章自归文章，做一回堂堂正正、本本分分的文章家，体验赤地新立、扫荡旧习的淋漓与酣畅。

曾国藩有关义理、文章不可兼得的感慨，透露出古文作者徘徊于义理、辞章之间顾此失彼的尴尬与痛苦；而曾氏与文友"扫荡一副旧习，赤地新立，将前此所业，荡然若丧其所有"的相约，又透露出古文家决心与这种尴尬与痛苦告别分手的觉悟。这种觉悟来自于对文学史上"道与文竟不能不离为二"现实的正视，也来自于对摆脱一切有形成规、无形束缚，而自任性情、放马由缰创作境地的渴望。这种古文与义理之学分道扬镳的觉悟到来的并不容易。自理学走向成熟，理学家以儒学的正统、古道的传人自居时，韩欧古文便被划入文章之学的队列，而忝列于学问三事之末（儒者之学、训诂之学、文章之学），古文家不愿明昭大号以文人自居，而须时时挟道以自重，道与文犹如一主一仆。古文家对古文之学情感特征的认知和艺术表现经验的探求总结也往往处在若明若暗、欲言还休的状态。鸦片战争以后，随着社会政治种种变化的到来，清王朝官方主导意识的权威日益弱化，一向高踞堂庙的程朱理学早已是百足之虫，死而不僵。在义理之学逐渐失去权威和神圣之象的文化背景下，在目睹了许多古文家"道与文竟不能不离为二"的现象之后，在亲自经历体验了学行与文章、程朱与韩欧两相兼顾而无可怡悦的尴尬和痛苦之后，曾氏方有了"扫荡一副旧习，赤地新立"的冲动，方下定"将前此所业，荡然若丧其所有，乃始别有一番文境"的决心。这种索性堂堂正正以古文为业的想法，相对于"坚车行远"说来讲，又更加古文家化了。

① 曾国藩：《致刘蓉》，《曾国藩全集·书信》，殷绍基等整理，长沙：岳麓书社1994年版，第611—612页。

到了十九世纪末二十世纪初，在曾国藩弟子吴汝纶成为桐城派掌门人时，其教人作文，则直截了当告之曰："说理说经不易成佳文。"吴汝纶在写给弟子姚永朴的信中说：

> 说道说经不易成佳文。道贵正，而文者必以奇胜。经则义疏之流畅，训诂之繁琐，考证之该博，皆于文体有妨。故善为文者，尤慎于此。退之自言执圣之权，其言道止《原性》《原道》等一二篇而已。欧阳辨《易》论《诗》诸篇，不为绝盛之作，其他可知。[①]

此中的道理，吴汝纶又讲与姚永概：

> 通白与执事皆讲宋儒之学，此吾县前辈家法，我岂敢不心折气夺。但必欲以义理之说施之文章，则其事至难。不善为之，但堕理障。程朱之文，尚不能尽餍众心，况余人乎？方侍郎学行程朱，文章韩欧，此两事也。欲并入文章之一途，志虽高而力不易赴。此不佞所亲闻之达人者，今以贡之左右，俾定为文之归趣，冀不入歧途也。[②]

在上述两段引文中，吴汝纶确凿无误地表明：说道言理之文、训诂考证之文，皆与古文文体有妨，善为文者应尤慎于此；学行与文章，判然两途。若非以义理之说施以文章，必然是志虽高而力不易赴。韩欧论道文章极

---

① 吴汝纶:《与姚仲实》,《吴汝纶尺牍》, 徐寿凯、施培毅校点, 合肥: 黄山书社1990 年版, 第34—35 页。
② 吴汝纶:《答姚叔节》,《吴汝纶尺牍》, 徐寿凯、施培毅校点, 合肥: 黄山书社1990 年版, 第94—95 页。

少，程朱之文不能尽餍众心，方苞两下兼顾以致无可怡悦，都是鲜活而不容置疑的证明。吴汝纶所言"亲闻之达人者"，"达人"当指曾国藩。吴汝纶继曾国藩之后，把对古文文体相对于义理之学而独立存在的认识，表述得更为明白彻底。

四

从方苞到吴汝纶，桐城派作为一个几乎与清王朝相始相终、绵延二百余年的古文流派，其各个时期的领袖人物无不审时度势，着意寻找着最适应古文与古文家生存的理论，不断修正着对古文文体特质的认识，调整着古文与古文家在整个社会文化体系中的坐标位置，守望着古文的艺术壁垒。桐城派在理论上、认识上的继承扬弃、吐故纳新，正符合文学流派"有所法而后能，有所变而后大"的发展规律。从方苞的"学行程朱、文章韩欧"的行身祈向，到姚鼐"道与艺合，天与人一"的文章至境，从方东树作者之文、致用之文的分辨到曾国藩对"坚车行远""赤地新立"的渴望，再到吴汝纶"说道说经，皆于文体有妨"的立论，围绕着文道关系的有关阐述，构成了桐城派对古文文体价值定位的认识过程。这一认识过程，体现出越来越为明显地让古文回到古文自身的基本价值取向。

中国传统的关于"文学"的概念，其内涵是相当庞杂的。在中国传统的杂文学体系中，文学的属性及本质特征缺乏严格的规定性。尤其是"古文"文体，其在广泛作为表情达意的载体时，情感的与非情感的因素，审美的与非审美的文字，交合杂糅，难以厘定。以古文为学的桐城派，在长期的发展过程中，其对古文写作中艺术性原则的注重，对古文表情达意过程中艺术与情感构成的强调，体现出由于自身生存需要而激发出的文体自觉。这种文体自觉是弥足宝贵的。二十世纪初，当接受康德、叔本华美学思想的王国维提出"若知识道理之不能表以议论而但可表以情感者，与夫不能求诸实地而但可求诸想像者，此则文学之所有事"[①]的论断之后，经过"五四"新文学运动的激荡，文学重在表现人的情感和想象的观念方被国人所普遍接受。而在此之前，桐城派作家围绕着让古文回到古文自身，把古文还之于古文家所作出的种种努力，为传统的杂文学体系向现代文学体系的过渡，作了一个鲜为人知的铺垫。

（原载《文学评论》2000 年第 4 期）

---

① 王国维:《国学丛刊序》,《观堂集林》，彭林整理，石家庄：河北教育出版社 2003 年版，第 701 页。

稗官争说侠与妓

——十九世纪中国长篇白话小说的创作主旨与主题模式

十九世纪末，当维新派策动思想与文学改良风潮之际，新学泰斗严复、夏曾佑联名在《国闻报》发表了一篇题为《本馆附印说部缘起》的文章。文章的主要思想成果表现在它试图完成对以下两个问题的解释：第一，普遍人性在人类生活中的作用及其与文学永恒性主题的关系；第二，小说文体在表现人性及再现人类行为时所显示出的优长。文章认为：茫茫宇宙，古今中外，凡为人类莫不有一"公性情"，曰"英雄"、曰"男女"。英雄、男女之性相互依存，支撑人类在物竞天择法则支配之下的社会与自然进化的漫长旅途中，自强不息，繁衍生存，从蛮荒混沌、茹毛饮血走向文明之化。英雄、男女之性与人类文明进化相始终，又自然存在于每个社会个体的血肉之躯中。英雄、男女之性为政教礼乐之本、文章词赋之宗。若将英雄、男女之性形诸笔端，"作为可骇可愕可泣可歌之事，其震动于一时，而流传于后世，亦至常之理，而无足怪矣"。[1] 至于再现英雄、男女之性，托之于经、子、集等言理之书，莫如托之于史、小说等纪事之书；托之于史书，则又莫如

---

[1] 几道、别士：《本馆附印说部缘起》，《二十世纪中国小说理论资料》第一卷，陈平原、夏晓虹编，北京：北京大学出版社 1997 年版，第 25 页。

托之于小说。小说与史书相较，史书重在实录，而小说则"凿空而出，称心而言，更能曲合乎人心"，故而"曹、刘、诸葛，传于罗贯中之演义，而不传于陈寿之志；宋、吴、杨、武，传于施耐庵之《水浒传》，而不传于《宋史》"。[1]作者据此宣称："说部之兴，其入人之深，行世之远，几几出于经史上，而天下之人心风俗，遂不免为说部之所持。"[2]

《缘起》一文旨在为新民救国运动和小说界革命的兴起而鼓噪，但其视英雄、男女为人类普遍人性，以擅长表现普遍人性、艺术再现人类行为而推重小说，却是超出时论、颇有识地的见解。人类的存在与发展，充满着艰难困厄，也充满着欲望梦幻。对人生进取的渴望，对英雄行为的崇拜，对缠绵情爱的企求，构成了世俗人生最为普遍的情感。而小说是一种重再现的艺术，它力图在实虚真幻之间，展示人类生活场景与行为、情感，再现历史与人生，以满足人类自知、求奇与审美愉悦的各种需求。在世俗人生、普遍人性与小说之间，存在着最为简捷的通道和最为短暂的化入距离。因而，当明清小说超越志怪、讲史的题材范围，以现实世俗生活为主要场景，以"极摹人情世态之歧、备写悲欢离合之致"[3]为小说写作旨志之时，解人急难的义士侠客、缠绵怨慕的痴男情女，便跃然成为小说中的主角，英雄之忤、男女之情遂演绎成为无数人世间悲欢离合故事的主题原型。

十九世纪小说最引人注目的创作趋向，是长篇白话作品中侠、妓题材的空前盛行，形成了稗官争说侠、妓的特有景观。说侠者有《三侠五义》（首刊于 1879 年）、《荡寇志》（首刊于 1851 年），言妓者有《品花宝鉴》（首

---

[1] 几道、别士：《本馆附印说部缘起》，《二十世纪中国小说理论资料》第一卷，陈平原、夏晓虹编，北京：北京大学出版社 1997 年版，第 27 页。
[2] 几道、别士：《本馆附印说部缘起》，《二十世纪中国小说理论资料》第一卷，陈平原、夏晓虹编，北京：北京大学出版社 1997 年版，第 27 页。
[3] 笑花主人：《今古奇观序》，《中国历代小说论著选》，黄霖、韩同文选注，南昌：江西人民出版社 2000 年版，第 270 页。

刊于 1849 年)、《青楼梦》(成书于 1878 年)、《花月痕》(首刊于 1888 年)、《海上花列传》(结集本初版于 1894 年)。合英雄之性、男女之情于一身的有《儿女英雄传》(成书于 1849 年)。其卷帙繁多，蔚为大观，成为一种不容忽视的文学现象和创作潮流。十九世纪侠、妓小说是英雄之性、男女之情传统主题模式的衍化与畸变。作者分别选取世俗人生中最富有神秘传奇色彩的人物与生活场景，在工笔浓彩、腾挪变化之中，演述着人世间的悲喜剧。十九世纪侠、妓小说产生在中国封建社会正在走向土崩瓦解的社会背景下，小说所显现的价值观念与作品所形成的主题模式，带有鲜明的历史与时代的烙印。

一、文化变动与小说观念

中国古典文学在长期的发展过程中，形成了发达的审美教化意识。审美教化意识把人类的审美活动与道德完善看作是充满必然联系的过程，时时提醒文学家在进行美的创造的同时要给人以善的启示，以唤起人们的反省与良知，从而影响与规范其思想及行为。由真及美，由美及善，终达于德行净化、人格完成。在审美与教化的和谐中，求得生命个体对社会伦理政治的心悦诚服。

审美教化意识源于儒家礼乐文化，它最早表现在诗学观念之中。孔子论诗，以为诗可以 "兴、观、群、怨"，"迩之事父，远之事君"。《毛诗·序》论诗，以为诗可以 "经夫妇，成孝敬，厚人伦，美教化，移风俗"。这种将审美与伦理教化、家国政治紧密连接的诗学观，突出地强调了诗的社会功能。在以修齐治平、安邦治国为人生最高理想的传统价值体系中，诗也因为有裨政教而被以莫大的殊荣，沾溉上高贵气象。继诗学之后，文有载道、明道之说，文取得了与诗并肩的资格。诗裨政教、文以载道之所以被历代文人墨客所津津乐道，除去文化认同的原因之外，其中不无托体自尊以显示高雅优越的心理作祟。

如果以神话寓言作为中国小说的源头，小说的成育年代并不晚于诗文。小说是一种虚构的叙事文体，其虚构的特质与诗文同构，其叙事的体征则与历史毗邻。在传统的文化构成中，小说没有诗文的殊荣，更不能与历史相提并论。在虚构性叙事——小说与记叙性叙事——历史之间，我们的祖先对历史投入了其他民族无法相比的热情。历史对于民族的社会性生存，有着更为直接的作用，它担负着记述严肃重大事件的任务。战争风云、朝代更替、文明进化，其气魄之恢宏，笔力之深厚，篇帙之繁重，令人叹为观止。在优秀的史学著作中，我们可以感受到强烈的文学气息。跌宕完备的情节，栩栩如生的人物，生动具体的生活场景，使人获得史实之外的审美愉悦，文学记叙被渗透、融化在历史记叙之中。而以文学性叙事为职志的小说则流落于撷拾异闻杂说、志怪志异的地步，作为人们茶余饭后的谈资和消遣，任其自生自灭。

小说在民族初期文化结构中的位置，是由它自身所显现的价值系统与社会需求程度所决定的。我国封建文化形成的基础，是农业化生产方式及由这种方式所带来的等级文化观念。它所拥有的文化成员，必然与农业社会生产方式的存在有着至关重要的联系。小说文体在班固《汉书·艺文志》中被界定为"或托古人，或记古事，托人者似子而浅薄，记事者近史而悠谬"。"浅薄""悠谬"的看法，就决定了小说在封建初期文化结构中处于"君子弗为，然亦弗灭"的非中心与游离性地位。对小说功能的认知局限在志怪志异的范围之内，它便很难获得广泛的社会需要，它的"悠谬"特征与所载之异闻杂说，只为少数有闲者所欣赏、解读。

明清两代，随着单一农业生产方式的缓慢解体和市民文化的兴起，传统的文化结构及文化成员之间的排列秩序面临着新的调整，于是，小说借助外力开始不失时机地由文学的边缘向中心地带运动。促成小说运动的直接外力来自于两个方面：一是市民文化导向，一是小说家对小说功能的重新阐释。市民文化在晚明人文主义思潮的激荡下，表现出对自然人性和社会平等理想的追求，对普通人命运的关心。市民文化导向促使社会产生对世俗人生与人间故事的消费需求和阅读期待，为小说开辟了施展才能的广阔天地。而小说理论家则试图通过对小说功能与价值的重新阐释，从思想观念入手，改变小说的社会形象及在整个文化结构中的地位。

小说遭人鄙夷的重要原因，在于人们普遍认为它不及诗文高雅而不及史书有用。明清小说家推重小说，则试图论证小说兼备诗、文、史之优长，可以补史、劝戒、怡神导情，与圣经贤传同为发愤之作。

补史之说流行最早，此说旨在通过揭示小说与正史之间互补依存的关系，论述小说存在的价值和意义。自班固《汉书·艺文志》中列小说家为九流之外的第十家，关于小说价值的争讼便绵延不绝。班固对小说的立论本来是相当谨慎的。他一方面认为，"小说家者流，盖出于稗官，街谈巷语，道听途说者之所造也"；另一方面又引用孔子"虽小道，必有可观焉，致远恐泥"之说，以为于小说，"君子弗为也，然亦弗灭也。闾里小知者之所及，亦使缀而不忘。如或一言可采，此亦刍荛狂夫之议也"。此话的前段，常为轻诋小说者所引用，而后段，则为小说家据为口实。他们试图从"虽小道，必有可观"之处，肯定小说的存在价值。但这种存在是以自轻自贱、自处小道为代价的。至晋人葛洪有以《西京杂记》"补《汉书》之阙"的说法，小说家遂寻找到一种补史的生存理论。明清时期，补史说盛行一时，不但讲史之演义称为补史，而且描摹市井人情、备写悲欢离合故事的小说亦称为补史。补史论者比较史书与小说两种叙事文体的差异，以为史书重实录而传信，小说尚虚幻而传奇。史书为官书，大抵写君主承继、将相踪迹；小说为稗史，可构写世间奇情侠气、逸韵英风。史书写一人一事即是一人一事，小说写一人一事可括百人百事。小说与史书相比，具有独特的虚构性和典型意义，两者尺短寸长，无贵贱之分，不能相互替代，只能依存互补。

如果说，补史说试图通过揭示小说与历史之间互补依存的关系，论证小说存在的价值和意义，尚带有一定迂回性的话，劝戒导情说则将诗文为之崇高的教化功能径直搬来，据为己有，从而心安理得地跻身于文学坛坫。这种"僭越式"行为，正是传统文化结构发生变化的重要迹象。晚明士林中，激荡着崇尚自身灵知的人文精神，除性灵之外，一切思想规范与艺术法度都为时人所鄙夷。同时，在宋代之后即已出现的文化下移总趋势的影响下，士大夫所拥有的雅文学形式——诗、文，在新的文化构成中无力独霸文坛。小说、戏曲等后起成员便乘虚而入，占据了诗文固守不住的地盘，堂而皇之地担负起教化的责任。由稗史小道骤然升迁，小说得到了它梦寐以求的地位，因而便不遗余力地炫耀自身劝戒导情的功能，企求通过这种毫不逊色于诗文的功能显示，巩固其由"庶出"变而为"嫡出"的新贵地位。晚明小说家冯梦龙在《古今小说序》中对小说的教化作用有着由衷的赞叹，以为小说可使"怯者勇，淫者贞，薄者敦，顽钝者汗下。虽小诵《孝经》、《论语》，其感人未必如是之捷且深也"。[①] 动人观感，起人鉴戒，劝善惩恶，当小说成为新兴文化结构中的重要成员时，它必须同时承担与身份相符合的职责。对道德主题、劝戒导情功能的认同，无疑使小说的存在有了更为坚实的基础。

　　小说对诗文之崇高的僭越还表现为它对发愤著书说的移植。发愤著书说是我国文学发生理论的最基本命题。它把文学家的审美创造过程看作是一种忧郁愤懑情绪的宣泄。这种忧郁愤懑情绪的形成，根源于社会与个体、现实与理想之间的种种不和谐。宣泄的欲望支配作家产生进行审美创造的冲动，并把个人的忧思孤愤灌注在作品之中。创作者通过这种宣泄达到心灵的平衡与精神的自足，完成对社会现实生活的评判与参与。发愤著书说引导人们以审美创造的方式消解怨愤、寄托理想、干预现实，符合传统文化关心社会、和谐人生的基调，因而为历代文人墨客乐道不疲。《论语》有"不愤不

---

① 　冯梦龙：《古今小说序》，《中国历代小说论著选》，黄霖、韩同文选注，南昌：江西人民出版社 2000 年版，第 224 页。

启，不悱不发"之说，屈原有"惜诵以致愍兮，发愤以抒情"的诗句，司马迁有"西伯拘而演《周易》，仲尼厄而作《春秋》，屈原放逐，乃赋《离骚》，左丘失明，厥有《国语》……《诗》三百篇，大抵圣贤发愤之所作也。此人皆意有郁结，不得通其道，故述往事，思来者"之至论，韩愈有"和平之音淡薄，而愁思之声要妙；欢愉之辞难工，而穷苦之言易好"之名言。但诸人感时发愤之说，皆指诗文著述而言，明清人则把感时发愤之说引入小说理论之中。李贽评《水浒》，以为此传为"发愤之所作"。施、罗二公愤"宋室不竞，冠履倒施，大贤处下，不肖处上"①，故有此作。自李贽以发愤说解读《水浒》，从书中发见作者之政治感慨与思想寄托之后，"发愤""寄托"之说，则常见于小说家笔端。蒲松龄之《聊斋自志》云："浮白载笔，仅成孤愤之书，寄托如此，亦足悲矣。"曹雪芹自述《红楼梦》的写作是"满纸荒唐言，一把辛酸泪。都云作者痴，谁解其中味"。蒲、曹均以别有寄托自命，显示出两位小说大家于"补史""劝戒"之外的价值追求。这种价值追求更注重小说作品中展示创作主体对社会生活的感受力、审视力和主观感情。它不再是以游戏笔墨去记述街谈巷语，也不满足于以旁观说话人的口吻去讲述市井间曲折离奇的故事，而是以饱蘸情感之笔，描摹社会人生，寄寓幽情孤愤。

小说是文学家族中的后起之秀，它的成熟晚于诗歌、散文。明清人似乎在一个早上突然发现历来遭人鄙夷的小说具有如此广阔的重要的社会功能，因而对它推崇备至。小说功能的全面展现是以明清文化结构的变动为依托的，它的崛起促使文化门类内部重新调整诸成员的职责范围。小说以其虚构性叙事的边缘优势分别向与其邻近的文化成员如历史、诗歌、散文的领域内渗透、蚕食，分享或占据它们无法固守的阵地。明清人对小说功能的发现和重新阐释，很大程度上是对历史、诗歌、散文功能的攫取和横向移植。新

① 李贽：《忠义水浒传叙》，《中国历代小说论著选》，黄霖、韩同文选注，南昌：江西人民出版社 2000 年版，第 142 页。

的社会变动及文化结构赋予小说前所未有的功能内涵，而小说在接受这些功能内涵的同时，也在积极地改善自身的社会形象，扩大表现领域，寻求名实相符的存在价值。小说由此步入自身发展的黄金时期。

小说的功能机制与存在价值的全面发现，是明清文学演进的重要成果。这一成果既然是由特定历史时期内的生产方式和与之相适应的文化结构所共同赋予的，因而，只要这种生产方式与文化结构没有重大改变，小说的功能机制与存在的价值便会成为一种固定的权威性的符码而为社会所普遍接受。明清时期，演史、神魔、市井、人情小说潮流几经更迭，但补史、劝戒、发愤诸说，却始终是作家与评论家取材命意、抉隐发微的归宿。

十九世纪小说是明清小说发展的尾声。当小说家眉飞色舞、津津乐道地讲述着一个个起因结局各不相同的侠与妓故事的时候，他们无不对补史、劝戒、发愤说再三致意，淋漓发挥。小说评论者也总是在有益于世道人心，别寓有寄托怀抱处属意立论。作家与评论家对小说创作宗旨的正面阐发，多集中于小说的序跋之中。小说序跋是我们窥视与了解十九世纪小说价值观念和小说家文化角色认同的绝好窗口。

十九世纪侠妓小说，多为文人创作。明清小说所显示的实绩和层层文化风潮激荡的结果，使小说家一改自轻自贱、以小道自处的畏缩心理，不断扩大补史说的成果，动辄将小说与经传子史相提并论，比较其优劣。古月老人为初刻本《荡寇志》作序云："自来经传子史，凡立言以垂诸简编者，无不寓意于其间，稗官野史，亦犹是耳。"[1] 此语强调稗官野史立言寓意与经传子史者同。俞序重刻本《荡寇志》云："古今来史乘所载，事多失实。忠孝所存，有不能径行直达者，而姑以杳渺之谈出之，固不仅《荡寇志》也。"[2] 史

---

① 古月老人：《荡寇志序》，《荡寇志》，戴鸿森校点，北京：人民文学出版社年版，第 1039 页。

② 俞泉：《荡寇志续序》，《荡寇志》，戴鸿森校点，北京：人民文学出版社年版，第 1051 页。

失于实而忠孝存在于杳渺之谈，稗史则庶几胜于正史矣。半月老人论《荡寇志》有功于世道人心道："昔子舆氏当战国时，息邪说，距诐行，放淫辞，韩文公以为功不在禹下。而吾谓《荡寇志》一书，其功亦差堪仿佛云。"①将小说之功直比于禹、孟，此种气概怎能为明、清以前之人所可以想见。

小说家气吞斗牛、直率无忌，自有其仗恃所在。小说家的仗恃首先来自于对辅翼教化文化角色的认同和对小说文体独特社会效应的自信。中国封建文化的构成，是以纲常伦理为其内在核心的。在这一内在核心之中，包蕴着对封建皇权政治与社会等级秩序永世长存的理论阐释，也包蕴着对每个社会个体行为规范与心理原则的基本要求。封建文化的各个门类在行使自身职责的同时，以各自的形式与文化核心保持着联结，并履行各自的义务。与文化核心紧疏不同的联结，形成了各个门类文化品位的差异。当小说被视为街谈巷语、道听途说之类时，它只能处于"君子弗为，然亦弗灭"的非中心与游离性地位。当小说随着明清之际文化结构的调整，成功地完成向文学中心地位的移动后，它便逐渐取得了辅翼教化的资格，取得了在社会人生系统中的重大存在意义，同时也具有了和经史子传分庭抗礼的实力。与纲常教化的亲疏，决定着小说的荣辱毁誉。因而，十九世纪侠、妓小说作者无不将辅翼教化、整肃人心、有裨世道作为小说创作主旨，小说评论家则把发掘作品中所隐含的思想意蕴、破译它所具有的教化意义视为自己的本分。俞万春积数十年之力写成《荡寇志》，未及刊行而先殁。其子俞龙光作《荡寇志·识语》，明其父著书之意云："盖先君子遗意，虽以小说稗官为游戏，而于世道人心亦大有关系，故有是作。"②徐佩珂序《荡寇志》，以为此书"盖以尊王灭寇为主，而使天下后世，晓然于盗贼之终无不败，忠义之不容假借混朦，

---

① 半月老人：《荡寇志序》，《荡寇志》，戴鸿森校点，北京：人民文学出版社年版，第 1048 页。

② 俞龙光：《荡寇志识语》，《荡寇志》，戴鸿森校点，北京：人民文学出版社年版，第 1044 页。

庶几尊君亲上之心，油然而生矣。"①栖霞居士为《花月痕》题词曰："说部虽小道，而必有关风化，辅翼世教，可以惩恶劝善焉，可以激浊扬清焉。"②邹弢作《青楼梦叙》，以为"是书标举华辞，阐扬盛俗，为渡迷之宝筏，实觉世之良箴"。③观鉴我斋序《儿女英雄传》，以为当今之世，"醒世者恒堕孤禅，说理者辄归腐障"。④小说于转移人心，整肃教化，自应当仁不让。"自非苦口，何能唤醒痴人；不有婆心，何以维持名教？"⑤众人竞相从转移人心、维持教化的角度揭示侠、妓小说的创作宗旨，这种价值趋同现象，既表现为对小说社会政治功能的强调性认同，也隐含着小说努力保持已有文化品位的苦心。

十九世纪小说家对小说文体特征充满着自信。他们认为，小说以寻常之言、不经之笔，托微辞伸庄论、假风月寓雷霆，在悦目赏心之中，劝善惩恶、激浊扬清，其作用于世道人心者，可谓得天独厚，为其他文学体裁所不可替代。观鉴我斋为《儿女英雄传》作序，以为"其书以天道为纲，以人道为纪，以性情为意旨，以儿女英雄为文章。其言天道也，不作玄谈；其言人道也，不离庸行；其写英雄也，务摹英雄本色；其写儿女也，不及儿女之私。本性为情，援情入性。有时诙词谐趣，无非借褒弹为鉴影而指点迷津；有时名理清言，何异寓唱叹于铎声而商量正学，是殆亦有所为而作与不得已

---

① 徐佩珂：《荡寇志序》，《荡寇志》，戴鸿森校点，北京：人民文学出版社年版，第1042页。

② 栖霞居士：《花月痕题词》，《花月痕》，杜维沫校点，北京：人民文学出版社2006年版，第424页。

③ 邹弢：《青楼梦叙》，《青楼梦》，邹弢评、陶丽点校，北京：北京大学出版社1990年版，第4页。

④ 观鉴我斋：《儿女英雄传序》，《中国历代小说论著选》，黄霖、韩同文选注，南昌：江西人民出版社2000年版，第587页。

⑤ 观鉴我斋：《儿女英雄传序》，《中国历代小说论著选》，黄霖、韩同文选注，南昌：江西人民出版社2000年版，第587页。

于言者也。"① 于庸行中见人道，在诙谐中寓抑扬，借褒弹指点迷津，寓唱叹商量正学，这正是小说家作用于世道人心的独特手段。钱湘序《荡寇志》以"不禁之禁"之说概括小说整肃人心世道之功能。其言曰："思夫淫辞邪说，禁之未尝不严，而卒不能禁止者，盖禁之于其售者之人，而未尝禁之于其阅者之人；即使其能禁之于阅者之人，而未能禁之于阅者之人之心。"② 而《荡寇志》一书，寓劝戒之意于可资鉴影的故事之中，"兹则并其心而禁之，此不禁之禁，正所以严其禁耳。"③ 以小说息淫辞辟说，戒奸盗诈伪，疏引而非堵湮，导情而非窒欲，可望收到"不禁之禁"的效果，这又是小说的擅场之处。问竹主人序《三侠五义》，以为此书"极赞忠烈之臣、侠义之士"，又能"以日用寻常之言，发挥惊天动地之事"，"昭彰不爽，报应分明，使读者有拍案称快之乐，无废书长叹之时"④，也极力从体裁优势的角度称赞小说作用人心之便捷。小说"以日用寻常之言，发挥惊天动地之事"，则可做到雅俗共赏，既可供优雅君子爱好把玩，又使引车卖浆者流喜闻乐见，拥有广大的阅读群体。至于"昭彰不爽，报应分明，使读者有拍案称快之乐，无废书长叹之时"，⑤ 则庶几近于寓教于乐，与中国传统的由审美而及于教化，终达于社会和谐的政治理想入丝合扣。

除去对辅翼教化文化角色的认同和对小说文体独特社会功能的自信外，十九世纪小说家的良好感觉还来自于对发愤著书说的倚仗。如前所述，自明

---

① 观鉴我斋：《儿女英雄传序》，《中国历代小说论著选》，黄霖、韩同文选注，南昌：江西人民出版社 2000 年版，第 586 页。

② 钱湘：《续刻荡寇志序》，《荡寇志》，戴鸿森校点，北京：人民文学出版社年版，第 1053 页。

③ 钱湘：《续刻荡寇志序》，《荡寇志》，戴鸿森校点，北京：人民文学出版社年版，第 1053 页。

④ 问竹主人：《忠烈侠义传序》，《三侠五义》，广州：广东人民出版社 1980 年版，第 13 页。

⑤ 问竹主人：《忠烈侠义传序》，《三侠五义》，广州：广东人民出版社 1980 年版，第 13 页。

清人将发愤著书这一诗文创作中的古老命题引入小说理论中后，小说创作遂获得了从杂谈补史之初级形态中挣脱，走向更为自由的创造空间的机会。发愤著书理论把小说创作看作是由作者主观情感积极参与的创造性活动。它引导小说家以巨大的热情贴近与反映现实生活，鼓励小说家理直气壮地抒写个人对社会、人生的感触、忧愤与评价，使小说家的目光不再仅仅停留于遥远的历史，而更自觉地面对生活现实。发愤著书说扩大了小说的社会功能和表现领域，小说创作不再满足于充任游戏消闲、诙谐调侃的角色，而是企求有所作为、有所寄托；不再拘泥于据实以录、羽翼正史，而是着力寻求现实世界中足以令人回肠荡气的艺术真实；不再是街谈巷议、杂谈逸闻的辑录搜集，而是饱含着作者人生阅历与主观情感的发愤之作。从诗文理论移植而来的发愤著书说，在为小说开辟更为自由、更为广阔的表现空间的同时，也在无形中改变着小说的社会形象与文化品位。发愤著书说使得先前拘于名实之辨的文人骚客不复小觑说部，从而毅然下海，操笔着墨，抒写悲凉慷慨、抑塞磊落之气。

发愤著书说作为一种文学发生理论，其最基本点是把文学创作看作是作者怨愤之情的郁结与发泄。而作者的怨愤之情又多由现实生活、人生路途中所遭受的种种穷困阻厄所激发引起。现实与人生的穷困阻厄造就了作者莫可告语的愤慨忧思，其郁结氤氲、积蓄酝酿，一旦喷薄而出，铺泻成文，便是天地间最真实美好的情感，最感人至深的文学。在发愤著书理论中，愤慨忧思被赋予最为神圣崇高的意义，它是点燃作家创作激情的圣火，又是贯穿于作品始终的原型情感。

十九世纪侠妓小说的作者与评论者，习惯从辅翼教化的角度挖掘小说的社会意义，同时，又习惯于以发愤著书理论解读小说的思想价值。辅翼教化与发愤著书，如同他们手中的双刃之剑，批隙导窾，运用纯熟。以发愤著书理论解读小说，需要着意在作者所演述的故事中发现某种感慨与寄托，并努力品咂其所包容的深层意味和人生意义，寻绎其与作者身世阅历的微妙联系。花隐倚装序《青楼梦》，以为此书虽敷写欲河爱海之事，其骨子里都是寄寓"美人沦落、名士飘零"之感慨。"其书张皇众美，尚有知音，意特为落魄才人反观对镜，而非徒矜言绮丽为也。"① "览是书者，其以作感士不遇也可，倘谓为导人狭邪之书，则误矣。"② 栖霞居士为《花月痕》题词，以为此书令浅识者读之，不过是怜才慕色文字，其实，作者在怜才慕色的题面下，对比玩味着两种人生。《花月痕》主写韦与刘、韩与杜两对人物。韦痴珠落魄一生，"踯躅中年，苍茫歧路，几于天地之大，无所容身，山川之深，无所逃罪"，刘秋痕"以袅袅婷婷之妙妓，而有难言之志趣，难言之境遇"，韦、刘同病相怜，寂寞不遇。韩荷生、杜采秋与韦、刘同为书生妙妓，却才遇明主，飞黄腾达，享尽人间荣华富贵。遇与不遇，别如霄壤。世态炎凉如此，怎能不令人感慨系之，又怎可仅以"怜才慕色"视之。马从善以馆于作者家最久的身份序《儿女英雄传》，以为文康此书为感慨家道中落之作，"先生少席家世余荫，门第之盛，无有伦比。晚年诸子不肖，家道中落，先时遗物，斥卖略尽。先生块处一室，笔墨之外无长物，故著此书以自遣。"③ "先生一生亲历乎盛衰升降之际，故于世运之变迁，人情之反复，三致意焉。先生殆悔其已往之过，而抒其未遂之志欤？……嗟乎！富贵不可常保，如先生者，可谓贵显，而乃垂白之年，重遭穷饥。读是书者，其亦当有所感也。"在诸篇序跋中，评论者循着发愤著书理论的思路，要言不繁、轻车熟路地为读者破译小说作品中隐寓的寄托感慨。发愤著书理论为文学批评者提供的是一种释原式思维。它把文学创作过程看作是某种愤慨忧思情绪的郁结发散，

---

① 花隐倚装：《青楼梦序》，《青楼梦》，邹弢评、陶丽点校，北京：北京大学出版社1990年版，第1页。

② 花隐倚装：《青楼梦序》，《青楼梦》，邹弢评、陶丽点校，北京：北京大学出版社1990年版，第1页。

③ 马从善：《儿女英雄传序》，《儿女英雄传》，杭州：浙江文艺出版社1986年版，第1页。

因而，批评者的主要任务是用画龙点睛式的语言解释、还原作品的原发性情绪。执着于人生课题，是中国文学发展的显著特征。着意在普遍存在、无法消弥的现实与理想、个体与社会诸种冲突、抵牾中寻求植被地带，这是发愤说作为一种文学发生理论源远流长，并由诗文而推及小说的奥妙所在。伤时悯世的忧患，人生际遇的失意，精神的痛苦，心灵的疮痍，永远是构成人类情感生活的重要内容。将作品归属于人生多艰、感士不遇等大而无当、无所不适的类型化主题，以边缘模糊的语言触角引发读者的情感共鸣和联想认同，使之在阅读中获得会心释然的快感，这是虽已套式化的释原式批评长期存在流行的重要原因。

当我们回顾明清小说演进历史，对照分析十九世纪小说价值观念构成的时候，我们可以看到，随着明清时期文化结构的板块式移动，小说的非中心游离性地位得到改善，其功能机制和存在意义也日益得到丰富和全面展示。十九世纪处在明清文化结构变动的余波之中，在摆脱了自惭形秽的卑怯心理，勇于将小说与经史贤传相提并论之后，小说家逐渐将小说文体的文化功能由补史而移重于辅翼教化与发愤著书，旨在扩大小说在社会、人生系统中的存在意义，巩固其社会地位，并期望在诗文词赋中已趋暗淡的理论之光，能在小说文体中重放异彩。但奇迹终于未能出现，十九世纪小说并没有能够为中国古典小说作出一个辉煌的结束，侠、妓小说的盛行便是这个时代所收获的一颗酸涩的畸果。

二、侠妓演述的主题模式

侠与妓，是江湖间与风尘中的人物。他们浪迹天涯、漂萍人间，有着不同于常人的价值观念、行为方式，也有着不同于常人的欢乐痛苦和人生感受。侠与妓的生活，构成了独特而神秘的社会风景。侠与妓并非高蹈世外不食人间烟火者，相反，他们以各自的方式与尘世保持着割舍不断、千丝万缕的联系。特殊的生活阅历，使他们有比普通人更丰富的侠骨柔肠，有比普通人更耐咀嚼的人生故事。讲述侠与妓故事的作品源远流长，自汉人之《游侠列传》至明人之《水浒传》，自唐人之《教坊记》至明人之《杜十娘》，写侠写妓者，精品不断，异彩纷呈，构成了一条五光十色的艺术长廊。

历代作家之所以对侠、妓题材情有所钟，侠、妓故事的演述之所以绵延不绝，其原因是多重的。人类生活的组成以人性作为底蕴。对恶的憎恨，对善的赞美，对美的追求，对英雄之性的崇拜，对儿女之情的迷恋，构成了人类最基本的人性原则和情感指向。侠、妓故事写英雄之争天抗俗，儿女之柔情似水，展示人性中阳刚与阴柔之美的两种极致：写恶者终得恶报，善者终得善果，让人性在善恶美丑的巨大张力中磨砺洗刷，从而启迪人们对人性真谛的领悟。侠、妓故事痛快淋漓地展示人类最基本的人性原则和情感指向，这是原因之一。人类生活是一种社会性活动，其自身充满着对社会公正和人性自由发展的渴望。在中国封建社会里，社会公正原则遭到君权原则的压抑，礼教规范束缚着人性的自然发展，人们便把对社会公正和人性自由的期待转移到文学世界，转移到侠妓故事的演述中，在侠之以武犯禁的行为中，寻求正义公平，在妓之青楼歌榭的温柔里，寄托浪漫风流。侠妓故事的演述，有着深广的社会心理基础，这是原因之二。侠妓生活既与世俗社会保持着广泛联结，又具有自身活动的隐秘性。与社会广泛联结，便有许多可以讲述的人间故事，为作家展示特定时代的生活场景、风俗人情，表现社会各个阶层的人物活动，提供了莫大的便利。侠妓活动的隐秘性，又给故事本身凭空带来了许多诡秘和传奇色彩，作者可以在较大的自由度上制幻设奇，纵横捭阖，提高作品的可读性与愉悦效应。侠妓故事具有天然而无与伦比的文学禀赋，这是原因之三。

上述仅为侠、妓故事演述常盛不衰的一般性原因。十九世纪，继《聊斋》之志怪、《儒林》之讽世、《红楼》之言情之后，侠妓题材骤然成为小说的表现热点，形成了一种长篇纷呈、言侠言妓者双峰对峙、几乎主持说苑的声势。这种"稗官争说侠与妓"现象的形成，又有其特殊的时代与文化成因。

十九世纪，中国封建社会在经久不息的动荡中已走向崩溃的边缘。道咸以降，内乱不已，外侮频加，战争风云笼罩海内。封建政权失去往日的威严与灵光，现有的思想信仰堤坝纷纷坍陷，政治文化秩序陷入混乱，整个社会像失去重心的陀螺摇摆不定。面对纷乱的现实，人们的心理上充满着对命运、对未来的恐惧、焦虑、忧患和莫名的失落感。忧道者追忆着逝去的帝国盛世、文治武功，沉湎于补天救世的梦幻，期待着封建秩序的恢复、纲常伦理的重整，渴望仗剑戡乱、澄清乾坤、再振雄威的英雄出现。狂狷者恃才傲世，世遭奇变，更觉英雄末路，既不能为世所用，遂以声色犬马消磨心志，在粉黛裙裾中寻求红粉知己，寄托不遇牢愁。嬉世者游戏人生，值此更以及时行乐苟且偷安为生命宗旨，在游花采美、情场角逐中寻求快慰。世纪之变，影响着一代士人的心理结构、人生情趣，对世纪英雄的幻想和颓废感伤的士人心态，为侠、妓热题的流行创造了适宜的文化氛围。

就小说自身演进的历史而言，明清两代说侠之书，自《水浒》之后，继踵者寥如晨星，康乾年间成书的《说岳全传》问世不久，便遭查禁，此与清代禁忌繁多的文化政策不无关系。侠之以武犯禁与官方统治多有抵触，故命运不佳。与之形成鲜明对比的言情之作，则高潮迭起。明末之市井小说，清初之才子佳人小说，清中叶之《红楼梦》及其续书，生活场景由市井而转至家庭，情调由艳冶而渐至优雅。十九世纪的文网松弛，行侠者先出现于公案小说中，助官破案，缉盗戡乱。世人对于侠义久别重逢，分外亲切，故而趋之如鹜。言情之作徜徉于后花园与簪缨之家既久，读者口餍耳倦而作者亦意拙技穷。道咸年间，继京都狎优之风盛极之后，海上洋场间粉薮脂林，不胜枚举，狎妓成为时下士林风尚。言情之作把生活场景由后花园转向青楼妓院，主人公由官宦子弟、名门淑媛改换为冶游文人与卖笑倡优，只是举手之劳，侠、妓热题的形成又是小说家适应读者审美时尚的有意选择。

侠妓故事讲述江湖英雄行侠仗义、勾栏妓院男女相悦之事，这是一个司空见惯而永远富有阅读效应的题材。但十九世纪小说家面对侠、妓题材，并不感到十分轻松，他们的心理压力来自于题材之外。如何在侠妓故事的演述中，落实劝戒、泄愤的小说主旨，通过故事讲述、人物活动传达作者的政治观念、文化意识，起到整肃人心、泄导人情的作用？如何使侠、妓行为的描写，限制在适宜的"度"内，使之契合于社会认可的思想与道德规范，达到社会效应与题材效应的一致？这些问题，都被小说家有意识地统一消融在主题模式的设计中。主题设计，这是小说家进入创作过程所不可回避的问题，也是作家思想意念渗透故事讲述之中的第一通道。在说侠之作中，作者将侠义天马行空的活动编织在公案故事的经纬中，把传统侠义题材中的侠、官对立模式，转换为侠、官协力，同扶圣主、共戡盗乱的主题模式。侠以武犯禁一变而为侠以武纠禁。在说妓之作中，作者或重写实，敷陈京都海上巨绅名士之艳迹，或重写意，借美人知遇抒写英雄末路之牢愁。无论敷陈艳迹之主题模式，还是抒写牢愁之主题模式，无不在描绘柔情中推重风雅，渲染用情守礼而鄙夷猥亵放荡，总体奉行着情清欲浊、重情斥欲的价值标准。

十九世纪写侠之长篇小说主要有《荡寇志》《三侠五义》《儿女英雄传》等。《荡寇志》又名《结水浒全传》。作者俞万春出身诸生，曾随父从征瑶民之乱，以功获议叙。俞氏以二十余年之力，写成《荡寇志》一书，书之序言及结子部分言其著书之意甚明。俞氏认为，施耐庵著《水浒传》，并不以宋江为忠义，施氏"一路笔意，无一字不写宋江之奸恶"。而罗贯中之续书竟有宋江被招安平叛乱之事，将宋江写成真忠真义，使后世做强盗者援为口实，以忠义之名，行祸国之实。罗之续书刊刻行世，坏人心术，贻害无穷。《荡寇志》一书，即要破罗续书之伪言，申明"当年宋江并没有受招安、平方腊的话，只有被张叔夜擒拿正法一句话"，以使"后世深明盗贼忠义之辨，丝毫不容假借"。① 俞书自《水浒传》金圣叹七十回删改本卢俊义之噩梦续起，至梁山泊英雄非死即诛，忠义堂被官军捣毁，山寨为官军填平，一百零八股妖气重归地窟，张叔夜、陈希真终成平乱大功，封官加爵处止。

《荡寇志》一书把宋江等人写成杀人放火、打家劫舍、戕官拒捕、攻城陷邑、占山为王的贼寇，他们与朝中奸臣高俅、蔡京、童贯暗中勾结，沆瀣一气。方腊起事浙江之时，朝中曾有招安宋江、借力平乱之议，蔡京极力撺掇促成此事。但宋江贼心难收，为安定梁山人心，羁縻众将，表面欢天喜地应允，暗中却差人杀了使者，自绝了梁山受招安之路。与梁山盗贼对阵的是已告休的南营提辖陈希真、陈丽卿等人。陈氏父女武艺出众、才略超人，因逃避高俅父子迫害出走京师。在走投无路的情况下，遂与姨亲刘广奔猿臂寨落草，权作绿林豪杰，并收拢祝永清等一批骁将，与梁山作对。他们身在江湖，心存魏阙，时时念叨皇恩浩荡，一心以助官剿匪的行为，"得胜梁山，作赎罪之计"。猿臂寨与梁山多次对阵交锋，使梁山人马损兵折将。最后在朝廷委派大员张叔夜的统领下，一举平灭梁山。

《荡寇志》在故事结构上以叙写陈氏父女活动及猿臂寨建兴为主线。《水浒传》中的官盗、忠奸矛盾在书中虽依然可见，但已退居于事件背景的交待之中。作为绿林好汉对立面的贪官污吏、土豪恶霸则杳然无迹。《荡寇志》一书主要展示的是两大江湖集团的争斗厮杀及其不同的命运归宿。猿臂寨首领陈氏父女因受奸佞迫害而走上绿林，这与宋江等人走上梁山并无不同。所不同的是，陈氏父女落草之后，辄以逆天害道之罪民自责，外惭恶声，内疚神明，时时不忘皇恩浩荡，日夜伺机助官剿寇，立功赎罪，将有朝一日接受招安，作为解脱之道；宋江等人则啸聚山野，假替天行道之名，攻城陷邑，对抗官府，桀骜不驯，于招安之事缺乏诚心。陈氏父女深明天理，以有罪之身，助王剿乱，终为朝廷所用，功成名就；宋江等人一

---

① 俞万春：《荡寇志》，戴鸿森校点，北京：人民文学出版社 2006 年版，第 1 页。

意孤行，背忠弃义，倒行逆施，终至人神共怒，身败名裂。陈氏父女报效朝廷，真得忠义之道；宋江等人恃武犯禁，已入盗寇之流。作者正是在一侠一盗、一荣一衰的命运对比中，夸耀皇权无极，法网恢恢，晓告世人，忠义之不容假借混蒙，盗贼之终无不败。尊君亲上，招安受降，是绿林侠义、江湖英雄最好、最理想的归宿。

如果说《荡寇志》一书的思想主旨是尊王灭寇，那么，《三侠五义》的思想主旨则是致君泽民。《三侠五义》又名《忠烈侠义传》，它在民间说唱艺术的基础上，经文人增饰而成。《三侠五义》是一部较为典型的以清官断案为经，以仗义行侠为纬的公案侠义小说。它带有更多的市井细民对清官与侠义行为的理解和愿望。作品前二十七回讲述清官包拯降生出仕，决狱断案，审乌盆、斩庞昱、为李太后伸冤寻子的故事。自南侠展昭得包拯举荐、被封御猫事件之后，引出三侠五义的纷纷登场，他们由互相猜忌，敌视争斗，终至联袂结盟，各奋神勇，各显绝艺，辅助清官名臣除暴安良，为国为民献忠效力。

《三侠五义》是以忠奸、善恶、正邪作为故事基本冲突的。小说展示了上自宫廷皇室、下至穷乡僻壤间的种种社会矛盾。贪官污吏结党营私、诬陷忠良，铸就冤狱；土豪恶霸荼毒百姓，鱼肉乡里；皇亲国戚广结党羽，图谋不轨。这些奸邪丑恶的存在，为清官、侠士提供了用武之地。他们相互辅助，洞幽烛微，剪恶除奸，济困扶危，仗义行侠，为民除害，清官与侠义代表着社会公正与正义。作者致君泽民的思想主旨，也正是在清官与侠士的行为中体现出来的。在作品中，包拯、颜查散等清官名臣，展昭、欧阳春等义士侠客，充当着君主意志与民众愿望的中介。君主的意志通过清官名臣的作为而得以显现，清官名臣的作为依靠侠客义士的辅助而获得成功，侠客义士除暴安良的行为，又体现着民众社会公正的愿望。清官名臣、侠客义士，上尽效于朝廷，下施义于百姓，使民众愿望与君主意志、社会公正原则与君权原则获得和谐统一，这正是作者所期望的致君泽民的思想与行为规范。

《三侠五义》中的侠客义士系有产者居多。在归附朝廷之前，大都有过飘零江湖、行侠仗义甚至以武犯禁的行为。他们归附朝廷并非是屈服于政府的武力，而大多是出于为国效力的愿望、对清官名臣高风亮节的折服及对皇上知遇之恩的报答，他们的归附被视为一种义举。当他们接受清官的统领之后，其除暴安良的行为便不再仅仅具有行侠仗义、打抱不平的性质，而是一种代表政府意志的活动。侠义之士一旦与江湖隔绝、与个人英雄行为分离，江湖上少了一位天马行空的英雄，而官府中则多了一名抓差办案的吏卒。这也是侠义何以与公案小说合流的重要原因之一。

《三侠五义》显示出侠义与公案小说的合流，《儿女英雄传》则试图将侠义与言情故事同说。《儿女英雄传》初名《金玉缘》，作者文康在《首回缘起》中借天尊之口揭明此书立意云：世人大半把儿女英雄看作两种人，两桩事，殊不知英雄儿女之情，纯是一团天理人情，不可分割。"有了英雄至性，才成就得儿女心肠；有了儿女真情，才做得出英雄事业。"[1] 又谓世人看英雄儿女，误把些使用气力、好勇斗狠的认作英雄，又把些调脂弄粉、断袖分桃的认作英雄，殊不知英雄儿女真性在忠孝节义四字。立志做忠臣、孝子，便是英雄心；做忠臣而爱君，做孝子而爱亲，便是儿女心。由君亲而推及兄弟、夫妇、朋友，英雄儿女至性便昭然人世、长存天地。作者正是在这种理念的基础上铺缀文字，"作一场英雄儿女的公案，成一篇人情天理的文章，点缀太平盛世"。

《儿女英雄传》以书生安骥与侠女何玉凤（十三妹）的弓砚之缘作为故事主线。汉军世族旧家子弟安骥携银往淮南救父，路遇强人，为十三妹所救。十三妹本中军副将何杞之女，其父为大将军纪献唐所陷害，玉凤携母避祸青龙山，习武行侠，伺机复仇。十三妹在能仁寺救出安骥之后，当下为安骥与同时救出的村女金凤联姻，并解送威震遐迩的弹弓，让他们一路作讨关

---

① 文康：《儿女英雄传》，杭州：浙江文艺出版社 1986 年版，第 4 页。

护身的凭证，十三妹自己拾得安骥慌乱中丢下的砚台。安骥之父安东海获救后，弃官访寻十三妹于青云峰，告知她父冤已伸，以砚弓之缘为由，极力撮合十三妹与安骥的婚姻。玉凤嫁安骥后，与张金凤情同姐妹，又善于理家敛财，鼓励丈夫读书上进。安骥科场得意，官至二品，政声载道，位极人臣。金、玉姐妹各生一子，安老夫妻寿登期颐，子贵孙荣。

《儿女英雄传》为侠客义士、绿林英雄安排了一条与陈希真父女、南侠、五鼠不同的归顺道路——走向家庭生活。十三妹身为将门之女，自幼弯弓击剑，拓弛不羁。家难之后，凭一把倭刀、一张弹弓啸傲江湖，驰名绿林，血溅能仁寺，义救邓九公，行侠仗义，抱打不平，是何等的豪放威武。但这些在饱读诗书的安学海看来，却是璞玉未凿，"把那一团至性，一副奇才弄成一段雄心侠气，甚至睚眦必报，黑白必分。这种人若不得个贤父兄、良师友苦口婆心地成全他，唤醒他，可惜那至性奇才，终归名隳身败"。[1]故而决心尽父辈之义，披肝沥胆，向十三妹讲述英雄儿女的道理。十三妹听了安学海的劝解，"登时把一段刚肠，化作柔肠，一股侠气，融为和气"，决意"立地回头，变作两个人，守着那闺门女子的道理才是"。[2]一向打家劫舍、掠抢客商、称雄绿林的海马周三等人，也听从教诲，学十三妹的样子，决心跳出绿林，回心向善，卖刀买犊，自食其力，孝老伺亲。走向家庭生活的侠女十三妹，将倭刀弹弓尽行收藏，英雄身手只在窃贼入房、看家护院时偶尔显露。

在上述三部写侠小说中，侠义之士或接受招安，或报效朝廷，或步入家庭，无一不走着一条通向自身异化的命运之路。他们由啸聚江湖、逸气傲骨变而为循规蹈矩、世故世俗，由替天行道、仗义行侠变而为为王前驱、以武纠禁，由现行政治法律、伦理纲常的挑战者和反叛者变而为执行者、维护

---

① 文康：《儿女英雄传》，杭州：浙江文艺出版社 1986 年版，第 241 页。
② 文康：《儿女英雄传》，杭州：浙江文艺出版社 1986 年版，第 311 页。

者，这种以表现江湖侠士收心敛性、改邪归正行为为主旨的作品，我们不妨称之为"归顺皈依"主题。这种主题模式的形成，带有晚近期封建皇权政治文化的特征，它建立在一套以忠君观念为核心的价值理论体系之上。根据这种价值理论体系，作者极力寻求绿林英雄与皇权政治妥协调和的方式，而又总是以侠义之士向皇权政治的归顺皈依作为最终结局。作者正是在这种归顺皈依的主题模式下，寄寓着劝戒的意蕴和重整纲常伦理、社会秩序的渴望。

十九世纪言妓小说有写实、写意之分。写实者，敷陈京都海上巨绅名士之艳迹，重在描绘繁华乡里、风月场中的闻闻见见，此类作品有《品花宝鉴》《海上花列传》。写意者，借美人知遇抒写英雄末路之牢愁，重在赏玩潦倒名士、失意文人之落拓不羁、雅致风流，此类作品有《青楼梦》《花月痕》。

乾、嘉以降，京都狎优之风甚盛。公卿名士招梨园中伶人陪酒唱曲、狎爱游乐，成为一时风尚。虽所招均为男子，与之调笑戏谑，却以妓视之，呼之为"相公"。流风所被，以至"执役无俊仆，皆以为不韵，侑酒无歌童，便为不欢"。①《品花宝鉴》所记述的即京都狎优韵事。作者陈森，道光中寓居都中，因科场失意，境穷志悲，日排遣于歌楼舞榭间，于狎优之风，耳闻目睹，遂挥毫以说部为公卿名士、俊优佳人立传写照，道人之所未道而兼寓品评雌黄之意。

作者认为："大抵自古及今，用情于欢乐场中的人，均不外乎邪正两途。"本书之立意，即要写出正者之高洁和邪者之卑污，以作为品花者鉴影之具。故而书中开首第一回。先将缙绅子弟、梨园名旦各分为十类，推之为欢乐场中之正品，又将卑污之狎客、下流之相公分为八种，斥之为欢乐场中的邪类。书中用主要笔墨描写十位"用情守礼"的缙绅子弟与十位"洁身自好"优伶的交往。十位优伶来自于京都联珠与联锦两大戏班，他们聪慧清

---

① 柴桑：《京师偶记》，《断袖文编：中国古代同性恋史料集成》第 2 册，张杰编，天津：天津古籍出版社 2013 年版，第 569 页。

秀、仪态婉娴，在红氍毹上各有绝技。虽生于贫贱、长于污卑，却自尊自爱、择良友而交结，出污泥而不染。十位缙绅子弟家资丰饶，地位显赫，才华横溢，风流倜傥，他们视"这些好相公与那奇珍异宝、好鸟名花一样，只有爱惜之心，却无亵狎之念"。其中波折横生，作者极尽曲意的是对梅子玉与杜琴言、田春航与苏蕙芳交往故事的描述。梅、杜之交，形淡情浓、悲多欢少，而于写其缠绵相思之苦；田、苏之交，炽热率直、知己相报，而重写其道义相扶之乐。最终众名士功名各自有得，众优伶脱离戏班，跳出孽海，会聚于九香楼中，将那些舞衫歌扇、翠羽金钿焚烧尽净，皆大欢喜。在描述美人名士好色不淫的交往之外，书中还穿插讲述了奚十一等无耻狎客与蓉官、二喜等"狐媚迎人，娥眉善妒，视钱财为性命，以衣服作交情"的下流优伶的荒淫行径，作为美人名士的对照。作者以为："单说那不淫的，不说几个极淫的，就非五色成文，八文合律了。"

《品花宝鉴》对京城品优之风的描述抱着一种猎奇写实、激浊扬清的基本态度，正因为如此，作者在书中序言里一再声称书中所言"皆海市蜃楼，羌无故实"；"至于为公卿，为名士，为俊优、佳人、才婢、狂夫、俗子，则如干宝之《搜神》，任昉之《述异》，渺茫而已"。但不少好事者还能一一寻出书中某人即世人某人的蛛丝马迹。

《海上花列传》问世晚于《品花宝鉴》近半个世纪，但其刊行后的遭遇几同于《品花宝鉴》。《海上花列传》最初连载于《海上奇书》杂志时，作者即在《例言》中声明："所载人名事实俱系凭空捏造，并无所指。如有强作解人，妄言某人隐某人，某事隐某事，此则不善读书，不足与谈者矣。"[1]但读者与研究者仍饶有趣味地索解书中的本身。《谭瀛室笔记》云："书中人名皆有所指，熟于同、光间上海名流事实者，类能言之。"许廑父为民国十一年《海上花列传》排印本作序，谓此书为作者谤友之作。诸说无须稽考，但

---

① 韩邦庆：《海上花列传》，上海：上海古籍出版社1996年版，第1页。

作者之罗列众相，点缀渲染的本领，却通过索求本事者积极踊跃这一现象反映出来。

《海上花列传》开篇第一回言写作缘起云："只因海上自通商以来，南部烟花日新月盛，凡冶游子弟倾覆流离于狎邪者，不知凡几。虽有父兄，禁之不可，虽有师友，谏之不从。此岂其冥顽不灵哉？独不得一过来人为之现身说法耳。"① 作者即是以"过来人"的身份，写照传神，属辞此事，点缀渲染，以见青楼花巷令人欲呕之内幕，繁华场中反复无常之情变，"苟阅者按迹寻踪，心通其意，见当前之媚于西子，即可知背后之泼于夜叉，见今日之密于糟糠，即可卜他年之毒于蛇蝎。也算得是欲觉晨钟，发人深省者矣"。②

与《品花宝鉴》中的狎优场面相比，海上烟花生活充满着更多的铜臭气味。《海上花列传》的作者似乎已失去了《品花宝鉴》作者那种欣赏名士作派、玩味品花情韵的雅兴，更多的是以平实冷静而不动声色的笔调描述欢乐场中的艰辛悲苦。书中首回写花也怜侬在花海上踯躅留连，不忍舍去，那花海"只有无数花朵，连枝带叶，浮在海面上，又平匀，又绵软，浑如绣茵锦蒻一般，竟把海水都盖住了"。③ 正因为如此假相，畅游花海者才容易失足落水："那花虽然枝叶扶疏，却都是没有根蒂的，花底下即是海水，被海水冲激起来，那花也只得随波逐流，听其所止。若不是遇着了蝶浪蜂狂，莺欺燕妒，就为那蚱蜢、蜣螂、虾蟆、蝼蚁之属，一味的披猖折辱，狼籍蹂躏。惟夭如桃，秾如李，富贵如牡丹，犹能砥柱中流，为群芳吐气；至于菊之秀逸，梅之孤高，兰之空山自芳，莲之出水不染，哪里禁得起一些委屈，早已沉沦汩没于其间。"④ 花海之绵软其表，险恶暗藏，花朵之随波逐流，命运不能自主，花海、花朵的暗喻表达着作者对海上烟花生涯的理解。

---

① 韩邦庆：《海上花列传》，上海：上海古籍出版社1996年版，第1页。
② 韩邦庆：《海上花列传》，上海：上海古籍出版社1996年版，第1页。
③ 韩邦庆：《海上花列传》，上海：上海古籍出版社1996年版，第1—2页。
④ 韩邦庆：《海上花列传》，上海：上海古籍出版社1996年版，第2页。

《海上花列传》以赵朴斋由乡下到上海访亲、初涉妓寮起，至其妹赵二宝被史三公子骗婚而惊梦处止，以赵家兄妹的命运照应故事首尾。而中间叙事写人，则采用史书中列传体例与《儒林外史》的规制，加上所谓穿插藏闪之法，描述了三十余位妓女和奔走于柳街花巷中的嫖客、老鸨各色人等之间的恩怨纠葛、风波结局。其中反目成仇、背信弃义者有之，附庸风雅、迂阔痴情者有之，始合终离、始离终合、不离不合者有之，寒酸苦命、淫贱下流、衣锦荣归者也各之有。在这个以叫局吃酒、打情骂俏、争风吃醋、勾心斗角为主要生活内容的社会层面里，充满着人世间的喧嚣波澜。

《海上花列传》曾以《青楼宝鉴》之名刊印。它和《品花宝鉴》之所以同称为《宝鉴》，即含有还其真面、引为法戒的两重含意。两书作者在故事叙述中都以"过来人"的口气现身说法，他们对特定生活场景的描述，遵照"道人之所未道""写照传神""其形容尽致处，如见其人、如闻其声"的写实宗旨，以接近现实真实的努力，向读者讲述京都海上欢乐场中的怪怪奇奇、妍媸邪正，为狭邪中人物立传写照。这种以展示狭邪生活场景、描摹梨园青楼世态人情、寄寓警世劝戒之意为主旨的作品，我们称之为言妓之作中的"敷陈艳迹"模式。

言妓之作"敷陈艳迹"模式之外的另一支流是"人生感悟"模式。如果说，敷陈艳迹之写实派承《儒林外史》之笔意，旨在罗列众相、为狭邪者立传、为风月场写照的话，人生感悟之写意派则以发愤说为底蕴，借青楼风月之演述，玩味人生悲欢离合、荣辱穷达之禅机，抒写人生牢愁与感慨。《花月痕》《青楼梦》的写作之旨，近于后一类型。

《花月痕》为何而作？作者魏秀仁于本书《后序》中云："余固为痕而言之也，非为花月而言之也。"[1]花之春华秋实，月之阴晴圆缺，其形人人得

① 魏秀仁：《花月痕后序》，《花月痕》，杜维沫校点，北京：人民文学出版社 2006 年版，第 422 页。

而见之，而花月之痕，则非人人都能体味。花之有落，月之有缺，人若有不欲落、不欲缺之心，花月之痕遂长在矣。花月之痕，得人之怜花爱月之情而存在，"无情者，虽花妍月满，不殊寂寞之场，有情者，即月缺花残，仍是团圆之界"。[1]人海因缘之离合，浮生踪迹之悲欢，与花月何异？有情者，其合也，诚浃洽无间，其离也，虽离而犹合。此一段庄言宏论，正是作者铺缀文字立意所在。

《花月痕》开首即为一篇"情论"。"情之所钟，端在我辈"，"乾坤清气间留一二情种，上既不能策名于朝，下又不获食力于家，徒抱一往情深之致，奔走天涯"。[2]不遇之士情深不能自抑，无处排遣，故向窗明几净、酒阑灯灺处寻求适情之物与多情之人，借诗文词赋、歌舞楼榭寄情耗奇。"那一班放荡不羁之士，渠起先何曾不自检束，读书想为传人，做官想为名宦，奈心方不圆，肠直不曲，眼高不低，坐此文章不中有司绳尺，言语直触当事逆鳞，又耕无百亩之田，隐无一椽之宅，俯仰求人，浮沉终老，横遭白眼，坐困青毡。不想寻常歌伎中，转有窥其风格倾慕之者，怜其沦落系恋之者，一夕之盟，终身不改。"[3]仕途官场不遇之人，得遇于寻常歌伎；欲为传人名宦不成，而倦归于温柔之乡。《花月痕》开首之"情论"，点明所言之"情"的特殊规定性，又俨然是一篇不羁名士与青楼佳丽天作地合的辩词。

"一夕之盟，终身不改"，作者将名士美人青楼之遇的情感关系推向了一种理想化的极致。"幸而为比翼之鹣，诏于朝，荣于室，盘根错节，脍炙人口；不幸而为分飞之燕，受谗谤，遭挫折，生离死别，咫尺天涯，赍恨千秋，黄泉相见。"[4]作者正是根据幸与不幸的命运、荣辱与共的情盟来安排情

① 魏秀仁：《花月痕后序》，《花月痕》，杜维沫校点，北京：人民文学出版社 2006 年版，第 422 页。

② 魏秀仁：《花月痕》，杜维沫校点，北京：人民文学出版社 2006 年版，第 1 页。

③ 魏秀仁：《花月痕》，杜维沫校点，北京：人民文学出版社 2006 年版，第 3 页。

④ 魏秀仁：《花月痕》，杜维沫校点，北京：人民文学出版社 2006 年版，第 3 页。

节、设置人物的。《花月痕》主要讲述"海内二龙"韩荷生、韦痴珠与"并州二凤"杜采秋、刘秋痕悲欢离合的故事。韩、韦以文名噪世，以文字相识，同游并州，得识青楼佳丽杜、刘。韩有经世之略，得人推荐，于并州兵营赞襄军务，平回之役中屡建奇勋。后应诏南下，收复金陵，官至封侯，与所恋佳妓杜采秋终成眷属，采秋被封为一品夫人。韦痴珠著作等身，文采风流，倾倒一时，所上《平倭十策》，虽不见用，却享名海内。倏忽中年，困顿羁旅，内窘于赡家无术，外穷于售世不宜，心意渐灰。与并州花选之首刘秋痕情意相投，却无资为其赎身，终至心力交瘁，咯血而死，秋痕自缢以殉。韩、杜与韦、刘，同是情盟似海，结局却是天壤之别。韩、杜之交，是"幸而为比翼之鹣"者，韦、刘之交，则是"不幸而为分飞之燕"者。作者以歆美之笔写"比翼之鹣"，而以凄惋之笔写"分飞之燕"。幸与不幸的根结何在？韩荷生得遇而位极人臣，故福慧双修、恩宠并至；韦痴珠不遇而穷愁困顿，虽眷爱而不能相保。遇与不遇，是达与不达、幸与不幸的根本。痴珠华严庵求签，知与秋痕终是散局，但蕴空法师告知，数虽前定，人定却也胜天，而痴珠终因不遇而无力赎回秋痕；荷生欲娶采秋，鸨母初亦为难，后闻荷生做了钦差，追悔不及，亲将采秋送迎，韩、杜终得如愿以偿。作者在《花月痕前序》中写道："浸假化痴珠为荷生，而有经略之赠金，中朝之保荐，气势赫奕，则秋痕未尝不可合。浸假化荷生为痴珠，而无柳巷之金屋，雁门关之驰骋，则采秋未尝不可离。"①虽然离合之局，系于穷达，荣辱之根，植于遇而不遇，但若情之长存，离者亦合，辱者犹荣。

作者对人生命运、情爱价值的理解于此可鉴。与《花月痕》不谋而合，《青楼梦》亦以一篇"情论"横亘篇首。作者以为"人之有情，非历几千百年日月之精华，山川之秀气，鬼神之契合，奇花异草，瑞鸟祥云，祯符有

---

① 魏秀仁：《花月痕前序》，《花月痕》，杜维沫校点，北京：人民文学出版社 2006 年版，第 421 页。

兆，方能生出这痴男痴女。生可以死，死可以生，情之所钟，若胶漆相互分拆不开"。[①] 书中所讲述的痴男痴女，其前生都是仙界人物，因种种原因谪降人间，了却风流姻缘。痴男为吴中名士金挹香，其性素风流，志欲先求佳偶，再博功名，与青楼中三十六妓交流，特受爱重。金挹香历遍花筵，自称"欢伯"。入泮之后，众美咸以新贵目之，青云得路，红袖添香，娶众美中纽氏为妻，另纳四美为妾，妻妾和睦，温馨倍增。挹香为显亲扬名，捐官浙江，割股疗母以尽孝，政绩斐然而尽忠。欲重访众美，众美已纷纷如鹤逝风去，云散难聚。心灰意冷之中，决意弃官修道，回头向岸，终与妻妾白日升天，与三十六美再次聚首，重列仙班。

作者自称《青楼梦》一书是"半为挹香记事，半为自己写照"。[②] 书中以情论起兴，以空、色作结。依照"游花园、护美人、采芹香、掇巍科、任政事、报亲恩、全友谊、敦琴瑟、抚子女、睦亲邻、谢繁华、求慕道"的情节顺序展开故事，描摹了一位勘破三梦、全具六情者一生的经历。其以《青楼梦》命书名，乃是因为主人公以游公园、护美人，遍交天下有情人为初志，中经怜香惜玉、拥翠偎红之痴梦，花晨月夕、谈笑诙谐之好梦，入官筮仕、显亲扬名之富贵梦之后，回顾平生，诸愿得遂，父母之恩已报，富贵功名得享，妻妾之乐领略，人世间之痴情、真情、欢情、离情、愁情、悲情一一经历。欢尽悲来，顿生浮生如梦、过眼皆空的感受，终至参破情关、洗空情念而升仙入道。金挹香之慕道，并非由于人生失意而寻求精神解脱，而是由于人生得意而寻求更完美的自我完成，寻求更永恒的生命存在。作者依据封建士人最完美的人生理想设计了主人公的一生。这里的"情关""情念"，已不局限于男女之情的范畴，而是泛指人生存在的一切生命欲求。一切生命

① 俞达:《青楼梦》，邹弢评、陶丽点校，北京：北京大学出版社 1990 年版，第 2—3 页。
② 俞达:《青楼梦》，邹弢评、陶丽点校，北京：北京大学出版社 1990 年版，第 436 页。

欲求都得以实现，便在升仙入道中寻求生命的永恒。《青楼梦》前半部也有敷陈艳迹的痕迹，但它只是把青楼艳遇作为人生之梦的一种加以夸示。《青楼梦》不同于敷陈艳迹写实派之处，在于它运用理想化的手法，将作者对人生存在意义的理解，融泄在它所编造的人间故事之中。

侠妓小说的盛行，构成了十九世纪不可忽视的文学现象。当小说家群起以辅翼教化和发愤著书的魔棒去触及英雄、男女题材时，他们在侠义和狭邪故事的讲述中，自觉地融入了各自对现实生活、人伦理想、英雄之性、男女之情诸多问题的思考。侠妓小说展示了世俗人生中最富有传奇色彩的社会风景，它们所塑造的驯化英雄、狭邪男女，显示出独特的思想与审美特征，并构成了十九世纪白话长篇小说所特有的风景线。此后，当梁启超所策动的小说界革命与"五四"新小说崛起时，侠、妓小说才结束了其独领风骚的时代。

（原载《文艺研究》1998 年第 2 期）

论老残

不少读者是从鹊花桥畔的丹枫芦苇、明湖居中的白妞说书、黄河岸边的雪月交辉中知道《老残游记》的。当我们跟随阵阵串铃，由画栋飞云的蓬莱阁来到家家泉水、户户垂杨的济南府，由布政司街的高升店转至泰山脚下的斗姥宫，身临其境般地见识过曹州府玉大人之站笼，领教罢桃花山屿姑之玄言，经历了齐东村魏家之冤狱，目睹到黄泛区百姓之苦楚时，已深深为作者纯熟的叙写描述技巧与艺术创造才能所吸引。在我们熟悉了这部游记体裁小说的故事情节与结构布局，并将种种阅读感受归纳串连起来的时候，我们感到：在小说主人公——老残身上，集中地体现着作者试图赋予作品的思想意义，老残的性格、情趣、见识、言论，无一不在作品中代表着作者的声音。老残不仅是一个手摇串铃、浪迹江湖的行医者，还是十九世纪末二十世纪初中国纷乱与艰难时局的亲历者、先觉者及预言者。走方郎中之老残与哭泣扶危之老残、形体浪游之老残与灵魂悚惶之老残叠印重合，浑然一体。新旧裂变的时代与忧思深广的刘鹗创造了老残，老残记录着时代的裂变与作者的忧愤。

一、走方郎中之老残

老残的社会身份是走方郎中。《老残游记》首回交待老残之身世云：

他年纪不过三十多岁，原是江南人氏。当年也曾读过几句诗书，因八股文章做得不通，所以学也未曾进得一个，教书没人要他，学生意又嫌岁数大，不中用了。

这老残既无祖业可守，又无行当可做，自然"饥寒"二字渐渐相逼来了……从此也就摇个串铃，替人治病糊口去了。奔走江湖近二十年。[①]

这个无有祖业，为儒为商两不成，为糊口计而浪迹江湖的走方郎中，却极有游历山水、雅好丝竹、耽读古书、题咏诗文之性情。其游览蓬莱胜景，感喟"天风海水，能移我情"，走访济南府，自觉"一路秋山红叶，老圃黄花，颇不寂寞"。这位老残，到历下亭，寻杜工部名句；过铁公祠，怀铁铉之忠义。至其眺望千佛山，更觉风情万种，景色宜人；再听白妞说书，顿然如痴如醉，情不可已。老残之山水之游，极具有风雅儒士的风度与情怀。

但这种"雅致"与"温文"并非老残的全部。读者很少注意到老残初进戏园时的那段文字：

那明湖居本是个大戏园子，戏台前有一百多张桌子。那知进了园门，园子里面已经坐得满满的了……老残看了半天，无处落脚，只好袖子里送了看坐儿的二百个钱，才弄了一张短板凳，在人缝里坐下。[②]

① 刘鹗：《老残游记》，陈翔鹤校、戴鸿森注，北京：人民文学出版社2006年版，第2—3页。

② 刘鹗：《老残游记》，陈翔鹤校、戴鸿森注，北京：人民文学出版社2006年版，第18页。

送钱与看坐儿的，且要从袖子里送，此种见机行事，入乡随俗的机敏，又为纯粹诗书中人所不能为，它体现了浪迹江湖的郎中世俗狡黠人情练达的一面。

能雅而又入俗，是老残既不混迹于一般卖药郎中而又有别于读书仕宦人之处。老残为人治病，银子做谢仪可（第三回），《八代诗选》做谢仪亦可（第十二回）。其极为简单的行箧中，带有宋版张君房刻本的《庄子》，苏东坡手写的陶诗，均为世上珍贵之物，令抚院内文案差使惊羡不已。游泰山时，岳庙里的道士劝老残购买"泰山十字"的拓片，老残答道："我还有廿九字呢！"看似漫不经心的话中，不无夸耀自得之意。其他如老残过东昌府寻访柳家宋元版书，困齐河县时以一部《八代诗选》消遣闲愁，都无一不是为老残添雅之笔。

至于入俗，老残之行医与处世的选择最见精神。老残自述二十几岁的时候，看天下将来一定有大乱，也曾有过讲舆地、讲阵图、讲制造、讲武功的经历，"后来大家都明白，治天下的又是一种人才，若是我辈所讲所学，全是无用的，故尔各人都弄个谋生之道，混饭吃去"（第七回）。抛却无用空谈，立足于谋生自立，老残的此种转变，并不容易为什途中人所理解。抚院内文案差使高绍殷曾询问老残道："先生本是科第世家，为甚不在功名上讲求，却操此冷业？虽说宝贵如云，未免太高尚了罢。"老残答道："阁下以'高尚'二字许我，实过奖了。鄙人并非无志功名，一者，性情过于疏放，不合时宜；二者，俗说'攀得高，跌得重'，不想攀高是想跌轻些的意思。"以"性情疏放""不想攀高"作为择业与处世行为的自解，为能雅而入俗的老残，平添了若干旷达风采。正因"性情疏放"，高绍殷代张宫保约见老残时，老残坚持不要冠带，便衣而往。缘于"不想攀高"，山东抚台留其在衙门中任事，老残婉言谢绝，当夜雇车出城。作为走方郎中的老残，沾溉着名士与游侠的精神风采。

但老残并不愿世人把他当作名士看待。对雅与俗，愚鄙与高尚，老残有着与传统读书人不同的见解。其与德慧生论及"雅""俗"之道说：

> 老子《道德经》说："世人皆有以，我独愚且鄙。"鄙还不俗
> 吗？所以我辈大半愚鄙。不像你们名士，把个"俗"字当做毒药，
> 把个"雅"字当做珍宝。推到极处，不过想借此讨人家的尊敬。
> 要知这个念头，倒比我们的名字，实在俗得多呢！ ①

名与实，雅与俗，对读书人来说，犹如一个人生的魔方。求名弃实，
还是弃名求实？为雅求雅，还是以俗度雅？曾使多少灵魂为之辗转反侧。能
雅，固然不易；入俗，也非人人可为。读书仕宦不成，为治生计，去做一走
方郎中，疗人病苦，此确是读书人一种世俗化的职业选择。假如入俗郎中能
为福一方，则此俗又何让于读书仕宦之雅？所以，当申东造以"矫俗"与
"矫情"之语责备老残有官不做是故作清高时，老残对此种责备万万不能接
受。老残反复辩白自己对远离尘俗、飞遁鸣高之高尚，不为也不屑为，宁做
入俗自立之郎中，不做高蹈世外之名士与名不副实之官宦。老残无有功名，
也不屑投效，就官场来说，属"圈子外的人"（第十三回），其布衣游历，却
多以体恤民情、讥弹时政为己任。当老残在曹州府旅店墙头题诗，以"杀民
如杀贼"痛骂玉贤苛政，又忍无可忍地闯入齐河县衙，以"天理何存，良心
安在"面斥刚弼酷虐时，谁还把他看作是许由一类的人物？老残在痛骂玉贤
苛政的题诗下面，直书"江南徐州铁英题"七字，并不怕惹出乱子，其面
斥刚弼，大摇大摆地走出齐河县衙门时，"比吃了人参果心里还快活"，此种
超俗豪迈，又怎能为一般卖药郎中所可以想见。《老残游记》续集中逸云论
赤龙子道："若赤龙子，教人看着说不出个所以然来，嫖赌吃着，无所不为；

---

① 刘鹗:《老残游记二集》,《老残游记》,陈翔鹤校、戴鸿森注,北京: 人民文学出版社 2006 年版,第 236 页。

官商士庶，无所不交。同尘俗人处，他一样的尘俗；同高雅人处，他又一样的高雅，并无一点强勉处。"①这种"让人说不出个所以然"的能雅而入俗的作派，任时而知物的潇洒，也正是老残所追求的人生境界。注重自立治生而享受世俗快乐，关心外在世界而不必寄栖官场，老残的人生选择，传递出二十世纪初士人价值观念变化的若干信息。老残是传统士大夫与现代知识分子之间的过渡性人物。

二、哭泣扶危之老残

在中国，医国与医人，是有着某种喻意联结的行业，为人解病疗疾与为国除患祛弊似乎有着相通的奥秘。《国语》中即有"上医医国，其次医人"之说，于是，"不为良相，便为良医"被演绎成为中国传统士大夫绚丽人生理想的一种。老残号为补残，作者在老残身上，寄托着医人与医国的双重希望，而老残之游历中，对社会现实病痛的关注，远远超出对患者病痛的关注。走方郎中之老残，同时充当着哭泣扶危的角色。

《老残游记》中曾三次写到老残落泪，而每次落泪，或是由于酷吏施虐、百姓困苦，触动其侧隐之心；或是感叹岁月不与，百事俱废，引发家国之慨。无一不充满着仁义之心、忧患之怀。

老残初到济南府，耳闻玉贤因办盗有方要补曹州府。玉贤的"政绩"是使"几乎无一天无盗案"的曹州出现了"路不拾遗"的现象，而这一政绩的代价是不到一年里，曹州府衙门的站笼里，竟站死了两千多人。这是一种典型的"外面都是好看"，而"人人侧目而视"的"酷吏政治"。玉贤的酷

---

① 刘鹗：《老残游记二集》，《老残游记》，陈翔鹤校、戴鸿森注，北京：人民文学出版社 2006 年版，第 274 页。

虐，为他本人赢得了官声，而曹州百姓则谈笼色变，冤仰难申。马村集的店伙告诉老残："俺们这里人人都耽着三分惊险，大意一点儿，站笼就会飞到脖儿梗上来的。"[①]这种人人自危的情形使老残深感古人"苛政猛于虎"之语不虚。老残将对玉贤苛政的不满题诗于墙上，责骂玉贤以冤狱染红顶珠的卑劣无耻。诗罢，见大雪天的麻雀躲在屋檐底下，其饥寒之状殊为可怜。由鸟雀及人，想到曹州府的百姓，"于饥寒之外，又多一层惧怕，岂不比这鸟雀还要苦吗？"[②]不觉落下泪来。

第二次落泪是老残由东昌府动身，打算回济南的路途之中。因黄河淌凌，一时无法渡河。晚间，月光惨白，冷气逼人，老残面对雪月交辉的景致，体味到谢灵运"北风劲且哀"诗句的妙处和北方冬季的苦寒；由斗柄东指、人将添岁想到年华虚度，事业无成；由《诗经》"维北有斗"之语，想到国家正当多事之秋，王公大臣徒有虚名，百事俱废。北方冬夜的寒冷孤寂及由此而触发的身世与家国之感，再次使老残潸然泪下。

第三次落泪是为受尽荼毒的风尘女子。老残在齐河县城旅店中遇到翠花、翠环姐妹。两人都是因为当局治理黄河不当，致使河水泛滥成灾而有家难归、沦落风尘的。老残听了二人的遭遇，看到翠环臂膊上一条条青紫的伤痕，想到鸨儿刻毒的手段，"又是愤怒，又是伤心，不觉眼睛角里也自有点潮丝丝的起来了。"[③]

感时伤世、悲天悯人是中国士人参与社会政治，实现兼济之志的重要替代方式。老残一哭于苛政杀人，二哭于国运不昌，三哭于百姓涂炭，皆出

---

① 刘鹗：《老残游记》，陈翔鹤校、戴鸿森注，北京：人民文学出版社2006年版，第60—61页。

② 刘鹗：《老残游记》，陈翔鹤校、戴鸿森注，北京：人民文学出版社2006年版，第65页。

③ 刘鹗：《老残游记》，陈翔鹤校、戴鸿森注，北京：人民文学出版社2006年版，第148—149页。

于至诚之灵性，至深之感情。棋局已残，当思补救。老残虽为布衣，但在申东造、黄人瑞等地方官吏的眼里，是被视为"阅历最多""必有良策"之类的智囊人物；而老残在游历中，又奉行"天下事冤枉的多着呢。但是碰到我辈眼目里，尽心力替他做一下就罢了"的行为原则，因此，医人之老残外，又有了医国之老残，哭泣之老残外，又有了补天之老残。

　　老残对游历中所接触了解的三类官僚之病症各有辨证论治。老残以为玉贤不择手段，推行苛政的根本原因，在于其自恃有方，急于做官，所以不惜丧天害理，草菅人命，致使冤狱遍地，怨声载道。玉贤之病，不在昏庸无为，而在恃才好功。如此酷吏，"官愈大，害愈甚，守一府则一府伤，抚一省则一省残，宰天下则天下死"①（第六回）。至于刚弼治狱，则病在自命清廉，刚愎自用。其审理月饼毒死人命案，不推寻情理，不细求证据，仅凭魏家既无罪何以肯花银行贿这一疑点，任性妄为，武断行事，造成冤狱。"他总觉得天下人都是小人，只他一个人是君子。这个念头最害事的，把天下大事不知害了多少。"②（第十八回）如果说玉贤、刚弼治政治狱病在任性妄为，那么史钧甫、张宫保治河则病在但会读书，不谙事故。幕僚史钧甫本西汉贾让《治河策》中"不与河争地"之说，主张废除民埝，扩大河面，变抑为纵，一劳永逸地解决河患问题。宫保禁不住"功垂竹帛，万世不朽"盛名的诱惑，决定扩堤废埝，致使黄河汛期大水泛滥，埝中百姓流离失所，死伤无数！"一条哭声，五百多里路长"。老残评论此事说："天下大事，坏于奸臣者十之三四，坏于不通世故之君子者倒有十分之六七也。"③（十四回）

---

　　① 刘鹗：《老残游记》，陈翔鹤校、戴鸿森注，北京：人民文学出版社2006年版，第70页。

　　② 刘鹗：《老残游记》，陈翔鹤校、戴鸿森注，北京：人民文学出版社2006年版，第205页。

　　③ 刘鹗：《老残游记》，陈翔鹤校、戴鸿森注，北京：人民文学出版社2006年版，第157页。

老残的山水之游，赏心悦目之处甚多；老残的社会之游，所见所闻，则皆是破败荒凉气象。治天下人中，昏庸无能、贪赃卖法者比比皆是；而玉贤、刚弼、张宫保此类思有作为、政声蜚然之辈，或急于事功，或刚愎自用，或不谙世故，其治狱为政，小则杀人，大则误国，遗害百姓。此所以民不聊生、国运不昌也，此所以老残为之张皇为之哭泣也。老残虽有医国补天之志，而其所能做到的只是补苴罅漏而已。酷虐如玉贤，老残认为"真正是死有余辜之人"。老残写信于抚台，告知玉贤苛政，抚台以"将来总当设法"搪塞之。老残所能做到的是向申东造传授"化盗为民"之法，以取代玉贤"逼民为盗"之法，寄希望以局部的善政代替苛政。轻信如张宫保，依书生之议，错用了治河的方子，造成十几万生灵涂炭。面对此种残局，老残所能补救的，只是尽力搭救因河患而沦落风尘的翠环、翠花而已。武断如刚弼，任性妄为，造成冤案。老残写信于张宫保，请求派人复审此案。待张宫保有信来复，老残冲上公堂，面斥刚弼酷刑无辜。为了彻底查清凶手，老残又做了一回"福尔摩斯"，在寻得返魂草、亲手救活十三条枉死者生命的非现实境况中，老残医人与医国的双重身份，方获得了圆满的重合。老残所云"天下事冤枉的多着呢。但是碰到我辈眼目中，尽心力替他做一下就罢了"，其言虽不乏"天下人管天下事"的豪侠，也不无无可奈何的悲切。这种悲切是老残哭泣的更深层原因。

三、灵魂悚惶之老残

作者在小说开篇前的《自叙》中，直言不讳地称《老残游记》为哭泣之作：

> 吾人生今之时，有身世之感情，有家国之感情，有社会之感情，有种教之感情。其感情愈深者，其哭泣愈痛；此鸿都百炼生

所以有《老残游记》之作也。棋局已残，吾人将老，欲不哭泣也得乎？吾知海内千芳，人间万艳，必有与吾同哭同悲者焉！①

《自叙》将人类之哭泣分为数端。为一己得失，其哭泣无力；以宣泄悲痛，其哭泣力弱；感身世、忧家国、哀种族，与海内千芳、人间万艳同哭同悲者，其哭泣强劲且有力，行久而弥远。目睹"棋局已残"而思补救之方；已知"吾人将老"而犹岌岌以求。刘鹗愿追步屈、庄、迁、杜等诸位先贤，作有力之哭泣者，同时也将此宏志瞩望于老残。

刘鹗为笔下主人公取号为"补残"，即含有补救残局的寓意。而以"残"字作号，又有慕效唐朝懒残和尚虽以牛粪煨芋，但能预言天下的意思。刘鹗所写的《〈老残游记〉自评》论及对老残的角色期待道："举世皆病，又举世皆睡，真正无下手处。摇串铃先醒其睡，无论何等病症，非先醒无治法。具菩萨婆心，得异人口诀，铃而日串，则盼望同志相助，心苦情切。"②可见作者对作品主人公的首要期待是摇串铃走方以醒世，具菩萨婆心以救人。书中老残的所作所为，无一不遵循着醒世救人的宗旨。而醒世救人的苦心极易遭人嫉恨与误解，此便有了灵魂悚惶之老残。

在老残的游历中，有两段不容忽视的旅程。一是蓬莱之游，一是地狱之游。对老残的蓬莱与地狱之游，作者采用了非现实的写作手法，在恍惚迷离、似梦非梦的境界中，写出了老残对生存困顿的忧思和对自我灵魂的拷问。

蓬莱传说是仙人的居处。老残和友人相约来此，是要"玩赏海市的虚情，蜃楼的幻相"。仙山琼阁这一特殊的去处和寻找虚情幻相的游历目的，

① 刘鹗：《老残游记》，陈翔鹤校、戴鸿森注，北京：人民文学出版社 2006 年版，第2页。

② 刘鹗：《老残游记自评》，《刘鹗及老残游记资料》，刘德隆等编，成都：四川人民出版社 1985 年版，第 74 页。

似乎已为下面的"大船寓言"酝酿了气氛，埋下了伏笔。至众人见那洪波巨浪中出现了一只帆船，游历便从现实跳入到寓言之中。

正如许多研究者指出的，大船是清王朝统治下风雨飘摇之中国的象征：

> 这船虽有二十三四丈长，却是破坏的地方不少。东边有一块，约有三丈长短，已经破坏，浪花直灌进去；那旁，仍在东边，又有一块，约长一丈，水波亦渐渐浸入，其余的地方，无一处没有伤痕。[1]

在这只船上，船主坐在舵楼之上；楼下四人专管转舵之事；八个管帆的各管各人的帆，彼此不相关照；水手不顾船要沉覆，忙于从坐船人那里搜剥干粮、衣服；坐船人面上有北风吹着，身上有浪花溅着，又湿又寒，又饥又怕。这里的船主、管舵的、管帆的，自然是指清朝的中央机构，他们是大船的驾驶者；水手是指各级官僚，他们是大船的管理者；而坐船人是庶民百姓，他们处于水深火热的煎熬之中。

目睹大船的危境，老残认为：驾驶的人并未曾错。大船之所以如此狼狈不堪，一是他们只会过太平日子，一遇风浪，便毛了手脚；二是未曾预备方针，在日月星辰被云气遮住，不知东西南北的情况下，越走越错。因而主张送驾驶者一个罗盘，以指示方向；告知船主有风浪与无风浪时驾驶的不同之处，以渡过难关。谁知当老残等人送上罗盘及纪限仪时，掌舵者倒愿意请教用法，而那下等水手里面有人咆哮，借口老残等人所送的罗盘是外国的，用外国罗盘就有把船卖与洋鬼子的嫌疑。那些原来在船上拼命敛钱，鼓动乘客流血，去打掌舵的、去骂船主的演说家，也转过头来大骂他们是卖船的汉

---

[1] 刘鹗：《老残游记》，陈翔鹤校、戴鸿森注，北京：人民文学出版社 2006 年版，第 7 页。

奸，必欲杀之而后快。在这场纷争中，老残等人最为气愤、最感委屈的，是救船的善意良方被人误解或有意曲解，最后献策者反倒在一片"汉奸"的骂声与喊打声中沉入海中。

大船的故事是一个政治性的寓言，它隐喻着1905年前后中国的处境与政局。怎样拯救中国？是以流血的方式夺走船主舵手的权力；还是为船主舵手送上一只外国罗盘，教会他们渡过风浪的方法，代表着不同政治集团的救国方案。老残送外国罗盘的方案因受到下等水手与演说英雄的激烈攻击，失去了被接受与实施的可能，此固然可惜；但其好心善意遭到猜忌，被无中生有地骂为"洋鬼子差遣来的汉奸"，更让老残因蒙受不白之冤而感到悚惶抑郁，铭心刻骨。

这种铭心刻骨的悚惶抑郁总是难以忘却的，它如梦魇，为老残的游历投下阴影。老残的人境游历结束后，在《续集》的末尾，又有一段梦游地狱的历程。老残在地狱游历中，面对神鬼世界，对自己在人境所造善恶之业进行了反省与检讨。老残在回答阎罗天子"在阳间犯的何罪过"的问话时自我辩白道：

> 我自己见到是有罪过的事，自然不做。凡所做的皆自以为无罪的事。况且阳间有阳间的律例，阴间有阴间的律例。阳间的律例颁行天下，但凡稍知自爱的，皆要读过一两遍，所以干犯国法的事没有做过。至于阴间的律例，世上既没有颁行的专书，所以人也无从趋避，只好凭着良心做去。但觉得无损于人，也就听他去了。①

凭良心做事，自爱予己，无损于人，不干国法，老残故能在阎罗天子面前坦然对答，经一一对簿验证后，被排在善人行列。

---

① 刘鹗：《老残游记二集》，《老残游记》，陈翔鹤校、戴鸿森注，北京：人民文学出版社2006年版，第291页。

老残在森罗宝殿观看五神问案时，目睹了阴间的种种酷刑。其中，以磨人最为惊心动魄。世间有罪之人，被捆缚得像寒菜把子一样，由阿旁一个一个地塞入三丈多高的磨中，顷刻之间，化为血肉之浆。磨过之后，风吹还原，再磨第二回。一个人被磨的次数，看他积的罪恶多少。而受此重刑的，都只是因为"口过"。阎罗王向老残解释说：人间罪恶中，除却逆伦，就数口过罪大。口过可以杀人，"往往一句话就能把这个人杀了，甚至一句话就能断送一家子的性命"；口过毁人名誉，"毁人名誉的人多，这世界就成了皂白不分的世界了"；口过损人名节，"使人家不和睦，甚至比一刀杀死者其受苦犹多"。口过如此罪业深重，故而惩罚之刑远于杀、盗、淫诸罪。

"天堂地狱功罪是一样的算法"。对阎罗王此语，老残心有灵犀。是好人，总会得到善报；有罪业，也难逃得劫运。老残面对阎罗王，自述一生凭良心做事，自爱而无损于人，无损于国，这种在人世间无处表白，且多遭人嫉恨曲解的心迹，终于在地狱之游中得以申诉并被对簿验证，此举足可使悚惶已久的灵魂得以稍安。又得知阴间对以口舌杀人、毁人名誉、损人名节的口过之业恨之最甚，惩罚最严，胸中的抑郁也因此而舒缓。最后，老残因结得善缘，而全身散发出檀香气味，这是要进入极乐世界的征兆。老残一生的善业功德，最终得到了天地之神的认可。

《老残游记》中首尾相对的蓬莱之梦与地狱之梦，是老残的心灵之游。它与老残山水之游、社会之游的不同之处，在于它揭示了老残雅好山水、哭泣补天之外灵魂漂泊、无所依据的痛苦。救人的善意良方不能为人接受，救世的忠怀孤愤遭到诽谤曲解，才能不见用于世而清名又蒙受耻辱。灵魂的悚惶抑郁，只有到阴间地府中自我表白，在天地之神处求得解脱，此的确是以醒世救人为初衷者的悲哀。当然，只有熟悉作者刘鹗的生平遭际，才能真正理解蓬莱之梦与地狱之梦的逻辑联系，理解老残所说的"孤魂漂泊，无所依据"的心灵痛苦。充当小说主人公的老残，在相当程度上，是作为作者思想的影子和情绪的凝聚物出现的。他代表着作者在作品中的声音。

四、作者声音之老残

阅读《老残游记》，不少读者在欣赏作者纯熟的写作技巧和文学功夫的同时，也可能会感到故事情节的设置有失连贯，现实与非现实的描写混杂夹缠。这种情况的形成，当然与小说完成时间跨度较大，作者时写时辍，随写随即发表，"从未复看修改"的特殊创作过程有关，也与游记体小说独特的文体特征有关。但作为小说，其情节的设置，画面的提供，人物行动的安排，从根本上讲，还是由作者的创作思想与创作意图所决定的。《老残游记》决不是一部杂乱无章地塞进许多旅行见闻的游记作品，作者力图以老残的山水、社会游历为依托，寄寓动乱时代中的身世与家国之感。此种创作意图的落实，自然会影响到小说的情节结构和叙述形式。如果读者不仅仅注意于作品的游历线索，而着意在情节与人物活动的安排中，追寻其寄托孤愤、评判社会的思想线索的话，我们也许会对《老残游记》的结构布局与表现手法获得一种新的感受，对老残的性格、情趣、见识、议论、行为有着更深刻的理解。

刘鹗一生，重实务，崇善政。其甲午之后所写的《呈晋抚禀》以为："我国今日之事，患在民失其养。"[1] 欲求富民强国，则需广开实业，使民得其养，国有其财，善政无有大于此者。其所参与筹划及实施的开矿、修路的事务甚多，虽屡踬屡仆，却百折不挠。其1903年所写的《矿事启》云："仆自甲午以后，痛中国之衰弱，虑列强之瓜分，未可听其自然。思亟求防御之方，非种种改良不可……仆之宗旨在广引商力，以御兵力，俾我得休息数十年以极力整顿工农商务，庶几自强之势可成，而国本可立。"[2] 刘鹗广引商力，包括借洋人之款办路矿的举动，不能为饱受洋人欺凌的国人所理解所接

---

[1] 刘鹗：《刘铁云呈晋抚禀》，《刘鹗及老残游记资料》，刘德隆等编，成都：四川人民出版社1985年版，第129页。

[2] 刘鹗：《矿事启》，《刘鹗及老残游记资料》，刘德隆等编，成都：四川人民出版社1985年版，第132—133页。

受，"汉奸""卖国贼"之类的罪名纷至沓来。刘鹗甚至因此而被除名于乡籍。舆论责难曾使刘鹗内疚神明，外惭清议，但其对以实务兴国的宗旨，仍矢志不移，抱定"谤满天下不觉稍损，誉满天下不觉稍益"，甚至"一国非之，天下非之，所不顾也"的执拗态度。知此，则知书中的老残何以对送船主一个罗盘，大船即可脱险登岸充满着异乎寻常的自信，也可理解老残何以非要在阴间讨个公平，作者何以对损人名誉、毁人名节的口过之业切齿痛恨！

对实务兴国的笃信，使刘鹗将一切社会运动与政治变革的风潮都视为多余之事，视为乱天下之举。其1902年所写的《致黄葆年》的信中称："今日国之大病，在民失其养。各国以盘剥为宗，朝廷以腹削为事，民不堪矣。民困则思乱，迩者，又有康、梁之徒出而鼓荡之，天下殆哉岌岌乎。"[①] 其1902年所写的《风潮论》中，将义和团与革命党相提并论。以为义和拳以兴清灭洋美其名，鄙俚无道，卒酿成庚子之祸；革命党以排外、收回利权鼓动风潮，其必然再次酿成内乱外患："风潮不足畏，革命党不足畏，而天下之民不聊生为大可畏也。""救之之法安在？仍不越修路、开矿、兴工、劝农四项而已，而最重者在'核实'二字。"[②] 知此，则知老残何以对船上鼓动起事的演讲英雄充满卑视，称之为"这等人恐怕不是办事的人，只是用几句文明的辞头骗几个钱用用罢了"[③]；也可知为何作者在老残的游历中，用数回的篇幅，插入黄龙子岈姑对北拳南革及天下大势洋洋洒洒的分析评论，而这些评论充满着神秘与悲观色彩，甚至被不少研究者认为是对革命的诋毁。

① 刘鹗：《致黄葆年》，《刘鹗及老残游记资料》，刘德隆等编，成都：四川人民出版社1985年版，第300页。

② 刘鹗：《风潮论》，《刘鹗及老残游记资料》，刘德隆等编，成都：四川人民出版社1985年版，第140页。

③ 刘鹗：《老残游记》，陈翔鹤校、戴鸿森注，北京：人民文学出版社2006年版，第9—10页。

刘鹗自言："吾之宗旨，惟核实二字而已。"①"核实"对刘鹗来说，既是一种政治价值观，也是一种人生价值观。作为人生价值观，不媚俗，不矫情，不以高蹈人世而自矜高尚，不因屡踬屡仆而妄自菲薄。惟其"核实"，刘鹗一生为实务兴国理想奔走呼号，无所退避，所谓"捧土塞河，诚自知其不量；竭愚尽瘁，要无非忠君爱国之忱"②。惟其"核实"，刘鹗笔下的老残以能雅入俗作为择业与处世的行为标准，因"性情疏放"，"不想攀高"而不入官场，又对飞遁鸣高之傲俗高尚不为也不屑为。身为走方郎中，尽力为福一方。作为政治价值观，"核实"意味着不轻信其言而核其果，不荧惑其名而查勘其实。正因为核定其果，刘鹗认为义和拳以兴清灭洋为口号，却酿成庚子之祸！革命党持"排外"与"收回利权"之说，实含有隐忧。正因为查勘其实，《老残游记》专揭"自以为我不要钱，何所不为"的清官之恶。曹州府路不拾遗的背后是冤狱遍地，刚弼不收贿赂的同时是任性妄为，抚台招能纳贤的盛名之下是轻于信从。

在《老残游记》所讲述的故事中，我们时时感觉到作者的存在。的确，在小说作品中，作者的介入并非是以直接出头露面的方式进行的。但在情节安排、故事叙述、人物活动诸多环节，我们都感到作者操纵力的强大。作者依据自己的思想情绪线索将一个个因果联系并非十分直接的游历故事串连起来，游历故事的主角老残则自然充当了作者思想情绪的凝聚物和代言人。不了解作者的思想经历，也就很难说读懂了老残和他的故事。

---

① 刘鹗：《风潮论》，《刘鹗及老残游记资料》，刘德隆等编，成都：四川人民出版社1985年版，第134页。

② 刘鹗：《矿事启》，《刘鹗及老残游记资料》，刘德隆等编，成都：四川人民出版社1985年版，第133页。

五、结语

老残属于那个新旧世纪交替的时代。作为中国纷乱时局的目睹者，他对晚清官僚机构的腐朽充满着失望，尤其对酷吏政治与不谙世故者的任性妄为深恶痛绝，对民不聊生的社会现实充满忧虑；作为中国艰难命运的亲历者，他自觉担负起"摇串铃先醒其睡"的社会角色，献方策罗盘于上层，施菩萨婆心于百姓，忧思国运，忧思民瘼；作为走方郎中，他雅好山水，耽读古书，能雅而又入俗，不自矜高尚以傲世，不鄙薄治生以自立；作为扶危医国者，他渴望除却衰世的种种弊恶，重睹仁政王道施行的盛世强国。老残代表着世纪裂变中渴望有所作为而又充满失落惆怅的士人一族。其实施仁政的理想，因过于传统而显得陈旧迂腐；其送外国罗盘的做法，又因过于新潮而难为社会接受。传统与新潮杂糅所形成的偏至，以及对这种偏至的执拗，使其很难在风起云涌日益变化的时代找到用武之地，其所能做到的只能是"补苴罅漏，张皇幽渺"而已。同时，理想与现实违忤所造就的落差，又使其充满着报国无门的惆怅，加重着"孤魂漂泊，无所依据"的心灵痛苦。刘鹗在《老残游记》中，依据自己的思想情感塑造了老残，在老残身上寄托了自己的政治见解与社会理想，灌入自己的生活意志和思想情趣。惟其如此，老残才是可爱可信、充满灵动的。而刘鹗在艺术创造上的成功，也因此而远远大于其在实业上的惨淡经营。

（原载《文学评论》1994 年第 4 期）

清末常州词派概说

　　词与词学的发展至清代进入新的繁荣时期。有清一代，词家蜂起，词学大盛。继阳羡词派、浙西词派之后，在词坛上领一代风骚的是常州词派。常州词派出现在乾嘉年间，其创始人是张惠言、恽敬。常州词派推尊词体，讲求词的立意与寄托，标举婉而多讽、深美闳约的词风。经过嘉道年间周济，同光年间谭献、王鹏运、朱祖谋、陈廷焯等几代词人的共同努力，逐渐成为一个有着独特学理论体系与创作风格，在清中、末叶影响较为广泛的文学流派。清末常州词派，是指活动在同治、光绪年间的谭献、王鹏运等人。他们在国家、民族被难的动荡岁月里，对常州派的词学遗产有继承，有扬弃，也有新的审美选择与创造。他们的词作，表现了封建末代知识分子特有的意绪与心态，并在风格上呈现出多种流向。

一、谭献、庄棫

　　鸦片战争后，中国经历着亘古未有之变，随着全民族反对外来侵略与欺凌的爱国情绪的高涨，悲壮、遒劲、激昂成为这一时期民族文学的主导风格。词如何描摹时变，传达乱世中纷乱的情绪与感受，谭献较早地表明了自己的审美选择。

谭献（1831—1901）原名廷献，字仲修，号复堂，浙江仁和人。同治举人，曾任歙县、全椒、合肥知县。著有《复堂类稿》，并辑选清人词为《箧中词》一书，其弟子徐珂将他散见于著作中的词论辑为《复堂词话》。

谭献的词论，以词近变雅说与柔厚说为基石。

词是一种抒情诗体。它是唐宋之际，在文被文道笼罩、诗被诗教羁縻的情况下发展起来的。加之其本身参差、倚声的特点，被人视作婉而近情的文体，自然成为遣兴抒情的主要形式。宋人张炎在《词源》卷下即说过："簸风弄月，陶写性情，词婉于诗。盖声出莺吭燕舌之间，稍近乎情可也。"词近于情，便易被看作"艳科""小道"，一些文人尤以"谑浪游戏"的态度写词，故词格愈卑，几至成为浮花浪蕊、柔靡侧艳之作的别称。常州词派欲挽颓波，其入手处便是推尊词体，提高词的意格，即托体风雅骚歌，以为词当以男女哀乐的词面，寄寓幽约怨悱的情绪。周济并不满足于张惠言的成说，在《介存斋论词杂著》中指出，词当走出抒写个人遭际感遇的狭小圈子，将感慨系于世道的盛衰，其眼界已较张惠言开阔。谭献受鸦片战争以后时代文学风气以及"中丁乱离，濒死者数"的生活经历的影响，试图进一步从观念上改变人们对词体的看法，因而提出"词近变雅"说。

谭献在《复堂词录叙》中说："愚谓词不必无颂，而大旨近雅，于雅不能大，然亦非小，殆雅之变者欤？"我们将此说与《复堂类稿》中《明诗》《学宛堂诗叙》中有关"世治则可以歌咏功德，扬盛列于无穷，世乱则又托微物以极时变，风谕政教之失得"之类的论述参照读之，可以发现，谭献提出词近变雅的用意，一是要使词托体更尊，甚至有别于"多出于里巷歌谣之作，所谓男女相与咏歌，各言其情者"①的风诗，以更为高雅的词面表达深广的忧愤。二是强调词近"变"雅，当是乱世之音，它应托微物以极时变，讽政教以谏得失，但又须不失雅诗怨悱不乱的风度。

---

① 朱熹：《诗集传》，王华宝整理，南京：凤凰出版社 2007 年版，第 2 页。

随着词近变雅观念的确立，谭献对常州派所持的词格之正、变观也有所修正。

自明代张綖"词体大略有二，一婉约，一豪放"说行世之后，人们便常用婉约与豪放来品评词家，而又以婉约为词之"正格"，柔情曼声，香弱绵丽为当行本色；以豪放为词之"变格"，铜琶铁板之音受到鄙薄。这种传统的正变观为常州词派所接受。张惠言选《词选》，以深美闳约为准，所选多为婉约之作。其选苏、辛词，也是近于柔美风格的。吴文英词未能入选，李煜词被斥为杂流。周济著《词辨》，把所选词分正、变两卷，其中以温庭筠、欧阳修、周邦彦、吴文英等十七家为正，所谓蕴藉深厚者；而以李煜、苏轼、辛弃疾等十五家为变，所谓骏快驰骛、豪宕感激，委曲以致其情者。

谭献对周济将词区分正、变的做法十分赞赏，但又补正道："予固心知周氏之意，而持论小异，大抵周氏所谓变，亦予所谓正也，而折衷柔厚则同。"① 即把骏快驰骛、豪宕感激之作与蕴藉深厚者同列为正格，谭献从这种正变观出发，便对被张惠言斥为杂流、为周济列入变集中的李煜词评价极高，以为李煜词"雄奇幽怨，乃兼二难……足当太白诗篇，高奇无匹"，评蒋春霖词："咸丰兵事，天挺此才，为倚声家杜老。"②

谭献主张把哀悼感慨、骏快豪宕之作列入正格，是对常州词派批评观念的一种修正，而在作这种修正的同时，谭献仍坚持用"柔厚"二字作为他审美经验与审美意识的概括。所谓"柔"，就是要运用深微婉约、委曲以致其情的手法，去表现优美、软美的形象和意境。所谓"厚"，一方面指蕴藉深厚，重立意，求寄托，而非"文焉而不物"，另一方面，指语言庄雅、敦

---

① 谭献：《周氏止庵词辨跋》，《复堂词话》，北京：人民文学出版社 1984 年版，第 20—21 页。

② 谭献：《复堂词话》，北京：人民文学出版社 1984 年版，第 47 页。

厚，而不流于雕琢曼辞、破碎尖新。谭献的"柔厚说"，同张惠言的"深美闳约说"，周济的"浑厚说"，是一脉相承的。

常州词派把讲求寄托作为提高词的意格的重要手段。自张惠言提出"意内言外"说起，他们便把"缘情造端，兴于微言"作为词表现内在思想感情的手法，提倡词人以深隐含蓄的语言，借助香草美人、晓风残月等抒情形象（言外），将国家、身世之感，磊落不平之气，或一种艺术境界，一种心理情绪（意内），自然和婉而不留痕迹地表现出来，达到意内与言外的水乳交融。这种艺术追求同时也给读者对词的欣赏带来一定的困难，甚至为寄意而穿凿附会。谭献认为，作者创作，尽可做到"侧出其言，旁通其情"，而读者则可"触类以感，充类以尽，甚且作者之用心未必然，而读者之用心何必不然"。[①] 鼓励读者在读词中，充分展示自己的想象，或被词中某种情绪、某种境界支配，而心与同思，神与共游；或举一反三，言仁而见智，由此触发另一类情绪，经历另一种境界，靠自己的生活体验及想象去补充、发展，完成新的审美创造。谭献的"作者之用心未必然，而读者之用心何必不然"的见解，已触及到接受美学的有关问题。

谭献有词作百余首，辑为《复堂词》。其弟子徐珂记曰：献于"簿书余暇，辄招要朋旧，为文酒之宴集。吮毫伸纸，搭拍应副，若不越乎流连光景之情文者。读其词者，则云幼眇而沉郁、义隐而指远，腷臆而若有不可于名言。盖斯人胸中，别有事在，而官止于令，荦然不能行其志，为可太息也"。[②] 谭献生活的年代，内乱外患不已，家国身世之感，于词中隐约可见。其〔渡江云·大观亭同阳湖赵敬甫江夏郑赞侯〕一词，作者面对大江、空亭，谓"旧时人面难寻"，"不似故山颜色"，抒发了战乱之后人物皆非的悲愤之情，而自称"钓矶我亦垂纶手"，却总为断云阴帘所隔，壮志难酬。谭

① 谭献：《复堂词录叙》，《复堂词话》，北京：人民文学出版社 1984 年版，第 19 页。
② 徐珂：《清稗类钞》，北京：中华书局 1984 年版，第 3993 页。

献一生飘零，以词人名世，其〔摸鱼儿·用稼轩韵自题复堂填词图〕中"短衣匹马天涯客""草草青春，红袖归黄土"，可算是辛酸的自我画像。"种柳光阴，牵萝身世，付与谁怜惜？"①"凄紧。在人境。比卧老空山，一般孤迥。已误了华年，那堪重省！"②"信是穷途文字贱，悔才华，却受风尘误。留不得，便须去。"③可谓字字伤感。伤感之中，又不无自信与清高："我是琴赋嵇康，依然病懒，即渐忘龙性。留得广陵弦指在，无复竹林高兴。裁制荷衣，称量药裹，况味君同领。清辉遥夜，碧天飞上明镜。"④

　　谭献词以清隽深婉见称，其取径在晚唐五代。他的〔蝶恋花〕组词，写一对男女的相识、相亲与别后的相思，其中"语在修眉成在目，无端红泪双双落""遮断行人西去道，轻躯愿化车前草"等句，将女方的情态细腻、委婉地表现出来，酷似温韦风韵。谭词属轻灵一流，故陈廷焯谓其"盖于碧山深处，尚少一番涵泳功也"。⑤

　　庄棫（？—1878）是与谭献同时的词人，世称谭庄，字希祖，号中白，江苏丹徒人。一生无功名，曾被曾国藩延至淮南书局，校勘经籍。庄棫论词，喜言比兴。其为《复堂集》作序云："夫义可相附，义即不深；喻可专指，喻即不广"，意在强调词中寓意的模糊性，因而，使词所表现的意绪、心态具有更普遍的意义。此说与谭献的"作者之用心未必然，而读者之用心何必不然"，可谓是互为犄角，异曲同工。其序又说："自古词章，皆关

<hr />

①　谭献：《百字令·和张樵野观察题倪云舠花阴写梦图》，《谭献集》，罗仲鼎、俞浣萍整理，杭州：浙江古籍出版社 2012 年版，第 648 页。
②　谭献：《无闷·早雪》，《谭献集》，罗仲鼎、俞浣萍整理，杭州：浙江古籍出版社 2012 年版，第 649 页。
③　谭献：《金缕曲·江干待发》，《谭献集》，罗仲鼎、俞浣萍整理，杭州：浙江古籍出版社 2012 年版，第 626 页。
④　谭献：《壶中天慢·夏夜访遗园主人不遇》，《谭献集》，罗仲鼎、俞浣萍整理，杭州：浙江古籍出版社 2012 年版，第 649 页。
⑤　陈廷焯：《白雨斋词话》，杜未末校点，北京：人民文学出版社 1959 年版，第 113 页。

比兴，斯义不明，体制遂舛。狂呼叫嚣，以为慷慨，矫其弊者，流为平庸。风诗之义，亦云渺矣。"把比兴手法视为至尊，进而形成词的艺术表现及体制上的固定模式，又以这种模式来衡量与批评其他表现风格与运用其他表现手法的作品，庄棫的思想方法在常州派中是很有代表性的。从中可以窥知，常州派是怎样从强调词的思想内容入手，却又渐渐走入形式主义魔障的。

庄棫一生未入仕途，故曾言："予无升沉得丧之戚。"[1] 其《中白词》中，身世飘零、怀才不遇的叹喟虽时有可见，但以吟哦山水、表现闲适心情的作品居多。这些闲适词一般写得疏宕明快、飘逸洒脱，并常化用一些前人的词句入词，给词作增添了不少情韵。如〔西江月〕词：

> 乍雨乍晴天气，轻寒轻暖帘栊。游丝飞絮已无踪，阁外湿云烟重。　　绿树舟迷前浦，朱栏马滑溪桥。香车油壁漫相邀，谁是西陵苏小？[2]

全词以轻快的笔调，描写了暮春时节的景象与词人略带惆怅的情绪。而"香车"两句，化用古乐府《苏小小歌》中"我乘油壁车，郎乘青骢马。何处结同心？西陵松柏下"的意蕴，点明词人惆怅的由来。

陈廷焯评庄棫词，以为"匪独一代之冠，实能超越三唐两宋，与风骚汉乐府相表里，自有词人以来，罕见其匹"。其推重太过，而令人难以信服。

---

[1] 庄棫：《中白词》，《清名家词》第10册，陈乃乾辑，上海：上海书店1982年版，第1页。

[2] 庄棫：《中白词》，《清名家词》第10册，陈乃乾辑，上海：上海书店1982年版，第17页。

二、王鹏运、况周颐

稍晚于谭献、庄棫而循常州派途径致力词学的有王鹏运、况周颐、朱祖谋、郑文焯。四人声气相求，切磋唱和，称盛一时，后人誉之为"清季四大词人"。其中，王鹏运、况周颐均为广西临桂人，故又有临桂派之说。

王鹏运（1848—1904）字幼霞，号半塘老人。同治九年（1870）举人，历官内阁侍读，江西道临察御史，礼部给事中。1902 年告归，主扬州仪董学堂，后客死苏州。

王鹏运一生，经历了太平天国、甲午战争、戊戌变法、庚子事变等一系列的社会变革，其为宦委身谏垣数十年，疏数十上，不被采纳，且屡遭责罢，生平悁款抑塞，一寄托于词。其词作有《袖墨集》等九种，晚年删定为《半塘定稿》。

《半塘定稿》中的《袖墨集》《虫秋集》是王鹏运早期（1886—1893）作品的结集。其时作者初事倚声，与同僚端木埰、许玉琢、况周颐相互切磋词艺，而其中又受端木埰影响较大。端木埰有《碧瀣词》，自称"笃嗜碧山"，以南宋王沂孙为宗，恰与周济指示的学词途径中的第一步"问途碧山"吻合。因而，王鹏运的《袖墨》《虫秋》两集即从学碧山词入手，得其运思用笔，深微细密的长处，而弃其用事用典过多而流于晦涩的弊端，初步形成了绵密委婉、间有几分诙谐的词风。两集所表现的题材还较为狭窄，多是思旧怀亲、感叹不遇之作，个人身世之感的色彩较浓。

《味梨》《鹜翁》《蜩蝴》《校梦龛》诸集，写于甲午战争与戊戌维新期间。甲午战争中，王鹏运是主战派，曾多次上疏弹劾投降派李鸿章、孙毓汶、徐用仪等人。1895 年，王鹏运与在北京发动"公车上书"的康有为相识，随后，即参加了北京强学会，热心于变法维新。次年上书力谏，反对光绪帝驻跸颐和园，并谓时值国难，慈禧建颐和园是"以有限之金钱，兴无益之土木"，结果险遭身祸。国家的盛衰，变法的成败，牵动着词人的胸襟与情怀，他的吟诵，不再囿于个人的荣辱，而有了较为广阔的社会内容。

甲午之战的炮声初起，词人在忧愤之中，对洋务派三十年惨淡经营的海防与海军的抗御力量还抱有几分乐观："算胜地铁甲，冲寒堕指，向沙场醉。"（〔水龙吟〕）但这种乐观情绪很快被中方惨败的事实所粉碎。此后，又有丧权辱国的《马关条约》的签订。目睹残局，词人所剩，便只有怨恨与感伤了。甲午之后，他眼中的神州是"飙轮电卷，惊涛夜涌，承平箫鼓浑如梦，望神州，那不伤愁悴。"（〔莺啼序〕）一派纷乱愁苦景象。

作为一个爱国文人，王鹏运希望维新变法能给国家、民族带来一些生气与活力，但曾几何时，维新事业又被后党断送，词人不禁扼腕叹息。〔念奴娇〕词云：

> 东风吹面，又等闲春色，三分过二。欢事难期花易老，莫放
> 阑干间里。怨极书空，愁来说梦。旧曲还慵理。春云无恙，林莺
> 休诉憔悴。①

王鹏运这一时期的词，绵密委婉之外，明显地增重了沉郁悲凉的成分，这与他悲愤慷慨的心境有关，也是他有意学习辛词、苏词的结果。他为因弹劾李鸿章而被贬谪的安维峻所写的送别词〔满江红〕，淋漓酣畅，充溢着耿耿正气。其〔念奴娇〕又有"男儿堕地，看风云咫尺，几曾心死。也识荒鸡声不恶，无那鬓星星矣。铅椠生涯，櫽栝事业，俯仰犹余耻。箧中鸣剑，夜深体吐光气"之句，气势雄浑，铮铮有声。

1900 年，八国联军进犯北京，慈禧挟光绪出走西安。王鹏运身居危城

---

① 王鹏运：《念奴娇·日望楼春眺，有怀仲弓》，《王鹏运词集校笺》，沈家庄、朱存红校笺，上海：上海古籍出版社 2017 年版，第 443 页。

之中，惊叹"古今之变极，生死之路穷"，与前来其住宅避难的朱祖谋、刘福姚相约填词，排遣惆怅，兴之所至，势不可收，遂成《庚子秋词》《春蛰吟》，南归前后又成《南潜集》。

戊戌维新之后，王鹏运虽对变法运动被镇压、"六君子"被杀多有不满，但慑于后党淫威，又上疏请端学术，以正人心，藉以自保。这种愿效力政府而又怕遭到猜忌的心情，在《庚子秋词》中有所流露。其〔踏莎行〕云："梦境迷离，心期千万。<u>丝丝缕缕愁难蒉</u>。不辞舞袖为君垂，琐窗云雾知深浅。"但这三本词集所表现的基本主题还是家国之恨，黍离之哀。如〔唐多令·衰草和穗平〕：

> 难刬是愁根，连天没烧痕。漫萋萋，回首青门。陌上铜驼如解语，定相向，怨王孙。　　别恨共谁论。凭高空断魂。更无烦，腊鼓催春，不见潜行悲杜老，曲江上，几声吞。①

词人以曲江杜甫自比，忧国忧民之怀可见。

生当忧患动乱之时，王鹏运虽多次喟叹，风云咫尺，不能建功立业，经国济世，而托志于倚声，实为无聊之至。"怜渠抵死耽佳句，语便惊人何补？"（〔摸鱼儿〕）便是这种心境的写照，但其终生还是乐此不疲。他的词作走出了偎红依翠、嘲风弄月与咏叹个人际遇的狭小圈子，抒写了一个爱国词人在动乱社会、变革时代的特殊感受和由国家民族衰败而引起的郁闷情怀，表现出较为深广的思想内容与悲凉慷慨的艺术风格，后人评王鹏运词说："作气起屌为世重，如文中叶有湘乡。"②便是称赞王鹏运变革常州派词

---

① 王鹏运：《唐多令·衰草，和穗平》，《王鹏运词集校笺》，沈家庄、朱存红校笺，上海：上海古籍出版社 2017 年版，第 612—613 页。
② 卢前：《望江南·饮虹簃论清词百家》，《民国词话丛编》第 6 册，孙克强等编，北京：社会科学文献出版社 2020 年版，第 126 页。

风与中兴常州派的功劳的。清末常州派的主将朱祖谋、况周颐步入词坛，都曾得力于王鹏运，故卢前将王鹏运在常州词派中的地位比之于中兴桐城派古文的曾国藩，不是毫无道理的。

在词学整理上，王鹏运用近三十年功夫，校勘了《四印斋所刻词》《四印斋宋元三十家词》，又与朱祖谋共同校定《梦窗集》。其所刻词集，多据善本，搜罗丰富，校勘审慎，为词的流传与研究提供了方便。

况周颐（1859—1926）原名周仪，因避清宣统溥仪之讳，改为周颐，字夔笙，号蕙风。光绪五年（1879）以优贡生举于乡，与王鹏运同官内阁中书。况周颐少喜倚声，与王鹏运交，益以词学相砥砺。不久南归，曾入张之洞、端方幕府。晚居上海，鬻文为生。有词九种，合集为《第一生梅花馆词》，后又删定为《蕙风词》，近人将其词论辑为《蕙风词话》。

《蕙风词话》是清末常州词派较为重要的词学理论著作。况周颐在这部词话中，较详尽地阐释了得到清末常州词派作家广泛认同的审美原则——"重、拙、大"说的内在意蕴。

以"重、拙、大"论词，况周颐得知于王鹏运，而在心领神会之余，多有发挥。所谓"重"，况氏认为，即"沉着之谓，在气格，不在字句"，[1]何谓"沉着"？"沉着者，厚之发见于外者也。""情真理足，笔力能包举之，纯任自然，不假锤练，则'沉着'二字之诠释也。"[2]可见，"重"即"沉着"，在内为酝藉深厚，情真理足，发为声音，则从容不迫，凝重工稳，反之则流于轻与薄。

在况周颐的词论中，"沉着"被推为词的最高境界，而良好的修养与学问的积累，则被认为是达到这一境界的唯一通道。强调性情修养与学问积累，这是很近似于宋诗派诗论的看法，也是学人之词的重要标志。追求酝藉

---

① 况周颐：《蕙风词话》，北京：人民文学出版社 1960 年版，第 4 页。
② 况周颐：《蕙风词话》，北京：人民文学出版社 1960 年版，第 8 页。

深厚、情真理足，必然导致词向质实、致密的方向发展。这样，不为张惠言《词选》所录的吴文英词，因其在结构上具有质实、致密的特点，便被奉为"沉着"的楷模。

"重"是就词的气格、结构而言，而"拙"的标出，意在追求词的自然表现。况周颐在《词学讲义》中曾以对比的方法阐释"重、拙、大"。他说："轻者重之反，巧者拙之反，纤者大之反。""拙"的对立面是"巧"，所谓"巧"，是指在词的表现过程中，过度追求技巧，雕琢勾勒，搔首弄姿，破坏了词的自然和谐之美。何者为"拙"？况周颐解释说："拙不可及。融重与大于拙之中，郁勃久之，有不得已者出乎其中而不自知，乃至不可解，其殆庶几乎？犹有一言蔽之，若赤子之笑啼然，看似至易，而实至难者也。"① 可见，"拙"即"天然去雕饰"之意，追求的是一种归璞返真的"拙趣"。

常州词派讲求词有寄托，在创作中，曾出现了一些寄意深远的优秀作品，但也存在着因追求命意而缺乏情韵，或近于套语的偏颇。这种偏颇的出现，与张惠言"意在笔先"的影响有关。况周颐以"拙"为准的，指出词之寄托，亦当以自然流露为上乘："词贵有寄托，所贵者流露于不自知，触发于弗克自己。身世之感，通于性灵，即性灵，即寄托，非二物相比附也。横亘一寄托于搦管之先，此物此志，千首一律，则是门面语耳，略无变化之陈言耳。"② 况氏强调将托意融于创作思维之中，使其自然而然，非作者所能任意控制地流露出来，貌似兴到之作，而实有兴寄在内，是对"意在笔先"说及其所引起的偏颇的一种理论修正。

"大"涉及词的立意与格调。"大"的对立面是"纤"。纤靡之作，词骨软媚，词意细微，或无病呻吟，或偏于侧艳，与沉着浑厚宗旨相背。况周

---

① 况周颐：《蕙风词话》，北京：人民文学出版社 1960 年版，第 128 页。
② 况周颐：《蕙风词话》，北京：人民文学出版社 1960 年版，第 127 页。

颐认为，世多讥明词纤靡伤格，实非公正之论。明代词家中，纤靡者不过数家。而晚明陈子龙、王夫之等人，身当易代之际，其词直抒孤愤，起衰救弊，"含婀娜于刚健，有风骚之遗则，庶几纤靡者之药石矣"。[①]因此，"含婀娜于刚健，有风骚之遗则"，即是"大"字的注解。

清末常州词派，身处封建末代，亲历沧桑之变，文学史上曾出现的音节激楚、怆怏郁伊、表现易代情绪的词作，便易引起他们思想上的共鸣，并有意识地在创作中去追求一种与之相似的哀怨悱恻的艺术境界。况周颐评南宋遗民《凤林书院名儒草堂诗余》说："词能为悱恻，而不能为激昂。盖当是时，南宋无复中兴之望。余生薇葛，歌啸都非，我安适归，忍与终古。安得'琼楼玉宇'，无恙高寒；又安得尺寸干净土，着我铁拨铜琶，唱'大江东去'耶？"道出了易代之际以清朝遗民自居的常州派词人的普遍心境。于烟柳斜阳之中，寄寓故国神思，借风花雪月题面，抒写麦秀黍离感慨，成为常州派词人共同的创作主题。

由上可知，况周颐的"重、拙、大"之说，旨在追求一种情真理足的词境、凝重沉着的词风和自然真率的表现，因而强调性情修养与学问积累的重要性，发展了常州词派固有的学人之词的审美倾向。"重、拙、大"说在十九世纪末、二十世纪初得到常州派词人的广泛认同；同时，在国事日非、清王朝摇摇欲坠的形势下，他们又以清朝遗民自居，认定表现易代之感与哀怨悱恻的情绪当是创作的主题与基调，作出了与时代发展潮流相背离的审美选择，这是封建末代文人的共同悲剧。

况周颐尝自述其写词有过两次大的转变。二十岁以前矜才，所作多性灵语，而不免尖艳之讥。二十岁以后，与王鹏运同处京师，闻"重、拙、大"之旨，始重体格，词为之一变。但仍疏于格律，填词只能做到平仄无误。如是者二十年。后与朱祖谋交，因朱氏守律甚严，与之相较，始悟己之

---

① 况周颐：《蕙风词话》，北京：人民文学出版社1960年版，第111页。

不足，乃悉根据宋元旧谱。四者相依，一字不易，词又是一变。况周颐见贤思齐，终于在词学上成就了一番事业。

《蕙风词》是况氏晚年自定词集。其中最为人称道，也即作者"尤爱自诵"的作品是〔苏武慢·寒夜闻角〕：

愁入云遥，寒禁霜重，红烛泪深人倦。情高转抑，思往难回，凄咽不成清变。风际断时，迢递天街，但闻更点。枉教人回首，少年丝竹，玉容歌管。

凭作出百绪凄凉，凄凉惟有，花冷月闲庭院。珠帘绣幕，可有人听，听也可曾肠断。除却塞鸿，遮莫城乌，替人惊惯。料南枝明日，应减红香一半。[①]

全词极笔力写出深夜角声的凄楚感人，传递出一种怅然若失的情绪。意换声转之处，从容自然，无炉锤之迹。

辛亥革命后，况周颐以清代遗老自居，词中多抒发所谓故国之思，易代之感。如"千万卷珠帘，斜阳过也，着意看新月"[②]，"花若再开非故树，云能暂驻亦哀丝，不成消遣只成悲"[③]，"貂裘换后峭寒多，江山欹枕梦，风雨缺壶歌"[④]，词调悲怆低咽，实是唱给清王朝的曲曲挽歌。

《蕙风词》以沉痛、真挚见称，多有才情之笔。近人叶恭绰评况、王之

① 况周颐：《苏武慢·寒夜闻角》，《况周颐词集校注》，秦玮鸿校注，上海：上海古籍出版社 2013 年版，第 119 页。

② 况周颐：《买陂塘》，《况周颐词集校注》，秦玮鸿校注，上海：上海古籍出版社 2013 年版，第 218 页。

③ 况周颐：《减字浣溪沙·听歌有感》，《况周颐词集校注》，秦玮鸿校注，上海：上海古籍出版社 2013 年版，第 371 页。

④ 况周颐：《临江仙》其三，《况周颐词集校注》，秦玮鸿校注，上海：上海古籍出版社 2013 年版，第 235 页。

词说："夔笙先生与幼翁崛起天南，各树旗鼓。半塘气势宏阔，笼罩一切，蔚为词宗。蕙风则寄兴渊微，独思独往，足称巨匠。"

三、朱祖谋、郑文焯

　　清末四大词人中，朱祖谋生年最永，加以他在词的创作与词籍校订方面的成就与影响，故被称为清末词家的殿军。

　　朱祖谋（1857—1931）一名孝臧，字古微，号沤尹，又号彊村。浙江归安（今吴兴）人。光绪九年（1883）进士，官至礼部侍郎。1904年，出为广东学政，不久抱病辞归，寓居上海。朱祖谋早岁工诗，四十岁以后，在王鹏运的鼓励与诱导下，始事倚声，并将后半生精力多用于此。晚年将其所作删定为《彊村语业》二卷。

　　朱祖谋仕宦期间，并没有卷入政治漩涡的中心，但他对帝党及维新派人物的命运寄予了更多的关心与同情，这种倾向性在其作品中有所表露。戊戌六君子之一的刘光第遇难时，他重过刘氏故居，睹物思人，作〔鹧鸪天·九日丰宜门外过裴村别业〕词：

　　　　野水斜桥又一时，愁心空诉故鸥知。凄迷南郭垂鞭过，清苦西峰侧帽窥。　　新雪涕，旧弦诗，惜惜门馆蝶来稀。红萸白菊浑无恙，只是风前有所思。[1]

　　词中追忆了与刘光第昔日的友情，抒写了物在人去的凄凉与惆怅。红

---

　　① 朱祖谋：《鹧鸪天·九日丰宜门外过裴村别业》，《彊村语业笺注》，白敦仁笺注，杭州：浙江古籍出版社2016年版，第19页。

黄白菊是故居旧物，又何尝不是借喻刘氏旧友。风前所思，别有意味。黄遵宪因参与变法而被遣返故里，朱祖谋不避嫌疑，去人境庐探望，作〔烛影摇红〕一词记其事，词中充满着大劫之后的感慨：

> 容易消凝，楚兰多少伤心事。等闲寻到酒边来，滴滴沧洲泪。袖手危阑独倚。翠蓬翻，冥冥海气。鱼龙风恶，半折芳馨，愁心难寄。[1]

辛亥革命后，朱祖谋因在清朝作过官，在一种全气节、守贞操的封建观念的支配下，自然将自己划入遗民的行伍，其词作也便被一种怀念清室、对沧桑之变痛心疾首的情绪所笼罩。他作于辛亥年底的〔浪淘沙慢〕集中表现了这种情绪："剪不断，连环春绪叠。是当日，鸾带亲结"，道出自己与清王朝割舍不断的关系。"宁信长别。恨肠寸折。明镜前，掇取中心如月"，则近于矢心不变的自白。他笔下的山川草木，皆染上了易代的愁苦："更凄绝，斜日新亭路，山河异，风景是，举目成今古。"[2]以至于"任题遍花笺，都无好语，胜溅感时泪"。[3]

朱祖谋的词，取径南宋吴文英，表现出一种绵密曲折、绮丽精工的艺术风格。这种艺术风格体现在以下几个方面。

第一，词旨隐蔽。常州词派讲求意内言外与比兴寄托，因而往往是词面意义与内在意义之间存在着一定距离，外部形象与内在精神若即若离，这

---

① 朱祖谋：《烛影摇红·晚春过黄公度人境庐话旧》，《彊村语业笺注》，白敦仁笺注，杭州：浙江古籍出版社 2016 年版，第 138 页。

② 朱祖谋：《祭天神·送伯韬还武陵》，《彊村语业笺注》，白敦仁笺注，杭州：浙江古籍出版社 2016 年版，第 306 页。

③ 朱祖谋：《摸鱼子·龙华看桃花》，《彊村语业笺注》，白敦仁笺注，杭州：浙江古籍出版社 2016 年版，第 359 页。

种内外距离掌握的恰如其分，能收到含蓄、隽永、寄意深远的艺术效果。朱祖谋继承了常州词派传统的表现手法，又学得了梦窗词的潜气内转，加上他先是在帝后两党的夹缝中作官，后是以前朝遗民自居的特殊生活经历的影响。他的词大多是词旨隐蔽，取径曲折，言在此而意在彼。如〔声声慢·辛丑十一月十九日味聃赋落叶词见示感和〕：

> 鸣蜇颓城，吹蝶空枝，飘蓬人意相怜。一片离魂，斜阳摇梦成烟。香沟旧题红处，拼禁花，憔悴年年。寒信急，又神宫凄奏，分付哀蝉。　　终古巢鸾无分，正飞霜金井，抛断缠绵。起舞回风，才知恩怨无端。天阴洞庭波阔，夜沉沉，流恨湘弦。摇落事，向空山，休问杜鹃。①

　　这首词的词面意义是咏秋风中飘零散失的落叶，而其内在意义是哀悼被那拉氏残害而离魂无所归附的珍妃。其内在意义由于文辞深婉，很难从词面上窥出消息，如不知本事，也只有把它作为一首普通的咏物词看待。

　　第二，缘情布景，时空变换。一首词中的内在意义与内在精神是要支配外在意义与外部形象的，因而，根据主题表达的需要，内在意义与内部精神的相对规定性，便带来了外部意义与外部形象的相对随意性。朱祖谋的词，气脉绵密，常运用渲染、烘托的手法造成一种特殊的氛围，因而，在词的外部结构上，就形成了缘情布景，时空变换的特点。以上所引〔声声慢〕词中，鸣蜇颓城、吹蝶空枝、飞霜、空山、杜鹃，都不一定是眼前实见之物，而是为了造成一种凄凉氛围所设置的景物，而斜阳、天阴、夜沉沉，以及香沟、神宫、金井、洞庭、空山都是服从于主题表达而人为地进行的时间

---

① 朱祖谋：《声声慢·辛丑十一月十九日味聃赋落叶词见示感和》，《彊村语业笺注》，白敦仁笺注，杭州：浙江古籍出版社 2016 年版，第 110 页。

上的变换与空间上的迁移。这种方法的运用，常给人造成一种迷离恍惚、应接不暇的感觉。

第三，辞藻绮丽，格律精严。朱祖谋的词在语言上吸取了李商隐诗、吴文英词的特点，常以瑰奇绮丽的文字表现奇特的想像或构成非凡的境界。如〔齐天乐〕词咏鸦谓之"倦影扶烟，酸声噪月"，"酸"字的运用，似怪而熨帖。〔声声慢〕中"一片离魂，斜阳摇梦成烟"，在凄凉的气氛中，增添几分神奇的色彩。"问何计消磨，夕阳宦味，逝水心期"。〔祭天神〕以夕阳喻宦味，也是别出心裁。朱祖谋填词，极重声律，力求五音不悖于古，沈曾植谓其"上去阴阳，矢口平亭，不假检本"[1]，可见他在声律上是用功不浅的。

《彊村语业》中，也时有雄浑豪放语，其〔夜飞鹊·香港秋日怀公度〕中"不信秋江睡稳，掣鲸身手，终古徘徊，大旗落日，照千山劫墨成灰"句，奇思壮采，洒脱遒劲，实是取法苏辛而不可多得的苍劲沉着之语。

朱祖谋的词虽取得了较之晚清诸词家较高的艺术成就，但其词作题材狭窄，词旨隐蔽而近于隐晦，过分注重藻饰而淹没了真情，以及表现手法单调、呆滞都是致命的弱点，这是它今天拥有很少读者的主要原因。

朱祖谋一生还用了许多精力校勘词籍。他所刻《彊村丛书》辑唐五代宋金元词一百六十余家，四校梦窗词，又曾为东坡词编年，其《彊村丛书》与万树的《词律》、戈载的《词林正韵》、张惠言的《词选》、被共称为清代词学四盛。

与朱祖谋的词曲折绵密的风格不同，郑文焯的词则表现出疏朗峭拔的特色。

郑文焯（1856—1918）字俊臣，号小坡、叔问，大鹤山人，奉天铁岭

---

① 沈曾植：《彊村校词图序》，《彊村丛书》，朱孝臧辑校编撰，上海：上海古籍出版社 1989 年版，第 8729—8730 页。

人。他出生于一个属汉军正黄旗的官僚家庭，其父曾官陕西巡抚。而郑文焯在光绪元年（1875）中举，官内阁中书。不久，便离开京都，客居苏州，徜徉于湖山风月之间，行医鬻画，"以笔札自给"。曾为人幕客，但"亦绝无毫末半牍之请，坐是落寞，垂老无依"。[①] 这种来去无羁、江湖游士般的生活，使他常以大鹤自比。"我亦大鹤天边，数峰危啸，一觉松风枕。三十六鸥盟未远，独立沧江秋影。词赋哀时，吟望吴枫冷。梅根重醉，旧狂清事能领。"他的〔念奴娇〕词，正是他江湖生涯与心情的写照。

郑文焯词作有〔瘦碧〕〔冷红〕〔比竹余音〕〔苕雅余集〕多种，晚年删定为《樵风乐府》，其中多是纪游咏物与感怀时事、身世之作。

他的一些小令写得恬静秀丽，表现了闲适的生活情趣。如〔鹧鸪天〕：

> 细语檐禽破晓霏，竹声凉翠梦先知。酒醒一枕红兰泪，染取蛮笺剩写诗。　　幽事浅，世情稀。闲花飞尽见高枝。一春雨横风狂过，绿遍池塘无是非。[②]

而他写在庚子事变以后的长调，则多以沉痛之笔，抒写了家国身世之感。如〔贺新郎·秋恨〕下片：

> 雕栏玉砌都陈迹。黯重扃，夷歌野哭，晦冥朝夕。十万横磨今安在，赢得胡尘千尺。问天地，榛荆谁辟。夜半有人持山去，

① 郑文焯：《与夏映庵书》，《大鹤山人词话》，孙克强、杨传庆辑校，天津：南开大学出版社 2009 年版，第 230 页。
② 郑文焯：《鹧鸪天》，《樵风乐府》，《清名家词》第 10 卷，陈乃乾辑，上海：上海书店 1982 年版，第 42 页。

蓦崩舟，坠壑蛟龙泣。还念此，断肠直。①

又如〔庆春宫·同羁夜集秋晚叙意〕下片：

行歌去国心情。宝剑凄凉，泪烛纵横。临老中原，惊尘满目，朔风都作边声。梦沉云海，奈寂寞鱼龙未醒。伤心词客，如此江南，哀断无名。②

前一首，描写了庚子事变给中国带来的深重灾难以及词人对无力抵抗侵略者进攻的清朝政府与军队的讥讽与愤慨。后一首，写出了作者在垂老暮年，面对辛亥革命以后的混乱局面所产生的悲怆心境。

郑文焯曾自述其学词经历说："为词实自丙戌（1886）岁始。入手即爱白石骚雅，勤学十年，乃悟清真之高妙。"③可见其创作是顺着姜夔、周邦彦之路子走的，其词风也与姜、周的清空风格为近。郑文焯对吴文英词稍有贬意，以为"词意固宜清空，而举典尤忌冷僻，梦窗词高隽处固足矫一时放浪通脱之弊，而晦涩终不免焉。至其隶事，虽亦渊雅可观，然锻炼之工，骤难索解，浅人或以意改窜，转不能通"。④又曾批评朱祖谋词"其作意略入晦涩"，而声称"鄙制乃力求疏澹"。⑤所谓清空疏澹，在郑文焯词中表现为：

① 郑文焯：《贺新郎·秋恨》，《樵风乐府》，《清名家词》第 10 卷，陈乃乾辑，上海：上海书店 1982 年版，第 29 页。
② 郑文焯：《庆春宫·同羁夜集秋晚叙意》，《樵风乐府》，《清名家词》第 10 卷，陈乃乾辑，上海：上海书店 1982 年版，第 75 页。
③ 郑文焯：《与张孟劬书》，《大鹤山人词话》，孙克强、杨传庆辑校，天津：南开大学出版社 2009 年版，第 221 页。
④ 郑文焯：《梦窗词跋》，《大鹤山人词话》，孙克强、杨传庆辑校，天津：南开大学出版社 2009 年版，第 305 页。
⑤ 郑文焯：《与夏映庵书》，《大鹤山人词话》，孙克强、杨传庆辑校，天津：南开大学出版社 2009 年版，第 226 页。

在词的表现手法与结构上，不是运用叠床架屋式的方法，层层烘托，反复渲染，追求一种重与大，绵密细致的艺术效果，而是多用单行散句，多用点笔而少用染笔，重在构成一种气脉疏宕、隽永清朗的艺术境界。在语言上，不重富艳，而求清丽。即如〔湘春夜月〕：

> 最销魂，画楼西畔黄昏。可奈送了斜阳。新月又当门。自见海棠初谢，算几番醒醉，立尽花阴。念隔帘半面，香酣影答，都是离恨。　哀筝自语，残灯在水，轻梦如云。凤帐笼寒，空夜夜，报君红泪，销黯罗襟。蓬山咫尺，更为谁、青鸟殷勤？怕后约，误东风一信，香桃瘦损，还忆而今。①

这是一首以闺人口吻写出的离愁词。上片由黄昏、新月触动愁思，而下片写鸿书难托，今宵难忘，情景、时空自然推移，将一片痴情，写得真挚自然，与朱祖谋缘情布景、四面盘旋的写法相比较，可谓别有洞天。

四、陈廷焯、冯煦

清末词坛上，为常州派推波助澜的，还有陈廷焯与冯煦。

陈廷焯（1853—1892）字亦峰，江苏丹徒人。光绪十四年（1888）举人。陈廷焯在短暂的一生中，于词学用力甚勤。三十岁时初事倚声，曾选古今词二十六卷，名《云韶集》，集后附有《词坛丛话》，集中卷十五朱彝尊条下述其选词宗旨说："余选此集，自唐迄今，悉本先生《词综》，略为增

---

① 郑文焯：《湘春夜月》，《樵风乐府》，《清名家词》第 10 卷，陈乃乾辑，上海：上海书店 1982 年版，第 12 页。

380　近代变革与文学转型

减，大旨以雅正为宗，所以成先生之志也。"即是说《云韶集》的编选是以朱彝尊的《词综》为模式，以浙派所标举的雅正宗旨为标准进行的。《云韶集》成书两年之后，陈廷焯结识了庄棫，受其影响，很快改弦更张，转宗常州派。复有"思欲鼓吹蒿庵（庄棫）共成茗柯（张惠言）复古之志"。[①] 于是又仿张惠言《词选》例，编选《词则》二十四卷，并作《白雨斋词话》十卷，为常州派张目。

陈廷焯对词体发展、词作词家的评论，经历了一个由重清空骚雅，偏爱富有才情、疏宕痛快之作，到主温厚沉郁，推尚深微婉约、含蓄蕴藉之作的过程。而他在《白雨斋词话自序》中提出的"忠厚以为体，沉郁以为用"便是他后期审美原则的概括。

陈廷焯的"忠厚为体，沉郁为用"说，是建立在"诗与词同体异用"的命题之上的。他认为，诗与词的创作本旨是相同的，都要体现温厚和平的精神，"温厚和平，诗教之正，亦词之根本"。[②] "温厚和平，诗词一本也。"[③] 所不同的是，词与诗相较，"其文小，其声哀"，故不能如诗，"或以古朴胜，或以冲淡胜，或以巨丽胜，或以雄苍胜"，而必须以"沉郁"胜，方是最高境地，"若词则舍沉郁之外，更无以为词"。[④] "词则以温厚和平为本。而措语即以沉郁顿挫为正，更不必以平远雍穆为贵，诗与词同体异用者在此。"[⑤]

所谓忠厚为体，就是要把儒家温柔敦厚的诗教融汇于作家的性情品质及艺术创作中，使作品保持怨而不怒的和平色彩。陈廷焯对"沉郁"曾作如此界说：

① 陈廷焯：《白雨斋词话》，杜未末校点，北京：人民文学出版社1959年版，第123页。
② 陈廷焯：《白雨斋词话》，杜未末校点，北京：人民文学出版社1959年版，第181页。
③ 陈廷焯：《白雨斋词话》，杜未末校点，北京：人民文学出版社1959年版，第211页。
④ 陈廷焯：《白雨斋词话》，杜未末校点，北京：人民文学出版社1959年版，第4页。
⑤ 陈廷焯：《白雨斋词话》，杜未末校点，北京：人民文学出版社1959年版，第211页。

所谓沉郁者，意在笔先，神余言外，写怨夫思妇之怀，寓孽子孤臣之感。凡交情之冷淡，身世之飘零，皆可于一草一木发之。而发之又必若隐若现，欲露不露，反复缠绵，终不许一语道破。匪独体格之高，亦见性情之厚。①

　　这一界说，至少有两层意思：第一，就词所表现的意绪来说，应以悲愤哀怨为主；第二，这种意绪应是借助比兴寄托，以低徊往复、曲折委婉的方式表达。

　　因此，陈廷焯的"忠厚为体，沉郁为用"，作为一种创作原则，即是要求作家在将温柔敦厚的诗教融汇于思想品质与创作过程中的前提下，根据词"体小""声哀"的特性，将郁积的哀怨情绪，借助幽深的意象，一唱三叹的方式表现出来。而作为一种审美与批评原则，则是忠厚之气，哀怨意绪，委婉表达，三者缺一，不能称之为沉郁之作，不能列为词之上品。陈廷焯推王沂孙为宋词之冠，其原因即在于"碧山词，性情和厚，学力精深，怨慕幽思，本诸忠厚"，而评辛弃疾与苏轼词，则以为"稼轩求胜于东坡，豪壮或过之，而逊其清超，逊其忠厚"。②稼轩词中，一种"悲愤慷慨，郁结其中"，却"未能痕迹消融"。③

　　"忠厚为体，沉郁为用"是陈廷焯词学理论的核心，是在十九世纪末风雨如晦的年代里词作家忧患意识与卫道心理的产物。此说与张惠言的"深美闳约说"，谭献的"柔厚说"有一定的血缘关系，与王鹏运、况周颐的"重、拙、大"说也有相通之处。但它更多地强调了封建伦理思想在词的创作中的渗透与作用，显示出其迂腐之处，而以此为标准来评品词家词作，也难免产

---

① 陈廷焯：《白雨斋词话》，杜未末校点，北京：人民文学出版社1959年版，第5—6页。

② 陈廷焯：《白雨斋词话》，杜未末校点，北京：人民文学出版社1959年版，第213页。

③ 陈廷焯：《白雨斋词话》，杜未末校点，北京：人民文学出版社1959年版，第21页。

生一些偏颇和谬误，这是我们应予以正视的。

冯煦（1842—1926）字梦华，号蒿庵。江苏金坛人。光绪十二年进士，官至安徽巡抚。工骈文诗词，有《蒿庵类稿》。又从明代毛晋《宋六十名家词》中选其精华，刻为《宋六十一家词选》。今人将其《词选·例言》中评介文字，辑为《蒿庵论词》。

冯煦论词，持论与陈廷焯相近。他认为词是"羁人迁客，藉以写忧"[①] 的文体。虽为小道，但"诗有六义，歌亦兼之，是雅非郑，风人恒轨"。[②] 其评品词派词家，推重唐五代词，以为"词有唐五代，犹文之先秦诸子，诗之汉魏乐府也。近世学者相尚南渡天水。而上罕或及之……可谓善学乎？"所谓"近世学者"，实指宗南宋的浙派。于宋代词家中，冯煦推重晏几道、秦观，以为两人词"淡语皆有味，浅语皆有致，求之两宋词人，实罕其匹"。[③] 两人中，尤好秦观，以为秦氏遭贬以后的词，"怨悱不乱，悄乎得《小雅》之遗，后主而后，一人而已"，"他人之词，词才也，少游，词心也，得之于内，不可以传"[④]。他反对"秦七黄九"并称，以为秦观词远非黄庭坚所能匹配。若以柳永配秦观，还差强人意。但柳之词作甚多，虽广为流传，以至于"凡有井水饮处，即能歌柳词"。但柳词为人病也正由此。冯煦的雅俗观是"盖与其千夫竞声，毋宁白雪之寡和也"。[⑤]

冯煦和他同时代的词人一样，常对南唐、南宋拳拳君国之词另具只眼，从而曲折地表现易代之际的共同感受。他以南唐词人冯延巳的后代自称，其为冯延巳《阳春集》作序，说明冯词"旨隐词微，类劳人思妇、羁臣屏子、

---

① 冯煦：《答饴澍问为学书》，《清文海》第 96 册，南开大学古籍与文化研究所编，北京：国家图书馆出版社 2010 年版，第 94 页。

② 冯煦：《唐五代词选叙》，《唐五代词选》，成肇麐选辑，上海：上海书店 1987 年版，第 1 页。

③ 冯煦：《蒿庵论词》，顾学颉校点，北京：人民文学出版社 1998 年版，第 60 页。

④ 冯煦：《蒿庵论词》，顾学颉校点，北京：人民文学出版社 1998 年版，第 61 页。

⑤ 冯煦：《蒿庵论词》，顾学颉校点，北京：人民文学出版社 1998 年版，第 61 页。

郁伊怆悦之所为"的原因，在于南唐之时"周师南侵，国势岌岌，中主既昧本图，汶暗不自强，强邻又鹰瞵而鹗睨之……翁负其才略，不能有所匡救，危苦烦乱之中，郁不能自达者，一于词发之"。其对南唐局势的描叙与他本人所处的时代何其相似，末代人读末代词，更是心有灵犀。冯煦对刘克庄的词也给予较高的评价，以为其与放翁、稼轩，犹鼎三足，"其宅心忠厚，亦往往于词得"，"胸次如此，岂剪红刻翠者比邪"？①

辛亥革命后，冯煦自称蒿隐公，其所谓拳拳君国之思在〔浣溪沙·题江建霞所藏屈翁山手书崇祯宫词册〕一词中隐约可见：

> 一老垒然踏野阴，汉家城阙剧萧森。鹃啼鹤唳又而今。
> 遗迹半沦皋羽研，行吟还抱水云琴，更无人识黍离心。②

清末常州词派是一个具有相近审美趣味与创作倾向的文学流派。他们强调填词要有学力，同时也注重心灵与主观感受的表现，并力图将这种感受与比兴手法结合起来，去造就一种深厚沉着、郁伊惝恍的艺术境界。他们将哀怨悱恻作为词作的情绪基调，用来表现封建末代知识分子的失落感及感伤的意绪与心态。同时，在彼此确认共同艺术追求的基础上，允许各个作家进行充分展示个性风格的探求，这是此派在清末仍呈现一时之盛的主要原因。

---

① 冯煦：《蒿庵论词》，顾学颉校点，北京：人民文学出版社 1998 年版，第 75 页。
② 冯煦：《浣溪沙·题江建霞所藏屈翁山手书崇祯宫词册》，《蒿庵词》，《清名家词》第 10 卷，上海：上海书店 1982 年版，第 47 页。

二十世纪初文学变革中的新旧之争

——以后期桐城派与"五四"新文学的冲突与交锋为例

一、后期桐城派的形成及其文化与文学选择

后期桐城派，主要是指出自于吴汝纶门下，活跃在十九世纪末二十世纪初，以桐城义法相号召的古文创作群体。

曾国藩门下从事古文写作的四大弟子薛福成、黎庶昌、张裕钊、吴汝纶中，惟吴汝纶为桐城籍人。吴汝纶在1894年三位同门师兄先后去世之后，又亲历了震撼人心的甲午战争、戊戌变法、庚子事变等重大历史事件。在洋务运动破产，湘乡派讨论经世要务、撫谈当代掌故之文成为弃履之后，复致力于湘乡派文向桐城派文的复归。吴汝纶致力于湘乡派文向桐城派文的复归，主要是围绕以下几个方面进行的：

第一，尚醇厚老确而黜绚烂阔肆。从桐城派到湘乡派，其为文风格有一个由气清体洁到奇崛雄俊的变化过程。吴汝纶在《与杨伯衡论方刘二集书》中借评方苞、刘大櫆之文，力辨醇厚与阔肆之文的优劣，旨在建立一种新的审美风范。这种新的审美风范，提倡敛才敛气归于精邃深静，追求醇厚

老确、静虚澹淡、笃雅可诵之文境；以稍稍矜才纵气，观之有玄黄采色、飘摇跌宕之势，诵之有铿锵鼓舞之声的闳肆绚烂之文次之；又以驰骋之为才，纵横之为气，杂以文牍、笔记体裁者为不取。吴氏所谓的醇厚老确之境，实际是以桐城诸老体清气洁、清真雅正之文为标的的；其所谓闳肆绚烂之文，则近于以汉赋倔强之气、铿锵之声矫桐城派文柔弱之失，上攀班固、韩愈之伦的曾国藩、张裕钊之文。其所谓驰骋为才，纵横为气之文则又近于纵横捭阖、长于议论，讨论经世要务，摭谈当代掌故的郭嵩焘、薛福成之文。吴汝纶对曾、张之文，虽推尚不已，但作为桐城乡里后生和曾门弟子，其内心深处，仍以方、姚之文为当行本色，而以曾、张之文为变风变雅。变风变雅尚可接纳，志在经济，于文事固有不暇者，则很难目之为文士。吴汝纶对体清气洁、清真雅正审美风范的重新提倡，是湘乡派文向桐城派文复归的重要标志。

第二，义理考据，皆于古文文体有妨。桐城派是一个文学流派，其对古文写作艺术的探讨是一以贯之、孜孜以求的。这是桐城派存在价值的最终体现，也是桐城派不断发展的命脉所在。在桐城派的发展过程中，受时代学术风气及领袖人物学术视野的影响，在不同阶段，对文道关系及道的涵义的理解和解释各有不同。至吴汝纶，面对西学东渐的汹汹之势，从理智上讲，吴氏认识到："方今欧美格致之学大行，国之兴衰强弱，必此之由"[1]；但从情感上讲，"吾国周孔遗业，几成绝响"，[2] 又使人极不甘心。"中国之学，有益于世者绝少，就其精要言，仍以究心文词为最切"。[3] 在这样一种思想基础上，吴汝纶倾向于以文人之心看待古文，更多地考虑古文自身发展的特点，更多地保留古文自身的品格。吴汝纶《与姚仲实书》中以为，说道宣讲之文，贵

① 吴汝纶：《答日本中岛生》，《吴汝纶尺牍》，徐寿凯、施培毅校点，合肥：黄山书社1990年版，第104页。
② 吴汝纶：《答日本中岛生》，《吴汝纶尺牍》，徐寿凯、施培毅校点，合肥：黄山书社1990年版，第104页。
③ 吴汝纶：《答阎鹤泉》，《吴汝纶尺牍》，徐寿凯、施培毅校点，合肥：黄山书社1990年版，第97页。

在以正襟危坐之态，发宏旨精当之言；而抒情言志之文，则以雕龙镂彩之文心，见奇诡变化之长。两者分之而各有偏胜，合之则皆挫其锋芒。学行程朱、文章韩欧，与其是两相妨碍，不得要领，反不如心定气闲，择文而终。

第三，重建辞约旨博、清正雅洁之义法。桐城派在其发展过程中，形成了言简义备、详略有致、雅洁纯净的文体与语言风格。至湘乡派，其讨论经世要务、纵横捭阖之文，已是桐城派义法所不能规范。在湘乡派文随着洋务运动的破产而失去活力，康、梁维新派新文体不胫而走之际，吴汝纶借讨论绍介西学之译书的行文问题，重提方姚传统与古文义法，并把这种提倡恢复看作是保存国学、力延古文绝绪的重要行为。这种提倡得到吴门弟子的响应，遂使湘乡派文向桐城派文的复归得以实现。

曾门四弟子中，张裕钊、吴汝纶共同执掌教鞭，讲学于南北书院。其弟子有文名者，张裕钊门下有范当世、朱铭盘、查燕绪；吴汝纶门下有贺涛、马其昶、姚永朴、姚永概。张、吴门下弟子，相互通流，故而诸门生道其师传，大都并称张吴。其中姚永朴、姚永概、马其昶为桐城籍人，永朴、永概为姚莹之孙、姚濬昌之子，其昶、当世分娶濬昌长女、次女。后期桐城派主要是以这种师徒、姻亲关系为纽带建立起来的。

后期桐城派中的贺涛、范当世，其文学活动主要在甲午战争前后。1903年吴汝纶去世，次年范当世去世。贺涛晚年盲目。吴汝纶去世后，在文坛上承继桐城派传绪的是马其昶与姚永朴、姚永概兄弟。

马其昶奔走于张、吴之门，存志于古文，其又有强烈的振兴乡邦文化的意愿。青年时期，以数年之精力，搜集文献，将桐城一邑明清两代名臣、忠节、循吏、文苑、孝义百数十人生平事辑为《桐城耆旧传》，以表彰先贤，激励后进。但时代终于没有给以潜龙自喻的马其昶提供上下云雨、开阖出没、御阴乘阳的机遇。随着袁世凯的倒台，马其昶短暂的政治生涯也告结束。当其入国史馆，以曲折尽意之笔，写作儒林与文苑传时，则已消褪"足以持世而章教"的浮躁，而纯然儒者气度了。

作为后期桐城派中吴汝纶之后的主帅，马其昶深感世变日亟，古文的发展已失去了从容不迫的生存环境，而进入危亡濒死的境地，尤其是废除科举、兴办学堂以后，古文不再与进身仕途结缘，其使用范围及在青年学子中的号召力与影响也便大打折扣。马其昶写于1914年的《陶庐文集序》论古文之命运，以"陈朽之业"，"互慰寥寂、召笑取侮"之类的言语自嘲。文入困境，而论者之心也渐入老境。

姚永朴少承家学，好古文辞，与弟永概同师事张裕钊、吴汝纶，并从马其昶、范当世研习探求。姚永朴主讲国立法政学校期间，讲授古文，曾著有《国文法》四卷。1914年，永朴复应文科大学之聘，在《国文法》的基础上，成《文学研究法》二十五章，其书仿《文心雕龙》体例，撷拾自有书契以来各家论文要旨，参照以桐城派古文理论，讲述文学而主要是文章之学、古文辞之学的起源、范围、功效、根本及写作应知等基本问题。作者书中立论，虽大多是掇拾先人遗绪，但把散在零星、只言片语的古文辞理论系统化，变成可以在大学讲坛上传授的知识，却是一次有益的尝试。姚永朴的《文学研究法》与林纾的《春觉斋论文》都是要在桐城派韶华未尽之时，将桐城派古文辞理论作一总结，并以大学讲坛作为布道之所。

永朴之弟永概，以"慎宜轩"名其室。永概1910年作《慎宜轩记》，写出了生在清王朝土崩瓦解、世界万国争强时代，士大夫宜者不知，慎又何从的惶恐心态。永概《与陈伯严书》，一方面对清王朝诏立学堂之举欢欣鼓舞，另一方面又因"鄙人兄弟学文二十年，至今全无用处"深感失落。姚文认为甲午前患西学之不知，今患中学之全弃；西学中惟政、艺可学，中学则六经程朱韩欧之书、伦理纲常之道为不可弃。永概与陈三立信中所陈述的观点，代表着后期桐城派所共同的文化选择，这也是"五四"新文化的倡导者提倡新道德、反对旧道德、提倡新文学、反对旧文学何以以桐城派为攻伐对象的重要原因。

1912年，严复出任北京大学校长时兼任文科学长，不久，便聘请姚永概担任文科学长之职，林纾同时任职于北大。1914 年初，因校长更换，学旨不合，姚、林二人同辞去北大职务，就职于北洋军阀徐树铮所创建的正志学校。共同的志业、共同的命运和为延古文于一线的共同愿望，使得永概引年长十四岁的林纾为文学知己，其《畏庐文续集序》表述了与林纾涸辙之鲋，相濡以沫的心情。

后期桐城派中的贺涛、范当世、马其昶、姚氏兄弟，在时代没有为他们提供纵横驰骋的政治舞台，留给他们的只有文坛与讲坛的情况下，希望少涉纷杂，以具有"渊穆气象"的纯儒自处。他们的作品，很少再去讨论"经世要务"，记述"当代掌故"，但他们以传统文化的传人自居，坚守着程朱之学、韩欧文章的防线，以文人的敏感，体验着时代文明进步的震撼和旧文化被撕裂的阵痛。

十九世纪末二十世纪初，在桐城古文面临着西风残照境遇时，为桐城古文开疆辟域，延一线生机的是以译才并世的两位翻译家：严复和林纾。严复、林纾对桐城古文理论的认同及他们极富有影响的翻译成绩，使得桐城派古文显示出最后的辉煌。

严复十四岁入福州船政学堂，二十三岁奉派赴英国格林尼次海军大学学习。时郭嵩焘为出使英国大使，常延严复至使署，析中西学异同，结为忘年之交。1880 年，二十六岁的严复出任天津水师学堂总教习。1895 年春，有感于甲午战败，严复接连完成《论世变之亟》《原强》《辟韩》《救亡决论》等一系列振聋发聩的政治性论文，将其多年对中国之所以积弱不振、中国何以能求富自强的思考和盘托出。严复以其中西学兼通的优势及炽热的爱国强国的激情，在 1895 年的中国思想界刮起了一股严复旋风。

鉴于国人对西学精髓无从了解的现实，严复决心从事西方学术著作的翻译工作，以促进中国民智民德的发展。他所选择的第一部西方学人的著作是赫胥黎的《天演论》。《天演论》中"物竞天择、适者生存"的理论，极大地刺激了正在寻求民族自强新生之路的中国思想界和广大知识阶层。人们从

"物竞天择"的道理中更深切地认识到民族危亡的存在，而将挽救民族危亡化作思想与行为上的自觉。

严复所译的《天演论》请吴汝纶为之作序，严复与桐城派的关系也便由此开始。严复请吴汝纶为《天演论》作序，原因是多重的。严复在英国与郭嵩焘结为忘年交，引为知己。郭嵩焘、吴汝纶都曾为曾国藩幕府中人，由旧交而结新友，此其一。吴汝纶亲闻洋务要员、中兴名臣之謦欬，甲午战后，还鼓吹教育救国，主张兴办学堂，中西学兼顾，思想基础有所相近，此其二。吴氏以古文大家、桐城传脉盛名于世，在中国旧派知识分子中名望较高。而被旧派知识分子所轻视的留学生，其所译之书，一经吴氏作序，则会身价倍增，此其三。

为《天演论》作序，对吴汝纶来说，也是求之不得的。先此之前数年，吴氏就同薛福成有过一个设想。其以为转移风气，以造就人才为第一，制船购炮，尚属第二义。但自洋务兴办以来，争言外国奇怪利害、妄言无行之徒日多，此类人不得谓之才，且无造就之法。"窃谓各关道当聘请精通西学能作华语之洋人一名，更请中国文学最高者一人，使此两人同翻洋书，则通微合莫之学，辅以雄俊典雅之词，庶冀学士大夫，争先快睹，近可转移一时之风气，远可垂之后代，成一家言。惜乎此二人者，未易多觏也。"[①] 而严复译作的出现，则使他惊喜地发现，他原来认为难以寻找的两种人才的优点竟完美地体现在严复一人身上。《天演论》既是通微合莫之学，译文又是雄俊典雅之词。因此，吴汝纶在《答严幼陵》的信中兴奋地说："得惠书并大著《天演论》，虽刘先主之得荆州，不足为喻。""盖自中土翻译西书以来，无此宏制，匪直天演之学，在中国为初凿鸿濛，亦缘自来译手，无似此高文雄笔也。"[②]

---

① 吴汝纶：《答薛叔耘》，《吴汝纶尺牍》，徐寿凯、施培毅校点，合肥：黄山书社1990年版，第21页。

② 吴汝纶：《答严幼陵》，《中国近代文论选》，舒芜等编选，北京：人民文学出版社1981年版，第310页。

严复所译《天演论》以其物种进化、汰劣留良的进化论影响了一代中国人，而其流畅渊雅的译文，也博得了尤其是文学青年的喜欢。以音调铿锵之古文译书，为古文的发展开辟了一块新的殖民地。以古文作为西学新学的载体，也确实使吴汝纶等桐城派中人着意兴奋了一阵。吴汝纶在与严复的通信中，多次谈到翻译中的化俗为雅，与其伤洁，毋宁失真及剪裁化简体义互见之法。桐城派的义法之说，在翻译文学中，被派上了新的用场。严复对吴汝纶的意见也极为看重，称吴氏"老眼无花，一读即窥深处。盖不徒斧落征引，受裨益于文字间也"。[①] 对于吴氏，又有相知恨晚之慨。1903 年，严复译《群学肄言》成，闻听吴汝纶去世的消息，其在《译余赘语》中写道："呜呼！惠施去而庄周亡质，伯牙死而钟期绝弦，自今以往，世复有能序吾书者乎！"[②] 严复真诚地把吴汝纶看作是良师益友与著述知音。吴、严之交，不失为近代文坛上的一段佳话。

由于严复在《天演论》之后的学术著作翻译中，摒弃了"意译"的方法而以直译为主，加上刻意摹仿先秦文体等原因，其译文变得愈来愈艰深难懂。在严复与吴汝纶书信频繁，讨论渊雅洁适的为文之道时，梁启超正在以文字鼓吹新民救国、文界革命。1902 年严复的《原富》问世，梁启超在《新民丛报》上予以介绍时，对严复的译文提出了批评。梁氏从播文明思想与国民的角度，提出译文当以流畅锐达之笔行之，而不可过于渊雅艰深。梁启超的批评一针见血，严复的回答也不存客气。严复《答梁启超书》以为若一味追求近俗之辞，此于文界，谓之陵迟，而非革命。学理邃赜之书，正待多读古书之人。不然，其与报馆文章则无所区别。

严复与梁启超 1902 年关于文体古雅还是通俗的争论，是发人深思的。

---

① 严复:《群学肄言译学赘语》,《严复集》第 1 册, 王栻主编, 北京: 中华书局 1986 年版, 第 126—127 页。

② 严复:《群学肄言译学赘语》,《严复集》第 1 册, 王栻主编, 北京: 中华书局 1986 年版, 第 127 页。

争论有个人意气及好恶的因素在内，但也反映出不同文化观念的内在冲突。在某种意义上，这次争论实际上是"五四"时期文言与白话之争的一个前奏。

1901 年，与严复齐名的另一位晚清文学翻译家林纾来到北京。在一种悄然进行的文化整合的外力推动下，林纾自觉地成为桐城派殿军中的一员。

入京前的林纾，就古文而言，只能是位有着良好文化修养的爱好者。其五十岁以前所作古文，数量很少，所以他初入京师时，人多以翻译家视之。1901 年，林纾为五城中学国文教员时，得与吴汝纶相遇，为论《史记》竟日。吴汝纶对林纾《史记》的见解大为赞赏，又读林纾之文，称"是抑遏掩蔽，能伏其光气者"。[①]次年，吴汝纶写信于林纾，请为代校《古文四象》。得到文坛名宿吴汝纶的鼓励与托付，林纾古文写作的兴致骤增，对古文及桐城派的命运也越来越关心。此后，林纾又分别结识马其昶、姚永朴、姚永概等桐城籍作家，引为同道。数年后，林纾已以吴汝纶之后桐城派传人自居。自 1905 年清政府下令废科举、兴学堂之后，传授古文的渠道便主要在大中学校。辛亥革命前后，是林纾致力古文写作，传播古文之学兴致最高的时候。1910 年由林纾自选的《畏庐文集》出版，1916 年《畏庐续集》出版，人始以古文家看待林纾，而林纾持韩、柳、欧、曾及桐城义法者愈力。林纾发表于 1916 年 4 月 15 日出版的《民权》上的《送大学文科毕业诸学士序》，真切地恳请各位文科毕业生，力延古文之一线，使不至于颠坠。林纾的苦心孤诣，殷切希望，贯注于字里行间。出于力延古文之一线，使不致颠坠为目的，林纾上下奔走，著述演讲，倡言古文之道。1914 年，林纾的《韩柳文研究法》由商务印书馆出版，此书将其多年来阅读、研究韩、柳之文的心得体会，和盘托出，并请马其昶作序。1916 年，《春觉斋论文》由北京都门印书局印行。这是一部详尽论述古文要旨、流别、应知、禁忌、用笔的入门指

---

① 林纾：《赠马通伯先生序》，《林纾集》第 1 册，江中柱编，福州：福建人民出版社 2020 年版，第 130 页。

导性著作，也是对古文写作理论、技法与桐城派义法说的系统概括与总结。

此外，作为古文家的林纾还常常在西洋小说的翻译过程中体味到"义法"的存在。其《撒克逊劫后英雄略序》云："纾不通西文，然每听述者叙传中事，往往于伏线、接笋、变调、过脉处，大类吾古文家言。"[①]《春觉斋论文》论及古文写作的十六禁忌，其"忌糅杂"一节以为，古文不可杂佛语、道家语、东瀛语，但不提小说家语。在林纾的古文创作与小说翻译的实践过程中，他对两种文体相通与不同之处的体验，比其他人都要深切得多。在小说的翻译过程中，他要借助富有表现力的文言词语，叙述描写，表情达意，借助史传文文体结构的经验，造就跌宕起伏、引人入胜的阅读效果，其最为便当最有实用的借鉴对象便是古文文体。至于林纾从西洋小说中，悟出"大类吾古文家言"，也只能是古文的经验在西洋小说的结构中获得了某种印证。在创作态度上，林纾自然不把小说翻译与古文创作等量齐观。林纾的古文，下笔谨慎，清劲凝重；而其翻译，则轻快明爽，诙诡多变。人们因翻译家的林纾，认识古文家的林纾；但林杼本人，其看重古文远远超出翻译。而"五四"以后，人们常常推重作为翻译家的林纾，而作为古文家的林纾则遭到鄙夷。

二、"五四"时期思想与文学的新旧之争

1915 年 9 月，《青年杂志》在上海创刊，拉开了"五四"新文化运动的序幕。在《青年杂志》创刊号上，陈独秀作为主编，发表了题为《敬告青年》的发刊词。同期，汪叔潜发表了题为《新旧问题》的文章，此文虽不如《敬告青年》传诵广泛，但却一语中的地概括了 1915 年前后的文化现象。《青

---

① 林纾：《撒克逊劫后英雄略序》，《林纾集》第 7 册，江中柱编，福州：福建人民出版社 2020 年版，第 259 页。

年杂志》创刊伊始，就紧紧抓住国人所最为关心的中西新旧文化冲突问题，旗帜鲜明地显示了《青年杂志》对文化冲突与文化建设的基本态度：即以民主与科学为思想武器，倡言伦理革命，造就适应世界文明发展趋势的民族文化与自主进取的新青年。

在以勇猛的态度反对旧道德、提倡新道德的同时，由《青年杂志》改刊之后的《新青年》还把反对旧文学、提倡新文学作为自己的历史使命。1916 年 2 月 3 日，胡适致函陈独秀讨论新文学问题。在《新青年》杂志的催促下，胡适把在美国与诸位好友关于文学革命的争论和由此而想到的文学革命的八个条件写信向陈独秀作了陈述，此信刊于《新青年》第 2 卷第 2 号。正欲求在文学上找到革命突破口的陈独秀读信后欣喜异常，称这为"今日中国文界之雷音"。在陈独秀的督促下，胡适的《文学改良刍议》1917 年 1 月在《新青年》第 2 卷第 5 号上发表。《文学改良刍议》较为充分地说明了胡适有关文学改良的两个基本理论：一是一代有一代之文学，今日之中国，当造今日之文学，不必摹仿唐宋周秦，仰承古人鼻息而为古人之奴婢。二是白话文学将成为中国文学的正宗，言文脱离的局面应当打破，中国文学史上小说戏曲等白话作品的价值远远在文言作品之上。《刍议》代表了胡适对新旧文学之争的基本思路，他以后的作为，都是对这一思路的发展发挥。

仅为胡适鼓掌叫好，似乎意犹未尽，陈独秀即亲自操刀，写作《文学革命论》，发表在1917 年 2 月出版的《新青年》第 2 卷第 6 号上，作为对《文学改良刍议》的声援，也作为对胡适之论的一种深化与补充。陈独秀论文学革命当以建立平易抒情的国民文学、新鲜立诚的写实文学、明了通俗的社会文学为目标，要求文学从高高的神殿中走出，贴近时代，贴近社会，贴近人生，贴近民众，既充满新鲜活力而又平易通俗。

以平易抒情、新鲜立诚、明了通俗的标准反观中国文学发展的历史及现状，陈独秀以为：韩愈文章号称起八代之衰，其实韩愈文犹师古，虽非典文，然不脱贵族之气，又误于文以载道之谬见。文学本非为载道而设，而自昌黎以迄曾国藩所谓载道之文，不过抄袭孔、孟以来极肤浅空泛之门面语而已。唐宋八家文之所谓"文以载道"，直与八股家之所谓"代圣贤立言"，同一鼻孔出气。元明剧本、明清小说乃近代文学之粲然可观者，惜为妖魔所厄，未及出胎，竟尔流产，以至今日中国之文学，远不能与欧洲比肩。此妖魔即明之前后七子及八家文派之归、方、刘、姚是也。陈独秀在文末宣称："吾国文学界豪杰之士，有自负为中国之虞哥、左喇、桂特郝、卜特曼、狄铿士、王尔德者乎？有不顾迂儒之毁誉，明目张胆以与十八妖魔宣战者乎？予愿拖四十二生的大炮，为之前驱。"①

陈独秀激烈痛快、豪情万丈的文学革命的宣言，确实是震动流俗的。与之相比，胡适的《文学改良刍议》显得立言谨慎、文质彬彬了许多。1917年4月9日，胡适读了《文学革命论》后致书陈独秀，一方面表示奉读大著，快慰无似，另一方面又予提醒："此事之是非，非一朝一夕所能定，亦非一二人所能定。甚愿国中人士能平心静气与吾辈同力研究此问题，讨论既熟，是非自明。吾辈已张革命之旗，虽不容退缩，然亦决不敢以吾辈所主张为必是而不容他人之匡正也。"②很显然，胡适是一直把文学改良作为学术问题提出来进行讨论的；但陈独秀却始终是把文学革命与政治革命、伦理革命以及民族自存等问题视为一体的。陈独秀与胡适的信中答曰："改良文学之声，已起于国中，赞成反对者居其半。鄙意容纳异议，自由讨论，固为学术发达之原则；独至改良中国文学，当以白话为文学正宗之说，其是非甚明，必不容反对者有讨论之余地，必以吾辈所主张者为绝对之是，而不容他人之匡正也。"其态度之坚决，不容人对国语之文学的方向有丝毫的怀疑。

在1917年4月9日胡适写给陈独秀的信中，其论白话文学的部分，单

① 陈独秀：《文学革命论》，《新青年百年典藏：语言文学卷》，张宝明主编，郑州：河南文艺出版社2019年版，第202页。
② 胡适：《寄陈独秀》，《胡适文集》，段雅校注，北京：北京燕山出版社2019年版，第1023页。

独以《历史的文学观念论》的题目作为论文刊发。胡适的信及《历史的文学观念论》中有两处涉及桐城古文派。至此，两位新文化、新文学的提倡者都已把反对旧文学的矛头明确无误地指向桐城派及桐城古文。桐城派作为旧文学殉品、新文学祭物的命运，已无可逃遁。当北京大学古文字学教授钱玄同等人也参与对桐城派的讨伐时，桐城派更是趋避不及。

在陈独秀发表《文学革命论》的1917年2月，钱玄同致信于《新青年》，对胡适的《文学改良刍议》极表佩服，又以为"其斥骈文不通之句，及主张白话体文学说，最精辟"。"具此识力而言改良文艺，其结果必佳良无疑。惟选学妖孽，桐城谬种，见此又不知若何咒骂。虽然得此辈多咒骂一声，便是价值增加一分也。"[①] 这是钱氏第一次使用"选学妖孽""桐城谬种"的字样。以妖孽称骈文之学，以谬种称古文之学，在"五四"新青年中不胫而走。

从1915年9月至1917年年底，陈独秀主编的《新青年》高举伦理革命、文学革命的两面旗帜，而文学革命因为有胡适、钱玄同等人的参与显得更为光彩夺目。文学革命的倡导者因为要建立以白话为唯一表达形式的国语文学，而不得不反对以文言为主要表达形式的桐城派古文；文学革命的倡导者持"历史的文学观念"，以为今人当造今人之文学，而不得不反对自诩传马班韩柳文统，视马班韩柳传统之外皆旁门左道的桐城文派；文学革命的倡导者看重贴近时代、贴近社会、贴近人生、贴近民众、抒情写世的白话文学，而不得不反对尊古蔑今、清高孤傲、肤浅空疏、无病呻吟的古文之学。文学革命的风暴再次撼动桐城派古文的统治地位。

后期桐城派中的马其昶、姚永朴、姚永概、林纾等人，身历废科举、改学堂、辛亥革命、袁世凯复辟等一系列事变，其"学行程朱、文章韩欧"的学术祈向并没有因世事纷乱而有所改变。在西学东渐、新学纷纭的文化动

---

① 钱玄同：《致陈独秀》，《钱玄同文选》，林文光编著，成都：四川文艺出版社2010年版，第1页。

荡中，他们便习惯于以道统、文统传人自居，以传统文化继承者、捍卫者立言。

后期桐城派对六经之训、程朱之书、韩欧文章、纲常伦理的眷恋依附，不纯粹是一种政治态度，更是一种文化选择，当然也与他们的知识结构、职业、生计密切相关。在韩欧文章日益为人轻贱之时，以韩欧传绪自居的桐城文派，又何以能立身处世？

与一马两姚相比，林纾的思想经历更为复杂多变。林纾少负狂名，1897年在国人纷纷言变法、言救国之时，每与友人论及中外事，慨叹不能自已。又以为转移风气，莫若蒙养，故而印行平生第一本诗集《闽中新乐府》，以明白如话的语言评价时事，讥讽政治，表现出赞同维新的意向。对六君子戊戌被杀，林纾"扼腕流涕，不能自已"。从事于译书之后，每于译序之中，表述爱国之旨，借译书儆醒国人。1908年其在日本人德富继次郎所著小说《不如归》译序中写道："余老矣，报国无日，故曰为叫旦之鸡，冀吾同胞惊醒，恒于小说序中，摅其胸臆，非敢妄肆嗥吠，尚祈鉴我血诚。"可见其心志。但林纾的思想矛盾，在译序中也多有表现。1905年，林纾翻译英国作家哈葛德的作品，译名题为《英孝子火山报仇录》，在《序言》中林纾自称："余非西学人也，甚悯宗国之蹙。"正因为有感于宗国积弱，方颔许西学可学；而一旦西学紧逼中学，汹汹然有取而代之之势时，林纾是绝然要以宗国文化的捍卫者自居的。

辛亥之年，清帝被迫退位，林纾在《畏庐诗存自序》中抒写心情，以为"革命军起，皇帝让政。闻闻见见，均弗适于余心"[①]，因对共和之后的政局不满，而以大清布衣自称。1913年4月起，十一次拜谒光绪陵墓，所交往者，多为桐城派、宋诗派中的旧派文人，诗社文会，互慰寂寞。此时的林

---

① 林纾：《畏庐诗存自序》，《林纾集》第2册，江中柱编，福州：福建人民出版社2020年版，第3页。

纾，把古文作为国故的精华，兢兢以守备之，断断以力辩之，其守旧以待新的文化选择倾向是十分明确的。

1917 年末，林纾在北京组织古文讲习会，讲解《左传》《庄子》等，传授古文之道，到会听讲者近百人。次年，林纾在《古文辞类纂选本序》中评品文坛，文中"割裂古子、填写古字"之言，是指章炳麟及其弟子以魏晋文相尚者。章氏为朴学大师，又为革命党领袖。1906 年在日本讲学时，留日学生鲁迅、许寿裳、钱玄同、黄侃、沈兼士、周作人，都曾听过他的《说文解字》。章门弟子大多是新文学主力。文中"倡班、马革命之说与醉心报馆文学"之言，当指梁启超辈。梁启超策动的文学改良运动开启了新文学的先河。以嗜古腐酸自称，以保存国故、力延古文于一线为使命的林纾与《新青年》伦理革命、文学革命的学说是决不相容的。

1918 年 1 月，《新青年》改为全用白话，编辑部进行了改组，成为一个同人杂志。由陈独秀、钱玄同、胡适、沈尹默、李大钊、刘半农轮流编刊。调整后的编辑部阵容整齐，随后即向旧道德、旧文学发动新的一轮攻击。3 月 15 日，《新青年》第 4 卷第 3 号上发表了钱玄同与刘半农著名的双簧信。双簧信中对桐城派、宋诗派、汉魏之朝诗派等旧派文学极尽嘲弄，而又把矛头集中于林纾、严复。

与林纾相比，严复二十世纪初年的思想经历更是大起大落，国外局势的跌宕变化和个人命运的荣辱起伏，常常使这位思想启蒙家陷入难言的困惑和痛苦。1905 年，严复游访欧美诸国，途经伦敦，与孙中山会面，谈到中国前途，严复主张应以教育入手，改良民智。孙中山则谓："俟河之清，人寿几何？君为思想家，鄙人乃实行家也。"[1]此段对话，显示了严复与革命党领袖一重思想启蒙、一重民主革命的差异。留学归国三十年后重返欧洲，严

---

① 严璩:《侯官严先生年谱》,《晚清名儒年谱》第 16 册, 本社影印室辑, 北京: 北京图书馆出版社 2006 年版, 第 16 页。

复既对欧洲社会经济日新月异的发展感到惊奇，又对西方资本主义的民主政治及伦理道德深为失望。其在环球中国学生会上发表演说，当严复谆谆告诫学生"五伦之中，孔孟所言，无一可背"时，人们很难再看到甲午前后那位撰写《辟韩》《救亡决论》，提倡民主、科学的思想家的风采。

1914年第一次世界大战的爆发和共和后国内纷乱的政治局势，使得严复对西方文明的理想之梦彻底破灭，转而把文明天演的希望寄托于东方文明，寄托于传统文化。严复1917年所作的《太保陈公七十寿序》集中地表达了他的东西文化观。其又在《与熊纯如书》中表述此意："不佞垂老，亲见脂那七年之民国与欧罗巴四年亘古未有之血战，觉彼族三百年之进化，只做到'利己杀人，寡廉鲜耻'八个字。回观孔孟之道，真量同天地，泽被寰区。此不独吾言为然，即泰西有思想人亦渐觉其为如此矣。"[1]

此时的严复，对《新青年》伦理革命、文学革命的倡导，真有一种"曾经沧海难为水"的鄙夷。双簧信之前，《新青年》的言论中没有提及严复。双簧信作者批评严复，也仅及严复的译文，但其中"混账"；"严先生知道了，定要从鸦片铺上一跃而起，大骂该死"之类的语言，对于严复，也是极具有刺激性的。

在双簧信的反响正在热热闹闹地进行时，胡适在1918年4月《新青年》第4卷第4号上发表了《建设的文学革命论》，试图对近两年文学革命作一总结，并把白话文运动的重点由破而转移到立的方面。号召有志造新文学的人，积极作白话文，先创造国语的文学，再期望文学的国语。5月，鲁迅的第一篇白话小说《狂人日记》在《新青年》上发表，它标志着新文学真正从理论倡导走向了创作实践，鲁迅从此一发而不可收，以其冷峻的现实主义作品，成为新文学的奠基者与先驱者。此年10月，由陈独秀起草，合署胡适

---

[1] 严复：《与熊纯如书》，《严复集》第3册，王栻主编，北京：中华书局1986年版，第692页。

之名的《论〈新青年〉主张》在《新青年》第 5 卷第 4 号上发表。文章是对易宗夔来信的答复，借这封复信，陈、胡再次明确地表达了《新青年》破坏旧文学、创造新文学的决心。

双簧信后，倍受嘲弄的林纾，面对叫阵挑战，而不得不披挂上阵。1919 年 2 月和 3 月，林纾分别在《新申报》为他专设的《蠡叟丛谈》专栏里发表文言小说《荆生》和《妖梦》，发泄对《新青年》阵营的不满。这种仇恨有"道不同，不相为谋"的因素，也有《新青年》对林纾出言不逊所激发的个人意气的因素。

稍后，林纾在 1919 年 3 月 18 日的《公言报》上，发表《致蔡鹤卿太史书》，慷慨陈辞，论伦常之不可铲，孔孟之不可覆。在写完《致蔡鹤卿太史书》的数天后，林纾为《蠡叟丛谈》专栏里发表的小说《演归氏二孝子》作跋，预感到将有一场毒骂来临，以"老廉颇"自居的林纾果然是众矢集身。在《荆生》刚刚发表之后，李大钊作《新旧思潮之激战》正告曰："须知中国今日如果有真正觉醒的青年，断不怕你们那伟丈夫，也断不能摧残这些青年的精神。"《每周评论》第 12 号转载了《荆生》全文，第 13 号又组织文章对《荆生》逐段评点批判，并同时发行了题为《对于新旧思潮的舆论》的"特别附录"，摘要编发国内十余家报纸上批评林纾的文章。鲁迅在《新青年》上以唐俟的笔名发表《随感录五十七·现在的屠杀者》，以其特有的冷峻回击白话文的反对者。

先于鲁迅，陈独秀发表《〈本志〉罪案之答辩书》，归纳社会对《新青年》的非难，以为：

> 本志同人本来无罪，只因为拥护德莫克拉西（Democracy）和赛因斯（Science）两位先生，才犯了这几条滔天的大罪，要拥护那德先生，便不得不反对孔教、礼法贞节、旧伦理、旧政治；要拥护那赛先生，便不得不反对旧艺术、旧宗教；要拥护德先生

又要拥护赛先生便不得不反对国粹和旧文学。

西洋人因为拥护德、赛两先生，闹了多少事，流了多少血，德、赛两先生才渐渐从黑暗中把他们救出，引到光明世界。我们现在认定只有这两位先生，可以救治中国政治上、道德上、学术上、思想上一切的黑暗。若因为拥护这两位先生，一切政府的迫压，社会的攻击笑骂，就是断头流血，都不推辞。①

出了一口怨气却惹来众多批评的林纾，一方面在报纸上承认自己有过激骂詈之言的过失，另一方面却又表示拼我残年，极力卫道。1919 年 4 月，林纾在《文艺丛报》月刊上发表《论古文与白话之相消长》的评论，重弹"古文者白话之根柢，无古文安有白话"的老调，又以为"吾辈已老，不能为正其非；悠悠百年，自有能辨之者"。

在新旧文化阵营剑拔弩张，各自不惜以断头流血相搏杀之际，"五四"爱国运动爆发。五四运动推动了新文化运动向纵深发展，推动了马克思主义在中国的传播，也促使了新旧文化阵营的分化瓦解。在"五四"爱国运动的推动下，白话文刊物风起云涌，连《小说月刊》《东方杂志》等旧派之文人所掌握的刊物，也纷纷改用白话。鉴于白话代替文言已成不可扭转之势，1920 年，北洋政府教育部终于颁布命令，要求国民学校一二年的国文，从本秋季起，一律改用白话。在白话文成为法定国语的同时，白话文学也取得长足的进展，新文学运动如初出夔门的长江，汹涌澎湃，一泻千里。

在林纾与新文学阵营断断以辩之时，因列名筹安会而受人鄙夷的严复深居简出，作壁上观，其 1919 年在《与熊纯如书》中评论白话文运动说：

---

① 陈独秀：《本志罪案之答辩书》，《新青年百年典藏：哲学思潮卷》，张宝明主编，郑州：河南文艺出版社 2019 年版，第 315—316 页。

须知此事，全属天演，革命时代，学说万千，然而施之人间，优者自存，劣者自败，虽千陈独秀，万胡适、钱玄同，岂能劫持其柄？则亦如春鸟秋虫，听其自鸣自止可耳。林琴南辈与之较论，亦可笑也。①

1921 年 10 月 3 日，严复留下临终遗嘱，重申"须知中国不灭，旧法可损益，必不可叛"的信仰，此后不久，便带着无限的遗憾离开人世。1924 年 10 月 19 日，林纾也溘然长逝。死前一年，林纾有《续辨奸论》一文，仰天长叹："乱亟矣！丧权丧地，丧天之下膏髓……所患伦纪为斯人所斁，行将侪于禽兽，滋可忧也。若云挟有旧仇宿憾，用是为抨击者，有上帝在，有公论在。"② 言语之中，遗恨无穷。1924 年，姚永概去世。其写于 1921 年的《辛酉论》中，尚有"世及之法可变也，帝王之号可去也，君臣之精义不可无也，而况父子夫妇乎"之论。是年，马其昶、姚永朴也垂垂暮年，老归乡里。作为一个文学流派，桐城派已不复存在。

（原载《文学评论》2004 年第 4 期）

---

① 严复：《与熊纯如书》，《严复集》第 3 册，王栻主编，北京：中华书局 1986 年版，第 699 页。

② 林纾：《续辨奸论》，《林纾集》第 1 册，江中柱编，福州：福建人民出版社 2020 年版，第 393 页。

五四之后新文学家对桐城派的再认识

以反对旧道德、提倡新道德，反对文言文、提倡白话文为旗帜的五四新文化运动留给人们许多说不尽的话题。中西文化互补，新学旧学的融合，一直为二十世纪的学人所津津乐道。中国文学的进化自白话代替文言之后，仍是山重水复。在现代化过程中，不间断地有着一个又一个的最后之觉悟。在五四新旧文学争论的硝烟散后，新文学家如何认识五四时期的新与旧、文言与白话之争？如何评价五四时期曾被作为旧文学的代表所攻伐过的桐城派？如何看待中国文学由古典向现代的转变？这是一个耐人咀嚼、耐人寻味的问题。

1922 年，是《申报》创办五十周年，胡适作《五十年来中国之文学》以表纪念。既然是谈五十年来中国之文学，胡适自然要论及桐城派：

> 平心而论，古文学之中，自然要算"古文"（自韩愈至曾国藩以下的古文）是最正当最有用的文体……唐宋八家的古文和桐城派古文的长处只是他们甘心做通顺清淡的文章，不妄想做假古董。学桐城古文的人，大多数还可以做到一个"通"字；再进一步的，还可以做到应用的文字。故桐城派的中兴，虽然没有什么大贡献，却也没有什么大害处。他们有时自命为"卫道"的圣贤，如方东树的攻击汉学，如林纾的攻击新思潮，那就是中了"文以载道"

的话的毒，未免不知分量。但桐城派的影响，使古文做通顺了，为后来二三十年勉强应用的预备，这一点功劳是不可埋没的。①

胡适认为桐城古文两个特点，一是通顺清淡，一是勉强应用。评论严复和林纾时认为，"严复是介绍西洋近世思想的第一人，林纾是介绍西洋近世文学的第一人"。严复用文言译书，是当时不得已的办法，"严复用古文译书，正如前清官僚戴着红顶子演说，很能抬高译书的身价"。他的有些译文，"以文章论，自然是古文的好作品，以内容论，又远胜那无数言之无物的古文，怪不得严译的书风行二十年了"。胡适评林纾道："林纾译小仲马的《茶花女》，用古文叙事写情，也可以算是一种尝试。自有古文以来，从不曾有这样长篇的叙事写情的文章。《茶花女》的成绩，遂替古文开辟一个新殖民地。"胡适论林纾译文的成就道：

> 林译的小说往往有他自己的风味。他对于原书的诙谐风趣，往往有一种深刻的领会。故他对于这种地方，往往更用气力，更见精采。他的大缺陷在于不能读原文；但他究竟是一个有点文学天才的人，故他若有了好助手，他了解原书的文学趣味往往比现在许多粗能读原文的人高得多。
>
> 平心而论，林纾用古文做翻译小说的试验，总算是很有成绩的了。古文不曾做过长篇的小说，林纾居然用古文译了一百多种长篇小说，还使许多学他的人也用古文译了许多长篇小说。古文里很少滑稽的风味，林纾居然用古文译了欧文与迭更司的作品。古文不长于写情，林纾居然用古文译了《茶花女》与《迦茵小传》

---

① 胡适：《五十年来中国之文学》，《胡适古典文学研究论集》，上海：上海古籍出版社 2013 年版，第 81 页。

等书。古文的应用，自司马迁以来，从没有这种大的成绩。①

但由于古文究竟是已死的文字，无论你怎样做得好，究竟只能供少数人的赏玩，不能行远，不能普及。胡适举周氏兄弟所翻译的《域外小说集》为例，十年之中只销了二十一册，说明用古文译小说固然可以做到信、达、雅，但究竟免不了最后的失败，林纾的失败并不是他本人的失败，乃是古文自身的毛病。

1935年9月，胡适为《中国新文学大系·建设理论卷》作《导言》，再次把桐城派古文的发展、应用问题作为新文学发生的背景予以论述。认为桐城古文继承了唐宋古文运动的思想成果，向清顺明白的方向发展，其后期又以方、姚、梅、曾为取范对象，以为桐城古文为天下至美，取径虽狭，但切实有用，不眩古，不用典，使得"在那个社会与政治都受绝大震荡的时期，古文应用的方面当然比任何过去时期更多更广了"。胡适认为，近四五十年古文的应用范围：第一是时务策论的文章，种种的"盛世危言"，大都用古文写的；第二是翻译外国的学术著作，"严复的译文全是学桐城古文，有时参用佛经译文的句法，不过他翻译专门术语，往往极求古雅，所以外貌颇有古气"；第三是用古文翻译外国小说，"最著名的译人林纾也出于吴汝纶的门下，其他用古文译小说的人，也往往是学桐城古文的，或是间接摹仿林纾古文的"。

虽然古文经过桐城派的廓清，适应了十九世纪末期骤变的时代需要，"但时代变得太快了，新的事物太多了，新的知识太复杂了，新的思想太广博了，那种简单的古文体，无论怎样变化，终不能应付这个新时代的要求"。最明显的例子便是严复式的译书，严复曾在《群己权界论》的"凡例"中

---

① 胡适：《五十年来中国之文学》，《胡适古典文学研究论集》，上海：上海古籍出版社2013年版，第92页。

自我辩解说："海内读吾译者，往往以不可猝解，訾其艰深。不知原书之艰，且实过长。理本奥衍，与不佞文字固无涉也。"当文学的外在形式已束缚内容的阐述，使广大读者不可猝解时，此正是古文穷途末路的表征之一，林纾与周氏兄弟所译小说，也处于同样的困境。

正是在古文处于这样的困境时，白话文运动应运而生。胡适分析五四白话文运动得以形成的几个文化因素：一是我国有一千多年的白话文传统，如禅门语录、白话诗调曲子、白话小说；二是全国都处在大同小异的官话区；三是海禁大开，国外有可资比较的成功范例。其次是政治因素：其一是科举制度的废除，笼罩全国文人心理的科举制度现在不能再替古文作无敌的保障；其二是满清帝国的颠覆，中华民国的成立，专制政治的大本营不复存在。胡适引陈独秀的一段话云：适之等若在三十年前提供白话文，只需章行严一篇文章便驳得烟消灰灭。胡适对此十分赞同，以为"我们若在满清时代主张打倒古文，采用白话文，只需一位御史的弹本就可以到报馆捉拿人了"，这也是"林纾的几篇文章并不曾使我们的烟消灰灭"的时代原因。至于白话文运动的倡导者倡导之功，只是把以后可能出现的事提前了二三十年。

胡适对白话文成功因素的分析，也可以用来反观桐城派古文覆灭的原因。桐城派学行程朱，文章韩欧，讲求伦理纲常，文以载道，其作为传统文化的一部分，在很大程度上是依附在封建政治这张皮之上的，封建政治的垮台，使桐城派自诩为道统、文统传人的优势轰然坍塌；桐城派文自方苞起，便与科举制有不解之缘，士人缘桐城义法而敲开仕途之门。科举制度的废除，使得桐城派文失去往日功利性的诱惑，而不再为人所珍贵。桐城派文在清代盛行，与清政府的提倡保护有关。这种提倡保护一旦失去，其穷途末路也只有林纾之类的赤膊骂阵了，其于世事无补是必然的。相反，白话文由于得到国民的认同，北洋政府教育部定为法定国语后，才逐渐巩固其优势地位。1920 年定白话为国语后，甲寅、学衡派与白话文倡导者的争论虽还在继续，但古文的旗帜已无人能使其再张，白话的势力已足可定鼎天下矣。

全面认识桐城派作家及桐城派古文，是新文学家五四以后全面认识传统文化，传统文学与新文化、新文学关系的一个重要组成部分。写作双簧信的钱玄同、刘半农与写作《人的文学》的周作人，1925 年前后关于林纾有过一次小小的争论。林纾死后，周作人在《语丝》上发表了《林琴南与罗振玉》一文，对林纾的功与过作了简要的评述。文章写道：

> 林琴南先生死了。五六年前，他卫道卫古文，与《新青年》里的朋友大斗其法，后来他老先生气极了，做了一篇有名的《荆生》把"金心异"的眼镜打破，于是这场战事告终，林先生的名誉也一时扫地了。林先生确是清室孝廉，那篇小说也不免做的有点卑劣，但他在中国文学上的功绩是不可泯没的。

> 老实说，我们几乎都因了林译才知道外国有小说，引起一点对于外国文学的兴味。我个人还曾经很模仿过他的译文。他所译的百余种小说中当然玉石混淆，有许多是无价值的作品，但世界名著实也不少……"文学革命"以后，人人都有了骂林先生的权利，但有没有像他那样的尽力于介绍外国文学，译过几本世界的名著？……林先生不懂什么文学和主义，只是他这种忠于他的工作的精神，终是我们的师。这个我不惜承认，虽然有时也有爱真理过于爱吾师的时候。①

此时，身处巴黎攻读文学博士的刘半农见到此文后复信于周作人，以为"你批评林琴南很对。经你一说，真叫我们后悔当初之过于唐突前辈。我们做后辈的被前辈教训几声，原是不足为奇，无论他教训的对不对。不过他

---

① 周作人：《林琴南与罗振玉》,《周作人集外文》（1904—1925），陈子善、张铁荣编，海口：海南国际新闻出版中心 1995 年版，第 624—625 页。

若止于发卫道之牢骚而已，也就罢了。他要借重荆生，却是无论如何不能饶恕的"①。钱玄同作《写在半农与启明的信底后面》，对二人的通信内容提出抗议，钱氏绝不同意认林纾为前辈，何况为何后辈不可唐突前辈？"实在说来，前辈（尤其是中国现在的前辈）应该多听些后辈的教训才是，因为论到知识，后辈总比前辈进化些。大概前辈底话总是错的多。一九一九年林纾发表的文章其唐突我辈可谓至矣。"②表现出不肯宽恕的态度。

1932 年，周作人在辅仁大学演讲《中国新文学的源流》，发表了他对中国新文学民族渊源的思考。周氏认为：第一，中国文学史的发展，实际上是诗言志与文以载道两种文学潮流的交相起伏。诗言志是偶成的文学，称为言志派，文以载道是赋得的文学，称为载道派。第二，中国新文学的思想源头是明末公安派。公安三袁所提出的"独抒性灵，不拘格套"是明代复古主义载道文学的反叛，而公安派的创作，清新流丽，不在文章里面摆架子，不讲治国平天下的大道理。

由区分言志与载道，类比晚明与五四出发，周作人《中国新文学的源流》还涉及对桐城派的再认识和对文言与白话的再认识问题。周作人认为：晚明三袁文学没有直接与新文学连接的原因，在于八股文和桐城派的阻碍，八股文和桐城派可以看作三袁文学运动的反动。但根据言志、载道相互消长，遇到一次抵抗，其方向即起一次转变的文学发展规律，桐城派出现，又造就了新文学运动。周作人分析桐城派与五四文学的联系与对立道：

> 假如说姚鼐是桐城派定鼎的皇帝，那么曾国藩可说是桐城派
> 中兴的明主。在大体上，虽则曾国藩还是依据着桐城派的纲领，

---

① 刘半农：《寄周启明》，《刘半农文集》，书林主编，北京：线装书局 2009 年版，第 100 页。

② 钱玄同：《写在半农给启明的信的后面》，《钱玄同文集》第 2 卷，北京：中国人民大学出版社 1999 年版，第 132 页。

但他又加添了政治经济两类进去，而且对孔孟的观点，对文章的观点，也都较为进步。姚鼐的《古文辞类篹》和曾国藩的《经史百家杂钞》二者有极大的不同之点，姚鼐不以经书作文学看，所以《古文辞类篹》内没有经书上的文字。曾国藩则将经中文字选入《经史百家杂钞》之内，他已将经书当作文学看了。所以，虽则曾国藩不及金圣叹大胆，而因为他较开通，对文学较多了解，桐城派的思想到他便已改了模样。其后，到吴汝纶、严复、林纾诸人起来，一方面介绍西洋文学，一方面介绍科学思想，于是经曾国藩放大范围后的桐城派，慢慢便与新要兴起的文学接近起来了。后来参加新文学运动的，如胡适之、陈独秀、梁任公诸人，都受过他们的影响很大，所以我们可以说，今次文学运动的开端，实际还是被桐城派中的人物引起来的。①

新文学运动固然由于对桐城派的"反动"所起，而新文学运动的倡导者所受桐城派中人物潜移默化影响的事实也不可抹熬。新文学不是横空出世的舶来之物，它与民族文化、民族文学便有着割舍不断的联系。这种联系可以被忽视，但决不会不存在。

对于胡适关于文学"向着白话的路子走，才入了正轨，以后即永远如此"及"古文是死文学，白话是活的"两种说法，周作人也表示了不同的意见。首先，中国文学一向并没有一定的目标和方向，言志与载道是此起彼伏，交替消长的。现在虽然是白话，虽走着言志的路子，以后也仍然要有变化，虽则未必再变得如唐宋八家或桐城派相同，但必然还会有新的载道文学出现。其次，古文和白话并没有严格的界线，因此死活也难分，我们现在使用白话，是因为白话更便于把我们思想和感情表现出来。新文学选择白话是

① 周作人：《中国新文学的源流》，上海：华东师范大学出版社1995年版，第48页。

因为时代与思想都在变，旧的皮囊盛不下新的东西，新的思想必须用新的文体传达出来。

周作人关于新的载道文学产生所发的议论，实际上是指当时已经出现的"革命文学"。1928 年 1 月，周氏在中法大学发表题为《文学的贵族性》的讲演，主张文学家应跳出任何一种阶级。在演讲结束时，似在无意中把当时正流行的革命文学与桐城派作了一下对比："先前人说到'文以载道'。夫文而欲其载道，那么便亦迹近乎宗教上的宣传。桐城派的文，就是根据'文以载道'的话，而成其为道。""提倡革命文学的人，想着从那革命文学上引起世人都来革命，是则无异乎以前的旧派人物，以读了四书五经、诸子百家等的古书来治国平天下的梦想。"①

对于周作人把中国传统文学划分为载道与言志的基本看法，五四新文学的另一位参与者朱自清有所修正。朱自清写于 1947 年的《文学的标准与尺度》认为：中国传统的文学以诗文为正宗，大多数出于士大夫之手，其文学标准大概可用"儒雅"为标准，缘情与隐逸的文学以"风流"为标准。表现"达济天下，穷善其身"情志的是载道或言志，要有"正其谊不谋其利，明其道不计其功"的抱负，有"怨而不怒""温柔敦厚"的涵养，用"熔经铸史""含英咀华"的语言，这就是儒雅的标准。或纵情于醇酒妇人，或寄情于田园山水，表现这种种情志的是缘情或隐逸之风，这须要有"妙赏""深情"和"玄心"，也得用"含英咀华"的语言，这是风流的标准。朱自清认为：五四文学革命是从文学或文体的解放开始的，在相当程度上，五四文学革命所确认的语体文学的目标是以外国为标准的，但中国文学传统中语体文学支流的影响也不可忽视。周作人所言的公安竟陵派只是这个支流的一段，公安竟陵努力想把支流变为主流，但失败了，直到五四文学革命才完成了语

---

① 周作人：《文学的贵族性》，《周作人集外文》（1926—1948），陈子善、张铁荣编，海口：海南国际新闻出版中心 1995 年版，第 299—300 页。

体文学革命。

朱自清在《论严肃》一文中，就新文学之载道评论道：

> 新文学运动以斗争的姿态出现，它必然是严肃的。他们要给白话文争取正宗的地位，要给文学争取独立的地位。而鲁迅先生的第一篇小说《狂人日记》里喊出了"吃人的礼教"和"救救孩子"，开始了反封建的工作。他的《随感录》又强烈的讽刺着老中国的种种病根子，一方面人道主义也在文学里普遍的表现着。文学担负起新的使命，配合了五四运动，它更跳上了领导的地位，虽然不是唯一的领导的地位。于是文学有了独立存在的理由，也有了新的意念。在这种情形下，词曲升格为诗，小说和戏曲也升格为文学。这自然接受了"外国的影响"，然而这也未尝不是"载道"，不过载的是新的道，并且与这个新的道合为一体，不分主从。所以从传统方面看来，也还算是一脉相承的。一方面攻击"文以载道"，一方面自己也在载另一种道，这正是相反相成，所谓矛盾的发展。①

旧文学所载之道，是封建政治之道，新文学所载之道，是人民性之道。旧文学之载道，道尊而文卑；新文学之载道，道文并立，不分主从。载道之形式相近，而道之内容不同。但新文学若"只顾人民性，不顾艺术性"，也会重蹈旧文学"死板板的长面孔，教人亲近不得"的覆辙。

关于桐城派的评价，朱自清在 1939 年所写的《中国散文的发展》一文曾有专节提及。文章认为："诗文作家自己标榜宗派，在前只有江西诗派，

---

① 朱自清：《论严肃》，《朱自清全集》第 3 卷，朱乔森编，南京：江苏教育出版社1996 年版，第 140 页。

在后只有桐城派。桐城派的势力，绵延了二百多年，直到民国初期还残留着，这是江西派比不上的。"方苞评归有光的文庶几'有序'，但'有光之言'太少。曾国藩评姚鼐也说一样的话，其实桐城派都是如此。攻击桐城派的人说他们空疏浮浅，说他们范围太窄，全不错，但他们组织的技巧，言情的技巧，也是不可抹杀的。"①文章论曾国藩对桐城派的中兴道："桐城文的病在弱在窄，他却能以深博的学问，宏通的见识，雄直的气势使它起死回生……他选了《经史百家杂钞》，将经、史、子也收入选本里，让学者知道古文的源流，文统的一贯，眼光比姚鼐远大得多。"②朱文论桐城派消亡的文体原因及白话文发展的趋向道：

> 但古文不宜说理，从韩愈就如此。曾国藩的力量究竟也没有能够补救这个缺陷于一千年之后。而海通以来，世变日及，事理的繁复，有些决非古文所能表现。因此聪明才智之士渐渐打破古文的格律，放手作去。到了清末，梁启超先生的"新文体"可算登峰造极……但这种"魔力"也不能持久；中国的变化实在太快，这种"新文体"又不够用了，胡适之先生和他的朋友们这才起来提倡白话文。经过五四运动，白话文是畅行了，这似乎又回到古代言文合一的路。然而不然，这时代是第二回翻译的大时代。白话文不但不全跟着国语的口语走，也不会跟着传统的白话走，却有意地跟着翻译的白话走，这是白话文的现代化，也就是国语的现代化。中国一切都在现代化的过程中，语言的现代化也是自然

---

① 朱自清：《中国散文的发展》，《朱自清全集》第8卷，朱乔森编，南京：江苏教育出版社1996年版，第334—335页。

② 朱自清：《中国散文的发展》，《朱自清全集》第8卷，朱乔森编，南京：江苏教育出版社1996年版，第336页。

的趋势，是不足怪的。^①

桐城古文消亡的自身原因，在于古文创造力的衰竭，古文的形式不再适应事理繁富、世变日亟的社会需要，梁启超"新文体"、五四白话文便应运而生。五四白话文似乎走的是古代言文合一的路，但却是在口语、传统白话的基础上，又吸收"欧化"的语言，所形成的现代白话，它比口语、传统白话更富有表现力，因而也更具有生命力。朱自清用"现代化"一词来描述文学从文言到现代白话的发展过程，是极具启迪意义的。

对于五四时期文学革命倡导者对旧文学的激烈与偏至，新文学家们有着明确的意识，他们认为这种激烈与偏至是一种与文言文、旧文学彻底决绝的策略。茅盾《进一步退两步》一文表述道："我也知道'整理旧的'也是新文学运动题内应有之事，但是当白话文尚未在全社会内成为一类信仰的时候，我们必须十分顽固，发誓不看古书。"^②明白于此，便可知道鲁迅1925年为青年学生开列书单竟为何写明"我以为要少——或者竟不——看中国书"^③。而五四之后的鲁迅、茅盾、郭沫若、胡适、朱自清、郑振铎等人，却又都实际从事于中国古典文学、神话、历史的研究。鲁迅1933年所写的《"感旧"以后》论及新旧文学以为："我是说有些新青年可以有旧思想，有些旧形式也可以藏新内容。我也以为'新文学'和'旧文学'这中间不能有截然的分界，然而有蜕变，有比较的偏向。"^④鲁迅在1930年所写的《〈浮士

---

① 朱自清:《中国散文的发展》,《朱自清全集》第8卷, 朱乔森编, 南京: 江苏教育出版社1996年版, 第336页。

② 茅盾:《进一步退两步》,《茅盾杂文集》, 韦韬、陈小曼编, 北京: 生活·读书·新知三联书店1996年版, 第133页。

③ 鲁迅:《青年必读书》,《鲁迅全集》第3卷, 北京: 人民文学出版社2005年版, 第12页。

④ 鲁迅:《"感旧"以后》,《鲁迅全集》第5卷, 北京: 人民文学出版社2005年版, 第347页。

德与城〉后记》论新旧文化之冲突与承接道："新的阶级及其文化，并非突然从天而降，大抵是发达于对于旧支配者及其文化的反抗中，亦即发达于和旧者的对立中，所以新文化仍然有所承传，于旧文化也仍然有所择取。"①在经历了破字当头的过程之后，新文学家都明确无误地回归到对新旧文化、新旧文学割舍不断联系的理性认识。

"五四"是说不尽的。五四新文学开创了中国文学发展的新时代，而桐城派古文在绵延二百余年之后终归于沉寂。桐城派古文在五四时期是作为旧文学与文言文的代表而遭到新文学运动攻伐的。桐城派自身艺术创造力的衰竭，其所固守的文化价值及道统、文统观念的不合时宜，其行文拘谨、禁忌繁多的文言文体形式与日益丰富繁杂的时代内容不可协调的矛盾，以及科举制度的废除，封建王朝的覆灭等桐城派梱赖以生存的社会条件的变化，都构成了桐城派走向消亡的必然条件。五四新文学顺应历史发展的潮流，促使风烛残年中的桐城派最终走向消亡。五四新文学家运用更自由、更平民化、更富有表现力而经过加工提炼的白话，创造出风格多样、丰富多彩的新体散文，并使新体散文成为五四文学中最具有成绩的门类。而桐城派古文的消亡与新体散文的涌现，也便成为中国文学从古典走向现代的一道醒目的风景和一次充满思想冲突与文化意蕴的历史性转换。

（原载《中州学刊》1998 年第 1 期）

---

① 鲁迅：《浮士德与城后记》，《鲁迅全集》第 7 卷，北京：人民文学出版社 2005 年版，第 373 页。

柳亚子简论

一

柳亚子（1887—1958），名慰高，字安如，号人权、亚卢，后更名弃疾，字亚子。江苏吴江黎里镇人。亚子先生是一位随时代步伐而前进，不断革命的爱国主义诗人。

亚子自幼喜读宋明末叶忠臣、义士、佚民、遗老之书，这对他的思想发生了重大影响，从青年时代起，就萌发了反满爱国热情。1903 年，由陈去病等介绍加入中国教育会，后到上海加入蔡元培领导的爱国学社，革命思想就此确定。1904 年秋同陈去病创办中国最早的戏剧杂志《二十世纪大舞台》，并撰写了发刊词。1906 年参加中国同盟会（先是光复会会员）。同年与高旭共同创办《醒狮》《复报》等革命刊物。1907 年游上海，与陈去病、高旭等筹组南社。经过两年多的准备，南社于 1909 年十一月十三日成立于苏州虎丘。

南社是近代以来第一个具有民主革命意识的资产阶级革命文学团体，其成员大多是倾向革命的资产阶级和小资产阶级分子，南社首次雅集中的十七名社员，十四名是中国同盟会成员。南社的宗旨是：以文学鼓吹革命，使文学直接为革命斗争服务。他们提倡"气节"、呼唤"国魂"的归来，实际上是提倡民族主义，应和民族民主革命，反对满清异族压迫和专制统治。命名"南社"，是取"操南音不忘其旧"的意思。南社组织庞大，辛亥革命前有社员二百余人，辛亥革命后剧增至一千多人，它为吸收更多的知识分子参加民主革命运动，起到了不可磨灭的作用。

亚子先生是南社的主要组织者和领导者。自南社 1914 年设社主任以后，他数次当选。辛亥革命后，南社迅速分化，大多数人消沉下去。但亚子团结南社部分左派诗人，坚持南社的革命文学路线，继续以诗文鼓吹革命。这个时期，他曾在上海担任《天铎》《民生》《太平洋》等报的主笔。1923 年同陈望道、胡朴安又发起"新南社"，但仅出版社刊《新南社》一册就停顿了。

十月革命胜利和中国共产党成立后，亚子向往苏联，拥护孙中山"联俄、联共、扶助农工"的三大政策。1924 年国共合作，被当选为国民党中央监察委员。亚子先生是国民党内部左派的代表，1926 年"中山舰事件"发生后，蒋介石暴露了他背叛革命的阴谋，亚子同宋庆龄、何香凝、彭泽民等坚持三大政策，坚决反对蒋介石的背叛行为，当时召开的国民党二届二中全会尚未闭幕，亚子先生就愤然离开广州回到上海，北洋军阀孙传芳指名要逮捕他，于是化名唐隐芝，隐居不出，从事对青年诗人苏曼殊的文集的编辑工作。

亚子先生是共产党人的老朋友，1925—1926 年，毛泽东在广州主持农民运动讲习所期间，就和亚子有交往。1926 年三月，在蒋介石已开始全面反共的形势下，亚子还在国民党吴江县党部举行的孙中山逝世周年纪念会上作关于拥护共产党的演说。国民党"宁汉分裂"后，南京方面要他作江苏省政务委员，武汉方面任命他为江苏省政府委员兼教育厅长，他均拒绝不应，同夫人郑佩宜东渡日本。

1928 年后，亚子居上海，曾与鲁迅多次交往，并互赠诗文条幅。1932年，亚子同鲁迅、茅盾等人响应宋庆龄倡议，联名发通电，营救当时被蒋介石囚禁的共产国际代表牛兰夫妇。同年九月，"九一八事变"一周年，先生发表了《对于九一八的感想》文章以昂扬激情高呼："九一八沈阳城头的第一声大炮，也许就是全世界资本帝国主义没落的信号吧！"[1]

1941年"皖南事变"后，亚子同何香凝等在香港联合发出宣言，对蒋介石屠杀革命志士的反动行径提出抗议。宣言是由亚子起草的，为此蒋宣布开除亚子的国民党"党籍"。亚子愤怒之下也宣言开除蒋介石的国民党党籍。

1945年居重庆，在《新华日报》创刊纪念会上，他公开宣称"世界的光明在莫斯科，中国的光明在延安"。同年十月，毛主席抵重庆同国民党谈判，几次与亚子接触，并为亚子和尹瘦石举办的《柳诗尹画联展》亲笔题字。

抗战胜利后，蒋介石发动反共内战，亚子同蒋介石反动派势不两立，在重庆同国民党内部的爱国主义分子一道发起了"三民主义同志联合会"。其后，又在香港参加了"中国国民党革命委员"的发起组织工作，并担任秘书长。1947年在香港，亚子继"南社""新南社"之后，又以"推动新诗，解放旧诗为职志"，[2] 发起组织"扶余诗社"。

1949年二月底，亚子从香港赴北京参加第一次政协会议，并被选为中央人民政府委员。1954年当选为人大代表和人大常委会委员。1958年六月二十一日因病在北京逝世，享年七十一岁。其主要著作有《磨剑室诗集》《词集》《文集》（均未刊），1959年，由其子女柳无非、柳无垢选辑、郭沫若作序的《柳亚子诗词选》出版。

---

① 柳亚子：《对于九一八的感想》，《磨剑室文录》，中国革命博物馆、上海人民出版社编，上海：上海人民出版社1993年版，第1087页。

② 陈迩冬：《柳亚子遗事》，《柳亚子纪念文集》，中国国民党革命委员会中央委员会、中国革命博物馆编，北京：中国文史出版社2016年版，第213页。

二

早年的亚子，不仅是一位爱国诗人，而且是一位卓越的政治活动家。早在1903年，他就以一个资产阶级民主革命战士姿态涉足政坛，以文字鼓吹革命。

自1900年后，资产阶级民主革命浪潮日益高涨，奄奄一息的腐败满清政府，为了抵制革命，缓和国内矛盾，打出了"立宪"旗号，妄图借手法变换以苟延残喘。在戊戌变法中曾起过进步作用的康梁派此时亦日趋反动，献媚应和于满清政府，一时"君主立宪"的鼓噪之声大作。以孙中山为代表的民主革命派认为要把民主革命推向前进，当须立即揭露"君主立宪"的虚伪性和反动性，同时号召民众奋起推翻满清封建统治，建立资产阶级民主共和国。于是，在革命派和改良派之间展开了一场关于中国政体问题的大论战。年轻的亚子，立场坚定，旗帜鲜明地站在革命派一边，积极著文为革命倡呼。归纳其政治主张有以下几个方面：

第一，中国独不可言立宪。亚子在《中国立宪问题》一文中指出，国家所以成立之元素，就是爱国之心，而"欲使人人自爱其国必先使人人自有其国，欲使人人自有其国必先使人人自知其国之所在"。[1] 而当时中国是"客星据座，天容变矣，主宰无权，公产沦矣，覆宗灭祀数逾二百，奴隶牛马躬受其辱"。[2] 为此，亚子反诘喝道："皮之不存毛将安附，国既亡矣何有于宪！"他认为在仍是满族专权的中国立宪，只会导致"使我民而昏然冥然……徒使擅权据位之徒，出其狙公饲狙之手段，造成沐猴而冠之政体，于寻常专制腐败法律之中，添一钦定宪法以饰大地万国之瞻听……于国民幸福

---

① 柳亚子：《中国立宪问题》，《磨剑室文录》，中国革命博物馆、上海人民出版社编，上海：上海人民出版社1993年版，第74页。

② 柳亚子：《中国立宪问题》，《磨剑室文录》，中国革命博物馆、上海人民出版社编，上海：上海人民出版社1993年版，第74页。

固何有也！"①

第二，中国应当是"中国人公共的中国"。中国究竟应建立一个什么样的政体呢？亚子在《民权主义！民族主义！》一文中作了说明。他首先解释民权主义的实质"是说百姓应该有组织政府和破坏政府的权利，不能让暴君污吏，一味去乱闹的了"。②又解释民族主义的实质是"一个民族当中，应该建设一个国家，自立自治，不能让第二个民族占据一步"。③接着又以发聋振聩声势诘问道："请看现在的中国，还是民权主义的中国么？还是民族主义的中国么？既然不是民权主义，就应该扩张民权，既然不是民族主义，就应该辨清民族。须晓得中国是中国人公共的中国，不是独夫民贼的中国，更不是蛮夷戎狄的中国。"④

第三，革命的方式应当是用暴力彻底推翻专制政体。亚子认为改良派戊戌百日之事功业未半，中道崩殂的原因是由于他们醉心在专制政体上修修补补，于是他大声疾呼："公等今日其勿言改革，唯言光复矣，公等今日其勿言温和，唯言破坏矣。"⑤号召用暴力彻底消灭专制政体，建立资产阶级民主共和国。

第四，提倡妇女解放。和当时许多革命家一样，亚子把战斗锋芒直指全部封建上层建筑。他认为造成奴隶国的主要原因，除君权和外来入侵者的压制外，还有几千年传统的风俗、习惯、道德的束缚。而束缚最厉害受压迫

---

① 柳亚子：《中国立宪问题》，《磨剑室文录》，中国革命博物馆、上海人民出版社编，上海：上海人民出版社 1993 年版，第 73 页。
② 柳亚子：《民权主义！民族主义！》，《磨剑室文录》，中国革命博物馆、上海人民出版社编，上海：上海人民出版社 1993 年版，第 187 页。
③ 柳亚子：《民权主义！民族主义！》，《磨剑室文录》，中国革命博物馆、上海人民出版社编，上海：上海人民出版社 1993 年版，第 187 页。
④ 柳亚子：《民权主义！民族主义！》，《磨剑室文录》，中国革命博物馆、上海人民出版社编，上海：上海人民出版社 1993 年版，第 187 页。
⑤ 柳亚子：《中国立宪问题》，《磨剑室文录》，中国革命博物馆、上海人民出版社编，上海：上海人民出版社 1993 年版，第 75 页。

最重的是妇女们了。她们陷入"遂由奴隶而为玩物"①的境地。她们的解放是中国民众精神解放的重要标志，也是中国革命最终能否成功的标志。所以他极力主张恢复女权、兴办女学，倡公理、开明智，冲破封建思想罗网，并希冀"巾帼须眉相将携手以上二十世纪之舞台，而演驱除异族光复河山推倒旧政府建设新中国之活剧。"②

以上可以看到，亚子在辛亥革命前其资产阶级民主革命思想已经十分成熟了，这对他的文艺观产生了积极影响。

在文艺观上，这一时期的亚子先生主张文艺要有为而发，为现实革命斗争服务，具体表现在以下几个方面：

第一，强调戏剧的民众性和感化作用。先生面对当时莽莽神州，山河如死、万族疮痍、国亡胡虏的社会现实，意识到要完成驱除鞑虏、恢复中华之大业，首要问题是普及民族大义，唤醒民众起来斗争，而戏剧这种形式为民众所喜闻乐见，并有着独特的感化作用。他在《二十世纪大舞台发刊词》中说："夫豆棚柘社间矣，春秋报赛，演剧媚神，此本不可以为善良之风俗，然而父老杂坐，乡里剧谈某也贤，某也不肖，一一如数家珍，秋风五丈，悲蜀相之陨星，十二金牌，痛岳王之流血，其感化何一不受之于优伶社会哉？"③为此，他大声疾呼："世有持运动社会，鼓吹风潮之大方针者乎，盍一留意于是！"④这一主张冲破了我国封建文人历来轻视小说戏剧的偏见。提倡以戏剧运动社会，这是民主革命的需要，同时也显示出亚子作为一个文

① 柳亚子：《哀女界》，《磨剑室文录》，中国革命博物馆、上海人民出版社编，上海：上海人民出版社 1993 年版，第 115 页。

② 柳亚子：《哀女界》，《磨剑室文录》，中国革命博物馆、上海人民出版社编，上海：上海人民出版社 1993 年版，第 115 页。

③ 柳亚子：《二十世纪大舞台发刊词》，《磨剑室文录》，中国革命博物馆、上海人民出版社编，上海：上海人民出版社 1993 年版，第 126 页。

④ 柳亚子：《二十世纪大舞台发刊词》，《磨剑室文录》，中国革命博物馆、上海人民出版社编，上海：上海人民出版社 1993 年版，第 126 页。

学革命家的勇气和胆识。

第二，呼吁戏剧改革。亚子认为要以旧的戏剧形式来有效地为革命斗争服务，应着重于戏剧的改革。如何改革，先生认为主要是内容上的革新，一是要昌言民族主义。他说："今以霓裳羽衣之曲，演玉树铜驼之史，凡扬州十日之屠，嘉定万家之惨，以及虏酋丑类之慆淫，烈士遗民之忠荩，皆绘声写影，倾筐倒篋而出之，华夷之辨既明，报复之谋斯起，其影响捷矣。"①二是要昌言民主主义。他说："今当捉碧眼紫髯儿，被以优孟衣冠，而谱其历史，则法兰西之革命，美利坚之独立，意大利、希腊恢复之光荣，印度、波兰灭亡之惨酷，尽印于国民之脑膜，必有欢然兴者。"②亚子相信，这样定能使"民智大开，河山还我，建独立之阁，撞自由之钟，以演光复旧物，推倒虏朝之壮剧快剧"。③

第三，反对形式主义的"同光体"诗派。"同光体"是当时文学运动中的一股逆流，以陈三立、郑孝胥、陈衍为代表。他们大多数是没落官僚地主阶级分子，生活贫乏、脱离实际、思想平庸。创作上无病呻吟，以生涩为贵，以险怪为新，在考据训诂里找诗材，是道咸年间兴起的宋诗派的末流，而把宋诗派的形式主义、拟古主义发展到了顶峰。南社成立的次年，"同光体"在北京成立"诗社"以欣赏良辰美景，品茶饮酒，取笑噱乐为旨趣，为垂死的清王朝粉饰太平，隐然和南社的革命活动相对抗。要使文学更好地完成为革命斗争服务的任务，必须击退这股文学运动中的逆流，以柳亚子为代表的南社诗人从理论和创作实践上发动了对"同光体"的进攻。

---

① 柳亚子：《二十世纪大舞台发刊词》，《磨剑室文录》，中国革命博物馆、上海人民出版社编，上海：上海人民出版社1993年版，第127页。

② 柳亚子：《二十世纪大舞台发刊词》，《磨剑室文录》，中国革命博物馆、上海人民出版社编，上海：上海人民出版社1993年版，第127页。

③ 柳亚子：《二十世纪大舞台发刊词》，《磨剑室文录》，中国革命博物馆、上海人民出版社编，上海：上海人民出版社1993年版，第128页。

亚子在《胡寄尘诗序》一文中，首先从"人格"谈起，指出同光体诗人多为"罢官废吏，身见放逐，利禄之怀，耿耿勿忘"之人，他们"曲学阿世，迎合时宰，不惜为盗臣民贼之功狗"，根本不配言崇宋贤。而他们的诗歌则是"涂饰章句，附庸风雅，造为艰深以文浅陋"。实为欺世盗名，不足为取。文章最后申明，"余与同人倡南社，思振唐音以斥伧楚，而尤重布衣之诗，以为不事王侯，高尚其志，非肉食者所敢望。"[①]提出了与同光体不同的文学主张，这也正是南社一代青年歌手诗歌创作之依归。他们同时也以大量现实主义诗作压倒了醉心于模拟宋代诗词，以晦涩为高远，以雕琢为工巧的"同光体"，夺去了它在诗坛上的正统地位。

亚子先生这一时期的文学观是与他的革命民主主义思想相一致的。他的强调文艺为现实革命斗争服务的文学主张，代表了这一时期文学运动上的正确路线。

三

亚子先生在文学上的成绩，主要表现在他的诗词中。亚子先生的一生总是跟着时代前进的，而他的诗词正显现出他不断前进的足迹。茅盾先生在第四次文代会上的讲话中说："柳亚子的诗词反映了前清末年直到新中国成立后这一长期的历史——从旧民主主义革命到新民主主义革命的历史，如果称之为史诗，我认为是名符其实的。"

亚子先生的诗词创作大致可分为三个时期。

---

① 柳亚子：《胡寄尘诗序》，《磨剑室文录》，中国革命博物馆、上海人民出版社编，上海：上海人民出版社 1993 年版，第 257 页。

第一时期：旧民主主义革命时期（1903—1918）。

这个时期的亚子先生是以民主主义革命战士的姿态驰骋战场的。他亲眼看到祖国主权沦落丧尽，民族为人掌上玩物，人民挣扎于封建专制的罗网之中，在他接受革命思想的同时，决心为中华民族的崛起，为中国人民的觉醒而奔走倡呼，并随时准备将"词笔换兜鍪"，施展"横槊建安才"。这一时期的诗词集中表现了反对封建专制和民族压迫，申张民主民权的主题。亚子先生是一个极富有感情的作家，南社诗人第一次雅集中，他忽然想到手无寸铁的书生抱亡国之痛，而只能借文字来发泄胸中的郁愤，感慨万端，酒酣耳热之时，竟放声大哭。此事后曾被同人称作"众客醑酻一客唏"而传为美谈。亚子先生这个时期的诗词充满着愤世嫉俗、忧国忧民的情绪，表现出慷慨悲凉，歌哭无端的风格。

这个时期诗词的主要内容，首先是对腐朽的清政府封建专制的深刻批判。1903 年，诗人在《放歌》一诗中写道：

> 上言专制酷，罗网重重强。
>
> 人权既蹂躏，天演终沦亡。
>
> 众生尚酣睡，民气苦不扬。
>
> 豺狼方当道，燕雀犹处堂。
>
> 天骄闯然入，踞我卧榻旁。
>
>
> 沉沉四百洲，尸冢遥相望。
>
> 瓜分与豆剖，横议声洋洋。
>
> ……
>
> 他人殖民地，何处为故乡。[①]

---

① 柳亚子：《放歌》，《柳亚子诗词选》，北京：人民文学出版社 1981 年版，第 3 页。

诗人这里描摹了清末实况。腐败无能的清政府对内视民如虏，置设罗网，蹂躏人权，进行残酷的阶级压迫和民族压迫，而对外视寇如虎，屈膝忍辱，奴颜媚相，把国家主权拱手相送。这一切怎能不使诗人痛心疾首，忧心忡忡。

和当时的革命家一样，亚子先生这个时期的反专制思想是以反满为起爆点的，认为要使民族崛起，首先要驱逐鞑虏，恢复中华。他把明朝覆灭后的近三百年历史，看作汉民族沦亡，异族姿横的历史，对以光复汉家陵阙为号召的革命者，表示无限景仰，同时又把俯首于清政府统治之下看作是"谓他人母""第一伤心民族耻"。这种分明的爱憎情绪，在《有怀章太炎、邹威丹两先生狱中》《十月十日纪事二首》等诗中强烈地表现出来。

对在反清斗争中革命战友的牺牲，亚子先生表示了极大的悲恸和愤慨："马革裹尸原不负，蛾眉短命竟何如？凭君莫把沉冤说，十日扬州抵得无？"[①] 此是吊秋瑾之词；"白虹贯日英雄死，如此江山失霸才。不唱铙歌唱薤露，胡儿歌舞汉儿衰。"[②] 此是哭邹容之死。

流血的斗争，使诗人更加奋发了。他决心做疾风中的劲草，随时准备像烈士一样："血溅断头台，魂依自由旗"。面对严峻的现实，他唱出了高昂悲愤的曲调：

> 热血胸中吹不凉，年年忍见柳丝长！
> 华泾亦有邹容墓，一样秋坟吊夕阳。[③]

---

① 柳亚子：《吊鉴湖秋女士》，《柳亚子诗词选》，北京：人民文学出版社 1981 年版，第 12—13 页。

② 柳亚子：《哭威丹烈士》，《柳亚子诗词选》，北京：人民文学出版社 1981 年版，第 7 页。

③ 柳亚子：《次韵西泠吊秋诗》，《柳亚子诗词选》，北京：人民文学出版社 1981 年版，第 15 页。

国仇未报总蹉跎，一样伤心可奈何？

快马健儿无限意，与君收拾旧山河。①

在辛亥革命前的反清斗争中，诗人还常借吟颂宋、明民族英雄而咏志述怀，激发人们的民族感情。即如《题张苍水集》：

北望中原涕泪多，胡尘惨淡汉山河。

盲风晦雨凄其夜，起读先生正气歌。②

诗人以炽热的情感歌颂了明亡后的民族英雄张苍水"起兵慷慨扶宗国"的浩然正气，而在《西湖岳王冢》诗中，诗人借民族英雄岳飞奋勇御寇，而死于内奸之手，最终壮志未酬之事，抒发无限感慨："自坏长城奈汝何！黄龙有约恨蹉跎。无愁天子朝廷小，痛哭遗民涕泪多。草木不欣胡日月，风云犹壮汉山河。秋坟一例成冤狱，可许长松附女萝？"③

1909 年，南社在苏州虎丘张公祠首次雅集。南社之所以选择张公祠，是因为此祠是明末抗清民族烈士张东阳的祠堂。这次文人结社，亚子先生认为"盖自社事零替以来，三百年无此盛矣"，遂赋诗一首："寂寞湖山歌舞尽，无端豪俊又重来。天边鸿雁联群至，篱角芙蓉晚艳开。莫笑过江典午卿，岂无横槊建安才。登高能赋寻常事，要挽银河注酒杯。"④诗中以鸿雁、

---

① 柳亚子：《为王桌面题扇》，《柳亚子诗词选》，北京：人民文学出版社 1981 年版，第 4 页。

② 柳亚子：《题张苍水集》，《柳亚子诗词选》，北京：人民文学出版社 1981 年版，第 4 页。

③ 柳亚子：《西湖岳王冢》，《柳亚子诗词选》，北京：人民文学出版社 1981 年版，第 13 页。

④ 柳亚子：《纪南社盛会》，《柳亚子诗词选》，北京：人民文学出版社 1981 年版，第 24 页。

芙蓉、典午卿比南社文人，表达他们不但有登高能赋之才，而且有更远大的匡国救世的抱负和志向。

亚子先生时时关注着革命的发展，把自己的感情和革命的进程紧紧联在一起。他渴望反满斗争的胜利，企足翘望着"何时北伐陈师旅，拨尽阴霾见太阳"。知萍乡、醴陵工人起义失败，诗人为之叹惋，"胡运百年永，楚风三户雕。招魂何处是？江汉水迢迢"。① 闻滇中武装起义之捷音，诗人则为之欢欣，"赤县重开新日月，鼎湖遗恨旧风雷。儿时痛饮黄龙酒，篷子坡前酹一杯。"1911 年的革命，诗人更是大喜若狂："土室生理几岁年，喜闻羽檄动南天……此情或得皇穹谅，忍死犹堪睹凯旋。"②

但是，诗人所看到的凯旋只是昙花一现，袁世凯很快篡夺了革命果实，随即开场了称帝复辟的丑剧。在这场丑剧的紧锣密鼓中，诗人眼见许多反清战士因反对袁世凯的篡权行为而被杀害，南社的重要成员宁调元就是其中的一个。对此，诗人在《闻宁太一噩耗痛极有作》一诗中表示了极大的愤怒："当年专制犹开网，此日共和竟杀身。早识兴朝菹醢急，不应左袒倡亡秦。""独夫曷丧苍生愿，豪杰成灰石骨哀，血溅武昌他日事，鬼雄呵护复仇来。"③诗人以血腥的事实揭穿辛亥革命后的"共和"只是徒挂一块若有若亡的招牌而已，比以前的专制更黑暗，更残酷。诗人怒斥独夫民贼杀戮革命者的罪恶，坚信必有复仇讨还血债之日。诗人在其他诗中还批判了革命党人对袁世凯的妥协行为："铙歌慷慨奏平胡，大局终怜一着输。""唐宗谁召朱温

---

① 柳亚子:《闻萍醴义师失败有作》,《柳亚子诗词选》,北京:人民文学出版社 1981 年版,第 9 页。

② 柳亚子:《寄赵伯先香江》,《柳亚子诗词选》,北京:人民文学出版社 1981 年版,第 25 页。

③ 柳亚子:《闻宁太一噩耗痛极有作》,《柳亚子诗词选》,北京:人民文学出版社 1981 年版,第 28 页。

入？汉祚终教董卓移……虎皮羊质终难假，地下元勋悔已迟。"①流露出对革命功亏一篑的无限惋惜之情。诗人在《孤愤》一诗中，再次愤怒斥责了袁世凯，也狠狠鞭挞了"筹安会"走卒们的鲜廉寡耻。

> 孤愤真防决地维，忍抬醒眼看群尸？
> 美新已见扬雄颂，劝进还传阮籍词。
> 岂有沐猴能作帝，居然腐鼠亦乘时。
> 宵来忽作亡秦梦，北伐声中起誓师。②

诗人把纷嚣一时的帝制运动看作是群尸攒动，沉渣泛起，把刘师培、杨度、严复等人对君主制度的鼓吹比作扬雄美新之颂和阮籍劝进之词，骂袁世凯称帝是沐猴而冠，而"筹安会"诸人则是腐鼠乘时，趋炎附势。"北伐声中起誓师"表达了作者对反袁运动胜利的期望。先生这个时期的诗词，可用他的《自题磨剑室诗词后》作结：

> 剑态箫心不可羁，已教终古负初期。
> 能为顽石方除恨，便作词人亦大痴。
> 但觉高歌动神鬼，不妨入世任妍媸。
> 只惭洛下书生咏，洒泪新亭又一时。③

诗人对自己作品的力量是自信的，但又感叹只能像洛下书生那样吟咏

---

① 柳亚子：《感事四首》，《柳亚子诗词选》，北京：人民文学出版社1981年版，第39页。

② 柳亚子：《孤愤》，《柳亚子诗词选》，北京：人民文学出版社1981年版，第32页。

③ 柳亚子：《自题磨剑室诗词后》，《柳亚子诗词选》，北京：人民文学出版社1981年版，第22页。

以消磨时光，而拯国救民之志未遂。亚子先生这个时期接受了龚自珍"剑箫"之气的影响，诗词中表现出激愤而不可羁绊的气势和悲凉苍劲的风格，颇有建安风骨的遗韵。读他的"侮亡取乱英雄事，振臂中宵试一呼"."愿得健儿三百万，咸阳一炬作消寒","血溅武昌他日事，鬼雄呵报复仇来"的诗句，令人感发奋起，顿生万夫莫当之勇；读其"国恨家仇忘不得，苌弘化碧杳无期","伤心怕看秦淮月，剩山残水总可怜","从此中原涂炭矣，悬风抉目我何心"之句，又怎能不催人泪下或长歌当哭！

第二时期：新民主主义革命时期（1919—1948）。

这个时期的亚子先生，依然保持着燃烧的爱国热情，坚定地站在国民党左派立场上尽力维护孙中山先生联俄、联共、扶助工农的三大政策，在黑暗势力面前，不合流于污浊，不屈服于淫威，显示出高尚的节操和坚定的革命立场。纵观了中国革命舞台上一幕幕阶级、民族的大搏斗，亚子先生越来越清楚地认识到中国共产党所领导的工农革命代表着中华民族未来的希望。基于这一明确的认识，亚子先生不断地随时代的步伐前进，和人民革命共同着感情，成为人民革命最亲密的朋友，成为永不暗哑的时代歌手。亚子先生这个时期诗词的特点是：有了比前期更为广泛的社会内容。其中有对以孙中山领导的中国人民解放斗争的歌颂和敬仰；有对倭寇残暴侵略行径的愤怒声讨；有对蒋介石黑暗统治的深刻揭露。亚子先生这个时期的诗作磅礴气势无减，仍然充满着昂扬的斗志和不息的战斗精神。诗人1937年在《为人题词集》所写的"裁红量碧都无取，要铸屠鲸刳虎辞"的诗句正是他这个时期诗词的灵魂。但总的来讲，由于先生这个时期并非处身于社会斗争最湍急的漩涡中心，其诗词中的唱酬之作增多起来，诗中流露出的情感也不如前期那么炽烈、真切了。

亚子先生自参加同盟会以来，对孙中山先生是十分敬重的。他这个时期的诗词有很多是颂扬孙中山先生和他所领导的民主革命的。即如《五月五日纪事》《敬题中山先生遗墨两绝》等。

诗人欣然目睹了1924年国共合作，孙中山三大政策实施后工农革命蓬勃发展的大好形势，在《次韵答胡寄尘》一诗中写道："卷土重来知有日，莫从顽铁问刚柔。"表达了对革命重新成功的殷切冀望。

蒋介石1927年的背叛，将三民主义、三大政策无耻践踏，把诗人冀望中的革命胜利淹没于血泊之中，诗人对此愤慨不已，大声发问："六代江山共屏障，三民义理岂沉霾？""不信神州竟沉陆，补天事业待娉婷。""三民衣钵何人继，空遣头衔国父尊。"诗人在1927年写下《消息一首》当是对蒋介石夭折革命的指责："消息传来杂信疑，可怜好梦又成非。铁锥首未秦皇碎，郿坞脐空董相肥。浩劫弥天谁始难？横流遍地我无归。伤心怕望中原路，鬼火青磷带血飞。"[1]

中国革命又一次被民贼断送，中国革命的出路竟在何方？诗人把希望的目光转向了中国共产党。亚子先生1929年在《存殁口号五首》一诗中写道："神烈烽火墓草青，湘南赤帜正纵横。人间毁誉原休问，并世支那两列宁。"[2]诗人在"支那两列宁"下注"孙中山、毛润之"。

"一·二八淞沪战役"后，何香凝等画家合作国画义卖筹款，支援东北抗日将士和救济难民灾民，亚子先生常常即席挥毫题诗，这些题诗，大都表达了诗人的爱国热情和坚定的革命立场。

> 健儿塞北横戈日，画客江南吮墨时。
>
> 一例众芳零落尽，忍挥残泪为题诗。
>
> ——《题救国画展会合作》[3]

---

[1] 柳亚子:《消息一首》,《柳亚子诗词选》, 北京: 人民文学出版社1981年版, 第53页。

[2] 柳亚子:《存殁口号五首》,《柳亚子诗词选》, 北京: 人民文学出版社1981年版, 第60页。

[3] 柳亚子:《题救国画展会合作》,《柳亚子诗词选》, 北京: 人民文学出版社1981年版, 第65页。

青萍三尺自提携，起舞还嫌力未齐。

想见一声天下白，漫漫长夜喜闻鸡。

        ——《香凝夫人与承志公子合作画，仙霏索题》[1]

大漠黄沙蔽故山，羝羊牧尽待生还，

穷荒自守坚贞节，终见扬旗入汉关。

        ——《香凝夫人、承志公子合作子卿牧羊图》[2]

    第一首诗是写诗人为卖画捐款挥泪题诗时的心情，第二首抒发了诗人闻鸡起舞、待旦迎曙的壮志，第三首诗与诗人《题香凝夫人绘松菊巨幅》一诗中"劲质孤芳世人稀，愿君善保坚贞身"句的意思相同，诗人是在与友人共勉坚守革命贞操。

    抗日战争大规模爆发后，面对日益加重的民族危机，亚子先生焦虑万分，他衷心"相期民主成团结，力图抗战奏凯旋"。皖南事变骤起，诗人含恨写下了"男儿自分殉沙场，抗战何愁日月长。只是阋墙成恸哭，江南一叶泪纵横"[3]的诗句，先生再次从血写的事实中看出了究竟是谁精诚致力于国家民众的强盛，而不惜以头颅鲜血殉民族崛起之大业，而究竟又是谁处心积虑于专制独裁统治的苟延，置黎民百姓于水深火热之中而不顾。几十年中先生对前后两者不同的行为是看得真切的，他相信得道者多助，相信共产党人代表着民族的未来。

    1941年后，诗人与共产党人有了更多的接触，他把抗战的希望寄托在

---

    [1] 柳亚子：《香凝夫人与承志公子合作画，仙霏索题》，《柳亚子诗词选》，北京：人民文学出版社1981年版，第73页。

    [2] 柳亚子：《香凝夫人、承志公子合作子卿牧羊图》，《柳亚子诗词选》，北京：人民文学出版社1981年版，第73页。

    [3] 柳亚子：《和震西一绝》，《柳亚子诗词选》，北京：人民文学出版社1981年版，第84页。

陕北红军身上："光明陕北连苏北，惭愧无能荷一役"；"还喜孝侯能晚盖，晋阳一旅拯中华"。诗人热情地歌颂中国共产党所领导的抗日根据地：

> 肯信寒琼出幽草，北望桥陵佳气好。
> 云台他日定相逢，君是星虚我房昴。①

这是诗人 1943 年《次韵答沫若》诗中的最末四句，郭老曾对这四句诗有过解释："北望桥陵佳气好"是指当时在共产党和毛泽东领导下的新生力量如旭日东升；"云台他日定相逢"是说人民革命必然胜利而胜利之后我们是要在新天地中重新见面。诗人还在其他诗中反复提到"桥陵"："桥陵佳气今葱郁，谋国自当壮志猷"，"惟有桥陵云物美，中原北望共凭栏"，寄托了对抗日根据地无限希望。

1945 年，毛泽东去重庆参加谈判，亚子先生有机会在二十年后又一次见到毛泽东，向毛泽东索诗，毛泽江亲笔书写了〔沁园春·雪〕赠亚子先生。亚子先生随即写了〔和毛润之先生咏雪词〕。词中由衷地赞扬了毛泽东睥腕六合、气雄万古的词作。

日寇投降的消息曾给诗人带来了莫大的喜悦，但他所盼望的抗战胜利后的"团结和平群力瘁，富强康乐兆民乐"的局面并没有真正出现。蒋介石又一次要攫取革命果实，在对解放区发动军事进攻的同时，对国统区实行白色恐怖，许多进步人士惨遭杀害。李少石、李公朴、闻一多相继遇难，亚子先生一一挥泪以诗凭吊。在烈士的鲜血中，诗人看到了一个阶级的恐怖，一个政权的虚弱。诗人高声宣布："奋臂早看民众起，游魂不信独裁延"。"一炬咸阳期不远，尽歼丑虏复仇来"；"鱼儿难捕民劳瘁？为问赢秦何日休？"

---

① 柳亚子：《次韵答沫若》，《柳亚子诗词选》，北京：人民文学出版社 1981 年版，第108 页。

诗人诅咒着黑暗统治的早日灭亡，为蒋家王朝敲响了丧钟。

第三个时期：社会主义革命时期（1949—1951）。

1949 年亚子先生开始了生活上一个新的里程。这一年，毛泽东亲自发电，要亚子先生去北京参加中国人民政治协商会议。亚子先生想到无数仁人志士为之流血牺牲，前仆后继的光明世界就在眼前，想到真正的人民当家做主的新国家就要在他们手中筹划、建立，心中充满着无限的喜悦和自豪，即兴赋诗："六十三龄万里程，前途真喜向光明。乘风破浪平生意，席卷南溟下北溟。"①亚子先生北行途中，受到各地政府、群众的热烈欢迎，而在诗人眼里，则到处是蓬勃生机，崭新面貌，感情的潮水尽情奔放。他在行程中写诗赠故友、赠新交、赠警卫人员、赠房东大娘，真可谓"诗人兴会更无前"。进入北京后，诗人更是热情地歌颂人民革命的胜利，歌颂光辉灿烂的新中国。1950 年的国庆节，亚子先生登上了天安门检阅台，看着万众欢腾的场面，吟诗一首："联盟领导属工农，百战完成解放功，此是人民新国庆，秧歌声里万旗红。"②是年十月三日，在怀仁堂各少数民族文工团歌舞晚会上，毛泽东请亚子先生即兴赋诗，亚子先生就填了一首〔浣溪沙〕：

> 火树银花不夜天，弟兄姊妹舞翩跹，歌声唱彻月儿圆。
>
> 不是一人能领导，那容百族共骈阗，良宵盛会喜空前。③

词中表达了亚子先生与各族人民欢聚一堂时的喜悦心情和对伟大领袖

① 柳亚子：《毛主席电召北行，二月二十八日启程有作》，《柳亚子诗词选》，北京：人民文学出版社 1981 年版，第 152 页。

② 柳亚子：《国庆节天安门检阅台前作》，《柳亚子诗词选》，北京：人民文学出版社 1981 年版，第 187 页。

③ 柳亚子：《浣溪沙》，《柳亚子诗词选》，北京：人民文学出版社 1981 年版，第 213—214 页。

的无比敬仰。

亚子先生虽然总是跟着时代前进的，但他毕竟是从资产阶级的行列中走出来的，思想不免还存在着一些以个人主义为特征的旧意识的残余，这些旧意识在进入社会主义革命后就明显地表现出来，这主要是因为先生还没有真正地理解无产阶级革命事业是全人类共同的革命事业，对革命充满着不切实际的幻想，并企图努力施展个人的才能抱负。1945年，他曾在给毛泽东的诗中把自己比作管仲，有安邦定国之才。入北京后不久，认为自己没有得到应有的重视，竟要拂袖而去归乡隐居了。有《感事呈毛主席》一诗：

> 开天辟地君真健，说项依刘我大难。
>
> 夺席谈经非五鹿，无车弹铗怨冯欢。
>
> 头颅早悔平生贱，肝胆宁忘一寸丹。
>
> 安得南征驰捷报，分湖便是子陵滩。[①]

诗中充满了埋怨、牢骚。"说项""依刘"是用了杨敬之和王粲的典故，意思是说像杨敬之那样到处称扬人善，或像王粲那样寄人篱下，我都很难做到。"夺席"二句，是说自己有五鹿充宗那样能夺人座席的才学，却遭到了冯谖初至孟尝君门下时的冷遇。"安得"两句，则是说待到自己家乡解放，就要学东汉隐士严光那样回乡隐居了。亚子先生这顿牢骚发的确实不小，但他"肝胆宁忘一寸丹"一句还是向毛主席表明自己没有忘记对国家的赤胆忠心。毛主席写了一首七律赠他，其中有"牢骚太盛防肠断，风物长宜放眼量"两句，是劝他把眼光放远大一些；"莫道昆明池水浅，观鱼胜过富春江"，是要他继续留在北京工作。由于诗人的健康状况不好，1951年后，就很少写诗了。

---

① 柳亚子：《感事呈毛主席一首》，《柳亚子诗词选》，北京：人民文学出版社1981年版，第170—171页。

亚子先生作为一个爱国主义诗人，他首先关心的是社会现状的改变，是民族的存亡兴衰，而把诗词作为自己抒发情怀，激浊扬清，鼓舞革命意志，振奋民族精神的武器。因此，他的诗词面向现实，反映现实，字里行间充满了慷慨激昂，奋发向上的情绪，这是亚子先生诗词的第一个特征。这一特征，我们从以上介绍的诗词中可以明显看到。从旧民主主义革命到社会主义革命历程中的重大事件，先生的诗词中几乎都有所反映。诗人与民族事业共同着生命。他的诗词是真情实感的流露，因而也具有巨大的感染力量，使人读其喜悦之词，与之同舞，读其悲叹之词，不觉泪下。毛泽东在1945年十月七日，曾有信于亚子先生，信中说："尊诗慨当以慷，卑视陈亮陆游，读之使人感发兴起。"是对亚子先生诗词气势风格的褒赞。

亚子先生诗词的第二个特征，是展示了一个忧国忧民的爱国主义诗人的形象。先生一生思振民族大业，希冀国富民强而自立于世界民族之林，并为之倡呼奔走，奋斗不已。抗战期间，曾有人以先生为模型画了一幅屈原像，后来先生就被人赠以"今屈原"之美名。而诗人自作的"屈原像"则是在其言志之作的诗词中间。读他的作品，不管是感事，还是咏史，是自吟还是唱和，总似见诗人在侃侃而谈，抒不平之气，申未酬之志，忧天下之忧，乐天下之乐，其言由衷，感人肺腑，正气浩然，肝胆照人。

亚子先生的诗词受龚自珍的影响，表现方法比较含蓄。这是亚子先生诗词的又一特征。亚子先生曾以"素王不作春秋废，大义微言一脉尊"的诗句赞章太炎的诗，实际上也正是说出他自己的创作主张，即如前面所提到过的诗人的《题张苍水集》中，以"盲风晦雨""胡尘惨淡"象征当时的社会，而在盲风晦雨的夜晚起读明末抗清英雄的事迹，则含蓄表达出诗人反满光复的激烈情绪。《西湖岳王冢》一诗中在"痛苦遗民涕泪多"后紧承"草木不欣胡日月，风云犹壮汉山河"二句，草木、风云本无情之物，在这里也被诗人赋以深沉的感情，无情之物尚"不欣胡日月""犹壮汉山河"，而况人乎？亚子先生诗词气盛，但非一泻无余写出，而是低回往复，言有尽而意无穷。

形式多样化是亚子先生诗词的第四个特征。亚子先生的诗词自觉运用古典诗歌的多种传统形式，其中有排律，五、七言律词，绝句，各种词牌，还有新诗题和拟民谣体。

亚子先生童年随母诵唐诗，后入私塾学作旧诗，十四岁后就有诗在上海小报上发表。先生在旧诗上的功夫较深，他的诗以七言律诗为最多，亦为最好，格律运用自如，音节铿锵和谐，琅琅上口。南社重要成员高旭曾在《诗中八贤歌》中写道："翩翩亚子第一流，七律直与三唐俦。"正是对先生七言律诗的赞扬。亚子先生在诗词理论上是主张尊唐抑宋的，也崇拜非唐非宋的龚自珍，并特别喜欢明代夏淳古、顾亭林等人的作品，先生"因其人而重其诗"，从中汲取了丰富的思想和艺术营养。亚子先生词的数量较诗为少，但同样显示出深厚的功力和恢宏的气魄，但总的看来，他的词不如他的旧体诗流畅。

还值得一提的就是亚子先生的新诗和拟民谣体。亚子先生喜欢写旧诗，但他并不卑视新诗，1942年八月写有一篇短文，题目是《新诗和旧诗》。在这一短文中，亚子先生首先肯定了新诗必然代替旧诗的趋势，认为青年人学文言文和旧诗实在太白费精神太冤枉了，而自己写旧诗完全是积习太深不易割舍的缘故。最后说："讲到新诗，我是完全外行，非但不会作，连欣赏的能力也很薄弱的。不过，我总希望这新鲜的园地能够培植出葱茏的树木和明艳的花卉来。"[1]先生这话是谦逊之论。其实，他的新诗如《〈北京人〉礼赞》就写得很好，感情真挚流畅自然，并有很强的节奏感。

先生还有《拟民谣二首》是歌颂毛主席和朱总司令的，诗人有意运用民间语言和民谣体裁，唱出普天下劳动人民的心声。

语言清新朴实，雅言俗语共举而洒脱自然是亚子先生诗词的第五个特征。亚子先生在运用旧诗体的同时改造旧诗体，他不死拘于格律，尽力减少

---

[1] 柳亚子：《新诗和旧诗：柳无忌抛砖集代序》，《磨剑室文录》，中国革命博物馆、上海人民出版社编，上海：上海人民出版社1993年版，第1347页。

奇字僻典，雅俗共举，诗词语言表现出清新朴实，洒脱自然的风格。这一风格的形成主要还是由于诗词所表现的内容和它的宣传教育作用所决定的。郭沫若在《柳亚子诗词选序》中说："中国的文学语言，无论雅言或常语，在他的笔下就像雕塑家手里的软泥，真是得心应手。"①

四

亚子先生是中国近、现代文学史上一位优秀的诗人，他一生的经历，反映出一个过去时代的知识分子怎样克服自身的弱点，不断前进，跨入新的历史时代中来的过程。中国新旧民主主义革命的历史过程中，中国知识分子曾经有过三次大的分化，而在每一次大分化中，亚子先生都能认清革命目标，不断随时代而前进，这在与先生同时代的知识分子中的确是难能可贵的。

辛亥革命后，随着资产阶级革命低潮的出现，鼓吹资产阶级革命的文学阵营发生了巨大变化，主要表现在南社的迅速瓦解和一些革命前曾积极鼓吹过激烈反满的革命家、文学家的纷纷堕落。前者，国粹派在南社内部成立了"国学商兑会"，号召抱守残阙，保卫先圣之传，主张定孔教为国教。姚鹓雏、朱鸳雏、闻野鹤几人与同光体合流，同激烈反对"同光体"的亚子一派"在南社内操起同室之戈"来。而更大多数的南社成员则是看不清革命前途而消极颓废下去。后者最突出的莫过于章太炎，这个曾一度是"所向披靡"的革命者，退居为一个"宁静的学者"，"用自己手造的和别人所帮造的墙和时代隔绝了"。由于他的思想停留在旧民主主义革命的基础上，终于成

---

① 郭沫若：《柳亚子诗词选序》，《柳亚子诗词选》，北京：人民文学出版社 1981 年版，第 1 页。

为不断发展着的中国革命的反动。刘师培等人则卖身投靠袁贼，成为革命的叛徒，去干用革命的鲜血染红顶子的事情去了。亚子先生在革命的低潮中，虽然也有过消沉、彷徨的时候，但他还是终于奋起了，鼓起了前进的勇气，肩起了南社的革命旗帜，为革命的信仰而继续斗争。"五四"运动以后，又是一个大浪淘沙的年代，新文化统一战线迅速分化，"有的高升了，有的退隐了"，号称"只手打倒孔家店"的南社成员吴虞，声赫一时的钱玄同等人一头钻进了故纸堆里，连充当新文化运动旗帜的"新青年"杂志社的编辑们除鲁迅、李大钊等少数人外，大多都消声匿迹了。这个时期的亚子先生重新发起新南社，以后又从事革命的实际工作，致力于"三大政策"的施行，表现出积极的行动。二十世纪三十年代，在蒋介石的反革命文化围剿中，亚子先生仍是左联进步作家的朋友，他敬佩和赞扬鲁迅、茅盾、郭沫若等新文化运动的主要人物，并与他们有密切的交往。先生为正义事业奔走，用诗词为革命斗争服务，不与反动派同流合污，表现出一个爱国诗人的高风亮节。在血与火的斗争中，亚子先生和人民革命的队伍一道，走完了新民主主义革命的路程，而进入社会主义革命。

由于先生并没有真正彻底地了解无产阶级革命，对革命的成功抱有不切实际的幻想，进入北京后一度产生过消极情绪，但先生能够接受党的教育，不断克服思想上的毛病，不断革命，不断前进，尽力为我国的社会主义革命和社会主义建设作出许多有益的事情，他的一生，仍不愧是革命的一生，光辉的一生。

亚子先生在中国近、现代文学发展上占有重要的地位，他创办领导的南社是我国第一个革命的文学团体。南社集中了那一时代的优秀青年歌手，在辛亥革命中为宣传革命思想，鼓舞民族精神，建立了不朽的功勋。南社为现实革命斗争服务的文学主张和实践，大大加强了这个时期文学的战斗性和群众性。南社与"同光体"诗派的斗争，一反形式主义、拟古主义的一代诗风，以大量现实主义的诗歌创作，继"诗界革命"之后向奄奄一息的封建旧文学发动了又一次猛烈的进攻，动摇了旧文学的阵脚，一定程度上替"五四"新文学运动准备了条件。研究中国封建文学的消亡和新文学的产生，不可不重视南社在其中承先启后的作用，而不管是从文学理论还是创作实践上，亚子先生都无疑是南社最杰出的代表。

真正显示亚子先生文学实绩的是他的旧体诗词。亚子先生一生的诗作反映了从旧民主主义革命到社会主义革命时期漫长的革命历史，也真实地记录了他一生永不停息的探索和奋斗。亚子先生把诗词当作进行革命斗争最得心应手的武器。他曾经说过："至于旧体诗，我认为是我的政治宣传品，也是我的武器。"[1] 他娴熟地运用这一武器，褒赞真、善、美，针砭假、恶、丑，激浊扬清，去坚守脚下的阵地，去探索光明的未来。亚子先生主张文学应有为而发，而他的诗词创作正实践了这一点。动荡的年代不断给他愤怒，欢欣的冲动，而他又是在不断地抛弃、追求，这一切在感情的熔炉里，都被他锤炼成动人的诗篇，因而，他的诗词以情感真挚，绝少雕琢而蜚声文苑。革命的激情，生存的抗争，使他赋予旧诗词这种文学旧形式以崭新的思想内容，崭新的时代精神，因而也使这旧形式以崭新的面貌出现，化为诗人的"绕指柔"之物。亚子先生的诗词无疑显示了从清末到解放后这一长时期内旧诗词创作上最卓越的成就。亚子先生对他诗词的成就是自信的，他曾说："收束旧时代，清算旧体诗，也许我是当仁不让的呢。"

亚子先生的诗词不管从内容上，还是艺术上，都是我国近、现代文学上的一笔宝贵遗产。茅盾先生在第四次文代会上的讲话中指出："现在谈继承遗产，应当从《诗经》《楚辞》直到章太炎、柳亚子。"[2] 这个意见无疑是正

---

① 柳亚子：《柳亚子的诗和字》，《磨剑室文录》，中国革命博物馆、上海人民出版社编，上海：上海人民出版社 1993 年版，第 1471 页。

② 茅盾：《解放思想，发扬文艺民主：在中国文学艺术工作者第四次代表大会及中国作家协会第三次会员代表大会上的讲话》，《茅盾文艺评论集》，北京：文化艺术出版社 1981 年版，第 775 页。

确的。为繁荣我国的文艺事业，我们有必要给予像亚子先生这样进步的有杰出成就的诗人以充分的肯定和恰当的评价，并积极发掘他们遗留下来的思想和艺术宝库，而这一点正是我们需要加倍努力的。

（原载《河南师范大学学报》1980 年第 5 期）

苏曼殊译作述评

一

苏曼殊（1884—1918）是中国近代文学史上的一位奇才。风起云涌的变革年代，斑驳陆离的社会思潮，"有难言之痛"的身世经历，浪迹飘泊的短暂生涯，使他有过"披发长歌览大荒"的慷慨，也有过"忏尽情禅空色相"的悔叹，曾留连于"踏过樱花第几桥"的佳景，更品尝过"行云流水一孤僧"的辛酸。他的奇才使他于诗、文、小说、绘画无所不能。他的笔下，有深山古刹钟声、异国山川海岛的描绘，有家世身世、母爱童贞的回忆，有青年男女追求各自理想爱情的悲剧，有徘徊于戒欲矛盾之中的僧侣的感伤；有对"人相食"战乱社会的揭露，有对资本主义所谓社会文明的抨击。他的作品是爱和恨，出世与入世矛盾的交织，是悲壮与缠绵、清逸与沉闷格调的结合。

曼殊能识英、日、梵等几国文字，他的才能和勤奋又使他跻身于近代名重一时的翻译家行列，在严复介绍西方政治文化思想，林纾翻译西方小说的"译才并世数严林"的时代，另辟蹊径，较早地将外国诗歌和雨果的作品介绍给生活在沉闷时代的中国读者。二十世纪初，他就曾编辑过《拜伦诗选》《英汉三味集》《潮音》《文学因缘》等多种书籍，其中收入了几十种英译中国古诗和汉译英诗。这些译诗中现存的确凿为曼殊所译的有拜伦诗五首，彭斯、雪莱、歌德、豪易特，陀露哆诗各一首。小说方面，译有嚣俄（雨果）的《悲惨世界》的一部分，南印度瞿沙（chōcu）的《娑罗海滨遁迹记》等。曼殊的译作和他的创作一样，在他生前和死后的年代都曾产生过较大影响。正确地评价其译作，将有助于我们全面认识这位有较大争议的南社作家。

二

曼殊从事文学翻译的动因，大概有以下两个方面。

（一）以国家、身世之感系之。

曼殊翻译《悲惨世界》《拜伦诗选》《娑罗海滨遁迹记》的时间均是二十世纪的前十年间。这十年正是我国民族矛盾和阶级矛盾更加激化并呈现出错综复杂局面的年代。以挽救国家民族危亡为目的的维新变法运动的被镇压，说明了清王朝封建统治阶级拒绝一切哪怕是最轻微的社会变革。辛丑以后，这个腐朽政权为了维护自己摇摇欲坠的统治，屈服于帝国主义的炮火和笼络收买，实行所谓"量中华之物力，结与国之欢心"的极其可耻的卖国投降政策。这十年的形势正如孙中山《孙文学说》所描述的："清廷之威信已扫地无余，而人民之生计从此日蹙，国势危急，岌岌不可终日，有志之士，多起救国之思。"

戊戌变法后的几年中，曼殊正在日本早稻田大学高等预科读书。以后又多次奔走于上海、东京之间，与革命派和激进民主主义分子章太炎、陈独秀有过密切的往来，并参加了由拒俄义勇队改组而成的"军国民教育会"。此时的曼殊为爱国激情、民族精神和对自由理想的渴望所鼓舞，把对祖国命运的忧思和对祖国恢复的憧憬藉他人的琴弦弹出，是曼殊此时从事文学翻译的一个重要原因。他在 1907 年所作的《拜伦诗选自序》中说："衲语居士：震旦万事零坠，岂复如昔时所称天国，亦将为印度、巴比伦、埃及、希腊之继耳。此语思之，常有余恫。"① 昔日中华帝国，如今为人刀下之俎，被人瓜分豆剖，有重蹈为异国灭亡的希腊诸国覆辙的危险，思之忧情殷殷，于是"擩笔译拜伦《去国行》《大海》《哀希腊》三篇"。②

《去国行》《大海》译自拜伦的《恰尔德·哈洛尔德游记》。该《游记》是一部浪漫主义的叙事诗，拜伦是诗中真正的主人公。诗中描绘了欧洲各地绮丽的自然风光，叙述了各地的风土人情，反映了东南欧被压迫民族渴求自由和解放的强烈愿望，抨击了各种形式的暴政。全诗以反抗精神贯彻始终，因此，它也就必然能在被压迫民族的爱国志士心中激起强烈的共鸣。曼殊的《大海》译诗中，歌颂了浪淘千古的大海。诗云："傍公而居，雄国几许，西俐怯维，希腊罗马。伟哉自繇，公所赐予，君德既衰，耗哉斯士。遂成遗虚，公目所睹，以傲以嬉，皤回涛舞。苍颜不皱，长寿自古，渺渺弥澶，滔滔不舍。"③ 大海的波涛曾给帝国以威力，也给他们送去暴君。昨日的帝国衰亡了，旧时的疆土干枯了，而大海依旧奔流。大海是历史的见证，是历史的象征。

《哀希腊》译自拜伦的《堂璜》。《堂璜》不管就内容还是就艺术来讲，都堪称拜伦的代表作。作者通过一个贵族青年从盲目到自觉，从妥协到反抗，从随波逐流到卷入时代斗争的激流，最后在反抗奴役和争取自由的斗争

---

① 苏曼殊：《拜轮诗选自序》，《苏曼殊全集》卷一，柳亚子编，北京：中国书店 1985 年版，第 125 页。

② 苏曼殊：《拜轮诗选自序》，《苏曼殊全集》卷一，柳亚子编，北京：中国书店 1985 年版，第 125 页。

③ 苏曼殊：《译拜轮赞大海》，《苏曼殊全集》卷一，柳亚子编，北京：中国书店 1985 年版，第 73 页。

中献出生命的人生道路的描述，展示了法国大革命前的欧洲社会政治生活的广阔图景。作者在诗中对当时社会的揭露和讽刺，其主要意图在于号召革命。诗人坚信在社会变动中，封建专制的王座终将成为遥远的过去。《哀希腊》是诗中可以单独成篇的抒情插曲。诗人在希腊的故地，凭今吊古，以悱恻哀愁的诗句阐发了他对以往文明古国的缅怀，对眼前破败景象的哀叹，对被践踏民族依靠自己力量光复旧物的希望。深谙拜伦之旨的曼殊。正是从这首抒情插曲中找到了最好的思想寄托。他深厚的感情渗进了每一行译诗中。

> 故国不可求，荒凉问水滨。
>
> 不闻烈士歌，勇气散如云。
>
> 琴兮国所宝，仍世以为珍。
>
> 今我胡疲恭，拱手与他人。
>
> 威名尽坠地，举族供奴畜。
>
> 知尔忧国土，中心亦以恧。
>
> 而我独行谣，我犹无面目。
>
> 我为希人羞，我为希腊哭。[①]

"威名尽坠地，举族供奴畜"，不正是当时中华民族危亡局势的写照吗？"我为希人羞，我为希腊哭"，又何尝不是译者为中华民族尊严被污而感到羞耻，感到悲恸？

光复旧物，洗刷国耻，在我奋起，在我反抗，曼殊从心底发出的呼喊，在《娑罗海滨遁迹记》中表现得最为强烈。

《遁迹记》登载在 1908 年的《民报》第二十二号、二十三号上，原著作

---

① 苏曼殊：《译拜轮哀希腊》，《苏曼殊全集》卷一，柳亚子编，北京：中国书店 1985 年版，第 80—81 页。

者瞿沙。译者自序曰："此印度人之笔记，自英文重译者。其人盖怀亡国之悲，托诸神话，所谓盗戴赤帽，怒发巨铳者，指白种人言之。"《遁迹记》叙述了一个自称为神明华胄的壮者在被赤帽巨铳大盗占据家园后，与娑罗遗民结队出师复仇的故事。作品中的壮者是一个不甘屈辱、念念不忘光复，具有坚贞民族气节的正义者的形象。他曾忆起他的乡亲与大盗血战的场面："吾侪以血肉之躯，当彼凶残巨敌。既而五百七十余人皆死，存者数十，皆被剖腹。遗余一人，心念不能报复大仇，还我旧物，则非梵天之裔。"他在对摩竭陀村民言恢复大义时慷慨陈词说："吾侪试思：梵土者，梵天界以载吾梵裔者也。今反令大盗为主，古所未闻。况复盗行巧诈污秽，殆不忍言，人非草木，断不能长此终古也！彼认贼作父者，余三复思之，决非吾族。"壮者言辞正气耿耿，申斥窃人国土的大盗，痛骂认贼作父的民族叛逆，观此不由得使人想到当时倡言民族大义的革命派形象。

曼殊极力赞扬，热心介绍拜伦的诗，把他称作中国的李白，首先是因为他觉得拜伦"是一个热情真诚的自由信仰者"，"是一个坦白而高尚的人"，他的诗"像种有奋激性的酒料"[①] 此外，他引拜伦为己同调还有一个不可忽视的原因，就是两人身世遭遇有相近之处。拜伦出身于英国古老的贵族家庭，童年时随着被遗弃的母亲在苏格兰度过一段相当拮据、受人歧视的日子。三十岁以后，因不为英政府所容，流亡在瑞士、意大利等国。曼殊是一个中日混血的私生子，随父来华后饱受家庭的歧视虐待，其日本养母因不为苏家妻妾所容，遂归故国。曼殊独留中国。后苏家破产，终因贫困，曼殊祝发为僧。他曾遇到过爱情的纠缠，因佛戒在身，留下"还聊一钵无情泪，恨不相逢未剃时"的怅恨。以后一直过着无家可归，颠沛流离，"行云流水一孤僧"的生活。他在《题拜伦集》一诗的序中写道："嗟夫，予早岁披剃，

---

① 苏曼殊：《潮音自序》，《苏曼殊全集》卷一，柳亚子编，北京：中国书店 1985 年版，第 130 页。

学道无成，思维身世，有难言之痛"，表现出内心的极端痛苦。这首诗的最后两句是："词客飘蓬君与我，可能异域为招魂。"大有同是天涯沦落人的感慨。《潮音集》中记载，曼殊东归日本省养母居逗子樱山时："循陔之余，惟好啸傲山林。一时夜月照积雪，泛舟中禅寺湖，歌拜伦《哀希腊》之篇，歌已哭，哭复歌，抗音与湖水相应，舟子愕然，疑为精神病作也。"而知曼殊者，则不难理解他的衷肠。

（二）"不向他人行处行"，这是曼殊从事文学翻译的另一个重要原因。

我国近代翻译事业大体经历了三个阶段。最早的是帝国主义在文化侵略中通过翻译《新约》《旧约》、办中文报刊的形式，宣传教义和资本主义文明。稍后的是一些留心时务的知识分子注意到西方的自然科学，陆续翻译天文、算学及声、光、电、化方面的书籍，介绍西方的科学知识。社会科学和文学作品的翻译则是十九世纪末二十世纪初才兴起的。这个时期，随着清帝国闭关政策的彻底瓦解，中国人了解西方学术、文学现状的渴望日益迫切，留学生和国文馆中熟谙外文的人逐渐增多，各种时事、文学期刊的纷纷刊行，我国翻译事业出现了一个空前繁荣的局面。其中影响最大的是严复、林纾。严复的八大译著对西方资产阶级学术思想、政治制度以及治学方法作了比较系统的介绍。林纾的小说翻译较早并大量地向中国读者介绍了西方文学，开了介绍西方文学的风气。他们的努力使中国人知道外国除了有格致之学以外，还有精粹的哲学、社会科学、文学，并因此而大大开阔了眼界。但作为桐城派殿军的严、林二位全是按古文想法译书。严复公开声称他的译书是给多读古书的人看的。林纾不谙外文，译文多有错乖之处。曼殊对这两位大师的盛名不以为然。他在1910年五月《致高天梅书》中写道："近世学人，均以为泰西文学精华，尽集林严二氏故纸堆中。嗟夫，何吾国文风不竞之甚也。"并评判林译小说："唯《金塔剖尸记》《鲁滨逊飘流记》二书，以少时曾读其原文，故售诵之，甚为佩服。余如《吟边燕语》《不如归》均译自第二人之手，林不谙英文，可谓译自第三人之手，所以不及万一。"曼殊较早开始翻译拜伦、雪莱、彭斯等名家的诗歌，并第一次把雨果作品介绍给中国读者，也不无要显示所谓"泰西文学精华"的其他方面的意图，况曼殊是一个被人称作"丈夫自有冲天气，不向他人行处行"的人物，他有增加翻译品种、改进翻译质量的愿望，这就促使他以自己的风格去进行翻译实践。至于他翻译中的得失，则是我们下面所要谈及的。

三

有过文学翻译实践的曼殊，深知翻译中的甘苦。他曾感叹说："甚矣，译事之难也。"① 译事难，译诗更难。这是因为："夫文章构造各自含英，有如吾粤之木绵素馨，迁地弗为良。况诗歌之美，在乎节族长短之间，虑非译意所能尽也。"②

对于曼殊的译诗，评价多有抵牾。二十世纪三十年代，李思纯曾译法兰西诗，辑为《仙河集》，其自序说："近人译诗有三式：一曰马君武式，以格律谨严之近体译之……一曰苏玄瑛式，以格律较疏之古体译之……一曰胡适式，则以白话直译，尽弛格律是也。"③ 李倾向于曼殊的译法。他说："盖以马式过重汉文格律，而轻视欧文辞义，而胡式过重欧文辞义而轻视汉文格律。惟苏式译诗，格律较疏，则原作之辞义皆达，五七成体，则汉诗之形貌不失。"④ 此是赞赏者之言。至于批评者，言辞较为婉转的有陈子展，他认为

---

① 苏曼殊：《与高天梅书》，《苏曼殊全集》卷一，柳亚子编，北京：中国书店1985年版，第226页。

② 苏曼殊：《文学姻缘自序》，《苏曼殊全集》卷一，柳亚子编，北京：中国书店1985年版，第121页。

③ 陈子展：《最近三十年中国文学史》，上海：上海古籍出版社1998年版，第170页。

④ 陈子展：《最近三十年中国文学史》，上海：上海古籍出版社1998年版，第170页。

"马苏所译，总觉得太像中国诗。"[1]言辞较激烈的有钱基博，他说："欧诗之译，自玄瑛（曼殊）始而出以五言。辞必典则，仿佛晋宋，不为鄙倍，斯可谓王闿运、章炳麟之同调也已……然拜伦豪放，师梨凄艳，而玄瑛字拟句放，译以五古，晦而不婉，哑而不亮，衡其气体，似伤原格。其译拜伦《星耶峰耶俱无生》一章，则几不成语矣，不特于译学三事皆未周匝也。"[2]更有趣的是，《哀希腊》一诗，曼殊译过，用五言古风体，马君武译过，用七言歌行体，而胡适皆不满意，又用离骚体译之，且说："颇嫌君武失之讹而曼殊失之晦。讹则失真，晦则不达，均非善译者也。"[3]

曼殊译诗的得失，我们可以通过比较的方法给予较符合实际的评论。试举《哀希腊》中第八节为例：

原文是：

What, Silent still? and Silent all? Ah! no:　— the Wo; Ces of the dead. Sound like a distant torrent's fall，

And answe，let one living head. But one an'sc　— We Come，We Come'T：s but the Living who are dumh.

曼殊的译文是：

万籁一以寂，仿佛闻鬼喧，

鬼声纷镤镤，幽响如流泉，

生者一人起，导我赴行间，

① 陈子展：《最近三十年中国文学史》，上海：上海古籍出版社1998年版，第174页。
② 钱基博：《现代中国文学史》，上海：上海书店2007年版，第89—90页。
③ 胡适：《哀希腊歌》，《胡适全集》第10册，合肥：安徽教育出版社2003年版，第157页。

槁骨徒为尔，生者墨无言。①

我们试以新诗体译之：

什么，还是寂静？一切都寂静？
噢，不：——有已死者的喊声，
喊声像遥远的瀑布落下，
回应着："只需有一个活的头领。
只要他奋起，我们就来，我们就来！"
但活着的人都好似哑虫！

翻译在某种意义上讲是一种重新创作。曾朴曾言，译诗有五大任务：理解要确，音节要合，神韵要得，体裁要称，字眼要切。由以上对照中可以看出，曼殊对原著的理解是正确的，译作与原作意思相吻，译诗的韵味也较足。曼殊在《拜伦诗选序言》中自称："今译是篇，按文切理，语无增饰，陈义悱恻，事辞相称。"可见他的译诗是经过苦心思索、再三斟酌的，竭力做到忠实，显示原作韵味，因此，指责其于译学三事，即信、达、雅皆未周匝是欠公平的。当时新体诗尚未出现，要把译诗给从来认为古体近体方为诗体的中国读者来读，就不能不把原散体诗来个削足适履，排列为中国诗体形式，这就不免要伤害原作的气势并留下一些斧凿的痕迹。

曼殊的译诗是有缺点的，最突出的就是多用古字，因而显得晦涩难懂。曼殊现存的十首译诗中，大都存在这个毛病，这大概是因为他的译诗大都经过章太炎修饰的缘故。曼殊在《与刘三书》中说过："前译拜伦诗……今

---

① 苏曼殊:《译拜轮哀希腊》,《苏曼殊全集》卷一,柳亚子编,北京:中国书店1985 年版,第 81 页。

蒙末底居士为我改正，亦幸甚矣。"末底居士即指章太炎。章士钊《复柳无忌书》也谈及此事：曼殊译诗，"时烦太炎为之点定，钊藏有所译《去国行》数章，曼殊手笔及太炎增削之迹咸在"。太炎先生是朴学大家，他认为凡著于竹帛的都是文学，且行文多用字的本意。曼殊的译诗一经他改动，也就显得古奥了。无怪有人不无偏激地针砭说："大师所译的拜伦诗最坏，只可作为说文一类的小学书读罢。"[1]

曼殊的翻译小说《惨世界》倒是易懂的，章回体，白话文，但却是极不忠实原著的。译书原名《惨社会》，最早登载于 1903 年十月至十二月的《国民日报》，刊至十一回，报馆因故停办。1904 年，由上海镜今书局刊成单行本，共十四回，改名为《惨世界》。因原译时曾经陈独秀润饰，故单行本署名两人同译。现存的十四回《惨世界》前六回及十三回后部及十四回还基本上可在雨果《悲惨世界》中找到故事线索，中间的几回则是译者杜撰的故事。故事中的主人公男德是一个与尚海（上海）那种口是心非的爱国志士不同的"赤心侠骨，勇于行动"的青年。他认识到了阶级对立的存在，他曾与人辩论说，有了为富不仁的财主，才有贫无立锥的穷人，而主张世界上的物件，应为世界人公有。他敢于辱骂孔夫子的言论是奴隶教训，并企图凭侠义之气包打天下不平。他只身从监狱中持刀劫走了因偷拿一块面包而被捕的金华贼，杀死了逼人税租的地主满周苟，后因刺杀预备称帝的拿破仑不成而自毙。男德是一个资产阶级民主革命酝酿时期，有几分朦胧模糊的革命意识而又受有无政府主义思想影响的小资产阶级革命者的形象。这个形象无疑集中地表现了曼殊当时对革命和革命者的理解。

———————————

　　[1]　罗建业：《苏曼殊研究草稿》，《苏曼殊全集》卷四，柳亚子编，北京：中国书店1985 年版，第 391 页。

四

曼殊的译作是巨大热情和辛勤劳动的凝结。他希望藉此以希腊被灭后的悲哀、印度亡国后的痛苦唤醒当时尚在沉睡的人们，他希望藉此以被压迫民族的反抗精神激励当时正在从事革命斗争的爱国志士。当然，他还希望藉此让中国读者更好地了解西方文化。他的希望并未落空，人们对他的译作的反映并不寂寞。周作人在《关于鲁迅》一文中回忆说："在南京的时候，豫才就注意严几道的译书，自《天演论》以至《法意》都陆续购读。其次是林琴南，随出随买……苏曼殊又在上海刊登《惨世界》，于是一时嚣俄成为我们的爱读书。"鲁迅在《杂忆》一文中，也曾谈及拜伦诗给青年一代的深刻影响："那时 Byron 之所以比较地为中国人所知，还有别一原因，就是他的助希腊人独立。时当清的末年，在一部分中国青年心中，革命思潮正盛，凡有叫喊复仇和反抗的，便容易引起感应。"

曼殊的小说创作大都是在他短暂生涯的最后几年，晚于他的翻译实践。他的小说所叙述的故事多有他个人生活经历的影子，而异国情调，抒情色彩，坦率地自我暴露，是他小说的创作特色。这些创作特色的形成，不能说没有受到拜伦、雪莱等浪漫主义作家的影响。作家的创作风格受他所喜欢、所崇拜的作家风格的影响，这在文学史上并不罕见。正如鲁迅翻译过俄罗斯作家的作品，而他的小说创作明显地受有他们影响的事实一样，曼殊小说创作风格的形成，也得益于他的翻译。

辛亥革命烈士宁调元诗文简论

　　宁调元（1883—1913），字仙霞，号太一，湖南醴陵人。留学日本期间加入同盟会，1906 年初归国。是年七月，因事为清政府注意，旋即逃亡上海，创办《洞庭波》杂志。不久，改名为《汉帜》，"日以民族、民权主义，申儆国人"。十月，再赴日本，参与《民报》工作。十二月，因萍、浏、醴起义，被同盟会指派回国。柳亚子在《宁烈士太一传》中载，"义师既败，牵连就逮，以无左证得弗死。锢长沙狱中三年。"在狱中，参与筹创《南社》。1909 年冬被释放，"北走燕京，主《帝国日报》。大言壮论，弹射房政，无所忌讳"。1911 年秋将赴日本，至上海时，武昌兵起，乃溯江而走湘鄂间，先后在黎元洪、谭延闿幕府中任职。1912 年春，在上海主办民社机关报《民声报》。后因民社渐与同盟会对立，愤而退出。时湘人推其任广州三佛铁路总办。1913 年宋教仁被刺后，辞职走沪上，发电与湘督谭延闿，说以自立，并积极组织反袁力量。后事泄，被捕于汉口，不幸牺牲。旧友柳亚子、傅尃等曾积极集其文稿，辑为《太一遗书》。

　　宁调元是资产阶级民主革命时期的英勇战士和时代歌手。他积极鼓吹以反满为主要内容的民族民主革命，激烈评击"以掩捕党人，组织党狱为唯一之续命汤"的清朝政府，讥笑资产队级改良派所倡言的"大同主义"已不值一提；指出几千年来"发于议论，著之行为无一不以是为宗旨"的孔子学说"致胎中国二千年专制之毒，民族衰弱之祸"。①他的这些观点都带有鲜明的时代思想特色。更重要的是在他两次被捕时都能英勇不屈，显示出坚定的革命信仰和高尚节操。作为时代歌手，宁调元主张用文学反映现实，为革命斗争服务。他在长沙狱中所作的《南社序》中写道："乐记道之曰：'治世之音安以乐，乱世之音怨以怒，亡国之音哀以思。'故哀乐感夫心，而咏叹发于声。"②接着，诗人发问："斯编何音，斯世何世？海内士夫庶几晓然喻之，而同声一慨也夫。"③处在民族衰亡，江河日下的时代，诗人是在提倡写作"怨以怒""哀以思"的作品，反映现实，改革现实。和南社其他诗人一样，宁调元重视作家的气节及对作品的影响。他指出："诗者，志之所之也……人各有志，志之卑亢殊，而诗之升降，亦于以判。"④他重视文学的教育感化作用，在《自课四则》一文中说："读各种小说可以验事物之因果，世道之崎岖，沧桑之变迁，以增长其阅历，诗词可以怡养性情，唱乐歌可以高尚思想。"⑤同时，一反当时言理不言情的泛滥之潮，提倡写有情之诗。他指出，《国风》《离骚》"发夫情止夫义此其所以愈本色愈真率挚也"，而"今人讳言情，其收束处不知即其斲丧处也。"这些文学思想应和了时代对文学的要求，指出了当时文坛中诗歌运动的偏颇，代表了这一时期文学运动的正确路线，推动了南社的创作。而宁调元自己的创作则正是这些思想的实践。

---

① 宁调元：《南幽杂俎》，《宁调元集》，杨天石、曾景忠编，长沙：湖南人民出版社1988年版，第395页。
② 宁调元：《南社序》，《宁调元集》，杨天石、曾景忠编，长沙：湖南人民出版社1988年版，第213页。
③ 宁调元：《南社序》，《宁调元集》，杨天石、曾景忠编，长沙：湖南人民出版社1988年版，第213页。
④ 宁调元：《南社序》，《宁调元集》，杨天石、曾景忠编，长沙：湖南人民出版社1988年版，第212—213页。
⑤ 宁调元：《南幽杂俎》，《宁调元集》，杨天石、曾景忠编，长沙：湖南人民出版社1988年版，第395页。

宁调元的创作活动可分为三个时期。

第一时期，青少年时期（1907 年以前），宁调元就学作诗，至其留学归国，被捕长沙之前的诗作，收在《朗吟诗草》及《太一诗存》卷一中。这些诗主要表现了诗人少年时期的报国壮志和洁身自好的情趣，洋溢着灼人的热情和忘我精神。以这个时期的诗为一小窗，可以窥见在时代风暴中一代青年的成长道路。

诗人的青少年时代，正是五千年中华最黑暗、最屈弱的时代，国威丧尽，民不聊生，内忧外患，重重交加。年青的诗人希望着能投笔请缨，以身报国，驱逐胡虏，重振中华。例如《出塞用韵》一首："旌旗何日到龙堆，蛮雨胡尘卷地来。二十年中初出塞，三千里外一登台，请缨原是终军志，仗节应须破虏回，自顾祇羸投笔事，故园一任长蒿莱。"[1]诗人苦苦求索着奋斗的道路，苦苦等待着振兴中华时机的到来。求索和等待之中，又有"夜冷无聊自抚膺，满腹牢骚向谁遣"的愁怨。有时索性向往"闲时烂煮黄梅酒，枕糟一醉一千年"，表现出当时没有找到革命道路和革命力量时资产阶级知识分子的苦闷心情。

诗人早期有两首咏物诗也值得一提：

姹紫嫣红耻效颦，独从末路见精神。

溪山深处苍崖下，数点开来不藉春。

——《早梅叠韵》[2]

三径丛丛尚未荒，携樽扶杖访幽香。

---

① 宁调元：《出塞用韵》，《宁调元集》，杨天石、曾景忠编，长沙：湖南人民出版社1988 年版，第 31 页。

② 宁调元：《早梅叠韵》，《宁调元集》，杨天石、曾景忠编，长沙：湖南人民出版社1988 年版，第 35 页。

怕随众卉为降虏，独孕黄花战白霜。

——《菊题画笔》①

诗人颂梅诵菊，主要取其清高自傲、不同凡俗的精神，愿以梅菊精神为勉，立浊世而不合于污流。

1905 年后，资产阶级民主革命的浪潮日益高涨，诗人以兴奋的心情积极从事革命的实际工作，并以文字鼓吹革命。他在一首赠友诗人中振臂疾呼："诗坛请自今日起，大建革命军之旗"，尽力倡言文学为革命斗争服务。诗人献身祖国，献身革命的决心在这以后的诗中得到了强烈的表现。他写诗与友共勉："不觅封侯觅自由，休疑亡国恋温柔。"他"不信同胞尽目盲"，而期待"别开民国纪元年"。为此目标，他决心"不惜头颅利天下，誓捐顶踵拟微尘"，表现出崇高的牺牲精神。最能代表他这一时期精神面貌的诗是《感怀四首》其三："十年前是一重囚，也逐欧风唱自由，复九世仇盟玉帛，提三尺剑奠金瓯。丈夫有志当如是，竖子诚难足与谋。愿播热潮高万丈，雨飞不住注神州。"②诗中的"重囚"是作者自比，而整个清朝统治则是万劫难毁的牢狱。多年的重囚今天也要放声高唱自由之歌了。"盟玉帛"当指同盟会等革命团体的建立，想像奇特，表现了诗人的凌云壮志和美好憧憬。诗人冀望推倒满清，奠中华金瓯，想象热潮化雨，高注神州，一扫阴冷之气，瞬间万象争荣，别开另一新世界，这正是一代革命者为之奋斗的目标。

第二时期，长沙狱中（1907—1909）。诗人"如鸾在笯，如玉在椟"。但他不畏不惧，"铁锁锒铛带笑看"，以豪迈的乐观精神迎接新的战斗。他把狱中当作"最良之学校"，"刻意治学问，暇则酌酒赋诗，歌声琅琅出金石，若

① 宁调元：《菊题画笔》，《宁调元集》，杨天石、曾景忠编，长沙：湖南人民出版社 1988 年版，第 55 页。

② 宁调元：《感怀四首》，《宁调元集》，杨天石、曾景忠编，长沙：湖南人民出版社 1988 年版，第 138 页。

忘其为囚人也"。这是他创作的高潮时期，仅诗就有六百多首。其间主要著作收在《明夷诗钞》《明夷词钞》《南幽杂俎》《太一丛话》《太一诗存》卷二中。

诗人身陷囹圄，昔日共伴的水光山色如今观之皆似为其增不快之状。诗人在《岳州被逮时口占十截》中写道："旧游万里记瀛州，今日钟期系楚丘。不信洞庭湖上望，断头台近岳阳楼。"[1] 断头台近，生死难卜，回首平生，何事有憾？诗人写道："白刃临头枉用号，向天搔首奈天高。只缘不伴沙场死，虚向人间走一遭。"[2] 在诗人看来，遗憾的是没有在战场上与敌人共拼一死，闭目之日，国仇未报，金瓯尚缺，偌大神州，仍是豺狼当道。诗人无限叹惋："侧身天地知何世，恩愤公私两未平"；"鬼雄如果能为厉，死到泉台定复仇。"这是壮志未酬的感慨，并未有丝毫的悲观绝望。

再请读另外两首：

> 偶以党波撄禁锢，耻于年少病呻吟。
> 国仇未死知交在，一点热潮涨不禁。
>
> ——《述感四什》[3]

> 世乱时衰事已非，狂澜待挽付阿谁？
> 祝身化作千百亿，日日东南西北之。
>
> ——《七绝》[4]

① 宁调元：《岳州被逮时口占十截》，《宁调元集》，杨天石、曾景忠编，长沙：湖南人民出版社 1988 年版，第 60 页。

② 宁调元：《岳州被逮时口占十截》，《宁调元集》，杨天石、曾景忠编，长沙：湖南人民出版社 1988 年版，第 60 页。

③ 宁调元：《述感四什》，《宁调元集》，杨天石、曾景忠编，长沙：湖南人民出版社 1988 年版，第 67 页。

④ 宁调元：《七绝》，《宁调元集》，杨天石、曾景忠编，长沙：湖南人民出版社 1988 年版，第 73 页。

前诗言其耻于呻吟哀叹，国仇未报，同志俱在，念此而胸中热潮仍是不禁高涨。后诗写其虽身禁狴犴，但心何尝被禁，还在系念天下安危。诗人想象着自己能化身百亿，奔走海内，再挽狂澜，其志何壮，其气何豪！读此诗谁不惊其赤心难磨，肝胆照人！

在狱中，诗人自订了功课表。一运动，二习字，三读书，四作文。据他自己讲，"每日阅书平均计算至少可百余页"，读书愈多，而世事则愈洞若观火。他写了不少的读史诗，即如：

> 一诵鸱鸮百感萦，覆巢毁室性天成，
> 从来世道长如此，卖友何须怨郦生。
>
> ——《读史感赋八绝》[1]
>
> 投河未遂申徒狄，伏剑应期温次房，
> 不管习风与阴雨，头颅尚在任吾狂。
>
> ——《读史感书》[2]

诗人是被人指控牵连入狱的。前一首斥责了卖友为荣的卑劣行径，后一首则从申徒狄、温次房义不贪生的故事中汲取力量，而以自勉。不管环境如何，只要头颅尚在，我行我素，不为拘牵。

在反清斗争中，无数仁人志士英勇献身。诗人曾把在狱中写的悼念诗自定为《叹逝集》，其中最著名的是悼念禹之谟、杨卓林、秋瑾的五十首七绝，如：

---

① 宁调元：《读史感赋八绝》，《宁调元集》，杨天石、曾景忠编，长沙：湖南人民出版社1988年版，第71页。

② 宁调元：《读史感书》，《宁调元集》，杨天石、曾景忠编，长沙：湖南人民出版社1988年版，第95页。

屈子怀沙终去楚，武侯遗恨未吞吴，

荆南自古伤心地，多少头颅付与胡。

——《哭禹之谟烈士二十首》①

乱世休教姓字杨，少年豪气薄苏张，

萌芽一夜风吹尽，又少他年几栋梁。

——《哭杨卓林武士二十首用前韵》②

旧雨已无今雨谁，前人复令后人悲，

同仇悔不同时死，孤剑年年怨别离。

——《吊秋竞雄女侠十首》③

禹之谟、杨卓林都是和诗人并肩战斗过的革命者。萍、浏、醴起义后被清朝政府杀害。"多少头颅付与胡"一句，包孕着作者多少愤慨！金钟弃毁，瓦釜作鸣，栋梁尽伐，燕雀在堂。烈士的头颅不能虚掷！在剧烈的悲痛中，诗人抬起头来期待者"指日义师旌北指，好教铜铸自由钟"。

在这个时期，诗人还有《明夷词钞》一卷。宁调元受词为诗余的传统影响，其词与诗比较，更多地描写了春花秋月的题材，在其中寄寓了因陷狱中、报国无门而产生的无聊愁绪，即如〔桃源忆故人〕："安排身付温柔老，把事业功名了。把风景山河掉，做哑装聋妙。　　阶前待种忘忧草，浊酒三升易倒。粗粝三餐易饱，似此收场好。"④但生在风雷激荡的年代，"种祸家仇

---

①　宁调元：《哭禹之谟烈士二十首》，《宁调元集》，杨天石、曾景忠编，长沙：湖南人民出版社1988年版，第144页。

②　宁调元：《哭杨卓林武士二十首用前韵》，《宁调元集》，杨天石、曾景忠编，长沙：湖南人民出版社1988年版，第145页。

③　宁调元：《吊秋竞雄女侠十首》，《宁调元集》，杨天石、曾景忠编，长沙：湖南人民出版社1988年版，第146页。

④　宁调元：《桃园忆故人》，《宁调元集》，杨天石、曾景忠编，长沙：湖南人民出版社1988年版，第191页。

满一肩"的诗人怎会把世事忘掉！看他的〔浪淘沙·次韵答哀蝉〕："一腹贮千愁，长夜悠悠，自怜要妙美宜修。谣诼忽然来，众女泪洒芳洲。　诗狱苦埋头，时俗昏幽，男儿不虏便为侯。铸得铁椎长五尺，愿子同仇。"[1]读后方知诗人真意何在。

宁调元这个时期著作甚丰，有《太一丛话》五卷。刘约真《太一丛话跋》："其杂采明遗民殉国自靖及隐遁以终者，别名碧血痕……辑入第一、第二、第三卷，其论古近诗词及友朋唱和之作入第四卷，其记古近杂事者入第五卷。"[2]另外还著有《庄子补释》《读汉书札记》各一卷。

第三时期，殉难前后（1909—1913）。诗人这个时期的诗作留下的较少，主要收在《太一诗存》卷三、卷四中。诗人恢复自由后来到北京。当时的北京正笼罩着"预备立宪"的气氛，这是清政府为抵制资产阶级民主革命的日益高涨而玩弄的骗局。这个"预备立宪"开锣后，康、梁等立宪派纷纷奔走呼号，准备一显身手，一时风雨满城。诗人观此局面，愤慨不已，作《燕京杂作》。其一曰："弦管燕京三月天，风沙扑面若为怜。鹓鹏滇北思千里，鸡犬淮南尽九天。傀儡渐凭樽酒尽，佯狂差较世人贤。万般迷误能排解，益信空华在眼前。"[3]诗人认为立宪派鼓噪一时，不过是傀儡登场，为人牵制，"预备立宪"的美梦只能是眼前空华。资产阶级民主革命派自黄花岗等几次起义失败后，对形势的估计是十分悲观的，没有致力于发动工农。曾身陷狱中，"不飞不鸣已三年"的诗人，此时空怀"巴蛇渐长期吞象"之志，何处能申？而他又不愿"求田问舍"或在"妇人醇酒"中打发日子。《燕京杂作》

①　宁调元：《浪淘沙·次韵答哀蝉》，《宁调元集》，杨天石、曾景忠编，长沙：湖南人民出版社 1988 年版，第 178 页。

②　刘约真：《太一丛话跋》，《宁调元集》，杨天石、曾景忠编，长沙：湖南人民出版社 1988 年版，第 389 页。

③　宁调元：《燕京杂作》，《宁调元集》，杨天石、曾景忠编，长沙：湖南人民出版社 1988 年版，第 153 页。

其四中写道："河山元气入残秋，感慨时艰涕暗流。灾异江都曾作赋，功名李广不宜侯。凤凰可惜供鹰犬，骐骥偏令作马牛。意志新来摧折尽，人间何处可埋愁。"[1]凤凰供鹰犬，骐骥作马牛，这颠倒的世道不被颠倒过来，又怎能消诗人胸中的块垒！

辛亥革命后的形势，正如诗人后来在《武昌狱中书感》序中所描绘的那种混乱局面，"自共和始创，专制既除，一纪于兹，九州之内，商不安业，农不归耕……虎去狼来，一蟹不如一蟹，风凄雨苦，后人还哀后人。"[2]革命派由于自身的软弱和幼稚，使胜利果实被民贼袁世凯所窃取，开始了民国以后的专制统治。这正是诗人所说的"虎去狼来"之意。1913年，因组织反袁力量，诗人再次被捕，囚于武昌狱中。民国既立，而诗人却再为囚徒，愤慨之余，诗人的心头时时袭来悲凉之意。他在《武昌狱中书感》中写道："拒狼进虎亦何忙，奔走十年此下场。岂独桑田能变海，似怜蓬鬓已添霜。死如嫉恶当为厉，生不逢时甘作殇。偶倚明窗一凝睇，水光山色剧凄凉。"[3]诗人回顾自己一生的奋斗，却换来"拒狼进虎"的结果，怆悲之意顿生而似觉鬓已白了。但他履行"不惜头颅利天下，誓捐顶踵拟微尘"的誓言，决心即使死掉也要做嫉恶的厉鬼，与仇敌血战到底。此诗中二联原作："吉网罗钳新伎俩，牛头马面旧跳梁。烂羊满地都如梦，纸虎横空暂任狂。"[4]意思是说袁世凯蹈清政府专制之覆辙，无非是跳梁之徒的故伎重演，他们的得势只能是纸虎横空，暂狂一时而已，较深刻地揭露了袁世凯政权的本质。

---

① 宁调元：《燕京杂作》，《宁调元集》，杨天石、曾景忠编，长沙：湖南人民出版社1988年版，第153页。

② 宁调元：《武昌狱中书感并序》，《宁调元集》，杨天石、曾景忠编，长沙：湖南人民出版社1988年版，第162页。

③ 宁调元：《武昌狱中书感并序》，《宁调元集》，杨天石、曾景忠编，长沙：湖南人民出版社1988年版，第163页。

④ 宁调元：《武昌狱中书感并序》，《宁调元集》，杨天石、曾景忠编，长沙：湖南人民出版社1988年版，第163页。

诗人为民国的名存实亡而担忧。他在《残棋》一诗中写道："一局残棋尚未终，纷纷铁骑下东蒙，可怜五族共和史，容易昙花一现中。"[1]他看出了这种局面的出现是由于革命党人的软弱造成的，而有"蚁溃长堤自可愁"的哀叹。他在《秋兴再叠前韵》中写道："朝来烟雾蔽朝晖，魔力渐高道力微。何日黄龙能直抵，只今乌鹊尚南飞。旧人渐散空相忆，壮志犹存未忍违，从此蓬山天样远，休论燕瘦与环肥。"[2]"魔力渐高道力微"是对当时形势的总概括，诗人不忍违志，仍表现出坚定的革命立场和信念。

宁调元的创作以诗为主。他的诗记录了一个革命者所走过的艰难历程，也展示了他"不惜头颅利天下"的崇高的内心世界。他主张写"怨以怒""哀以思"的作品，而他的诗真实地反映了辛亥革命前后的社会现实。他倡言诗坛"大建革命军之旗"，而他的诗不乏嚗咳铿嗒之音。他重视作家的气节，诗中没有媚颜趋势之辞，而献身革命事业，视死如归的浩然正气，给他的诗带来了光彩夺目的思想光辉。

宁调元诗的风格以沉郁雄浑为主。这一风格，在诗人的三个创作时期表现得并不尽相同。第一时期少年气盛，多述志之辞。高亢响亮，如玉笛畅奏，而时有呜咽低回之处。第二时期身陷囹圄，多抒怀之辞。慷慨激昂，如军鼓铿嗒，读之令人感发奋起。第三时期，历阅世变，多遣愤之辞。悲凉苍劲，似洞箫夜吹，知其音者不觉潸然泪下。诗人宗唐，而受杜甫影响较深，这一特点，愈至后期表现得就愈充分。

宁诗具有声情并茂的特点。其诗时而引吭高歌，时而呜呜低诉；时而热情澎湃；时而激愤难收。其情真挚率直，发自肺腑；声铿锵有力，作金石响。读之上口，品之有味，具有较大的感染力量。

---

① 宁调元：《残棋》，《宁调元集》，杨天石、曾景忠编，长沙：湖南人民出版社1988年版，第163页。

② 宁调元：《秋兴再叠前韵》，《宁调元集》，杨天石、曾景忠编，长沙：湖南人民出版社1988年版，第165页。

宁诗在表现方法上也多有特色。他的诗全是抒情诗，并常常在一个题目下，一连排上好几首，反复咏叹。其诗朴实流畅，但常在平淡之中，创造出奇特的意境。诗人幼年初学作诗"常为格律所缚"，但由于他不断的学习和努力，对旧诗词形式终能驾驭自如，常是"极才力所驱使，喷薄而出"。他诗中所用典故是熟而化入，毫无堆砌雕琢之感，与当时泛滥的以生涩为贵、以险怪为新的"同光体"诗派判然两个阵营。

宁调元是南社中最有代表性的诗人之一。他诗文中闪耀着的思想光辉及其献身革命、不屈不挠的牺牲精神，鼓舞了当时以气节相尚的南社进步诗人。傅专为其诗题辞中写道："瓦釜当场竞鼓蛙，争从何处说仙霞。尔曹百辈沙虫耳，斯事千秋定属他。"①在今天缅怀辛亥革命英雄业绩的时候，我们不会忘记为这一革命献身的烈士，也自然会记起这位英勇的革命战士和富有才华的时代歌手。愿他的形象千古不磨，愿他的歌声永留人间！

---

① 傅专:《朗吟诗草题辞》,《宁调元集》，杨天石、曾景忠编，长沙：湖南人民出版社 1988 年版，第 57 页。

附　录

《中国近代文学史》绪论

在整个人类文明史上，能与中华民族如此辉煌灿烂而又持续不断的历史文化相比者，确乎不多。在相对隔绝的地理环境和文化环境中发生发展并自成一体的华夏文明，曾有过极其显赫的过去，产生了令人惊叹的文化与文学。但进入近代以后，尤其是西方帝国主义的不断入侵与大规模的西学东渐，大一统的华夏民族和文化开始受到严峻的挑战与冲击。这不仅给民族的生存，同时也给民族文化与文学提出了一个严重的问题，即如何对付、迎接这种不可避免的挑战与冲击，并在挑战与冲击中重新确立自己的方位，选择自己的出路。经过几代人的艰难曲折的探索和数十年漫长而急遽的变革，至五四时期，中国文化与文学终于出现了新的转机。如果我们把百余年来中国文学的演进历程视为一个不断走向开放的矛盾、艰难、曲折、坎坷的现代化进程的话，那么，毫无疑问，这一进程发轫于近代。

全面的危机，构成了近代中国文学发展的基本历史背景。这种全面危机主要表现在三个层面或者说侧面。即民族生存危机、封建社会的政治危机和以儒家文化为主体的传统文化的危机。西方帝国主义的炮火轰开了中国的门户，惊醒了封建帝国的睡梦，把这个封闭已久的封建帝国拉入了开放竞争的近代世界格局。一次又一次的军事入侵与经济掠夺，一个又一个不平等条约的签订，民族的危机迫在眉睫。民族矛盾一跃而成为近代中国社会的主要矛盾。救亡图存成为时代的最强呼声，也是全民族每一个个体必须承担的重要责任。这一前所未有的危机，从根本上改变了民族的生存意识，危机感与忧患感弥漫于近代先进知识分子之中。从觉醒的先进地主阶级知识分子到资产阶级的改良派和革命派，无不把自己的全部力量投入到挽救民族危亡和改革、革命的时代洪流之中。与此同时，随着帝国主义入侵的加剧与深入，进一步加速了徒有其表的腐败封建社会机体的瓦解、衰落与崩溃。一次又一次的农民起义，一场又一场的政治动乱，社会政治危机也达到了空前激烈的程度。阶级矛盾与民族矛盾相交织，构成了近代中国社会的严重动荡与纷扰不安。昔日封建帝国的强盛已经变成自我安慰而又虚无飘渺的梦幻。这种内外交织的危机已使得封建社会无法按照传统的惯例，通过改朝换代的方式，调节自身的机能，恢复整个封建社会大系统的平衡与稳定。与民族生存危机和封建社会政治危机相伴随的则是以儒家文化为主体的传统文化的危机。这一危机以更加隐蔽的方式影响到近代中国社会的各个侧面，影响到近代中国文学的发展。

如果说，民族生存危机是以帝国主义的入侵为标志、政治危机是以封建政体失调和政治动乱为形式表现出来的话，那么，以儒家文化为主体的传统文化危机则是以中西文化冲突日益加剧、深化而显示出来的。发生于近代中国的中西文化冲突，是带有历史悲剧色彩的。这一冲突实际上是指以儒家文化为主体的中国传统文化与近代西方资本主义文化的冲突。这是两种具有明显时代差异和根本性质不同的文化系统的冲突与交锋。这不仅是物质力量的交锋，用维特根斯坦的话来说，这是两个完全不同的"世界图式"（world picture），涉及从语言思维体系、信仰追求体系、政治经济制度以至于人的生活方式和心态结构等系统整体的差异。①其整体功能的优势与劣势是不言而喻的。中国所面临的是一个在各方面都比自己强大得多的敌人。值此民族危亡的严重时刻，中国民族在军事、政治上抗拒外侮的同时，也必然会张扬自己的文化传统，筑起心理上的文化防线，在这种背景下，两种文化系统与"世界图式"一旦相遇，冲突便不可避免。但是，以华夏为中心，以以尊临卑的文化心理和儒家礼乐教化、纲常伦理作为判断异质文化惟一价值尺度的文化心理定势，曾经导致了以儒家文化为主体的传统文化的困境和严重危机。这种困境和危机主要是指，以儒家文化为主体的传统文化既缺乏内部的更新机制，压抑母体文化中的活跃因子，又无力扭转民族所面临的危机处境。危机本身便可能孕育着转机。"师夷长技以制夷"这一战略口号所包含的价值取向，为处于困境中的中国文化指出了一个新的方向与出路。从技艺的学习到政治经济体制的借鉴，进而又到文化思想的大规模输入，中国文化为更新自己的机制，摆脱封闭、僵化、危机的困境，开始了艰难痛苦的跋涉。

因此，近代中国这一特殊的历史氛围，决定了救亡与启蒙、反帝与反封建必然成为这一历史时期的中心议题和首要任务。但救亡与启蒙、反帝与反封建，在近代中国的整个历史发展进程中，又构成了两种既相互统一又相互矛盾，既相互交织而又有所背离的双重命题。近代思想、文化与文学的种种新旧杂糅与矛盾性，均可以此找到问题的根结所在。在这一矛盾的历史运行过程中，救亡与反帝日趋深化，启蒙与反封建终于成为时代文化构成的迫切问题，中国文学也在此过程中逐步确立了自己的历史出路，开始了全面的从传统古典文学向现代文学的历史过渡。

在这种全面危机（民族生存危机、封建政治危机和以儒家文化为主体

---

① ［美］M.K.穆尼茨：《当代分析哲学》，吴牟人等译，上海：复旦大学出版社 1986年版，第 394 页。

的传统文化的危机）下孕育发展的近代中国文学，在其呱呱落地之后，时代之父便带领它开始了生命旅程上风驰电掣般的奔走。它来不及回味母体的温馨，来不及述说梦般的憧憬，来不及思考生命的归宿，甚至来不及舒展一下它早熟但发育并不健全的肌体。历史的进程是那样的迅猛，使它不得不以匆忙而惶惑的目光全神贯注地注视着瞬息万变的现实世界。全面的危机像一股股强大的脉冲，使它的心灵为之阵阵颤抖。它毫不犹豫地运用并不纯熟也无暇雕琢的艺术手段，参与了历史的进程。它不仅从各个侧面，真实而全面地反映了这种危机，而且更重要的是，它同时又记录了民族心理结构、价值观念和审美意识的深刻变迁过程。这不仅反映了中华民族所蒙受的屈辱与屈辱中爆发的空前的救亡反帝热情，而且也记录了中华民族为抛弃沉重的历史包袱，进行启蒙与反封建的艰难步履。新旧文化意识的交错杂陈与激烈交锋，决定了近代中国文学是一个矛盾复杂的混合形态。传统文学的弊端与必然衰落在近代中国文学的发展中得以证实和宣告，而新世界的文学萌芽又在此过程中得以孕育、成长。也许从整体上看，近代中国文学本身并没有达到审美表现与完善的较高层次，但由于它的艰难探索，却为它以后的中国文学奠定了基础，指出了根本方向与出路——走向现代化之路。

仅有八十年发展历史却是跨越时代的中国近代文学，犹如一部由数代人参加的，分别代表不同阶级、不同阶层思想情绪的审美趣味的多声部合唱，合唱中的杂乱与不和谐是十分明显的，但在杂乱与不和谐中，救亡与启蒙、反帝与反封建的主旋律却异常嘹亮。正是由于这样，近代中国文学与近代中国历史现实保持了紧密的联系，与近代中国社会进程、文化思想变革形成了一种共感共振效应。鉴于此，我们在把近代中国文学视为中国文学走向现代化的历史开端的同时，依据近代中国救亡启蒙、反帝与反封建运动发展的节奏和文学发展所呈现出的阶段性，将近代中国文学的演变过程分为三个历史时期。

一、鸦片战争与洋务运动时期——近代文学的萌生与古典文学的衰落期。

这一时期的救亡与启蒙运动是遵循着补天自救——避害自卫——中体西用的逻辑顺序展开的。进入十九世纪以来，清朝统治已由康乾时期的巅峰状态走向衰敝，昔日的东方帝国面临着四处潜伏的危机，政治腐败，经济凋零，军备松弛，农民起义此起彼伏，天灾人祸连年不绝。面对江河日下的社会局势，一种由危机感而触发的忧患意识在士大夫阶层逐渐蔓延。出于一种起衰救敝的补天愿望，他们首先在学术界发难，倡言革除烦琐、空疏的学风，呼唤明末清初出现过的经世致用思潮的复归。同时，他们激烈地抨击社会的各种弊端，以与天朝盛世的睡梦极不和谐的音响刺激浑浑噩噩的国人。这是十九世纪以来第一次具有微弱启蒙意义的动作。

鸦片战争的爆发，扰乱了中国封建社会缓慢发展的旧有秩序："天朝帝国万世长存的迷信受到了致命的打击，野蛮的，闭关自守的，与文明世界隔绝的状态被打破了。"[1]在战争带来的生存危机面前，出于一种避害自卫，除弊御侮的目的，中国的先进人士开始了对现存政治、思想、文明多方面的批判、检讨与反省。反省仍是在传统的华夏中心与以夏变夷的思想基础上进行的，他们没有也不可能认识到，战争的对手，代表的是正在世界范围内泛滥的新兴的资本主义洪流，鸦片战争也仅仅是帝国主义把中国卷入世界市场，变中国为其殖民地的第一步。他们过分信赖帝国的强盛和以往处理夷敌局部战争的经验，因而对这场"亘古未有之变"总是保持着一种盲目乐观的情绪。对内，他们希图以自救的方式，通过现有政体与思想文化机制的自我完善与调节，使旧有秩序的紊乱趋于正常。对外，他们以为学得对方的船坚炮利，修缮加固城池海防，自可化险为夷。师夷之长技以制夷的思想与鸦片

① 卡·马克思：《中国革命和欧洲革命》，《马克思恩格斯全集》第9卷，中共中央马克思恩格斯列宁斯大林著作编译局编，北京：人民出版社1961年版，第110页。

战争前夕兴起的经世致用思潮自然地融合，形成了这一时期思想界的旗帜。"经世致用"与"师夷之长技以制夷"的思潮在一定程度上移转了士大夫阶层中空疏、烦琐的学风，促使一部分知识分子把目光转向社会现实与对中国之外世界的注意。但这种远远不够的救亡觉悟仅仅为少数先进知识分子所具有。与中国之外世界的长期隔绝，妄自尊大的民族文化心理与麻木愚钝的精神状态，扼杀与阻止了全民族范围内的救亡总动员，生存危机意识并没有为全民族所共同接受。封建宗法制度、封建伦理纲常仍被视为神圣不可侵犯，对西方世界的了解与借鉴也被牢牢控制在"中体西用"原则所能允许的范围之内。

历史发展所带来的严酷事实是：中国封建政体与意识形态的腐朽已到了再也亢奋不起来的地步，微弱而有限的机制调节在强大的资本主义势力的进攻面前，几乎没有产生任何效应。经历了多次失望之后，在早期改良主义者中，终于萌生了朦胧的政体改良的要求。这是十分可喜的思想进步，也是历史发展的必然。

文学的触觉是异常敏感的。东南沿海的炮声，打乱了封建士大夫悠游从容的步武，他们从神韵、格调、性灵的艺术梦幻中惊醒。面对血与火的社会现实，以高遏入云的嘹亮歌唱，代替了往日的浅唱低吟。这种以揭露侵略者暴行，抨击清政府及军队腐败，歌颂抗战英雄，宣扬抵抗意识为主题的歌唱，汇成了鸦片战争时期的爱国诗潮。爱国诗潮很快与先于它们出现的经世致用文学思潮汇拢，形成鸦片战争时期议论军国、臧否政治、描摹时变、慷慨论天下事的文学主体精神。近代文学发展过程中所呈现的文学与政治空前紧密结合，与救亡启蒙运动亦步亦趋、息息相关的发展趋势，正是从这里开始的。

爱国诗潮是居于不同社会地位，抱有不同艺术追求作家的共同歌唱。战争没有引起中国知识分子深层文化心理结构的变化，因而爱国诗潮所表现出的感慨忧愤与文学史上曾经有过的战乱文学相比，并没有明显的超越。在经世致用思想被学术、文学界普遍接受的同时，晚明以来形成并发展的人本主义和反理性思想却遭到冷落。作为鸦片战争时期思想与文学界巨子龚自珍，表现出了超人的胆识与目光。他在批判封建专制统治对人的尊严的藐视及对人性蹂躏的同时，表现出了对人身、人心自由与解放的热烈向往。他对世俗权贵的蔑视、傲岸，对母爱、童心的依恋、赞颂，他狂放不羁的气度，使气骂座的做派，都显示出一种叛逆人格的力量。他建立在肯定人（包括自我）在历史与文学活动中的创造主体地位基础之上的文学"三尊"说，是这一时期出现的具有启蒙意义的文学思想。他指出，在文学创作活动中，要尊重作家个人对客观世界的主观感受与价值判断（尊心），尊重作家的思想情感及其方式（尊情），尊重文学与作家个性的自然表现（尊自然）。这种带有异端色彩的思想在当时的文学界并没有引起太大的反响。也许是这种呼声还显得纤弱，或超越了现实，也许是文坛过于麻木、积重难返。这种思想在半个多世纪以后方获得巨大的嗣响。

战争给了无生气的文学带来了新的表现题材，也带来了新的兴奋点。这种兴奋暂时为老态龙钟的古典文学涂抹了一层酡颜，太平天国农民起义的爆发，曾给学术、文学界带来一片惊恐。尔后，随着所谓有"同治中兴"局面的出现，文学又恢复了依靠自身惯性的缓慢蠕动。人们对封建政体与文化机制尚未丧失其复元振兴的信心，也很难产生诀别旧有文学体系的勇气和意图。温柔敦厚的诗教，文以载道的古训，仍作为经典而被频繁地征用；学汉、学唐、学宋的复古主义旗帜仍被不同的文学流派高高举起，微弱的创新意识，被紧紧包裹于复古的大旗之中；文学作为封建政治与经学之附庸的局面并没有改变，宋诗派、桐城派仍在学问还是性情、义理还是辞章的困扰中作着小心的平衡与艰难的选择；小说戏曲依旧被大雅君子视为小道，即便如此，这个时期的小说戏曲中，同样渗透着封建思想与伦理道理的说教。

文学期待着变革，期待着政治、思想革命的风暴给予它告别过去的力量。

二、维新变法时期——近代文学的形成与飞跃期。

甲午战争以中方的惨败而告结束。《马关条约》的签订，使中国半殖民地化的程度大大加深。随着侵略活动的加剧，帝国主义划分势力范围，瓜分中国的活动日益甚嚣尘上。中华民族的生存发展受到严重的威胁。在严酷的社会现实面前，一场全民族范围内的救亡运动开始酝酿形成，"要救国，只有维新，要维新，只有学外国"，成为压倒一切的强烈呼声。资产阶级改良派作为这一时期先进政治力量的代表，领导了以救亡图存为目的的维新变法运动。

维新思潮给近代中国意识形态领域的变革所带来的影响是既深且巨的。维新派为挽救民族危亡所进行的古今中外全方位的思想求索，促进了中西文化空前剧烈的撞击、交汇、融合。华夏中心、天朝至上的思维定势被轰毁，自我封闭、妄自尊大的思想文化体系被打破，中华民族开始全面地重新认识世界，审视自身，寻求自强新生之路。"物竞天择，适者生存"观念的引入，使人们从弱肉强食的普通道理中领悟到民族危机问题的严峻；进化论与公羊三世说传播，煽动起人们对民主政体的向往；民权论与明末清初思想家顾炎武、黄宗羲对君主制的批判思想交汇，铸就了维新思想家以实行君主立宪制为核心的政治理想。

正当维新派满心喜悦、跃跃欲试地将其政治理想付诸实行时，却遭到了封建旧势力的沉重打击，流血的现实促使维新思想家进一步探求影响政治变革成功的原因。他们认为，变法的流产很大程度上是由于思想文化方面的变革进行得还相当不充分。于是，一场以"鼓民力，开民智，新民德"为主要内容的新民救国运动在变法失败后很快达到高潮。中国近代第一次有目的地改造国民精神的总体工程由此肇始。这场气势恢宏的思想启蒙运动给人们带来了思想观念上的许多重要变化：人们开始习惯于用"人群进化、级级相嬗"的观念看待社会历史的演进，尊王法祖、凡古皆好的传统思想受到挑战；西方近代资产阶级的思想文化越来越多地为中国人所接受，甚至某些程度上被理想化，以夏变夷及中体西用的思想樊篱被打破；具有近代意义的国家观念得到确立，民族的主权意识、独立精神与国民对国家的义务、权利被同时接受，君统论、君权神授论受到进一步的批判；冒险性、忍耐性、别择性与进取精神、群体意识被当做新国民所应具备的德性，奴性思想以及造成奴性思想的根源——封建伦理纲常受到冲击；对民族和国家兴盛、富强的向往，使理智的务实精神得到张扬，重性理考据之学，轻视工商科技的观念得到动摇。人们在社会观、伦理观、文化观、价值观诸方面的众多变化，深刻地影响着甲午战争以后中国政治与思想文化的变革，同时也影响着文学的变革。

十九世纪末二十世纪初中国文学的变革主要表现在以西方近代文学范型为参照，不断粉碎传统的旧文学体系和引进、吸收西方的文学观念与文学思潮，建立新型的文学形态两个方面。

在甲午战后救亡图存的政治热浪中，维新思想家是以文学无用的否定目光，开始他们对中国传统文学的重新审视的。严复1895年发表的《原强》与《救亡决论》，在对中西文化的全面比较中认为，西方之所以强盛，是因为他们"先物理而后文物，重达用而薄藻饰"，中国之所以贫穷衰弱，是因为"其学最尚词章"，词章之道，虽能极海市蜃楼、恍惚迷离之能事，却无补于救弱救贫。谭嗣同则更为激进，他认为在中外虎争的时代，即应将考据辞章、无用之呻吟统统抛弃。

对旧文学的不满与批判，正是孕育新质的开始。维新派矫枉过正式的激愤之辞，很快便为理性的思考所取代。他们随即发现，彻底抛弃与摆脱母体与文学，是决计不可能的。唯一的出路在于打破封闭着的传统文学体系，于中输入新的能量与物质，改变其旧有的饱和僵死状态，使其焕发新的活力，产生新的机制。维新思想家们开始了各种尝试。

严复、夏曾佑1897年合作的《国闻报馆附印说部缘起》，首次把进化与人性的理论引入文学的研究。文章把人和人性看做是人类文明进化的产物，而人性的共同点在于"崇拜英雄""系情男女"。中国古典的说部、戏曲之所以经久不衰，为人所喜爱的程度远远超出圣经贤传及一般史书，关键在于它反映了"英雄""男女"这些普遍的人性，这便为小说、戏曲的升堂入室找到了理论支点。谭嗣同、夏曾佑试图向旧体诗发动冲击，他们袭用格律诗的形式，撷取佛教与基督教经典中的典故，掺杂以科学术语及外国语译音，作出诸如"纲伦惨以喀私德，法令盛于巴力门"一类"抒扯新名词以表自异"的新派诗。梁启超以半文半白、亦骈亦散、中西兼采、平易畅达、笔锋常带情感的新文体鼓吹变法维新，其文赢得"一纸风行，海内观听为之一耸"①的赞誉，使一切古文派相形见绌。

维新思想家具有探索意义的文学实践，为文学改良运动的形成提供了可贵的借鉴。戊戌变法失败后，维新思想家把政治热情转移到以新民为核心的思想启蒙运动中来。文学因其具有左右人心之"不可思议之力"，而被认作是新民救国的最好途径。作为整个新民救国运动领袖人物的梁启超，相继打出诗界革命、文界革命、小说戏曲界革命的旗帜。梁启超为诸种文体革命所设置的目标，很大程度上是以西欧、日本资产阶级近代文学的范型为依据的，充分表现出维新派对西方资产阶级上升时期创造进取风貌的热切追寻。与此同时，梁启超还为国人编造了许多域外文学救国的神话。这种"求新声于异邦"和"托外改制"的手段，有力地推动了文学改良运动的发展，并促进了域外文学的介绍与引进。

维新思想家、文学家的种种努力，终于动摇了传统文学的根基，新的文学观念、新的文学形态、新的文学表现形式纷纭呈现，给文坛带来了空前未有的喧嚣与骚动：

——随着"进化如飞矢"观念的深入人心，复古、拟古思想受到唾弃，

---

① 严复：《与熊纯如书》，《严复集》第 3 册，王栻主编，北京：中华书局 1986 年版，第 648 页。

创新求奇，不依傍古人渐成为新的文学风尚。同时，以进化的观点看待中外文学史的递进，古语之文学变为俗语之文学被看做是历史发展的必然。

——文学重在表现人之情感的观念被普遍接受。严复、夏曾佑以表现人类共性的多寡和方式轩轾小说、戏曲与史经贤传，梁启超以薰、浸、刺、提来概括小说支配人道的力量，都是以情感作为其立论支点的。稍后，至系统地接受了康德、叔本华、席勒美学思想的王国维，其对情感说的认同则表述得更为明确："若夫知识、道理之不能表以议论而但可表以情感者，与夫不能求诸实地而但可求诸想像者，此则文学之所有事。"①这种对文学特质的认识，已接近西方近代关于文学的理念，一定程度上完成了对中国传统的杂文学体系的超越。

——小说戏曲被引进文学的殿堂。小说被推为文学之最上乘，改变了诗文被视为正宗，而小说戏曲往往不被人看重的传统文学观念。随着小说地位的提高，各种小说刊物与新小说如雨后春笋，令人目不暇接。政治问题小说，社会谴责小说，言情小说，科幻小说，品种繁富，形式多样，给文学界带来异常喧闹的热烈气氛。小说堂而皇之地成为二十世纪中国文学中的巨大家族，而观念的转变，却是从这里开始的。

——创作方法的区分与文学批评的更新。梁启超在《小说与群治之关系》中，把小说分为表现理想与反映现实两种。表现理想的称之为理想派小说，反映现实的称之为写实派小说，表明在这一时期中国文学家对艺术地把握世界的不同方式——创作方法的区分有了初步的认识，而五四时期浪漫主义与现实主义创作倾向的双峰对峙、双水并流，则是这种认识的进一步深化并走向了创作的自觉。在这一时期的文学批评中，中国传统的评点式的文学批评方式虽仍被沿用，但批评的原则与方法却有了更新的趋势。批评家从被

---

① 王国维：《国学丛刊序》，《观堂集林》，彭林整理，石家庄：河北教育出版社 2003 年版，第 701 页。

封建士大夫目为诲盗诲淫的《水浒》《红楼梦》中发见了民主民权与反封建道德的思想倾向，同时，对文学的审美功能与审美属性的探讨也开始引起批评家们的兴趣。

——现代悲剧意识的萌生。在戏剧界革命的讨论中，蒋观云以西方戏剧作为参照，指出我国戏剧界的最大缺憾，在于缺乏震撼人心的悲剧，因而热情呼唤"陶写英雄之力"的悲剧在中国早日出现，以传达民族蒙难时期悲壮的美感与崇高感。这种对英雄悲剧的呼唤与时代的牺牲与尚武精神取得了完美的和谐。几乎与蒋观云同时，王国维在《红楼梦评论》中，也吸收运用了西方悲剧观念。但他较多地接受了叔本华哲学思想中悲观主义成分，用生活、欲求、痛苦无限循环的观点来看待人生和描写人生悲剧的作品，更赞赏悲凉的美感。他们对悲剧的召唤和对悲剧意识的阐发，无疑开现代悲剧意识的先河。

——语言出现变革的趋势。语言是民族文化与文学变革中最稳定与最保守的因素。随着新名词的介入和表达新思想的需要，以及人们对言文合一历史必然性认识的加深，这一时期文学语言出现了变革的趋势，形式较为自由的歌行体诗逐日增多，时杂以俚语、韵语及外国语法、词汇的新文休日益为人们所喜闻乐见，以启蒙新民为目的的晚清白话文运动明确提出"崇白话而废文言"的口号。

文学改良运动是近代中国文学自我扬弃和艰难选择的真正开端。它借助西方异质文化的撞击力量，击破了中国古老的封闭的文学体系，并在历史的废墟上，开始初步构建他们理想中的文学殿堂。一切进行的都是那么匆忙，时代并没有留给他们从容思考与审慎选择的时机，维新派思想家、文学家凭着创造的热情和破坏的冲动，把文学庞大的支架建立在新民救国政治运动的基础之上。而当社会政治发生急骤变革，迫使他们退出政治与历史的中心舞台时，他们的文学大厦即开始倾斜。历史把思想启蒙与文学革命的接力棒传给了后来者。

三、辛亥革命与五四运动时期——近代文学的拓展与蜕变期。

在维新思想家惨淡经营于新民救国运动时，以孙中山为代表的资产阶级革命派也在成长壮大之中。他们出于对清政府"量中华之物力，结与国之欢心"投降行为的愤怒，以及对国家走向独立、自由、繁荣富强、摆脱帝国主义奴役的热切向往，提出了不同于维新派的救国方案。他们以"驱逐鞑虏、恢复中华"为号召，决心以暴力、流血的方式，彻底推翻清王朝的统治，建立新型的中华共和国。

以救亡为出发点的队伍迅速在"民族、民权、民生"的三民主义旗帜下集结，而三民主义的内容很快被凝聚和简化为最能煽动起人们行动热情的口号——"反满倒清"。华夷之辨、种族革命、天赋人权、无政治主义诸种学说与思潮，奇特地混合起来，成为各色人等反满倒清的思想支点。用暴力与流血推翻现有政府、建立共和国的革命热潮顿然使维新派新民救国主张与君主立宪的政治理想黯然失色，失去其原有的号召力。

辛亥革命的成功宣告了清王朝的覆灭。但刚刚树起的共和国旗帜也在风雨中飘摇。革命派"破坏告成，建设伊始"的喜悦并没有保持太久，清王朝刚刚落地的皇冠，使人垂涎，这便有一幕幕复辟丑剧的演出。革命后的失望、苦闷与第一次世界大战投射来的阴影，给中国思想界带来灰冷的色调。而冲破这层灰冷，给人们燃起新的希望之火的，是以李大钊、陈独秀为代表的五四知识分子。他们试图以新的思想启蒙补救暴力与流血留下的缺憾。承继近代思想先驱者的精神，他们举起了民主、科学的旗帜，召唤更具有平民色彩的国民运动，而把伦理之觉悟看做是国民"最后觉悟之觉悟"，以人权平等、人格独立、个性解放、思想自由、婚姻自主等新的思想观念与行为模式，冲击与撕破缠绕在国民个体身心之上的有形或无形的封建网络，以个体的新生，赢得民族与社会的新生。

这个时期文学的发展，呈现着纷纭繁杂，多元对峙的局面。在辛亥革命准备时期，维新派君主立宪的政治理想遭到唾弃，但以文学为启蒙手段，促进国民觉悟，达到救亡目的的文学发展趋势并没有被遏止。革命派中的一些作家如陈天华、邹容、秋瑾、黄小配及南社早期诗人，无不热情地以文学鼓吹革命。与革命派具有浓郁社会功利色彩的文学观相反，王国维则以非功利的眼光看待文学，以为美是"可爱玩而不可利用者"，反对把文学当做道德与政治的工具。维新派编造的域外文学救国的神话随着人们对西方文学的更多了解而逐步消失，但对西方文学思潮、作家作品的引进、介绍却方兴未艾，并逐步走向系统化与有选择地进行，东欧与俄国及其他弱小民族的文学也受到了注意。与此同时，以"保种、爱国、存学"相号召的国粹思潮喧嚣噪起。国粹思潮侧重于对民族传统文化（包括文学）的认同与弘扬，它具有"用国粹激动种姓，增进爱国热肠"的积极作用，但也明显地带有复古与盲目排外的思想情绪；在叱咤风云，倡言革命的诗文中，屈己就群，轻抛头颅，以词笔换兜鍪的群体意识与尚武牺牲精神得到了极大的张扬。而对中国的传统与现状具有更深沉冷静思考的思想家、文学家如鲁迅，则更注重民族文化心理结构，更急迫地呼唤精神界的战士，更热切地期待尊个性，排流俗，富有人道主义精神，洋溢着自由浪漫气息的文学作品的出现。辛亥革命后，共和国宏图初展但命运多乖，帝制的阴魂未散却已失去人心，旧的社会秩序被打破而新的尚未建立，旧的生活图景失去诱惑而新的仍显得朦胧。复辟丑剧与军阀割据愈演愈甚，给革命前驰骋战场的斗士带来心灵上痛苦的颤动。世界性的战争，冲击着向西方寻求真理的中国人信仰堤防，使他们顿生"十年一觉扬州梦"的感慨，而将社会进化的希望转而寄托在东方文明之上。

但持续数十年的思想启蒙不会一无所获。经受欧风美雨洗礼，感受到封建制度灭亡快慰的新一代知识分子，他们还年轻，他们决不肯轻易放弃对新世界新生活的追求。近代社会的发展，科举制度的废除，给他们创造了前所未有的人生体验和探索的广阔道路。在文学创造活动中，五四青年群体以比他们的前辈更为激烈的态度抨击旧文学，同时又以无比的热情呼唤新文学。他们同封建的载道文学揖别，从文言的束缚中走出，他们以现代人的审美感知方式与表现手段，在各自深切感受过的人生领域，展现了广阔的社会生活和人的内心世界，以富有鲜明艺术个性的作品表现出新的时代精神与思想风貌。绵亘数千年的中国文学以五四文学为新的起点，开始了向现代化的大踏步推进。近代文学家对文学的彻底突破和根本转换的期待，在五四新文化运动和文学革命中得到了落实，而近代文化与文学的变迁则无疑是五四新文化运动和文学革命的历史前奏、积蓄和准备。

救亡与启蒙的主旋律回荡在近代文学发展的始终。国家、民族的生存与进步，以无形的力量，从总体上影响与制约着近代文学家的情感范围与审美系统。他们的体验、感知、想像、创造都无法摆脱政治、思想、文化变革所带来的巨大影响。近代作家与文学流派，由于政治信仰、艺术造诣、审美情趣的不同，各自表现出独特的个性风格与流派风格。但如果我们超越对具体作家、流派风格的考察，而着眼于宏观的、历史层次的把握，则可以发现，近代文学的主导风格与审美风貌，走过了悲痛忧愤，渐趋于昂扬躁厉，终至于明朗乐观的发展轨迹。

鸦片战争与洋务运动时期，东方帝国、天朝盛世的釉彩在人们的惋惜声中一块块地剥落，封建政体千疮百孔，祖宗成法屡试不灵，内忧外患纷扰不已。发生在中国大地上的"亘古未有之变"，牵动着一代诗人的情怀。由历史盛衰对比所带来的沧桑之感，由民族耻辱所激起的忧愤之怀，由补天无术所产生的焦灼之情，给他们的作品带来悲愤与怅惘交错、慷慨与凄婉杂陈的色调。封闭着的封建文化体系，使他们不得不在民族的本源精神中寻求支撑，"乱世之音怨以怒，亡国之音哀以思"，"厚人伦，移教化，美风俗"的古训仍被作为其审美理想与审美价值观念的准则，屈原式封建士大夫的忠怀孤愤，于他们仍具有强大的人格上的支配力量。他们不满于社会现状却没有力量改变它，他们觉察到封建大厦的岌岌可危却不得不全力扶持。他们的歌唱，充满着悲痛忧愤的情调，显示出一种沉郁而又有几分悲凉的美。

维新变法与辛亥革命准备时期，维新派、革命派满怀激情，全力以赴地为他们认定的政治理想进行着艰苦卓绝的斗争。他们在传统文化与异质文化的冲突面前，表现出除旧布新的恢宏气度。他们为古老的民族与国度，偷运来再生的火种。他们把文学作为救亡与启蒙的号角鼙鼓，为奋起前行者助威，使昏睡迷惘者清醒。他们的创作，充满着凝重的现实感、崇高的英雄感，透露出民族再造的自信。文学在他们的驾驭之下，勉力分担着时代的重任，显示出昂扬躁厉的风度，是一种单色而富有力度的美。

辛亥革命后，封建王朝覆灭的命运触动封建文人的怀旧意绪与凄楚情怀。他们以悲怆低咽的基调，抒写着故国铜驼神思，麦秀黍离感慨。随即，他们又参加了保孔保教、维护封建伦常道德的合唱。然而这些不过是历史的一个小小插曲。在五四新文化运动对旧道德旧文化的批判面前，他们的言行显得那样颟顸、迂腐。五四青年群体以敏感的心灵感应着新生活的召唤，他们以狂飚般的热情讴歌生命，讴歌青春，讴歌爱情，讴歌自然。他们对昨天不屑一顾，而对明天则充满着渴望，他们对传统投去鄙视的目光，对创造则倾注着全心的向往，他们以具有浓烈个性色彩、表现人生价值和生命骚动的作品，取代了维新与辛亥革命准备时期揭示单一政治主题的作品，以冷隽、率直、真诚、抒情、富有哲理等多样的文学风格取代了前十几年间流行的由热情自信、历史使命感与牺牲精神凝聚而成的悲壮崇高的文学风格，他们的创作显示出明朗乐观的色彩，是一种斑斓的洋溢着青春气息的美。

在痛苦选择中演进的近代文学是中国文学发展的重大转折点。它所表现的深刻历史价值和意义在于，它一方面是中国传统古典文学的承续与终结，另一方面又是中国文学走向现代的先声。作为历史"中介物"——过渡转折期的近代中国文学，其承先启后的作用是显而易见的，也正因为如此，它本身也就不可避免地呈现出过渡转折时代所特有的矛盾性、复杂性与多重性。只有基于这一点，我们才有可能从整体上对这一时期出现的各种思潮流派、文学家、思想家的功过是非作出较为恰当的评价，全面认识近代中国文学发展的特点和演变的一般规律，进而阐明从近代中国文学向现代中国文学发展的历史必然性。

（一）近代中国文化的复杂性与近代中国文学的复杂性。近代中国社会，为各种思想观念、文化意识、政治势力提供了一个充分活动的历史大舞台。正如我们已充分意识到的，近代文学的发生、发展和演进，是全面危机与思想文化变革导致的自觉过程与必然产物。因此，近代中国社会政治、文化的复杂性和深刻矛盾也必然从各个侧面，以各种方式投射到文学之中，一个动荡而充满矛盾的时代，必然也会产生充满矛盾的文化与文学。

如果我们不满足于描述外在的思想、政治、文化形态的复杂性而专注于民族文化心理的构型的话，我们无疑会发现形成近代文学复杂性的深刻心理原因。从某种意义上说，任何一个时代与民族的文学，都是特定时代与民族的文化心理结构的审美显现。在中西文化撞击交汇日趋激烈的近代中国，作为文学实践与创作主体的近代知识分子，在其文化选择的心理价值取向上表现出极为驳杂、矛盾的历史风貌。面对西方文化的严重挑战和中国传统文化在这一挑战面前的艰难处境，近代中国知识分子表现了三种明显差异的心理价值取向。他们或以板结的思维心理定势看待日益蓬勃发展的西学东渐浪潮，死死固守以夏变夷的僵死封闭的文化观念；或在承认中国技艺落后的同时，却充分肯定中国传统思想文化和礼乐教化的巨大优越性，在文化选择中恪守中体西用的原则；或不仅承认中国技艺不如人、政治制度不如人、文化与文学皆不如人，试图借助西方异质文化的冲击力量，荡涤传统文化的污泥浊水，建立适应民族生存与发展的新型文化。毫无疑问，第三种文化心理价值取向对于一潭死水般的中国的进步更具有建设性意义，近代中国所发生的文化变更与文学革新，正是在这种心态支配下酝酿发动的。

上述多元并存的文化心理价值取向与近代中国政治、思想、文化的急剧变动，给近代文学的发展带来了前所未有的复杂性与矛盾性。这种复杂与矛盾不仅表现为新旧对立的两种文学形态、意识的并存与杂糅，不仅表现为近代文学思潮、流派的驳杂和思想、审美风貌的驳杂，而且也以各种形式直接或间接地表现在文学观念、主题、风格以及思想家、文学家的思想行为模式之中。

即如被誉为近代文学开山的龚自珍，他所深切感受到的"尽奄然而无有生气"的社会现实，使他产生了尖锐的社会批判思想和深重的危机忧患意识。但他提出的改革理想与方案，却充满着平庸、落后、陈旧的色彩。他希望以宗法、均田之类的复古空想和升擢人才、废除跪拜、礼敬大臣等细微末节的改良来挽救摇摇欲坠的封建王朝的命运。他充满着人本主义精神和浪漫主义气质的尊心、尊情、尊自然的文学思想，饱含了丰富的近代意蕴，但与他"三尊说"同时存在的还有他陈腐的诗教说，他认为在"悍顽煽乱，为支末忧"的"乱世"应用诗来教化"顽民"，使"犯上作乱者""仰祝圣清千万年"。① 这种"伟人与庸人"式的思想双重混合同样也存在于后来的许多先进人物如梁启超、章太炎等人的思想与行为模式中，这是纷纭复杂、新旧交替的时代所形成的必然印痕。

近代文学观念的嬗变同样也存在着类似的复杂矛盾现象。一方面随着中西文化的全面撞击与交汇，文学观念的更新与递进一直没有停止过。无论是关于文学的职能、范畴、本质、审美风格、艺术特性的认识与把握，还是在具体创作中显示出的实际风貌，都显现出递进式的进步趋势，而另一方面，这种进步的本身又充满着无比的艰辛与痛苦，阐道翼教的文学功能认知，崇先法古的文学心理定势，杂文学体系的文学范畴理论，作为一种已经凝聚化了的文化积淀，极大地限制着文学家，特别是封建正统知识分子的思想、眼界与文学实践。学唐、学宋、上溯两汉先秦的文学旗帜，与文学改良、文学革命的旗帜同时飘扬在近代中国文坛。对昨日封建帝国旧有秩序的怀恋与对明日少年中国及新时代的向往，同时召唤着近代文学家的文魄

---

① 龚自珍：《升平分类读史雅诗自序》，《龚自珍全集》，王佩诤校，上海：上海古籍出版社1999年版，第237页。

诗魂。

因此，处在不断变更中的近代中国文学，是一种新旧杂糅的文学，是启蒙与蒙昧、革新与守旧、进步与落后、开放与封闭等多重意识、多重形式相交织相混合的文学。近代文学的发展过程，既是新的进步的文学萌发、生成、不断探索前进的过程，也是旧的封建正统文学延续、挣扎逐渐萎缩收束的过程。

（二）近代中国文学的功利主义与审美价值的二律背反。作为民族危机、文化冲突与阶级矛盾产物的近代中国文学，从它发生的那一刻起，时代便把它卷入了历史进程的中心旋涡。作为民族危机的产物，它必然而且必须承担崇高的历史使命与责任，必须为民族的生存而呐喊，为社会的变革而呼吁。作为文化冲突的结果，它必然表现出文学重心和文化意识的倾斜，必然在不同文化意识的冲突中确立自身的支点。作为阶级矛盾的产物，它必然会被绑在政治斗争的战车上，成为政治搏斗的工具，为各种政治、阶级势力而服务。也许可以说，在此之前，任何一个时代的文学，都没能像近代文学那样，以如此之大的热情与自觉，从各个方面去参与时代的进程，也没能像近代文学那样，把文学的社会功利作用推崇扩展到如此之高且广阔的领域。

从经世派文学思潮兴起之时起，文学便开始从高高的殿堂步向了现实的土地。经世派的许多作家思想家以自己强烈的忧患感、使命感和政治热情，试图用文学参与社会的变革。他们视文学为"匡时济世、除弊御侮、经世致用"之工具。即使像桐城派那样恪守古道，以正统和"中流砥柱"自居的文学流派，在积极参与政事的同时，也开始意识到："文不能经世者，皆无用之言，大雅君子所弗为也。"①继承了经世派传统的资产阶级维新改良派，在政治变革失败之后，把自己强烈的政治热情转移到文学之中，为救

---

① 方东树：《复罗月川太守书》，《中国近代文学大系·散文集》，任访秋主编，上海：上海书店 2019 年版，第 110 页。

亡与启蒙的政治目的去倡导文学运动。从诗界革命、文界革命到小说戏曲界革命，他们奔走呐喊，呼风唤雨。文学的社会功利被他们夸大到无以复加的地步。"彼美、英、德、法、奥、意、日本各国政界之日进，则政治小说为功最高焉。"①梁启超在他自己杜撰的文学救国神话中，甚至得出这种结论："欲新一国之民，不可不先新一国之小说，故欲新道德必新小说，欲新宗教必新小说，欲新政治必新小说，欲新风俗必新小说，欲新学艺必新小说，乃至欲新人心、欲新人格必新小说……"②文学仿佛成了医治社会的灵丹妙药。这种不无缺陷的功利主义逻辑推论，对于抬高文学的地位，促进文学乃至社会文化的变革都起了一定的积极作用，但同时，这种极端功利主义的态度与观念，对文学自身审美品格的提高与发展留下了至今仍值得思索的遗憾。

在文学功利主义被无限夸大的同时，文学的审美特性被忽视了。尽管我们可以在近代文学发展过程中寻找到与功利主义观念相反的例证与现象，如一度曾被唐宋古文运动打入冷宫，后在清代中叶又有所复苏的选派（骈文派）便表现出唯美主义的倾向。他们将经、史、子都排斥在文学之外而专取沉思瀚藻之文，追求一种"体制和正，气息渊雅，不为激音，不为客气"的文境。但这种躲进"象牙之塔"中的吟唱，却与那急遽变革而动荡的时代显得极不和谐，只不过是中国传统文学中形式主义的回光返照而已，从根本上讲，缺乏近代审美的意蕴，更无超越传统的意向与力量。而真正具有近代意蕴的审美价值观念是王国维的思想与主张。在他身上，显示了从哲学深层把握并阐发文学审美品格的深刻性。他以西方现代哲学美学思想为参照，较为系统而又不无偏颇地阐明了文学艺术的审美特性及本质之所在。但这呼声很快被无声无息地淹没在文学功利主义的大潮之中。

① 梁启超：《译印政治小说序》，《梁启超全集》第 1 集，汤志钧、汤仁泽编，北京：中国人民大学出版社 2018 年版，第 681 页。
② 梁启超：《论小说与群治之关系》，《梁启超全集》第 4 集，汤志钧、汤仁泽编，北京：中国人民大学出版社 2018 年版，第 49 页。

对于时代的变革和动荡来讲，一方面它不可能给文学提供从容发展的文化氛围，另一方面它又需要文学参与社会并极大地发挥其作用。在民族生存危机、救亡与启蒙、反帝与反封建成为时代中心议题的近代中国，文学若去追求自身审美品格的完善而无视民族变革生存的需要，那么它势必会丧失其存在的价值和地位。近代中国社会特殊的文化氛围与全面危机的形势，决定了近代文学必须随时代的演进而不断调整自身的结构，以求与时代取得同步。这是文学自觉选择的结果。因此，文学功利主义的盛行有其存在的合理性与必然性。但是，从文学自身演变的规律看，它作为人类文化发展过程中形成的一种特殊存在和人类认识自身把握生活的一种审美方式，又有其相对的独立性和本体存在意义。如果文学失去了自身的审美品格，那么它的"熏""浸""刺""提"的力量也不可能充分发挥，同样失去其存在价值。因此，极端功利主义往往是以削弱甚至牺牲文学的审美品格为代价，这必然会导致文学发展的深刻缺陷甚至是危机。这两个命题的二律背反，构成了近代中国文学发展的内在的不可解决的矛盾。从其各自的角度看，其各有存在的理由、自足性、合理性，但又隐含了不可克服的缺陷。这也是近代中国文学为什么一直没有能产生在思想意蕴和艺术审美上都能称得上深刻宏大的艺术佳构的原因之一。但是，就服务于救亡与启蒙、反帝与反封建的进步主导文学潮流而言，我们不能不承认，作为一个时代的文学，它不仅承担而且义不容辞地肩负了历史的使命，正是在这一意义上讲，近代中国文学的文化—历史价值远远超出其自身的纯文学价值。这是无可更改的历史事实。

（三）近代中国文学发展的曲折性与演变的急遽性。近代中国文学八十年的发展历程，从其行进的节奏看，恰恰表现为两种相互矛盾而又相互统一的演变节奏。一方面是其发展演变的曲折与漫长，另一方面又显示出其变革的急遽性。对于前者，它是经过长期历史积淀并带有一定"超稳定性"的传统文化与文学因素作用的结果；对于后者，它恰恰又是时代、文化、文学内部活跃进步因素和外来文化和文学不断转换浸入的必然显现。

近代中国文学的发展始终面临着如何处理古今、中外矛盾的文化困扰。在古今、中外的矛盾面前，近代文学家也始终处在理智与情感两难抉择的困境。这是近代文学演变双重节奏相交织相矛盾的深刻原因。中国文化与文学十分美好、光辉灿烂的历史，常常像一杯醇酒，令人回味与向往，历史文化的深层积淀不能也不可能完全清除，建立在自给自足的生产方式上的小农封闭意识，仍然主牵着人们的思想。而战争与竞争失败的现实，压倒一切的民族生存问题又迫使人们不断地以西方近代进步文化与文学为参照，对传统文化与文学进行深刻的检讨与反思，以继承和发扬民族文化的优秀精华，改造其不适应新的生存环境的消极因素。近代中国的首要问题是救亡图存与重铸国民精神，如何将救亡与启蒙所最需要的民族、民主精神加以艺术地显现与张扬，如何在这种显现与张扬中克服旧有的文学传统与社会接受心理的外部压力与文学家情感结构、思维定势的内部压力，如何在传统的杂文学体系，以诗文为文学正宗、以文言为主要表述方式的基础之上构建新的情感型文学的框架、新的文学范畴论、新的表现方式与文学语言……任务的艰巨性决定了近代文学变革将充满着艰难与曲折性。

但近代中国文学的变革在时代变革的推动下又充分显示出急速性的特点。在近代中国八十年的历史进程中，时代风驰电掣般地向前推进，政治、思想、文化变革的潮头后浪盖过前浪。时代每跃进一步，文学都表现出对自身的超越。历史推进的快节奏，带来了文学发展的快节奏，文学没有从容的心境与时间去完善自我，它自身形态的建设与审美品格的自觉都处在一种速成早熟的状态。同时，急遽而跳跃的时代节奏，不断把新的代表先进思想的文学家推到浪尖，并不断把落伍者抛到背后。文学家要么紧跟时代而不断超越旧我，要么被时代所遗弃。梁启超的"不惜以今日之我难昨日之我"之类的话，很能概括出许多不甘落后的文学家无可奈何的心境。

近代文学变革的艰巨性、曲折性与急遽性的矛盾，决定这种变革进行得不彻底。但是，它却为后来者开启了道路，为濒临于困境的中国文学选择了新的历史出路——走向现代化之路。这种选择是一个从不自觉到自觉的过程。作为传统文学的历史自然承接，它自身必然笼罩着浓重的历史阴影，这恰恰从另外一方面宣告了中国传统正统文学作为整体系统生命力的衰竭和必然终结，同时也预示了一个更为全面而深刻的文学革命时代的必然到来。

如果说，近代中国文学是中国文学走向现代化的发轫、准备与起步，那么现代文学革命则是中国文学走向现代化的第一个高潮、第一次飞跃。因此，我们认为，现代文学革命是在近代文学变革基础之上的更深入全面的发展。现代文学不仅继承了近代文学的反帝反封建和启蒙主义优良传统，而且把近代文学从思想文化到文学形式变革的成果也都继承了下来。近代先驱者们的历史悲剧也从反面启示了后来者。现代文学革命的起步，不仅包含了对整个传统文化与文学的深刻反思，同时也包含了对近代文化与文学的反思。只有这样，我们才可能理解近代文学与现代文学的历史联系。

首先，现代文学革命在酝酿发动之时起，便开始对数十年的日趋激烈的中西文化冲突进行了深刻反省与总结。这种反省，坚定了他们的文化选择与心理价值取向。正如陈独秀所明确认识到的，西方文化与中国传统固有之文化是根本不相容的，而它们之间每冲突一次，都促使国人觉悟一步，由学术而政治、由政治而伦理，因此，"吾敢断言，伦理的觉悟，为吾人最后觉悟之最后觉悟"。① 那么潜在的结论必然是重新审视传统文化和价值观念，清算它的影响和恶果，这样就把近代以来兴起的思想文化革命推向了极至，推向了文化心理结构的深层内核。

其次，思想革命、文化革命重心的转移。如果说在救亡与启蒙、反帝与反封建这一近现代文化中心议题无所谓不同的话，那么，在启蒙与反封建重心上，现代文学革命明显表现出了巨大进步。近代文化与文学的变更，集

---

① 陈独秀：《吾人最后之觉悟》，《新青年百年典藏：政治文化卷》，张宝明主编，郑州：河南文艺出版社 2019 年版，第 51—52 页。

中在对国民意识的重铸上，他们没有也不可能充分意识到，中国传统文化中那种群体与个体的冲突，以及这种冲突必然会因为中西文化冲突交汇而变得日趋激烈、难以调和。因此，在重铸国民意识的同时，忽略了个体意识的确立与人的本体存在问题。而现代文学革命在其起步之时，便把重心转移到这一问题上，因而显示了巨大深刻性。鲁迅从"立业"到"立人"的转变和他在《摩罗诗力说》《文化偏至论》中所呼唤的正是"独立自由人道"与"剖物质而张灵明，任个人而排众数"的个体精神。这不仅是文化的变革，也是哲学意识的变革。这种具有强烈自我意识的"立人精神"，至五四时期，终于演化为"人的文学"和对传统（包括近代）非人文学的彻底批判与否定。不明白这一点，也就无法理解五四新文学初期创作中为什么会出现如此之多对自我价值、人生价值的张扬和这种价值被压抑、摧残后的悲哀与反抗。

第三，从国家意识到个体意识的苏醒，正是从近代向现代转变的一种必然，而这种转变的实现，终于带来了文学的自觉与人的自觉。李大钊曾说过，"由来新文明之诞生，必有新文艺为之先声"，因此也就必然有"哲人""犯当世之不韪，发挥其理想，振其自我之权威，为自我觉醒之绝叫"①。如果说近代文学许多先驱者仅仅意识到用文学作为工具去改良社会、救亡图存，而缺乏文学与人的自觉的话，那么，现代文学革命在实现文化意识、哲学意识重心转移的同时，也就唤起了一个文学自觉与人的自觉的时代。这不仅表现在创作思想和主题的深化上，同时也表现在艺术风格的多样、审美意识的强化以及文学实践的自觉与坚决上。因此现代文学革命的文学形式与语言变革的成功，实际上是文学自觉与人的自觉导致的必然结果。从这一意义上讲，现代文学革命的思想革命实绩与文学革命实绩（包括语言形式的革命）是统一的，不可分割的。

---

① 李大钊:《晨钟之使命：青春中华之创造》,《李大钊文集》,中国李大钊研究会编注,北京：人民出版社 1999 年版，第 170 页。

在经过近代文学复杂矛盾、艰难痛苦选择过程之后，接之而来的现代文学革命终于显示了中国文学向更高层次飞跃的自我调节、自我扬弃的能力，一个初具现代化规模的文学形态与理论体系终于逐步建立。

（原载《中国近代文学史》，河南大学出版社 1988 年版）

二十世纪中国近代文学研究述评

二十世纪的中国近代文学研究，五光十色，斑斓绚丽。近百年间政治文化的日益革新，社会制度的频繁更迭，意识形态的纷纭多变，使得二十世纪的数代学者在运用不同的历史观、文学观及文学史观，对 1840—1919 年间中国近代文学的发展历史予以观照、阐释、评价时，显示出极为明显的认识差异。这些认识差异的存在，使得二十世纪中国近代文学的研究，显现出不同的阶段性。二十世纪中国近代文学的研究可分为四个时期：

二十世纪前二十年，是中国近代文学研究的第一时期。此二十年间，中国文学的发展正经历着由古典向现代的艰难蜕变。对鸦片战争以来作家作品、思想流派孰短孰长的文学批评，对现阶段正在进行的文学革新见仁见智的评论，便形成了最为初期的中国近代文学研究。初期的中国近代文学研究与近代文学的发展同步进行，在成果形式上，以传统的序跋、评点、诗话、词话等文学批评方式为主。

关于龚自珍、宋诗派、桐城派、维新文学改良和五四文学革命等问题的讨论，构成了世纪初前二十年文学研究的热点。

龚自珍学宗公羊，好杂家言，诗文俶诡连犿，危言警世，为维新派思想家、南社诗人所喜爱。梁启超《清代学术概论》中称："光绪间所谓新学家者，大率人人皆经过崇拜龚氏之一时期。""晚清思想之解放，自珍确与有功焉。初读《定庵文集》，若受电然。"维新派推尚龚氏，多从思想启蒙处立论；南社诗人推尚龚氏，则主要追寻其歌哭无端的诗风。柳亚子称龚诗为"三百年来第一流"。[①] 南社流行学龚诗、集龚句的习尚。与维新派、南社的推誉相反，贬抑龚氏的也大有人在。张之洞认为二十年来，"都下经学讲《公羊》，文章讲龚定庵"，是社会纷乱的学术根源，章太炎认为"自自珍之文贵，则文学涂地垂尽"。褒扬贬抑，相去可谓悬殊。

宋诗派与桐城派，是鸦片战争之后仍十分活跃并得到一定发展的传统诗文流派。宋诗派以杜、韩、苏、黄为诗学风范，力图以援学问入诗的努力，别辟诗歌发展蹊径。桐城派以唐宋古文运动的继承者自居，其清淡雅洁、言简有序的散文风格，颇得有抒情言志之好文人的青睐。进入二十世纪后，梁启超倡导的诗界、文界、小说戏曲界革命风头正健。出于破旧立新的需要，梁启超在《饮冰室诗话》《清代学术概论》等论著中对宋诗派，桐城派的复古摹古倾向提出批评。稍后的南社，提倡革命，思振"唐音"，斥责宋诗派中的同光体诗人大多为清朝之罢官废吏，其诗多是涂饰章句，附庸风雅，造为艰深，以文浅陋之作。国学大师章太炎在《与人论文书》《说林下》《辨诗》等多篇文章中，对宋诗派、桐城派有所针砭。章氏谓宋诗派自曾国藩诵法西江诸家，矜其奇诡，天下鹜逐，古诗多诘诎不可诵，近体乃与杯珓谶辞相等。后期桐城派视严复、林纾的翻译，是替古文开疆辟域者，章氏认为实际上严复充其量是俯仰于桐城派之道左，而未趋其庭庑者；林纾较之严复，又等而下之。

在维新与革命派学者口诛笔伐之际，宋诗派、桐城派也预感到韶华将逝，而匆忙为自己作着总结。自 1912 年起，同光体的诗论家陈衍先后在《庸言》《东方杂志》《青鹤》上刊载《石遗室诗话》，除评品前代诗人外，主

① 柳亚子：《论诗三截句》，《柳亚子诗词选》，北京：人民文学出版社 1981 年版，第 21 页。

要揄扬同光体诗，描述近代诗派的发展过程，为同光体"学人之诗与诗人之诗合一"的诗论张目。不久又辑《近代诗钞》二十四册，收入道光以迄民初三百七十位诗人的作品，多为近代各种学古诗派之作，与《饮冰室诗话》立意截然相反。1905 年，科举制度废除，以教授生员为生路的桐城派人物开始将桐城义法搬上大学讲台。1914 年姚永朴著《文学研究法》，1912 年，林纾著《春觉斋论文》，不约而同地将桐城派只言片语的古文辞理论系统化，力求存古文一线于纷纭之中。

至五四新文学时期，宋诗派、桐城派为旧文学的代表，受到全面的讨伐和批判。以《新青年》为阵地，李大钊、陈独秀、胡适、钱玄同等纷纷著文，"桐城谬种，选学妖孽"之类的称谓不胫而走。自此之后的很长一个时期，在有关宋诗派、桐城派的研究中，一直是将二者作为新文学诞生的祭物和新诗及白话文的对立面看待的。

五四新文学运动成为中国古典文学与现代文学的分水岭。而中国文学由古典向现代的转换，却是以二十世纪初梁启超所倡导的诗、文、小说三界革命为先导的。三界革命服从于新民救国的主旨，遵循"求俗"与"变雅"并行不悖的发展路径，改变了传统观念，解放了旧式文体，发展了文学语言，这些都为新文学的诞生奠定了基础。梁启超有关文学界革命的理论和实践，其在文学发展史上的意义，并没有被世纪初的研究者所充分意识到，但梁氏文学革命的现实影响，却是同时代人所深切感受到的。黄遵宪称梁氏文章"惊心动魄，一字千金"，"从古至今，文学之力之大，无过于此者矣"。[①] 严复称梁氏之文，"一纸风行，海内观听为之一耸"。[②] 南社、五四《新青年》在政治观念上与梁启超多有抵牾，但对其倡导文学革命的功绩，

----

① 黄遵宪：《致梁启超书》，《黄遵宪集》，吴振清等编校整理，天津：天津人民出版社 2003 年版，第 490 页。

② 严复：《与熊纯如书》，《严复集》第 3 册，王栻主编，北京：中华书局 1986 年版，第 648 页。

都是颔首称道的。

五四新文学运动高举民主科学的旗帜，同载道的文学揖别，从文言的束缚走出，以现代人的审美感知方式表现手段，创造出新鲜活泼的白话诗、白话文、白话小说，近代文学在这里结束了自己的发展历程。

二十世纪前二十年的中国代近文学研究，是与近代文学的发展同步进行的。这个时期的研究者并没有完整的"近代"观念，他们对刚刚发生和正在发生的文学现象还很难上升为"史"的认识，研究更多地表现为介绍、评论，形式仍以序跋、诗话、论文、书信等传统批评方式为主。在初期研究中，新与旧的文学壁垒已经明显存在。

二十世纪二十至四十年代，是中国近代文学研究的第二时期。这三十年间的研究工作，在二十世纪中国近代文学研究的学术史上，可以称作是现代学术体系建立时期。随着五四新文学序幕的揭开，中国近代文学的发展成为一段相对固定的历史。五四之后的学者对这段文学发展历史的研究思考，逐渐摆脱了传统的序跋、诗话、论文的评论方式，而推出了一系列的研究论著。在这些论著中，史的意识得到强化，近代文学研究的基础在这一时期得以奠定。

吴汝纶 1898 年为严复所译《天演论》作序时，曾区分集录之书与自著之言两个著述概念。吴氏认为：集录之书，篇各为义，不相统贯；自著之书，建立一干，枝叶扶疏。汉代多撰著之编，唐、宋多集录之书。吴氏感叹我国学界自唐宋后少有自著之书，而倍加推誉《天演论》一干众枝的著述体系。我国现代学术研究的自著之书，在二十世纪的二十年代后陆续出现。1922 年，为庆祝《申报》创刊五十周年，胡适写作《五十年来中国之文学》，这是进入二十年代以来第一种系统研究中国近代文学的论著。论著把五十年间的文学分为古文学和白话文学两大部分。古文学涉及桐城派、宋诗派、常州词派，严复、林纾的翻译，梁启超的散文，章士钊的政论文，而以章炳麟为古文学的结束人物。五四文学革命的核心是主张和创造白话文学。

白话文在创作上取得了巨大的成绩，最终取古文学而代之，成为五十年文学演进的最重要的成果。胡适在本文中所运用的把文言写作的作品称为死文学或半死文学，把白话写作的作品称为活文学的观点影响深远。1923年鲁迅用三年时间编著而成的《中国小说史略》问世，这是我国第一部专门性的小说史研究著作。《史略》中的最后三章：《清之狭邪小说》《清之侠义小说及公案》《清末之谴责小说》述及近代文学的内容。书中把十九世纪中后叶印行的专写妓家故事的《品花宝鉴》等数部长篇白话小说称之为狭邪小说，把二十世纪初问世的《官场现形记》等数部小说称之为谴责小说。《史略》中有关于狭邪小说、谴责小说的概念内涵及其评价，至今仍为研究者所珍视沿用。1927年周作人著《中国新文学的源流》一书，书中把两千年的中国文学史看作是言志与载道两派此消彼长的过程，又谓五四新文学当从晚明公安派"信腕信口，皆成律度"处追寻思想根源。出于立论的需要，周著追溯了明末至五四的文学变化，对近代文学亦有涉及。胡适、鲁迅、周作人均为新文学主将，其著书立论的新文学家立场是十分明确的。稍后出现的陆侃如、冯沅君的《中国诗史》、郑振铎的《中国文学史》，其有关章节，立场与胡适等人自无不同。

1928年，陈子展应田汉之邀为南国艺术学院作近代文艺讲座，陈氏最初拟用胡适《五十年来之中国文学》作为讲义，但又感觉到胡著偏重白话文的倾向过于明显，不足以反映近代文学的全貌，故而动手写作《中国近代文学之变迁》，陈著所言的"近代"是从戊戌变法开始的。作者认为"从这时候起，古旧的中国总算有了一点近代的觉悟"，中国近代文学的变迁，就是从这个时期开始的。陈著是最早使用"近代文学"这一概念的。全书涉及梁启超倡导的诗、文、小说界革命，桐城派、宋诗派新的发展，翻译文学的概况等内容，最后以五四文学革命运动作结。论述兼及新旧两派，立论平和而公允。

1933年前后，钱基博所著《现代中国文学史》出版。钱著的所谓现代，盖指辛亥革命前后。起于王闿运，止于胡适。书中叙述依旧分古文学与新文学两派。全书体例与史书中的儒林传相仿佛，在人即为传记，在书即为叙录，文献丰富，网罗广博，时有一些文坛掌故穿插于中。与前几部专史为新文学张目不同，钱著叙述旧文学则较为详尽，立论对旧文学也多有回护。

1940年起，吴文祺所著《近百年来的中国文艺思潮》在《学林》连续刊载。所谓近百年，实际是鸦片战争至五四文学革命之间。吴著较为注意从政治经济发展的角度去寻找文艺思潮变迁的原因，已经带有唯物史观影响的痕迹。其对新旧两派文学的评价，也不再落"死""活"文学之争的窠臼。吴著中对桐城派与文选派之骈散之争，对王国维文学批评的成就，超越流俗，多有见地，显示出近代文学研究走向成熟。

二十世纪二十至四十年代的近代文学研究按文体分类，还有以下重要研究成果：

小说是这一时期研究成果最为繁富的门类。胡适遵循"大胆假设，小心求证"理路，对《三侠五义》《老残游记》《儿女英雄传》《海上花列传》等近代长篇白话小说的研究，确立了新的小说研究范式。其对作者身世、成书过程的考证辨疑，对作品思想艺术的议论分析，常为后来的文学史著作所称引。阿英的《晚清小说史》《小说闲谈》以对晚清小说资料和文坛掌故的熟悉而为研究界所称道。范烟桥的《中国小说史》专设《最近十五年》一章，以一个作家的特别眼光，对清末民初的小说作了一番巡礼。郭昌鹤的《佳人才子小说研究》涉及近代有关题材的小说作品。赵景深对《品花宝鉴》《花月痕》等狭邪小说的研究，孙楷第、范鸥夷对《儿女英雄传》等侠义小说的研究，杨世骥、包天笑对谴责小说的研究，郑逸梅、严芙孙对晚清小说资料的收辑挖掘，都是极富有建设意义的研究工作。

诗文方面，鲁迅《现今的新文学的概观》《对于左翼作家联盟的意见》两文中对辛亥革命时期最有影响的诗歌团体——南社的有关评价，中肯深刻。《关于太炎先生二三事》《因太炎先生而想起的二三事》以如椽之笔，盛赞太炎先生是先哲的精神，后生的楷模，又以为太炎先生晚年既离民众、渐入颓唐，不过是白圭之玷，并非晚节不终。鲁迅《关于翻译的通信》中有关严复翻译得失的评论，也极为后人重视。关于南社，柳亚子、曹聚仁等，均有纪念文章。追昔抚今，感慨良多。胡先骕对宋诗派、常州词派作家的论述，周作人对黄遵宪诗歌的注意，钱穆对龚自珍思想的研究，郑振铎对梁启超于近现代文学发展贡献的评价，都各有创获，王森然所著《近代二十家评传》中有关严复、康有为、王闿运等近代文学家的传记，以平实严谨见长。

戏剧方面，洪深、郑伯奇对中国晚清文明戏到现代话剧进路的思考，赵景深对梁启超戏曲改良运动成就的梳理，刘雁声等对京剧及地方戏曲兴衰的考察，郭沫若、吴其昌、梁启超对王国维整理戏曲成绩的评价，浦江清、叶德均对吴梅戏曲成就的论定，都可以作为这一时期戏剧研究的代表性论著。

二十世纪五十至七十年代，是中国近代文学研究的第三时期。新中国建立后，中国近代文学的研究进入以唯物史观为指导的阶段。在1840年至1918年为中国近代期、1919年至1949年为中国现代期的历史分期方法得到学术界普遍认同之后，中国近代文学的起迄年限随之得以相对固定，中国近代文学被看作文学史上的一个相对独立的阶段。中国近代文学研究作为文学史的一个学科分支，也渐渐得到学术界的认可。在中国近代文学研究的第三时期，随着唯物史观的流行和深入，研究者普遍注重从经济、政治、文化发展的角度，用经济基础决定上层建筑、上层建筑又反作用于经济基础的观念，阐释近代文学的发展变迁及其对近代社会、政治文化的影响；近代文学所反映出的反帝、反封建的思想主题和作品所体现出的阶级倾向和阶级情感，受到研究者空前的重视；反映下层劳苦大众生活情感和近代志士仁人革命牺牲主义精神的作品得到褒扬推重。

应该承认，唯物史观和辩证唯物论作为一种先进的历史观念和思想方法，给予这个时期的文学史工作者在认识中国近代文学的产生、发展、性质、特点等重大问题方面以极大的便利，许多旧文学史家看不清、说不透、知其然不知其所以然的问题得到迎刃而解。但与此同时，由于一些研究者对唯物史观运用得不太纯熟，或过于机械，这个时期的近代文学研究出现了一些偏差。根据新旧民主主义革命的理论，中国近代文学属于旧民主主义革命范畴。在文学研究活动中，原本存在的以五四文学为分界的新旧文学的对立被扩大化；五四文学与维新革命的联系被粗暴割断；个别对近代文学作家作品的研究之作，流于贴政治与阶级标签。

第三时期的近代文学研究，仍取得了重要的成绩。标志之一是许多文学史的编著者，如北大中文系 1955 年编著的《中国文学史》、游国恩等主编的《中国文学史》等文学史著作，开始把近代文学列为专章专节。高等学校的文学专业，也把近代文学列入教学计划。复旦大学 1956 级的同学还专门编写了《中国近代文学史稿》。近代文学作为一门学科的意识得到加强。标志之二是研究论著日益丰富。小说中有关侠义公案小说、谴责小说、晚清小说理论的研究成为热点，围绕这些热点，学术界形成了一些学术争论。诗文中有关龚自珍、魏源、黄遵宪、梁启超、秋瑾等作家以及有关鸦片战争诗歌、太平天国文学、南社等思潮社团的研究较为集中。戏曲中有关话剧、京剧及地方戏形成与发展的研究论著数量较多。标志之三是建国前即从事文学史研究的老一辈专家新作不断，建国后培养的研究工作者渐露锋芒。前者如王季思、阿英、唐圭璋、范烟桥、赵景深、钟敬文、任访秋、吴奔星、吴小如、张毕来、钱锺书，后者如章培恒、杨天石、李泽厚、傅璇琮、邓绍基、劳洪、刘世德、王俊年。在两代学者的共同努力下，第三期的中国近代文学的研究呈现了百舸争流的气象。标志之四是作家文集、选集、研究资料类编得到有计划的整理。建国后的三十年间，近代重要作家如龚自珍、魏源、黄遵宪、谭嗣同、秋瑾等人的全集、选集及选注本陆续出版。北京大学师生选注的《近代诗选》、舒芜选辑的《中国近代文论选》、阿英编辑的《中国近代反侵略文学集》《晚清文学丛钞》等资料类编的问世，大大方便了研究者。

二十世纪的最后二十年，是中国近代文学研究的第四个时期。这一时期，是实事求是学风逐渐恢复、近代文学研究取得重要突破的时期。进入八十年代后，随着解放思想、实事求是思想的深入人心，近代文学研究者的价值观念、思想方法、文学史观得到更新，研究视野、研究领域、研究方法不断扩大，许多妨碍正确认识中国近代文学发展历史的禁忌被不断打破，近代文学研究呈现出前所未有的繁荣景象。

一、近代文学作为一门学科，得到了强化和发展。鸦片战争至五四时期的中国近代文学，完成了中国文学由古典向现代的变革。在民族解放、民族革命大背景下完成上述变革的中国近代文学，在整个中国文学史的长链中，具有特殊的意蕴和典型的意义。有意识地把近代文学研究作为一门学科予以全面建立，是八十年代以后研究工作者的共识。1979 年开始，中国社科院文学所近代组的研究工作者通力合作，将 1919—1979 年间有关中国近代文学的研究论文精选为七卷，由中国社会科学出版社出版。1982 年，文学所与河南大学联合，在开封召开了第一次近代文学学术讨论会。1983 年，在常熟召开了全国性的近代文学史料工作会议，布置近代文学史料的全面整理工作。次年在北京召开中国近、现、当代文学分期问题的讨论，以期全面推进近代文学的学科建设。十几年后，在综合学术界研究成果的基础上，文学所推出十卷本的《中华文学通史》，其中，近代与现代文学同为一编，而近代单独成卷。这种编排与五十、六十年代通行的把近代文学放在清代文学末尾的做法相比大不相同。其本身应该说是对八十年代以后近代文学学科建设与发展的小小回应。二十世纪最后二十年间，在学术界前辈奠定的学术基础上，在学术界人士的共同努力下，近代文学研究作为一个学科，确实是渐成气候。1988 年建立的中国近代文学学会，经国家批准为国家一级学会，挂靠在中国社科院文学所，每年举办各种类型的国际国内学术交流活动，并在上海、山东、广东等地设有分会，拥有会员三百余人。学会会员所在的高校与研究机构，积极开设近代文学专业课程，招收近代文学专业的硕士生、博士生，初步形成了以北京、上海、山东、河南、广东、江苏、东北为主的学科研究与培养基地。

二、学科研究视野趋于广阔，研究水平有较大提高。八十年代以后的中国近代文学研究，其系统性、组织性、科学性大大加强，高质量的学术论著纷纷问世，并涌现出一批有着自己学术特色的学术群体。北京大学季镇淮先生六十年代曾是《中国文学史》的主编之一，八十年代后担任《中国大百科全书·中国文学卷》近代部分的主编，其有关近代文学的研究论文，近期收入《来之文录》中。孙静先生在读书期间，即参与了《近代诗选》的编著，后参与《中国大百科全书·中国文学卷》近代部分的编写，现正从事《中国近代文学史》的写作。陈平原的《二十世纪小说叙述模式的转变》、夏晓虹的《觉世与传世——梁启超的文学道路》及其他学术论文，多有发见。中国社科院文学所的邓绍基研究员，担任中国近代文学学会会长多年，对学会工作，贡献颇多。邓绍基与张炯、樊骏共同主编的《中华文学通史》，其近代卷由文学所的王飚、连燕堂、梁淑安、张奇慧主要执笔写作，书中的立意见解，深刻而不俗。文学所中王卫民的近代戏曲研究，牛仰山、赵慎修的近代诗文研究，裴效维的南社研究，都极有造诣。河南大学的任访秋先生曾从事古典文学、现代文学研究，六十年代起从事近代文学研究，在各个研究领域均有建树。八十年代后，所著的《中国近代作家论》《中国新文学渊源》，所主编的《中国近代文学史》等研究著作出版，其立论通达，古今不隔。关爱和所著《悲壮的沉落》《从古典走向现代》《古典主义的终结》等论著在多方鼓励下，于九十年代相继完成。河南社科院的王广西研究员近年来新作不断，《佛学与中国近代诗坛》一书尤为学界所称道。河南社科院袁凯声、河南师大李慈健，关于近代文学的研究，也有创见。山东大学自陆侃如、冯沅君教授起，就有注重近代文学研究的传统，1959 年毕业于山大中文系并留校任教的郭延礼先生，六十年代即从事近代文学研究，成果丰硕，其《中国近代文学新探》《龚自珍诗选》《秋瑾年谱》《近代六十家诗选》等著作颇具影响，八十年代后，着手于三卷本《中国近代文学发展史》

的写作，并于 1990—1993 年出版。该书广博深厚，且出于一人之手，实属难得。郭先生近期又有《近代翻译文学史》一书问世。苏州大学钱仲联先生曾整理《人境庐诗草》《海日楼札丛》，八十年代后致力于《清诗纪事》的工作。其《梦苕庵论集》1993 年由中华书局出版，其中《论近代诗四十家》等论文，见识卓绝。其弟子马亚中、马卫中等在近代诗文研究方面也有多项成果。江苏与苏大近代文学研究形成呼应之势的还有南京大学王立兴教授、南京师大张中教授，江苏社科院文学所的近代小说研究也颇具实力。上海与广东是近代文学研究的两大重镇。复旦大学的章培恒先生，六十年代关于近代小说、黄遵宪诗歌就曾发表过极有见解的文章，八十年代后，主编了《中国近代小说大系》。黄霖继承复旦中国文学批评史研究的传统，在完成《中国文学批评史》近代部分的写作后，又以一人之力，写出近六十万字的《近代文学批评史》，受到学术界的重视。华东师大的徐中玉先生、郭豫适先生在近代文学理论、近代小说研究方面多有建树。上海师大的王杏根、曹旭教授在文学改良运动、诗歌理论的研究方面学有专攻。上海社科院陈伯海研究员主持编写的《上海近代文学史》，在众多近代文学史中别具一格。陈先生主编的《近四百年文学思潮》，从晚明讲到二十世纪，其中关于近代文学的部分由袁进执笔，其文理路清晰，见解深刻。广东的近代文学研究以中山大学与华南师大为基地。中山大学的陈则光先生、卢叔度先生六十年代就有近代文学论文发表，八十年代后，陈先生的《中国近代文学史》上卷问世，不久，陈先生去世，其未完成的史著便成绝响。中山大学张正吾先生主编《近代文学研究》杂志数期，主编《近代文学研究丛书》一辑，为功于学术界甚多。康保成教授的《中国近代戏剧形式论》是这一时期戏剧研究的力作。华南师大管林教授、钟贤培教授致力于近代文学研究多年，他们主编的《中国近代文学史》《近代文学评林》以及钟先生主编的《广东近代文学史》显示出强劲的学术实力。陈永标教授关于近代美学思想变迁的专著于近年问世，汪松涛、谢飘云显示出良好的学术前景。广东顺德电大的马以君是《苏曼殊全集》《黄节诗选》的整理者，其主编的《南社研究》杂志对推动南社研究起到了良好的作用。澳门大学的邓景滨等人率先在澳门成立近代文学学会，并开展了积极而有效的学术交流。东北方面吉林教育学院的郑方泽、沈阳师院的张永芳，兰州方面西北师大的龚喜平，都以各自的研究成果为学科的发展，作出了贡献。

三、研究资料的整理工作成绩斐然。研究资料（包括作家的文集、选集、年谱、传记、作品编年等）的整理工作进行得如何，是一个学科是否发展成熟的重要标志。近代文学作为一个年轻的学科，其在资料收集、筛选、汇编方面要作的工作相当艰巨，许多研究者在资料整理方面付出了艰辛的劳动。除前面提到的七卷本《中国近代文学研究论文集》《中国大百科全书·中国文学卷》有关词条外，八十年代以来，较为重要的资料成果还有：上海书店出版的《中国近代文学大系》，江西出版社出版的《中国近代小说大系》，安徽师大孙文光主编的《龚自珍研究资料》《近代文学大辞典》，河北师大张俊才编写的《林纾研究资料》《林纾传》，中国社科院文学所牛仰山编写的《严复研究资料》，河南人民出版社袁健主编的《晚清小说研究概说》，山西大学董国炎撰写的《章太炎学术年谱》，贵州社科院黄万机整理的《巢经巢诗钞》、撰写的《郑珍评传》《黎庶昌评传》，湖南人民出版社出版的《曾国藩全集》《湘绮楼文集诗集》等等，都显示出近代文学研究的实绩。

回顾二十世纪中国近代文学研究从无到有，从小到大，由浅入深的学术发展历史，我们有理由相信，随着人们对近代文学在中国文学史上所具有的特殊意义理解的逐步加深，随着研究者思想观念的更新和研究视野的扩大，随着近代文学学科队伍的不断壮大，近代文学的研究，在即将到来的下一个世纪，将显示更加美好的学术前景。

（原载《中州学刊》1999 年第 6 期）

探寻中国文学从古典到现代的转型历程

——中国近代文学研究的世纪回眸与前景瞩望

王　飚　关爱和　袁　进

一、回顾与反思

王飚（中国社会科学院文学所）：说起来，恰好是十年前的事了。1989年，也是应《文学遗产》之约，我写了一篇《近代文学应当有自己的面貌》。当时，也带有回顾新时期以来十年间近代文学研究状况，探讨如何进一步深入的意思。现在，又十年过去了，而且正逢世纪交替之际。回溯百年，感慨系之，瞩望未来，充满憧憬，或许是世纪之交大多数人的心态。不过，我觉得，至少对近代文学研究来说，更重要的，恐怕是认真总结和反思这门学科的历程及其得失，冷静地分析学科的成就、达到的水平和学术处境，思考学科的价值、定位和突破、开拓的方向。这对下一个世纪学科发展或许会有所裨益。

袁进（上海社会科学院文学所）：是有必要总结一下。不仅研究近代文学的人需要，对于其他学科的研究者也有价值。章培恒先生提出：古代文学研究与现代文学研究之间存在着一条鸿沟，这是学科设置造成的，急需填平。我非常赞成。由于学科分割，研究古代文学的很少注意现代文学的研究成果，反之亦然。这样也就更少有人去关注二者的连接与过渡。这是过去近代文学少有人问津，研究薄弱的原因之一。现在这种影响似乎还存在。这恐怕还是受人为学科界限的阻隔。

王飚：近年现代文学研究界对戊戌变法以后的文学比较关注，因为直接与五四文学革命有关。似乎古代、当代界对此还有些隔膜。这十几、二十年来，过去关于近代文学的一些结论，有了相当大的改变、修正，或深入，提出了不少新见。可是我和一些学界朋友接触中，感到不少人关于近代文学有些问题的知识和认识，似乎还停留在三四十年甚至五六十年前。这是有点令人遗憾，不过也不奇怪。我们关于近代文学的知识，最初也是从五四前后前辈学者的论著，从建国后的近代文学史著作中得来的。如果后来不从事研究，认识大概也还是如此。从这个意义上说，回顾学科史，也是反思百年来对近代文学的认识变化过程。

关爱和（河南大学）：确实如此。近百年间社会制度几度更迭，政治文化剧烈革新，意识形态纷纭多变，使得二十世纪数代学者在运用不同的历史观、文学观和文学史观，观照、阐释、评价1840—1949年这个历史阶段的文学时，显示出极为明显的认识差异。这种认识差异的存在，使二十世纪中国近代文学的研究，呈现出不同的阶段性特征。

本世纪头二十年，可以看作中国近代文学研究的第一时期。那时今天所谓近代文学还在发展中。对鸦片战争以来作家作品、思潮流派孰短孰长的批评，对正在进行的文学革新见仁见智的评论，便形成了最初的近代文学研究。梁启超和柳亚子等南社诗人对龚自珍思想启蒙作用及其诗歌的推誉，张之洞、章太炎等与之相反的评论，以及梁、柳、章等对桐城派、宋诗派的批评，一直为后来的研究者引用。同时，宋诗派、桐城派也预感到韶华将尽，匆忙为自己作着总结。陈衍的《石遗室诗话》《近代诗钞》，品评和展示了近代学古诗派的发展过程；姚永朴著《文学研究法》，林纾撰《春觉斋论文》，不约而同地将桐城先辈只语片言的古文辞理论系统化。到新文化运动兴起，这两派受到全面的讨伐批判，"桐城谬种，选学妖孽"之类称谓不胫而走。此后很长一个时期，一直是将这两派作为新文学诞生的祭物，和新诗、白话文的对立面看待的。这个时期还没有完整的"近代"概念，也很难上升到"史"的认识，形式以传统方式为主，但新、旧两派对近代文学不同认识的壁垒已明显存在。

王飚：近代文学研究是否从二十世纪就开始，也许还可以商榷。这类与文学创作同步展开的文学批评，如果追溯起来，可以推到更早。所以我倾向于把这个阶段看作这门学科的史前时期。不过这些近代文学当事人对近代文学的认识，很值得重视。如梁启超论龚自珍的一些话经常被人们所引用，但只是用来说明龚自珍影响很大，却很少深究这种影响的内涵和实质。梁启超强调的是"思想自由""思想解放"，更多的与"人"的意识觉醒和精神解放，与龚自珍的哲学、历史、文化思想有关。可是多年来龚自珍研究着重从政治、经济着眼，讨论其社会批判和改革思想，而他的改革主张很多还是"药方只贩古时丹"。如果龚自珍启蒙思想之所在没有真正抓住，其近代意义没有被充分揭示出来，他作为近代文学开端标志的地位也就难以得到充分论证。前些年有些人否认龚自珍文学思想和创作的近代意义，也和这种研究状况有关。因此近代作家的自我认识值得我们进一步深入审视。

关爱和：二十到四十年代可以称是近代文学研究学术体系建立时期。随着五四新文学序幕揭开，近代文学成为一段相对固定的历史。五四后的学者，开始用现代学术研究方式评述这段文学史。1922 年胡适的《五十年来中国之文学》是第一种研究近代文学的论著。他把前五十年的文学分为古文学和白话文学两大部分。古文学涉及桐城派、宋诗派、常州词派，严复和林纾的翻译、梁启超的散文、章士钊的政论文，而以章炳麟为古文学的结束人物。白话文学则包括了晚清小说，至五四文学革命，白话文学取古文学而代之。鲁迅的《中国小说史略》最后三章论及近代，他提出的"狭邪小说""谴责小说"等概念和评价，至今仍为研究者所珍视沿用。此后周作人《新文学源流》对近代也有所涉及。他们都是新文学主将，其著书立说的新文学家立场是十分明确的。1928年陈子展在南国艺术学院讲近代文艺，因感到胡适偏重白话文倾向过于明显，另著《中国近代文学之变迁》。他所言"近代"，始于戊戌变法，认为"从这时起，古旧的中国总算有了一点近代的觉悟"。论述兼及新旧两派，立论较平和公允。而钱基博的《现代中国文学史》所谓现代，指辛亥革命前后。钱著与前几部专史为新文学张目不同，叙旧文学较详，立论对旧文学也有回护，其中作家传记和作品叙录文献丰富。这些论著中，史的意识得到强化，近代文学研究的基础在这一时期奠定。

袁进： 近代小说研究成果在这一时期很丰富。除了鲁迅的《史略》外，阿英的《晚清小说史》无疑是奠基之作。范烟桥《中国小说史》中《最近十五年》一章，对清末尤其是对民初小说的评述，眼光独到。胡适关于《三侠五义》《老残游记》《儿女英雄传》《海上花列传》作者、成书过程的考证，和思想艺术的分析，形成了小说研究的范式。

王飚： 近代文学研究学术体系的建立，我觉得还要晚一些，应该是在建国以后。不过五四后一批前辈学者筚路蓝缕，导夫先路确实对近代文学研究影响很深，影响也有两方面。关爱和刚才说到"新文学家"，很有意思。新文学家以现代的眼光审视晚清，所以有许多精到的观点、论断。但有时，为了突出"新文学"之"新"，也由于还来不及全面把握和研究史实，对清末文学的叙述和评价并不太符实和公正。胡适的《五十年来中国之文学》就较明显，而这部著作的影响却最大。如关于诗界革命，他有两个观点：一个说诗界革命就是谭嗣同、夏曾佑的"挦扯新名词以自表异"，所以是"失败"的；一个说黄遵宪提出"我手写我口""可以算是诗界革命的宣言"。后来二十世纪五十年代初的新文学史，甚至八九十年代一些近代、现代文学史，大都沿袭这两种说法，只是对谭、梁等人的革新精神更多肯定。我前面说一些朋友对近代文学有些问题的认识还停在几十年前，这就是一例。而事实是，梁启超提出"诗界革命"时就明确说生硬"挦扯新名词"的做法"已不备诗家之资格"，从没有把这种试验当作诗界革命的样板；他推崇黄遵宪，但也指出黄诗"新语句尚少"。他是总结黄、谭的经验和不足后，提出诗界革命具体主张的。所以，可以说黄、谭等人的探索为诗界革命作了实践准备，却不能说他们就代表了诗界革命，更不能据此断言"失败"。到底什么是诗界革命，还需要好好研究。当然，胡先生的著作产生在二十世纪二十年代，不该苛求。但七十多年了，如果还未能完全纠正他的失误，就有点惭愧了。最近我们也已经有一些新的论述。

袁进：还有关于民初小说的评价。新文学崛起时，不仅宣称自己与遗老遗少的旧文学是两回事，而且要与放了脚的改良文学划清界限，所以对言情小说大加挞伐，给了一个"鸳鸯蝴蝶派"的称号。但当时新文学家给这个称号下的定义是"游戏的消闲的趣味主义"，这实际不是一个流派的定义，而是商业化社会中通俗大众文学的特征。对民初小说的否定，对通俗小说的排斥，对于近代文学乃至现代文学研究的影响都很大。1949 年以后，"鸳鸯蝴蝶派"作品目录几乎包括了民国时期除新文学家小说之外的所有通俗小说。实际上，在五四新文学产生之前，民初小说也曾是一种"新"文学。离开了民初小说，很难理解和说清中国小说怎么会从《官场现形记》一下子跳到《狂人日记》。

王飚：不过这一时期关于"近代文学"概念和认识也有变化，而且今天我们对近代文学的不同认识，有不少能从那时找到渊源。胡适极力强调晚清文学与由他发难的新文学的区别，认为从梁启超到章太炎都只是使古文学"勉强支持了二三十年的运命"。至今以这样一种印象来看近代文学的不在少数，许多高校是把近代文学附在古代之尾。耐人寻味的是，"对旧文学多有回护"的钱基博却不认账，他把康、梁和胡适、陈独秀一起列入"新文学"。陈子展在具体评述上不少地方沿承胡适，但总的看法有所区别。他把清末文学界革命与五四文学革命视为新文学发生过程中前后衔接的阶段。后来朱自清《中国新文学研究》、吴文祺的《新文学概要》、余慕陶《七十年来的中国社会与中国文学》，也都认为"新文学的胎，早孕育于戊戌变法以后，逐渐发展，逐渐生长，至五四时期而始呱呱堕地"。其实他们的观点，反映了一批新文学家的共识。钱玄同就把梁启超和苏曼殊称为新文学的"创造"者和"奠基人"。可惜这种联系，后来由于近、现代文学的学科分割，变得模糊了，甚至截断了，以至八十年代提出"二十世纪中国文学"论，突破五四界限，还引起很大反响。近年还有人主张近代文学开始于明末，这个观点也可以追溯到郑振铎的《插图本中国文学史》。他提出"近代文学开始于明世宗嘉靖元年"，这与周作人把新文学溯源至公安派有关。而到三十年代末，郑振铎《晚清文选》，阿英编《近百年国难文学大系》，1940年吴文祺著《近百年来的中国文艺思潮》，则都始于鸦片战争时期，大体止于五四前，可以看出逐渐与现在的划分接近。

关爱和：《近百年来的中国文艺思潮》，较为注意从政治经济发展的角度去寻找文艺思潮变迁的原因，已带有唯物史观影响的痕迹。对新旧两派文学的评论，也不再落"死""活"文学之争的窠臼。其中关于桐城派与文选派的骈散之争、王国维文学批评的成就、章太炎对五四文学的思想影响等问题的论述，超越流俗，多有见地。

王飚：严格地说，近代文学研究具备一门学科的基本条件，即确定一个相对独立的研究对象，大致在五十年代末。史学界把新民主主义革命史称为"现代革命史"，"旧民主主义革命"时期也就称为"近代"。相应地，新文学史改称"现代文学史"，随后把1840—1919年的文学划为"近代文学"。这一划分当初主要不是对文学自身历史阶段审察研究的结果，而是以社会史、革命史分期为依据的。由此促成了这门学科形成，但也因此隐伏着某种先天缺损。这种先天缺损对学科后来的"健康状况"影响是很大的，最主要的就是近代文学在"文学"发展史上的价值没有充分揭示，甚至这一划分从"文学"上看有无根据都没有得到充分论证。这一前提也导引了研究指向和思维定势，即主要考察和论述"旧民主主义性质"文学的发生、发展，如何为反帝反封建斗争服务，与腐朽保守的封建文学斗争，并以此为标准评价作家作品。从这一方向出发，一些过去未引起注意的作家作品，如鸦片战争时期爱国诗人、太平天国诗文、辛亥时期革命文学家等，或被发掘出来，或受到重视。此期学术成果主要是两方面。一是对近代文学作了较前系统的梳理，初步构建了一种近代文学史框架。最初是北大中文系55级的四卷本《中国文学史》近代编和复旦中文系56级的《中国近代文学史稿》。这两本著作产生在大跃进和"拔白旗、插红旗"年代，论者多病其偏颇。但就近代文学史编者而言，毕竟有开创之功，尤其是北大本。而且两书实际是在季镇淮、鲍正鹄等教师指导下，由学生检阅了大量资料后编写的，也培养了一些新的研究者。六十年代游国恩等著《中国文学史》的"近代文学"编（季镇淮撰），则是具有严肃学术品格的著作，虽不免当时思潮印迹，但纠正了前两书明显的片面粗疏之处，精炼概括，代表了那一时期对近代文学的基本认识和学术水平，其基本构架还影响到二十世纪八九十年代一些近代文学著作。另一个成果是史料整理。舒芜的《中国近代文论选》、北大55级的《近代诗选》、阿英的《中国近代反侵略文学集》和《晚清文学丛钞》、魏绍昌的谴责小说研究资料等等，它们的学术价值远远超过同期许多论文。

关爱和：唯物史观作为一种先进的历史观念和思想方法，给予这个时期研究者在认识近代文学一些重大问题方面以极大的便利，许多旧文学史家看不清、说不透、知其然而不知其所以然的问题可以得到理解解释。但由于对唯物史观理解尚多偏颇，运用过于机械，近代文学研究也出现不少误差。如作家作品研究流于贴政治和阶级标签；原来存在的以五四文学为界的"新""旧"文学对立被扩大化；五四文学与维新时期文学革命的联系被粗暴割断。

袁进：研究范围也很窄。小说研究集中在四部"谴责小说"，存在大片空白，因为有些当时属禁区。比如近代文学一个显著特点是从开始接受西方文化、西方文学的影响。但当时认为传教士输入西学是"文化侵略"；西方资产阶级文化已经"日薄西山，气息奄奄，快进博物馆"了，因此这个重要问题几乎无人涉及。根源还是"左"的政治思潮。

王飚： 这些问题实际反映了关爱和所说的"不同的历史观、文学观、文学史观"。这一时期的缺陷，近年已谈了不少。我看主要就是绝对化的"一切文学从属于政治"的文学观，简单化的"文学发展决定于政治经济"的文学史观，和片面的"学术为政治服务"的学术观。在近代，文学和政治的联系确实比较紧密、突出，问题在于上述观念当时成为一种限制性、排他性的理论。哪怕稍微越出其限制，对近代复杂的文学现象，对文学自身演变的轨迹和艺术特性作些较为实事求是的论析，都非常困难，随时可能遭到批判。而"左"的政治批评标准，对这个学科更有致命性。因为近代作家无非两类，一类属传统诗文流派，当时被看作"腐朽没落文学"几乎全部否定；另一类的"阶级成分"多少与资产阶级沾上，在"兴无灭资"中也往往沦于被"灭"之列。对近代文学变革起过重要作用的改良派、谴责小说，在"反修"时期就几遭灭顶之灾，甚至南社诗人高旭都未能幸免。前面说这门学科先天不足，那么这些就是后天失调。近代文学研究薄弱、落后，除了学术界自身原因外，当时的学术环境是更重要的原因。

关爱和： 这样一对比，最近二十年近代文学研究进展之大，就太明显了。随着思想解放运动的深入，实事求是的学风逐渐恢复，许多妨碍正确认识近代文学发展历史的禁忌不断打破，研究视野趋于开阔。有意识地把近代文学作为一门学科予以全面建设，是八十年代以后研究者的共识，因而研究的系统性、组织性、科学性大大加强。研究者的价值观念、文学史观、思想方法和研究方法也在更新，高质量的学术论著纷纷问世。近代文学研究，呈现出前所未有的繁荣景象。

王飚： 要谈近二十年的发展，有一点感触。一些在其他学科不成问题的事情，对这门学科却可能有不寻常的意义。比如，我觉得首先是形成了一支队伍。这似乎很平常，但要知道，1978年以前，全国还没有一个从事近代文学研究的机构，连教研组都没有。所以季镇淮、钱仲联、任访秋等老一辈学者，从那时起就开始培养年轻力量。1978年中国社科院文学所近代室成立后，就努力推动全国有关研究者的联络与组织，当时任文学所领导的邓绍基先生，始终尽心支持和促进这门学科发展。六七十年代开始涉足近代文学研究的中年学者，八十年代成为学科主力，现在如孙静、郭延礼、黄霖等已先后带出了近代文学的博士生。二十年来从中国社科院研究生院、北京大学、苏州大学、河南大学、华南师大、山东大学、复旦大学、中山大学毕业了几批主攻或兼攻近代文学的硕士、博士。通过从1982年起每两年一届的全国近代文学讨论会，这支队伍逐渐汇聚、扩大，1988年成立中国近代文学学会。稍后，中国南社与柳亚子研究会成立。除了这两个国家一级学会，广东、山东还有省级近代文学学会，江苏、云南等有省级南社学会。海外还有国际南社学会，澳门也成立了近代文学学会。确实不易啊！期间很多人为学科建设倾注了心血，像中山大学张正吾先生创办第一份近代文学研究丛刊，后来又和陈铭先生编辑第一套近代文学研究丛书，这些在当今刊物、出版物大海中或许很不起眼，但学科史上不可缺此一笔。

关爱和：资料建设也进入有组织地系统整理阶段。中国社科院文学所近代室和该室王俊年、梁淑安、牛仰山编的《中国近代文学论文集》（1919—1979）七卷，上海书店出版的《中国近代文学大系》，章培恒、王继权等编辑的《中国近代小说大系》，钱仲联新编《近代诗钞》，严迪昌的《近代词钞》，都是近年来的重要成果。辞书如《中国大百科全书·中国文学卷》近代部分（季镇淮主编），魏绍昌、管林、郑方泽等主编《中国近代文学词典》，孙文光主编《中国近代文学大辞典》。梁淑安主编《中国文学家大辞典·近代卷》，词条达近千家。其他已出版的作家研究资料汇编、年谱、著作系年考，作家诗文全集、别集、选集，近代小说，达几十家、几十种，成绩斐然。

　　王飚：就研究本身发展和学术水平提高而言，有这样几个特点：（一）研究领域逐步扩大，已趋全面。过去被简单否定而难以涉论的诗文流派、小说作品，许多鲜为人知或少有论列的作家，长期尤为薄弱的领域如近代戏曲和词，几乎无人探究过的近代少数民族文学，现在，都已经展开研究，有些已相当深入。（二）作家作品研究，从纠正错误的片面的评价开始，转入对重点作家系统深入的论述。撰著了一批作家的研究论著或评传。（三）对一些重要流派、社团、文学运动、文体演变等等，进行专题研究。如关于桐城派、南社、诗界革命、戏剧形式、文学观念变革的专著。（四）在此基础上，进行史的考察、清理和研究。八十年代后期到九十年代前期，这类研究结出丰硕的成果，涌现出一大批文学史类著作。近代断代史有陈则光《中国近代文学史》（上册），任访秋主编《中国近代文学史》，郭延礼《中国近代文学发展史》，管林、钟贤培主编《中国近代文学发展史》。文论或文体史有叶易《中国近代文艺思潮史》，聂振斌《中国近代美学思想史》，黄保真《中国文学理论史》（第七编即近代编），黄霖《近代文学批评史》，刘增杰主编《中国近世文学思潮》，马亚中《中国近代诗歌史》，欧阳健《近代小说史》，谢飘云《中国近代散文史》，郭延礼《中国近代翻译文学概论》。地方文学史有陈伯海、袁进主编《上海近代文学史》，钟贤培、汪松涛主编的《广东近代文学史》。这种状况为这门学科史上前所未有。

　　袁进：近代文学进展当然应该肯定，不过，倘若与古代文学研究和现代文学研究相比，近代文学研究还是有很大差距的。现代文学才三十年，据说研究者数千人。近代文学将近百年，即使把不侧重研究但发表过论文的考虑在内，也不过几百人吧？我没有作过精确的统计，但根据所见大致估计，整个近代文学研究论文的数量，恐怕还比不上古代文学中的唐诗研究、现代文学中的鲁迅研究。不少专著，内容确实大大丰富了，评价更加准确了，论述更加系统了，对具体问题也提出了不少独到见解。但有些还是在六十年代的基础上扩展、纠偏、详化、深化和系统化。现在的问题，好像需要在重大问题和总体认识上有新的突破。

关爱和：刚才没有提到九十年代后期出版的《中华文学通史》近代卷。它虽然不是专门的断代史，但立意见解，深刻而不俗。而且在两个重大问题上，与前不同。一个是近、现代合为一编。近现代编《绪论》就此所作论证，很有说服力。另一个是改变一般近代文学史的三段划分，分为前后两期，尤其打破过去"文学改良时期"和"革命文学时期"的分割，统归"文学界革命"。这两种改变都很重要，应该谈一谈。

王飚：两位所谈的，实际涉及了近代文学研究发展趋势问题。如果说近代文学研究的学术史，也是一部对这一历史阶段文学的认识史，那么，这二十年来，在研究面扩大、具体研究深入、分体研究展开的同时，部分研究者还进一步思考重新认识整个中国近代文学的问题。到底什么是"中国近代文学"？这个"近代"的含义或者所谓"近代意义"怎么界定？以往的认识符合我们所划定的这个时段中国文学的实际吗？这种划分（包括具体的上限或下限）合理吗？等等。这种思考从八十年代初讨论近代文学的断代、性质、特点时就已开始。这场讨论后来没有能进一步展开，但一些研究者的思考并没有停止，而且初步形成了一些不同的思路。前面列举的成果中，有些就已表现出来，像黄霖的《近代文学批评史》，虽然他论述的是近代文学的一个方面（理论批评）。《中华文学通史》近代卷的总体构思，也是建立在这些思考和讨论基础上的。当然我们也有自己的考虑。如近、现代合一，不少人已提出过，不过大都把"同属于半殖民地半封建社会"作为主要根据。我们则认为，简单地以社会史断代作为文学史断代并不科学，因此主要从文学自身发展，即文学体系转型的连续性和统一性来论证。分前后两期，也有人提出过，不过认为前期还是"传统文学"。我们则论述了前期传统文学已发生"裂变"，出现"新变"和"衰变"的两股潮流，不能简单地说都属"传统"。而总体上考虑以中国文学的近代化来结构全书，则基于我们提出过的一个看法："近代文学的特殊地位及其特殊研究价值，决定了近代文学有其独特的主题：正确说明传统的古代文学向新文学演化的具体行程、特殊规律和类型特征。""近代文学研究整体水平的提高，很大程度上取决于我们能否把重心转移到揭示中国文学近代化历程这一独特主题上来。"这个意图是否很好地体现出来了，另当别论。但我认为这个问题却关系到袁进所说的"从总体上有新的突破"，倒是需要好好讨论的。

二、价值与定位

袁进： 你提到的近代文学"研究价值"问题，我觉得是个关键。长期以来，学术界、高校中文教育界就存在一种偏见，认为由于近代缺少伟大作家和伟大作品，它本身就缺乏研究价值。这种看法很值得商榷。随着文学研究的深入，人们越来越清楚的认识到：作家作品研究只是文学研究的一个方面，它实际上是比较表层的研究。在作家作品之间，存在着广泛的联系，存在着多种交叉的发展线索。近代文学作为中国文学从古代到现代的过渡，作为最早接受西方影响的文学（晚明时期虽有西方传教士传教，在思想文化上产生影响，但对中国文学影响甚微），具有与古代文学和现代文学都不同的特点，有许多文学的发展线索，值得深入探索。迄今为止在这些方面是做得不够的。

王飚： 或许说"还不够"妥当些，因为已经有不少人在研究这些问题，有些已见成果。近代文学研究薄弱的原因，以前我曾谈到两个方面。一方面就是袁进所说的，学术观念偏颇。存在一种片面的、缺乏科学眼光的平庸偏见，似乎文学的研究价值与作品的思想艺术成就成正比，这显然混淆了研究与鉴赏的界限；"而在许多人看来，近代文学是一个没有伟大的作家作品，没有一种臻于至境的文体，也没有成功的艺术创新的时代"，因而长期遭到冷落。但还有另一方面，就是近代文学研究者自己也没有充分意识到这门学科特殊价值之所在，未能提出或突出最能体现现代文学特性的课题，研究方法也承袭古代文学的一套思路、模式、批评标准。这种状况已有所改变。现在需要更深入的思考，和更多的人来讨论近代文学的研究价值。这就首先涉及一个根本问题——到底什么是"近代文学"？

不少文学史著作按照"资产阶级启蒙文学""资产阶级文学改良"和"资产阶级革命文学"来描述这段文学历史，那么中国近代文学就是资产阶级文学。近年这种认识受到质疑，因此有些文学史不再沿用这个概念，不予定性，只说"近代文学"萌芽、发展、高潮和衰落。这两种概括，有一个共同点，那就是：实际上断定，或者说隐含地认定，有一种自具稳定性质、独立形态，而且经历了从发生、发展到衰亡完整过程的"中国近代文学"。但同时，几乎所有的文学史又都说近代文学是一个"过渡"。我们一直没有觉察到，这两个论断，其实构成二律背反：如果它是"过渡"，那么它的性质就是不稳定的，形态是不成熟的，而且过渡还没有完成，过程也是不完整、谈不上结束的。不仅如此，按上述思路，无论怎么概括，都只限于近代文学的一半，即新的一面；还有另一半，即构成古典文学最后一段行程的传统诗、文、词、小说、传奇杂剧流派，上述概括都没能也无法包容进来。容我斗胆说一句可能惊世骇俗的话——中国没有"近代文学"！一个近代文学研究者说出这种话来，好像令人奇怪。但我想大家能理解它的意思：由于中国特殊的历史条件和文学史背景，中国不可能也没有产生像欧洲那样的具有独立形态和完整生命过程的"近代文学"。什么是"中国近代文学"？只有一个定义，那就是：从古代文学体系到现代文学体系的转型期文学。除此而外，很难再给鸦片战争前夕到五四之前这一段文学定什么性。

这个认识，说出来似乎很平常，其实不深究则罢，如果深究下去，就会体会到跳出原来的框架，不那么容易，否则也不会那么长时间陷在那个二律背反中而不自觉。而一旦确定"从古代文学体系到现代文学体系的转型期文学"是"中国近代文学"的唯一定义和基本特性，那么近代文学研究独有的主题、这门学科的主要任务和目标、它在中国文学研究学科结构中特殊重要的价值和地位，便充分显示出来。近代文学研究的主要任务，将转向探寻中国文学从古典到现代的转型，发展、揭示、描述和论证古代文学的一系列思想规范、形式规范、语言规范，怎样渐次遭到怀疑、挑战、突破，各种新的文学因素怎样萌育、成长和组合，以及沿袭古范的文学怎样在传统规范的范围内自我调整以求延存，又终因恪守古范而走向式微终结。作家作品仍是研究的基础，但审视和评价的角度将会大幅度调整。重心不再限于把握作品的社会意义和艺术特点，而要在此基础上寻找有哪些新变或衰变；评价也不只是按照某种固定的标准判定其思想艺术高低，而重在以历史的眼光分析其中变化，哪怕是微小的、不成功的变化，及其在文学转型过程中的作用。不研究和了解近代文学，就不可能真正理解古代文学的归宿和新文学的诞生，一部文学史，就被人为地"断裂"。

关爱和：你说近代文学研究的重心应该转到探寻中国文学从古典到现代的过渡转变，我很赞成。近代文学的价值就在于：它一方面是中国古典文学的承续与终结，另一方面又是中国文学走向现代的奠基与先声。正是由于对这一特殊价值认识不足，因而也对有关问题研究不足，使得中国文学历史彷佛存在着不可衔接的五四断层；也正是由于五四断层假象的存在，古典文学与现代文学研究两大学科独立发展而少通音讯。这不仅涉及怎样认识近代文学，还涉及怎样认识五四新文学和两者的关系。在以往的研究工作中，我们似乎有意无意地夸大了白话文学取代文言文的历史跨越，忽视了五四新文学对近代文学革命新精神和成果的承接。周作人《汉文学的前途》中有一段话很值得我们思考，他说："白话文的兴起完全由于达意的需要，并无什么深奥的理由。……实则只是一种新式文体，亦可云今文，与古文相对而非相反，其与唐宋文的距离，或尚不及唐宋文与《尚书》之距离相去之远也。"而五四新文学的参与者，反倒十分看重梁启超倡导文学革命对新文学的影响。钱玄同1917年给陈独秀的信中就说:"就新文学而言,梁启超实为创造新文学第一人。……论现代文学之革新,必数梁君。"至于新文学家对旧文学所表现出的激烈与偏激,他们自己就认为是一种与文言文、旧文学决裂的策略。茅盾《进一步退两步》说得很清楚:"我也知道'整理旧的'也是新文学运动题内应有之事,但是当白话文尚未在全社会内成为一类信仰的时候,我们必须十分顽固,发誓不看旧书。"明白于此,便可知道鲁迅为什么说"我以为要少——或者竟不——看中国书"。正是鲁迅,指出"'新文学'和'旧文学'这中间不能有截然的分界,然而有蜕变,有比较的倾向"(《"感旧"以后》)。"新文化仍然有所承传,与旧文化也仍然有所择取"(《〈浮士德与城〉后记》)近代文学研究所要解决的,就是这个"蜕变"与"承传"的问题。

袁进: 看来在这个问题上我们的想法比较一致。而且我觉得还可以进一步说,近代文学在中国文学史上的重要性,只有先秦文学可以与之相比。研究古代文学的,不管他研究那一朝代,都应当了解先秦,因为先秦文学是古代文学的源头。从发生学的角度来说,它提供了后来文学的模版,决定了后来文学的选择趋向。正因为先秦文学提供了多种可能性供选择,后来的思想家文学家们不断回到先秦,吸取养料,总结经验教训,重新思考以改革文学。近代文学同样如此。中国文学发展到近代,好比到了一个十字路口,具有多种选择的可能。因此也像先秦那样,成为思想活跃的时期。而中国近代文学作出的选择,实际上影响了以后的文学发展。现代甚至当代文学碰到的许多问题,如文学的市场化问题,文学的雅俗问题,文学与政治的关系问题,作家面对各种潮流是否坚持自主意识问题,中国文学吸收外来影响问题等等,往往都能追溯到近代。因此从发生学来说,近代的选择实际上一直影响到现在。中国文学的近代化作为文学史上最重要的变革阶段,它的选择,以及选择背后的各种动因,选择以后形成的心理定势,造成的各种影响,都是很值得探究的。

王飚：你说到"发生学"和"近代化"，我又想起世纪初金松岑的一段话："夫新旧社会之蜕化，独青虫之化蝶也，蝶则美矣，而青虫之蠕则甚丑。"（《论写情小说与新社会之关系》）后来杨世骥也有过同样的比喻。我曾引这两段话，来说明近代文学之所以不被人看重，是因为它是一条"毛毛虫"而不是"蝴蝶"；但近代文学之所以应该看重，恰恰就因为它是"毛毛虫"，研究"毛毛虫"就是研究古代文学的"变态繁殖学"和现代文学的"发生形态学"。有朋友开玩笑说这是"毛毛虫论"。其实这个比喻是很贴切的。毛毛虫是上一代蝴蝶"蜕化"为下一代蝴蝶的必经阶段，用我们的话说就是"近代化"。

这就要提出第二个根本性问题，所谓"中国文学的近代化"的内涵是什么？有些论文涉及这个问题时，往往用福柯的、英格尔斯的或其他什么人的"现代化"理论，或套用西方文学的"现代"概念和模式来解释或衡量中国文学。但是，只要稍微考察一下史实，就可以看出，中国文学没有像欧洲那样先通过近代化形成自成体系的"近代文学"，然后再对"近代文学"进行变革而形成"现代文学"。中国文学的"近代化"或"现代化"（与八十年代以来所说"现代化"不是一个概念）实际是同一、连续的过程，都是指中国的"文学体系"，即包括文学的社会属性、作家构成、文学观念、创作内涵、形式体制，直到语言模式和传播方式等等，所有文学构成要素的整体性、根本性转换。这一文学体系从古典到现代的全面转型过程，从十九世纪中叶起就逐步发生、发展，而在五四以后进入完成期。这也是《中华文学通史》把近、现代合为一编的原因和理由。

对于"文学体系"这个提法，可能会有不同看法，需要另外加以说明和论证。但"文学"确实由这些要素构成，而且它们是互相联系、互相作用的。像传播方式，过去一般不考虑在"文学"之内。实际上近代印刷技术和报刊的传入，不仅改变了作品发表方式，扩大读者范围，加快传播速度，而且由此实现了文学的社会化和商品化，极大地扩大、改变了作家心目中的读者条件。又如作家研究，过去一般较重视阶级属性、思想倾向，而在近代，还应该注意作家知识结构、文化视野、社会地位等等，揭示作家构成从士大夫文人到近代型知识分子的转化。像王韬、郭嵩焘、黄遵宪、康有为、严复，已经到过西欧、北美、东亚、南洋，走向近代世界。尤其是到清末，中国知识阶层的生成机制和作家地位发生历史性更革。科举制度的废除，新式学堂兴起和大批留学生出国，结束了士大夫文人的再生机制，所以最后一代遗老过去后，再不会有原来意义上的古代文人了，与此同时迅速形成新型知识分子群体。西方美学的传入，促使文学家思考文学"独立之位置"；出版物的商品化，造就了最初的职业作家。五四"新文学家"就在这一基础上产生。创作主体的历史性更替，决定了文学的根本转换。在这个意义上，旧文学死亡的命运在五四以前就已注定。诚然，文学体系各要素在近代的变革并不平衡，各要素也未能整合，所以没有完成转型。但是，文学体系各要素已发生全面的变革，新文学的因素大都已经萌生。近代文学研究，就是要具体地探讨这个包括文学主体、本体、载体、受体（读者）的整个体系的转型，亦即文学近代化的轨迹、行程、原因和结果。

袁进：我理解你的意思，是不是可以这样说：近一百多年来中国文学的这种变化是全方位的。如果我们把文学活动的构成视为作家、文本、语言、传播方式、读者等诸种要素，那么，这些要素在近代全部发生了重要的变化。作家由古代的士大夫变为近代的知识分子，其写作方式、写作心态等都不同。除词以外，各种文学体裁都有不同程度的变化；以诗文为中心开始转变为以小说为中心。文学表现的内涵，与现实的关系，都出现了新的特征。文学语言由古代汉语变为现代汉语，文学传播方式纳入了资本主义大工业生产和商业化销售的轨道。这就导致读者的变化，古代文学的士大夫读者转变为现代文学的平民读者。如此巨大的全方位文学变革，中国近代是仅见的，近代之前的各个朝代从未有过。

关爱和：确实，在这个意义上，近代文学是中国文学发展的重大转折点。尤其是二十世纪初梁启超倡导的文学改良运动，是近代中国文学自我扬弃和艰难选择的真正开端。它借助西方异质文化的撞击力量，击破了中国古老的封闭的文学体系，并开始构建他们理想中的文学殿堂。中国文学由古典向现代的转变也由此起步。五四文学革命是在文学改良的基础上更深入更全面的发展。

补充一点。两位都谈到近代没有产生伟大作家和成熟作品，这个问题也可以从另一角度看。民族、政治、文化的全面危机，构成了近代文学的历史背景。时代没能给文学提供从容发展的文化氛围，却又需要文学参与并极大地发挥作用。在民族生存危机成为中心议题的时代，文学若去追求自身审美品格的完善而无视民族的需要，那势必丧失存在的价值和地位。这就决定了文学必须不断调整自身，以求与时代取得同步。这是文学自觉选择的结果，也是近代没能产生在思想意蕴和艺术审美上都能称得上深刻宏大的文学佳构的原因之一。但是，近代文学不仅反映了中华民族所蒙受的种种屈辱与在屈辱中爆发的空前的反帝救亡热情，而且记录了中华民族为抛弃沉重的历史包袱，进行启蒙与反封建的艰难步履。我们不能不承认，在这个意义上，中国近代文学的文化——历史价值远远超出其文学价值。

同时，近代文学的变革又显出急遽性的特点。文学没有从容的时间去完善自我，它自身形态的建设和审美品格自觉都处在一种快速早熟状态。急遽而跳跃的时代节奏，不断把新的代表先进思想的文学家推到浪尖，把落伍者抛到背后。梁启超的"不惜以今日之我难昨日之我"之类的话，很能概括许多文学家无可奈何的心境。从这个意义上说，近代文学家所做出的所有辛勤努力和积极探索，都是值得尊重的，也是我们应该注意研究和阐明的。

袁进：刚才王飚特别提出传播方式问题，还可以进一步说，这实际上是一个社会运行机制的问题。在一种社会文化变革背后，往往有经济因素和物质生产因素在起作用。近代文学的变革就是如此，最重要的就是资本主义商业运行机制主宰了文学的运行。

古代书籍也曾采用商业化的运营方式，不过还停留在手工业作坊阶段，与近代不可同日而语。资本主义工业生产形式与商业化营业方式组合的优势，集中体现在报刊和平装书的出版和销售上。报刊和平装书作为新的文本物化形式，不仅外观上与传统文本——线装书不同，而且容量大，出版快，价格低。这些优势使它的传播范围远远超过了线装书。资本主义文学运动机制对文学的冲击，在晚清小说的繁荣上典型地显示出来。从商务印书馆采用"纸型"新技术后，平装本小说如雨后春笋般问世。机器复制为小说繁荣准备了物质上的条件，加上大量市民和受"小说界革命"论影响的士大夫纷纷成为新小说读者，形成巨大的小说市场。文学救国思潮和小说稿费制度的建立，驱使大批作者创作小说，以至时人慨叹："昔之为小说者，抱才不遇，无所表见，借小说以自娱，息心静气，穷十年或数十年之力，几经锻炼，几经删削，藏之名山，不敢遽出以问世，如《水浒》《红楼》等书是已。今则不然，朝脱稿而夕行，一刹那间已无人顾问。盖操觚之始，视为利薮，苟成一书，售诸书贾，可博数十金，于愿已足，虽明知疵累百出，亦无暇修饰。"姑且不论小说的质量，商业化无疑大大促进了小说数量的扩展。清末短短十余年间小说总数，就接近古代历朝存留下来的小说之和，由此可见资本主义的文学运行机制启动之后的巨大威力。正是从这时起，小说取代诗文而逐渐居于文学的中心地位。报刊和平装书成为文学文本的主要存在方式，注定了文学必须面向普通百姓，从而也改变了士大夫垄断文学的局面，逼迫传统文化的主要承担者——士大夫们适应它们，或者抗拒它们而逐步衰亡。文学运行机制的变化，实际上影响到整个近代文学的变革。有关这一方面的研究，还没有充分展开。

王飚：这种社会运行机制的变化，实际上是中国社会近代化的一个方面。这样，又涉及第三个重要问题：怎样认识中国近代社会和近代历史？过去，我们并不对此独立研究和思考，而是直接接受了史学界的结论，即"两个过程论"：帝国主义和封建主义勾结把中国变为半殖民地半封建社会的过程，也是中国人民进行反帝反封建斗争的过程。这概括了基本史实，但主要从阶级斗争着眼，未重视也难以概括社会体制的变化。历史表明，资本主义把中国推入半殖民地的同时，也打破了中国"闭关自守的、与文明世界隔绝的状态"（马克思语）。中国人民在展开斗争的同时，也开始了近代化道路的探索，不断以世界先进国家为蓝本，提出各种改造社会和创建新中国的方案，并为之奋斗。因此，中国近代史呈现为一种双向的运动：一方面逐步半殖民地半封建化，另一方面又在逐步近代化。反帝反封建斗争是近代化的动力，同时它本身在逐步近代化。每一次失败的斗争，都在不同方面不同程度地推动了社会进步，经济生活、社会生活和精神生活都逐步发生了一系列近代性变革。

认识中国近代历史双向运动这一特殊性，那么，古典文学在近代的衰微和新的文学因素成长这两条线索，就可以得到更清晰的认识和更深刻、合理的解释。在半殖民地半封建化过程中，清王朝衰落下去，却苟延残喘，还一度"中兴"，直至覆灭。这是固守传统规范的文学能够长期延存，又终于衰微的外部条件，构成近代文学中不应忽视的一条线索。而推动中国向近代化方向发展的历史运动，也推动了文学的近代化。它与社会体制的近代化变革有着密切的关系。例如文学传播方式的变革，是近代印刷出版业、新闻业产生和发展的结果。海外诗、域外游记，是近代外交制度建立后的产物。而教育体制的改革，科举制度的废除，则直接导致清末作家构成的历史性更动。尤其是文化的近代化转换对文学具有更深的影响。世界近代文化的进入使以儒家思想为核心的传统文化陷入价值危机。早期科技文化传入虽未能动摇"道"的地位，但已部分改变了作家的文化视野、知识结构和作品的文化品格。十九世纪末二十世纪初资产阶级思想启蒙运动中，大量西方社会、政治、法律、经济学说，以及哲学、史学、美学理论和文学著作，被介绍过来，出现了新思潮汹涌的壮丽景观。这就是晚清文学界革命的文化背景。这样，近代文学研究，就不能局限于论述文学与历次反帝反封建斗争的联系，而需要从更广阔的视角，探索经济、政治、外交、教育、文化各方面社会机制的近代化对文学的影响，与文学体系转型的关系。而这，却是以往研究中比较欠缺的。

上面所说三个问题，实际上关系近代文学研究观、近代文学史观和近代历史观。我想，如果能在这三个基本观念问题上，展开讨论、争论，认识有所更新、扩展、深化，或许可能在前人和近年研究成果的基础上，进一步推进拓新，形成三个以探寻中国文学从古典到现代的转型历程，亦即中国文学近代化进程为中心的学术体系。

三、求实与开拓

关爱和：二十世纪近代文学研究为学科发展奠定了基础，但已有成果与近代文学自身的丰富性、所蕴含的历史意义比较，仍是百不及一的。就探索由古典向现代过渡转型而言，近代文学确实还有许多研究领域尚待拓荒辟疆，有许多理论课题有待精细深化，需要更多的有志者致力于个性化的学术思考，认真思考如何突破或开拓。

王飚：说到突破、开拓，前些年谈论较多的是新领域、新视角、新理论等等，近年这方面的调子有点降低，我倒觉得还可以再强调，前面其实已经谈到了。但是，基点是求实。有时候，求实就是突破。在近代文学研究中，有许多长期存在的"定论"，由于各种原因，其实是不符合史实的。这几年一些明显的"左"的偏向，已经注意纠正，但一些更深层次影响还没有消除，有些是重大问题。如关于诗界、文界、小说界革命，长期以来的基本认识是：（一）其性质是改良主义的，不是"革命"；（二）主要参加者限于改良派，革命派兴起后就结束了，所以把"文学改良运动"与"革命文学"分为两个时期；（三）虽然有重要意义，却是失败的。然而，衡诸史实，这几个结论都不准确。诗、文、小说界革命（我统称之为"文学界革命"）的发动，在1899—1902年，恰恰是戊戌变法失败、改良高潮已经过去之后。梁启超总结变法失败原因，发起一场以"新民"为中心的启蒙运动。文学界革命就是从"新一国之民"出发，作为这场思想启蒙运动组成部分而提出的，并没有限定于为改良路线服务。所以当时响应者中，很大一部分倒是新进的革命青年。小说界革命最初从提倡政治小说开始，而改良派中除梁启超写了半部《新中国未来记》外，再没有第二个人写政治小说，相反，1903—1904年的政治小说，作者都属革命派。政治小说艺术上不成功，但揭开了小说界革命的序幕。谴责小说虽然大体同时开始创作，然形成高潮则在此之后。可是，大多数文学史，为了体现改良与革命的对立，和改良文学时期与革命文学时期的前后分割，只好提前在"改良主义文学"中讲谴责小说，《狮子吼》等反而放到后面"革命文学时期"才讲。于是似乎小说界革命只产生了谴责小说。小说界革命的最初成果、实际过程、发展逻辑，以及广泛影响，都模糊不清，甚至颠倒。其实，在文学思想和创作倾向上，改良派和革命派并没有像在政治路线上那样对立，革命派的诗文论大体是梁启超文学界革命论的发挥和发展（有的人在某些方面比梁还保守些），两者仅略有先后，而互相交叉、紧密衔接。因此，我们在设计和撰写《中华文学通史》近代卷时，提出了三个与前不同的结论并在结构上作了相应处理：（一）晚清文学界革命纳入了要求"摧毁"（梁启超语）旧思想的资产阶级思想启蒙运动，并引起了文学体系全面的变革，因此是具有革命（文学意义的"变革"）性的。（二）文学界革命是由改良派发动、由改良派和革命派及其他爱国文学家共同推进、由革命派继续发展的变革运动。取消过去"改良文学""革命文学"两期的分割，统归为"十九世纪末二十世纪初的文学界革命"一期。（三）肯定这是一场未完成的文学革命，但不是失败的改良。

当然，这个问题，还可以也希望讨论。举这个例子只是说明，可能仍有一些并不正确的观念还在束缚我们，诸如"改良派的文学革命实质只能是改良"，"五四才有真正的文学革命"，等等。看来"实事求是，解放思想"并不只是政治口号，也并不因为喊了二十年就成为陈言。继续突破某些片面观念的束缚才能发扬科学的求实精神，而求实才能在学术上有所突破，这好像也是一种辩证关系。做起来也不容易。

袁进：的确，近代文学研究还有必要强调更新观念坚持科学的求实态度。过去近代文学研究一直强调"反帝反封建"的政治标准，因此特别注重揭露黑暗干预现实的晚清小说，而研究晚清小说就是研究它们怎么为政治服务。这种状况现在虽然有所改变，但从对晚清小说的过分推崇，对民初小说的过分贬低中，仍可以看出其影响。其实从文学本身的特点出发来看，民初小说要比晚清小说更为深入。晚清小说最为人所称道的是"社会小说"，也就是鲁迅所说的"谴责小说"。这类小说的出发点就是舆论监督，因此往往罗列大量坏人坏事，像写报纸新闻那样。吴趼人向包天笑传授创作这类小说的经验，就是收集一大堆材料，然后运用一个"贯穿之法"。因此谴责小说很少表现人的内心世界，并不是这些作家没有这方面的能力，吴趼人的《恨海》就有大段表现人物矛盾和痛苦。他在《恨海》"出版后偶取阅之，至悲惨处，辄自堕泪，亦不解当时何以下笔也"。而这样的描写，这样的感觉从不见于他的谴责小说。因此谴责小说的创作，实际上很难进入真正的艺术境界。民初小说由谴责转入言情，以往曾被认为是一种"逆流"，其实不然。由新闻化的丑闻连载，转向表现社会转折时期自由恋爱的痛苦，这是一种进步而不是退步。开民初言情小说风气的苏曼殊《断鸿零雁记》和徐枕亚《玉梨魂》，一部写"和尚恋爱"，一部写"寡妇恋爱"，都是中国小说从未出现过的题材，都具有近代意义。更重要的是：中国小说又转向发现人的内心世界。和尚、寡妇认同传统封建道德，而又无法抑制对爱情的渴望，始终处于进退两难的困境。他们内心的冲突，显示出一种真正的悲剧。就表现人的复杂性而言，民初小说不仅超过晚清小说，而且超过早期新文学中一些概念化的作品。如何实事求是地评价民初小说，纠正以往用思想来评判艺术的简单化倾向，至今的研究还是很不够的。

关爱和：研究要深入，史料的考订整理工作很重要，这也是求实的一个方面。近代文学的历史虽距今天未远，但由于新的文学载体——报刊，及出版业发展迅速，林林总总，情况复杂，职业化与非职业化的作家队伍同时存在等等原因，使得文学史料的收集整理任务变得十分艰巨。郑振铎于二十世纪三十年代编选《晚清文选》，自言甘苦是"用了很大努力和耐心"。八十年代中国社科院文学所主持在常熟召开了全国性的近代文学史料工作会议，确定编写一套《近代文学研究资料丛书》，由于出版等方面的原因，出了几种以后未能再继续。作为一门学科来讲，史料的爬梳、整理、考订是基础性的工程。近代文学研究工作者对此应具有明确的意识，加强这项工作。

王飚：除了有组织地整理，大量史料工作还靠在具体研究中进行。道光朝文学家沈垚曾批评汉学末流"考证于不必考之地"，我们现在有些相反："于必考之地而不考证"。这里所说"考证"是广义的，包括史料核实，也包括文字训诂。我们在这方面的教训是：对近代作品文字的难度必须要有足够的估计。在进入近代之前，中国文化已经巨量的、超量的积累，近代作家自觉不自觉的都可以做到"无一字无来历"；加上诗文词汇几乎已到了用滥用尽的地步，许多作家从生字僻典中寻找出路；再加上西学新词译名大量涌入而又尚不规范。这三层原因造成不少作品难解程度不亚于先秦。而我们又不像古代文学研究那样有大量前人训注可资借鉴。如果掉以轻心，满足于一知半解，或者只捡看得懂的说，研究就很难深入。举一个例子。龚自珍《文体箴》中有一句话："虽天地之久定位，亦心审而后许其然。苟心察而弗许，我安能颔彼久定之云？""天地之久定位"是什么意思？很少有人深究。其实这句话所涉极大，它本于《周易·系辞》："天尊地卑，乾坤定矣；卑高以陈，贵贱位矣。"后儒正是由此出推衍出"三纲五常"。所以，龚自珍是要对封建伦理的"大原"加以"心审"，是在向传统政治原则挑战！我们也自以为很好懂，其实可能望文生义地解释为"天在上地在下"，因而没有理解龚自珍"心审论"的重大意义。在一些关键性的问题上训义不明，就可能评判错误甚至颠倒。有一部《中国文学理论批评史》，说龚自珍主张"尊情应尊引人向上，引人向兴明，而非引人向下，向黑暗之'情'"。完全是按照今人所谓"写光明还是写黑暗"的某种"原则"来解释并加到龚自珍头上。其实所谓"引而上为道，引而下非道"本于理学家的"理欲论"。所以龚自珍针锋相对地表示：我明知这套理论，但尊情就不能受其束缚。这才是真正的尊情！前引那种解释，不仅把龚自珍所否定的观点反说成是自珍的思想，而且实际上肯定了一种具有封建主义内涵的理论。可惜的是，一些论著，甚至文学史，沿袭了这个错误。近年一些学者在在史料辑佚、考辨，文学训解方面作了许多工作，我是很感佩的，但也有些校点本连断句都错误百出。以求实为基础进一步开拓，才能把求新与求真、求深统一，避免追求表面新异、表述华丽而缺乏真切深刻的独到见解的毛病。

关爱和：近代文学研究进一步深入，需要继续重视个体研究，在局部研究不断深化的基础上提高整体研究的水平。

个体和局部研究深化，才能进一步把握各种现象之间的联系。例如谈到从古代杂文概念到所谓"纯文学"观念的转变，人们比较注意清末西学传入以后王国维等人的理论。的确，王国维在1909年前后就提出："若知识道理不能表以议论而但可表以情感者，与夫不能求诸实地而但可求诸想象者，此则文学之所有事。"（《国学丛刊序》）这一认知明确显示出对杂文学体系的否定和超越，成为中国文学观念现代化的一个显性标志。但是，在近代，对文学重在表现人的情感和想象这一特质的认识，其实经历了一个从混沌渐趋清晰的过程。这一转变一方面缘于西方文学观念的渗透和影响，另一方面也是中国传统学术形态悄然变异组合的必然结果。这后一方面的原因，常为研究者所忽略。传统学术形态变异组合的讯息，从桐城派的演变可以窥知。方苞是以"学行程朱、文章韩欧"的双重标准为行身祈向的；至姚鼐，虽讲求义理、考证、文章善用兼济，而坚守辞章之学的壁垒，所以姚鼐弟子对方苞"学行、文章"两下兼顾以致顾此失彼的尴尬已多所讥讽；曾国藩盛推以辞章为坚车，载事功以行远，但晚年论文，却以为文章、义理只可择一而难以兼顾，"欲发明义理，则当法《经学理窟》及各语录札记；欲学为文，则当扫荡一副旧习，赤地新立，将前此所业，荡然若失其有，乃始别有一番文境"。至吴汝纶又有"说道说经不易成佳文"之叹。让古文之学从经学与理学的光环下附庸中走出，成为后期桐城派的共识。桐城派对古文独立地位的自觉与王国维对文学特质的认识可以说殊途同归。传统的演化与西学的传播共同推进了近代文学的变革。

同时又要着眼于整体研究。中国文学在由古典向现代蜕变演进的过程中，始终面临着古与今、中与西、审美与致用、求俗与变雅这四对限制性因素。在古今、中西矛盾面前，近代文学家面临着理智与情感两难抉择的困境。他们在探索，我们也应该研究近代文学如何在继承和发展民族文化优秀传统的同时，求新声于异邦？如何在广收博取的思想交汇中，除旧而布新？如何在传统的以诗文为正宗、以文言为主要表达方式的杂文学体系基础上，构建新的情感型文学的框架、新的文学范畴论、新的文学表现方式与文学语言？沿着古与今、中与西的思想线索，可以窥知一代文学变革者、创造者的精神历程和精神面貌。

袁进：这四对矛盾反映了不同视角。从历史的纵向看，是由古到今的变化；从世界的横向看，是西学影响到中国接受的变化；从社会文化层次俯视，是士大夫的雅文化与普通市民的俗文化之间的对流。因此，这是整个社会文化全方位立体化变革所造成的。

不少文学史家认为中国现代文学是移植的。新文学家也认为自己的创作是学习外国文学的结果，国外的汉学家也认为中国文学从"五四"后就出现了断层。然而，事情又有着另一面，从西方文学的角度看，新文学作家创作的作品有着丰厚的民族特色，与中国文化传统有着密切的联系。那么，中国文学从何时起、怎样、在何种程度上接受了外国文学影响？为什么选择了某一部分外国文学而不选择另外部分？西方影响怎样与中国文化传统结合起来？中国读者又怎样接受了那些西化的作家？要回答这些问题，都必须追踪到近代文学。这也是近代文学应当着重深入探究的课题。

王飚：一般说近代文学面临古与今的矛盾，这当然不错。不过，每个朝代的文学家都讨论过古与今的问题，因此还要研究近代遇到的古、今矛盾及其运动方式与前代的区别。古代文学发展基本上是"通变"方式，即《文心雕龙》所说，在"参古定法"，坚持"名理相因""有常之体"的前提下，"望今制奇""酌于新声"。而近代则表现为两种形态，形成"新变"和"衰变"两股潮流，每种形态自身演变在不同阶段又有不同特点。

在"新变"潮流中，古与今的矛盾表现为既要挣脱这个"有常之体"，又受到古代文学强大引力场的牵制和羁绊。前者逐步发展，终于在各个方面不同程度突破传统规范并创造出新的文学因素；后者逐步消弱，但直到五四之前，对于曾经如此辉煌的古代文学的怀恋，仍然是许多近代文学家难以解脱的情结，以至终未冲出古典形式的外壳。从中可以看出近代文学家如何在古与今的矛盾中步履维艰地前进。在这方面，个案研究已有相当的积累，但还缺乏更细致的分析、史的比较和发展线索的清晰描绘。

至于"衰变"潮流的研究，则仍相对不足。近年对过去被简单否定的流派，研究论著增加了。但不少论文仍侧重做翻案文章，翻案的根据则是这些作家也注意经世、也涉及时事等等，而落脚于"应当占一席之地"云云。不是说这类席位、座次之争毫无必要，但对近代作家来说，未必是其主要意义所在。对这些作家的处境心境，需要体味和理解。他们也处于古与今矛盾的困境中，但他们只是在"道统""诗教"的范围内自我调整以求延存，想通过学古变化来挽回文运诗运，结果是变而未改其衰。姚（鼐）门弟子梅曾亮提出"因时而变"，到吴（汝纶）门弟子贺涛就变成"不为时所摇"了；从曾国藩深感"大雅沦歇"，到易顺鼎意识到"诗衰"，最后到陈衍悲叹"小雅废而诗亡也不远"，也可以看出他们如何挣扎，终于"无可奈何花落去"

的轨迹。其间起伏曲折、外因内因，都大可探究。

这两股潮流从开始分化又互相渗透，到越来越明显地向不同方向发展以至对立，所居地位的主次也发生转换，就构成了中国文学近代化过程的不同阶段。如果能比较准确的描述出这两种形态、两股潮流的形成、交叉、冲突、易位过程，及各自的阶段特点，实际上就揭示了中国文学近代化的轨迹和历程。这应该是近代文学研究今后的主攻方向。

袁进： 古与今的矛盾，与中外文化的冲突密切相关。中国近代接受西学，要追溯到传教士。他们最早把西学介绍到中国，包括科学知识。"文革"之后，对西方传教士的研究不断深入，但近代文学研究却很少注意到传教士，因为他们不是中国人，他们的活动不属于中国文学范围。其实西方传教士用汉语所写的作品，对中国近代文学产生了极为重要的影响，涉及文学观念、文学语言、文学体裁、文学传播方式。这种影响是如此之大，以至于当你试图说明中国文学的近代变革时，离开了传教士的活动，就显得很不全面。例如：从 1815 年到十九世纪末，传教士在中国创办了大量的报刊，撰写或者与中国文人合写了大量文章。这些文章很少用典，不拘文章程式，运用了新式标点，引入了许多新名词。只要对比一下胡适《文学改良刍议》中的"八不主义"，就不难发现传教士的文章所作的改良，代表了中国文章后来的发展趋向。中国文章的改变实际上经历了传教士文章——报章体——梁启超的"新民体"——白话文章的过程。近代最早的汉语报刊，是由西方传教士创办的，这些报刊作为新兴的传播媒体，将文学纳入了大工业和资本主义商业的经营范围，促使文学面向大众。我们一直认为是梁启超发动了小说的变革。其实早在 1895 年六月，传教士傅兰雅就在《万国公报》上登出启事，"求著时新小说"，可以说是新小说运动的前奏。梁启超看到这一启事，并受到它的影响，过去我们往往将近代"文学救国论"归结到"文以载道"的传统。其实不尽然。历史上有过多次半壁沦亡、国势垂危的时期，都没有产生"文学救国论"。"文学救国"思想和以小说为"教科书"的观念，实际上也发端于传教士。林乐知在《文学兴国策》中提出：西班牙这样的大国，由于文学不兴而衰落；普鲁士这样的小国，由于振兴文学而富强。新教伦理的资本主义精神，也被作为教化的指导思想："夫文学之有益于大众者，能使人勤求家国之富耳"、"文学有益于商务"，"能扩充人之智识，能磨练人之心思"。"文学"可以成为商业通讯和各种经济运作的"教科书""说明书"。晚清提倡小说的思想家，几乎都用"教科书"的眼光来看小说。就连李伯元创作《官场现形记》也要说成是给官吏看的"教科书"，只是"烧了下半部"。古代的教科书如《三字经》等蒙书，作者并不把它们当作文学作品；另一种如《诗经》、杜诗、韩文等，后人用作教科书，但作者当初不是把它们当作教科书创作的。具有以文学为教科书的自觉意识，是晚清特有的现象，其中显然可以看到传教士的影响。

王飚：对近代中外文化的认识，从清末以来就长期陷入了一个误区，即东西方文化孰优孰劣的争论。实际上，在近代，中西文化的矛盾，主要不是地域性、民族性的差异，本质是已趋衰朽的中国古代封建文化，与先进的西方近代资产阶级文化的时代性冲突。因此，近代中外文化关系不同于古代。一般情况下可以以本位文化为基础，借鉴吸纳外来文化以丰富自身。而近代则是有选择地引进世界近代文化以对传统文化进行批判性改造，并通过创造性转化而重建新的民族文化。西方文学的传入较晚，但西方文化的影响却并不晚。袁进追溯到传教士，是很有见地的。过去我们对这一方面研究存在大片空白。

需要补充一点。近代中国人接受西学，有两条通道。一条是外国人包括传教士传入，另一条中国人走出国门，走入近代世界。这后一条通道，我们更少注意。钟叔和先生主编的《走向世界》丛书，发掘了一大批域外游记，可以说是中国文学史上游记文学的新大陆，而且还有许多同类著作尚未整理。如最早随外国人出国的"随行者游记"，随后大量的"外交官游记"，戊戌变法后有康、梁等人的"流亡者游记"，1905年前后的出洋"考察者游记"，二十世纪初大量"留学生游记"，等等。这批域外游记，留下了一代代中国人走向近代世界后知识、理想、观念、情感变化的踪迹，展示了中国人精神、心理近代化的历程，至今我们还没有充分利用和研究。尤其是西方文学理论，概念术语，几乎都是留学生首先接受后译介过来的。但是它们的来源、传入经过、怎样被选译、怎样被误读或改造，等等，这些问题，大多还没有搞清楚。例如徐念慈 1907 年的文章已经引用了黑格尔、基尔希曼的美学理论，他从何种著作中了解了德国美学？他的理解引用与所据来源、与原著有何异同？章太炎 1902 年以前就读到《英国文学史》《希腊罗马文学史》《宗教病理学》等等，这些书是什么样的？对他的《文学说例》有何影响？周作人早年受宏德的文学理论影响极大，"宏德"何许人也？这些都需要从资料着手，从个案研究开始，这将是近代文学研究开拓的一个重要方面。

关爱和：致用与审美是近代文学演进中又一对不可忽视的矛盾。此前任何一个时代的文学，都没能像近代那样，以如此巨大的热情与自觉，从各个方面去参与时代的进程；也没有像近代那样，把文学的社会功利作用推崇到如此之高且广阔的领域。这种不无缺陷的功利主义逻辑，对于提高文学地位，促进文学乃至社会文化的变革都起到了一定的积极作用，在当时背景下有其合理性和必然性。但是，极端功利主义往往以削弱甚至牺牲文学的审美品格为代价，那么它同样会失去其价值，导致文学的深刻缺陷甚至危机。这个命题的二律背反，构成近代文学内在的矛盾，也留下了至今仍值得思索的遗憾。

另一方面，国家、民族的生存与进步，从总体上制约着近代文学家的情感范围和审美系统。他们的体验、感知、想象、创造都无法摆脱政治、思想、文化革新所带来的巨大影响。如果超越对具体作家、流派风格的考察，着眼于宏观的把握，则可以发现，近代文学的主导风格与审美风貌，走过了由悲痛忧愤，渐趋昂扬躁厉，终至明朗乐观的发展轨迹。鸦片战争和洋务运动时期，发生在中国大地上的"亘古未有之变"，牵动一代诗人情怀。历史盛衰带来的沧桑之感，民族耻辱激起的忧愤之怀，补天无术产生的焦灼之情，给他们的作品带来悲愤与怅惘交错、慷慨与凄婉杂陈的色调，显出一种沉郁而又有几分悲凉的美。戊戌变法和辛亥革命准备时期，维新派、革命派把文学作为救亡与启蒙的号角鼙鼓，为奋起前行者助威，使昏睡迷惘者清醒。他们在传统文化与异质文化的冲突面前，表现出除旧布新的恢弘气度。他们的创作，充满着凝重的现实感、崇高的英雄感，透露出民族再造的自信，显示出昂扬躁厉的风度，是一种单色而富有力度的美。辛亥革命后，封建王朝覆灭的命运触动了封建文化的怀旧意绪和凄楚情怀。他们以悲怆低咽的基调，抒写故国铜驼神思、麦秀黍离感慨。然而这不过是一个小小插曲，五四青年群体感应着新生活的召唤，以表现人生价值和生命骚动、具有浓烈个性色彩与多样风格的作品，取代了维新与革命时期的单一政治主题和悲壮崇高风格，显示出明朗乐观的色彩，是一种斑斓的洋溢着青春气息的美。从审美风格上把握近代文学，是以往有所忽视而很有意义的视角。

袁进：近代文学的雅俗关系也与古代不同。最大的不同，就是近代文学的通俗化是以文学的社会运行机制的近代化为背景的。士大夫的创作有许多清规戒律。但是进入报刊和小说市场的作者便不同了。他们是以国民为读者的，不必执著于士大夫的作文规范，可以比较自由的表达自己的思想感情，而且要适应普遍读者的文化水平，因而他们的写作必然趋向于通俗的方向。小说成为文学核心本身，即是文学通俗化的一个重要标志。

关爱和：近代文学始终遵循着"求俗"与"变雅"并行不悖的发展路径。文学家一方面推小说戏曲为文学之最上乘，提倡言文合一，提倡"我手写我口"，另一方面身体力行，写作"时杂以俚语、韵语及外国语法"的新文体，浅显明白、词达雅驯的新诗、白话文、白话小说。正是这种雅俗渗透、置换，既解放了文体，又发展了语言。被解放的文体和被发展了的语言，构成新文学的基础。

袁进：研究中国近代文学还应当注意与其他国家作比较。工业化与商业化是一个全球性的过程。在这个过程中，各个国家的文化文学又经历了自己独特的近代化道路。不与其他国家的文学作比较，是看不出中国文学近代化过程的独特性的。例如世界各国大都经历过一个从鄙视小说到小说成为文学中心的过程。但在主要资本主义国家，小说进入文学的殿堂是出于上流社会逐渐认可了小说的艺术。在亚洲则有所不同。日本与中国都是先强调小说的教育作用，小说先向政治靠拢，向正统文学观念认同，再进入文学殿堂。日本在明治维新的促进下，产生了一批作为政治工具的政治小说。这些小说的作者大部不是小说家，而是政治家、宣传家，他们依靠小说来宣传自己的政治思想，教育人民。不难发现，在一段时间内中国小说的近代变革几乎是在亦步亦趋地学习日本。梁启超等人正是从日本得到启发，首先倡导政治小说的。但中国与日本在小说变革上也有区别。日本的政治小说问世仅仅两年，政治小说的浪潮还方兴未艾之时，坪内逍遥的《小说神髓》就已发表。他批判了政治小说和劝善惩恶小说的功利主义，也批判了戏作娱乐小说的游戏性，强调文学本身的独立价值，主张在小说创作手法上模拟世态人情。又过了两年，二叶亭四迷的《浮云》便问世了，它以深刻细腻的心理描绘、言文一致的新口语风格，以及对人生独到深刻的观照，成为日本第一部严格意义上的近代小说。而中国类似的小说问世要比日本晚得多。这个不同很值得探究，它实际上显示了中日两国在文学近代化过程中对传统和对西方的不同取舍。日本由于近代文学起点高，后来在文学的发展也比中国快。中国近代人文主义的不足，也注定了后来表现人生的文学受到各方面的干扰，一直步履维艰。

王飚：我很赞成这个意见，而且视野还可以更开阔一些。长期以来，谈到近代文学，我们总是以欧洲为参照范式，似乎世界近代文学只有一种类型。诚然，由于西欧最早进入近代并向全世界扩张，十七世纪以后二三百年内，整个世界都处在资本主义近代文明影响之下，包括文学。但是由于各地区、各国历史、民族和文化背景不同，文学近代化的道路并不完全相同。如拉丁美洲，基本上是源于欧洲的移民文学，但在发展中却要求有"自己的声音"，借助土著文化与欧洲对抗。非洲文学的近代化迟至二十世纪才开始。和中国相近的是印度、埃及和阿拉伯国家，即东方地区，他们都有古老、悠久而自成体系的传统文化，但都已趋衰微了；都先后沦为殖民地或半殖民地，并且经历了大致相同的斗争阶段；都接受西方文化影响，并面临如何把西方近代文化与民族传统结合，改造和重建本民族新文化、新文学的问题。当然各国又自有特点。通过比较，有助于打破单一参照系的思维模式，研究中国文学近代化的独特道路。这个课题困难更大，寄希望于未来吧。

袁进：这样一块肥沃的土壤，至今还存在大片处女地，等待研究者去开垦。研究者只要洒下辛勤的汗水，就会得到丰硕的成果。

（原载《文学遗产》2000 年第 4 期）

敝帚自珍（代跋）

在我国现存第一篇文学理论和文学批评的专论《典论·论文》中，曹丕引当时民间谚语"家有敝帚，享之千金"，用以表达东西虽然不好，但拥有者却十分珍惜的情感。当我把自己过去、现在写作的学术论文收辑结集，交中国人百科全书出版社出版时，所想到的最合适表达心情的词，就是"敝帚自珍"。

与中国大百科全书出版社结缘，是该社 2015 年启动编纂《中国大百科全书》第三版时，我被中国文学卷主编袁行霈先生选定为修订编写组成员，作为近代文学分支主编统筹中国近代文学有关词条的撰写与修订工作。《中国大百科全书》第三版的编纂工作在编写组专家与出版社同人的共同努力下进展顺利，我也通过学术互动与百科社结识，成为百科社的读者与作者。

2018 年，河南省设立"中原文化名家"专项资助项目，支持社科成果的出版。我申请到了该项目，并从此开始谋求将过去与现在的著述结集出版。于是便有了这次不自量力的"敝帚自珍"之举。此次整理出版 5 种著作，分别为《桐城派研究》《十九世纪中国文学思潮》《近代变革与文学转型》《中国百年学术与文学》《陈三立陈寅恪研究》。

《桐城派研究》，曾以《古典主义的终结：桐城派与"五四"新文学》为书名，1998 年由上海文艺出版社出版，此次为修订再版。1998年版有《后记》，简单记述此书写作缘起：1984 年我随导师任访秋先生参加在常熟举办的中国近代文学史料工作会议。主持会议的中国社科院文学所邓绍基研究员把桐城派研究资料的整理任务交予河南大学承担，会后我便在任访秋先生的指导下进行工作，同时我的硕士学位论文也就顺理成章地以中后期桐城派研究为题开展。1993 年申请国家社科基金项目时，我以"晚清旧派文学研究"为题申报成功，获得资助经费 8000 元。申报项目时，原计划将晚清桐城派、文选派、宋诗派、常州词派作总括性的描述，以窥知五四前夕旧派文学的生存状态。结果涉笔至桐城派，竟达 30 余万字。于是就以桐城派研究结项。此书的主要章节得到任访秋先生、赵明先生、刘增杰先生、栾星先生、樊骏先生、舒芜先生的指导帮助。这次准备再版时与上海文艺出版社联系，他们很专业也很大度，答应可以修订后由他们再版，也可由其他出版社出版。

《十九世纪中国文学思潮》，曾以《悲壮的沉落》为书名，1992 年由河南大学出版社出版，此次再版增补了部分内容。此书原为刘增杰先生 1988 年国家社科规划项目《19—20 世纪中国文学思潮史》五卷本的第一卷，主述 19 世纪中国文学思潮。五卷本因种种原因，最终未能在河南大学出版社出齐。刘增杰教授卧薪尝胆，多年之后，重集旧部，修改补充，于 2008 年在上海文艺出版社出版《中国近现代文学思潮史》，全书 87 万字。百科社对该书再版时，我将所写作的第一卷《悲壮的沉落》易名为《十九世纪中国文学思潮》。原书字数偏少，为保持各卷文字大致均衡，增补了本人后期所写作的多篇与该主题相关的论文，作为附录。

《近代变革与文学转型》，原名为《中国近代文学论集》，是我 2005 年自选五十岁以前的论文，为自己进入知天命之年的自贺，2006 年由中华书局出版，采用自己心中理想的竖排繁体形式。但我随即发现，竖排繁体，是会大大影响阅读效率的。就我自己的阅读来说，更愿意选择简体横排而非繁体竖排，遑论其他读者。集中的《柳亚子简论》是我在大学读本科时发表在《河南大学学报》上的第一篇文章。当时，河大中文系在本科生中提倡学术论文写作，此文是由我执笔成文，请任访秋先生指导的第一篇学术习作。《中国近代文学史绪论》是解志熙、袁凯声和我 1986 年共同完成写作的。当时任访秋先生约请国内专家，编写国内第一部《中国近代文学史》作为高校教材，我协助有关编写工作。《中国近代文学史》教材的《绪论》原来是任先生亲自撰写的，高屋建瓴，立论稳妥。而当时国内学术界正流行"新三论"，受其影响，刚满三十岁的我，约两个原没有参与教材编写的二十五岁的同门师弟解志熙、袁凯声，闭门一月，套用我们生吞活剥的理论，去解释中国近代文学的演进。完成后，由我拿给任先生看，已记不清当时是如何向先生表达的了。后来《中国近代文学史》1988 年由河南大学出版社出版时，换用了我们所写作的《绪论》。2008 年在任访秋先生去世八年后，我们在刘增杰先生的主持下编辑《任访秋文集》，我有机会看到先生《日记》中关于《中国近代文学史绪论》取舍的两处记载，初读任访秋先生《日记》中的文字，顿感汗流浃背、无地自容。从先生的《日记》中，读到二十年前我的莽撞和先生的大度。此集的旧文，记录了二十世纪八九十年代我的无知与青涩。

《中国百年学术与文学》，是我五十岁以后的论文集。此一阶段，我个人的学术兴趣，偏移于近代报刊史料与中国近代文学的关系研究，百年学术变革与百年文学发展的互动研究。我自2014年在中国近代文学学会兼任会长，也自然有一些事务和文字是为学会的工作鼓与呼。中国近代文学学会自1988年成立，我和很多学术界的朋友就在学会的聚合下，为学科的发展尽心尽力，学会是我们共同的家。

《陈三立陈寅恪研究》，是一本急就章。数年前，去九江师范学院参加学术会议，纪念陈宝箴、陈三立、陈寅恪祖孙三代。参会学者大部分论文是关于陈寅恪的，会上对陈寅恪"独立之精神、自由之思想"名言的争论演变为会议热点。我研究宋诗派，会议学术发言仅与陈三立有关。在会议评议环节，评议人因我在高校担任过党委书记，偏离我的发言主题，提出要我谈谈如何看待上述口号。会议上的临时答辩，我做到尽量不失礼貌而已。时任九江师院党委书记者，正是当年帮助在庐山植物所修建陈寅恪墓的有德之人。会议代表拜谒了陈寅恪墓，墓碑上镌刻的正是"独立之精神、自由之思想"十个大字。庐山的崇山峻岭、浩荡天风，对陈氏名言的理解，自然与我们凡夫俗子有很大不同。2020年疫情期间，我用一年多的时间读书写作，试图对陈寅恪先生的精神做出自己的阐释，写作十余万字，结成此集。

《桐城派研究》《十九世纪中国文学思潮》《近代变革与文学转型》

三部，因注释繁简不一，此次出版特请郑学博士、和希林博士、陈云昊博士帮助，分别重新校核，统一注释，向他们深表感谢。同时，也对出版社编辑、校对人员的辛勤劳动，深表感谢。

2023 年 10 月于河南大学